운현궁의 봄

오늘의 한국문학 9

운현궁의 봄

초판 1쇄 2015년 5월 30일
초판 3쇄 2017년 10월 25일

지은이_김동인
펴낸이_한봉숙
펴낸곳_푸른사상

등록_제2-2876호
주소_경기도 파주시 회동길 337-16(서패동) 푸른사상사
대표전화_031) 955-9111~2 / 팩시밀리_031) 955-9114
메일_prun21c@hanmail.net
홈페이지_www.prun21c.com
ISBN 979-11-308-0360-9 04810
ISBN 978-89-5640-834-7 (세트)

ⓒ 2015, 푸른사상

정가 16,500원

오늘의 한국문학 9

운현궁의 봄

김동인 장편소설

국립중앙도서관 출판예정도서목록(CIP)

운현궁의 봄 / 지은이: 김동인. -- 서울 : 푸른사상, 2015
   p. ; cm. -- (오늘의 한국문학 ; 9)

권말부록: 용어풀이 ; 작품해설
"작가연보" 수록
ISBN 979-11-308-0360-9 04810 : ₩16500
ISBN 978-89-5640-834-7 (세트) 04810

한국 근대 소설[韓國近代小說]
한국 문학[韓國文學]

813.61-KDC6
895.733-DDC23   CIP2015006688

〈오늘의 한국문학〉을 펴내며

한국의 근대문학이 한 세기를 넘어섰다. 개화의 이상과 환상, 식민 지배하의 삶의 질곡, 전쟁과 분단, 민주화의 출범과 군부독재의 출현, 그리고 산업화와 세계화를 지향하는 오늘에 이르기까지의 한국의 근현대사는 인류의 한 세기가 감당할 수 있는 역사적 사건의 많은 유형들을 그대로 담고 있다.

지난 한 세기 동안의 우리의 문학은 이러한 격변의 세월들과 밀접한 관련을 맺고 있다. 문학은 한 개인의 삶의 실존의 기록이면서 동시에 그 사회의 모습을 여러 형태로 반영하고 있으며, 우리는 따라서 한국 근현대사의 좌절과 희망을 정면으로 끌어안은 이들 작품들에게서 개인의 삶과 사회의 관계에 대한 새로운 인식, 문학과 사회의 독자성과 상호성에 대한 의미 있는 현상들과 만나게 된다. 그리하여 이제는 근대문학 한 세기의 축적 앞에서 그동안의 문학적 유산을 다시 검토하고 앞으로 우리가 참여하지 않으면 안 될 문학적 전통을 창조적으로 계승하기 위한 독서와 비평의 담론들을 마련해야 할 때이다.

모든 역사가 새롭게 해석되는 현재의 관점이듯 문학 텍스트 역시 새롭게 해석되는 오늘의 의미이다. 따라서 〈오늘의 한국문학〉은 과거에 무수히 간행되었던 한국문학에 대한 정리와 평가의 방식을 새롭게, 그리고 비판적으로 받아들여야 할 것이다.

따라서 우리는 이 전집에서 무엇보다도 새로운 작가와 텍스트들의 발굴에 주력하였다. 아울러 본 전집이 채택한 작가 작품들의 선정과 배열 방식은 과거의 우리 문학에 대한 관습적 이해와 독서 방식에 대한 반성과 함께 신선한 해석적 관점들을 제공해줄 것이다. 특히 서사문학의 본령인 중·장편소설들에 주목하여 이 작품들에 대한 오늘의 의미와 당대적 가치를 되묻고자 하였다. 따라서 이 전집은 교양으로서의 한국문학, 혹은 연구 대상으로서의 한국문학 모두에게 유용하게 활용될 수 있을 것이다. 총 50~60권의 분량으로 1차(1906~1930년대)와 2차(1930~1970년대), 3차(1970~2000년대)로 나누어 출간할 예정이다.

〈오늘의 한국문학〉 편집위원 서종택 안남일 윤애경 박형서

차례

일러두기

1. 1933년 4월 26일부터 1934년 2월 6일까지 『조선일보』에 연재한 『운현궁의 봄』을 원텍스트로 삼았다.
2. 원문의 오자(誤字)와 오식(誤植)은 수정하고 띄어쓰기와 맞춤법, 외래어 표기는 현대의 어문 규정을 기준으로 하였다.
3. 더 이상 사용하지 않는 옛글은 현대어로 바꾸었다.
4. 생각이나 강조 등은 ' '로, 대화문은 " "로 표시하고, 원본에 빠져 있는 마침표와 쉼표를 채워 넣고, 그 외에 물음표, 느낌표, 줄표, 말줄임표 등은 원본 그대로 살렸다. 편지글, 시, 노래 등은 인용문으로 처리하였다.

운현궁의 봄

1

무술(戊戌)년 이월 초사흘이었다. 정월부터는 봄이라 하되 이름이 봄이지, 이월 중순까지도 날이 춥기가 여간이 아니었다. 아침저녁은커녕 낮에도 혹혹 쏘는 바람이 나뭇등걸에서 노래하고 있었다. 길이며 뜰에 널린 나무 부스러기며 종잇조각들이 이리저리 날아다니고 있었다.

그날 운현궁 안의 공기는 그다지 좋지 못하였다. 무슨 커다란 수심이 있는 듯이, 하인들이 동으로 서로 분주히 왕래하며, 구석마다 모여서 무엇이 근심스러운 듯이 수군거리고 있었다.

오정(午正)¹이 지나면서부터는 하인들의 수선거리는 것이 더욱 심하였다. 연하여 밖으로 심부름을 나가는 하인들이 있었다. 대궐이며 각 궁이며 권문들에서도, 연하여 혹은 대감 혹은 차인²이 운현궁으로 왔다.

밖의 싸늘한 바람은 더욱 강하여졌다. 펄펄 종잇조각들이 하늘을 날아다녔다. 햇빛도 그 바람에 흔들리는 듯하였다. 획획거리는 바람 소리도 꽤 강렬하여, 뜨뜻이 불을 땐 방 안에서라도 그 소리만 들어도 추위를 느낄 만하였다.

그런 심한 바람 가운데서도 무엇이 분주한지 무엇이 근심스러운지, 하인들은 방 안에 들어가지도 않고 뜰을 수군거리며 왕래하였다.

문득,

안에서 곡성이 울려나왔다.

"아이고— 아이고!"

한마디에서 시작된 그 곡성은 삽시간에 퍼졌다. 내전, 사랑 할 것 없이 그 곡성은 삽시간에 전파되어 온 궁내가 곡성으로 화하였다. 궁 밖으로 모여든 많은 백성들이 궁문 밖에서 근심스러운 얼굴로 손을 읍하고 서 있었다. 궁에서 번번이 나오는 그 매 사람마다 백성들은 무슨 말이라도 나올까 하여 입을 바라보고 하였다.

근심스러운 소식, 듣기 싫은 소식, 그러나 또한 십중팔구는 반드시 나올 소식을 그들은 겁먹은 마음으로 기다리고 있는 것이었다.

그들의 귀에도 그 궁 안에서 나오는 곡성이 들렸다.

"운명하셨다."

누구의 입에선가 이런 말이 나왔다. 모두들 머리를 숙였다. 그리고 그들의 깨끗한 옷이 더럽힌다 하지 않고 땅에 꿇어앉았다.

"가셨구나."

"대감 가셨구나."

궁 안에서 시작된 통곡성은 밖에서도 화창되었다.

이날 생겨난 변태적 사건은 이 궁전과 및 그 근처뿐이 아니었다.

온 장안에 서로 모순된 두 가지의 일이 이날 생겨났다.

첫째는 애통하는 일군(一群)이었다. 힘이 없이 하늘을 우러러보며 통곡을 하는 일군이 있었다.

그와 반대로 또 한편에서는 그런 애통하는 일군이 있는 것을 알지도 못하는 듯이 가무와 연악이 벌어졌다. 아름다운 계집의 아름다운 소매와 치맛자락의 율동을 바라보면서 얼근히 취한 소리로서 세상의 기분과 즐거움을 찬송하는 일군이 있었다.

이날이 조선 근대의 괴걸이요, 유사 이래 어떤 제왕이든 능히 잡아보지 못하였던 '절대'적 권리를 손에 잡고 이 팔도 삼백여 주를 호령하며, 밖으로는 불란서·미국·청국들을 내리누르고, 안으로는 자기의 백성의 복지를 위하여 그의 일생을 바친, 흥선대원왕(興宣大院王) 이하응(李昰應)이 별세한 날이다.

조선 오백 년 역사에 있어서 조선을 사랑할 줄 알고, 왕가와 서민, 정치가와 백성, 윗사람과 아랫사람의 지위를 참으로 이해한 단 한 사람인 우리의 위인 이하응이 그 일생을 마친 날이다.

"우―위!"

내일 모레면 섣달그믐이라는 대목이었다.

어떤 길모퉁이에서 한 취객이 큰길로 나왔다.

"우―위!"

꽤 깊은 밤이었다. 큰길이라야 당시의 장안의 길은 그다지 크지를 못하였다. 게다가 허투루 내버린 물이 모두 얼어서 미끄럽기가 짝이 없었다.

"취하는군."

꽤 취한 모양이었다. 걸음걸이가 그야말로 이 보 전진 일 보 후퇴였다. 한 걸음 나가서는 팔짱을 찌르고 몸의 중심을 잡으며 한참씩 서서 있고 하였다.

근본은 양반인 모양이었다. 그러나 그 행색이 초라하기가 짝이 없었다. 해진 도포, 떨어진 갓, 어느 모로 뜯어보든지 한 표랑객(漂浪客)[3]에 지나지 못하였다.

개가 한 마리 따라오면서 짖었다. 마치 물고 늘어지려는 듯이 그에게 달려들면서 짖었다.

그는 비틀거리던 발을 멈추었다. 그리고 돌아섰다. 초라한 옷, 작다란 몸, 어디로 보아도 시원치 못한 이 취객은 자기에게 달려드는 개를 굽어보았다.

취객을 짖던 개는 그 취객이 돌아서므로, 따라오던 걸음을 멈추고 뒷다리를 버티고 이제라도 취객의 목을 향하여 올라 뛸 듯한 자세로서 잠시 마주 보았다.

취객은 개를 돌아보았다. 돌아볼 동안 아직껏 비틀거리던 그의 몸이 멎었다. 그는 자기에게 달려드는 개를 호령을 할지 어를지 주저하는 모양이었다.

이 주저하는 양을 개는 알아보았다. 잠시 뒷다리를 버티고 겨누고 서 있던 개는, 한소리 지르며 취객의 몸을 향하여 올라 뛰었다.

순간이었다. 취객은 몸을 비켰다. 자기가 몸을 비켰기 때문에 올라 뛰다가 도로 떨어지는 개에게 향하여 그의 호령이 내렸다.

"요 망할 강아지!"

놀랍게 우렁찬 음성이었다. 그 초라하게 왜소한 취객의 어디서 그런 우렁찬 소리가 나는가 의심할 만큼, 놀라운 소리였다. 대지가 울렸다. 하늘까지 울리는 듯하였다.

그 우렁찬 소리에 놀란 것은 그를 물려고 달려들었던 개였다. 개는 이 우렁찬 소리에 위압되어 힐끗 그를 향하여 돌아는 섰지만, 잠시 멍하니 그 취객을 쳐다만 보고 있었다.

개는 취객을 쳐다보았다. 취객은 개를 굽어보았다.

잠시 개를 굽어보고 있던 취객은 오른편 발을 들었다가 땅을 쿵 하니 내리짚었다.

"저리 가!"

한마디의 호령이나마 이 취객에게 위압된 개는 즉시 복종하였다. 개는 잠시 더 취객을 쳐다보다가 슬며시 꼬리를 내려 끼고 돌아서버렸다. 그리고 여음과 같이 두어 마디 더 컹컹 짖어보면서 골목으로 들어갔다.

"망할 놈의 강이지, 남의 술을 다 깨우는군."

취객은 그 개 때문에 취기가 깨는 것을 애석히 여기는 듯이, 기다랗게 숨을 한 번 쉰 뒤에 다시 비틀거리는 걸음으로 그곳에서 발을 떼었다.

"우! 위! 백설이 만건곤하니 —"

아까 어느 기생집에서 기생이 부르던 노래를 코로 흥얼거리면서 얼음진 대지를 비틀비틀, 어두움 가운데로 사라졌다.

낙백[4] 시대의 흥선군 이하응(李昰應)이었다.

후일에 조선 팔도 삼백여 주를 호령하던 대원군, 당시의 한 가난한 종친에 지나지 못하는 흥선군 이하응은 취한 걸음을 비틀비틀 옮겼다. 향하는 곳은 경운동 자기의 집이었다.

왕족의 한 사람이라, 흥선군의 집도 '궁(宮)'이라는 명칭은 붙어서 운현궁[5]이라는 명색이 있기는 있었다. 그러나 가난하고 세력 없고 그 위에 당시의 권문(權門)인 김씨 일족이며 그 밖 권도가들에게 멸시를 받고, 거리의 무뢰한들과 짝하여 술이나 먹고 투전이나 하러 다니는 그는, 어디로 보든지 한 개의 표랑객이지, 왕족으로 보이지 않았다. 단지 때때로 뜻 없이 호령을 할 때나, 혹은 무슨 마음에 맞지 않는 일 때문에 휙 돌아서고 말 때에 그의 무서운 위압력이 얼핏 보여서 범인(凡人)이 아닌 그림자가 눈 밝은 사람에게는 보일 뿐이었다.

가난한 종친, 권세 없는 왕족 — 이 주정뱅이 공자는 어두운 밤, 찬 거리를 비틀거리는 걸음으로 자기의 집으로 향하고 있었다.

"모레가 그믐이라, 떡쌀[6]이나 있나?"

무론[7] 없을 것이었다. 떡쌀은커녕 내일 아침 조반 쌀이 있을지 없을지도 의문이었다. 아침에 부인에게 꼭 좀 마련하여 오란 당부를 단단히 받고 나온 흥선군은, 나오다가 어떤 술친구를 만나서 술친구가 끄는 바람에 부인의 당부도 잊어버리고 어떤 기생집에서 진일[8]을 술로써 보낸 것이었다.

그리고 부인의 당부는 잊었던 것이었다.

술 때문에 얼마만큼 마음이 흥그럽게[9] 된 그였지만, 차차 발이 집에 가까워짐에 따라서 흥그럽던 마음이 차차 무거워졌다. 그리고 마음의 무거움은 발로 전염되어 발의 걸음도 차차 무거워졌다.

"우 — 위 — 취하는군."

타성으로서 다시 한 번 트림을 하면서 이렇게 중얼거렸지만, 아까 개의 사건과 차차 가슴을 무겁게 하는 근심에 취기도 꽤 있었다.

금관조복에 운학선은 바라지 않는 바다. 그러나 종친 공자로서 쌀 걱정, 설 지낼 걱정까지 하지 않을 수가 없으니 이게 어찌 된 세상이냐? 태조의 거룩한 피를 물려받은 자기로서, 어디 개뼈다귀인지 알 수도 없는 외척들에게 눌리어서 감히 머리도 들지를 못하니 이것이 무슨 세상이냐?

비틀거리던 걸음걸이도 이제는 바르게 되었다. 추위도 막기 겸, 비틀거리는 걸음에 중심도 잡기 겸, 깊이 팔짱을 찌르고 머리를 가슴에 묻고 길을 걷던 그는 활개를 펴고 머리까지 높이 들었다.

"화무십일홍[10]이요 달도 차면 기우노니."

시조라 할까 노염의 부르짖음이라 할까, 이때 그의 입에서 나온 이 소리는 해석할 자 없다.

명문 민씨의 가문에 태어난 부인은 짜증을 부린다든가 바가지를 긁는다든가 그런 여도(女道)에 벗어난 일은 하지 않았다. 그러나 설을 지낼 쌀이 떨어진 집안의 주부로서 화평한 얼굴을 할 수가 없었다.

술이 취하여 머리를 숙이고 들어오는 흥선군을 부인은 미소로서 쳐다보았다.

"어디서 잘 잡수셨구려."

마음의 모든 불평과 불만을 '여덕(女德)'이라는 커다란 보자기로 싸고 온순과 인종이란 미덕으로써 장식한 귀여운 마음성이었다.

여기 대하여 흥선군은 부끄러운 듯이 외면을 하여버렸다.

태조의 21대손인 영종[11]대왕의 현손(玄孫)[12]으로서 은신군 충헌공(恩信君 忠憲公)[13]의 손주며 남연군 충정공(南延君 忠正公)[14]의 아들인 흥선 이하응은 과세(過歲)[15]할 것을 준비하려고 나갔다가 자기 혼자서 술을 얻어먹고 돌아온 것이었다. 얼마만큼 무안하고 미안하였다. 그 미안을 감추기 위하여

"어 — 취하는군."

하면서 취한 듯이 몸을 한 번 떨었다.

부인이 물었다.

"나가셨던 일은 마음대로 되었습니까."

결기 있는 흥선군이었다.

부인에게 이런 채근을 받을 때에 이전과 같으면

"되고 안 되는 것을 여편네가 참견할 것이 아니오."

라고 튕겨버릴 것이었다. 그러나 돌아오기 전부터 벌써 꽤 미안함을 느끼고 있던 흥선군은 힐끗 곁눈으로 부인을 한 번 본 뒤에,

"내일 되겠소. 날도 칩기도 하다."

하면서 한 번 너털웃음을 웃었다.

내일이라 말을 하였다. 그러나 흥선군에게는 내일이 아니라 열흘을 연기할지라도 과세 준비를 할 플랜이 서지를 않았다.

김 모, 민 모, 홍 모, 조 모, 이 모, 지금의 세도가요 지금의 금만가[16]인 수없는 사람의 이름과 형지[17]가 얼른얼른 그의 머리를 스치고 지나는 갔지만, 그 아무한테도 가서 지금 자기의 궁경을 호소할 곳이 있음직도 안했으며, 호소할지라도 그 호소에 얼마만큼이나 동정하여줄 사람은 절대로 없을 것이다.

부인에게 향하여 내일이면 되리라고 너털웃음으로 넘겨버리기는 하였지만, 그 내일 일이 딱하기가 짝이 없었다.

모든 일이 딱하고 기막힌 흥선군은 다시 부인의 얼굴을 보지 않고 어서

자리에 들어갈 준비를 하였다.

이튿날, 이 파립폐의(破笠敝衣)[18]의 공자의 모양은 다시 거리에 나타났다. 상갓집 개와 같이 가는 곳마다 구박을 받는 이 공자는, 그래도 행여 구박하지 않는 고마운 세가(勢家)가 하나 있지 않나 하여, 대목의 바람 찬 거리거리를 헤매고 있었다. 각 척신(戚臣)[19]과 세가(勢家), 노론(老論), 소론(少論), 남인(南人), 북인(北人) 틈에 끼어서 돈 없고 세력 없는 이 공자는 어찌 기침 한번을 크게 기츨[20] 수가 있으랴. 아무리 굶어 죽는다 할지라도 어디 가서 쌀 한 되를 청하여볼 집이 있으랴. 그러나 섣달 대목을 당하여 몰려올 빚쟁이도 피할 겸 부인에게 맹서도 한 체면상, 오늘은 어떻게 해서든 과세의 준비를 좀 해가지고 들어가지 않으면 안 될 날이다.

"사람의 종자는 거리에 우글우글하되 나 갈 곳은 없구나."

거리를 둘러보아서 수많은 사람들이 이리저리 바쁜 듯이 왕래를 하며, 벽제소리[21] 요란하게 저편 앞에는 어떤 세도가의 행차가 지나가는 것을 볼 때에, 이 공자의 입가에는 쓴웃음의 자취가 스치고 지나갔다.

얼마를 거리를 헤매고 있던 이 공자의 작다란 몸집은, 그날 낮 좀 지나서 세도가 팽경장(彭景長)의 집 사랑에 나타났다.

"대감, 그간 무강하시오?"

인사를 하는 체면상 흥선군의 얼굴에는 미소가 나타났다. 그러나 이제 바야흐로 안 하지 않을 수 없는 창피하고도 괴로운 말 때문에 그의 미소의 뒤에는 고통의 그림자가 숨어 있었다.

두세 문객을 앞에 앉히고 아랫목에 안석(案席)[22]에 기대어 비스듬히 앉아 있던 경장은, 힐끗 눈을 굴려서 흥선군을 바라보았다. 검은자위보다도 흰자위가 많은 눈찌[23]였다. 무엇하러 왔느냐는 표정이었다.

그 경장의 흰 눈자위에 향하여 다시 한 번 미소하여 보이지 않을 수가 없는 흥선군이었다. 흥선군은 또 한 번 미소하였다.

"에이, 날도 지독히 칩게 되었습니다."

하면서 손을 부비며 윗목에 쫑그리고 앉았다.

지벌[24]로 보아서 거기 있는 문객들은 당연히 흥선군보다 아랫사람이매, 들어오는 흥선군에게 대하여 당연히 인사를 하지 않으면 안 될 것이었다. 그러나 세도가 팽 판서의 문객인 그들의 눈에는, 가난하고 세력 없는 이 공자는 사람으로 보이지조차 않았다. 한 번씩 힐끗 돌아본 뒤에는 모두 흥선군에게는 등을 지고 말았다.

팽도 무론 흥선군을 대척하지[25] 않았다. 두 번의 인사에 대하여 한 번의 대답도 안 하였다. 그리고 차디찬 일별을 다시 한 번 흥선군의 위에 던진 뒤에 둘러앉은 문객들과 아까의 이야기를 계속하기 시작하였다.

"─ 그래서 책망을 하지 않았겠소? 아참, 어이가 없어서 ─"

무슨 이야기인지는 모른다. 좌우간 팽은 여기까지 이야기하고는 자못 우스운 듯이 하하하하 하고 웃었다.

둘러앉았던 무리들도 이 우습지도 않은 이야기에 허리가 끊어질 듯이 웃고들 있었다.

윗목에 쫑그리고 앉은 흥선군은 이제 자기의 거취를 스스로도 알 수가 없었다. 이미 앉은 이상 이제 일어서서 다시 나갈 수도 없었다. 그러나 앉았자니 누구 하나 자기를 대척하여주는 사람이 없었다.

도대체 경솔히 앉았던 것부터가 실수이다. 아니, 이 집에 들어온 것 ─ 그보다는 더 앞서서 누구의 힘을 힘입으려던 것부터가 실수였다. 이러한 냉대를 받을 것은 당연히 예측이 될 것이거늘, 구구히 남의 집을 찾을 생각을 내었던 것부터가 실수였다.

다시 일어설 수도 없고 그냥 앉아 있을 수도 없게 된 흥선군은 자기의 거취를 찾지를 못하고 다시 아랫목에서 계속되는 이야기에 귀를 기울이지 않을 수가 없었다.

팽과 그의 문객들은 무슨 이야기인지는 모르지만 아까의 이야기를 그냥 계속하였다. 때때로 팽이 웃었다. 그러면 문객들은 허리가 끊어질 듯이 웃고 하였다. 그다지 우습지도 않은 이야기가 분명하지만, 팽이 웃기만 하면 문객들은 이 세상에 다시없는 우스운 이야기인 듯이 방바닥을 두드리며 웃고 하였다.

윗목에 웅크리고 앉은 가난하고 세력 없는 공자 흥선군의 가슴은 타는 듯하였다. 수십 년 겪어온 모멸(侮蔑)이며, 경험하고 또 경험한 수치며, 너무 받았기 때문에 지금은 그런 모멸에 대하여는 거의 신경이 마비된 흥선군이로되, 오늘은 유난히도 가슴 쏘았다. 일어서려 일어서려 몇 번을 몸을 움직여보았다. 그러나 그저 일어서기도 너무 싱거웠다. 여기서 일어서려면 땅을 한 번 치고 발을 한 번 구른 뒤에 왜가닥 하니 문을 박차고 나가지 않으면 안 될 것이다. 그러나 몸은 아무리 왕가의 피를 받은 흥선군이로되, 권도로서 도저히 팽의 뒤 천 보를 따를 수 없는 그는 그것은 할 수가 없었다. 도로 나가려 해도 나갈 만한 빌미조차 잡을 수가 없었다.

아랫목에서는 한 토막의 이야기가 끝이 난 모양이었다. 팽이 앞에 놓였던 기다란 담뱃대를 끌어당겼다. 그러매 그의 앞에 있던 한 문객은 황급히 담배를 담아 바쳤다. 유황성냥을 황급히 화로에 긋는 사람도 있었다. 한 대의 담배에 대하여 경쟁하듯이 제각기 팽의 심부름을 하였다.

팽은 담배를 붙여 물었다. 성천초[26]의 푸르른 연기가 한순간 그의 얼굴을 감추었다. 그 연기가 사라지기 시작하려 할 때에 팽은 비로소 흥선군에게 향하여 첫말을 던졌다.

"아 참, 대감 언제 오셨소?"

흥선군이 온 것을 인제서 알았다는 표정이었다.

마음이 이리 끓고 저리 끓던 흥선군이었다. 그러나 오랫동안의 그의 습관으로서 그의 얼굴에는 이때에 비굴한 미소가 떠올랐다.

"방금 왔습니다. 날은 몹시 차게 되었습니다."

팽의 얼굴에 어리어 돌던 연기가 사라졌다. 두 번째의 연기가 다시 그의 얼굴을 덮었다 그 가운데서 팽은 두 번째의 말을 던졌다.

"이즈음 어떠시오? 방에 불이나 때구 사시오? 아이구 얼어서 면상이 모두 허옇게 부었군."

지극한 모멸의 말이었다. 흥선군의 얼굴에는 칵 피가 끓어올랐다. 숨까지 딱 막히는 듯하였다.

그러나 그는 이 노염을 꽉 눌렀다. 그리고 그 팽의 말에 달려 늘어졌다.

"대감, 어떠케 그렇게 잘 아시우? 이즈음 곤란하여 참 죽을 지경이외다."

"참 그럴걸. 내 좀 돌려드릴까?"

"네, 그러면 고맙겠습니다."

"얼마나? 한 두어 돈이면 될까?"

팽은 좌우를 둘러보았다. 좌우 문객들에게서 두 돈을 수렴하려는 눈치였다.

문객들은 눈치가 빨랐다. 팽이 둘러보는 기수[27]에 제각기 얼른 꺼내려고 주머니를 뒤졌다. 한 문객이 팽의 앞에 돈 두 돈을 웃음과 함께 공손히 바쳤다. 팽은 그 돈을 받았다. 한 닢 두 닢 세어보았다. 그런 뒤에 윗목에 있는 흥선에게 향하여 스무 닢의 엽전을 뿌려 던졌다.

"과세나 잘 허우."

아랫목에서는 집이 무너져나갈 듯이 웃는 소리 —

흥선은 눈과 코와 귀가 모두 아득하여졌다. 아랫목에서 여러 사람이 크게 웃는 소리가 마치 십 리 밖에서 나는 소리같이 작다랗게 들렸다.

흥선은 일어섰다. 비틀거리는 몸을 지탱하여 문을 열자 밖으로 뛰쳐나왔다. 그의 등을 향하여 웃음소리가 또 한 번 굉장히 울렸다.

"퉤!"

입을 벌리기조차 추운 겨울날이었다. 바람이 쏘는 듯하였다. 그러나 극도의 분노와 불쾌 때문에 입의 침이 죽과 같이 걸게 된 흥선은, 연하여 얼어붙은 땅에 침을 뱉으며, 어디인지 자기로는 목적이 없는 길을 걷고 있었다.

쌀? 과세? 그런 문제는 인제는 생각도 않았다. 어디 개뼈다귀인지 알지도 못하는 팽경장에게 수모를 받고, 거기 모여 있는 타향 천인들에게 웃기운 것이 분하기가 짝이 없었다.

"이놈들을!"

아아, 마음대로 하자면 뼈를 갈아 먹어도 시원하지 않은 일이다.

그러나 감히 자기로는 어찌하지 못할 일임을!

이런 때에 임하여 이 온갖 고난과 수모를 다 겪고 또 겪은 흥선의 머리에도 스스로도 코웃음칠 만한 망상조차 일어나는 것이었다.

"두고 보자."

하늘을 찌를 듯한 지금의 권문들의 세력은 꺾일 날이 있음직도 안 하였다. 그러나 이런 너무도 억울한 일을 당할 때에 흥선의 머리에는 절대로 불안한 망상조차 일어나는 것이었다.

상감께는 가까운 혈기가 안 계시다. 상감 승하하신 뒤에는 이 팔도 삼백 주의 어른이 되실 분은 당연히 종친 중에서 골라내지 않을 수가 없을 것이다.

아아, 장래에 만약 그런 날이 생긴다면 ─ 자기에게는 아들이 있다. 종친 중의 한 사람인 자기에게는 장래 이 나라의 통치자로서 아무 부끄러움이 없을 훌륭한 아들이 있다. 그때 ─ 만약 ─ 만약…….

팽? 김? 민? 이? 이 세상에 두려울 자 누구랴. 지금 자기를 이렇듯 수모한 팽도 그날에는 땅에 코를 끌면서 자기를 절하리라.

추위도 감각치 못하였다. 자기가 걷는 곳이 어디인지도 알지 못하였다. 분노와 망상 때문에 흥선은 머리를 가슴에 푹 묻고 땅만 내려다보며 연하여 퇘퇘 침을 뱉으며 걸었다. 이 망상에 빠져서 제정신을 못 차리는 흥선

의 귀에 그의 분노를 더욱 돋우려는 듯이 서편 실보붕이에서 벽제소리가
요란히 나기 시작하였다.

"무리거라, 빗거라. 에—이놈들, 모두 앉거라 서거라."

그 요란스럽고 호기 있는 벽제소리로 미루어, 어떤 권문의 행차인 것이
짐작되었다. 아직껏 깊이 머리를 가슴에 묻고 걷던 흥선은 그 머리를 번쩍
들었다.

분노에 불붙는 눈자위였다. 작은 몸집이나마, 초라한 행색이나마, 그
흥분된 눈을 치뜰 때에는, 그 눈에는 장래 이 삼백여 주를 호령한 운현 대
감 대원군의 위엄이 드러나는 것이었다.

어떤 놈—이 벽제소리 요란히 지나가는 놈은 또 어떤 놈이냐?

마주 서서 욕하고 꾸짖을 신분은 못 되나마, 하다못해 벽제소리에 향하
여서라도 노염의 눈을 던져보자는 것이었다.

행차는 가까웠다.

행차는 당대의 세도가 김병학(金炳學)의 행차였다.

"자, 추운데 이 아래로 쑥 내려오시지요."

대제학(大提學)[28] 김병학의 사랑, 권하는 사람은 주인 병학이요, 권을 받
는 사람은 파립폐의의 흥선이었다.

의외의 일이었다. 흥선으로서는 무슨 영문인지를 몰랐다. 당대의 세도
이며 척신인 김병학이 이렇듯 예를 극진히 하여 자기를 집으로 데리고 돌
아오는 것이 흥선에게는 과연 뜻밖이었다.

팽에게 받은 수모 때문에 머리가 거의 혼란하게 되었던 흥선은, 또한 이
뜻하지 않은 병학의 경이(驚異)[29]에 눈을 던지지 않을 수가 없었다.

"야, 이 방에 불 더 때라. 자, 대감 담배나 붙이세요. 여보게, 대감께 얼
른 담배 붙여 올리게."

사면을 지휘하여 흥선을 환대하려는 눈치가 분명하였다. 그러지 않아

도 뜨거운 방에 불까지 더 때라고 야단이었다.

홍선은 눈을 들어서 병학을 바라보았다. 상갓집 개와 같이 가는 곳마다 수모와 멸시만 받은 이 공자는, 생의 처음 받아보는 병학의 환대와 호의가 고맙기보다 오히려 무시무시하였다. 눈을 부릅뜨면 해라도 그 빛을 흐리게 할 만한 세도 병학으로서, 아무 돌아볼 곳이 없는 자기에게 이런 호의를 쓴다는 것이 홍선에게 있어서는 오히려 기적이었다. 홍선은 잠시 병학의 얼굴만 물끄러미 바라보고 있었다.

주인의 명령에 의지하여 공손히 바치는 담배를 홍선은 받아서 피웠다. 가난에 가난을 거듭한 몇 해, 수수밭 귀퉁이에 심었던 쌍담배에나 익은 홍선의 입에는 좀 과히 독한 성천초였다. 재채기가 나려 하였다.

"대감, 이즈음 어떠십니까?"

무슨 소리를 하느냐? 내 살림이 곤궁할 것은 너희들이 빤히 아는 바가 아니냐? 내 쓴 갓을 보아라. 내 입은 옷을 보아라. 휘늘어진 비단옷에 싸인 병학을 홍선은 대답 없이 그냥 바라만 보았다. 그러나 대답 없는 그의 눈은 이렇게 말하였다.

"걱정 마오. 당신네의 덕분에 잘 사오. 딸 잘 둔 당신네 집안보다는 조상 잘 둔 우리 집안은 좀 못하기는 하지만 굶지는 않소."

홍선의 입이 비로소 열렸다.

"조상이 막여 딸이라 — 대감은 이런 쌍문자 아시오?"

비틀어진 미소 아래서 새어나온 물음이었다. 병학은 눈을 둥그렇게 하였다. 시정의 무뢰한 가운데 섞여서 시민들의 쌍말[30]과 속담과 재담과 해학에 능한 이 타락한 공자의 기상천외의 질문은, 명문 김병학에게는 알지 못할 말이었다. 잠시 눈을 크게 하고 홍선의 얼굴을 바라본 뒤에 씩 웃고 말았다.

홍선의 입가에 떠돌던 비틀어진 미소는 드디어 홍소[31]로 변하였다.

"하하하하. 조상이 막여 딸이라. 하하하하, 하하하하."

폭발된 노염의 홍소였다. 처치할 곳 없는 분노를 홍소로써 처치하려는 것이었다.

"하하하하, 하하하하. 대감 모르시는구려. 우리 같은 상놈이나 알지 대감이 어떻게 그런 문자를 아시겠소?"

체기가 내려가는 것같이 홍선의 가슴은 얼마만치 시원하였다. 허리가 끊어질 듯이 웃고 있는 객과, 눈을 둥그렇게 하고 있는 주인 ─

이 방에는 잠시 이상한 기운이 떠돌고 있었다.

"불로초로 술을 빚어 만년배에 가득 부어……."

"자, 대감, 잔을 드세요."

기생의 부르는 권주가를 따라서 병학은 홍선에게 술을 권하였다.

홍선은 잔을 들었다. 연거푸 먹었다. 먹고 또 먹고 연거푸 먹었으나 취기는 도무지 돌지 않았다.

아니, 취기가 돌지 않았다면 어폐가 있다. 취기는 돌았으나 ─ 취기가 돌기 때문에 정신은 더욱 똑똑하여갔다.

공복에 독한 술이 들어가기 때문에 그의 머리는 여간 어지럽지 않았다. 그 가운데서 세 가지의 생각이 엉기어서 돌아갔다.

팽의 집에서 받은 수모 ─ 그 기억이 더 확대되어 그를 괴롭게 하였다. 잔을 들다가 그 잔을 도로 놓고 킁킁 코를 울리고 하였다. 병학의 이 환대가 또한 그의 머리를 어지럽게 하였다. 아무 환대 받을 까닭이 없다. 자기는 아무리 종친이라 하나 세력 없고 돈 없는 ─ 시정에 배회하는 한낱 부랑자요, 저편 쪽은 나는 새라도 떨굴 만한 세력가이거늘, 무슨 까닭으로 오늘 이렇듯 자기를 환대하나? 아까도 어떤 그렇지 못할 손님이 온 것도 '일이 있어 못 만나겠다'고 그냥 돌려보내고 자기를 환대를 하니 그 까닭을 알 수가 없었다. 이 문제도 그의 머리를 매우 어지럽게 하였다.

셋째 문제는 자기의 가사 문제였다. 아까는 팽에게 대한 분노 때문에 거기 생각이 미칠 겨를이 없었으나, 술 때문에 머리가 사면으로 활동할 수 있게 된 그에게는 지금 그 가사 문제가 머리에 걸려 돌아갔다.

집을 나올 때에 부인은 문까지 따라 나오면서 그를 바래주었다. 점잖은 집 부인이라 그 뜻을 입 밖에까지 내지는 않았지만, 오늘은 꼭 좀 마련하여 오라는 당부에 틀림이 없는 것은 홍선도 잘 알았다. 그러나 어디서? 인제는 어디 가서 말해볼 용기도 없었다. 비록 굶어 죽는 한이 있을지라도, 다시는 거기 대하여 입을 뗄 수가 없었다. 그렇게 입을 뗄 수는 없는 일이지만, 또한 어떻게 해서든 마련하지 않으면 또 안 될 일이었다.

병학에게 말하여볼까, 이렇듯 자기를 환대하는 것을 보면 자기에게 호의를 가지고 있는 것이 분명하다. 호의를 가지고 있다 치면 팽과 같이 자기를 망신시키지는 않을 것이다. 술기운도 합하여 좀 용기를 얻은 홍선은, 몇 번을 이렇게 마음먹고 입을 열려 하였는지 알 수 없다. 그러나 급기 입을 열려면 차마 벌어지지를 않고 하였다.

이러한 여러 가지의 생각 때문에 머리가 어지럽기가 짝이 없는 홍선은 그 분풀이라는 듯이 연하여 술만 공격하였다. 병학은 끊임없이 권하였지만 병학이 권하기 전에 홍선은 잔을 들고 하였다.

"대감 어떠세요?"

병학이 이렇게 물을 때에 홍선은 방금 받은 잔을 땅 하니 상에 놓으며, 취기를 한꺼번에 토하고 머리를 번쩍 들었다.

"나 늘 먹는 막걸리보다는 맛이 좀 나았소."

하고 무엇을 살피는 듯이 사면을 한 번 둘러본 뒤에 주인을 찾았다.

"대감."

"네?"

"한참 앞어서 보아야 지금이 대목인데 이 집에는 빚 받으러 오는 사람이 없으니, 대체 대감은 빚을 안 지셨소? 혹은 지고도 받으러 못 오게 하는 묘책이라도 있소?"

병학은 눈을 크게 하였다. 그 뒤에 눈을 깜박거렸다. 이 질문을 그냥 웃어버릴지 혹은 변명이나 대답을 해야 할지 모른 것이었다.

뒤따라 흥선의 말이 그냥 계속되었다.

"만약 못 받으러 오는 묘책이라도 있으면 내게 좀 전수를 하시오. 오늘 당장부터라도 써먹어야겠소."

눈만 삼박거리던[32] 영초(병학의 호)는 싱겁게 씩 웃었다. 그리고 기생에게 흥선이 놓은 술잔을 눈짓하였다.

"자, 약주나 드세요."

"아니, 술이 아니라 하 이상해서 그러오. 대목이면 빚쟁이들이 대문이 메어서 들어오는 법인데, 이 댁에는 아모리 보아야 그런 기색도 없으니 말이외다. 보아하니 대감네 가사 비용은 우리 따위보다는 퍽 많아 들 게외다. 술도―"

흥선은 잔을 들었다. 그리고 코로 술의 냄새를 맡아보고 혀끝으로 맛을 보았다.

"우리 먹는 막걸리보다는 훨씬 비쌀 게야. 안주도―이건 뭐요? 해파리? 이건 또 비철의 외? 톡톡히 걸렸을걸. 이런 건 나 같은, 조상이나 잘 둔 사람을 위해서 따로이 마련한 것은 아니겠지요? 대감 댁에서 보통 쓰시는 것이겠지요? 그 많은 가사 비용을 빚 안 지고야 어떻게 당하겠소? 빚은 나보다 몇천 곱 몇만 곱 되리다. 한데 빚쟁이가 안 오니 웬일이오? 못 오게 하는 묘책이라도 있소?"

주정꾼의 헛소리로 넘기기에는 너무도 쏘는 말이었다. 진정한 질문으로 듣기에는 너무도 기경한 말이었다. 영초는 이 잘못하다가는 재미없는 시비가 일어날 듯한 장면을 뚫어나가기 위하여 연하여 미소를 그의 얼굴에 나타내었다.

"대감, 그런 농담은 차차 하시고 잔이나 드세요. 오래간만에 대감과 대작을 하게 되니 퍽 반갑소이다. 자, 어서 잔을 드세요."

영초의 눈짓에 기생은 흥선을 위하여 다시 권주가를 뽑아내었다.

그러나 흥선은 완강히 잔을 들지 않았다. 공복에 독한 술을 먹기 때문에 검붉게 된 얼굴에다가 기괴한 미소를 띠고, 정면으로 영초의 낯을 바라보면서 완강히 '묘책 전수'를 요구하였다.

"— 게다가 나 같은 사람은 호구지책으로 변변치 않은 난초 장도 그려서 팔고, 투전판에서 손뽑이도 하거니와, 대감은 그런 재간도 있다는 소문도 없으니 돈 생길 데가 없어. 그러면서 이 많은 비용을 어디서 구해내시오?"

"하하하하, 대감두 농담두 너무 심하시구려."

"농담? 내가 농담이오?"

흥선은 정색을 하였다. 그리고 윗 기생을 돌아보았다.

"야, 너의 집에는 빚쟁이가 안 오느냐?"

기생도 미소하였다.

"왜 안 올 리가 있습니까?"

"와? 오며는 그럼 너는 어떻게 하느냐?"

"그러기에 이런 대감 댁에 와서 숨어버리지 않습니까?"

"여기 숨는다? 그걸 보. 이 댁에는 빚쟁이가 못 오게 하는 무슨 묘책이 있기에 여기 피신까지 하는 게 아니오? 자, 대감 응? 그…… 그— 어 취한다."

휙 지독한 취기가 한 번 그의 머리를 덮고 지나갔다. 그 취기 때문에 비틀거리는 몸을 그냥 팔꿈치로 안주상에 기대고 흥선은 푹 머리를 수그렸다. 과세 비용의 걱정이 술 때문에 무섭게 확대되어 갑자기 그의 가슴을 눌렀다.

"에, 가봐야겠구."

잠시 머리를 수그리고 있던 흥선은 갑자기 비틀비틀 일어섰다. 그러나 공복에 독한 술이 들어갔기 때문에 온몸이 마비된 흥선은, 자기의 몸을 마음대로 일으킬 수가 없었다. 반만치 일어나다가 다시 털썩 주저앉아버렸다.

"허허, 몹시 취했구. 내 몸이 내 마음대로 안 된담! 대감! 영초! 영조!! 나 여기서 한잠 자겠소."

홍선은 몸을 번뜻 거기 눕혔다.

"한송정 솔을 뷔어 조그맣게 배를 무어 ― 어, 취한다. 우리 늙은 마누라 쌀이나 좀 바꾸어 왔나……."

홍선은 거기서 혼혼히 잠이 들어버렸다.

그러나 거기서 혼혼히 잠은 들었으나 홍선의 잠은 오래 계속되지 못하였다. 마음속에 숨어 있는 커다란 수심 때문에, 잠이 든 지 얼마 되지 못하여 번쩍 눈을 떴다.

"음."

한소리 기지개와 함께 홍선은 사면을 살펴보았다. 처음 한순간은 부드러운 처네[33]와 뜻뜻한 넓은 방이 낯설었지만, 그것이 영초의 집 사랑 정침(正寢)[34]이라는 것을 요해하면서 홍선은 몸을 일으켰다. 일어나매 아까의 기생이 시중을 들려고 기다리고 있다가, 홍선에게 냉수 대접을 바쳤다.

"응, 한잠 잘 잤군. 어서 집으로 가야겠구."

홍선은 양치를 한 뒤에 자기의 의관이 어디 있는지를 살필 때에, 침방 문이 열리며 거기서 주인 영초가 나타났다.

"벌써 다 주무셨소?"

"아이구, 잘 얻어먹고 낮잠까지 자고…… 인전 가야겠소."

"왜 좀 더 천천히 가시지요. 해정(解酲)[35]이나 ―"

말을 계속하는 것을 홍선은 가로막았다.

"해정이 다 뭐요? 어서 가야지, 집에서는 눈이 빠지게 기다릴 터인데 ―"

그 말을 들었는지 못 들었는지, 영초는 거기는 대답지 않고 가까이 내려왔다. 그리고 홍선이 자리를 비키려는 것을 손짓으로 막고 자기는 발치에 물러앉았다.

"가신다 해도 그 옷이 모도 구겨져서 어떻게 그냥 가십니까? 저 방에—"

영초는 손을 들어서 제 침방 쪽을 가리켰다.

"잠깐 가보세요. 변변치는 못하나마 갈아입으실 옷을 준비했습니다."

흥선은 눈을 들어서 영초의 얼굴을 바라보았다. 마주 자기를 들여다보는 눈— 그것은 결코 당대의 권문 대제학 김병학의 눈이 아니요, 한 개 사람— 서로 접근할 수가 있는 '사람' 김병학의 눈이었다. 흥선은 잠시 영초의 눈을 바라보다가 말없이 일어섰다. 영초의 눈에 조금이라도 불쾌한 자위가 있었으면 흥선은(까닭은 모르지만) 호의로 창초[36]의 말을 거절할 수가 없었다.

침방에 들어가 보매 아이 청지기[37]가 의복 일습을 보료 아래 녹이고 있었다. 갓에서 버선, 대님, 허리띠, 주머니에 이르기까지, 의복 일습이 자기를 위하여 준비되어 있었다.

흥선은 거기서 아이 청지기의 손을 빌려서 옷을 갈아입었다. 벗어놓고 보니 자기의 낡은 옷은 구기기는커녕 때도 꽤 많이 끼어 있었다. 그것을 벗어 던지고 흐느러지는 비단옷을 입고 나니, 가난에 젖은 이 공자의 몸은 마치 하늘로 날아 올라라도 갈 듯하였다.

"우화등선[38]— 그러나 몸이 헤픈 것이 옷을 입은 것 같지를 않소."

이것이 이 좋은 새 옷을 준 데 대한 흥선의 인사였다.

영초는 미소하면서 대답하였다.

"변변치 않은 옷이외다."

"과연 변변치 않소이다. 대감께서는 많이 있는 옷이니 변변치 않을 것이고, 내게는 입어도 입은 것 같지 않으니 변변치 않고— 나 같은 사람에게는 주어야 그럴듯한 인사도 못 받는 법이외다. 하하하하."

이 자기에게 극진한 호의를 보여주는 영초에게 대하여 얼마의 조력을 청하고 싶은 생각은 뒤를 이어서 일어났다. 그러나 이러한 호의의 위에 더 무엇을 청구할 만한 용기까지는 생겨나지를 않았다.

영초는 자기의 쓰는 초헌(軺軒)³⁹까지 등대하여두었다가 돌아가는 홍선으로 하여금 타게 하였다.

비단옷에 감긴 몸을 초헌 위에 싣고 구종⁴⁰ 별배⁴¹를 뒤에 단 이 공자— 세상이 세상일 것 같으면 당연하고 또 당연한 일일지나, 홍선은 마치 위압된 듯이 몸을 초헌 위에 웅그리고 있었다.

초헌에 몸을 싣고 구종 별배를 뒤에 단 이 호화로운 공자가 마음 가운데는 당장의 끼니의 쌀 걱정까지 하는 사람이라고는 알 사람이 없었다. 영초의 초헌에 대하여 길 가는 사람들은 경의를 표하였다.

이리하여 홍선은 표면으로는 위세 좋게 자기의 댁으로 돌아왔다.

집에까지 돌아온 홍선은 대문 밖에서 영초의 하인들을 돌려보냈다. 그리고 마치 피하듯이 몰래 사랑으로 들어갔다. 비록 가난은 하나마 자존심이 지극히 높은 그, 아침에 부인에게 부탁을 받고 나갔다가 빈손으로 돌아온 변명을 하기가 귀찮았다. 팽경장에게 눈물 나는 수모를 받았다는 말은 체면상 못 할 일이었다. 김병학에게 술을 얻어먹고 옷을 얻어 입고 왔노라는 말도 역시 못 할 일이었다. 이 모든 못 할 말들을 피하기 위하여 홍선은 몰래 사랑으로 기어들어간 것이었다.

그러나 사랑에는 뜻밖에 광경이 그의 눈을 둥그렇게 하게 하였다.

당연히 추울 사랑이었다. 해진 보료⁴²며 해진 장침(長枕)⁴³이며 해진 안석이 놓여 있을 사랑이었다. 아침에 자기가 나갈 때도 그러하였다. 다시 돌아온 지금에도 당연히 그러하여야 할 것이었다. 그런데 그 방 안에서 첫번 주인을 맞은 것은 뜨뜻한 공기였다. 서늘하고 음침하여야 할 방에 뜨뜻한 공기가 가득 차 있었고, 아랫목에는 비단으로 꾸민 새로운 보료며 안석이며 경침 사방침들이 주인의 돌아오기를 기다리고 있었다. 구멍이 여기저기 뚫려 있을 문창도 어느 틈에 모두 깨끗이 발렸다. 이(영초에게 얻어 입은 것이나마) 비단옷에 감긴 공자에게 그다지 손색이 없는 방으로 어느덧 변하여 있었다.

"?"

아직 술이 채 깨지 않은 흥선은 눈을 이리 찡그리고 저리 찡그리며 살펴보았다. 틀림없는 자기의 집이었다. 내다보면 쓰러져가는 아래채며 거미줄 천지의 추녀며 — 자기의 집임에는 틀림이 없었다. 그러나 그 쓰러져가는 집의 방 안뿐은 아침과는 형태를 온전히 달리한 것이었다.

흥선은 잠시 거기 우두커니 서 있었다. 서 있을 동안 이 온갖 고난을 다보고 겪은 흥선의 눈에도 눈물이 핑 돌았다.

흥선은 이것이 부인의 한 일로 알았다. 자기를 내보내기는 하였지만, 아무리 하여도 변통해 올 듯싶지 않아서 부인이 직접 다른 방면으로 활동을 하여 과세의 준비를 넉넉히 한 것이어니, 이렇게 생각하였다. 궁핍하여 부인에게까지 이런 폐를 끼치는 것이 더욱 마음에 불안하였다.

오늘 두 개의 인정을 보았다. 상갓집 개와 같이 가는 곳마다 구박만 받고 만나는 사람에게마다 수모만 받아서, 울분과 반발성만 마음속에 잔뜩 길렀던 흥선은 오늘 본 두 개의 인정 때문에 눈물겨워졌다.

잠시 그 자리에 서 있던 흥선은 갓과 웃옷을 벗어 걸고 안방으로 들어가 보기로 하였다. 모든 자기의 자존심을 벗어버리고, 부인에게 미안하노라는 말 한마디를 하기 위해서였다. 그리고 겸하여 김병학의 호의를 말하고 팽경장의 횡포를 말하여 같이 분해하고 같이 감사하기를 위해서였다.

안뜰에 들어서 보니 아침까지도 쓸쓸하기 짝이 없던 안뜰도 활기를 띠었다. 부엌이며 뜰이며 쪽마루며 할 것이 없이, 하인들은 과세의 음식을 차리느라고 욱적거리고 있었다. 세찬 한 군데 들어올 곳이 없는 이 가난한 공자의 집에도 하인들이 뜰에 우글거리고 다니니, 겨우 대목 같기도 하였고 사람 사는 집 같기도 하였다.

이 가운데서 흥선은 자기의 몸에 감긴 비단옷을 서투른 듯이 굽어보며 댓돌 위에 올라섰다.

"백구야 훨훨 날지를 마라."

이런 싱거운 때의 기분을 감추기 위하여 노래를 코로 부르면서 안방으로 들어오는 흥선을 부인은 일어서면서 맞았다. 이 부인을 따라서 일어서서 아버지의 귀택(歸宅)[44]을 맞는 소년 — 애명을 개똥이라 하는 이 소년이 이 팔도 삼백여 주에 군령할 고종 이재황(李載晃)이었다.

"영초 김 대감이 세찬을 보내주셔서……."

부인이 흥선에게 이 말을 할 때는 부인의 눈에는 눈물까지 있었다.

모든 것이 영초의 보낸 물건이었다. 명색은 세찬이라 하되, 그것은 세찬이 아니요 당분간의 흥선 댁의 생활비와 생활 필요품 전부였다. 금전, 미곡, 그 밖에 생활품이 몇 짐, 영초에게서 세찬이란 명목으로 흥선에게 온 것이었다.

흥선은 눈을 감고 생각하였다. 아까 팽경장에게 욕을 보고 추운 겨울의 거리를 지향 없이 돌아다닐 때에 길에서 영초의 행차를 만나서 억지로 자기의 집으로 데리고 가던 영초 — 그 뒤 주안을 다하여 자기를 환대하던 영초 — 자기가 돌아올 때에 격식을 벗어나서 중문까지 자기를 보내주던 영초 — 세력 없고 돈 없는 자기인지라, 거리의 마바리꾼[45] 하나도 자기에게 호의를 보여주는 사람이 없는 이 기박한 세상에서, 당대의 권문인 영초 김병학이 이렇듯 호의를 보여준 것에 대하여 흥선은 감사하기가 짝이 없었다.

돌아보건대 현 상감의 직접 인척 되는 김씨의 일족은 무론이요, 심 모(沈某), 남 모(南某), 이 모(李某), 홍 모(洪某)를 막론하고 동석(同席)하기조차 창피하다고 피하는 자기에게, 영초는 무슨 호의로서 이런 것을 보내었는가? 받을 가망이 없는 빚은 절대로 주지 않는 이 기박한 세상에서 영초는 무슨 까닭으로 자기에게 이렇듯 호의를 쓰나?

한참 눈을 감고 있다가 그 눈을 뜨면서 흥선은 이렇게 말하였다.

"응, 영초를 우의정(右議政)을 시켜주지."

부인이 미소하면서 흥선을 쳐다보았다.

"우의정은커녕 대감께 녹사(綠事)[46] 하나를 시킬 권능이 있습니까?"

"시켜주지, 시켜주지. 하다못해 꿈에라도 시켜주지."

"그렇지요. 꿈에나 시키지 생시에야 어떻게 시키겠습니까?"

흥선은 잠시 떴던 눈을 다시 감았다. 때때로 생각하는 망상이 또다시 그를 엄습하였다. 그 망상 가운데 나타나는 자기는 오늘과 같은 폐의파립의 가련한 공자가 아니오, 이 삼백여 주의 큰 나라를 호령할 대원군인 자기였다. 지금 영초가 보내준 새 옷을 갈아입고 아랫목에 기쁜 듯이 앉아 있는 재황은, 그때는 아들이라는 명칭으로는 부르지도 못할 이 나라의 지존이었다. 그때는 — 그때야말로.

"부인—"

흥선은 눈을 감은 채로 부인을 찾았다.

"네?"

"왕대비마마[趙王大妃]께 진상할 무슨 세찬이라도……."

"아, 참 깜빡 잊었습니다. 무얼 — 어떤 것을 하리까?"

"무엇이고 대비마마께서도 우리가 곤핍한 줄은 다 잘 아시니까 ××을 팔아서라도 대비께 세찬뿐은 잊어서는 안 됩니다."

조 왕대비 — 지금 대왕대비 승하 후에는 당연히 조 왕대비가 이 종실의 가장이 될 것이다. 비록 지금 낙박하여 조석의 끼니에까지 부자유를 느끼는 형편이지만, 종실의 한 사람이요 영특한 아들을 가지고 있는 흥선은, 거기 대하여 어떤 야망을 품지 않을 수가 없었다. 후사가 없으시고 몸이 약하신 현 상감 — 상감 불행히 승하하신 뒤에는 신왕을 지정할 권리는 종실의 어른 되는 왕대비가 가지게 되는 것이다. 야심과 패기를 마음속에 가득히 가지고 있는 흥선은, 아무 보잘 것이 없는 지금의 지위에 있으면서도 그것을 뚫고 나갈 계획뿐은 끊임없이 하고 있었다. 그런 필요상 왕대비께뿐은 자기의 가난한 주머니를 털어서 늘 환심을 사두기를 게을리하지 않는 깃이있다.

한참 눈을 감고 있던 흥선은 고요히 눈을 다시 떴다.

"영초는 영의정(領議政)의 재목은 못 돼. 우의정이나 주지."

그리고 이 말에 미소로써 자기를 바라보는 부인을 흥선도 또한 미소로써 마주 보았다.

2

옛날 명종(明宗) 때의 일이다.

그때 김효원(金孝元)이라는 사람이 이조전랑(吏曹銓郎)이라는 벼슬에 뽑히었다. 이조전랑이라는 것은 조정의 백관을 전형하여 쓰고 안 쓰는 것을 작정하는 권리를 잡은 지위였다.

그런데 명종비의 오빠 되는 심의겸(沈義謙)이라는 사람이 거기 대하여 반대를 주장하였다. 그 이유로는 심의겸이, 이전 어떤 날 당시의 대재상 윤원형(尹元衡)의 집에 가보니까, 김효원이 그 집 문객으로 있었다. 김효원은 당시에는 한낱 선비에 지나지 못하는 사람으로서 일개 선비로서 재상 가의 문객 노릇을 하는 것은 좋지 못한 일로서 이런 사람을 전형관을 시키면 벼슬이 공평케 되지 못하리라는 것을 들었다.

이런 일이 있었기 때문에 김효원은 심의겸을 매우 속으로 밉게 여겼다.

이로부터 얼마 뒤에 심의겸의 아우 심충겸(沈忠謙)이 전랑 벼슬을 하게 되었다. 그러매 이것을 본 효원이 가만히 있을 까닭이 없었다.

충겸은 사림(士林)에 아무 명망도 없는 사람 ― 단지 궁중의 척권을 자세[47] 삼아 이런 벼슬에 뽑힘은 가당치 않다고 효원이 또한 들고 일어섰다.

이리하여 심씨는 김씨를 가리켜 이전 원한을 이런 곳에 풀려는 소인이라 일컫고, 김씨 측은 심씨를 가리켜 뒷심을 입은 비루한 사람들이라 하여

서로 시비가 분분하였다.

이 시비가 차차 벌어져서, 단지 심씨, 김씨 사이의 싸움이 아니라, 심씨 편을 돕는 패와 김씨 편을 돕는 패가 생겨서, 차차 이 패가 서로 격서서 시비를 하게까지 되었다.

선조(宣祖) 때에 이르러서 이 시비는 더욱 커졌다. 당시에 이름 있는 선비들이 이 파 저 파로 붙어서 서로 시비하기 시작하였다. 이발(李潑), 유성룡(柳成龍) 등이 김씨파가 되고, 윤두수(尹斗壽), 박순(樸淳), 정철(鄭澈) 등이 심씨의 파가 되었다.

김씨는 동촌(東村)에 살았으므로 김씨파는 동인(東人)이라는 이름을 들었고, 심씨는 서촌(西村)에 살았으므로 심씨파는 서인(西人)이라 불렸다. 이때에 벼슬을 할 자격이 있다 없다 하는 시비로 생겨난 이 동인과 서인이 차차 벌어지고 또 벌어져서, 조선이라는 나라를 잡아먹는 큰 불집이 되는 당쟁(黨爭)을 낳게 된 것이다.

동인과 서인은 서로 갈라져서 국사에는 생각을 두지 않고, 심지어 사소한 일까지라도 모두 '당파'라 하는 안경으로 내다보면서, 반대파에서 하는 일이라면 좋고 그르고 잘하고 못하고를 막론하고 반대하고, 시비를 생각지 않고 반대파에서 하는 일의 반대되는 일을 자기네의 정책으로 쓰고 하였다.

이렇게 되기 때문에 나라의 정치라 하는 것은 모두 하나도 행하여지는 것이 없고, 오로지 머리를 모으고는 반대파를 거꾸러뜨릴 의논만 거듭하고 하였다.

동인이 세력을 잡을 때는 서인 중에 아무리 인재가 있다 하더라도 녹사 하나를 얻어 하지를 못하였다. 그러다가 우연히 서인의 세상이 되면 어제까지의 재상 명현(名賢)[48]이던 동인들도 모두 원배를 하거나 혹형을 당하고, 조그만 당하관까지라도 모두 서인의 손으로 넘어가게 되고 하였다.

왕의 전권 시대라 왕의 총애를 받는 파이면 득세하였다. 왕의 총애를 잃은 파이면 실세하였다. 그런지라 그들은 오로지 왕의 총애를 얻으려고 별별 천한 음모까지도 다하였다. 그리고 그래도 왕의 총애를 받기가 어렵게 되면, 그들은 다른 묘책(— 즉, 그 왕을 폐하고 자기네를 총애하는 새 왕을 만들어 세우려는)을 꾸며내기까지 하게 되었다.

이리하여 당쟁의 폐는 나날이 다달이 더 심하고 심각하여갔다.

당시의 명유(名儒)[49] 이이(李珥)가 이 당쟁을 근심하여 어떻게 하여서든 두 파를 조정을 시켜보려 하였다. 그리고 누누이 상감께 그 일을 주달하였다.[50]

이 이이의 노력이 성공을 하여, 나라에서는 두 파의 사람을 조정시키기 위하여 두 파의 근원인 심의겸과 김효원을, 심은 개성유수(開城留守)로, 김은 경흥부사(慶興府使)로 보내기로 하였다. 그러나 이 조정책이 오히려 두 파의 대립을 더욱 크게 한 것이었다.

개성은 이 나라의 중요한 고장이요, 경흥은 함길도 한편 구석에 딸린 외딴 곳이라, 그러니 개성유수라는 것은 영직(榮職)[51]이려니와, 경흥부사라는 것은 개성유수에 비기건대 창피한 벼슬이다. 이 조처는 두 파를 조정시키는 것이 아니라, 서인을 높여주고 동인을 낮추어주는 것이라 — 동인 측에서 이러한 반대성이 일어났다. 그리고 이 조처의 장본인 되는 이이를 공격하였다.

이 공격이 너무 심하였으므로 조정에서는 동인 측의 송응개(宋應漑), 박근원(朴謹元), 허봉(許篈)의 세 사람을 정배를 보냈다. 이것이 소위 계미삼찬(癸未三竄) 사건이다. 그리고 이 일 때문에 이이는 어느덧 중립자의 지위에서 서인의 거두로 돌아서게 되었다.

그러는 동안에 동인 가운데서도 또한 그 안에서 파가 갈리어서 남인(南人)과 북인(北人)의 구별이 생겼으니, 그것은 이렇게 생긴 것이다. 즉, 이이의 조정으로 말미암아 정부에는 동인과 서인이 아울러 힘쓰게 되었는데, 동인 가운데서 정여립(鄭汝立)이라는 좌장 사람을 쓰는 데 대하여 동인 가운데 이발(李潑)과 우성전(禹性傳)의 의견이 일치하지 못하였다. 그래서 이씨의 당인 정인홍(鄭仁弘)이 상감께 성전을 공격하는 상소를 하였다.

이 때문에 우씨를 옹호하는 유성룡, 이덕형(李德馨) 등과 이씨를 옹호하는 파와의 사이가 또한 벌어졌다. 우씨는 남산동에 살았으므로 우씨의 파는 남인이라는 지명을 받았다. 이씨는 북촌에 거하였으므로 이씨 파는 북인이라는 지명을 받았다.

이리하여 동인은 남인과 북인으로 갈라졌지만, 본시는 같은 당이므로 서로 모함하고 죽이고 하는 일을 없이 그렁그렁 지냈다.

유명한 기축옥사(己丑獄死)도 동인, 서인의 당쟁이었다. 서인 정철이 주장하여 동인 정여립을 대역죄로 다스렸는데, 그때 동인으로 지목받는 명사들이 죄 없이 벌 받은 사람이 수백 명이나 되었다. 그리고 이 일 때문에 동서의 당쟁은 이 뒤에는 도저히 조정할 수가 없도록 서로 원한이 크게 되었다.

그 뒤 광해군(光海君)의 조에 이르러서 광해군을 가운데 두고 북인 가운데 대북(大北)·소북(小北)이 갈리고 대북에는 또한 골북(骨北)·육북(肉北)의 파가 생겨서, 대북 전성시대를 이루었다가 인조(仁祖)의 반정(反正)으로 대북파는 역모로 몰려서 전멸하여버리고, 소북만 겨우 그 명목을 유지하였다. 그러나 원체 소북 그 사람 수효도 적고 세력도 없었으므로, 정권 쟁탈의 제일선에는 나서보지를 못하였다.

동인의 한 갈래인 남인과 서인과의 정쟁만 계속되었다.

인조 등극 후에 정권을 잡은 것은 서인이었다. 그러나 남인 가운데도 이원익(李元翼) 같은 명사를 거용하여 한때 남인과 서인의 뜸하게 되었다.[52]

정치의 실권은 서인이 잡았다. 남인들은 자연히 명목만 있고 실권은 없는 벼슬로 몰리게 되었다.

이리하여 표면적이나마 서인과 남인 사이의 정권 쟁탈전은 한때 식어진 듯이 보였다.

효종(孝宗)이 등극하였다.

효종은 세자 시대에 심양에 잡혀가서 욕을 본 일이 있는지라, 그 철천지
한을 잊을 수가 없어서, 나라를 독려하여 예의로 국력 배양에 힘썼다. 그
위에 당시의 명신은 유명한 학자 우암(尤庵) 송시열(宋時烈)인지라, 송시열
이 비록 서인의 거두라 하나 서인과 남인의 싸움은 일어날 겨를도 없었고
감히 일으키지도 못하였다.

청국을 정벌한다는 커다란 희망을 품은 채 실행하지 못하고 효종이 승
하하시고 현종(顯宗)이 등극하셨다.

그때에 효종의 모후(母后)의 복제(服制)[53] 문제로 남인 허목(許穆), 윤선도
(尹善道) 등과 서인 송시열 사이에 의견 충돌이 생겼다. 여기서 한때 죽었
던 남인, 서인의 다툼이 다시 일어나게 되었다. 이것이 소위 기해예송(己亥
禮訟)으로서, 효종이라 하는 튼튼한 돌쩌귀가 없어졌기 때문에 다시금 싸
움은 시작된 것이다.

뒤이어서 숙종(肅宗)대왕 때에는 유명한 '폐비(廢妃) 사건'이 생겼다.

숙종대왕께는 장씨라 하는 아리따운 후궁에 혹하여서 왕은[54] 왕비 민씨
를 돌보지 않았다.

그런데 장씨라 하는 후궁은 본시 음탕하고 간교한 여인으로서, 왕의 총
애뿐은 부족히 생각하여 종친 동평군(東平君)과 가까이하였다. 그리고 왕
의 총애를 자세 삼아 방자한 행동이 많았다.

숙종대왕, 왕비 민씨, 후궁 장씨 — 이 델리케이트한 삼각관계를 두고
또 여기서 맹렬한 당쟁이 일어났다.

송시열, 김수항(金壽恒) 등 당시의 재상들은 모두 서인이었다. 이 재상들
은 모두 민 왕비의 두호자로서, 사리를 들고 의를 들고 예를 들어서 왕께
후궁 장씨를 멀리하기를 간하였다. 그러나 장씨에게 끝까지 마음을 잡힌
왕은 이 재상들의 간을 즐겁게 여길 수가 없었다.

이 기회를 타서 이 궁중의 애욕 문제를 당쟁에 쓰려고 일어선 것이 남인

이현기(李玄紀), 남치훈(南致薰) 등이었다. 그들은 왕께 품하여 자기네들의 정적(政敵)인 서인들을 모두 극형에 처하고 혹은 정배 보내고 하게 하였다. 그리고 왕비 민씨는 떨구어서 서인(庶人)으로 하게 하여 안국동 자기의 집으로 내어쫓았다.

후궁이던 장씨는 여기서 당당한 왕비로 승격을 하였다. 동시에 그 세력이 커짐과 함께 남인들의 세력도 커져서 세상은 남인의 세상으로 변하였다.

정부의 중요한 자리, 각 곳 수령 방백(方伯)[55]은 모두 남인 혹은 남인의 집안사람이 점령하였다. 한때 찬란한 남인 전성시대를 이루었다.

그러나 본래 어둡지 않은 숙종대왕은 오래 혼미한 꿈에만 잠겨 있지 않았다. 장흔의 허물을 겨우 알았다. 동평군과의 사이도 또한 눈치채었다. 그러는 동안에 세력 잃은 서인들의 책동도 여기 가하게 되어, 어제 날의 재상이요 권력가들은 오늘 다시 옥에 내려가게 되고, 다시금 서인의 천지를 이루게 되었다.

이리하여 여기서 당쟁은 고조에 달해서, 이때에 맺은 원한은 서로 풀 길이 없게 되었다.

이 숙종 때에 서인은 또한 노론(老論)과 소론(小論)으로 갈리게 되었다. 변변찮은 문제로써 또한 서인도 두 파에 나뉘어버린 것이었다.

이리하여 여기 네 가지의 당파가 생겼다. 본시 서인으로서 지금은 두 파가 된 노론, 소론과, 본시 동인으로 지금은 두 파가 된 남인, 북인—이것이 소위 사색(四色)으로서, 조선 정치의 쟁탈전은 이 뒤부터 늘 이 네 파에서 하게 되었다.

내려와서 영종(英宗) 때에는 노론과 소론의 다툼이 격렬하게 되어, 영종은 현철하신 군주였지만 그 갈피를 잘 가리지를 못하였다. 그리고 오늘 노론, 내일은 소론, 이렇게 정권이 이리저리 돌아다니다가 드디어 한때는 노론들 때문에 소론은 씨도 없이 전멸될 뻔까지 하였다.

그때에 당쟁열이 얼마나 심하였는지는 아래의 일례를 보아도 알 것이다. 이인좌(李麟佐)가 청주 땅에서 반역의 기를 들고 일어났을 때, 조정에서는 이인좌가 소론의 한 사람이라는 빌미로, '소론의 난리는 소론이 진정시켜라'고 대장 중군에서 영장에 이르기까지 모두 소론 가운데서 내보냈다. 이리하여 그때는 노론 혹은 소론 가운데 한 사람의 개인적 행동까지라도 모두 당쟁에 이용하고 세력 다툼에 이용하였다. 사도세자의 비참한 이야기도 노론 · 소론의 당쟁에서 생겨난 것이었다.

영종은 정궁께 아드님을 못 보시고 후궁 이씨에게서 경의군(敬義君)이 탄생하였는데, 영특하고 총명하므로 왕은 이를 세자로 봉하셨다.

그러나 세자는 불행히 열 살에 하세(下世)[56]하셨다.

여기서 노론들은 종친 가운데서 동궁을 한 분 간택합시사는 의견을 내었다. 거기 반하여 소론 측에서는 상감이 아직 춘추가 많지 않으시니 기다려보는 것이 옳은 일이라 반대하였다.

왕은 소론의 말을 옳게 여기시고 기다리는 동안, 영빈(迎賓) 이씨(李氏)의 몸에서 왕자가 탄생하였다.

이이가 즉 사도세자(思悼世子)이다. 이이를 사이에 두고 맹렬한 당쟁과 음모 등이 계속되어, 마지막에는 세자가 부왕의 오해를 사서 뒤주 속에서 굶어서 하세하게 된 비참한 사실까지 생겨난 것이다.

사도세자의 아드님이요 영종대왕의 손주 되시는 정종[57]대왕(正宗大王)은 현철하고 명석하신 군주였다.

정종은 이 당쟁의 폐를 알아보셨다. 그리고 이것을 없이하여버리기는 매우 힘든 것을 아셨다. 그래서 이 사색 당인들로 하여금 당쟁에 마음을 둘 겨를이 없게 하려고, 그 수단으로서 여러 가지의 사업을 일으키셨다.

편찬, 효자 열녀의 표창, 과거, 치수 치산, 온갖 일을 안출(案出)[58]하여내어서 당쟁에 마음을 둘 틈이 없게 하였다. 이리하여 이씨조의 중흥 사업은 성취될 듯이 보였다.

그러나 그 뒤를 이으신 순조(純祖)의 대부터 다시금 당쟁은 시작되었다.

순조 재위 삼십사 년간, 또한 그 뒤를 이은 헌종(憲宗) 재위 십오 년간, 한 대 더 내려와서 철종(哲宗)의 대에 이르기까지 순조의 등극하신 것이 열한 살 되시던 해요, 헌종은 홑 여덟 살 되시던 해며, 철종은 강화도의 한 초동(樵童)[59]으로서 열아홉 살에 등극을 하여서 그때부터야 비로소 글을 배우셨으니, 이 삼대의 임군의 군권이 펼 까닭이 없었다. 이 삼대의 임군의 뒤에서 수렴청정(垂簾聽政)한 이가 순조의 할머님 되는 사도세자비였다.[60]

이리하여 당쟁은 통어(通御)할[61] 이가 없어 그 극도에 달하고, 정사는 극도로 어지럽게가 된 것이다. 오늘의 공신이 내일은 역신으로 몰리고, 어제의 역신이 오늘의 공신으로 되고 ─ 이렇듯 그 변천이 짝이 없었다. 그리고 또 변천이 무쌍한지라 안정되는 일이 도무지 없었다.

이런 당쟁의 틈에 끼어서 가련한 생활을 계속한 사람은 왕족들이었다. 왕자(王子), 왕형제(王兄弟), 왕손(王孫), 왕질(王叔)을 무론하고, 종실의 피를 받은 사람들은 모두 참혹한 생활을 계속하는 것이었다.

당쟁에 있어서 자기네의 세력을 펴기에 제일 간단하고 경편한 수단은, 자기네들 가운데서 딸이나 누이를 궁중에 들여보내서 후궁이나 혹은 왕비로 삼는 것이었다. 척신이 되어가지고야 그들은 마음대로 세력을 펼 수가 있었고 마음대로 자세를 할 수가 있었다. 그런지라 그들은 세력 잡는 제일의 수단으로써 누이나 딸을 궁중으로 들여보냈다. 그런지라, 당파의 세력의 증장을 따라서 비(妃)가 빈(嬪)이나 서인(庶人)으로 떨어지고, 빈이나 서인이 일약 비로 승격을 하고 하는 일이 무상하였다. 거기 따라서는 또한 어제 날의 세자(世子)이던 분이 오늘은 역모로 몰려서 극형을 당하고, 어제의 무명한 종친이 동궁(東宮)으로 책립이 되고 하는 일이 무상하였다.

조금만 왕과 촌수가 벌어지는 종친은 누구든 경이원지(敬而遠之)[62]하였다. 왕족의 생명이 위태롭기가 짝이 없는 시대에 있어서 왕족과 친히 하다가는, 만약 어떤 정책상 그 왕족이 역모로 몰리는 날에는, 자기조차 애매한 죽음을 하기가 싫어서 왕족과 교제하는 일은 서로 꺼리었다.

이씨 주선이 역사를 뒤저보자년, 명료치 못한 죄명으로써 혹은 유배, 혹은 극형을 당한 왕족이 수가 없다. 현왕의 충신으로서 후대 왕께까지 총애를 받으려면 반드시 자기네와 마음이 맞는 이를 세자로 정하도록 책동하지 않으면 안 될 것이다. 그러자면 자기네와 마음이 맞지 않는 종친은 이 세상에서 존재를 없이하여버려야 할 것이다. 그런 필요상 가장 손쉽고 중한 벌을 가할 죄명은 역모(逆謀)라 하는 것이다.

이리하여 역모라는 죄명에 몰려서 비명에 타계한 왕족의 수효는 이루 다 헬 수가 없다.

노론이 세력을 잡은 때는 소론 측에서 추대하려던 세자는 반드시 해를 보았다. 소론 측에서 세력을 잡은 때는 남인을 외편으로 한 왕자는 반드시 해를 보았다.

이리하여 노론·소론·남인·북인이 바뀌어가면서 정권을 잡는 동안 종친은 무수히 해를 보았다.

이 때문에 좀 슬기로운 종친들은 할 수 있는 대로 궁을 벗어났다. 정계(政界)를 멀리하였다. 그리고 삼촌이 사촌이 되고 사촌이 오촌, 육촌으로, 왕실과 사이가 벌어져가는 동안, 이 낙척한[63] 종친들은 밥을 위하여 혹은 낙향을 하거나 그렇지 않으면 영락의 지위에서 어떻게 어떻게 능지기[64]라는 소역(小驛)이나 얻어서 겨우 그들의 굶주린 입을 쳐나가는 것이었다.

왕족이 벼슬을 하는 것은 법정으로 금한 것이었다. 그 금령 때문에 벼슬도 할 수가 없고, 그렇다고 왕족으로서 상인(商人)이나 공인(工人)이 될 수가 없는 영락된 공자들은, 자기네의 사촌 혹은 오촌, 육촌이나 된 팔도 삼백 주를 호령하는 지존임에도 불구하고, 마치 상갓집 개 모양으로 굶주린 배를 움켜쥐고 헤헤 하며 장안 대도를 헤매는 것이었다. 그렇지 않으면 낙향을 하여 몸소 낫을 잡아 새[65]를 베며 보습을 끌고 밭을 가는 것이었다.

왕족 끼리끼리의 교제도 없었다. 만약 선불리 교제를 하다가는 어떤 죄명 아래 어떤 형벌이 자기네의 위에 가해질지 알 수 없는 것이었다.

궁을 떠난 종친 — 이야말로 고래 싸움에 치인 새우의 격으로서, 당쟁에 희생되어 몸은 당당한 종실 공자 — 면서도 굶주림에 헤매는 가련한 사람들이었다.

흥선군(興宣君) 이하응은 이씨조 21대 영종대왕의 현손이요, 사도세자의 증손이었다.

영종의 세손이시요 사도세자의 아드님인 정종이 등극을 하시고, 그 뒤 순조를 지나서 순조의 세손 헌종(憲宗)이 등극하실 동안 — 흥선군의 집안으로 보자면 흥선의 할아버지 은신군 충헌공의 대에는 지존과의 동기이던 것이, 흥선의 아버지 남연군 충정공으로부터 흥선에게 이를 동안 — 궁중에서도 사도세자로부터 사 대째 내려오고 흥선 가에서는 사도세자로부터 삼대째 내려올 동안 — 동기가 삼촌이 되고 삼촌이 사촌, 오촌으로 벌어져서 헌종과 흥선군과는 칠촌 숙질로 벌어질 동안 — 궁을 떠난 이 집안은 영락되고 또 영락되었다.

순조의 뒤를 이어서 여덟 살에 등극하셨던 세손 헌종이 기유(己酉) 유월 엿샛날, 보수 스물셋으로 후사가 없이 승하를 하셨다. 아직 장년이시기 때문에 따로이 세자도 책립치 않고, 헌종의 아버님인 익종도 소년 하세하기 때문에 세제(世弟)는 없으셨으므로, 종친 가운데서 지존을 모셔오지 않으면 안 되게 되었다.

만약 흥선으로서 나이가 좀 더 어려서 그때의 척신인 김씨들에게 좌우될 만하든가, 그렇지 않으면 몸가짐이라도 좀 단정하였다면, 헌종의 뒤를 이어서 제25대의 보위에 올라갈 자격이 넉넉하였던 것이었다.

그러나 운명의 신은 이 영락된 공자를 돌보지 아니하였다.

헌종 창덕궁 중희당(重熙堂)에서 갑자기 승하하시고, 그 세자며 세제도 없었기 때문에 종친 회의가 열리고, 이 사직의 승계자를 지정할 권리를 홀로 잡은 대왕대비(순조비 김씨)께 중신들이 후사 지정을 간원할 적에, 대왕대비는 가까이 이 서울에 있는 흥선을 지적치 않고, 강화(江華)에 내려가서 농사에 종사하고 있는 철종(哲宗)을 지적한 것이었다. 같은 사도세자를 종조부로 하고 삼대째 내려온 흥선의 육촌 동생이었다.

"영묘(英廟)의 혈맥은 승하하신 금상과 강화의 황(璜)뿐 — 그를 모셔다가 이 사직을 잇게 하오."

이것이 사랑하는 손주를 잃고 망극하여하는 대왕대비의 하교였다.

이리하여 행운의 신은 슬쩍 흥선의 집안을 그저 넘어가버렸다.

궁중 부중은 그때 김씨의 천지였다.

순조 왕비도 김씨였다. 순조의 아드님으로, 보위에 오르기 전에 하세한 익종의 비는 조씨(趙氏)라 하나, 익종의 아드님인 헌종비(憲宗妃)도 처음은 승지 김조근(金祖根)의 따님을 비로 삼으셨다. 이리하여 삼대째 내려온 김씨의 세력은, 궁중 부중을 무론하고 하늘을 찌를 듯하였다. 이런지라, 벌써 성년자요 대처자(帶妻者)66인 흥선은 절대로 보위 후계자의 가운데 손꼽힐 자격조차 없는 사람이었다.

전 상감은 자기의 칠촌 조카이며, 현 상감은 자기의 육촌 동생이로되, 이 영락된 공자 흥선은 척신 김씨의 세력에 압도되어, 마치 상갓집 개와 같이 주린 배를 움켜쥐고 투전판이며 술집을 찾아서, 시정의 무뢰한들과 어깨를 겨누고 배회하는 것이었다. 그리고 때때로 술값이라도 정 몰리면 붓을 잡고 난초를 그려서, 그것을 팔아달라고 각 대관의 집을 지근지근 찾아다니는 것이었다. 마음이 끝없이 교한 대관 댁 청지기며 하인들에게 갖은 비웃음을 다 받지만, 이 공자는 그것을 아는지 모르는지, 여전히 폐의파립으로 그들의 집을 찾아다니며 귀찮게 구는 것이었다.

그러나 이렇게 표면 구차하게 염치를 모르고 돌아다니는 흥선이로되 마음속에는 다른 배포를 꾸미고 있었다.

왕족이거든 왕이나 세자가 못 되면 깊이 숨어버려야 한다는 불문율을 무시하여버리고 세도며 대관들을 지근지근 찾아다니는 흥선의 마음속에 숨어 있는 커다란 포부는 누구라 짐작할 바이 없었다.

왕족으로서 섣불리 행동하다가는 역모라는 죄명에 몰려서 참화를 보기가 십상팔구인 시대였다. 그러나 흥선의 패기로 찬 마음은 또한 다른 왕족들과 같이 은거하여 안온한 생활만 계속할 수는 없었다. 아직 때가 안 이르렀지만 인제 장차 구름을 얻으면 능히 하늘로 날아 올라갈 그였다.

이리하여 그는 술로써 생애를 모호히 하였다. 술로도 자기의 분을 다 삭이지 못할 때에는 투전판을 찾아갔다.

밤새 길에서 포교들을 만나서 투전의 혐의로서 잡히게 될지라도

"군(君)이다."

의 한마디는 그런 욕을 면할 수 있는 것을 기화로 밤의 장안을 배회하였다.

투전판에서 기회만 있으면 판전을 덮쳐가지고 달아났다. 이런 때에도

"군이다."

의 한마디는 넉넉히 그를 포교의 손에서 구해내는 것이었다.

열너댓 살부터 기방(妓房) 문턱을 넘나든 흥선은 그 방면에는 또한 상당한 오입쟁이[67]였다. 가난한 공자로서 당당한 권문의 자손들과 기방에서 충돌되어 신발에 요강을 쏟고 쫓겨난 일도 수효로 헤어서 적지 않았으나 자기의 생애를 보호하기 위하여 다니고 또 다니는 동안 인제는 당당한 오입쟁이로서

"좌석 죄입시다."

의 한마디는 기방에 와 있던 선객들로 하여금 저절로 위포를 느끼게 하고 수석 자리를 두말없이 그에게 내어주는 것이었다.

"태산이 높다 하되 하늘아래 산이로다 오르고 또 오르면 —"

기생의 장구에 맞추어서 시조를 읊는 그.

그다지 서툴지 않은 솜씨로서 가야금을 안고 소상팔경을 뽑아내는 그.

자기의 왼[68] 패기를 붓끝에 모아가지고 한 포기의 난초를 휘호하는[69] 그.

거리의 무뢰한들과 어깨를 겨루고 막걸리 집에서 혀를 두드리며 술추렴[70]을 하는 그.

투전판에서 잡놈들과 싸움을 하여 가면서 홍백을 다투는 그.

권문의 청직 방에 가서 청지기들과 쓸데없는 객설로 시간을 보내는 그.

정신을 잃도록 술을 먹고 남의 집 돌담에 기대어서 쿨쿨 잠을 자는 그.

권문 댁에 노름이라도 있다면 머리를 싸매고 달려가서 부스럭 음식이라도 행여하고 바라는 그.

난초를 그려서는 돈냥이나 있는 집에 보내놓고 이삼 일 뒤에는 찾아가서 돈을 좀 꾸어달라는 그.

뉘 집 생일 놀이라도 있으면 염치를 불구하고 찾아가는 그.

— 이렇듯 하는 일 하는 일이 모두 종친 공자답지 않은 노릇만 하는 그.

이러한 홍선의 마음 가운데 다른 배포가 있으리라고는 짐작도 할 수가 없었다.

종친으로서 자기네 파와 의견을 같이하고 음모를 같이하지 않는 사람이 있으면 모두 역모로 몰아서 처치하여버리는 당시의 권문 척신들도 이 홍선뿐은 그대로 내버려두었다. 주책없는 술망나니로서 홍선은 그들의 주의권 내에서 들지도 못한 것이었다.

이리하여 홍선은 마음과 몸이 자유로이 시정에 배회하고 있었다. 아무도 그를 눈 거들떠보는 사람이 없었다.

3

신유년(辛酉年) 정월 초하룻날 아침 해가 불그스름히 동녘 하늘에 솟아올랐다.

이날 홍선은 일찍이 깨었다.

초라한 무명옷이나마 깨끗이 갈아입고 소세[71]를 한 뒤에, 집안 아랫사람들에게 세배를 받으려고 기다리고 있었다.

먼저 맏아들 재면이 들어와서 세배를 하고 나왔다.

그 뒤에 그의 사랑하는 둘째 아들 재황(載晃)이 들어왔다. 열 살 난 소년 얼굴은 고치와 같이 타원형으로 이쁘게 생기고 총명한 눈이 반짝이는 소년이었다.

명절이라고 역시 새 옷을 깨끗이 입은 소년은 들어와서 아버지에게 절을 하였다. 흥선은 소년을 굽어보았다. 흥선의 얼굴에는 명랑한 미소가 떠올랐다.

"응, 개똥이(재황의 애명)냐? 금년에는 ― 금년에는 ―"

흥선은 말을 주저하였다.

눈자위에 다시 미소가 흘렀다.

"금년에는 ―"

또 한 번 뇌어보았다. 그런 뒤에 지극히 작은 소리로,

"등극을 하셨다니 치하드리옵니다."

한 뒤에 만면에 웃음을 띠었다.

소년은 아버지를 쳐다보았다. 장래 숱한 고난을 겪고 숱한 비극을 겪은 뒤에 태조 적부터 전면히 물려 내려온 사직의 소멸까지 친히 눈으로 보고, 왕자로서 능히 겪기 어려운 가지가지의 일을 다 보아야 할 비극적 운명을 타고난 소년이었다. 영특한 눈, 총명스러운 눈으로 잠시 아버지의 얼굴을 쳐다보았다. 아버지의 한 말을 듣지를 못한 것이었다.

"재황아."

"네?"

"좀 가까이 온."

소년은 무릎걸음으로 아버지의 앞에까지 다가앉았다.

자기의 앞에 다가앉은 아들의 손을 아버지는 잡았다. 그리고 잠시 아들의 얼굴을 굽어보다가 그 눈을 조금 더 떨어뜨려서 자기의 손에 잡혀 있는 조그만 손을 내려다보았다.

잠시 그 손을 굽어볼 동안 흥선은 몸을 떨었다.

이 자기의 손 속에 잡혀 있는 작다란 손—이 손은 능히 장래 이 나라라 하는 것을 긁어 잡을 손이 될 것인가.

돌아보건대, 지금부터 십이 년 전, 헌종이 갑자기 창덕궁에 승하하셨을 때, 하마터면 자기에게 굴러왔을는지도 모르는 그 행운이, 이제 장래에 이 소년의 위에 떨어질 날이 올 것인가?

이 작다란 손이 대보를 잡을 날이 언제 올 것인가?

상상은 할 수 없는 일, 망상도 할 수 없는 일이지만 혹은—혹은—

"재황아—"

"네?"

"네 이 손은 큰 손이로다."

소년도 얼굴에 자랑스러운 듯한 웃음을 띠었다—

"차손이 손보다도 큽니다."

"차손이?"

"네, 교동 사는—열다섯 살이라도 제 손보다 작아요."

"그렇지. 차손이—장손이—김가, 이가 할 것 없이 네 손이 가장 큰 손 이느니라."

그리고 자기를 쳐다보는 소년을 환희와 긴장으로 찬 마음으로 굽어보 았다.

—큰 손이다. 팔도를 잡을 손이다. 삼백 주를 흔들 손이다. 삼천리를 덮을 손이다. 이 아비를 사다리 삼고 기어올라가서 아비의 상투를 잡을 손이다.

아아, 그런 날이 장차 올 때가 있을 것이다. 온갖 것의 위에 올라설 그날 이 인제 올 것인가.

흥선은 소년의 손을 놓았다. 그리고 소년의 등을 두어 번 두드려준 뒤에 다시 그 손을 들어서 소년의 머리를 쓰다듬어주었다. 새로 빗기는 하였으나 장난 때문에 거칠고 또 거친 머리였다.

"재황아, 오늘이 이날의 첫날이니, 금년 신수를 위해서 내 네게 두어 마디 물어볼 말이 있다."

"네."

아무런 말이든 대답하겠습니다 하는 뜻이었다.

"왕자의 덕은 무엇이냐?"

"서민을 긍휼히 여기는 것이올시다."

"또?"

"또—"

소년은 머리를 기울였다.

당시의 각 종친이며 권문들에게 '시정의 한 무뢰한'으로 알려져 있는 홍선은, 자기의 사랑하는 둘째 아들을 데리고 집에서는 늘 왕자의 걸을 길과 왕자의 덕을 가르친 것이었다. 가난한 종친 집에 태어나서 계통적으로 수신제가의 학문은 닦은 일이 없으되 열너덧 살부터 벌써 거리에 나서서 세상의 쓰고 단 온갖 경력을 다 맛본 홍선은, 자기의 경험과 자기의 본 바에서 짜낸 정치관과 도덕관을 가진 것이었다. 그리고 그것은 문자상에서 생긴 것이 아니고 많은 경험이 낳은 것인지라, 가장 철저한 종류의 것이었다.

"또—잊었느냐?"

"또—저—가만 계세요. 저—저—네, 알겠습니다. 그—저—"

연하여 머리를 기울이는 소년에 대하여 홍선은 깨쳐주었다—

"편중편애(偏重偏愛)를 삼갈 것이다."

"네, 저도 생각은 났는데 미처 뭐랄지 말이 나가지를 않아서—"

"음, 그리고 또 있다."

"네."

"또 뭐냐?"

"……."

"처권에 눌리지 말 것이다."

"네?"

소년은 알아듣지 못하였다.

그러나 소년이 알아듣지 못한 것이 흥선에게는 도리어 다행이었다. 가슴속에 맺히고 또 맺힌 불만 때문에 불끈 그 말이 입 밖에 나오기는 하였지만, 동시에 그런 말은 지금 가르칠 것이 아니라는 것을 스스로도 알았다. 소년이 알아듣지 못한 것을 다행히 여기는 흥선은 자기의 말을 속여버렸다.

"처세에 밝아야 한다. 그러고 또 있다."

"네—"

"또 자기의 자격을 알아야 한다. 자기가 가장 웃사람이고, 따라서 만인의 표본이 돼야 할 사람인 줄을 알아야 한다. 또 남을 눈 아래로 볼 줄도 알아야 한다. 호령할 만한 사람이나 호령할 만한 일이 있을 때에는 호령도 할 줄을 알아야 한다."

소년은 무슨 필요로 자기가 이런 학문을 배워야 하는지 요해하지 못하였다. 자기의 집안이 왕실의 종친인지라, 종친 된 자는 반드시 배워두어야만 하는 것이니 이만큼 알아두었다.

만약 이런 장면을 당시의 권신 척신들이 보면 그들은 간담이 서늘해질 것이었다. 단지 한 투전꾼이요 주정꾼이요 주책없는 인물로 알아둔 흥선이 자기의 집에서는 자기의 둘째 아들을 앞에 놓고 왕자의 덕이라는 것을 강술하는 줄을 알면, 흥선은 목이 열 개라도 당하지를 못할 것이었다.

표면 세상이 침을 뱉는 창피한 짓을 예사로이 하며, 권문 집 생일날이며 제삿날은 반드시 잊지 않고 기신기신 찾아다니는 흥선은, 집안에 있어서는 남이 예측치도 못할 규칙 바른 가장이며 자애와 엄격을 가진 지배자였다.

무식한 아버지의 아래서 아무 배움이 없이 길러난 줄로 세상에 알려져 있는 고종이, 후일 무서운 패력으로써 이 삼천리를 지배하고 지도한 것은 어렸을 때부터 아버지의 끊임없는 지도와 교육이 있었기 때문이었다. 벌써 야인으로 길러낸 맏아들은 할 수 없이 내버려두고, 흥선은 이 둘째 아들의 훈도에 전력을 다하였다. 남이 모르는 애, 남이 알았다는 큰일이 날 애를 쓰고 또 썼다.

가묘(家廟)의 다례(茶禮)가 끝난 뒤에 소년은 뜰로 나왔다. 꽤 추운 겨울 날이로되, 바깥에 단련된 소년에게는 그다지 영향되지 않았다. 장난꾸러기의 소년 ─ 소년은 앞으로 돌아와서 새벽부터 벼르고 벼르던 연을 날렸다.

알맞추 부는 서풍에 연은 소년의 손을 떠나서 둥실둥실 하늘로 올라갔다.

그 연이 꽤 높이 올라서 얼른 보면 알아보지 못하리만큼 되었을 적에야 흥선은 사당에서 나왔다.

어두운 사당에서 나온 흥선은, 눈이 부신 듯이 얼굴을 찌푸리고 앞으로 돌아왔다. 거기서 연을 올리는 아들을 본 흥선은, 소년의 손에서 연 달린 줄을 따라서 하늘에 높이 너울거리는 연을 잠시 보고 있다가 사랑으로 나왔다.

막 정침으로 들어가려던 흥선은 청지기의 방 앞에 발을 멈추었다. 그리고 두어 번 발로 마루를 쿵쿵 울렸다. 그 소리에 응하여 청지기가 나왔다.

흥선은 뒷짐을 지고 머리를 수그린 채 대령한 청지기에게 대하여는 아무 말도 없이 잠시 서 있다가 그냥 휙 발을 도로 떼었다. 그러나 한 발자국 떼고 두 발자국 떼고 세 발자국째 떼려던 그는 고즈넉이 돌아섰다. 그리고 청지기에게 향하여,

"좀 있다가 이 주부(李主簿)가 오시거든 내 침방으로 모셔라. 그 밖에는 아무 놈─"

흥선은 허투루 나오려던 자기의 말을 얼른 도로 삼켰다.

"누구가 오시든 간에 대감은 문안 나가시고 안 계시다고 돌려보내라."
하였다. 그 '누구든'이란 말의 분수령을 똑똑히 몰라서 청지기가 어릿거릴 때에 흥선은 거기 대하여,

"상감이 행차하셨더라도 없다고 그러란 말이다."
하고는 휙 정침으로 향하여 사라져버렸다.

이 주부라는 것은 이호준(李鎬俊)을 가리킴이었다.

일찍이 흥선이 태복사(太僕司)[72] 제조(提調)[73]로 있을 때에 호준은 흥선의 아래 주부(主簿)[74]로 있었다. 호준의 사람됨이 강하고 직하고, 어디인지 사람을 사람으로 보지 않는 호담함이 있었으므로 흥선은 그를 매우 총애한 것이었다. 아첨과 간교함으로써 모든 것을 꾸며 나아가는 이 세상에 있어서, 벼슬을 달가워하지 않고 자기의 절을 굽히지 않는 호준의 성격은, 불우 낙척의 경우에 있는 흥선에게 공명되는 점이 많았다. 그러기 때문에 호준을 매우 사랑하여 자기의 딸을 호준의 아들 윤용(允用)에게 시집보내서 사돈의 의를 맺었던 것이었다.

어제 ― 섣달 그믐날 ― 흥선은 부러 호준의 집까지 찾아가서 무슨 당부를 한 일이 있었다. 오늘 세배에 겸사하여 호준은 어제 당부한 일에 대한 회답을 가지고 올 것이었다.

흥선은 정침으로 들어왔지만 마음이 내려앉지 않는 듯이 안절부절 윗목 아랫목으로 거닐고 있었다.

아랫목 보료 위에까지 내려와서 그냥 주저앉을 듯이 어름거리다가는 도로 뒷짐을 지고 윗목을 향하여 거닐고, 윗목에서 주저하다가는 다시 아랫목으로 향하여 내려오고 ― 이렇듯 몹시 마음이 불안한 듯이 거닐고 있었다.

그의 얼굴도 예사롭지를 못하였다. 어떤 일 때문에 기껏 긴장된 것이 분명하였다.

밖에 발소리가 나면 그는 문틈으로 밖을 내다보고 하였다. 내다보아서

그것이 기다리던 사람이 아니면 청지기가 돌려보내기까지 그는 역한 눈으로 그 손을 흘기고 하였다.

비록 주책없는 인물이며 가난한 주정뱅이로되 명색이 종친인 그에게는, 몇 사람이 새해의 문안을 드리러 왔다. 그러나 흥선에게 영을 들은 청지기는 오는 사람마다 그냥 돌려보내고 하였다.

이렇게 한참을 정침에서 초조히 기다리다가 흥선은 침방으로 들어가고 말았다.

침방으로 들어와서 귀찮은 듯이 보료 위에 몸을 내어던진 흥선은, 문갑 서랍을 열고 그 속에 들어 있는 골패[75] 쪽을 꺼내어 좍 방바닥에 폈다. 그런 뒤에 익은 솜씨로 쪽을 저었다. 골패 쪽은 상쾌한 소리를 내며 저어졌다.

'패를 떼어보자.'

투전꾼으로서 잡기에도 상당한 수완을 가지고 있는 흥선은, 패를 떼는데도 자기가 발명한 자기 독특의 패 떼기의 법이 있는 것이었다. 그것은 좀체 떨어지지 않는 패였다. 한 쪽씩 한 쪽씩 죄어 나가서 거진 떨어질 듯이 보이다가도 필경은 떨어지지 않고 하였다. 자기가 발명한 패 떼기라, 골패 쪽을 잡을 때마다 그것을 떼어보고 하였지만, 흥선의 아직껏의 경험으로는 그 패가 떨어져본 적이 없었다. 그리고 아직껏의 경험으로 좀체 떨어지지 않는 패인지라, 일종의 기괴한 기대를 가지고 그 패를 떼어보고 하는 것이었다.

오른손으로 골고루 패를 저은 뒤에 그는 그 가운데서 스물다섯 쪽을 떼어서 다섯 줄로 지어놓았다. 그리고 나머지의 쪽들을 젖혀보았다.

젖혀놓은 쪽들을 잠시 굽어보고 있던 흥선은 손을 펴서 그 가운데 있는 준오[76]를 집었다.

'준오. 이호준, 호준, 준오, 준호. ……준오가 떨어지면 호준이 길보를 가져온다.'

왼편 머리에 있는 첫 쪽을 먼저 죄여보았다. 골패 쪽에 익은 흥선의 손은 그 귀사기를 만져볼 뿐으로 벌써 그것은 백륙임을 알았다. 그는 그것을 집어치우고 왼편 아랫귀의 쪽을 집었다. 그것은 아삼이었다.[77]

이리하여 한 쪽 한 쪽 죄여들어갈 동안, 유희적 기분으로 시작한 이 놀음이 차차 그의 마음을 긴장시키기 시작하였다. 다섯 쪽 줄고—이렇듯 패쪽이 줄어들어갈 동안, 이 변변치 않은 놀음에서 받는 기괴한 긴장 때문에 패를 죄는 그의 손들은 조금씩 떨리기까지 하였다.

처음에는 스물다섯 쪽이던 것이 열다섯 쪽으로, 열세 쪽으로, 열두 쪽, 열한 쪽으로 줄어들어갔다. 그러나 흥선이 이미 골라놓은 준오의 짝인 또 한 개의 준오는 나오지 않았다.

남은 패는 다섯 쪽이 되었다. 네 쪽이 되었다. 세 쪽이 되었다. 드디어 두 쪽까지로 줄어들어갔다.

두 쪽을 남겨두고 흥선은 담배를 끌어당겼다. 그리고 천천히 담배를 붙여 물었다.

인제 두 쪽이다. 그 두 쪽 가운데 아래쪽이 아니면 위쪽은 무론 준오일 것이다.

아래쪽이라 하면 문제가 없지만, 만약 그 위쪽이 준오라 하면, 아직껏 떨어져보지 못한 패가 여기서 비로소 떨어지는 것이었다. 담배를 붙여 문 뒤에 흥선은, 마치 쥐를 잡은 고양이 모양으로 잠시 남아 있는 두 개의 골패 쪽을 굽어보고 있었다.

이렇게 잠시 골패 쪽을 굽어보고 있다가, 흥선은 와락 달려들어서 아래쪽을 휙 집어서 윗목으로 내어던졌다. 골패 쪽이 윗목으로 날아가는 동안, 골패 쪽에 익은 흥선의 눈은 그 쪽에 아로새겨 있는 붉은 점을 보았다. 그러면 그 쪽도 준오는 아니었다.

흥선은 한 개 남아 있는 그 쪽을 들춰보지 않았다. 그리고 장침에 번뜻 몸을 눕히고 말았다.

들춰볼 필요가 없었다. 다른 쪽이 죄―순조가 아닌 이상에는 남은 쪽이 순조일 것은 의심할 여지가 없는 사실이었다. 홍선이 몸소 그 패 떼기를 발명한 이래, 떼어보기 몇십 몇백 번―아직껏 한 번도 떨어져본 일이 없던 것이 오늘 비로소 떨어진 것이었다. 길보인지 흉보인지 이제 이를 회보를 기다리고 있는 지금에―

이호준이 홍선 댁에 온 것은 그날 날이 이미 어두운 뒤였다. 기다리다 기다리다 못하여 마지막에는 역정을 내어 청지기를 불러서,

"호준이는 둘째 두고 호준이 할애비가 와도 없다고 그래라."

고 명령을 한 뒤에도 한참을 더 있다가야 호준이 겨우 홍선 댁을 찾아왔다.

대감에게서 '호준이 할애비가 와도 안 만난다'는 말을 들었지만, 그래도 아침녘부터 진일을 그렇듯 초조하게 기다리던 것을 아는지라, 청지기는 들어와서, 호준이가 온 것을 알게 하고,

"안 계시다고 그냥 보내오리까?"

하고 여쭈어보았다.

기다리고 기다리던 끝에 인제는 결만 잔뜩 난 홍선은 안석에서 벌떡 몸을 일으켰다.

"안 계시기는 왜 안 계셔? 계시지만 만나지 않는다고 나가서 그래라."

이것이 몸을 일으키면서 청지기에게 내린 홍선의 호령이었다.

청지기는 그러겠노라는 뜻으로 허리를 한 번 굽히고 도로 나갔다. 그러나 나간 청지기가 명령대로 호준에게 전하려 할 때에, 홍선은 다시 큰 소리로 청지기를 불렀다.

"이껏 왔는데 잠깐만 만나볼 테니 이리로 모셔라."

아까의 명령은 곱게 취소하여버린 것이었다.

청지기의 인도로 호준은 홍선의 침방으로 들어왔다. 그리고 새해의 문안으로 먼저 절을 하였다.

호준이가 문으로 늘어오는 동안 — 그리고 또한 문안을 하는 동안, 흥선은 몸을 일으키고 눈을 들어서 먼저 호준의 얼굴 표정을 바라보았다. 당부하였던 긴한 일에 대하여 호준은 어떠한 표정을 가지고 돌아왔나 — 말로써 대답을 듣기 전에 먼저 얼굴에 나타난 표정으로써 그 대답을 들으려 하였다.

그러나 호준의 얼굴에는 별다른 아무 표정도 나타나 있지 않았다.

"저녁이 되면서 날이 몹시 차집니다."

추운 듯이 손을 비비며 호준은 먼저 이런 말을 하였다.

불혹(不惑)을 넘은 흥선이었다. 온갖 마음과 몸의 고생을 다 겪은 흥선이었다. 그러나 흥선의 마음은 이 유유히 날씨의 인사부터 하자는 호준의 태도 때문에 조조(躁躁)하였다.[78] 그가 호준에게 부탁한 일이 심상치 않은 일 — 그 대답의 좌우를 보아서는 혹은 운명에 중대한 변화가 생길는지도 알 수 없는 일이거늘, 그런 것을 아는지 모르는지 호준의 태도는 너무도 유유하였다.

한가로이 날씨의 인사를 하는 호준의 낯을 흥선은 마땅치 못한 듯이 바라보았다. 그리고 화로라도 쬐라는 뜻으로 화로를 가리켰다.

"아마 무척이 기다리셨습지요?"

호준의 두 번째 말이었다.

"아니, 나도 어디 나갔다가 인제야 겨우 돌아온걸."

무슨 필요로 이런 거짓말을 하였는지 스스로도 알 수 없지만, 흥선은 이렇게 말하고 몸을 천천히 좌우로 건들건들 흔들기 시작하였다.

이러한 가운데서 흥선은 호준에게 부탁하였던 일이 혹은 틀려나가지나 않았나 의심하여보았다. 만약 마음대로 되었을 것 같으면 이렇듯 호준이 그 말머리를 유유히 꺼낼 까닭이 없기 때문이었다.

호준은 흥선을 따라서 몸을 좌우로 건들건들 흔들었다. 다시 말이 끊어졌다.

홍선이 호준에게 부탁하였던 것은 다른 일이 아니었다. 새해의 문안을 핑계 삼아서 조 대비께 가서 뵙기를 호준에게 그 알선을 당부한 것이었다.

홍선은 비록 종친이라 하나, 세력 없고 돈 없는 종친으로서, 궁중에서는 벌써 거의 잊어버린 존재였다. 설혹 잊어버리지는 않았다 할지라도, 한 부랑자로밖에는 알려져 있지 않은 홍선은, 남의 알선이 없이는 대비께 가서 뵐 자격이 없는 인물이었다.

궁실의 어른이요 종실의 가장 되는 조 대비는 오십을 눈앞에 바라보는 초로(初老)였다.

경인년(庚寅年) 오월 초엿샛날 그의 사랑하는 그 지아버님 되는 익종(翼宗 ─ 당시 세자)을 잃은 때는 그는 인생의 꽃동산을 겨우 내다본 스물세 살 되는 해였다.

그로부터 반 오십 년간, 위로는 시어머님 되시는 순조비(純祖妃)를 모시고, 아래로는 아드님 되시는 헌종(憲宗)을 거느리고 외로운 공규(空閨)[79]를 지켜 내려온 것이었다.

기유년(己酉年) 유월 엿샛날 그의 가장 사랑하는 외아드님이신 헌종이 승하를 하신 뒤에도, 위로 시어머님을 모신 그는 신왕 영립에 대하여 한마디도 말할 권리도 없이 뜻에 안 맞는 신왕을 묵묵히 양자손으로 맞아들이지 않을 수가 없었다.

정사년(丁巳年) 팔월 그의 시어머님 되시는 순조비(純祖妃) 김씨(金氏)조차 하세하자 조 대비는 이 궁실의 어른이 되었다.

상감 철종 한 분밖에는 남인(男人)이 없는 궁실이었다. 역대의 군주가 모두 일찍이 승하를 하셨기 때문에, 홀로 남은 대비, 왕비, 귀비, 상궁, 나인 등 여인만 가득히 차 있고, 남인이라고는 상감 한 분뿐이었다. 이러한 궁실에 조 대비는 그 어른이었다.

현 상감은 그의 양손주였다. 홍 대비는 그의 며느님이었다. 위로는 거리끼는 아무 권력도 없고 아래로는 상감과 및 많은 여인을 거느린 대비는,

현 궁실의 가장이었나. 궁실의 동태를 종묘에 봉고(奉告)할 권리를 가진 유일인이었다. 비록 정치에는 간섭할 권리가 없으나, 종실의 움직임에 관하여는 절대의 권리자며, 다른 사람의 용탁을 허락지 않는 최고 권위자였다.

인생의 꽃동산을 겨우 들여다본 때부터 반 오십 년간을 시어머님 순조비를 모시고 인종(忍從)이라 하는 덕을 두터이 쓰고 지내온 그인지라, 그의 마음속에 어떤 배포가 있는지는 뉘라서 알 사람이 없었다.

홍선이 이호준을 통하여 조 대비께 가까이하고자 함은 궁실의 어른 되는 조 대비의 환심을 사서, 장래 입신상 무슨 도움이라도 얻고자 함이었다.

이호준은 특별히 조 대비께 가까운 처지는 아니었다. 그러나 호준에게는 사위 되는 조성하(趙成夏)가 있었고, 조성하는 조 대비의 친조카 되는 사람이요, 또한 조 대비의 총애를 매우 받고 있는 사람이었다.

이렇게 결련결련하여 홍선은 호준을 통하여 조성하를 사이에 두고 조 대비께 가까이하여보고자 한 것이었다. 오늘 새해의 문안으로 당연히 조 대비께 가서 뵐 조성하를 통하여 그 기회에 홍선이 조 대비께 뵐 기회를 알선하고자 함이었다.

결과가 어떻게 될는지는 알 수 없다. 그러나 어렸을 때부터 시정에 드나들어서 귀인이 경험치 못할 별별 경험을 다 겪은 홍선은, 깊은 궁중에서 쓸쓸한 반 오십 년간을 보낸 조 대비를 충분히 기껍게 하고, 따라서 그의 총애를 얻을 만한 자신은 있었다. 그래서 더욱 호준의 회보를 조조히 기다린 것이다.

잠시 좌우로 허리만 건들거리던 호준이 천천히 입을 열었다—

"오늘 기다리실 줄은 알았지만 성하가 저녁때가 돼서야 겨우 나왔습니다."

"오늘 들어갔더랍디까?"

"네."

"그래 —"

그 결과는 어떻게 됐느냐고 홍선은 눈으로 물었다.

"그 말씀은 대비께 조용히 드려야 할 터인데, 원체 오늘이 초하루라 분주하기 때문에 진일을 기다려서 저녁때야 겨우 조용한 틈을 얻어서 드렸답니다."

"그래서."

"그래 —"

호준은 눈을 굴렸다. 그 눈으로 홍선을 바로 보았다. 호준의 눈자위에는 미소가 흘렀다 —

"대감, 한턱 잘하셔야 하겠습니다."

한턱하라는 것은 성공하였다는 뜻에 틀림이 없을 것이다. 성공하였다는 것은 대비에게서 홍선을 인견(引見)[80]하겠다는 승낙이 나온 것임에 틀림이 없을 것이다. 미소를 띠고 자기를 바라보는 호준의 눈을 마주 볼 동안 못마땅하다는 듯이 찌푸리고 있던 홍선의 얼굴은 차차 펴졌다. 그리고 그의 얼굴에도 차차 미소가 나타났다.

"영감이 한턱하라시면 언제든 하기야 허지, 하여간 성하는 어떤 회보를 가지고 왔습디까?"

"초나흗날 저녁에 별저에서 인견하시겠다고!"

"초나흗날?"

홍선은 손을 꼽아보았다.

"내일, 모레, 글피 — 글피로구먼."

"네, 글피 — 그런데 그날은 대감도 새 옷을 한 벌 장만하셔야 합니다."

"왜?"

"그럼, 그 옷으로 대비께 뵈러 가시겠습니까?"

옷이라 하는 것에 그다지 마음을 두지 않는 홍선은, 고소를 하면서 자기의 옷을 굽훑어보았다 명절이라고 깨끗한 옷은 옷이지만 술주정꾼의 옷이라 군데군데 구멍이 뚫린 것을 기운 자리가 있었다.

고소로써 자기의 해진 옷을 굽어보고 있던 흥선은 그만 픽 하니 웃었다.

"별로히 새 옷은 없을걸. 영감, 새 옷이 있으면 한 벌 좀 주구려."

"달라시면 드리기야 하겠지만 대감께는 맞지를 않을걸요."

"왜? 클까?"

"큽지요."

"크면 좀 높이 입으면 그뿐이지."

"도포도?"

"도포는 안으로 단을 꺾어 넣고 ― 내게는 특별히 새 옷이라고는 없을 테니까. 명절이라 갑자기 감을 마련할 수도 없고 ―"

"할 수 있대야 돈도 없고."

호준이 토를 바쳤다. 그것을 흥선은 그렇지 않다는 듯이 자기의 주머니를 들고 흔들어 보였다. 주머니에서는 흥선의 주머니답지 않게 돈 소리가 절럭절럭 났다.

"호 ― 대감 주머니에 돈 있을 때도 있습니다그려."

"일 년에 하루 이틀씩이야 있지. 영초의 세찬이외다. ○○ 두 쪽밖에는 아무것도 없는 석파(石坡)지만, 무얼 보자고 이런 걸 보내는 고마운 인생도 있거든. 그래 내 영의정을 시켜주마 그랬구려. 하하하하."

흥선은 유쾌한 듯이 장침을 두드리며 웃었다.

"그러면 소인도 대감께 전곡(錢穀)[81]이나 좀 보낼게, 하다못해 호판[戶曹判書] 하나라도 시켜주십시오."

"호판은커녕 많이만 보내면 우의정 하나는 시켜주지."

"대감은 무엇을 하시랍니까?"

"나? 나야 ― 대원군이지."

농담에서 시작하여 말이 여기까지 미칠 때에, 흥선의 얼굴에는 적적한 듯한 — 그러나 엄숙한 기분이 떠올랐다.

호준은 그날 밤이 깊도록 흥선 댁에서 이야기를 하다가 돌아갔다.

역시 가난은 하나마 그래도 흥선의 집안보다는 좀 낫게 지내는 호준은 내일 새 옷 한 벌을 흥선에게 보내되 임시로나마 별저 잠행의 날에 그다지 추하지 않도록 하게 하기로 약속을 하고 그날 흥선을 대비께 인도하는 필요상 조성하가 흥선을 모시러 오게 하기로 작정을 한 뒤에 돌아갔다.

아까 골패의 패가 준오로써 졌다. 그 골패의 예언을 마치려는 듯이 호준이 길보를 가지고 왔다.

분명히 길보였다. 몸이 비록 종친의 한 사람으로서 현 상감의 육촌형이며 대비께는 육촌 시동생이 된다 하나 왕가(王家)와 군가(君家)로 계제가 갈라진 지금이요, 더구나 군가 가운데서도 알부랑자[82] 취급밖에는 받지도 못하는 흥선이 왕실의 가장(家長) 되는 대비께 친히 가서 뵙는다 하는 것은 쉽지 않은 일이었다. 그런데 흥선이 조성하(趙成夏)의 알선으로 대비께 뵙게 되었다 하는 것은 성공임에 틀림이 없다. 제일보는 분명한 성공이었다.

이 제일보의 성공으로서 허사로 돌아가지 않게 하고 끝끝내 대비의 총애를 사는 것은 오로지 자기의 수단에 달린 것이다.

자, 어떠한 수단?

대비는 그새 반 오십 년간을 깊은 궁중에서 마음대로 소리 내어 웃기조차 꺼리는 차디찬 생활을 거듭한 분이다. 인생의 낙원에 그 한 발을 들여놓은 뿐 스물세 살에 그 지아버님을 잃은 분이다. 사랑하는 아드님조차 후사가 없이 한창 장년에 승하를 하셔서 즐거운 재롱을 볼 기회조차 못 가진 분이다. 그 위에 몸은 비록 왕실의 가장이라 하나 시어머님의 대(代)부터 현 상감의 대까지 인척(姻戚) 관계로 벋고 또 벋은 김씨의 세력에 눌려서 거기 대한 불평과 불만 때문에 늘 앙앙히 지내는 분이다.

대비에게 대하여 이만한 지식을 가지고 인제 대비의 총애를 사려고 그 수단을 생각하는 낙척 종친 흥선은 그날 밤 자리에 들어가서는 좀체 잠을 이루지를 못하였다.

증조부 사도세자(思悼世子)의 대부터 내려오는 불우(不遇)의 운명 — 조선 역대의 군가(君家)가 이런 불우의 처지에서 자기의 새로운 길을 개척함에는 오로지 반역이라는 수단을 쓸 뿐이었다.

그러나 흥선이 쓰려는 수단은 온전히 그전 것과는 종류가 다른 것이었다.

"독으로서 독을 제하라."

"오랑캐로서 오랑캐를 막어라."

흥선은 종친의 힘을 힘입어 길을 개척하려 하지 않고 외척(外戚) — 마땅히 제하여버려야 할 — 의 힘을 힘입어 자기의 길을 개척하려 한 것이었다. 후일 흥선이 대원군이 되어 이 나라의 정치의 권리를 한 손에 잡은 때에도 항용 이 이이제이(以夷制夷)의 수단을 쓴 것이었다.

흥선은 자리 속에서 몸을 이리 뒤채고 저리 뒤채었다. 아까 이호준과도 소주를 그다지 부족치 않게 먹었지만 가슴속에 어리어 돌아가는 긴장 때문에 언뜻 졸음이 오지 않았다.

똑똑치는 않지만 무슨 커다란 광명이 그의 앞에 먼 데서 어릿거렸다. 흥선이 손만 버티면 그 광명은 그의 손에 잡힐 듯이 보였다. 한 번 뛰고 두 번 뛰면 올해 벼르던 그 광명은 자기의 품 안에 뛰어들 듯이 보였다.

그 광명 때문에 흥선은 허덕이었다.

발호(跋扈)한 외척들의 세력 — 그 세력도 자기가 한 손만 더 내어밀면 넉넉히 부숴버릴 수가 있을 듯이 생각되었다.

그 망상 때문에 흥선의 마음은 두근거렸다.

겨울의 긴 밤은 고요히 고요히 깊어갔다······.

4

대비께 뵙는 것만 해도 예외인데 주찬의 하사까지 받는다 하는 것은 과연 예외였다. 가난에 시달리기 때문에 군가가 탈 만한 상당한 남여[83]도 갖고 있지 못한 흥선은, 자기에게 얼마만큼 호의를 보여주는 영초의 사인남여를 얻어다가 타고 대비의 별저에 잠행을 한 것이었다. 대비의 조카 조성하도 배행(陪行)[84]을 하였다.

대비는 이 이단자(異端者)를 흥미의 눈으로 바라보았다. 일찍이 궁중에서도 들린 흥선의 소문으로서, 술 잘 먹고 투전이나 하는 잡기를 잘하고 싸움도 꽤 하며, 거리거리를 자유로이 돌아다니며 서인 상놈들과 어깨를 겨루고, 막걸리라는 하등 술을 혀를 채면서 먹는다는 이 이단자는 대비에게 있어서는 흥미 있는 대상이었다.

이러한 이단자에게 대하여 조카 조성하의 소개가 또한 굉장하였다.

"한 사람뿐이올시다. 포부가 크옵니다. 종실에 사람이 많지만, 호방하고 뜻이 큰 이는 흥선군 한 분뿐이옵니다. 지금 구름을 못 얻었지만 구름만 얻는 날은 능히 하늘로 올라갈 사람이옵니다. 그 포부를 펼 데가 없어서 술로서 생애를 모호히 하고 있습니다."

조성하의 소개는 또한 이러하였다.

궁중에서 일찍부터 들리던 그 소문이 옳은 말인지, 조카 성하의 소개가 옳은 말인지는 알 수가 없으나, 평범한 인물이 아닌 것에도 틀림이 없는 모양이었다.

미식미의(美食美衣)에는 부족이 없는 대비였다. 그러나 일찍이부터 외로운 몸이 된 그에게는 인생의 적적함이라는 것이 늘 마음속에 걸려 있던 것이었다. 좀 색채 다른 것을 보아서 임시로나마 이 너무도 단조로운 궁중 생활의 권태에서 벗어나 보고 싶은 충동이 늘 있던 것이었다.

김 대왕대비 재세(在世)[85] 시에는 며느리의 구실을 하느라고 한때도 머

리 들어본 때가 없었다. 지금은 이 종실의 으뜸 어른의 자리에 오른 대비
는, 더구나 초로(初老)의 흠 없는 몸이라, 이 색채 다른 이단자를 불러서 하
루의 소일을 하려고 한 것이었다.

특별히 예의라 하는 것을 엄격히 지키고자 하지 않는 흥선의 태도는 대
비에게는 더욱 재미스러웠다.

"재작년 영의정(領議政) 댁 생신연 이래 이런 만반(滿盤)[86] 진찬(珍饌)[87]은
처음이올시다."

나주반(羅州盤)을 움켜 안고 일변 먹으며 일변 마시며 일변 이야기하며
하는 흥선은, 이런 말을 하며 하하하하 웃었다.

이 방에서 사내의 웃음소리가 끊어진 지 그 몇 해런가? 이래 감상적인
여인의 높은 웃음소리는 간간 울리어본 적이 있었지만, 우렁찬 사내
의 — 더구나 기탄없는 웃음소리는 울리어본 적이 없었다.

대비는 이 우렁찬 웃음소리를 미소로써 들었다.

"자, 마음껏 많이 잡수세요."

"대비마마께서 하사하신 진찬 — 마음껏 먹겠습니다. 본시 야인이 예의
를 모릅니다. 더구나 이 년 전 그때에는 만반 진찬을 앞에 보기만 하고 그
만 먹지도 못했습니다. 지금 생각해도 아까운 것을……."

"왜 안 자시셨소?"

대비는 미소로써 이렇게 물었다. 흥선에게 술을 권하고 있던 나인이 참
다못하여 얼굴을 새빨갛게 하며 픽 웃었다.

"네? 하아, 팔자가 궁하니깐 앞에 놓은 음식도 먹지 못하게 되옵니다."

대비도 소리를 내어 웃었다. 이런 명랑한 웃음소리는 근래에 듣기 힘든
일이었다. 이 이단자의 불규한 언행이, 엄격한 규칙에 진저리난 대비의 마
음에 맞은 것이었다.

흥선은 대비를 위하여 이 년 전에 영의정 김좌근(金左根)의 집에서 만반
진찬을 앞에 하고는 먹지 못한 그 내력을 이야기하였다.

그것은 지금으로부터 이 년 전 — 무오년(戊午年) 삼월의 일이었다.

영의정 하옥(荷屋) 김좌근은 자기의 생신연을 자축하기 위하여, 각 종친이며 권문들을 자기의 집에 초대하였다. 홍선도 종친의 한 사람으로서 그 잔치에 초대를 받은 것이었다. 초대를 안 받았을지라도 남의 집 생일에는 잊지 않고 찾아가는 홍선인지라, 그 잔치에 참례하였음은 두말을 할 필요도 없을 것이다.

철종 왕비의 아저씨요, 세도 김병기(金炳冀)의 양아버지며, 벼슬이 수상(首相)에 있는 하옥의 생일연이라, 명문거족들이 모두 구름같이 모여들었다. 뜰에는 이 권문들이 타고 온 평교자며, 남여(藍輿)며 — 떨어져서는 초헌(軺軒) 등으로 송곳 세울 틈까지 없게 되었다. 그리고 잔치의 자리에는 이 나라에서도 내로라하고 뽐내는 사람들이 가득히 모여 있었다.

이러한 가운데를 깨어진 갓에 해진 옷으로 꾸민 홍선도 한자리 차지하고 있었다. 비단옷으로 모두 꾸민 고관들 틈에 이 변변치 않은 행색을 한 한 사람이 끼어 있는지라 유난히 눈에 띄었다. 만약 그것이 홍선이 아니요 다른 사람일 것 같으면 스스로 창피하여 몸을 숨길 것이었다. 그러나 그런 일을 기탄치 않는 홍선은, 태연히 그 가운데서도 사람의 눈에 가장 띄기 쉬운 문 맞은편에 자리 잡고 있었다.

다른 사람들은 홍선의 이 모양을 보고도 다만 본체만체하여버렸다. 그러나 주인 하옥이 보기에 꼴이 되지를 않았다. 더구나 옷은 할 수가 없다할지라도 참대 갓끈이 더욱 눈에 띄었다.

홍선의 지위로 말하더라도(만약 홍선에게 재산만 있으면) 격식상 당연히 호박(琥珀) 갓끈을 하여야 할 것이었다. 관자는 도리옥[環玉][88]을 붙여야 할 것이었다. 그런데 모두 도리옥 도리금[89] 관자에 호박 금패의 갓끈을 늘인 빈객들 틈에, 송진 관자에 참대 끈을 늘이고 태연히 앉아 있는 홍선의 모양이 꼴의 되지를 않았다. 그래서 하인을 불러서 귓속말로 자기의 아들 병기에게 가서 호박 끈을 하나 빌려다가 홍선에게 몰래 주라고 명하였다.

작은 사랑에서 제 친구들과 함께 아버지 재상의 생신연을 즐기던 병기는 하인에게서 이 전갈을 듣고,

"석파(石坡 — 흥선의 호)더러 직접 나한테 와서 빌려달라라 하고 그래라."
고 하인을 그냥 돌려보냈다. 흥선 따위를 사람으로 보지도 않는 병기는 제 갓끈이 없이 남의 것을 빌려서 체면을 보지려는 흥선의 심사가 미워서 망신을 주고자 함이었다. 술이 얼마만큼 취한 병기는 그 독특의 잔혹성까지 발휘한 것이었다.

여기서 하옥은 하릴없이 몸소 흥선에게 가까이 가서 흥선의 귀에 입을 대고,

"대감, 내 아들의 방에 좀 가보시오. 대감 갓끈이 좀 너무 낡아서 병기한테 호박 갓끈을 잠깐 빌려드리라고 그랬는데 가시면 드리리다. 가서 갈아 대시오."
하였다.

흥선으로 보자면 갓끈이 참대가 아니라 종이 노끈이라도 기탄할 바 없는 것이다. 그러나 주인 대감의 호의를 무시할 수가 없고, 더구나 주인의 체면도 보아주어야겠고 하여 병기가 있는 안사랑으로 찾아갔다.

흥선은 병기를 찾아서 안사랑으로 들어갔다. 병기는 자기의 친구들과 술을 먹고 있다가, 흥선이 들어오는 것을 힐끗 한눈으로 보았다. 그런 뒤에는 다시는 본체만체 자기의 친구들과 술을 주고받고 하였다.

흥선은 문턱을 넘어선 채 먹먹하여버렸다. 자기가 들어오면 당연히 준비해두었던 호박 갓끈을 내어주려니 하고 왔던 흥선인지라, 그만 거기 엉거주춤하여버렸다.

자기의 친구들과 지껄여대면서 술을 먹고 있는 병기에게 향하여 갑자기 무엇이라고 하여야 할지 말문이 막힌 흥선은, 좀 그 자리에 웅그리고 서 있다가 마침 술을 가지러 나가려는 기생을 붙들어서 갓끈의 사연을 병기에게 전하게 하였다.

병기는 기생에게서 그 사연을 들었다. 그리고 힐끗 흥선을 쳐다보았다.

"호ㅡ홍선 대감 오셨군. 자, 약주나 한잔 받으시오."

병기는 아랫목에 앉은 채 술잔을 흥선의 방향으로 내밀었다.

"갓끈은 무슨 갓끈? 그래 호박 갓끈이 아니면 술 자시지 말랍디까? 하하하하."

술잔을 내민 채 병기는 큰 소리로 웃었다. 거기 모여 있던 젊은 공자들도 일제히 웃으며 흥선을 쳐다보았다.

흥선은 이 조소에 칵 눈이 어두워졌다. 그 흥선의 귀에 병기의 계속되어 나오는 소리가 들렸다.

"남의 갓끈을 빌려서 체면이나 차리면 뭘 하오? 실속으로 술을 먹어야지. 자, 술은 내드릴 테니 걱정 마시오. 잔으로 시원치 않으면 바리때[90]로라도 요강 뚜껑으로라도 마음대로 자시오."

이 너무도 과한 조소에 거기 있던 기생이 무안하여 잔에 술을 하나 부어 가지고 흥선에게로 달려왔다.

"대감 드세요. 이ㅡ술ㅡ한ㅡ잔ㅡ잡ㅡ으ㅡ"

그러나 흥선은 그 잔을 받지 않았다. 얼굴에 쇠가죽을 대고 창피한 일을 창피히 여기지 않고 다니는 흥선이로되, 이 병기의 독설에는 자기의 정신을 거의 잃도록 흥분되었다.

일부러 자기가 빌리러 온 것은 아니었다. 자기는 아무런 갓끈이든 탓하는 사람이 아니었다. 다만 병기의 아버지 하옥이 그런 호의를 쓰기에 고맙다 하고 온 것에 지나지 못한 것이다. 거기 대하여 병기의 응대는 그 도수를 넘친 것이었다.

흥선은 그 만반 진찬을 먹지를 않았다. 그리고 소매를 떨치고 하옥의 집을 뒤로하였다.

이 년 전에 겪은 이 분한 한 토막의 이야기를 흥선은 대비의 앞에 피력하였다. 그리고 스스로도 어이가 없는 듯이 허허허 웃었다.

대비도 흥선의 이야기에 소리를 높여서 웃었다. 이 폐의파립의 공자가 금라로 꾸민 재상들 틈에 섞여서 같이 담소를 하는 장면을 머리에 그려볼 때, 오십 년 생애의 그 삽십여 년을 궁중에서 보낸 대비는 일종의 통쾌미조차 느낀 것이었다.

그런 뒤에 대비는 탄식하였다—

"김문(金門)이 너무도 숭해. 과히 숭해."

김문의 과한 방자에 대하여 호소할 곳이 없던 대비가, 거기 대한 원한을 입 밖에 내어보는 그 첫말이었다.

"세도(병기를 가리킴)가 아무리 높다 하기로서니 군가를 그렇듯 멸시해?"

"지당한 말씀이올시다. 김문 앞에 가면 종친은 사람 축에도 들지 못합니다. 더구나 흥선 같은 종친 중의 가라지는 말할 것도 없습니다."

웃음으로 마음을 속인 말이었다. 그러나 마음속에 맺히고 또 맺힌 분한은 웃음 가운데도 그의 말투에 원한이 섞이어 있었다.

대비는 흥선의 위에 부었던 미소의 얼굴을 조카 성하에게로 돌렸다—

"성하, 너도 가면 그런 멸시를 받느냐?"

"받을 것이 싫어서 도대체 가지도 않습니다."

아직 열일곱 살의 소년이나 숙성하기 때문에 한 스무 살쯤 나 보이는 성하는 귀공자다운 미소를 얼굴에 띠어가지고 대답하였다.

이리하여 이 방 안에는 수십 년 내로 처음 활기 띤 웃음소리가 연하여 났다. 구중(九重) 깊은 속에서 삼십여 년을 외로이 보낸 조 대비의 낯에도 활기와 화기가 적이 떠돌았다.

[작자에게서 독자에게—이 가운데 쓴 용어를 할 수 있는 데까지 현대어로 사용케 하였습니다. 궁중 예의며 용어 등에 대하여 너무도 무지하므로 고로(古老)들도 찾아서 많은 재료를 구하여놓았고 넉넉히 이 소설을 쓸 만한 지

식은 얻었지만 그 너무도 까다로운 용어와 예식은 오히려 현대의 독자들에게 번잡한 감을 주겠고 현대 독자로서는 이해키 어려운 것은 많이 있겠으므로 이 소설의 본의에 의지하여 할 수 있는 대로 현대화하였습니다. 그런 줄 아시고 읽어주시기를 바랍니다.]

"대감은 투전이라는 것을 꽤 잘 아신다는 소문을 들었는데……."

한 토막의 이야기가 끝이 난 뒤에 대비가 미소를 띠고 흥선에게 물은 말이 이것이었다.

이 말에는 흥선도 고소하지 않을 수가 없었다.

"잘할 것이야 뭐이 있겠습니까? 심심소일로 장난할 따름이로소이다."

"난초도 꽤 잘 치신다지요?"

"뉘게서 들으셨습니까. 무재한 흥선 — 무엇 하나 잘하는 것이 있겠소이까? 서울서 매 맞고 송도서 주먹질이라고, 가슴속에 엉긴 울분을 조희[91] 우에 뿌려보는 뿐이옵니다."

"가야금도 잘하신다구?"

"대비마마, 너무 추어주지 마세요. 본시 재간 없이 태어난 흥선이올시다. 사십 년 동안을 술로서 세월을 허송한 뿐이올시다."

이단자 부랑자로서 궁중에 알리어 있는 이 흥선에게 대하여 대비의 흥미는 차차 더하여갔다. 내리(內裏)[92]에 드나들 특권을 가지고 있는 내시(內侍)들이며 종친들만 익히 보고, 그들의 꽁한 태도와 점잔을 빼는 꼴들로써, 세상의 사내라는 것이 모두 그렇게 생긴 것쯤으로 여기고 있던 대비는, 여기서 색채 다른 인물을 보았다.

"하하하하."

흥선이 소리를 높여서 웃을 때에, 이 건축한 이래로 문소리 한번 요란히 여닫겨본 적이 없는 방이 더렁더렁 울렸다. 대비가 얼굴에 미소를 띠고 이 이단자의 약점을 들어서 물을 때는, 사십이 지난 중년 사나이는 마치 어린애와 같이 머리를 긁으며 싱그레 웃었다.

만약 흥선으로서 이날의 이 회견을 기회로 장래에도 늘 대비께 출입을 하려는 계획을 세웠다 하면 그것은 흥선의 성공이었다. 구중 깊은 속에서 너무도 규칙적이요 단조한 생활에 염증이 난 대비는 이 불규 호장한[93] 흥선의 언행이 마음에 들었다.

겨울의 밤도 어지간히 깊어서, 좀 조급한 닭은 벌써 첫 홰를 보할 때쯤 되어서야 흥선은 대비께 하직하였다.

돌아가는 흥선에게 대하여 대비는, 이 뒤에도 특별히 허가가 없이 자유로이 대비께 뵈러 올 특권을 주었다.

"이 뒤에도 간간 오오. 종친끼리 서로 교제라도 있어야지, 너무도 남같이 지내니깐— 가깝지를 않구려."

아직껏 다른 종친에 대하여 내려보지 않은 이런 친절한 말을 흥선에게 준 것이었다.

"아―아, 실컷 잘 웃었다. 재미있는 사람이지?"

금침을 준비하는 시녀에게 향하여 몇 번을 대비는 미소로써 이런 말을 하고 하고 하였다.

이호준에게 새 옷을 얻어 입고 오지 않고 해진 옷에 깨진 갓으로 왔더면, 흥선은 대비의 흥취를 더욱 돋울 뻔한 것이었다.

5

오백 년 도읍지를 필마로 돌아드니,
산천은 의구하되 왕손은 간데없네.
어즈버 태평연월이 꿈이런가 하노라.

"노래가 틀렸다─왕손은 여기 있되 산천은 간데없다─이렇게 부르지 않으면 안 된다."

기생 계월이의 방─고즈넉이 장구 소리에 울리는, 계월이의 시조를 듣고 있던 흥선은, 졸음 오는 몸을 조금 일으켜 앉으며 계월이의 노래를 가로막았다.

계월이는 장구를 멈추었다. 그리고 설레발이와 같이 기다란 눈썹 아래 있는 눈을 굴려서 흥선을 바라보았다.

"다시 한 번─왕손은 여기 있되 산천은 간데없네. 다시 한 번 불러봐라."

장구를 조금 밀어놓았던 계월이는 다시 장구를 끌어당겼다. 땅 하는 장구 소리에 연하여 계월이의 노래는 다시 시작되었다.

> 사백 년 도읍지를 필마로 돌아드니
> 왕손은 예대로나 산천은 변하였네.
> 어즈버 태평연월이 꿈이런가 하노라.

왕손은 여기 있으나 왕의 터를 더럽히는 자 누구냐? 얼근히 취한 흥선은, 적적한 미소를 얼굴에 띠어가지고 노래를 끝낸 뒤에, 장구채로써 자기의 버선코를 두드리고 있는 계월이를 물끄러미 바라보았다.

겨울날 밤─은 꽤 깊었다. 저 어디선가─그다지 멀지 않은 곳에서 다듬이 소리가 장단을 맞추어서 고요한 밤공기를 흔들어 들어왔다.

"계월아."

흥선은 기생을 불렀다.

"네?"

장구채로 버선코를 두드리고 있던 계월이는 그 동작을 그냥 계속하면서 머리도 그냥 아래로 숙인 채 작은 소리로 대답하였다.

"저기 어디서 다듬이 소리가 들리지. 들리더냐?"

"네. 아직껏 듣고 있었습니다."

"저 다듬이질하는 여인이 과부 — 근가?"

아래로 향하고 있던 계월이의 눈은 굴러서 한순간 홍선의 얼굴을 바라보았다. 웃음의 자취가 그의 눈을 스치고 지나갔다.

"지가 어떻게 그걸 압니까? 대감 아세요?"

"암. 알지. 과부의 다듬이 소리로다. 적적한 소리가 아니냐? 짝을 찾는 소리로다. 올 길 없는 이를 찾는 소리로다. 밤을 새워가면서."

똑딱똑딱, 다듬이 소리는 그냥 연하여 들려왔다. 세상이 모두 잠든 밤중에 규칙 바르게 들려오는 이 다듬이 소리는 홍선의 마음을 음침하게 하였다.

한참 말없이 그 다듬이 소리에 귀를 기울이고 있던 홍선은, 자기의 음침한 기분을 한꺼번에 씻어버리려는 듯이 손으로 툭 한 번 자기의 넓적다리를 쳤다.

"왕손은 예대로되 산천은…… 계월아, 그 왕손은 지금 영락되고 영락되서 계월이 같은 기생한테는 구박을 받으면서 그래도 무얼 찾아 먹자고 기신기신 찾아다니누나. 그렇지?"

눈을 아래로 향하고 있던 계월이는 한순간 홍선을 흘겼다. 무슨 말씀을 하시노 하는 표정이었다. 그 눈흘김을 보면서 홍선은 몸을 조금 움직였다.

"어즈버 태평연월이 꿈이런가 하노라. 자, 계월 아씨, 자리나 하시오. 곤하다. 아무리 왕손이라도 식색(食色)[94]에는 이길 수가 없다. 몇 잔 술에 오늘은 지독히도 취하는구."

그러나 계월이는 그냥 못 들은 듯이 그대로 앉아 있었다. 저편에서 들리는 다듬이 소리는 이 고요한 장면에 일점의 정취를 가하는 듯이 그냥 끊임없이 들려왔다.

한참을 말없이 장구채로 자기의 버선코만 두드리고 있던 계월이가, 귀찮은 듯이 장구채를 앞으로 던졌다. 그리고 머리를 들었다.

"대감."

"왜 그러느냐?"

"어제 김 판서 댁에 가셨어요?"

"김 판서란? 병기 말이냐?"

"네."

"음, 갔었다. 그래, 왜?"

계월이는 홍선을 쳐다보던 눈을 도로 아래로 떨어뜨려, 무슨 말이 그의 입에서 나올 듯 나올 듯하였다. 그러나 그 말을 종내 삼켜버리고 말았다.

"갔으면 어떻단 말이냐?"

계월이는 한참을 입만 우물거리다가야 겨우 대답하였다. 듣기 힘들도록 작은 소리였다.

"대감, 왜 그 댁에를 그렇게 자조 가세요?"

무슨 소리를 하느냐는 표정으로 홍선은 계월이를 보았다. 사내의 하는 일을 일개 기생이 참견할 필요가 없다는 뜻이었다.

계월이가 말하였다—

"저 같은 천비가 그런 일에 참견을 할 것이 아니라는 것은 잘 압니다. 그렇지만—"

"그렇지만?"

"제발 일 없이는 가시지 마세요."

"왜? 무슨 말들을 하더냐?"

"하다뿐이리까?"

"어떤 말을 하더냐?"

계월이는 대답지 않았다. 그리고 장구를 끌어당겼다. 장구채는 저편으로 던졌기 때문에 손으로 장구를 두드렸다.

"왕손은 영락되고 김문만 흥성한다. 그 왕손이 무얼 하려 김문을 자조 찾어다니세요?"

"글쎄 병기가 뭐라더냐?"

"대감 들으시면 좋지 못한 말들을 합지요."

"어디 아무런 말을 해도 탓하지 않을 테니 말해봐라."

"상갓집 개같이 헤헤 해서 다니신다구……."

콱 얼굴에 피가 솟아올랐다. 그것을 흥선은 두어 번의 너털웃음으로 속여버렸다. 그렇지만.

"옳은 말이로다. 병기의 명담이로다. 상갓집 개지. 옛터를 잃고 굶주려 다니는 석파나, 주인을 잃고 구석을 찾어다니는 상갓집 개나 다를 것이 뭐야. 인제부터는 석파(石坡)라는 호를 버리고, 상가견이라는 호를 쓸까 부다."

"그러니 대감, 아예 다시는 가시지 마세요."

"너 듣기에는 싫더냐?"

계월이는 그의 커다랗고 광채 나는 눈을 굴려서 잠시 흥선의 얼굴을 마주 보았다. 그런 뒤에 도로 눈을 떨어뜨려버렸다.

흥선은 고즈넉이 눈을 감았다.

"상갓집 개라."

이 상갓집 개는 내일도 또한 병기의 집을 찾아보자. 수모를 하면 수모를 하느니만큼 더욱 자주 찾아보자. 삽 틈으로 기어나간 한신[95]이 있지 않느냐? 그만 수모를 무엇을 탓할 것인가? 임시 한때를 기약하는 것이 아니다. 먼 장래를 위하여 온갖 수모를 참고 온갖 고난을 참자. 한때의 울분을 참지 못하여 제로라고 우쭐거리다가 큰일을 저지르면 어리석은 노릇이다. 그들이 자기를 바보로 여기고 속없는 놈으로 여기면, 자기는 더욱더 그들에게 그런 눈치를 보여서 당분간의 안전을 도모하여야겠다.

"내일도 또 거기를 가보아야겠는데."

"꼭 몸소 가보셔야 될 일이 아니거든 제게 대리를 맡기세요."

"계집으로는 당하지 못할 일이다."

계월이의 입에서는 약한 한숨 소리가 새어 나왔다.

그 한숨 소리를 들으면서 흥선은 곤한 듯이 몸을 장침에 기대었다. 그리고 팔다리를 기껏 펴면서 기지개를 하였다.

"어, 졸려……."

몇 집 건너 다듬이 소리는 그냥 연하여 들렸다.

이튿날 이 '상갓집 개'는 그의 초라한 모양을 또다시 세도 김병기 집 사랑에 나타내었다.

병기는 출타하여 집에는 청지기가 지키고 있을 뿐이었다.

"그럼, 자네 방에 들어감세. 들어가서 대감 돌아오시기까지 기다리지."

달가워하지 않는 청지기의 표정을 뻔히 보면서도, 흥선은 앞장을 서서 청지기의 방으로 들어갔다.

세도집 청지기라 흥선 따위 영락된 군(君)은 눈초리로도 안 보는 터이지만, 그래도 표면상 종실의 일원에게 대한 예의는 지키지 않을 수가 없는 그는, 묵묵히 흥선의 뒤를 따라 들어왔다.

세도의 청지기의 방은 흥선의 사랑보다 훨씬 나았다. 그 꾸밈이며 방의 넓고 크기는 둘째 두고, 방 안이 타도록 불을 뜨뜻이 때어둔 것부터 흥선의 사랑보다 나았다.

"어, 방 뜨뜻하구. 나이 사십을 넘어서니깐 늘 몸이 오삭오삭 늘 칩거든. 자네 방 참 뜨뜻할세."

하면서 흥선은 대자로 아랫목으로 내려가서 보료 아래 손을 넣으며 웅그리고 앉았다. 그 앉은 모양조차가 궁상스러웠다.

청지기는 얼굴을 잔뜩 찌푸리고 윗목에 종그리고 앉았다. 흥선으로서 만약 제 격식 찾을 자격이 있더라면, 어디서 청지기가 흥선의 있는 방 윗목에 종그리고 앉으랴만, 흥선 따위는 눈 아래 깔고 보는 청지기는 귀찮다는 표정을 감추지도 않고 윗목에 종그리고 앉았다. 흥선은 흥선으로서 그것을 탓하지는 않았다.

"대감은 어디 행차하셨나?"

"알 수 없습니다."

흥선의 물음에 청지기는 뚝하니 대답하였다.

"언제쯤 나가셨나?"

"그것도 소인은 알 수 없습니다."

청지기가 주인 대감의 출타한 시각을 모른다는 것은 너무도 사람을 무시한 대답이었다. 그러나 그것도 흥선은 탓하지 않았다.

"그러면 언제쯤 돌아오실지도 모르겠구먼."

"네, 알 수 없습니다."

"언제 돌아오시든가 나는 어차피 한가한 사람이니깐 기다리지. 방도 뜨뜻한 것이 괜찮구먼."

청지기가 분명히 싫어하는 것을 흥선은 모르는지, 알고도 모른 체하는지, 보료 아래서 녹이던 손을 뽑고 보료 위에 올라앉았다. 그리고 담배 서랍을 끌어당겼다.

흥선은 담배를 피우면서 연하여 청지기에게 무슨 이야기를 걸었다. 응대하기가 귀찮은 청지기는 되는대로 대답을 하였지만, 그런 것을 구애하지 않고 흥선은 연하여 신통하지도 못한 질문을 발하였다.

주인 김병기가 자기의 집으로 돌아온 것은 거의 저녁때가 되어서였다. 세도의 귀택 ― 골목 밖에서부터 벽제소리가 요란히 울리면서 대문을 위세 좋게 열고 병기의 행차는 제 집으로 들어왔다.

응대하기 싫은 흥선과의 응대를 억지로 하고 있던 청지기는, 주인을 맞으러 흥선을 버려두고 달려 나갔다.

그 뒤를 흥선은 또한 바삐 따라 나갔다.

층계를 올라오는 병기를 청지기가 맞을 때에 흥선도 청지기의 뒤에서 병기를 맞았다.

"대궐에서 나오시는 길이오니까?"

병기는 홍선을 쳐다보았다. 한순간 귀찮다는 표정이 그의 눈썹 위에 나타났다.

그러나 이날은 병기는 마음이 매우 유쾌한 날인 듯싶었다. 한순간 그의 눈썹 위에 나타났던 어두운 그림자는 즉시로 사라졌다.

"대감, 언제 오셨수?"

"벌써 왔소이다."

"들어가십시다. 어전회의가 있기 때문에."

병기는 자기의 늦은 것을 변명하면서 홍선을 정침으로 인도하였다.

그날은 유달리 병기는 유쾌한 모양이었다. 홍선을 보기만 하면 그의 입에서 연하여 나오던 독설도, 이날은 한 번도 나오지 않았다.

그리고 가장 가까운 벗과 같이 홍선과 담소하였다.

이 유쾌한 듯한 병기의 태도 때문에 홍선의 가슴에 뭉쳐 있던 덩어리도 얼마만큼 사라졌다. 병기의 말마따나 상갓집 개와 같이 가는 곳마다 수모만 받고, 만나는 사람에게마다 구박만 받아오던 홍선은, 이렇듯 자기에게 격의 없이 대하여주는 사람을 보면 그것이 비록 어제 날까지의 원수라 할지라도 그의 마음은 봄날 눈과 같이 녹아버리는 것이었다.

"대감, 난초를 잘 그리신다더군요. 그런 기예는 언제 배우셨소?"

병기는 이런 말을 물었다. 거기 대하여 홍선은 겸손하였다.

"잘 그리기야 무얼 잘 그리겠소? 아이들의 장난과 같은 것이."

"어제도 그런 이야기가 났었는데, 탈속(脫俗)을 한 필법이라던데요? 그런 특기를 가지셨을 줄은 몰랐소이다."

"특기가 다 뭐오니까. 노는 틈틈이 장난 삼아 배운 노릇 ― 남에게 말하기조차 부끄럽소이다. 그 서투른 재간을 그래도 보아주는 이가 있어서 때때로의 술값이나 됩니다."

"한 폭 이 병기를 위해서 휘호해주시지 못하겠습니까?"

홍선은 눈을 들어서 병기의 얼굴을 보았다. 자기를 놀리려는 것이 아닌가 하여서……. 그러나 병기의 얼굴에는 그런 기색이 보이지 않았다.

"대감께는 그런 서투른 것이 아니라도 벽장 속에 진품이 많고 많을 터인데, 그런 변변치 않은 것은 드리기조차 부끄럽소이다."

홍선은 이만큼 사양하여두었다.

그러나 병기는 굳이 홍선에게 한 폭 그려주기를 당부하였다. 사양하는 홍선에게 부디 그려달라고 몇 번을 간청하였다.

여기서 홍선은 병기의 간청에 응하였다. 자기를 만나면 독설로써 자기를 늘 비웃기만 하던 병기가, 오늘따라 유쾌히 담소를 하면서 그 위에 그런 간청을 하는 것이 홍선에게는 고마웠던 것이었다.

"변변치는 못한 재간이나마 일간 하나 가져오리다."

이렇게 약속하였다.

병기는 홍선의 가사 형편도 물었다. 언제 보니깐 매우 총명하여 보이던 둘째 도령 재황이 잘 자라느냐고 물었다.

홍선을 위하여 병기는 주안까지 차렸다. 그리고 홍선이 사랑하는 기생 계월이도 주석의 홍취를 돋우고자 불러왔다.

어젯밤에도,

"아예 김 판서 댁에는 이후에는 가지 말라."

고 당부당부하였거늘, 그 이튿날인 오늘 또한 김 판서 댁에 와서 술을 얻어먹는 홍선을 계월이는 몰래 눈을 흘겨보았다.

홍선은 그것을 보기는 보았다. 그러나 모른 체하고 외면하여버렸다.

홍선은 밤이 매우 깊어서 병기의 집에서 나왔다. 자기의 타는 사인남여를 빌려주려는 것을 굳이 사양하고 홍선은 어둡고 추운 밤의 거리에 나섰다.

인정에 약한 홍선은 오늘 몇 시간의 병기의 환대 때문에 그새 깊이깊이 마음에 새기었던 병기에게 대한 원한의 절반을 잊었다. 그리고 술의 취한 홍그러운 마음으로 콧소리를 하면서 교동 병기의 집에서 얼마 머지않은 경운동 자기의 집으로 비틀비틀 돌아왔다. 벌써 거의 반원(半圓)에 가까운 달이 하늘 높이 희미히 걸려 있었다. 정월 초순 어떤 날이었다.

앞에 펴놓은 명주—

그 앞에 단정히 앉아 있는 것은 홍선이었다.

붓에 먹을 듬뿍이 묻혀가지고 한참 명주폭만 내려다보고 있던 홍선은 왼손으로 방바닥을 짚으며 오른손에 잡았던 붓을 명주폭 위에 놀렸다.

손은 뛰놀았다. 위아래, 좌우로—혹은 천천히 혹은 급속히—홍선의 손에 잡힌 붓이 노는 동안 한 포기의 난초는 명주 위에 그려졌다.

바위, 나뭇등걸—그 틈으로 뻗은 길고 짧은 잎이며 점점이 빛을 자랑하는 몇 송이의 꽃—홍선의 정신을 모은 한 포기의 난초는 명주 위에 나타났다. 거기 낙관을 하고 홍선은 조금 물러앉아서 자기의 휘호한 난초를 바라보았다.

기묘보다도 화법보다도 오히려 힘으로 찬 난초였다. 알지 못함이 아니며, 자각치 못함이 아니로되, 패기에 찬 그의 손끝은 기교를 무시하고 화법을 무시하고, 때때로 힘 있게 길게 뻗어 나가는 것이었다.

"싱거운 그림이로다."

입으로는 이렇게 중얼거리지만 그의 입가에는 득의의 미소가 떠올랐다.

이 기교를 무시하고 뻗어 나간 난초 잎의 힘—만약 당시의 권문 가운데 참으로 난초를 볼 줄 아는 눈을 가진 사람이 있더라면 홍선을, 단지 한 주책없는 부랑자로 넘기지 않았을 것이었다.

법에 벗어나서 길게 뻗어 나온 잎이 있었다. 법에 벗어나서 가로 두드러진 나뭇등걸이 있었다. 이 법을 무시한 자기의 의기를 자랑스러운 듯이 잠시 굽어본 뒤에, 그 폭을 고즈넉이 걷어치웠다. 그리고 다시 새로운 명주를 자기의 앞에 펴놓았다.

　홍선이 걷어치운 난초를 김응원(金應元)이 굽어보았다. 홍선이 다른 명주폭 앞에서 다른 난초의 구상을 하고 있는 동안, 응원은 홍선이 그려 던진 난초를 굽어보고 있었다.

　이 기괴한 난초 앞에 응원의 마음은 차차 혼란되는 듯하였다. 한 포기를 휘호하면 휘호하느니만큼, 주인 대감의 필법은 나날이 법을 무시한다. 나날이 그 기교가 더하여 완벽에까지 도달하여야 할 것이로되, 홍선의 난초는 그와 반대로 나날이 법을 무시한다.

　그러나 그 법을 무시한 난초의 위에 흐르고 있는 '힘'을 응원을 이해할 수가 없었다. 법을 무시하였으면 그것은 당연히 '싱거운 난초'일 것이다. 이러한 응원의 상식적 판단을 거슬러서 '법'을 무시한 홍선 대감의 난초에는, 그 힘은 여전히 있을뿐더러 필법을 무시하면 하느니만큼 힘은 더 늘어가는 것이었다.

　기교극치가(技巧極致家)로서의 응원의 상식을 무시하고, 응원의 알지 못할 길을 걸어 나가는 이 난초의 앞에 응원은 혼란된 마음으로 앉아 있었다. 되지 않았다고 퉁겨버리기에는 너무도 힘으로 찬 난초였다. 그렇다고 훌륭한 난초라고 칭찬하기에는 너무도 기교를 무시한 그림이었다.

　잠시 굽어보고 있다가 응원은 탄식하였다.

　이 탄식성에 명주폭을 내려다보고 있던 홍선의 머리를 응원에게로 돌렸다.

　"싱거운 난초지?"

　이 질문에 대하여 응원은 손을 들어서 난초의 잎 한 개를 가리켰다.

　"여기가 너무 굵게 되지 않았습니까?"

　홍선은 응원의 가리키는 곳을 보았다. 잠시 보다가 빙그레 웃었다. 동시에 오른손에 잡고 있던 붓이 응원의 가리키는 곳에 와 떨어졌다. 순간 ─ 그렇지 않아도 응원이 굵다던 잎은 마치 몽치[96]와 같이 굵게 변하였다.

"자, 인제는 어떤가?"

악연히 흥선의 붓만 보고 있는 응원에게 대하여 흥선은 하하하하 웃으며 이렇게 물었다.

여섯 간 병풍.

크고 작은 난초가 규칙 없이 벌여져 있는 병풍이었다.

그 병풍 앞에 흥선은 청지기 응원과 함께 앉아서 보고 있었다.

며칠 전에 김병기에게서 난초에 대한 칭송을 들은 흥선은, 그 돌아온 즉시로 자기의 가난한 주머니를 털어서 몸소 그린 여섯 장의 난초로서 한 개의 병풍을 만든 것이었다. 낙척 종친 흥선이 세도 김병기에게 보내는 선사—아첨물이었다.

병풍 앞에 앉은 흥선의 얼굴에는 득의의 표정이 역연히 나타나 있었다. 그 곁에서 보고 있는 응원의 얼굴에는 마땅치 못하다는 듯한 불만의 표정이 있었다.

흥선은 의견을 묻는 듯이 응원을 돌아보았다.

응원은 즉시로 대답지 않았다. 잠시 더 무거운 눈을 병풍에 던지고 있다가야 겨우 대답하였다.

"×판서 댁에 보낸 병풍보다 못하게 되었습니다."

"그것보다 밑천이 적게 들었거든."

응원은 병풍의 난초가 못하다는 뜻으로 한 말인데, 흥선은 병풍 자체가 못하다고 들은 모양이었다.

"밑천도 적게 들었거니와 공력도 적게 들었습니다."

"?"

"휘호도 ×판서 댁 것만 못하게 되었습니다."

흥선은 눈을 굴려서 응원을 보았다. 그리고 다시 병풍을 보았다.

분명히 난초 그것의 기교는 이전 것만 썩 못하다. 흥선 자기로도 그것은 알 수가 있었다. 그러나 기교 그것이 전엣것만 못하다 할지라도 전엣것보다 흥선의 마음에는 더욱 드는 병풍이었다. 보다 더욱 좋은 난초를 보낼지라도 알아볼 병기가 아니요, 단지 되는대로 먹으로 그적거리어 보낸다 할지라도 역시 알아볼 병기가 아닌지라, 아무런 병풍을 보낼지라도 '보냈'다는 명색 이상의 될 것이 없으되, 그림 자체로 보아서 ×판서 댁에 보낸 병풍이 다 썩 낫게 되었다. 그것을 못하다고 감정한 응원을 흥선은 다시 미소로써 돌아보았다.

"못해도 할 수 없지. 또다시 새로 만들자면 돈이 또 삭고."

흥선은 몸을 일으켜서 병풍 가까이 가서 한 번 다시 병풍을 훑어본 뒤에 찬찬히 접었다. 그리고 응원에게 명하여 잘 싸게 하였다.

응원에게 명하여 그 병풍을 병기에게 보내게 한 뒤에 안석에 기대어 앉아서 담배를 빨고 있는 흥선의 얼굴에는 기괴한 표정이 흐르고 있었다. 때때로 흥선의 얼굴에 나타나는 이 기괴한 표정—어떻게 보면 웃는 듯하고 어떻게 보면 성난 듯하고 또 어떻게 보면 우는 듯한—을 당시의 권문들은 굶주린 흥선의 비루한 표정이라 하였다. 흥선과 가까이 지내며 흥선의 패기를 존경하는 동지들은 그것을 '무서운 지배력'이라 하였다. 뜻 없이 보는 사람들은 단지 심심할 때에 나타내는 뜻 없는 표정으로 여겼다.

잎담배를 뻐근뻐근 빨면서 천천히 허리를 좌우로 저으면서 기괴한 표정으로 앉아 있던 흥선의 얼굴에는 차차차차 주름살이 굵어가기 시작하였다. 눈가 입가에 주름살은 차차 굵어가고 넓어가다가 드디어는 그의 만면에 웃음이 나타났다.

무엇을 생각하느냐.

무슨 생각을 하느냐.

왜 웃느냐.

알 사람이 없는 이 웃음 가운데서 흥선은 더욱 맹렬이 허리를 저었다.

겨울날의 짧은 해는 차차 서편 창으로 기울어졌다. 부엌 며느리들은 저녁을 지으러 부엌으로 나설 저녁…….

병기에게 난초 병풍을 보낸 삼 일 뒤에 흥선의 작다란 몸집은 또다시 병기의 집 문을 두드리는 자기를 발견하였다.

며칠 전에 그렇듯 자기의 난초를 칭찬하던 병기인지라, 병풍을 보냈으면 당연히 기뻐할 것이며, 그것이 기쁠 것 같으면 당연히 자기를 환대할 것이며, 자기를 환대하면 그 꼬리에 무슨 좋은 떡이라도 달려 있지나 않을까— 이런 막연한 희망을 가지고 병기의 댁을 찾게가 된 것이었다.

옛날 영종대왕 때에 영종의 뒤를 이어서 이 나라의 지배자가 될 동궁(東宮) 사도세자(思悼世子)가 당시의 사색당쟁(四色黨爭)에 끼어서 아버님 왕께 죄 없는 죄를 입고 무참한 최후를 하였다. 그리고 영종의 손주님이요 사도세자의 아드님 되는 정종이 세손(世孫)으로 책립되어 영종 승하하고 지배자가 될 자리에 서게 되었다.

어린 세손의 입장에서 보자면 죄 없이 참변을 당한 아버님 사도세자의 최후가 억울하기가 짝이 없었다.

영종대왕의 입장에서 보자면 세손은 당신의 사랑하시는 손자이면서도 또한 당신이 벌하신 사도세자의 아드님이다.

당연히 존경하여야 할 할아버님이고 당연히 사랑해야 할 손주님이지만 이 할아버님과 손주님의 사이에는 (할아버님께는 아들이고 손주께는 아버님 되는) 사도세자 때문에 늘 이상한 감정상의 어글림이 있었다.

이러한 델리케이트한 감정의 착오 때문에 할아버님은 늘 세손의 용태를 탐정하셨다. 만약 세손으로서 조금이라도(참혹한 최후를 보신) 아버님 사도세자께 대한 경모의 정을 표면에 나타낼 것 같으면 당장에 세손의 영광스런 지위에서 서인으로 떨어질 것이며 잘못하다가는 어떤 참화까지 볼지도 모를 만한 위태로운 지위였다.

이렇게 마치 살얼음에 선 것같이 위태롭기 짝이 없는 세손을 더욱 위태롭게 하는 한 무리가 있었다. 그것은 영종대왕에 사도세자를 참소한 무리였다. 만약 세손이 장래 등극을 하시면 당연히 세손의 아버님의 원수 되는 자기네들에게 화가 미칠 것이다. 그 화를 피하자면 세손을 폐하고 다른 동궁을 책립치 않으면 안 되겠다. 이리하여 영종대왕께 세손에 대한 별별 좋지 못한 말을 다 불어 넣었다.

이때에 만약 세손께 세손을 극진히 보호하여준 홍국영(洪國榮)만 없었으면 세손은 참화를 보고 그 대신 다른 동궁이 책립되었을 것이었다.

당시에 앞서서 세력 미미한 세손을 옹호한다는 것은 위험하기 짝이 없는 일이었다. 상감께 한 번만 세손의 허물이 보일 것 같으면 세손은커녕 세손 옹호자들도 모두 참화를 면치 못할 것이었다.

그런 위험을 무릅쓰고 홍국영은 끝끝내 세손을 옹호하였다. 몇 번을 사선에 직면한 세손을 국영은 자기의 위험을 무릅쓰고 구해드렸다.

이 덕에 세손은 무사히 동궁 시대를 패스하고 영종 승하하신 뒤에 보위에 올라서 이 삼천리의 지배자가 되신 것이었다.

무사히 등극을 하신 정종은 그 국영의 은혜를 감사히 보아서 정권의 일체를 국영의 말을 듣고 행하셨다.

─ 이것이 세도(勢道)의 시창이다. 온갖 벼슬 온갖 정치 모두가 세도를 통하지 않고는 위에까지 달할 수가 없느니만큼 세도의 권세라 하는 것은 맑은 하늘이라도 넉넉히 흐리게 할 만하였다. 삼품 재상은 그 당당한 권세며 권력에 있어서는 세도만 못하였다.

그런지라 세도 김병기의 권세는 당당하였다. 나이는 아직 서른몇 살 ─홍선에게 비기자면 거의 십 년의 차이가 있다 하나 무서운 권력의 소유자였다.

세도 김병기의 집은 조용한 때가 쉽지 않았다.

자기가 직접 벼슬을 원하는 자 혹은 자제의 벼슬을 부탁하는 자, 아첨하는 자, 죄를 짓고 벌을 면하고자 하는 자, 세납을 피하고자 하는 자, 옥에 갇힌 이의 백방(白放)97을 원하는 자 ─ 정사에 관해서 무슨 부탁을 하고자 하는 자는 값진 물건을 뇌물하고 소개를 얻어가지고 매일 세도에게 뵈려고 찾아드는 것이었다.

그런 무리들 때문에 세도 집 외사(外舍)는 늘 가득 차 있고 그들은 연하여 청지기에게 간청을 하여 뵙기를 청하는 것이었다. 물리쳐도 쫓아도 그들은 어떻게 하여서든 세도에게 뵈려고 염치를 불구하고 달려드는 것이었다.

그렇듯 늘 분주스럽던 병기의 집이 이날은 비교적 한산하였다.

다행히 이날은 한산하기 때문에 흥선은 곧 병기의 방에 인도되었다.

"일간 무양하시오?"

이런 때에 늘 흥선이 얼굴에 떠오르는 비굴한 미소를 또 띠어가지고 흥선이 이렇게 인사할 때에, 병기는 책상을 앞에 놓고 앉아서 무슨 글을 읽고 있다가 머리를 조금 들어서 흥선을 본 뒤에 같이 상례도 하지 않고 머리를 끄덕인 뿐이었다. 그리고 다시 읽던 책으로 눈을 떨어뜨렸다. 가련한 공자 흥선―그는 며칠 전에 병기에게 난초 병풍을 선사하였는지라, 자기가 오기만 하면 병기는 당연히 기뻐서 맞아줄 줄 알았다. 이 여기에 반하여 들어서는 덧 차디찬 눈찌를 본 흥선은 얼굴에 나타내었던 비굴한 미소를 걷어치웠다. 그리고 주인이 지시도 하기 전에 발치로 들어가서 털썩 주저앉았다.

병기는 눈을 굴려서 다시 한 번 흥선을 보았다. 그리고 그 시간조차 아깝다는 듯이 눈을 급히 도로 보던 책으로 옮겼다.

한참 책만 들여다보고 흥선의 존재는 모른 체하고 있던 병기의 얼굴에 빙긋이 미소가 흘렀다. 책에 무슨 미소할 만한 말이라도 있는 모양이었다.

기회를 기다리던 흥선은 이 미소에 달려 늘어졌다.

"무슨 책이오니까?"

병기는 눈가에 그냥 미소를 띤 채 힐끗 흥선을 보았다. 그리고 대답 대신으로 책을 조금 들어서 그 뚜껑을 흥선에게 보여주고는 눈을 도로 책으로 떨어뜨렸다.

『금병매(金甁梅)』[98]였다. 손님이 와도 모른 체하고 병기가 일심불란히 들여다보고 있는 책은 무슨 귀중한 학문 경전이나 시서가 아니요, 한 개의 소설 비사였다. 그 소설에 열중하여 손님이 와도 모른 체하고 그냥 버려둔 것이었다. 병기에게 있어서는 흥선 따위는 보통 사람의 축에 넣을 가치조차 없었다. 며칠 전에 조롱 삼아 흥선의 난초를 칭찬은 하였지만, 그 뒤에 곧 그것을 잊어버린 그는, 그 뒤 흥선에게서 난초 병풍이 왔다는 보고를 들을 때에 그 병풍을 청지기에게 주어버리고, 벌써 그의 기억에서 사라져버린 것이다. 마치 그에게 매일 들어오는 많은 선사품을 일일이 기억할 수가 없는 것과 마찬가지로, 흥선의 온 정신을 다 박은 병풍 따위는 벌써 그의 기억에서 사라져버린 것이다.

흥선의 얼굴에는 다시 비굴한 미소가 나타났다. 그 비굴한 미소에 어울리는 비굴한 말조차 그의 입에서 나왔다. 병기의 비위를 조금이라도 맞추어보려고, 마음에 없는 말로써 『금병매』가 재미있다는 이야기를 두어 마디 하여보았다. 그러나 이때는 병기는 흥선 말은 듣지도 않았다. 그리고 정신을 집중하여가지고 『금병매』를 읽었다. 병기의 비위를 맞추느라고 중얼거리는 흥선의 말은 단지 병기의 독서를 방해하는 데 지나지 못하였다.

한두어 마디 헛소리를 하다가 이 기수를 보고 흥선도 입을 봉하여버렸다.

묵연히 앉아서 소설을 읽고 있는 병기의 곁에 흥선도 묵연히 앉아서 허리만 좌우로 젓고 있었다.

불쾌한 기분이 흥선의 머리를 덮었다. 그러나 호소할 곳이 없는 불쾌였다. 제아무리 병기가 소설만 읽고 자기를 안 돌아본다 할지라도, 그것으로 나무람은 할 수 없는 처지였다.

석양 녘까지 흥선은 묵묵히 앉아 있었다. 병기도 때때로 담배를 붙일 때만 몸을 움직이고는 다시 책을 탐독하고 하였다.

흥선은 드디어 병기에게서 병풍에 대한 사례를 못 들었다. 사례가 나오면 거기 매달려서 무슨 다른 말을 꺼내려던 흥선은, 그 말을 꺼낼 기회조차 없었다. 석양 녘까지 묵묵히 앉았다가 집으로 돌아가려고 몸을 일으킬 때는, 흥선은 울고 싶은 듯한, 또는 노여운 듯한 기괴한 감정 때문에 (작별에 임하여 반드시 나타내야 할) 비굴한 미소조차 안 나타났다.

병기에게 작별하고 문을 열려던 흥선은, 거기서 드디어 자기의 가장 귀한 질문을 던져보았다. 독서에 정신이 팔려서 병기는 혹은 자기의 난초 병풍을 잊어버리기 때문에 오늘 이렇듯 냉담한가 하여······.

"대감, 수일 전에 변변치 않은 물건을 하나 보냈더니 받으셨는지요?"

"아, 참."

병기는 머리를 기울였다. 이즈음 수일간 받은 수많은 물건 가운데서, 흥선이 보낸 물건이 무엇이었던가를 생각하여보는 모양이었다.

"감사하게 받아서 잘 먹었다만―그―"

병기는 병풍을 먹었다는 것이었다. 흥선의 얼굴에는 우는 듯한 미소가 나타났다.

"가난한 사람은 무사분주라, 휘호도 잘 되지를 않아서 부끄럽습니다."

병기는 비로소 생각난 모양이었다.

"참 좋습디다. 석파께 그런 재조[99]가 있을 줄은 참 몰랐소이다. 잘 골방에 싸두었지요. 우리 집 가보외다."

이 입에 발린 치사에 대하여 흥선은 우는 듯한 얼굴로 대답을 하고 병기와 작별하고 나왔다.

그러나 나오던 흥선은 자기를 보내려고 제 방에서 나오는 청지기와 마주치자, 청지기의 방 안에 눈을 던졌다. 동시에 그의 발걸음은 그곳에 붙은 듯이 딱 멎었다.

청지기의 방 발치에는 한 개의 병풍이 서 있었다. 그리고 그 병풍이야말로 아까 병기가 한 번은 잘 먹었노라 하고, 그 뒤에는 잘 싸서 골방에 간직하였노라던 병풍―흥선 자기가 가난한 주머니를 털어서 감을 마련하여 정력을 다 들여서 그린 그 병풍이었다. 무슨 좋은 일이라도 생길까 하고 홍선이 정성을 다하여 그려서 보낸 이 선물은, 병기의 댁 청지기의 방의 바람을 막는 역할을 하게 된 것이다. 찬바람이 얼굴을 쏘는 행길에 나서서 야 홍선은 비로소 이를 갈았다. 그의 양 뺨으로 흘러내리는 눈물―그것 은 단지 찬바람 때문뿐이 아니었다. 그의 가슴을 욱여내는 듯한 쓰린 감 정―그것은 단지 김병기에게 대한 이하응의 억분이 아니라, 일개 세도에 게 이렇듯 모멸을 받지 않을 수 없는 '무력한 종친'의 억울함을 대표한 감 정이었다.

"으ㅡㅁ."

한 잔의 술도 그의 목을 적시지 못하였으되, 마치 술 취한 사람 모양으 로 몸의 중심을 잡지를 못하고 비틀거리면서, 홍선은 저물어가는 거리를 자기의 집으로 더벅더벅 걸었다.

겨울날 혹혹 쏘는 찬바람이 이 불쌍한 중로(中老)를 놀리는 듯이 그의 옷 소매며 자락을 휘날렸다. 그 바람에 뒤로 젖혀지는 옷자락을 감싸기도 귀 찮아서 머리를 푹 가슴에 묻은 채 종친답지 못한 상걸음으로 홍선은 집으 로 돌아왔다.

6

"야."

첫 번 부르는 소리는 비교적 작았다. 그러나 그 소리에 대답이 없을 때 에 두 번째는 꽤 큰 소리가 나왔다.

"야."

삼청동 어떤 오막살이였다. 큰방에서 두 번을 연하여 부르는 소리에 건 넌방에서 글을 읽고 있던 소녀가 몸을 일으켰다.

"네?"

열한두 살 난 소녀였다. 그는 대답만 하고 잠시 기다려본 뒤에 문을 열고 나서서 큰방으로 건너갔다.

"부르셨어요?"

큰방에 들어선 소녀는 문을 고즈넉이 닫으며 아버지를 보았다.

병상에 넘어져 있는 아버지 — 며칠 머리를 빗지 못하기 때문에 막 헝클어진 머리를 베개 위에 놓고 눈을 감고 있는 그 얼굴은 놀랍게도 여위었다.

아버지는 눈을 감은 채로 말하였다.

"야— 저—"

말하기가 숨찬 모양이었다.

"요란스럽다. 나가서 좀들 조용하래라."

"네."

행길에서는 아이들이 모여서 석전(石戰)[100]을 하느라고 야단들이었다.

"와아."

"와아."

수십 명의 아이들이 편을 갈라가지고 쫓으며 쫓기며 — 이 근처의 집이 모두 떠나갈 듯이 요란스럽게 울렸다. 자리에 누워 있는 병인에게 있어서는 이 소리가 폐부까지 찌르는 듯이 역한 모양이었다.

아버지의 명령을 들은 소녀는 뜰로 내려와서 대문 밖에까지 나가보았다.

"와아."

"잡어라."

"야아."

예닐곱 살에서 비롯하여 열너덧 살까지 난 아이 한 이십 명이 몰려서, 소녀의 집 앞으로 달아났다. 그 뒤를 쫓아 역시 그 낫살이나 든 소년이 이삼십 명이 함성을 지르며 쫓아갔다.

"이 자식들, 좀 조용해라. 왜 이리 야단이냐."

소녀는 대문간에서 빽 소리 질렀다. 그러나 이런 소녀의 소리는 그 함성에 싸여서 소년들의 귀에 들릴 리가 없었다. 소년들은 제각기 함성을 지르며 달아간 패를 따라갔다.

"망할 자식들."

소녀는 대문간에서 종알종알하면서 달아간 소년들을 노려보고 있었다. 쫓겨가던 패가 쫓겨가는 동안에 다시 세력을 회복한 모양이었다.

"와아."

함성 소리가 다시 크게 울렸다. 따라가던 소년들이 일제히 돌아섰다. 그리고 다시 이리로 향하여 도망치기 시작하였다.

그 도망하는 패가 소녀의 집 앞을 통과하고 쫓는 패가 채 이르기 전에, 소녀는 활개를 펴고 길 복판 가운데로 뛰어나갔다.

"이 망할 자식들아, 요란스럽게도. 귀가 먹었느냐."

쫓아오던 패의 선봉이 이 소녀에게 길이 막혀서 부시시 섰다. 쫓던 아이들이 뒤를 따라서 모두 섰다.

"이 자식들아, 저기 가서 놀아, 왜 남의 집 앞에서 야단이야."

"얼그망태[101]야."

쫓던 패의 맨 뒤에 달렸던 소년이 조롱의 한마디를 던지고 돌아서서 달아났다.

"얼그망태, 졸망태."

몇 소년이 거기 화창하며 달아났다.

"그래, 얽었으면 어떻단 말이냐 얽은 구녕마다 복이 백였단다."

소녀는 달아나는 소년들에게 고함을 퍼부었다.

— 이 소녀, 삼청동에서 싸움 잘하고 동리 아이들을 욕 잘하는 이 얽은 소녀가 장래 자라서는 흥선대원군을 적수(敵手)로, 삼천리강산을 왼손으로 휘두른 고종비(高宗妃) 민씨(閔氏)의 전신이었다. 흥선 부인의 일가 아저씨 되는 민치록(閔致祿)의 외딸, 당시 나이는 열한 살.

이리하여 삼청동 구석에서는 한 개의 무서운 알이 성장하고 있었다.

"망할 자식들 같으니."

일변 얽은 것을 조롱하면서 도망하는 소년들에게 향하여서 소녀는 연거푸 저주를 퍼부었다. 성(性) 방면에 좀 오된[102] 이 소녀는 자기의 얼굴이 얽은 것을 비웃긴 것이 분하기가 짝이 없었다. 도망하여 길모퉁이로 길모퉁이로 사라지는 소년들의 등을 바라보는 이 얽은 소녀의 눈에는, 푸르른 독기(毒氣)가 나타나 있었다.

소년들이 좌우로 모두 도망하여 없어진 뒤의 이 동리는 갑자기 조용하여졌다. 장안의 북쪽 끝, 백악(白岳) 기슭에 놓여 있는 이 동리는, 저편 앞에서 지금도 수없이 일고 잦을 모든 분잡스런[103] 소리도 들리지 않고 오직 죽은 듯이 고요하였다. 봄, 아니 봄이라기는 아직 좀 이른 늦은 겨울—바람은 아직 찼지만 쏘는 기운은 없는 바람이었다. 바람만 없는 곳에는 벌써 볕이 꽤 따스하게 내려 비치고 있었다.

이 갑자기 조용하여진 동리의 길 복판 가운데 좀 더 버티고 서 있던 소녀는, 악동들에게 얼그망태라고 욕먹은 것이 그래도 분하여서, 종알종알 저주를 퍼부으면서 자기 오막살이의 대문으로 향하여 돌아왔다. 그리고 급기 대문을 열려다가 저편 길모퉁이에 사람의 무리가 한 떼 나타나는 것이 시야(視野) 한편 끝에 보이므로 눈을 그리로 돌려보았다.

웬 한 개의 안행차[104]였다. 당시의 습관상 안행차는 대개 날이 어두운 뒤에야 있는 것이므로 소녀는 다분의 호기심을 가지고 이 대낮에 지나가는 안행차를 바라보았다.

초라한 안행차였다. 다 빛 낡은 사인교에 해진 옷을 감은 교군꾼이며, 겨우 한 명의 계집종을 거느린 이 안행차는 삼청동에서 온 빈민굴에나 적합한 초라하기 짝이 없는 안행차였다.

행차는 소녀의 집 앞에까지 왔다. 가까이 이른 다음에 보매, 그것은 소녀가 익히 아는 흥선 부인의 행차였다.

"아이고 언니, 어떻게 오세요?"

"오, 너냐. 잘 자라느냐?"

이 일가 형제는 서로 손목을 잡았다.

"아버님이 병환이 계시다기에 왔다. 환후는 어떠시냐?"

"네, 무슨 환후인지 구미가 없으시고 때때로 토혈도 하시고 ─ 아주 심상치 못하신 모양이에요."

"오오, 혼자서 얼마나 애를 쓰느냐?"

근본은 양반이라 하나 거지 이상의 가난한 살림을 하는 이 민치록의 집안의 괴롭고 구슬픈 가사를 혼자 돌보는 소녀는 일가 언니의 위로에 그의 총명하게 생긴 눈을 쳐들었다. 이 꽤 커다랗고 맑은 눈─이 눈이야말로 후일 이 소녀가 변하여 고종 왕비가 된 뒤에 한번 가느스름히 뜨면, 청국, 아라사, 일본의 모든 쟁쟁한 외교관들이 그 앞에서 개 짐승의 시늉이라도 달갑게 하였고, 한번 크게 뜰 때는 서슬이 푸르르던 국태공 흥선대원군의 세력도 능히 부숴버린 놀라운 눈이었다. 얼굴은 얽었으나마, 몸은 야위고 초라하나마, 이 소녀의 가슴 깊은 곳에는 놀라운 혼이 생장하고 있는 것이었다. 지금 여기서 일가의 어른으로서 이 소녀를 따뜻이 위로를 하는 흥선 부인도, 이후에 이 소녀의 앞에 머리를 수그리고 애원할 날이 오리라고는, 소녀도 부인도 짐작할 바이 없었다.

"자, 들어가자. 어서 아버님께 뵈자. 나도 가난한 살림을 하는 사람이라 긴 시간이 없다."

"아버님도 늘 이즈음 괴로워하시니깐 언니께서 오셨다면 얼마나 반가워하실지……."

이리하여 중로의 마누라와 소녀는 서로 손목을 마주 잡고 병들어 누워 있는 주인의 방으로 들어갔다.

"아저씨두 그걸 무슨 말씀이라구 하시우?"

"아니, 내 탈은 내가 제일 잘 아는 것 — 다시 일어나지 못할 병이외다."

초라한 방 안, 병들어 누워 있는 민치록의 곁에 흥선 부인은 병인을 위로하고 있었다.

"아직 장년에 그만 탈을 가지구 다시 일어나시느니 못 나시느니 너무도 약한 말씀이외다."

"아니, 이 긴 병은 한번 걸리기만 하면 다시 살지 못하는 것이외다. 낙척 십 년, 다시 세상의 밝은 빛을 보지 못하고 쓰러질 모양이외다. 아무 세상 물정을 모르는 여인 — 또."

치록은 손을 들었다. 그 손이 후들후들 떨렸다. 떨리는 손을 들어서 발치에 다소곳이 앉아 있는 딸을 가리켰다.

"아직 젖비린내도 떨어지지 않은 저 애를 남겨두고 이런 병에 걸리니 딱하기가 짝이 없소."

여윈 치록의 가슴이 이불 아래서 들먹거렸다. 베개 위에 놓인 머리가 뒤따라 움직였다.

"흘."

맥없는 기침 한마디 — 그 뒤를 따라서 또 한마디 — 연하여 기침이 났다. 그 기침을 한참 기츤 뒤에 치록은 말을 계속하였다.

"하늘은 우리 일족에게 왜 이렇듯 야속하신지. 돈 없고 낙척한 우리네가 덜컥 죽는 날이면, 저 철없는 계집애는 누구를 믿고 살겠소?"

쑥 들어간 눈에서는 눈물이 한 줄기 그의 여윈 뺨으로 흘렀다.

흥선 부인도 탄식하였다.

"이런 때에 우리라도 좀 그렇지 않게 지냈으면 서로 도울 길이라도 있으련만, 아저씨도 아시다시피 피차일반으로 영락된 집안. 마음에는 있지만 힘이 자라지를 못합니다그려. 대감께서도 아저씨 병환이 중하시다는 기별을 들으시고 부랴부랴 나를 이곳으로 보내기는 했지만, 가난하게 지내는 형세에 빈손으로 올밖에는 도리도 없고."

"천만에. 일가는 한 사람도 돌보아주지 않는데, 흥선 대감이 이렇듯 조카님을 보내주신 것만 해도 고맙기 짝이 없소이다."

집이 가난하기 때문에 중병에 걸려서도 일가의 돌아봄도 받지 못하는 외로운 치록과, 역시 가난하기 때문에 그 집안은 왕가와 가까운 혈족이면서도 온갖 수모와 멸시만 받고 지내는 흥선 부인과는 서로 위로를 주고받았다.

"내가 여차하는 날에는 이 과부와 고아를 돌보아주시오."

"그 염려는 마세요. 불행한 날이 오면 뒷일은 다 맡아서 보아드릴 테니 아무 걱정 마시고, 하루바삐 쾌차하시도록이나 노력을 하세요. 거기 대해서……."

흥선 부인은 하던 말을 끊었다. 그리고 침을 한 번 삼키고 숨을 돌려가지고 다시 계속하였다.

"아저씨, 승호[閔升鎬]를 아시지요?"

"승호?"

"네, 내 오라비 동생."

치록은 머리를 끄덕이었다.

"응, 생각납니다."

"아저씨도 사당을 받들 후사도 아직 없으시니까 더욱 쓸쓸하시겠지요. 그래서 만약 아저씨 마음에만 계시다면, 승호를 이 댁에 양자로 드렸으면 어떨까 하고……."

치록은 눈을 감았다. 눈을 감고 한참을 생각하였다. 생각한 뒤에 다시 눈을 떴다.

"조카님 추천이 어려우리까? 그렇지만 이 일은 집안의 중대한 일이니 좀 생각해보고 작정합시다."

흥선 부인이 오늘 이 병든 치록을 찾은 것은 자기 오라비 승호를 일가 아저씨 민치록의 집에 양자로 들여보낼 운동을 하기 위해서였다.

홍선 부인은 민치록의 집에 밤까지 있었다. 그리고 간호를 하며 위로를 하며, 이 병든 외로운 일가를 위하여 하루를 보냈다.

밤에 경운동 댁으로 돌아오기에 임하여, 부인은 다시 한 번 자기의 동생 승호에 관한 이야기를 꺼내었다.

"내 동생이라고 하는 말이 아니라, 똑똑하고 영특한 애외다. 영락된 이 집안에 들어와서 장차 이 집안을 부활시킬 만한 수완이 있는 애외다. 잘 생각해보셔서 작정하도록 하십시오."

거기 대하여 치록은 사례하였다 —

"누구 하나 돌보아주는 사람이 없는 이 치록에게 그렇듯 뒷일까지 생각해주니 감사하외다. 잘 생각해봐서 조카님 본의를 저버리지 않도록 해보지요."

이만큼 하여두고 부인은 경운동 댁으로 돌아왔다.

이튿날 부인의 동생 민승호는 부인의 내명으로 병들어 누운 일가 아저씨의 병문안을 겸하여 인사를 하러 갔다.

승호는 홍선의 맏아들 재면과 연갑(年甲)[105] 새였다. 역시 영락된 민씨 집안의 한 사람인 승호는 섞이어 같이 놀 동무는 없어서, 만날 홍선의 집에 와서 홍선의 맏아들 재면을 벗하여 놀았다. 촌수로 따지자면 외삼촌과 생질 사이나, 서로 나이가 연갑이고 어려서부터 같이 길려난 이 두 젊은이는, 촌수를 떠나서 가까운 벗으로 지냈다.

홍선의 맏아들 재면은 사람됨이 직하고 좀 우둔한 편이었다. 거기 반하여 승호는 날카롭기 비수 이상의 인물이었다.

좀 우둔한 재면과 날카롭고 민첩한 승호가 같이 노는 장면을 볼 때마다, 홍선은 질투에 가까운 감정이 눈 기슭에 타오르고 하였다. 자기 맏아들의 우둔함이 승호의 민첩함과 대조되어 더욱 분명히 드러나는 것이었다. 그 때문에 홍선은 승호의 재질을 사랑하면서도 자기의 맏아들과 같이 놀 때는 흔히 불쾌한 감정을 감추지 못하고 하였다.

이렇듯 민첩하고 영리한 승호는 흥선 부인의 내명을 받고 일가 아저씨를 병상에 문안 가서 충분히 자기의 역할을 다하였다.

병상에 외로이 누워서 인생의 고적함을 느끼고 있던 민치록은, 승호의 날카로움에 마음이 움직였다. 이 청년이면 뒤를 맡기고 자기가 죽더라도 결코 가문을 욕되게 하지 않고, 나아가서는 이 영락된 집안을 다시 일으켜 세울 만한 수완을 가졌을 것으로 보았다.

"틈이 있거든 내일도 또 와서 이 쓸쓸한 병인을 위로해주게."

승호가 저녁에 하직하고 돌아갈 때에, 치록은 병든 몸을 반만큼 일으키고 이렇게 당부하였다. 얼금뱅이 소녀도 이 일가 오라버니뻘 되는 승호가 돌아갈 때에 또 내일도 오라는 듯이 그의 커다란 광채 나는 눈을 승호의 위에 부었다.

이리하여 한 번, 두 번 승호가 이 집에 다니는 동안, 치록도 승호의 인물에 반하여, 드디어 흥선 부인을 찾아서 승호를 이 집 양자로 달라고 간청을 하였다.

치록의 딸 얼금뱅이 소녀가 장차 자라서 왕비가 되어, 시아버지 대원군을 맞아 무서운 정권 쟁탈전을 할 때에 왕비의 보조자요 보호자요 심복이요 고문으로서, 흥선대원군의 간담을 서늘하게 한 민승호는, 이리하여 흥선 부인 민씨의 오라비로서 일가 민치록의 집에 양자로 들어가서, 얽은 소녀와 남매의 의를 맺게 된 것이었다. 현재로는 승호는 흥선의 처남—장래는 며느리의 양오빠…….

7

토굴과 같은 집 —

몇 해나 된 집인지 거기도 새까맣게 덜미고[106] 또 덜미어서, 벽과 기둥의 경계선조차 구별치 못하게 된 그 위에는, 수증기와 기름때가 번지르하니 발리어 있다.

문에는 팔각등이 어렴풋한 빛을 겨우 비추고 있고 (키가 작은 사람이라도 허리를 잔뜩 굽히지 않고는 들어갈 수 없는) 낮은 문 밖에는 베장이 늘이어 있으며, 그 틈으로는 김이 무럭무럭 문이 메이게 나온다. 허리가 꺾어지도록 구부리고 그 안에 들어서 보면, 누린내와 고린내가 코가 쏘게 나는 그 안, 왼편에는 지금도 피가 뚝뚝 흐르는 소대가리가 눈을 부릅뜨고 걸려 있고, 그 아래 걸린 커다란 솥에는 전골탕이 우글우글 끓고 있다.

막걸리 냄새, 소대가리 삶는 냄새, 김치 냄새, 안주 굽는 냄새, 사람의 땀 냄새, 저편에서 몰려오는 지린내 — 이런 가운데 흐리멍덩한 등잔 아래는 평민들이 모여서 그날 하루 진일의 피로를 한잔의 막걸리로 잊어버리려는 — 서울 명문의 막걸리집.

서서 술을 먹고, 서서 마음대로 안주를 집어먹고 하는 것이 원칙이다. 그런데 그 원칙에 반하여 마루의 한 모퉁이를 점령하고, 가운데 술상을 놓고 주전자로 술을 따라 먹는 세 사람의 술꾼이 있었다.

모두들 벌써 반감(半酣)[107]은 지난 모양이었다. 어두운 등잔 아래 기름때가 내밴 그들의 얼굴은 검붉게 번들번들 광이 났다. 나이는 모두 사십 내외쯤, 계급으로 보아서 의관은 할 자격이 없는 상인들인 듯……

"이 자식, 어서 먹고 잔 내라."

남향을 하고 앉았던 사람이 자기 맞은편에 앉은 친구에게 이렇게 역정을 내었다.

"자식두. 서울서 매 맞구 송두서 주먹질한다구 웬 짜증이냐?"

"후레자식! 내가 짜증이냐? 술잔을 내지 않기에 말이지. 네놈하구 술 먹다가는 먹다 안달나 죽겠다."

"시불할 자식. 그럼 바리를 달래서 바리로 퍼부으려무나. 저 자식 해래비가 술 못 먹어 죽었나뷔."

"이 자식 우리끼리 다투면 다투지 조상을 왜 들추느냐. 그래도 우린 당당한 청풍 이가로다. 너 같은 상놈과는 다르다."

"흥, 청풍은 도둑놈 많이 난다더라."

싸움도 아니요 농도 아닌 말을 입에 거품을 물어가지고 주고받을 때에, 아직껏 잠자코 있던 다른 친구가 나섰다.

"자식들아, 나이 사십에 철따구니 없이 이게 쌈이냐 농이냐. 쌈을 할래 거든 주먹이 왔다 갔다 하게 하구 그렇지 못하거든 잠자쿠 어린애들같이."

"내야 누구 쌈을 하가나? 저 자식이 술 타발만 연방 하기에 말이지. 야, 이 어리석은 자식아, 이 철없는 자식아. 그래, 조가 놈이 원님이 됐건 관찰사가 됐건, 네가 그렇게 샘을 할 게 뭐냐 말이다. 너도 원님 한 자리 벌려무나."

즉 아직껏 입에 거품을 물고 싸우던 '청풍 이가'는 풀 없이 머리를 푹 수그려버렸다.

"글쎄 놈들아. 사나흘 전까지도 상투를 맞잡고 놀던 조가 놈이, 갑자기 원님이 웬 원님이냐 말이다."

"그게 그렇게 부러우면 너도 너의 누이를 무당이나 내리게 해서."

여기까지 말하고 그는 사면을 두리번거리며 목소리를 낮추었다 —

"나합(羅閤)[108] 댁에 들여보내려무나."

"쉬, 남이 들었다가는 목 달아날라."

"걱정 말게. 내 소리는 쥐도 새도 못 듣네."

하하하하. 그는 유쾌한 듯이 큰 소리로 웃었다.

— 장상(將相)[109]이 동석(同席)이면 아들도 거기 들어가지 못한다 —

이리하여 옛날에는 문관(文官)과 무관(武官)을 같이 존중하였다. 뿐더러 그 부름에 있어서 '장상'이라 하여, 장을 먼저 놓고 상을 아래 놓아서 무관을 도리어 더 존중하였다.

이씨 조선 중흥(中興)의 명군인 세조대왕(世祖大王) 때에 이르러서, 나라에서는 더욱 무를 숭상하였다.

이씨 5대 문종(文宗)께서 승하하시고 그 뒤를 이으신 단종(端宗)은 아직 어린 임군이시었다. 문종께서 당신의 건강이 좋지 못한 것을 아시고, 당시 재상 황보인(皇甫仁), 남지(南智), 김종서(金宗瑞)며 집현전 학사 성삼문(成三問), 박팽년(朴彭年), 신숙주(申叔舟) 등에게 어린 세자를 부탁하셨다. 문종 승하하신 뒤에 보위에 오르신 어린 상감(단종)께 선왕의 유신들은 선군의 유탁(遺託)[110]을 받잡고 충성을 다하여 섬겼다.

어리신 상감이셨다. 그 어리신 상감을 보좌하는 신하들은 모두 선군의 유탁을 받잡은 노신들로서, 상감 한 분뿐만 경지모지하고, 상감의 아래 널려 있는 이천만의 백성을 돌볼 줄을 몰랐다. 이리하여 통솔자를 가지지 못한 삼천리의 강토는 저 될 대로 외로 벋고 바로 벋었다.

문종의 아우님이요 단종의 삼촌 되는 수양대군(首陽大君)은, 활달하고 명철한 머리의 주인이었다. 그는 조선이라는 강토가 차차 병들어 시들어 가는 모양을 보았다. 이대로 버려두었다가는 그 병은 가까운 장래에 불치(不治)의 역(疫)에까지 이를 것을 보았다. 그래서 노신들에게 재삼 국토를 돌보기를 주의하였다.

그러나 선군의 유탁으로 상감 보좌의 지위에 있는 노신들은, 불행히 나라를 돌아볼 활달한 눈을 가지지를 못하였다. 어리신 상감 한 분뿐을 기쁘게 하는 것이 즉 상감께 충성된 것이요, 한걸음 더 나아가서는 선군께 대한 충성이거니, 이렇게 굳게 믿는 노신들은, 수양대군의 충언을 무시하고 오로지 상감 한 분뿐을 기쁘시게 하느라고 자기네의 늙은 머리의 지식을 다 짜내었다.

"무사히."

"평온히."

이것이 노신들의 유일의 모토였다. 상감 스스로 정치를 잡으시기까지의 기간을 무사히 평온히 지나는 것 — 이것이 노신들의 목표였다. 그런지라, 그들은 (섣불리 하다가는 문젯거리가 될지도 모르는) 수양대군의 충언을 묵살하여버리고 말았다.

이 나라를 통솔하실 분은 너무 어리시고, 그분을 도와서 일을 할 노신들은 위만 보고 아래를 보지 못하는 동안, 위를 잃은 이 나라는 차차 병집이 커갔다. 그냥 버려두었다가는 다시 수습치 못할 만큼 병은 더하여갔다.

여기서 수양대군은 최후의 결의를 하지 않을 수가 없었다. 이 나라를 굳센 나라로 만들기 위하여서는 굳센 지배자가 필요하다. 지금의 어리신 상감과 무능한 노신들에게 그냥 맡겨두었다가는, 가까운 장래에 나라가 망하겠다. 그 위태로운 지경에서 나라를 구해내기 위하여 수양대군은 스스로 서서 이씨 조선의 제7대의 임군이 되었다.

굳센 조선을 건설하기 위하여, 몸소 역모 멸친의 악명을 쓰고 서신 세조 대왕은 이 문약(文弱)한 나라를 강한 나라로 만들기 위하여 무(武)에 치중을 하였다. 방방곡곡에서 무관을 뽑아 올렸다. 그 사람의 지벌의 여하를 막론하고, 힘깨나 쓰는 사람, 활깨나 쏘는 사람은 모두 등용하였다. 무인 전세의 찬란한 황금시대가 세조의 무관 존중의 제도로 말미암아 한때 벌어졌다.

빛이 있으면 반드시 그림자가 있는 법이다.

겉이 있으면 반드시 속이 있는 법이다.

세조의 무반 존중 정책 때문에 무인 전성시대는 현출(顯出)[11]은 되었다.

그러나 그 폐해가 또한 없지 않을 수가 없었다. 너무도 그 전형이 정밀치 못하기 때문에, 엉터리 무인들이 사면에서 생겨났다. 활 못 쏘는 활량[12]이 여기저기 생겨났다.

문과에 급제하기는 힘들되, 무과에는 웬만만 하면 급제가 되므로 어중이떠중이가 모두 이리로 모여들었다. 어제 날의 A읍 아전이 오늘은 당하관이나마 당당한 무인으로서, 어제의 상관이던 방백과 동석을 하게 되는 폐가 여기저기 생겼다. 어제의 B진사 댁 하인이 무과에 급제를 하여 오늘은 어제의 상전을 호령하는 일이 드문드문 있었다.

그러므로 당시에는 이런 이야기까지 있었다.

갑, 을, 병, 정, 누구, 누구 몇몇 사람의 선비(혹은 향로)가 모여서 한담들을 하다가 무슨 일이 생겨서 집의 하인을 부른다.

"여봐라 아무개야, 아무개야 —"

몇 번 불러보아서 대답 소리가 없으면,

"음, 그놈 과거 보러 간 게로군."

이렇듯 어중이떠중이가 모두 무과 과거로 몰려들고, 몰려든 무리들은 대개는 급제를 하게 되었으므로 무인의 품질이 차차 떨어졌다. 군노, 아전, 종, 머슴 할 것 없이, 신수 좋은 사람은 다 급제를 하기 때문에, 무인들의 품질은 매우 낮게 되었다.

품질이 떨어지면 따라서 존경도 받지 못하게 된다.

"장상이 동석이면."

이라 하여 장과 상을 동급으로 쳤지만, 무인들의 품질이 차차 떨어짐을 따라서, 무인은 차차 문인에게 수모를 받게 되었다. 종이품(從二品)인 문참판(文參判)이 도리금, 도리옥의 무판서(武判書)나 무판윤(武判尹)을 눈 아래로 깔아보고 인사도 변변히 안 할뿐더러, 도리어 무장 쪽을 건방지다고 말썽을 부리는 일이 흔히 있었다.

무를 존중하자고 시작한 이 법은 차차 무를 멸시받게 했다.

그렇게 된지라, 소위 양반의 자손들은 무과에 급제를 하는 것을 부끄러운 일로 알았다. 어느 보국 댁 어느 숭록(崇祿) 댁 몇째 아들이 무과에 급제를 하였다 하면 그들은 피하고 머리를 돌리고 하였다. 여기 따라서 문과에 급제를 한 사람들의 긍지는 차차 높아갔다.

"과거에 급제하였다."

이 말은 본시는 문무를 구별치 않았던 것이었지만, 차차 어느덧 문과에 급제를 하였다는 뜻으로 해석되게 되었다. 무과 같은 것은 양반의 바라는 바가 아니었다. 상놈들의 등용문이었다.

이렇듯 문과에 급제하는 것을 존중히 여기는 시대가 오래 계속되었다. 문과에 급제를 한다는 것은 온 백성의 바라고 희망하는 바였다.

문과에 급제한다는 일이 그렇듯 명예스러운 만큼 그전 명예 있어서 첫째도 지벌이요, 둘째도 지벌이요, 셋째도 지벌이요, 무엇보다도 지벌이었다. 지벌이 나쁘면 제아무리 재간이 비상하다 하더라도 절대로 급제를 하지 못하였다. 지벌이 나쁘기 때문에 무관이 하대를 받느니만큼 문관 등용에 있어서는 첫째도 둘째도 셋째도 지벌이었다. 지벌이 급제의 제일 요소였다. 그리고 그것이 제일 요소인지라, 급제한 사람의 코는 더욱 높았다. 문과에 급제를 한다 하는 것은, 그 사람의 지벌이 좋다는 것을 증명하는 것이므로였다.

그 자랑스러운 '문관'이라는 열매도 이즈음에 이르러서는 차차 따기가 쉽게 되었다. 어중이떠중이도 '문관'이라는 열매를 능히 딸 수가 있게 되었다.

영의정(領議政) 하옥(荷屋) 김좌근(金左根).

하옥 김좌근은 현 왕비의 아저씨였다. 세도 김병기는 하옥의 양아들이었다. 대제학(大提學) 영초 김병학(金炳學)이며, 훈련대장(訓練大將) 영어 김병국은 모두 그의 조카였다. 영은부원군(永恩府院君) 김문근(金汶根, 현 왕비의 친정아버지)이며 김현근(金賢根), 김흥근(金興根) 등이 모두 그의 일족이었다. 하옥은 이 당당한 일족의 그 어른 격이었다. 몸이 영의정이며 그의 아들이 세도인지라, 다른 일족이 없을지라도 그 세력은 무서울 것이다.

하옥에게는 양씨라 하는 애첩이 있었다. 본시 나주 기생으로서, 출신이 기생이니만큼 간교하고 요염하여, 늙은 하옥을 마음대로 놀렸다.

하옥이 양씨를 위하여 집을 수리할 때의 일이다. 안방에서 긴 담뱃대로 담배를 피우고 있던 양씨는 갑자기 하옥을 안방으로 청하였다.

양씨의 명에 의하여 하옥은 호인다운 미소를 얼굴에 띠어가지고 안방으로 들어왔다.

"우리 나주 합하(羅州閤下)[113]께옵서 왜 또 불러시오나?"

벙글벙글 웃으면서 마루에 와 걸터앉은 하옥에게 향한 양씨의 눈찌는 그다지 곱지 못하였다.

"대감."

"왜 그래."

"대감, 대체 어쩌자는 심이세요."

"어두운 데 주먹이라, 갑자기 왜 이리 노하셨나?"

양씨는 입에 물었던 기다란 담뱃대를 오른손으로 들고, 지금 한창 세우는 중인 사랑 용마루를 가리켰다.

"저것 보세요, 사랑 지붕에 가리워서 목멱산이 보이지를 않으니, 나 같은 천비는 남산도 보지 말고 살라는 심이시외다그려. 너무도 심하시외다."

하옥은 눈을 둥그렇게 하였다.

"허어, 남산이 보이지를 않는구먼. 남산이 안 보여서야 되나. 당장에 이 놈들은 꾸짖어야지."

여기서 나온 하옥은 직접으로 목수를 호령하여 사랑 기둥을 잘라서 안방 마루에 앉아서도 남산이 우러러보이도록 만들었다.

이렇듯 양씨의 세력은 당당하였다. 하옥은 그의 손으로 나라를 주무를 권력을 잡았다. 양씨는 그의 손으로 하옥을 주무를 권력을 잡은 것이었다.

그런지라 양씨는 하옥을 통하여 간접으로 나라를 주무를 권력을 잡은 것이었다. 세상이 양씨를 가리켜 나주 합하(羅州閤下)라 하고 나합(羅閤)이라 함은 이 때문에 나온 이름이었다.

본시 기생인 양씨는 무당 복술을 몹시 섬겼다. 본시 천비인 양씨는 금전을 여간 사랑하지 않았다. 그런지라 금전을 뇌물하거나 무당 복술의 손을 빌리면, 시정의 상놈이며 시골 머슴꾼이라도 넉넉히 나주 합하 양씨에게 접근을 할 수가 있었으며, 양씨에게 접근하여 양씨의 총애만 얻으면 벼슬 같은 것은 마음대로 얻어 할 수가 있었다.

이 양씨의 손을 통하여 조선 각도에 퍼져 나간 방백의 수가 꽤 많았다. 그리고 이 수많은 수령 방백들을 일변 만들어 보내고 일변 갈아들이는 동안 양씨의 손속에 들어온 금전보화가 수백만이었다.

상놈으로 태어나면 절대로 얻어 할 수 없던 문관은 양씨의 덕택으로 상놈도 얻어 할 수가 있게 되었다. 양씨에게 뇌물할 만한 돈을 가졌거나, 그렇지 않으면 양씨에게 귀염 받는 무당이나 복술을 자기의 친척 가운데 가지고 있으면, 그것이 비록 백정일지라도 넉넉히 벽지의 수령쯤은 얻어 할 수가 있었다.

"나합(羅閤)."

비웃음과 경멸과 위포가 함께 섞인 이 이름은 서슬이 푸르기 짝이 없었다.

조(趙) 성 쓰는 상놈이 하나 있었다.

생애라고는 특별히 하는 일이 없었다. 그의 정업은 투전이었다. 투전을 하여 요행 돈냥이라도 생기면 그것으로 술을 먹었다.

투전판도 알맞은 것이 없을 때는 길목을 지켜서, 지나가는 사람에게 공트집을 잡아서 싸움을 걸었다. 그리고 거기서 몇 잔의 술이라도 따내고 하였다.

포도청 포교들이며, 금부 옥졸들도 이 조가는 꺼리었다. 조가는 옥에 갇히는 것도 무서워하지 않았다. 옥에 들어갔다가 나오기만 하면 당일로 또다시 못된 일을 하였다. 뿐더러 자기를 잡아 가둔 포교에게 반드시 원수를 갚았다.

옥에 갇히는 것을 두려워하지 않고, 매 맞는 것을 두려워하지 않는 인물인지라 모두들 이 조가를 꺼렸다. 포교들이 밤중에 알지 못하고 조가를 붙들었다가도 조가인 줄 알기만 하면,

"이번에는 용서해주거니와 이 다음 다시 잡히는 날은 용서치 않는다."
고 위협을 한 뒤에는 자기편에서 슬며시 피하고 있었다.

이 조가에게는 고모가 하나 있었다. 그 고모는 무당이었다. 무당 가운데도 그다지 유행하지 못하는 재짜[114] 무당이었다.

그것이 어찌어찌하다가 우연히 하옥의 애첩 양씨에게 불려가게 되었다. 사람의 연분이란 기괴한 것으로서, 이 말째[115] 무당이 한 번 두 번 양씨에게 드나드는 동안, 양씨의 신임과 총애를 얻었다.

그 무당이 양씨에게 신임을 받게 된 얼마 뒤에, 거리의 부랑자 시비꾼 조가는 변방이나마 함경도 어떤 고을의 성주로 임명이 되었다.

—토굴과 같은 안국동 어떤 막걸리집 누린내와 지린내와 막걸리 내가 뒤섞인 마루에서 술꾼 세 사람이 서로 주고받는 이야기는 이 조가에 관한 말이었다.

"좌우간 좋은 세월일세. 조가 놈이 원님이 다 되어 간다니, 그러면 우리도 원님 되지 말라는 법이야 없겠지."

두 사람의 다툼을 말리던 친구가 탄식 섞인 소리로 이렇게 말하였다.

그러나 '청풍 이가'는 그래도 자기의 샘을 감출 수가 없는 모양이었다.

"그따윗 놈이 원님? 홍! 그놈이 원님 노릇을 제대로 한다면 내 ×도 선달—홍, 선달? 판서를 하겠다. 판서? 영의정이라두 하겠다. 원님이 다 뭐냐. 아니꼽게."

"이 청풍 이가야, 양반아, 도둑놈아 글쎄, 내가 조가를 원을 시켰단 말이냐. 왜 내게 시비냐. 내가 원을 시킬 수만 있다면 네 말마따나 네 ×도 영의정을 시켜주마."

"공연히 떠들지 말고 잔이나 어서 내서 이리 보내게."

불평객은 겨우 잔을 들었다. 꿀꺼덕! 목젖 소리를 내며 단숨에 막걸리를 들이켜 잔을 맞은편에 앉은 친구에게 던져주었다.

"자, 따라주게. 그렇게 웅얼웅얼할 게 아니라네. 놈이 원님이 됐으면 우리는 술값이나 따내려 놈을 찾아가구 함세나."

호기로운 친구는 여전히 하하하 웃으면서 술잔을 들이켰다.

떠오르는 김, 몰려오는 지린내, 누린내 ─ 이러한 가운데서 어두컴컴한 등잔 아래 이른 봄의 밤은 차차 깊어간다. 자기네의 그룹 가운데서 한 사람의 원님을 낸 동지들은, 이 값싼 향락처인 막걸리집에서 그들의 종일 시달린 피로와 울분을 텁텁한 몇 잔의 막걸리로써 푸는 것이었다.

야반(夜半)을 알리는 종소리가 꺼지는 듯한 무거운 여음을 남기면서 울었다. 그 종소리의 여음을 기다리듯이 '수리어' 하는 관수의 외치는 소리가 더욱 밤사이 가까운 어느 곳에서 났다.

8

봄─

길고 음침한 겨울이 가고, 어디선가 한마디의 봄새의 소리가 들리는 듯하면, 이 땅에는 홀연히 봄이 이른다.

이 땅에 이르는 봄에는 준비 기간이 없다. 길고 음침한 겨울, 그리고 어둡고 쓸쓸한 겨울에 잠겨서, 긴 담뱃대를 벗 삼아, 시민들은 모두 안일의 꿈에 잠겨 있을 동안, 성 밖에서 들어오는 소식에 교외의 나뭇가지가 윤기가 돌기 시작한다는 기별이 들리는 듯하면, 이 땅에는 홀연히 봄이 이르는 것이었다.

서울의 집 제도는 방 안에 해가 비치는 것을 허락하지 않는다. 남향으로 마루가 달리고, 방이라는 것은 마루를 통하여서야 간접으로 바깥과 연하였는지라, 세상을 골고루 비치는 햇볕도 겨우 이 집의 마루를 스치고 지나가는 뿐, 방 안에는 들어올 기회가 없다.

해를 볼 수 없는 방 안─이 음침한 방 안에서 시민들은 길고 긴 겨울을 장죽을 벗 삼아서 기름때 흐르는 얼굴에 눈만 반짝거리면서, 언제나 봄이 이를까 고대하면서 지낸다.

근방의 산을 모두 벗겨온 숱한 솔잎이 연기로 화하여 시민들의 엉덩이 아래를 지나서 굴뚝으로 하여 하늘로 사라진다. 이 많고 많은 연기 때문에 집이란 집, 기둥이란 기둥, 벽이란 벽은 겨울을 지나는 동안은 모두 시꺼멓게 덜민다. 기다랗고 시꺼먼 추녀 아래로 겨우 조금 내다보이는 하늘을 바라보면서, 어버이, 자식, 오라비, 누이 할 것 없이, 혈색 나쁜 얼굴이 한 방에 모여서 우글거리는 모양─그것은 흡사 그림의 연옥이다. 높은 집을 허락지 않고 높은 문을 허락지 않기 때문에, 작다랗고 낮게 지은 집 안에는, 비교적 거대한 체격의 주인인 시민들이 들썩거린다.

이 시민이 가진 집에는 뜰이 없고, 뜰이 있을지라도 나무가 없다. 이층 집에서 생활할 권리가 없는 이 시민의 집들은 만약 어떤 사람이 있어서 높은 곳에서 굽어본다 할지면, 일면의 거무튀튀한 먹물[墨汁]의 바다일 것이다. 거무튀튀한 기와와 검게 덜민 초가지붕이 연달리고 또 연달려서 이 시민의 가진 좁다란 길이며 좁다란 뜰은 추녀 끝에 가리어서 보이지도 않고, 고저(高低)가 없는 평균한 지붕 아래 감추어져 있는 이 시민의 생활처는 물결도 없는 커다란 먹물 바다일 것이다.

사멸(死滅)의 거리─이 거리에서 아침과 저녁에 불을 때느라고 뭉겨 오르는 연기만 없으면, 이 거무튀튀한 먹물 바다 아래 '사람의 생활'이 있으리라고는 누구나 뜻도 못할 것이다. 낙타(駱駝), 백련(白蓮), 목멱(木覓), 인왕(人旺), 백악(白岳)의 등걸 속에 보호되어 있는 오십 리 평방의 이 먹물 바다─그 안에는 오 서(署), 사십구 방(坊), 삼백사십 동(洞)이 벌여 있고, 십오만의 생령이 그 속에서 사람의 가지는 희, 노, 애, 락의 온갖 감정을 호흡하며 생활하리라고는 과연 몽상 외의 일일 것이다.

가늘고 기다란 담뱃대, 가늘고 기다란 목을 가진 술병, 가늘고 고불고 불하고 기다란 거리의 길, 이것들은 모두 가늘고 약한 생활을 경영하는 이 시민의 심벌이다. 막걸리의 힘을 빌리지 않고는 마음대로 크게 웃을 권리도 없고, 권리가 있을지라도 웃을 만한 기꺼운 일도 없고, 어둡고 음침한 생활만 계속되는 것이다.

이씨 사백 년간, 그동안에 한양은 망하였다. 어떤 사람이 있어서 한양 인에게,

"너희는 돈 버는 방법을 아느냐."

는 질문을 던질 것 같으면, 그들은 서슴지 않고 대답하리라.

"안다. 먼저 벼슬을 해야 한다. 그 뒤에 토색(討索)[116]을 하면 저절로 돈이 생긴다."

라고 음침한 방 안에서 장죽을 물고 이 시민들이 꾸는 꿈은 이런 것이다.

이 사멸(死滅)의 도시(都市) 한양은, 본시 고구려 때에는 북한산군(北漢山郡)이었다. 신라 경덕왕(景德王) 때에 이르러서 비로소 한양이라는 이름을 붙이었다. 고려 초에는 다시 이름을 양주(楊洲)라고 지었다가, 고려 문종 때에 남경(南京)으로 삼고 목멱산에 궁궐까지 짓게 하고 충렬왕 때에 또다시 이름을 '한양'이라 정한 것이다

중 도선(道詵)의 예언에,

"장차 이씨가 왕이 되고 도읍을 한양에 정하리."

하는 말이 있었으므로, 고려 역대의 임군은 이것을 몹시 꺼리어서, 고려 숙종 때에 윤권 등을 보내서 자세히 한양의 지세를 탐사시켰다. 그 결과에 의지하여 삼각산이 남으로 뻗어 내려온 만경대의 한 줄기 백악(白岳)이, 도선의 비기(秘記)의 말한 바 그곳이라 하여, 이곳에다가 오얏나무[李木]을 많이 심고, 이씨 성 가진 사람을 남경 부윤으로 보내고, 숙종왕은 매해 한 번씩 남경부에 순행하며, 남경부에 심은 오얏나무가 무성하면 잘라버리고 무성

하면 잘라버리고 하여 이 한양주의 왕기(王氣)를 꺾기에 노력하였다.

이씨 조선의 태조 이성계, 처음에는 고려의 궁궐인 수창궁에 즉위하셨지만, 고려의 구도(舊都)에는 그냥 고려 왕조에 마음 두는 구신(舊臣)들이 많으므로 도읍을 옮기기로 작정하고, 그 후보지로서 처음은 계룡산을 택하고 기공까지 하였다가, 계룡산은 그 지형이 좁고 토지가 더럽고 교통이 불편하고 물길이 멀어서 못쓴다는 유근(柳觀) 등의 의견을 좋아서 한양으로 도읍을 옮기기로 하였다.

도읍을 한양으로 옮김에 임하여 태조께서는 정도전(鄭道傳) 등에게 명하시어, 좋은 자리를 잡아서 대궐을 짓게 하셨다. 삼각산이 흘러서 백악이 된 그 아래, 높기가 삼십 척의 돌담에 둘린 웅대한 궁궐 —

    旣醉以酒 旣飽以德
    君子萬年 介爾景福[117]

이라는 글에서 따낸 경복궁이 이것이었다.

연침(燕寢)[118]은 강녕전(康寧殿)이라 명명하고, 동소침(東小寢)은 연생전(延生殿), 서소침(西小寢)은 경성전(慶成殿)이요, 연침의 남쪽에는 사정전(思政殿)이요, 그 앞에는 근정전(勤政殿)이요, 근정문이 근정전의 정면을 장식하고, 융문(隆文)·융무(隆武)의 두 문이 동서에 있고 동남서북의 큰 문은, 동을 건춘(建春), 서를 영추(迎秋), 남은 광화(光化), 북을 신무(神武)라 하고, 각 문에는 누각이 있어서 그 위엄을 자랑하여,

"오보(五步)에 일루(一樓)요 십보(十步)에 일각(一閣)이라."
는 아방궁은 따르지 못하지만, 이 삼천리의 통수자의 궁궐로서 그다지 부끄럼이 없도록 찬란하게 되었다.

그러나 이 이씨 조선의 창업을 자랑하는 찬란한 궁궐도, 임진왜란 때에 그만 불을 일으켜서 거의 타버렸다. 그 뒤에 중수는 하였지만, 그 뒤부터

는 역대의 상감은 혹은 창덕궁이나 창경궁, 경운궁, 경희궁에 기거를 하시고 경복궁은 빈 궁으로 지냈다. 오색이 영롱한 단청은 모두 벗고 찬란히 빛나던 청기와도 여기저기 모두 벗어져서 비가 새고 연못에는 물이 마르고 그 대신 갈이 무성하여 한때 찬란하던 그 궁궐도 인제는 한낱 폐허로 화하였다.

'사멸의 도시' 한양부는 이 쓰러져가는 고궁 때문에 더욱 쓸쓸히 보였다. 여기저기 무너진 돌담 틈으로는 잃어버린 연(鳶)을 잡으러 드나드는 소년의 무리까지 있었다.

봄—이 도시를 둘러싼 높고 낮은 뫼에는 봄의 다사로움이 찾아왔지만, 사멸의 도시와 폐허에 가까운 고궁에는 봄의 그림자도 비치지 않았다. 그것은 쓸쓸하기 짝이 없는 '정숙의 도시'였다. 외국인이 명명한 바, '은사국인(隱士國人)'의 생활과 어울리는 외로운 거리였다.

왕도를 한양에 정하면서 왕실의 위엄을 백성들에게 보이기 위하여 꾸민 이씨 조선의 궁궐이 얼마나 찬란하였는지, 우리는 우리의 조상의 기록을 보기보다 오히려 남의 손으로 된 기록을 살펴보자.

임진왜란 때에 왕은 멀리 북으로 피하시고, 빈 한양에 입성한 왜장 가운데 나베지마 나오시게[鍋島直茂]의 기록을 보면 이러하다.

　　조선 왕성의 형세 장관은 진실로 사람의 이목을 놀라게 한다.
　　그 동으로 흐르는 강을 여강(麗江)이라 하고, 서로 흐른 강을 서강(西江)이라 하고 남으로 흐른 강을 한강(漢江)이라 하며 북쪽에 있는 산을 북산(北山)이라 하고 남쪽에 있는 산을 남산(南山)이라 하고, 서북쪽에 있는 산을 삼각산(三角山)이라 한다.
　　이 세 산이 둘린 그 사이를 산마루며 골짜기를 타고 칠 리가 남는 성을 돌로 쌓아서 그 가운데를 낙중(洛中)이라 한다.
　　북산 아래는 남면(南面)하여 자궁(紫宮)이 있고 돌을 아로새겨서 그 벽을 만들었다. 무슨 전(殿), 무슨 각(閣) 그 수효를 헬 수 없고, 맑은 시내가 서로 흐르는 그 위에는 돌다리를 걸고 난간 기둥으로 석련화(石蓮華)를 세웠다. 다리의 좌우에 돌사자[獅子] 네 마리를 안치하고 그 중앙에 여덟 자의 돌담을 쌓고 그 네 귀에는 또한 돌사자 네 마리를 장식하였다. 그 뒤에 자진(紫震), 청량(淸凉)의 두 전각이 있는데, 역시 돌로서 기둥을 삼고 사면에는 상룡 하룡을 새기고, 유리(琉璃)로써 기와를 만들고, 그 꼭두머리에는 청룡(靑龍)을 붙이었다. 단목으로 서까래와 들보를 만들고, 그 끝마다 풍경을 달았으며, 단청한 기둥에는 주렴(朱簾)을 두르고, 금은으로 판을 만들어 붙이고, 주옥으로 장식하고 천장 네 벽에는 오색 필채로써, 기린, 봉황, 공작, 용호 등을 그리고 갖은 층계에는 가운데는 돌 봉황을 새기고 좌우에는 돌 학을 깔았다.

왕성의 형세 언어에 절하여 선경(仙境)이나 용궁성(龍宮城)이라고나 능히 칭할까. 낙인(洛人)이 말하기를 이 거리는 경기도의 감영으로서 이백오십 년 전에 개성에서 이리로 옮겨 한양부라 부른다ㅡ

고. 소박(素朴)한 당시 일본의 성시를 보고 난 일본 장수들이 오색이 영롱한 궁궐에 얼마나 놀랐는지는 짐작할 수 있다.

이렇듯 찬란하던 궁궐도 임진란 때에 불을 일으키고 그 뒤 얼마만큼 중수는 하였지만, 주인을 잃은 대궐은 오랫동안 우로에 젖고 또 젖어서, 인제는 보잘 나위도 없게 되었다.

지금의 종친으로서 뉘라서 이 고궁을 보고 다시 돌이켜서 옛날 태조의 위엄을 생각할 때에 한 줄기의 눈물이 없이 지낼 수가 있으랴.

종실의 위신은 땅에 떨어지고 외척들만 세를 쓰는 지금의 세상에, 이 고궁을 돌아볼 자 누구며, 이 고궁을 간수할 자 누구냐.

사멸의 도시 한양에서 주인 없는 이 고궁은 나날이 더 덜미고 쓰러져가는 것이었다. 태조 업을 일으키시고 한양에 도읍을 정하였음은, 당신의 후손으로 하여금 오늘날 이렇듯 영락에 울게 하고자 하였음은 아니겠거늘……

이 쓰러져가는 고궁과 사멸의 도시를 눈 아래 굽어볼 수 있는ㅡ한양의

정기를 한 몸에 지니고 있는 백악에도 봄이 이르렀다.

필운대의 살구꽃과 북문의 복사꽃과 흥인문 밖의 버들을 화류장(花柳場)으로 꼽고, 봄이 되면 삼삼오오 떼를 지어서 그리로들 놀러 가지만, 아무도 돌아보지 않는 백악 바위 틈에도 진달래는 송이송이 봄빛을 자랑하고 있었다.

이 백악의 평탄한 한군데를 자리 잡아가지고, 앞에 간단한 주안을 벌여 놓고 봄을 따려는 두 사람의 탐춘객이 있었다. 이 사멸의 도시를 눈앞에 굽어보기가 싫어서 모두들 다른 데로 봄을 탄상하러 가는데, 이 탐춘객은 남들이 찾지 않는 백악을 답청장(踏青場)으로 삼고 여기서 봄을 즐기는 것이었다. 한 사람은 사십이 조금 넘음직한 중늙은이, 또 한 사람은 겨우 소년의 영역을 벗어난 열칠팔 살의 청년……

그들의 앞에는 간단한 주효가 있었다. 그러나 그들은 술도 들지를 않았다. 잠시 동안을 두 사람은 각각 제 생각만 하는 듯이 온통 회색 지붕 아래 감추어져 먼지만 무럭무럭 올리는 정숙의 도회를 굽어보고 있었다.

한참 아래만 내려다보고 있다가 중노인이 스스로 술을 한잔 부어서 들이켰다. 그리고 그 잔을 보자기 위에 도로 놓으며 비로소 입을 열었다.

"여보게 성하, 어디 자초지종으로다 한 번 다시 말해보게."

청년은 조성하였다. 조 대왕대비의 조카 ― 그리고 성하와 마주 앉아 있는 사람은 타락된 공자 흥선군 이하응.

한참 저편 아래만 내려다보고 있던 성하는, 그 눈을 굴려서 흥선을 쳐다보았다. 흥선의 음침한 얼굴에 비겨 성하의 얼굴은 광채가 있었다. 그리고 그것은 나이의 차이의 탓뿐이 아닌 듯하였다.

"아까도 말씀드린 바와 같이 상세히 여쭈어 보이지 못했습니다."

"왜?"

"며칠 전에 대감께 그 하교를 듣잡고 어제 대비마마께 가서 그 말씀을 여쭈어보았더니, 마마께서는 너는 왜 당찮은 말을 묻느냐고 하시는데 무에라고 더 여쭈어보겠습니까?"

"그럼—"

홍선은 무슨 말을 곧 하려 하였다. 주저한 뒤에 드디어 그 말을 하였다.

"그럼, 다르게 굴려서라도 여쭈어볼 게지."

"어떻게 말씀이오니까?"

홍선은 대답지 않았다. 대답지 않고 성가신 듯이 두어 번 코를 울렸다.

이 성가신 듯이 홍선이 코를 울리는 것을 성하는 미소로써 쳐다보았다.

한참을 홍선의 얼굴을 쳐다보고 있다가 성하는 자세를 바로 하며 홍선을 찾았다.

"대감."

다시 홍선을 찾을 때에는 성하의 입가에 떠돌던 미소는 자취를 감추었다. 그리고 그 대신 얼마만큼 엄숙한 기분이 나타났다.

"?"

"대감께서는 소인을 어떻게 보십니까?"

"?"

"왜 마음에 계신 대로 말씀을 안 하시고 한 꺼풀 감추어 가지고 계십니까?"

홍선은 그의 굵은 살눈썹 아래로 이 청년을 내려다보았다. 무슨 소리를 하느냐는 표정이었다. 권문들을 찾을 때에는 늘 그의 얼굴에 흐르던 비굴한 표정은 어디로 감추었는지, 그다지 표정이 없이 굽어보는 그의 눈찌지만, 그 눈찌에는 사람을 위압하는 위엄이 있었다.

이 눈찌— 위압적 눈찌를 성하는 감사한 듯이 우러러보았다.

정월 초승, 홍선을 조 대왕대비께 안내한 이래로 조성하는 자주 홍선을 찾았다. 홍선도 성하를 자주 불렀다.

종실의 당당한 공자이지만, 가난한 살림을 오래 했기 때문에, 지금은 사람이 여간 비루하게 되지 않았다는 홍선의 소문은 성하도 일찍부터 들었던 것이었다.

그랬더니 섣달 그믐날, 자기의 악장[119] 되는 이호준이 부러 자기를 불러서 말한 바에 의지하건대, 홍선 대감 이하응 씨는 결코 세상이 전하는 바와 같은 허튼뱅이[120]가 아니라는 것이었다. 세상이 전하는 바와 같은 여러 가지의 기행(奇行)이 있는지는 모르되, 그것은 기행으로 볼 것이지, 세상이 입을 비죽거리면서 전하는 바와 같이, 눈살을 찌푸리고야만 능히 말할 수 있는 비루한 행동은 아니라는 것이었다. 만약 또한 그런 일이 있다 칠지라도 그것은 무슨 다른 심산 아래서 나온 일이지, 그의 인격과 품성은 고결하고 총명하기 당대에 드문 인물이라는 것이었다.

"종실에 사람이 많고 많으되, 눈 있고 귀 있고 손 있는 이는 그이 한 분밖에는 안 계시다. 호방(豪放)되고 적은 일에 구애치 않는 분이시기 때문에, 세상에서는 이렇다 저렇다 평하는 사람이 많지만, 결코 상린(常鱗)[121]이 아니니라. 종실 가운데 국운을 회복할 만한 역량을 가진 분은 홍선 대감밖에는 없으리라."

호준은 사위에게 이렇게 홍선의 인물을 칭찬하였다. 그리고 성하가 조 대비의 조카임을 이용하여, 홍선군을 조용히 조 대비께 뵐 기회를 지어주기를 부탁하였다.

그때를 기축으로, 그 뒤에도 성하는 여러 번 홍선 댁을 찾았다. 여러 번 찾으며 찾은 때마다 관찰하고 연구한 바에 의지하건대, 홍선이라 하는 인물은 도저히 그 속을 알아볼 수가 없는 인물이었다.

비굴한 행동, 비굴한 말을 예사로이 하는 인물이었다. 그 수모를 받으면서도 대관 댁이며 대신 댁을 그냥 지근지근 찾을 때에 그의 얼굴에 떠도는 비굴한 미소—그것을 한낱 연극으로는 결코 볼 수가 없었다. 그것은 오래 가난에 젖고 또 젖어서, 그의 제2의 천성이 된 비굴한 성품으로밖에는 볼 수가 없었다. 대체 그 비굴하게 구는 것이 한 개 연극에 지나지 못하면, 그때 받은 수모 때문에 뒤에 이를 갈면서 분해하는 것을 이해할 수가 없다. 수모를 받은 뒤에마다 이를 갈면서 분해한 뒤에도 이튿날만 되면 또 한 여전히 지근지근 그들을 찾는 것은, 속이 썩고 또 썩은 인물이 아니면 하지 못할 노릇이었다.

그렇게 썩고 또 썩은 인물인가 하면, 또한 때때로는 엄격하기 추상과 같은 그의 일면이 번쩍이는 것이었다. 더구나 그의 둘째 아들 재황을 데리고 조용히 이야기라도 하는 기회를 어떻게 엿보면, 그런 때에는 흥선의 얼굴에 있는 엄숙하고 경건한 표정은, 보는 사람으로 하여금 머리를 수그리게 하는 것이었다.

이러한 상반되는 두 가지의 면을 가지고 있는 흥선의 어느 면이 참말 그의 면인지, 성하는 판단을 내릴 수가 없었다.

놀라운 야망을 품고 있는— 흥선은 한 개의 명우(名優)인가?

혹은 가난에 젖었기 때문에 속의 속까지 썩은, 가련한 공자인가.

나이는 아직 어리지만 마음이 강직하기 짝이 없는 이호준의 눈에 들어서 호준의 애서[愛婿]가 된 성하는 벌써 어른을 능히 잡아먹을 만한 뱃심과 기백을 가졌던 것이다.

이 성하가 흥선이라 하는 인물에게 호기심을 가지고 세밀히 관찰하고 연구하기 시작한 것이었다. 연구한 결과, 몸을 의탁할 만한 사람이면 자기의 몸을 의탁하려고…….

수일 전 성하가 흥선을 찾았을 때에 이런 말 저런 말 끝에, 흥선은 성하에게 한 가지의 일을 부탁하였다. 즉 다른 일이 아니다. 성하가 조 대비께 뵐 기회가 있거든 그때에 조 대비께 동궁 책립에 대한 의향을 내탐하여달라는 것이었다. 세자 탄생을 기다리고 있는지, 혹은 종친 중에서 누구를 동궁으로 책립하려고 비밀히 그 인선을 하는지, 그것을 내탐하여달라는 것이었다.

이야기의 머리를 교묘히 돌려서 얼른 듣기에는 무심히 하는 말같이 하였으므로, 성하도 그날은 무심히 듣고 그럽시다고 응낙을 하였던 것이다. 오늘 탐춘을 겸하여 이 백악에 오른 것은 그때의 그 부탁에 대한 회답도 겸하여서였다.

잠시 무거운 눈찌로써 성하를 내려다보다가, 흥선은 슬며시 머리를 돌렸다.

"자네에게 한 꺼풀 감추는 것이 무엇이 있나?"

"아니올시다. 비록 아직 철없는 성하입지만 그만 눈치까지야 왜 없겠습니까?"

머리를 돌리고 있는 흥선의 눈은 경계하는 듯이 두어 번 섬벅거렸다. 섬벅거리던 눈이 굴러서 성하에게로 돌아올 때는, 거기는 기괴한 미소가 흐르고 있었다.

"나는 자네 말을 도모지 알 수가 없네. 그러면 이 흥선이 동궁이 하고 싶어서 그런 운동을 하겠나? 당찮은……."

그 뒤를 이어서 흥선은 너털웃음을 웃었다.

그러나 성하는 보았다. 너털웃음으로 속여버리려는 흥선이로되, 그 밑에 숨어 있는 커다란 실망을…… 성하의 회보에 어떤 기대를 분명히 품고 있다가, 시원하지 못한 대답을 듣기 때문에 초조해하는 것을…….

"대감, 다시 말씀드립니다. 대감께서 —"

그러나 흥선은 성하의 말을 듣지 않았다. 벌떡 일어섰다. 그리고 뒷짐을 지고 성하에게 등지고 두어 걸음 아래로 내려갔다.

이러하면 어이하리
저러하면 어이하리
만수산 츩 너줄이
없어진들 어이하리.

가느다란 소리로 그의 조상 태종이 고려 충신 정몽주를 시험하던 시조를 읊어보다가, 홱 몸을 성하에게 돌이키며,

"성하."

하고 찾았다. 그 갑자기 찾는 흥선에게 황급히 성하가 머리를 들 적에 흥선은 말을 계속하였다.

"이러하면 어이하리, 저러하면 어이하리, 성하 자네는 아마 이렇게 생각하는 모양일세그려. 상감께는 후사가 없으시겠다, 석파에게는 아들이 있겠다, 석파는 종실 친척이겠다, 여차하면 석파의 아들이 동궁에 간택될지는 모르렷다, 이런 생각으로 내가 자네에게 그 당부를 한 것같이 — 자네는 아마 이렇게 생각하는가 보이. 그렇지만 생각해보게. 석파의 맏아들 재면이는 세상이 알다시피 천치야. 둘째 아들 재황이도 애는 그다지 천치도 아니지만, 본시 천하게 길러나기 때문에 기역자 왼다리도 변변히 못 그리고, 장기라니 돈치기나 연 올리길세그려. 사기를 펴보아야 돈치기 잘하고 엿장수 흉내 잘 내는 임군이 있다는 기록이 어디 있나? 나는 폐인. 술이나 먹고 투전이나 하고 쌈하다 매나 잘 맞고 — 그런 대원군이 있다는 기록이 어디 있나? 내가 종실 친척이니깐 내가 동궁에 관해서 물어보면 자네는 그렇게 오해하고도 쉽겠지만, 나는 인전 아무것도 바라지 않는 술망나니일세. 사십 년을 술과 투전으로 허송을 한 내가, 이제 늙마에 무슨 다른 꾀를 하겠나. 며칠 전에 자네에게 부탁했던 것은, 그저 말말결에 한 것이지, 무슨 다른 뜻이 없네. 인간 칠십은 고래희라는데, 반 팔십을 술로 허송을 했으니, 아아 나는 과시 가련한 인생이로구……."

그 뒤에는 쓸쓸한 웃음…….

"자, 한잔 부어주게. 모도 웃고 지낼 일일세. 나같이 웃고 지낼 일이야. 그 김가 놈들한테 갖은 수모를 다 받기는 받지만, 그냥 모른 체하고 나 먹을 술이나 얻어먹었으면 그뿐 아닌가? 수모헌다고 가지를 않으면, 배 곯을 놈은 나뿐일세그려. 안 간다고 그놈들이 칭찬할 것도 아닐 일. 지금지

근 찾아가면 공술잔이나 생기거든……. 그것만 해도 매득(買得)¹²²이 아닌가?"

이런 말을 천연히 하는 흥선의 뱃속에 과연 별다른 배포가 있을까?

이것은 자기의 그 배포를 감추고자 하는 한 개의 연극일까?

성하는 차차 혼란되어가는 마음을 억제하기 위하여, 잠자코 저편 아래 음침히 누워 있는 회색 바다 ― 사멸의 도시를 내려다보고 있었다.

한참 잠자코 저편 아래만 내려다보고 있다가 성하는 드디어 한숨을 쉬었다.

"대감, 바른 대로 말씀드리리다. 어제 마마께 뵙고 동궁 간택에 관해서 어떤 의향을 갖고 계신지 대비마마의 의향을 여쭈어보았더니, 마마께서는 직접 거기 대해서는 아모 말씀도 안 계시고, 대감의 둘째 도령 명복(命福 ― 재황의 애명) 아기씨가 무슨 생이냐고 물으시기에 아마 금년에 열 살인가 아홉 살인가 된다고 여쭈었더니 음 영특하다는 말은 나도 들었다 하시고는 다른 말씀을 하시고 마십디다."

흥선은 이 말을 들었는지? 적어도 귀에 담아 들었는지? 성하의 이야기를 듣는 듯 마는 듯 안주만 연하여 집어 먹고 있었다.

만약 흥선으로서 뱃속에 어떤 다른 배포라도 갖고 있다 하면, 성하의 이 말은 결코 그저 넘기지 못할 말이었다. 지금 종실의 어른이요, 세자 책립을 종묘에 봉고할 자격을 가진 유일인인 대왕대비가, 흥선의 둘째 아들의 영특하다는 소문을 들었다 하는 것은 중대한 의의를 가진 것으로서, 이것이 실마리가 되어 장래 어떤 방면으로 사건이 진전될지, 그것은 예측도 할 수 없는 노릇이었다. 주의하여 들으면 이런 중대한 의의를 가진 말이 성하의 입에서 나왔거늘, 그것을 당연히 들었을 흥선은 못 들은 체하고 그냥 술에만 정신을 두는 것이었다.

만약 흥선으로서 그 말을 듣고도 심상히 여긴다면, 흥선은 세상이 전하는 바와 같이 별로 속도 없는 한 치인(癡人)¹²³에 지나지 못할 것이다. 흥선이 성하의 말을 듣고 그 말의 의의를 알고, 그러고도 이렇듯 표면 천연히 '술밖에는 자기를 끄는 아모 물건도 세상에 없다'는 듯이 자기의 온갖 감정과 표정을 죽여버리는 것이라면, 흥선은 사람의 상식으로서 판단할 수 없는 무서운 인물이었다.

아직껏 흥선의 마음을 따져보기 위하여 감추어두었던 진상을 흥선에게 말하고, 거기서도 아무런 결과를 얻지 못한 성하는, 흥선의 얼굴에 움직이는 표정이라도 보려고 눈을 들어서 흥선의 얼굴을 보았다. 그러나 흥선의 얼굴에도 여전히 아무 표정도 보이지 않고, 일심불란히 질긴 편포만 씹고 있는 것이었다.

성하는 흥선을 진맥하기를 드디어 단념하였다. 오래 사귀는 동안 — 그리고 자기의 심경을 모두 흥선에게 사뢴 뒤에 저절로 차차 알아질 것이지, 흥선과 같은 수수께끼의 인물을 단시간 내에 알아내려는 것은 도저히 불가능한 일인 줄을 깨달았다. 조급히 알려면 알려느니만큼 부득요령의 결론밖에는 얻을 수가 없을 것이고, 그러면 지금 세상이 흥선을 비평하는 비평 이상으로는 흥선을 알지 못할 것을 알았다.

흥선을 단시일 간에 알아보려던 노력을 포기하고 성하도, 흥선을 본떠서 방에 편 안주 보자기에서 편포를 한 조각 찢어서 입에 넣고 후물후물 씹기 시작하였다.

봄날 따스한 볕은 이 두 불우의 공자 위에 고요히 내리비치고 있었다.

흥선과 조성하가 백악에서 내려온 것은, 봄날의 짧지 않은 해가 멀리 인왕산 마루에 넘실넘실할 저녁때였다. 사멸의 도시 한양도 겨우 움직이기 시작하여, 집집마다 뽑아내는 저녁연기가, 가뜩이나 거무튀튀한 이 도시를 더욱 음침하게 만들고, 많은 부엌 며느리들은 시민의 양식을 준비하느라고 분주히 왕래할 때였다.

산에서 내려올 때에 흥선은 먹다 남은 부스러기 안주를 모두 다시 보자기에 싸서 간수하였다. 남은 부스러기라 하나, 마른안주 몇 점밖에 없는 것을 찬찬히 싸서 그것을 허리에 찼다. 가난에 젖은 흥선으로서는 예사로이 하는 노릇인지는 모르지만, 같이 일반으로 부유히 지내지 못하는 조성하의 눈에조차 창피한 노릇이었다.

성하는 흥선 댁까지 흥선을 모셔다 드렸다. 그리고 잠시 들어와서 저녁이나 같이 하고 가라는 것을 사양하고 흥선 댁 문에서 흥선께 하직하였다.

싱거운 답청(踏靑)[124]이었다. 다른 사람들은 모두 삼삼오오 짝을 지어 하인들을 뒤에 달고 흥그리이 취하여서 갈지자걸음으로 돌아오는 이날에 흥선과 성하는 똑똑한 정신으로(흥선조차 그리 술도 먹지 않고) 다시 아침에 떠났던 이 사멸의 도시로 돌아온 것이었다.

흥선을 흥선 댁으로 들여보내고 혼자 된 성하는, 처음에는 그냥 집으로 돌아갈까 하였으나, 마음이 유난히 뒤숭숭한 것이 집으로 돌아가기도 싫으므로, 그의 발에 온 권리를 맡겨서 지향 없이 거리거리를 헤매기 시작하였다.

흥선이라 하는 수수께끼의 인물에 대해 의문이 그의 온 머리를 덮었다.

단지 한 술망나니에 지나지 못할까. 그렇지 않으면 세상을 감쪽같이 속이는 놀라운 명우일까. 단지 한 주책없는 술꾼으로 보잘 때에는, 그 의견을 부인하는 몇 가지의 증거가 그의 머리에 휙휙 지나갔다. 자기의 장인 이호준은 강직하고 사람을 볼 줄 아는 인물이다. 그 이호준이 침이 마르도록 칭찬할 적에는, 칭찬할 만한 무슨 곡절을 가졌을 것이다. 정월 초승, 성하 자기와 동반해 조 대비께 잠행을 했을 때도, 단지 주책없는 술꾼일지면 거기서 망신스런 몇 가지의 행동을 하였을 것이다. 그런데 그때 흥선의 언행은 비록 궁중 예의에는 벗어난 일을 하였을지라도, 눈을 찌푸릴 만한 망신스런 행동은 하지 않았다. 야인비례(野人非禮)라고 너그러이 볼 만한 행동은 하였지만, 더러운 인물로 볼 만한 비루한 행동은 하지를 않았다. 권문 김씨들 앞에서 늘 흘리던 비굴한 미소도, 조 대비의 앞에서는 흘리지 않았다. '하하하하.' 그때의 야인의 야성적 웃음은 궁중 예의에는 벗어났을지 모르나, 어디까지든 호활하고 천진한 야인이었다.

"흥선군은 소문과 달리 재미있는 사람이라."

고 조 대비도 입에 침이 마르도록 칭찬할 만큼, 그는 첫눈에 대비의 마음을 샀다.

그런 일면을 가진 그가 세상에 나와서는 한 잔의 막걸리를 위하여 비굴한 웃음을 연하여 웃으며, 한 점의 안주를 위하여 갖은 수모를 받으며, 권문세가들을 지근지근 찾아다니는 것이었다. 창피를 창피로 알지 않고, 부끄러움을 부끄러움으로 여기지 않는 것이었다.

그러면 이 두 가지의 면을 가진 괴인의 진정한 정체는 과연 어떤 것인가.

이 풀지 못할 수수께끼를 풀려고, 성하는 머리를 깊이 가슴에 묻고 황혼의 거리를 방향 없이 왔다 갔다 하였다. 저녁 짓는 연기가 숨을 쉬기조차 힘들도록 가득해 있는 이 어둠과 냄새와 더러움의 거리를……

성하는 우뚝 섰다. 맞은편에 무슨 시커멓고 커다란 것이 벌리고 섰으므로—

눈을 들고 보니, 지향 없이 황혼의 거리를 헤매고 있던 성하는 어느덧 남대문 앞에 당도한 것이었다. 아래의 문에서 위의 누각으로 성하는 차차차차 눈을 높이 올렸다. 차차 올라가던 눈은 숭례문(崇禮門)이라 쓴 커다란 현판에 가서 멎었다.

그 호활뇌락(浩闊牢落)[125]한 필적의 현판을 잠시 우러러볼 동안 성하의 낮에는 차차 미소가 나타났다.

필적의 주인인 양녕대군(讓寧大君) — 태종의 맏아드님으로 일찍이 세자로 책립이 되었다가 폐사된 양녕대군 —

어렸을 적에 읽은 역사상의 사실이 걸핏걸핏 성하의 머리 한편을 스치고 지나갔다.

— 양녕대군은 태종의 맏아드님으로 일찍이 세자로 책립이 되었다. 그러나 아버님 왕의 마음이 자기에게 계시지 않고 자기의 셋째 동생 충녕대군(忠寧大君)에게 계심을 알고, 양녕은 아버님의 뜻을 이루기 위하여 스스로 미친 체하고 치인의 흉내를 내었다. 이리하여 아버님의 노염을 사서 폐사가 되고, 동생 충녕대군이 세자로 책봉이 되어서, 후일 태종의 뒤를 이어 제4대의 임군으로 등극을 하여 세종대왕이 된 것이다.

당시 양녕대군은 아버님의 노염을 사기 위하여 어떤 행동을 취하였나?

부왕의 부름이 있을지라도, '몸에 탈이 있어서 못 가겠습니다'고 핑계하고 산과 들에 사냥을 다니던 양녕.

사월 파일날, 대궐의 담을 넘어 나가서 잡배들과 관등(觀燈)¹²⁶을 다니던 양녕.

달밤에 궁을 벗어나서 부랑자들과 짝을 지어 비파를 뜯으면서 거리로 헤매던 양녕.

잡놈 잡년들을 궁 담을 넘겨서 세자궁으로 끌어들여서 놀고 덤비던 양녕.

남의 아리따운 첩을 궁으로 뺏어다가 같이 즐기던 양녕.

허튼소리를 흉내 내며 대궐 뜰을 돌아다니던 양녕. 글을 읽으라면 글은 안 읽고 다락에 놓은 새덫[鳥械]만 바라보고 있던 양녕 —

이런 일들로 부왕의 노염을 사서 양녕은 뜻과 같이 폐사가 된 것이다.

그러나 양녕의 사실 인격이 이렇듯 치인이었던가?

양녕이 폐사되매, 양녕의 동생 효령대군(孝寧大君)은 형이 폐사가 되었는지라 자기가 당연히 세자가 될 줄 알고, 열심히 책상을 대하여 독서를 하였다. 이 모양을 본 양녕은 발길로 효령의 책상을 차 던졌다. 그리고 놀라서 쳐다보는 효령에게 은근한 소리로,

"어리석은 동생아, 충녕(忠寧)이 있다. 세자(世子)는 충녕이 될 것이다."고 깨우쳐주었다. 효령은 비로소 맏형 양녕의 속뜻을 알고, 궁을 벗어나서

절간으로 달아난 것이었다.

태종께서는 일찍이 금중(禁中)에 감나무를 심고 상완(賞玩)[127]하셨다. 어떤 날 그 감나무에 새가 앉아서 감을 쪼고 있었다. 그것을 보신 태종은 좌우에 명하여 누구 저 새를 쏘라고 하셨다. 그러나 꽤 멀리 감나무에 앉은 새를 쏘아 맞힐 자신이 있는 사람이 없어서, 모두들 먹먹히 있었다. 그러던 중에 한 사람이,

"세자(양녕) 한 분밖에는 맞힐 이가 없소이다."

고 하였다. 태종은 양녕을 불러서 쏘게 하였다.

과연 양녕은 첫 탄으로 명중하였다.

양녕의 하는 일을 모두 밉게만 보시던 태종도 여기는 만족히 웃으시었다.

이것이 능히 치인이나 광인이 넉넉히 할 일일가.

글을 싫어한다는 평판이 높은 양녕의 필적은 호활뇌락한 것이, 보는 사람으로 하여금 저절로 시원한 감을 일으키게 한다.

'讓寧爲世子 淫於聲色 不務學業.'

이라 한 양녕이 어디서 그런 달필을 자아내었나?

그런지라, 뒷날 문종과 단종의 대를 지나서 이씨 조선 중흥의 현군 세조께서 등극을 하시고, 세조께서는 무능하고 무책하고 지벌 권세만 자랑하자는 모든 왕족이며 대신을 모조리 없이할 때에도, 양녕대군뿐은 그 화를 면할 뿐 아니라, 틈이 계실 적마다 세조께서는 친히 양녕대군을 찾으셔서 그 의견을 묻자온 것이었다.

치인이란 일컬음을 듣고 글을 싫어하였다는 기록을 남긴 양녕의 '숭례문' 현판의 필적은 뚜렷이 이 도시의 출입구인 남대문에 걸려서, 이래 사백 년간 그 아래를 통과한 수억만 사람에게 그 호활한 필적을 자랑하는 것이었다.

황혼의 남대문을 장식한 옛날 현인의 필적을 우러러볼 동안, 젊은 성하

의 눈가에는 감격의 엷은 눈물까지 보였다.

치인의 형세를 하고 미친 사람의 행세를 하여, 그 한때 생애를 모호히 한 옛날 현인 양녕대군의 필적을 우러러볼 때에 성하의 머리에 다시금 떠오르는 것은 흥선의 인격이었다.

양녕이 미친 행세를 할 때에, 뉘라서 그것을 한낱 연극이라 간파하였나.

'讓寧雖失德廢嗣 晩年能隨時自晦.'

라 하여, 젊은 시절의 실덕을 모든 사가는 시인하였다. 그것을 연극으로 보지 않았다.

"술망나니."

"주책없는 인물."

"투전꾼."

"비루한 사람."

"치인."

"상갓집 개."

이런 수없는 창피한 명칭으로 불리면서도, 그래도 그것을 싫다 하지 않고 그냥 지근지근 대관들을 찾아다니는 흥선은, 사실에 있어서 치인으로 볼 인물일까? 혹은 옛날의 양녕과 같이 어떤 필요상 자기의 신분과 패기와 포부와 심정을 남에게 감추기 위하여 ─ 그리고 감춤으로써 자기의 일을 성공시키기 위하여 세상을 모호히 하는 술책으로 볼 것인가.

─ 대감, 대감의 심정들을 성하에게뿐은 감춤 없이 알려주십시오. 성하는 영리하옵니다. 영리하면서도 또한 신과 의를 지킬 줄을 아옵니다. 지금 상서롭지 못한 세상 ─ 종실의 권위는 발아래 떨어지고 외척이 권세를 잡고, 그 방자 난행의 외척들 때문에 삼천리의 강토와 이천만의 생령은 도탄의 괴로움에서 우옵니다. 종실 가운데서 한 현인이 나타나서 큰 청결을 하지 않으면, 가까운 장래에는 이 나라가 꺼져 없어질 모양이옵니다.

─ 대감, 대감은 과연 현인이옵니까? 혹은 세상이 인정하는 바와 같이

한 개의 치인에 지나지 못하옵니까? 만약 대감으로서 사실에 있어서 현인 이시옵고, 지금의 대감의 하시는 일이 모두 신분을 모호히 하시기 위한 술책이시라면, 성하에게뿐은 대감의 심정을 일러주십시오. 성하 비록 어리고 무력하오나 대감의 앞에서 최후의 힘까지 다 쓰오리다.

황혼의 남대문 — 벌써 꽤 어두워서 눈에 힘을 주지 않으면 잘 보이지 않는 현판을 우러러보며, 성하는 얼빠진 사람 모양으로 우두커니 서 있었다.

옛날 현인의 휘호한 활달한 필적은 조성하의 마음을 알아보는지 모르는지, 여전히 커다랗게 걸려서, 그가 사백 년에 가까운 세월을 자기의 아래를 통과한 수없는 사람을 굽어본 그런 무표정한 태도로 성하를 굽어보고 있었다.

근 반 각이나 그 아래 서 있다가 성하가 자기의 무거운 발자국을 뗄 때는, 성하의 양 뺨에는 희미하나마 눈물이 흐른 자취까지 있었다.

십오만의 인구를 감춘 장안은 고요히 고요히 밤의 장막 안으로 기어 들어갔다. 여인의 세상 — 밤은 차차 전개되려는 것이었다.

"나도 어떻다고 단언할 수는 없네."

그날 밤 조성하가 자기의 장인 이호준을 찾아서, 거기서 또다시 장인에게 흥선군의 진정한 인격을 물을 때에 호준은 이렇게 대답하였다. 그리고 말을 이었다 —

"어떻다고 단언할 수는 없지만, 이만치는 말할 수가 있네. 즉 자네도 알다시피 이전에 그분은 대복사 제조(提調)로 계시고 나는 그 아래 주부로 있을 적에 친히 뵙던 그분과, 지금의 대감과는 판히 달라. 강직하시고 활달하시고, 작은 일에 구애치 않으시고, 가난을 가난으로 아시지 않더니, 이즈음은 그날의 강직이 다 없어지고 가난에 시달린 한 생원님같이 되시지 않았는가? 사람의 천성이란 그렇게 갑자기 변하는 게 아니니 이전에 그렇게 강직하시던 이가 지금같이 변하신 것이 첫째로 머리를 끄덕이지 못할 일 ― 그 밖에 또 한 가지, 자네는 대감 댁에 출입하면서 보았겠지만, 그 댁 둘째 아기씨 가난에 젖었기 때문에 동리 허튼 애들과 돈치기나 하며 연이나 날리면서 놀지만, 인사범절이며 학문 지식이 금중(禁中)에서 성장한 아기씨들보다도 훨씬 낫지 않은가. 이게 모든 홍선군의 교훈에서 나온 것일세그려. 술이나 잡숫고 투전판이나 찾어다닌다는 소문이 높은 대감이, 어느 겨를에 무슨 필요로 그렇듯 후사 교훈에 힘을 쓰시겠나? 이런 것으로 보아서 대감의 그 ― 소위 주책없다는 일이 모도 지어서 하시는 일이 아닌가 하네."

"네, 저도 그렇게 보았습니다. 그렇게 보기 때문에 무슨 하교라도 계시면 견마의 힘을 다 쓰려는데, 대감께서는 저를 당초에 믿지 않으시고, 여전히 제게 향해서도 세상을 대하시는 것과 마찬가지로 대하십니다."

성하는 쓸쓸한 듯이 장인에게 이렇게 호소하였다.

"그것은 자네게뿐 아니라 내게도 그러시네. 벌써 십년지교가 있고 사의 돈의가 있는 내게도 그러시니까, 아직 젊은 자네에게 왜 마음을 보이시겠나. 자네도 그만치 알고 모든 일을 나무럽게 알지 말고 꾸준히 그냥 모시게. 상린이 아닐세. 상린이 아니야. 언제까지든 못 가운데 계실 것이 아니고, 구름만 얻으면 능히 하늘을 부실 분일세. 대비마마께서는 어떻게 보시나?"

"마마께서도 제가 뵈올 때마다 홍선군의 안부를 물으시는 품이 나쁘게 보시지 않으신 모양입디다."

"그것 보게. 웬만한 지자(智者)는 사람으로 여기시지 않는 대비마마께서 그렇게 보신다니, 이게 상린의 염이나 낼 노릇인가?"

그리고 호준은 머리를 뒤로 높이 젖히면서 혼잣말같이 이렇게 말하였다 ―

"종실(宗室)의 가장(家長)과 종실의 잠룡(潛龍), 적지 않은 풍운이 일어날 것이로다."

──어서 일과저. 성하는 축수하였다. 자기도 왕실의 척권의 한 사람이요, 더구나 현 종실의 어른 되는 대왕대비를 연분 삼은 척권이지만, 종실은 대개 척권 되는 김씨 일파의 너무도 푸르른 세력에 눌러서 손 하나 들썩할 자유도 없는 조성하는, 그 김씨의 세력을 미워하는 심정에서는 하루바삐 종실의 가장과 종실의 잠룡의 악수와 활동을 바랐다.

조성하가 장인 이호준의 댁을 하직하고 나선 것은, 야반의 인경은 이미 울고 거리에는 드문드문 포교나 순라군의 무리밖에는 보이지 않는, 밤은 이미 깊은 뒤였다.

그날 밤 자리에 들어가서도 성하는 잠을 이루지 못하였다. 남대문에 높이 걸려서 그 활달한 필적을 사백 년이 지난 오늘도 여전히 자랑하는 '숭례문'의 석 자가 불 끄고 누워 있는 그의 눈앞에 연하여 어릿거렸다.

──흥선군 대감, 양녕대군이 됩소사. 결코 세상이 평하는 바와 같은 대감이 아니시기를 바라옵니다.

성하는 때때로 소리까지 내어서 중얼거렸다.

9

"석파(石坡)가 올 터인데."

"글쎄, 모르나?"

"석파의 코는 십 리 밖에서도 술 냄새는 맡는데 모를 까닭이 있나."

"하하하하."

"하하하하."

필운대(弼雲臺)의 답청.

훈련대장 영어 김병국을 비롯하여 서너 대관들의 탐춘 놀이였다. 서로 너나들이하는 가까운 벗끼리, 이 봄의 하루를 즐기려고 필운대에 모인 것이었다.

놀이, 제사, 잔치를 무론하고 대관 집 음식 차림이 있을 때는 어떻게 아는지 반드시 찾아오는 흥선이 아직 오지 않으므로, 그들의 이야기는 자연히 석파 흥선군에게 미친 것이었다.

필운대의 명물인 만개된 살구꽃은 그윽히 그 빛을 자랑하고 있었다. 아직 성안에는 봄 풍경이 그다지 명료히 오지 않았지만, 필운대며 그 근방에는 봄도 이미 무르익었다.

아리따운 기생 몇 명이 시중을 들었다. 좀 떨어진 곳에는 공인(工人)[128]들이 한 상 받고 앉아서 서로 한담을 하고 있었다.

"대감, 자네는 흥선군과 흠 없이 지내는 처지이니 말이지, 한번 말 좀 톡톡이 하게. 우리 보기에도 창피스럽데. 그렇게 먹을 데 바치는 사람은 쉽지 않어."

숭정대부(崇政大夫) 갑(甲)이 영어 김병국에게 권고 비슷이 하였다.

영어는 미소하였다.

"그게야 자네는 지내보지 못해서 경험이 없기에 하는 말이지, 시재 배고픈데 염치를 어떻게 차리겠나?"

"염치를 안 차린대도 분수가 있지. 그런 변이 어디 있겠나? 일전에도 이런 일이 있었네그려ㅡ"

일전 그 갑(甲)이 어떤 집안 어른을 모시고 봄 구경을 흥인문 밖으로 간 일이 있었다. 그때 마침 그 근처를 배회하던 흥선에게 들킨 바가 되었다. 흥선은 얼굴에 굶주린 미소를 띠고 이 패에 섞여 기어들어왔다. 갑이 모시고 갔던 어른은 이것이 너무 역하여, 그만 일어서서 저편으로 자리를 피하고 말았다. 그러매 흥선은 빈자리에 들어앉아서 마음대로 음식을 다 버릇어[129]놓고 갔다는 것이었다.

"글쎄, 그런 변이 어디 있겠나. 내가 망신을 했네그려……."

갑은 이렇게 술회하였다.

영어는 자기의 왼편 귀 아래 맺은 호박 갓끈을 어루만지면서 그냥 미소할 따름이었다. 지금의 권문 전부가 홍선 따위는 사람으로 보지도 않고 수모가 막심하였지만, 영어는 홍선을 수모는 하면서도 일종의 동정심도 또한 가지고 있었다.

"오죽이나 배가 고프면 종실 친척으로 그렇듯 타락이 되었으랴."

이러한 이해 아래서 홍선의 무렴치를 수모는 하면서도 또한 남들과는 같이 내놓고 멸시는 못하던 것이었다.

"석파는 그저 그런 사람으로 여기어두어야 하네. 어느 어른을 모시고 갔었는지는 모르지만, 석파가 온다고 자리를 피하신 그 어른이 실수시지. 그래, 자네 음식상 받았을 때 주린 짐승이나 새, 버러지가 온다고 자리를 피하겠나? 그 어른의 실술세."

"자네는 홍선군을 늘 두호하네그려."

"불쌍하지 않나?"

"십상팔구는 좀 있다가 여기도 올걸. 오면 내 한번 망신을 시켜주지."

"그건 마음대로 하게."

"자네 간섭했다는 안 되네."

"내가 왜 간섭을 하겠나? 내가 석파의 아들인가 삼촌인가. 간섭할 까닭이 있나?"

갑은 기생을 돌아보았다…….

"너희도 잠자코 보기만 해야 한다."

그 기생들 틈에 홍선과 가까이 지내는 계월이도 있었다.

계월이는 억지의 미소로써 대답하였다.

"대감의 코는 사냥개 이상이야. 허허허허."

"?"

이 청년 재상들의 예상과 같이 낮 좀 기울어서 흥선은 옷자락을 날리면서 땀을 뻘뻘 흘리며 이리로 찾아왔다.

"갑갑해서 행화 구경을 왔더니⋯⋯."

스스로 변명하는 듯이 이렇게 혼잣말을 하면서 인사를 하며 오는 흥선에게 갑은 대가로 사냥개의 코라 조롱을 하였다.

영어 김병국은 호인다운 미소를 얼굴에 띠고 흥선을 보았다. 미리부터 흥선이 오면 망신을 시키겠노라고 벼르고 있는 갑의 잔혹성을 잘 아는 영어는, 이제 갑의 일시적 희롱물이 될 흥선이 가엾었다. 희롱을 한다손 치더라도 흠 없는 희롱으로 그치면 좋으나, 갑의 잔혹성으로 미루어 한때 웃음으로 그치지 않을 것이매, 영어는 그것이 속으로 얼마만큼 꺼리었다. 할 수 있는 껏 불쾌한 희롱이 생기지 않게 하려고 갑이 다른 말을 시작하기 전에 몸을 일으키면서 흥선을 맞았다.

"자, 어서 오시오. 대감 가야금을 들은 지는 오래니 한번 들어봅시다."

"아들이 이렇듯 올라오라는데 좀 올라가볼까?"

"에익!"

흥선과 영어는 서로 흠이 없이 농담도 하던 처지였다. 비굴한 웃음 아래서 한마디의 농담을 던지면서 흥선은 올라왔다.

올라온 흥선을 갑이 받았다.

"땀을 뻘뻘 흘리며 예까지 온 이상에야, 대감 그저야 가시겠소? 계월이 너 대감께 한잔 따라드려라."

계월이는 돌아왔다. 잔에 술을 부어가지고 흥선에게 드릴 때에, 계월이의 얼굴에는 불쾌한 표정이 다분히 나타나 있었다. 땀을 뻘뻘 흘리며 무얼 찾아 잡수러 오셨소 하는 표정이었다. 나무라는 듯이 계월이가 술을 따라서 부어주는 것을 흥선은 받아 채서 먹었다. 권주가도 쓸데없이, 목마른 듯이⋯⋯.

갑이 잔포한[130] 웃음을 띠고 영어를 찾았다.

"영어."

"왜?"

"자네는 언제 홍선군 댁에 양 들었나?"

"에기 망할."

"효잘—세, 효자야! 물려 먹을 것 많으리. 깨진 항아리, 떨어진 도포,
투전목[131]—하하하하 또 뭐 있을까?"

이 자기에게 대한 모멸적 웃음을 아는지 모르는지 도리어 홍선이 갑의
말의 뒤를 받았다.

"또 있지요. 영어는 무엇보다도 내 낡은—"

말을 계속하려는 홍선에게 영어는 손을 탁 내밀었다. 그 손을 피하여 홍
선은 한자리 뛰었다.

"하하하하, 내 낡은—"

"에이!"

영어는 몸을 일으켰다. 그리고 홍선을 잡으러 한걸음 달려갔다.

영어를 피하여 홍선은 일어서서 상 맞은편으로 뛰어갔다. 영어와 홍선
은 상을 가운데 놓고 서로 어르고 있었다.

"내 낡은—"

"저런, 버릇없이. 아비에게 향해서."

"오자(吾子) 영어야."

"오손(吾孫) 석파."

마주 서서 서로 아들이라 손주라 어르는 틈에 갑이 또 끼어들었다.

"대감도 왜 하던 말을 채 못 하시오?"

"그래, 낡은 무엇을!"

"내 낡은○○ 두 쪽을 자기 자당께 드—"

말을 채 맺지를 못하였다. 영어가 상을 건너뛰었다. 그리고 그 커다란
몸집으로 홍선을 붙안았다. 다음 순간은 홍선의 작다란 몸집은 영어의 양

다리 틈에 끼였다.

"자, 호부(呼父)허오. 호부해."

"오자(吾子)!"

영어의 다리 틈에 끼인 홍선은 작은 소리로 응하였다.

"자, 호부(呼父) 못할 테요?"

영어의 다리 틈으로 겨우 좀 나온 홍선의 얼굴은 힘 있게 영어의 다리에 끼었기 때문에 검붉게 되었다. 그러면서도 그는 그냥 굴하지 않았다—

"오자, 오손—"

"그냥?"

영어는 다리에 힘을 주었다. 영어가 다리에 힘을 줌에 따라서, 그 틈에 끼인 홍선의 입에서는 낑낑 하는 괴로운 소리가 났다.

"아이 답답해, 답답해."

"호부하면 놔주지."

"아—버—님—"

홍선은 드디어 굴하였다.

"다시 한 번."

"아버님."

"그러면 그렇지."

그러나 영어가 겨우 다리의 힘을 좀 늦추자, 거기서 뛰어나온 홍선은 도망하여 계월이의 뒤로 피하였다. 그리고 계월이를 방패 삼아가지고 계월이에게 말했다—

"자, 계월아, 그래 누구가 아비냐. 네가 판단을 해라."

계월이의 얼굴에는 억지의 미소가 나타났다. 그리고 손을 들어서 홍선을 가리키며,

"대감이 아버님이시지요."

"요년! 무얼?"

"아니올시다. 오늘 일기가 좋다고 여쭈었습니다."

한 토막의 희롱은 끝이 났다.

그 내막이 어떤 것을 모르는 흥선은, 농담이 끝난 뒤에 여전히 만족한 듯이 다시 상 앞에 와 앉았으나 영어는 역시 마음이 놓이지 않았다.

흥선이 오늘 참으로 망신을 시키려는 것을 자기가 가로맡아가지고, 아이라 아들이라 하여 슬며시 그 문제를 삭여놓기는 하였다. 그러나 갑의 눈치로 보아서 어떤 망신을 흥선에게 줄 것은 분명하였다.

그것이 영어에게는 싫었다. 이다음에 따로이 갑이 흥선에게 망신을 준다는 것은 관여할 바가 아니로되, 오늘 이 자리에서만은 망신을 주고 싶지 않았다.

"어, 고약한 년이로군."

흥선과 희롱을 하기 때문에 구겨진 옷을 툭툭 털면서 영어도 도로 바로 앉았다.

상을 받고 술을 먹으려다가 영어 때문에 못 먹은 흥선은, 농이 끝나기가 바쁘게 다시 먹을 것에 달려들었다.

"나만 먹기 미안하외다그려. 판서도 좀 드시지요. 오자는 안 먹겠소?"

혼자 상 앞에 마주 앉은 것이 미안스러운지 이런 말을 하였다.

흥선의 말마다 독한 대답으로 응하던 갑은 여기도 똑같이 응하였다.

"혼자 잡수시오. 대감 혼자서도 부족해 맞을걸……"

"이걸 나 혼자야 어떻게 다 먹겠소."

"뿐더러 대감 잡숫던 걸 누가 먹겠소?"

어성(語聲)은 예사롭지만 이 지독한 독설에 흥선은 들려던 젓가락을 멈추었다. 한순간 눈과 귀가 움찔하였다. 그것을 폭발시킬지 삭여버릴지 판단을 못 하는 모양이었다.

이 가운데를 영어가 뚫고 들어왔다.

"농을 한바탕 했더니 목이 마르군. 갑 판서 을 판서는 많이 잡수셨으니깐 우리 부자끼리 몇 잔씩 더합시다.”

“참 영어는 효자야. 우리 집안의 행복인걸.”

갑 대감에게 대하여 폭발하려던 노염을 감추어버리면서 홍선은 영어에게 미소를 던졌다.

이 미소—홍선의 마음이 불쾌하든가 어색하든가 싱겁든가 할 때에는 반드시 나타나는 이 미소는, 홍선에게 있어서는 가장 좋은 호신장(護身裝)인 모양이었다.

“호부(呼父)한 뒤에 인제 말을 고치면 대감 자당을 욕하는 게 된다. 그런 불효엣짓은 하지 마시오.”

“오자—오손—에이, 아들로 승격을 시켜주어라.”

이리하여 영어는 홍선과 상에 마주 앉았다.

갑 판서는 그 뒤에도 기회 생길 때마다 홍선에게 망신을 주려고 독한 입을 놀리고 하였다.

그러나 웬만한 망신은 홍선이 망신으로 여기지 않았다. 신경이 없는 사람이 아닌 이상에는 반드시 찔릴 만한 독설을 퍼부은 적도 한두 번이 아니었지만, 홍선은 그것을 알아들었는지 혹은 못 알아들었는지 그저 넘기고 하였다.

이러한 홍선으로서도 그저 넘기지 못할 만한 최극단의 독설이 나올 때는 영어가 어름어름 넘겨버려서 그 독설이 직접 홍선에게 미치지 않도록 하였다. 하루를 유쾌히 놀려던 이 답청은 홍선 때문에 이상한 기운으로 종시되었다.

저녁때가 거의 되면서, 하루 종일 맑던 일기가 차차 이상하여가기 시작하였다. 저녁 하늘에 한 점 거뭇게 생겨난 구름 덩이가 갑자기 퍼지기 시작하다가 순식간에 하늘의 절반을 덮었다. 원뢰(遠雷)의 소리까지 한두 번 났다.

이 불쾌한 답청을 어서 끝내려고 기회만 보고 있던 영어가, 이 일기의 급변을 보고 즉시로 귀가를 재촉하였다.

"어, 날세[132]가 갑자기 변한다. 한 소나기 오실 모양이군. 비 오시기 전에 어서 집으로 돌아갈 준비를 합시다."

이리하여 저편 딴 데서 놀던 하인들을 불러서 일변 걷어치우며 교군의 준비를 하며 하였다.

이리하여 흥선과 갑 판서의 새에 생겨나려던 불상사는 무사히 패스가 되려는 듯이 보였다.

그러나 인위로써 만들려는 불상사는 이 최후의 순간에 이르러 그만 폭발이 되고 말았다.

하인들이 남은 음식들을, 버릴 것은 버리고 그릇을 간수하며 하느라고 돌아갈 동안, 흥선은 음식 치우는 그릇에서 한 조각의 포육을 집어서 입에 넣었다.

이편에서 남여의 준비를 기다리고 있던 갑 판서가 걸핏 그것을 보았다. 흥선을 망신을 시키려고 벼르기만 하면서 아직껏 진정한 망신을 주지 못했기 때문에, 마음이 적이 불만하던 그의 눈에 이 꼴이 띄었는지라, 그냥 둘 수가 없었다. 보는 순간 그는 그편으로 돌아섰다. 그리고 하인을 불렀다.

"여봐라."

하인이 등대하였다.

"깜박 잊었다. 그 남은 음식들을 모두 조히에 싸서 흥선 대감께 드려라. 내어버려야 새 짐승의 사리나 할 것이니, 잘 싸서 대감께 드려라. 한동안 안주는 되리라."

그리고 흥선을 향하여 말을 계속하였다.

"대감, 사양치 마시고 가져가시오. 신발 삭이고 이런 데 찾아다니시기보다, 저것을 가져가면 한동안은 댁에서도 넉넉히 자시리다. 이 근처에 개 짐승이라도 보이면 주고 말겠건만, 불행히 그런 것은 보이지 않고, 내버리자니 대감이 아수해[133]하시겠고……."

포육 한 조각을 집어 씹고 있던 흥선은, 휙 갑 판서를 등지고 돌아서고 말았다. 그러나 그의 뒷덜미가 들먹거리는 것으로 보아서, 떠오르는 격분을 누르려고 노력하는 것이 분명하였다.

상전의 부름에 등대는 하였지만, 하인도 이 너무도 심한 영은 그대로 거행할 수가 없는지 허리만 굽히고 그냥 서 있었다.

이런 불쾌한 장면을 조정함에는 다시 영어가 들어서지 않을 수가 없었다. 갑 판서의 영 때문에 그릇을 치우던 하인들이 손을 멈추고 있는 것을 보고 영어는,

"금방 비가 쏟아지려는데 왜들 꿈질거리느냐."

고 호령을 하였다.

그러나 이 영어의 말에 갑 판서가 다시 매달렸다 —

"얼른 조히에 싸서 드리지 않고 왜들 꿈질거리고만 있느냐."

그는 하인들에게 이렇게 호령하였다.

"여보게 판서, 그것 뭘 그러나? 농담은 인젠 그만두게나."

영어는 하릴없이 갑 판서에게 이렇게 말하였다.

"농담? 자네는 불효잘세그려. 효성이 있으면 아버님 안주를 어떻게든 마련해보려고 애쓸 터인데 생기는 안주까지 버리라는가?"

"에이, 이 사람. 행차 준비됐네. 어서 가기나 하세."

"응, 가지. 자, 썩 싸서 드려라. 한 점이라도 버렸다는 용서치 못한다."

이리하여 갑 판서가 발을 움직이려 할 때였다. 그 모양을 아니꼬운 듯이 보고 있던 계월이가 갑 판서에게 농담을 한마디 던졌다 —

"대감, 그게 그렇게 아까우세요?"

이 계월이의 말이 드디어 불집이 되었다. 발을 옮기려던 갑 판서는 천천히 몸을 도로 계월이의 편으로 돌렸다. 오늘 흥선을 감싸는 태도를 보인

것부터 아니꼽게 여기던 터이라, 몸을 돌려서 계월이의 위에 부은 갑 판서의 눈자위는 놀랍게 충혈이 되었다.

"무에 어쩌구 어째?"

이것을 농담으로 여긴 계월이는 한마디의 희롱을 더 던졌다—

"그렇게 아까우시면 소인이 대감 댁까지 가져다 드리리다—"

"요년! 너 그게 어디서 배운 버릇이냐? 기생 년의 행실이 그러냐!"

"여보게 판서, 취했네. 가세 가."

"가만있게! 기생년이 양반에게— 요년 너 그게 어디서 배운 행실이냐."

농담으로 알고 한마디 던졌다가 막찔리운 계월이는 눈이 둥그렇게 되었다. 그러나 둥그렇게 되었던 눈은 순간에 미소로 변하였다.

명기 현기라는 이름을 듣는 계월이의 혼은, 이 엉터리 트집 아래 머리를 든 모양이었다.

"대감, 소인이 대감께 그런 말씀을 드린 게 행실이 글렀다면 아무런 짓을 해서라도 사죄를 하리다. 그렇지만 대감께 거슬리는 말씀을 대감께서는 왜 다른 분께 하셨습니까? 대감께서—"

말을 맺지를 못하였다. 갑 판서의 억센 손이 계월이의 뺨으로 날아간 것이다.

"요 망할 계집 같으니. 이놈들, 썩 싸서 흥선 대감께 드리지 못하겠느냐."

계월이는 꼬꾸라졌다. 그의 코에서 피가 쏟아졌다. 이 갑 판서의 호령에 아직 주저하던 하인들은 할 수가 없는 모양이었다.

"이 사람, 점잖지 못하게 이게 뭔가. 어서 가세! 행차 얼른 등대해라."

무안하고 거북하여 영어는 어쩔 줄을 모르고 돌아갈 동안 하인들은 남은 음식을 되는대로 종이에 쌌다.

아까 몸을 등진 뿐 흥선은 죽은 듯이 가만 서 있었다. 어떤 생각을 하는지 어떤 표정을 하였는지, 다만 그의 등만 약간 떨리고 있었다.

갑 판서의 엄명을 거역지 못하여 한 사람의 하인이 음식 싼 종이를 흥선에게 가지고 갔다. 그리고 그것을 받으라는 듯이 그의 소매 아래로 들이밀었다.

홍선의 몸이 비로소 움직였다. 천천히 하인의 편으로 돌아섰다.

"요놈!"

놀라운 음성이었다. 산천이 드르렁 울리었다. 작다란 몸집 어디서 그런 우렁찬 소리가 나왔나?

이 너무도 우렁찬 소리에 영어는 눈을 홍선에게 던졌다.

그때 홍선의 얼굴에 나타난 표정, 그것은 왕자(王者)나 고승(高僧)의 얼굴이고야 비로소 볼 수 있는 온화하고도 엄격하고 위엄성 있는 얼굴이었다. 영어가 홍선을 안 이래 이십 년 — 아니 영어가 세상에 난 이래 처음 보는 위엄 있는 얼굴이었다. 영어는 그 얼굴에 위압되어 머리를 딴 데 돌리고 말았다. 갑 판서도 홍선의 호령에 얼굴을 홍선에게로 돌렸다. 돌렸던 얼굴을 황급히 다른 데로 굴리며 남으로 향하여 발을 뗀 것은, 그도 이 위엄에 압도된 때문인 모양이었다.

영어, 갑 판서, 을 판서의 일행은 벽제소리 요란히 구종 별배를 달고 이필운대를 떠났다. 계월이의 밖에 다른 기생들은 떠났다. 뒷설거지를 하고 하인들도 돌아갔다. 그 뒤에 남은 것은 홍선과 계월과 좀 아래쪽에 계월이의 교군꾼뿐이었다.

홍선은 묵연히 서 있었다. 그 곁에 계월이도 쫑그리고 잠자코 앉아 있었다.

하늘은 새카맣게 되었다. 금시로 소낙비가 쏟아질 듯하였다. 와르르 와르르 천둥소리가 연하여 났다. 하늘을 날던 새 새끼들도 이 무서운 날씨를 피하여 각기 제 깃으로 전속력으로 날아갔다.

그러나 이런 날씨의 변화도 모르는 듯이 홍선과 계월은 움직이지 않고 있었다.

"댁으로 모시랍쇼?"

교군꾼이 보다 못하여 채근할 때에도 계월이는 모르는 듯이 가만 있었다.

드디어 계월이가 조금 머리를 들었다.

"대감."

홍선은 대답지 않았다. 못 들은 듯이 그냥 있었다.

"대감!"

"······."

"대감!"

"어—날세 고약하군. 비가 곧 올 모양이군. 계월이 너 왜 어서 가지 않느냐."

"대감."

"자, 어서 가거라. 여봐라—교군꾼. 어서 모셔라."

아아, 이 공자는 벌써 그 모욕을 잊었나? 계월이로서도 아직 이가 갈리고 치가 떨리거늘, 당자 홍선 대감은 벌써 잊었는가? 계월이가 너무도 억울하기 때문에, 눈물 머금은 눈을 쳐들고 홍선의 얼굴을 바라보매, 홍선의 얼굴에 아까 하인을 호령할 때에 나타났던 표정은 사라진 듯이 없어지고, 예사로운 얼굴로 자기를 쳐다보는 계월이를 마주 굽어보았다.

그러나 계월이가 자세히 보매, 홍선의 얼굴에도 눈물 흘린 자취가 남아 있었다. 아까 묵연히 돌아서 있을 때에 남에게 감춘 그의 눈에서는 눈물이 흐른 것이었다.

"대감, 내려가세요."

"먼저 가라. 나야 걸어갈 사람."

"비가 오실 터인데—"

우더덕 커다란 한 방울이 떨어졌다.

그것이 군호였다. 한 방울의 비를 앞잡이 삼아 소낙비는 드디어 쏟아지기 시작하였다. 우더덕 뚝덕 좌—좌! 한 방울로 시작된 비는 한순간 뒤에는 무서운 소낙비로 변하였다.

"아이구, 이 비. 대감 어서 가세요."

"내 걱정은 말고 먼저 가거라. 비라도 좀 맞어야겠다."

속이 너무 탄다는 뜻으로 계월이는 들었다.

이 소낙비에, 기다리던 계월이의 교군꾼은 또 달려왔다. 그것을 기회 삼아서 계월이는 홍선에게는 특별히 인사도 하지 않고 사인교에 몸을 실었다.

소낙비 가운데로 달음질쳐서 사라져 들어가는 계월이의 사인교를, 홍선은 퍼붓는 소낙비를 맞으면서 그냥 묵연히 내려다보고 있었다.

몸을 움직이려지도 않았다. 퍼붓는 소낙비를 피하려지도 않았다.

홍선의 얼굴에서 줄줄 흘러서 땅으로 떨어지는 물—그것은 소낙비뿐일까? 홍선의 비분의 눈물이 소낙비에 감추어져 함께 흐르는 것이 아닐까?

무서운 천둥소리, 무서운 빗소리, 벌써 골짜기를 흐르는 개울 소리— 이 가운데 홍선은 비를 겹다[34] 하지 않고 죽은 듯이 서 있었다.

홍선이 겨우 그곳서 발을 뗀 것은 계월이가 내려간 뒤에도 한참 지나서, 홍선의 초라한 옷은 속속들이 비에 젖어서 무겁기 한없이 되었다.

필운대에서 내려오던 홍선은 도중에서 교군을 만났다. 계월이가 먼저 내려가서 홍선을 모시러 보낸 교군이었다. 이에 함빡 젖은 홍선은 계월이가 보낸 교군에게 몸을 의탁하였다.

"대감, 자, 이 약주는 마음 놓고 잡수세요."

계월이의 일가친척 되는 집 아랫방이었다.

"어느 술은 마음 안 놓고 먹는다디?"

"대감, 분하시지 않으세요?"

"흥, 그러야 난 손해 본 게 없다."

계월이는 눈을 들었다. 원망스러운 눈찌로 흥선을 쳐다보았다. 아아! 이 공자는 왜 이다지도 속이 없나.

"대감."

"그래서."

"외람하다고 책망하시지 마세요."

"무얼?"

"대감께서 놀고 싶으신 생각이 계신 때는 반드시 이 계월이를 찾아주세요. 아예 다른 대감 댁에는 가시지 마세요. 이전에도 그만치 말씀드렸는데 왜 또 가셨습니까?"

"야, 나보구 기부(妓夫)¹³⁵ 노릇을 하란 말이로구나. 반가운 소식일세. 그럼 오늘부터라도 잘 벌어다 먹여주게."

계월이는 눈을 감았다. 성내고 싶은 감정 때문에 눈을 떴다가는 곱지 못한 눈찌가 나타날지도 모르겠으므로 그것을 감추기 위해서였다.

잠시 뒤에 눈을 감은 채로 또 흥선을 찾았다.

"대감."

"불러 계시오?"

계월이는 눈을 천천히 떴다. 윤기 많은 커다란 눈을 정면으로 들어서 흥선의 얼굴을 마주 보았다. 보는 동안 계월이의 광채 많은 눈에는 눈물이 한 껍질 씌워졌다.

"대감, 대감은 분해하실 줄은 모르십니까. 계월이는 분하옵니다. 특별히 계월이에게 관계되는 일은 아니지만 계월이는 분하옵니다. 왜 대감은 분해하실 줄도 모르십니까?"

흥선도 마주 계월이를 굽어보았다. 흥선의 눈에도 적적한 그림자가 스치고 지나갔다. 그 적적한 표정에 어울리는 적적한 말도 나올 듯하였다. 그러나 즉시로 그것을 도로 삼켜버렸다.

"뭐이 분하단 말이냐. 계집들이란 별별 일을 다 분하다드라. 양반 양반 자세하는데, 나 같은 상놈이야 수모받았지 할 수 있나?"

상놈? 너무도 심한 자가비하(自家卑下)였다. 수년 전 이 (사도세자의 증손주 되는) 흥선의 집안과 (사도세자의 신하 되는) 홍국영의 후손과 혼인을 맺게 되었을 때, 홍씨 측에서 도리어 혼인을 꺼릴 만큼 영락된 흥선의 집안인지라, 이 한마디는 과연 눈물겨운 자가비하였다.

"네, 상놈 대감. 이 양반 기생이 드리는 약주, 마음에 안 드시겠지만 한 잔 받아주세요."

"자, 기부 노릇을 할까. 네가 잘 벌지를 못하면 나는 내 재간껏 또 서투른 난초 장이나 그려서 팔지. 살 만한 고객이나 좀 지금부터 물색해두어라."

흥선은 잔을 받아서 마셨다.

"음, 여편네가 벌어다 주는 걸 먹으랴니까 잘 목구녕을 넘지 않는다."

"안주도 드세요."

"들으랄 것 없이 좀 먹여주려무나."

흥선은 입을 쩍 벌렸다.

계월이가 젓가락으로 집어주는 안주를, 혀를 기다랗게 뽑아서 받아 먹는 흥선 ― 계월이는 마땅치 않은 듯한 표정으로 흥선에게 안주를 집어주었다.

"어, 맛나누. 기부 노릇도 할 만한데."

마치 아까 필운대에서 받은 수모를 계월이에게 갚으려는 듯이 하하하하 웃어가면서 흥선은 계월이의 비위에 거슬리게 굴었다.

그러나 계월이는 쓰다 하지 않고 흥선의 비웃음을 정면으로 받았다. 일찍이 마음을 바친 이 공자 ― 한때 불만한 점이 있다고 박차버릴 만큼 부박(浮薄)한[36] 계월이가 아니었다.

흥선은 이 계월이의 진심을 아는지 그는 그냥 조소적 태도를 고치지 않았다.

141

운현궁의 봄

봄날의 새 움을 북돋아주기 위하여 한바탕 내린 소낙비는 어느덧 개었다. 추녀 끝에서 똑똑 때때로 떨어지는 낙수 소리가 지나간 소낙비를 추억하는 다름이었다. 낙수 소리에 한참 귀를 기울이고 있다가 계월이가 적적한 소리로 흥선을 찾았다.

"대감."

"그래서."

계월이의 진실한 부름을 흥선은 여전히 농담으로 대하는 것이었다.

"옛날 한신(韓信)이가요."

"그래서."

"상놈들의 샅으로 기어들어갈 때 어땠을까요?"

"내음새 낫겠지."

"대감!"

계월이는 못마땅한 듯이 흥선을 우러러보았다. 우러러보다가 갑자기 그의 상반신을 흥선의 무릎 위에 던졌다.

"대감. 왜 분해할 줄 모르세요. 왜 모르세요."

몸을 흥선의 무릎에 던진 계월이는 몸부림하듯 그의 두 어깨를 흔들면서 비벼대었다. 눈물이 하염없이 그의 눈에서 쏟아졌다.

"허―기생이 울 때는 기부는 어떻게 위로해야 되나."

"대감, 대감은 속도 다 썩으셨구려. 우리 같은 천비도 참기 힘든 수모를 어떻게 참으시오. 분하외다, 분해요."

"허―왜 갑자기 이 지랄인가. 의원 불러야겠네."

그러나 입으로는 농담을 하는 흥선이었지만, 이 고마운 동정이 그의 마음에 찔리지 않을 까닭이 없었다. 왜 이러느냐고 농담으로 넘기려는 그의 눈에는 그득히 눈물이 고였다. 남에게 몰래 흘려본 눈물은 적지 않았지만, 남의 보는 앞에서는 철이 든 이래로 처음 내어본 눈물이었다. 입으로는 농담, 눈에는 눈물― 이런 가운데서 흥선은 손을 고요히 들어서 계월이의 등을 두어 번 두드렸다.

"계월아."

"?"

"한신도 잠자코 더러운 데로 기어 나갔느니라."

계월이는 머리를 들었다. 눈물 고인 눈으로 홍선을 쳐다보았다. 그 계월이의 눈을 받으면서 홍선은 오른손을 들어서 무릎을 한 번 툭 치며 그가 즐겨서 부르는 시조 한마디를 읊기 시작하였다.

이러한들 어이하리, 저러한들 어이하리,
만수산 츩너출이 얽어진들 어이하리,
우리도 이같이 하여 백 년까지 하리라.

옛날 그의 조상 태종대왕이 고려의 충신 정몽주의 마음을 떠보기 위하여 부른 시조—그리고 또한 가슴이 울울하고 불평할 때마다 홍선이 자기를 위로하기 위하여 부르는 시조였다.

"야, 가야금이나 내어오너라. 울울허다. 만수산 츩넝쿨이 얼어서도 할 수 없지. 피는 대로 내버려두고, 우리는 한송정 소나무로 배나 무어가지고 한강에 띄워놓고 술이나 먹자. 계월이는 붓고 석파는 먹고—이렇게 한 백 년 살자꾸나. 하늘이 주시지 않는 복을 딸래도 따질 것도 아니고, 따지 않는 것을 딸래는 것은 헛수고나 하는 것이고 자, 너도 한잔 받어라. 그리고 가야금을 내어오너라. 먹고 놀고 놀고 먹고, 한 백 년을 이렇게 지나면 그 이상 팔자가 어디 있겠느냐."

홍선은 적적한 미소를 띠고 한숨을 내쉬면서 이렇게 술회하였다.

비 갠 봄 하늘에는 커다랗고 부연 달이 솟아올랐다. 문을 방싯이 열고 그 달을 우러러볼 때에, 홍선의 눈물 고였던 눈에는 또다시 새로운 눈물이 나오려 하였다.

하늘을 나는 밤새의 기괴한 소리가 몇 마디 봄 하늘에 퍼져 나갔다.

"적적한 밤이로다."

홍선은 혼잣말을 하였다.

사람의 마음을 괴롭게 하는 봄밤 —

가야금을 가운데 놓고 홍선과 계월이는 우두커니 마주 앉아 있었다.

홍선은 안석에 기댄 채로 팔을 기다랗게 뻗어서 똥똥 두어 번 가야금의 줄을 퉁겨보았다. 그러나 곡조도 의미도 없는 것이었다.

똥똥 두어 번 의미 없는 소리가 나므로 계월이는 힐끗 홍선을 보았다. 그러나 곧 도로 눈을 아래로 떨어뜨리고 말았다.

고요하고 정숙하고 쓸쓸한 시간이 흘렀다.

드디어 홍선이 먼저 입을 열었다 —

"야, 계월아."

"네."

"너는 불러라. 나는 뜯으마."

계월이도 비로소 머리를 들었다 —

"무얼 부르리까?"

"탁문군(卓文君)[137]의 상부련(想夫憐) —"

"네, 그럼 부르리다. 뜯어주세요."

목소리를 가다듬은 그의 입에서는, 애음 끊어지는 듯한 '상부련' 한 곡조가 울려 나왔다.

홍선은 계월이의 노래를 따라서 가야금을 뜯었다.

혹은 성난 물결과 같이 우렁차게 — 혹은 수풀의 벌레 소리와 같이 끊어지는 듯 — 가야금에 얼리어서 높고 낮은 음파는 부드러운 밤공기를 헤치고 멀리까지 울리어 나갔다.

길을 가던 사람이며 밤잠을 들지 못하여 혼자서 전전(輾轉)하던 젊은 과

부들은, 이 너무도 절실한 음파에 모두 정신을 가다듬고 귀를 기울였다. 한 곡조 끝이 났다. 그것이 끝이 나기가 무섭게 흥선은 계월이에게,

"또 불러라. 또 뜯으마."

고 하였다.

"이번은 무엇을 부르리까?"

"네 장기대로— 네 마음대로 아무것이나—"

계월이는 다시 불렀다. 흥선은 다시 뜯었다.

고뇌스러운 봄밤을 계월이는 부르고 흥선은 뜯어서 새웠다. 한 마디가 끝나면 다시 새로운 것— 그것이 끝나면 또 다른 것— 이리하여 동리의 젊은 과부로 하여금 한잠도 못 자게 흥선과 계월이는 꼬박 밤을 새웠다.

자기네들의 온 정열을 부은 노래, 자기네들의 온 불평을 담은 노래, 자기네들의 온 희망을 실은 노래— 이 절절한 노래는 동리의 젊은 과부뿐 아니라, 들은 사람들은 모두 뉘 집에서 누가 불렀으며 누가 뜯었는지, 동리로 물으며 다닐 만큼 진실미를 띤 것이었다. 마음에 적지 않은 불평을 가지고 그 불평을 하소연할 곳이 없는 두 사람은 하루의 고뇌스러운 봄밤을 이리하여 너는 부르고 나는 뜯어서 새웠다.

"대감!"

"왜?"

"대감께 꽃필 날도— 언제 이르리까?"

"모른다. 고요히 기다려볼 뿐이로다. 기다릴 줄을 아는 사람은 현명한 사람이라고 옛날 성현이 가르쳤느니라."

엄숙한 구조[138]로 이렇게 말하는 흥선을 계월이는 고뇌와 환희로 찬 마음으로 우러러보고 하였다. 거리의 술망나니, 주책없는 치인의 일컬음을 듣는 흥선의 그런 양지(諒知)[139]는 씻은 듯이 없어지고, 당당한 왕실 공자다운 고아(高雅)하고도 경건한 이 밤의 모양에, 계월이는 자기의 눈이 결코 사람을 그릇 보지 않았음을 기뻐하였다.

동녘 하늘에 새벽 노을이 비치고, 참새들이 추녀 끝에 와서 노래를 할 때에야, 홍선과 계월이는 피곤한 몸을 금침 속으로…….

봄날 새벽에 꾸는 계월이의 꿈은 매우 즐거운 것이었다.

10

한양부의 남쪽을 굽이굽이 흐르는 한강(漢江) 하류변(下流邊).

강 이쪽이며 건너쪽이며 할 것 없이, 서너 사람 대여섯 사람씩 몰려서서, 무엇을 기다리는 듯이 강 상류 쪽을 바라보고 있었다.

"아직 안 오지?"

"벌써 오겠나?"

근처의 어부, 농군, 촌부 할 것 없이, 남녀노소가 한 떼 한 떼씩 몽켜¹⁴⁰서서 공론들을 하고 있다.

"백 섬이라던지?"

"아니, 오십 섬이라나 보데."

"오십 섬은? 스무 섬이야."

"스무 섬만 치더라도 우리 집안 이태는 남아 먹을걸세그려. 돈도 흔한 노—사람들도 있지?"

"흔하지 않겠나? 매일 시골 생원들이 갖다가 바치는 것만 해두 수천 냥씩 된다네."

"쉬, 허투루 못할 소릴세."

말하던 사람, 금지당한 사람, 모두가 경계하는 듯이 뒤를 돌아보았다.

봄날 맑은 한강물은 이런 상놈들의 평판을 담아가지고 넘실넘실 아래로 흘러 내려간다.

나주 합하 양씨의 시반일(施飯日)이었다.

옛날 명종조(明宗朝)에, 대신 윤원형(尹元衡)에게 난정(蘭貞)이라 하는 첩이 있었다. 간사하고 악착한 계집으로서, 뇌물을 즐기고 음사를 즐기는 인물이었다. 그 난정이 일 년에도 두세 번씩, 밥을 여러 섬씩 지어서 말에 실어가지고 두모포(豆毛浦) 등지에 가서 강에 밥을 던졌다. 물고기에게 은혜를 베푼다는 뜻이었다.

명종 시대의 윤원형의 첩과 같은 길을 걷는 하옥 김좌근의 첩 양씨도, 밥을 이십 섬어치를 지어가지고 오늘 한강에 던져서 고기들에게 은혜를 베풀려고 떠나는 것이었다.

스무 섬이면 자기네 집안에서는 이 년을 먹고도 남겠다고 불평을 말하던 젊은이가, 이번에는 무슨 중대한 보고나 하는 듯이 함께 이야기하던 (농군인 듯한) 친구에게 입을 가까이 대고 소곤거렸다.

"아랫마을 차손이네 알지?"

"이 서방네 작은아들 말이지?"

"그래."

"그 사람이 어쨌단 말인가."

"아다시피 그 집에서는 작년 홍수에 농사를 망치고 사실 이즈음은 삼순구식(三旬九食)[141]하는 셈이 아닌가? 오늘 나온다데."

"나오다니?"

"그―"

입을 더욱 귀에 가까이 대었다.

"물속에 숨바꼭질해서 고기밥을 건져가겠다고 벼르데. 필시 나올걸."

농부인 듯한 사람은 눈을 약간 크게 하고 친구를 돌아보았다.

"정말인가?"

"그럼."

"흠."

잠시 두 사람은 말을 끊었다. 농부인 듯한 사람이 한숨을 쉬었다.

"웃마을에도 삼순구식하는 사람이……."

"거진이지."

"도둑놈들!"

또 말이 끊어졌다.

좀 뒤에 어부인 듯한 사람이 먼저 입을 열었다 ―

"사실은 나도 갈까 하네."

"무얼?"

"한 치룽[142]만 건진다 해도 얼마인가? 사흘 고기잡이해서 그걸 벌겠나?"

"고기밥 빼서 먹는 셈일세그려."

"고기 잡아먹고 고기밥 빼서 먹고……. 용궁에서 알았다는 그냥 안 둘걸세."

어부인 듯한 사람은 적적히 웃으며 이렇게 말하였다.

"하긴 김 대신 댁 밥을 이런 때 아니면 구경이나 하겠나? 많이 건져오게."

"암, 많이 건져오다마다. 여보게, 창피한 말이지만 나는 오늘 조반도 아직 못 먹었네. 집에서는 어제 저녁도 변변히 못 먹었네. 그것 건지지 못하면 내일도 굶는 수밖에 없네."

"고기 팔자만도 못할세그려!"

"도둑놈들!"

양씨의 시반선(施飯船) ― 맨 앞에는 악공(樂工)들을 만재한 배였다.

둘째로는 이십 섬의 밥과 무당, 그 밖의 하인들이 탄 배였다.

셋째로는 오늘의 주인 양씨와 가까운 친척들과 몸하인[143]들이 탄 배였다.

맨 뒤엣것은 드나드는 아랫사람이며 영인 잡배며 하인들을 실은 배였다.

오정쯤 되어서 이 호화로운 일행은 밥을 고기에게 던져주려고 운파 오리의 길을 떠났다. 출발하는 근처 좌우편 언덕에는, 이 장관을 구경하러 모여든 사람들 때문에 입추의 여지도 없었다.

삼현 육각[144]의 부드러운 소리를 선두 삼아가지고, 구름같이 모여든 구경꾼들의 탄성, 욕설, 비웃음, 칭찬 — 가지각색의 비평을 뒤에 남기고서, 네 척의 배는 무당의 공수를 기다랗게 강 위에 펼치면서 물 위에 둥실둥실 떠나갔다.

그 배들이 언덕에서 떠나기만 기다리고 있던 이 근처의 많은 아이들이 와르르 하니 몰려들었다. 이십 섬의 밥을 강 언덕에서 지었는지라, 눌은 밥이며 부스럭 밥이 그 근처에 꽤 많이 흐르고 널렸다. 이 근처의 가난한 여인이며 아이들은 그것을 주워가려 모여들었다. 거기서 지키는 하인들의 욕설이며 매며를 무릅쓰고, 꿀에 모여드는 개미떼같이, 이 굶주린 아이들은 요리조리 피하면서 밥 부스러기를 주우러 모여들었다. 그리고 제각기 많이 줍기를 경쟁하였다.

이 언덕을 떠난 자선선(慈善船) 네 척은 특별히 바쁜 길이 아닌지라, 그다지 젓지도 않고 물의 흐름을 따라서 고요히 고요히 아래로 흘러 내려갔다. 셋째 배에 탄 오늘의 주인 양씨가 보아가다가 몸하인에게 명하면, 몸하인은 즉시로 다른 하인에게로 전하고, 그 하인은 앞의 시반선으로 전하여 앞배에 탄 복술이 축원을 드리고 그다음에는 밥을 한 함지박씩 떠서 물에 던지고 하는 것이었다.

이날의 주인 양씨의 얼굴에는 득의의 표정이 흐르고 넘쳐 있었다. 대단히 엄숙한 얼굴로 좌우 언덕에 있는 구경꾼들을 살펴보다가는, 생각난 듯이 몸종에게 시반을 명하고 하는 것이었다. 그리고 물결을 날리며 밥이 물에 떨어져서 잠겨 들어갈 때마다 몸소 일어서서, 마치 그 밥이 물속에 잠겨서 고기들이 맛있게 먹는 양이 보이는 듯이 만족한 얼굴로서 물속에 가라앉는 밥을 굽어보고 하였다.

내려가다가 뱃사공이 어떻게 실수를 하여 노라도 철썩 하는 소리를 내

면, 양씨는 안색까지 변하며 놀라는 것이었다. 그리고,

"고기들 놀라리라. 가만가만 저으라고 그래라."

이 동정심 많은 여왕은 몸종을 시켜서 사공을 꾸짖는 것이었다.

소리가 안 나게 — 배가 흔들리지 않게 — 그러고도 또한 배가 물결대로 마음대로 흐르지 않고 강의 중심을 내려가도록 — 이 힘드는 역할을 맡은 사공은 땀을 뻘뻘 흘리며 배를 조종하였다. 실수를 하여 물 한 방울이라도 이 귀인들의 몸에 튀었다가는 제 몸에 좋지 못한 일이 생길 줄을 잘 아는 사공은, 배에서 연하여 물로 던지는 허연 밥을 슬금슬금 곁눈으로 보면서 배를 젓지 않는 듯이 젓느라고 노력하였다.

이리하여 이 풍악과 열락이 자지러진 자선선(慈善船) 일행은 기름같이 잔잔한 한강을 아래로 아래로 흘러 내려갔다. 이십 섬의 밥을 처치해버리기 위하여……

좌우 언덕의 굶주린 촌민들은 이 위대한 사업을 경이의 눈으로서 서로 수군거리며 구경하였다.

'아랫마을' 이 서방의 작은아들 차손이는 스물한 살 난 총각이었다.

나주 합하 양씨가 오늘 행하는 자선사업에 뛰어들어서 밥을 좀 도적질 해내려는 더러운 생각을 품고, 그는 강 언덕 갈밭 틈에서 자선선이 떠나기를 기다리고 있었다. 그의 곁에는 차손이가 벌어오는 밥을 받아가려고 그의 늙은 어머니가 광주리를 가지고 함께 갈밭 틈에서 기다리고 있었다.

강변에서 성장한 차손이는 헤엄치는 데는 자신이 있었다. 한강을 너덧 번은 넉넉히 왕래하며, 물속에서 숨바꼭질을 하여서라도 한 번쯤은 넉넉히 건너가는 것이었다.

"너 조반도 변변히 안 먹고 넉넉하냐?"

"걱정 마세요."

"기운이 부족했다는 —"

"도로 헤엄쳐 나오지요. 걱정 마세요."

물에는 자신을 가지고 있는 차손이는 걱정하는 어머니를 안심시키고 있었다.

풍악 소리가 차차 가까워왔다. 시반선 일행은 그들 모자가 숨어 있는 갈밭 앞강을 천천히 (일변 밥을 던지며) 흘러 내려갔다.

"아무 데도 가지 말고 여기서 기다려요."

어머니에게 한마디 당부한 뒤에, 차손이는 용감스러이 물속으로 뛰어들었다.

와스스, 스─ 귀에 울리는 놀라운 물소리를 들으면서 차손이는 강의 중심을 향하여 물속을 헤엄쳐나갔다.

아들을 물 가운데로 내보낸 늙은 어머니는, 이 전대미문의 기괴한 모험을 감행하는 아들의 신상이 근심스럽기가 짝이 없어서, 거의 사색이 되어서 강의 사면을 뒤룩거리며 살필 때에 (그것은 이 노파에게 있어서는 무한히 긴 세월과 같았다) 아까 차손이가 물속으로 사라진 자리에서 좀 하류쯤 되는 곳에, 물결이 잠시 괴상히 움직이다가 그 물면[145]으로 사람의 머리가 쑥 나왔다.

그러나 물면에 얼굴은 내밀지만, 차손이는 잠시도 움직이지를 못하였다. 얼굴이 백지장같이 하얗게 된 그는 코를 찢어지도록 벌리고 씨근거리며 한참 숨을 돌리고 있었다.

잠시 거기서 숨을 돌려가지고 어머니 앞에 돌아온 때는, 차손이의 옆에는 물이 뚝뚝 흐르는 밥을 절반만큼 담은 자루가 끼여 있었다.

"후─"

아직 창백한 얼굴로 밥자루를 놓을 때에, 늙은 어머니는 귀여운 손주나 보는 듯이 자루를 채었다.

"한 자루 못 되는구나."

"더 넣을래두 숨이 맥혀서 그만 왔어요. 또 한 번 가서 담어 오지."

어머니는 자루를 열었다. 그리고 물에 젖은 밥을 광주리에 쏟았다.

"자, 자루 얼른 주세요. 또 한 자루 담어 오게."

일변 밥을 한 덩이 입에 집어넣으며 어머니가 쏟는 자루를 잡아채었다.

"애, 애애애."

차손이가 채는 자루를 어머니는 도로 앗았다. 그리고 자루를 뒤집어서 한 알 두 알 붙은 것까지 모두 털어서 광주리에 떨어뜨렸다.

"얼른 주세요."

"가만, 아직 한 줌이나 붙어 있다."

물에 던진 것을 주워 온 것이지만, 이 노파에게 있어서는 한 알 두 알이 아까운 모양이었다.

"한 자루만 더 얻어 오면 댓새는 걱정 없이 먹겠다."

"이번에는 한 자루 가득 담어 오지요."

차손이는 밥을 한 줌 또 쥐어 먹었다. 그리고 다시 물로 향하였다.

"좀 더 내려가서 기다려주세요. 지금 셋째 배가 지나가는 그만치 가서 기다려주세요."

이러한 말을 남기고 이 총각은 다시 한 자루 얻어 오려 두 번째 물속에 뛰어 들어갔다.

차손이는 물속을 꿰어서 시반선 아래까지 이르렀다. 그때 방금 시반선 에서는 또 한 광주리의 밥을 물로 던진 때였다. 어른어른 차손이의 눈앞으 로는 허연 밥덩어리가 물 바닥을 향하여 헤엄치며 들어갔다.

차손이는 거기서 숨을 내쉬었다. 꿀럭꿀럭 한 뭉치의 기포가 물면을 향 하여 올라갔다. 그것을 보면서 차손이는 몸을 뒤채어 물 바닥을 향하여 거 꾸로 내려갔다. 그의 눈앞에는 아직도 자리를 못 잡고 흐느적거리는 크고 작은 밥덩이들이 물을 통하여 부옇게 보였다.

차손이는 자루의 입을 벌렸다. 그리고 연하여 몸이 떠오르려는 것을 막기 위하여 왼편 발을 물 바닥에 있는 바위틈에 꽂아놓고 밥덩이들을 자루를 향하여 몰아넣었다.

그 근처에 흐느적거리는 덩어리 밥은 모두 자루로 몰아넣었다. 그러나 이번에는 불행히 헤어진 밥이 많기 때문에 자루의 삼분의 일도 되지 못하였다.

겨우 차차 숨이 답답함을 깨닫기 시작하였다. 그러나 자루가 너무도 곯았으므로 얼른 새 밥을 좀 더 담아가지고 돌아가려고, 차손이는 곯은 자루를 옆에 끼고 한번 발버둥쳐서 하류로 물속을 꿰어 내려갔다.

눈을 감고 하류를 향하여 물속을 헤엄쳐 내려가던 차손이는, 무슨 기괴한 물건이 자기의 양다리를 꽉 붙드는 것을 알았다. 온몸에 소름이 쭉 끼치며 보매, 부연 물을 통하여 벌거숭이 송장(?) 하나가 그의 다리를 잡은 것이었다.

차손이는 거의 공포와 경악 때문에 심장의 고동까지 멎을 듯하였다. 두 다리를 힘 있게 버둥거리면 거리느니만큼, 그 괴물은 더욱 힘 있게 차손이의 다리를 잡았다.

그 괴물은 차손이의 다리로 비롯하여 차차차차 몸을 끌어당겼다. 그리하여 그것에게 붙안겨서 차손이가 공포의 눈을 겨우 들면서 마주 보매, 그것은 송장도 아니요 괴물도 아니요, 윗마을 사는 최 서방이었다.

역시 시반을 훔치러 물속에 기어든 최 서방은, 불행히 발을 바위틈에 끼이고 뽑지를 못하여 안달하다가, 자기 곁으로 빠져 내려가려는 이 총각을 붙든 것이었다.

차손이도 그것이 최 서방인 줄 알고 최 서방의 하반신이 움직이지 못하는 것을 보고 그 의의를 짐작하였다. 그래서 최 서방의 몸을 마주 쓸어안고 발로써 물 바닥을 힘껏 버티었다. 그러나 최 서방은 발을 어떻게 끼였는지 옴짝하지를 않았다.

인제는 차손이는 숨이 답답하여왔다. 힘껏 최 서방을 안고 땅을 버티어

보았지만, 빠지지는 않고 숨은 답답하고 하여, 자기 혼자라도 피해 가려고 몸을 움직여보았지만, 최 서방은 죽을힘을 다해서 차손이를 쓸어안고 놓아주지를 않았다.

물속에서 두 개의 벌거숭이 동물은 서로 비벼대며 다투었다. 그러나 최 서방까지 구하면여니와, 차손이 단독으로는 도저히 나올 수가 없도록 최 서방은 차손이를 안고 있었다.

인제는 차손이도 숨을 더 돌릴 수가 없었다. 꿀럭꿀럭 차손이의 입에서 기포가 또 물면을 향하여 떠올랐다. 차손이가 답답한 가슴을 펼 때에 그의 폐와 위로는 다량의 물이 들어갔다.

이때였다. 아직껏 힘 있게 차손이의 허리를 쓸어안고 있던 최 서방의 팔 힘이 좀 풀리는 듯하였다. 그래서 차손이가 몸을 빼낼 때에, 아직껏 그렇게 힘써도 단단히 박혀 있던 최 서방의 발도 저절로 바위틈에서 빠져나왔다.

차손이는 한편 팔로 최 서방을 안은 채, 한 발로 물 바닥을 힘 있게 찼다. 두 개의 벌거숭이는 시반선 일행이 방금 지나간 물면을 향하여 떠올랐다.

물면을 향하여 떠오른 두 개의 벌거숭이는, 양씨의 하인들이 탄 배에 발견되어 구조되었다. 아니, 구조되었다기보다 잡혔다는 편이 더 적절할 것이었다.

오늘의 신성하고 엄숙한 놀이를 더럽힌 고얀 놈으로서, 두 벌거숭이는 하인들의 배에 끌어올려진 것이었다.

그러나 이때는 벌써 가련히도 최 서방은 물을 많이 먹었기 때문에 저세상으로 마지막 길을 떠나고, 차손이도 아직 채 죽지만 않았지, 물을 많이 먹고 정신을 잃은 때였다.

최 서방의 시체와 차손이를 건져올린 하인선은 시반선 일행을 떠나서 급급히 언덕으로 갖다 대었다. 그리고 거기다가 송장과 반송장을 내려놓고, 사내 하인 셋이 내려서 지키기로 하고, 배는 그대로 일행에게로 따라갔다.

거기서 내린 하인들은 최 서방의 시체를 먼저 흔들어보았지만, 물을 잔뜩 먹었기 때문에 배가 남산같이 된 최 서방은, 인제는 영 돌아오지 못할 길을 완전히 떠난 것이었다.

모퉁이 모퉁이에서 오늘의 굉장한 놀이를 구경하고 있던 근방 사람들도 모여들었다. 양반 댁 하인의 호령으로 근방 사람들이 차손이를 거꾸로 달고 두드리고 한 결과, 차손이는 많은 물을 토하고 겨우 회생되었다.

"지독한 도적놈."

물면에 떠오르면서 기절할 때까지 차손이는 자루를 그냥 끼고 있었으므로 차손이의 목적이 무엇이었는지 하인들도 알았다. 차손이가 깨어나기가 무섭게 하인들은 차손이를 발길로 차면서 지독한 도적놈이라 욕하였다.

차손이는 그 밤으로 나주 합하 댁 광에 갇혔다.

이튿날은 나주 합하의 엄령을 들은 하옥 대신의 영으로 이 '지독한 도적놈'을 금부에 내렸다. 뿐만 아니라 차손이의 늙은 부모와 형과 형수─그의 온 집안까지 잡혀서 옥에 갇히게 되었다.

나주 합하의 노염은 여간 크지 않았다. 엄숙한 놀이를 깨뜨린 데 대한 분함, 자기의 신성한 눈으로써 벌거벗은 상놈의 시체를 본 데 대한 분함, 자기의 겸인(傔人)[146]이며 하인들의 배에 잠시나마 송장을 태웠는 데 대한 분함, 엄숙한 시반을 도적해낸 행사에 대한 분함─이런 모든 일 때문에 합하의 노기는 하늘을 찌를 듯하였다.

그래서 이 하늘을 두려워할 줄 모르는 상놈과 그의 일족을 당장에 새남터[147]로 보내라고 하옥에게 엄명 엄명하였다.

그러나 아무리 나주 합하의 충복인 하옥일지라도 이 '지독한 도적놈'과 그 일족을 새남터까지는 보낼 만한 죄목을 발견할 수가 없었다. 그래서 몇 번을 절충하고 타협한 결과로서, 이 중대 범인을 주범은 태형 백 개, 일족들은 오십 개씩을 때려서 내쫓기로 하였다.

양씨는 매우 불만족하였지만 드디어 하릴없이 여기 승복하였다.

이리하여 이 차손이는 시반을 도적하려던 죄로 엉덩이뼈가 부러지도록 매를 맞고, 그의 가족은 그 밥을 바란 죄로 오십 개씩의 태형을 받고, 그 위에 자기네 조상 이래로 살아 내려오던 그 동리에서까지 쫓겨나게 되었다.

또한 최 서방은 도적질도 채 하지 못하고 용왕의 노염을 사서 직접 피해자 양씨가 벌하기 전에 용왕께 극형의 벌을 받은 것이었다.

"천벌을 받기는 받았지만도, 그런 고약한 놈들이 어디 있어. 대체 밥을 도적질하댔자 몇십 냥 몇백 냥어칠 도적질해내겠기에, 천벌도 모르고 그런 무서운 짓을 한담."

양씨는 만나는 사람에게마다 이렇게 술회하였다. 이 술회를 듣는 사람은 모두 머리를 조아리며 천벌의 무서움을 탄식하였다.

"대감마마, 살려줍시오. 갑자기 동리를 떠나면 어디 가서 붙어 살겠습니까?"

뜰에 꿇어앉아서 애원을 하는 것은 '지독한 도적놈' 이차손의 늙은 아버지 이 서방이었다.

이 서방의 곁에 손을 읍하고 서서 이 서방이 애원할 때마다 허리를 굽실거려서 맞장구를 치는 것은 흥선 댁 하인 누구였다.

대청에 긴 담뱃대를 물고 앉아서 이 애소(哀訴)[148]를 듣고 있는 것은 무력한 공자 흥선이었다.

나주 합하의 엄명으로 동리를 쫓겨나게 된 이 서방의 일가는, 너무 딱하여 생각다 생각다 못해서 그들이 가진 다만 한 가지의 방책을 써보기로 한 것이었다. 즉 그들의 먼 일가가 흥선 댁에 하인으로 있는 것을 결련하여 흥선군에게 애소를 해서 피해보려고 하는 것이었다.

흥선의 무력을 그들도 모름은 아니었다. 그러나 짚이라도 붙들려는 물에 빠진 사람의 심정으로, 흥선에게라도 한번 매달려보려 함이었다.

이 이 서방의 애소를 흥선은 다분의 곤혹한 표정으로 듣고 있었다.

종실의 한 사람으로서 흥선은 무론 하옥의 집도 자주 찾아다녔다. 얼마만큼 호인적 기품을 가지고 있는 하옥은, 젊은 재상들같이 노골적으로 흥선을 모멸하지 않는 것은 사실이다.

그러나 이번의 이 일은 하옥의 일존뿐으로 좌우될 성질의 사건이 아니었다. 하옥의 뒤에 숨은 양씨의 마음뿐으로야 결정이 될 것이지, 하옥은 그 처결권을 가지고 있지를 못할 것이다. 영의정 하옥이로되 영의정의 지배자가 또 그 뒤에 있는 이상에는 영의정도 아무 소용이 없을 것이다.

"그래, 먹을 게 없어서 고기밥을 도적해 먹는담?"

흥선은 담배를 털어버리면서 이렇게 을러보았다.

"황공하옵니다."

그래도 자기를 사람이라고 찾아와서 이런 부탁을 하는 이 서방을 볼 때에 사실 가엾었다. 그리고 거기 따라서 자기의 입장이 더욱 괴로웠다.

걱정 말아라. 무사히 만들어주마 — 이렇게 안심시키고 싶은 생각은 얼마나 많았으랴. 일개 시골 기생 — 아무리 지금은 당당한 영의정 김좌근의 총애를 받는다 할지라도, 역시 소실에 지나지 못하는 양씨의 세력이 너무도 큰 데 대한 미움도, 새삼스레 흥선의 마음을 더 아프게 하였다.

"奪民之食 施江漁 奪此與彼之禍 不亦甚於烏鳶螻蟻之間乎."

옛날 윤원형의 첩 난정(蘭貞)의 일에 대하여 사가(史家)가 욕한 그것과 꼭같은 양씨의 일을 정면으로 비평할 수조차 없는 자기는 무력한 공자였다.

이 서방은 연하여 땅에 머리를 조아리며 애원하였다.

흥선은 연하여 긴 한숨만 쉬고 있었다.

이렇게 한나절을 무위히 앉아 있다가, 흥선은 벌떡 일어나서 침방으로 들어가버리고 말았다. 그런 뒤에 청지기를 불러서, '이 서방이란 놈이 구찮게 구니 당장에 끌어다가 문밖에 내다 버려라'고 호령을 하였다

그러나 이 서방이 하인들에게 끌려서 나갈 때에 흥선은 문을 방싯이 열고 초연히 끌려가는 이 서방의 뒷모양을 내다보고 있었다. 그 서방을 그냥 내쫓는 흥선의 마음은, 쫓겨나가는 이 서방의 마음보다도 더욱 아팠다.

"음."

— 태조 강헌(康獻) 황제 폐하, 당신은 당신의 후손이 지금 이렇듯 가슴 찢어지는 듯한 일을 겪고 있는 것을 아시나이까. 찢어지는 듯하옵니다 —이 당신의 피를 물려받은 가슴이……

흥선은 눈을 깜박일 줄도 잊은 듯 묵연히 앉아 있었다.

"하하하하."

"허허허허."

"요절할 일이올시다."

"허허허허, 요절할 일이지."

심의면(沈宜冕)의 정침. 심은 문객 한 사람과 바둑을 두고 앉았다. 또 한 사람의 문객은 그 곁에 앉아서 바둑판을 내려다보고 있다. 바둑 틈틈이 하는 이야기.

"부자가 다 얼빠진 놈이올시다."

"그럼 —자, 여기를 끊네."

"아이쿠, 그러면 이 큰말이 죽습니다그려. 아, 이리로 한 점 잇습니다— 그런 얼빠진 놈이 어디 있겠습니까? 흥선군한테 그런 부탁을 하느니보다는 대감 댁 개에게 부탁하는 편이 훨씬 나을걸……. 수모받어 싼 놈이야."

"그걸 흥선군은 할 수가 없으니까 하인을 시켜서 내어쫓았나."

"그밖에 도리가 있겠습니까. 하하하하."

"허허허허."

이 서방이 흥선댁을 찾아갔던 일에 대한 조소였다.

"하여간 흥선군의 함직한 일이야. 부탁은 하고 제 힘으로는 도저히 헐 수 없고 그래도 남에게 부탁을 받는 이상 자기 힘은 모자란다고 말하기는 창피스럽고 하니깐 하인을 시켜서 내쫓았다, 흥선군 아니고는 생각해내지 못할 일일세. 허허허허."

심은 바둑돌을 뚱 하니 판에 힘 있게 놓으며 웃었다.

"행패나 잘 아는 줄로 알았더니 흥선군은 그런 일에 임기응변도 꽤 잘합니다그려. 대감께서 영의정 대감께 추천하셔서 흥선군을 어영대장을 시키면 병법은 썩 묘하게 하겠습니다."

"그것도 몰라. 어디 추천해볼까. 어영대장 이하응. 아장 이하로는 천희연(千喜然), 하정일(河精一), 장순규(張淳奎), 안필주(安弼周) 모두 늘어놓고 장안의 투전꾼 잡놈 다 잡아다가 병사 영장으로 제사 방어사 모두 만들어놓고 굉장할걸."

"기생 갈보 모두 몰아다가 낭자군을 꾸미굽쇼."

"시반까지 도적질해 먹는 놈들을 모든 잡아다가 병졸을 만들고……. 흥선군은 목소리가 크니깐 대장자가 어울리렷다."

"키가 작으니깐 소장이나 되겠습니까."

"허허허허."

"하하하하."

"아까 남 판서 댁에서도 그 이야기가 나서 한참 웃었더니 또 웃겠군."

"웃지 않고 어떻게 견디겠습니까?"

"참 우스운 일은 잘하는 사람이야. 가는 곳마다 한두 가지씩 우스운 일을 반드시 만들어놓거든. 수일 전에도 김 판서 갑 판서 을 판서 이렇게 몇 친구가 필운대 답청을 갔는데 그날도 어디서 소문을 들었는지 흥선이 부루루 쫓아왔다 그리고, 거기서 얻어먹은 것만 해도 넉넉할 터인데 마지막에 남은 음식을 모두 집으로 가져간다고 도포 자락에 쌌다나.

그것을 갑 판서가 보다 못해 은근히 말렸더니 흥선군이 갑 판서께 해볼려고 달려들어서 갑 판서는 점잖은 체면에 할 수 없이 흥선군에게 사죄를 하고 겨우 욕을 면했다네. 이런 일도 흥선군이 아니면 흉내도 못 낼—"

"국보올시다."

시간을 보낼 일이 없어서 애타하는 그들에게 있어서는 흥선의 이야기는 한때 심심함을 풀기에는 아주 적절한 화제였다. 서로 긴장이 없는 바둑보다도 이야기에 더 흥미를 느끼기 때문에 이 이야기에서 저 이야기로—흥선에 관한 가지가지의 이야기가 다 나왔다. 웃어가면서 비웃어가면서 있는 일, 없는 일, 과장한 일 모두 새삼스레 재미있는 듯이 끌어내었다.

이러한 한가한 웃음과 이야기 가운데 봄날의 밤은 차차 깊었다. 아침에 늦게 일어나는 것을 자랑으로 삼는 그들은 깊어가는 밤도 탓하지 않고 그냥 담소하였다.

11

헌종께서 승하를 하신 것은 기유년(己酉年) 유월(십이 년 전—흥선의 나이는 한창 장년인 서른을 겨우 넘은 때)이었다.

할아버님 순종[149]의 뒤를 이으셔서 여덟 살 때에 보위에 오르신 헌종은 십오 년간을 지존의 위에 계시다가, 보수 이십삼에 창덕궁 중희당(重熙當)에서 승하하셨다.

승하하신 헌종께는 왕제(王弟)도 왕자(王子)도 없었다. 뿐더러 헌종의 아버님 익종(翼宗)께도 동기가 없고, 또 그 아버님 순종도 외로우신 몸이었다. 헌종의 증조할아버님 정종 때에 몇 동기가 계셨을 뿐, 그다음 순종 때부터 삼대째는 겨우 대(代)만 끊기지 않고 내려왔다.

그런지라, 헌종 재세 시에도 가장 가까우신 친척이라야 칠촌숙이나 팔촌 형제지, 그보다 더 가까운 혈기는 없으셨다.

헌종께서 아직도 이십삼의 청년이시기 때문에 친척 중에서 따로이 동궁을 책립치도 않고 왕자 탄생을 기다리던 중이었다. 그러다가 갑자기 승하하셨다.

그런지라, 이 삼천리의 강토는 지배자를 잃는 것과 동시에 새로운 지배자가 누가 될지도 예측할 수 없게 되었다. 승하하신 헌종의 칠촌숙이나 팔촌 형제 가운데서 신왕이 추대될 것이다. 흥선도 헌종의 칠촌숙이었다.

이때에 헌종의 할머님 대왕대비 김씨(순종비)가 신하들을 궁으로 불러들였다. 상감 없는 지금에 있어서, 김 대비는 종실의 어른이요, 따라서 이 나라의 어른이었다. 나라로 보자면 상감이요, 종실로 보자면 사당 받들 후계자를 지정할 권리를 잡은 이는 김 대비밖에 없었다.

대왕대비의 부름에 영중추(領中樞) 조인영(趙寅永), 판중추(判中樞) 정원용(鄭元容), 권돈인(權敦仁), 박회수(朴晦壽), 좌의정(左議政) 김도희(金道喜) 등이 희정당(熙政堂)에 들어왔다.

상감을 갑자기 잃고 그 후계자까지 못 가진 신하들은 목이 메어서 발 뒤에 있는 대왕대비께 호소하였다.

"소신 등이 무록(無祿)[150]하와 이 봉척지통을 만났습니다. 나라에는 잠시도 용좌 빌 수 없사오니 하교 계시기를 바라옵니다."

비록 친히 당신의 소생은 아니시지만, 가꾸고 기른 애정을 끊을 수가 없는 대비는 목이 메어서 잘 말을 이루지를 못하였다.

"……."

발 안에서 대비의 무슨 하교가 있었다. 그러나 그 음성이 너무도 작고 어읍상반(語泣相半)이기 때문에 신하들에게는 들리지 않았다.

두 대의 임군을 섬기고 인제 바야흐로 또 세 대째의 임군을 섬기게 된 노신 정원용이 무릎걸음으로 조금 나갔다.

"대비마마, 막중막대한 일이옵니다. 봉사교청(奉辭敎請)[151]뿐으로는 안 되겠사오니 언교(諺敎)[152]를 내려주시기를 바라옵니다."

이윽고 발 뒤의 대왕대비에게서 언교가 나왔다.

도승지(都承旨) 홍종응(洪種應)이 받아서 폈다.

"영묘(英廟)의 혈맥은 금상(今上)과 강화(江華)에 있는 원범(元範)뿐이라. 이에 종사를 부탁하도록 정하노라."

그리고 '원범'이란 이름 곁에 ×지제삼자(×之第三子)라 주가 달렸는데, 맨 윗자는 잘 알아볼 수가 없이 되었다.

대신들은 돌려보았다.

돈인이 다시 물었다.

"대비마마, 광(廣) 자의 변이 무슨 변이오니까?"

"구슬 옥 변에 넓을 광."

— 강화 이광(李壙)의 셋째 아들 원범으로 이 종실의 후계자를 삼는다 — 하는 것이었다.

즉일로 원범을 덕완군(德完君)에 봉하였다. 그리고 노신 정원용을 시켜서 강화로 가서 신왕 덕완군을 모셔오게 하였다.

즉 현 상감 철종 — 당시의 보령 십구. 종실 공자지만 영락되고 영락되어서 강화도에서 초동(樵童)으로 지내던 노총각 —

두 임군을 먼저 보내고 세 번째의 임군을 봉영하러 늙은 재상 정원용은 도승지 홍종응(洪種應)과 및 시위 장사들을 인솔하고 강화도로 향하였다.

강화도에서 겨우 농사를 짓고 아들들은 새를 베어다가 보리밥이나 굶지 않고 지내던 전계군(全溪君) 댁에 조정의 백발 재상이 시위 장사를 인솔하고, 앞에는 연(輦)을 모시고 왔는지라, 망지소조(罔知所措)[153]하여 어찌할 바를 몰랐다.

왕족으로 태어났다가 잘못하다가는 역모에 몰려서 화를 보기가 쉬운 시절이라, 이 뜻 안 한 관원들의 행차에 모두들 숨고 뛰고 야단하였다. 동리 사람들은 큰 구경거리가 났다고 멀리 모여들어서 서로 수군거렸다.

이 삼천리강산의 최고 지배자의 위에 오르게 된 원범은, 그런 것도 모르고 그때 새를 베러 뫼에 올라가 있었다.

일변 피한 가족들을 도로 데려오고, 벌에서 일하는 사람들을 불러오고, 그들에게 오늘 조정에서 재상이 이리로 오게 된 까닭을 알리고 이해시키기에는 꽤 오랜 시간이 걸렸다. 아무리 설명하여주어야, 이 청천벽력 같은 길보를 그들은 잘 이해하지 못하고 몸만 벌벌 떨고 있는 것이었다.

집안사람들이 겨우 오늘의 행운을 이해하고 동리 사람들도 겨우 눈치 채서, 이 가난하고 또 가난하던 이씨 댁이 오늘부터는 대원군 댁이 된다고 서로 눈을 둥그렇게 하고 수군거리며, 가족들은 어서 산으로 가서 오늘의 주인을 찾아오려고 야단할 때에, 이런 괴변을 모르는 행운의 총각은 새를 한 짐 하여 지고 유월 염천에 땀을 뻘뻘 흘리며 집으로 돌아왔다.

시위 장사가 문밖에 늘어섰고, 뜰에는 백발의 재상이 도승지를 데리고 서 있으며, 가족들은 한편에 모여서 욱적거리는 양에, 이 총각은 서먹서먹하여 들어서면서 샛짐을 벗어놓고 몰래 도로 피하려 하였다.

그것을 먼저 발견한 것이 전계군 부인이었다.

"원범아, 이리 오너라."

지금은 아무리 어머니라도 휘(諱)[154]를 감히 부를 수 없는 지존임에도 불구하고, 향속에 젖은 부인은 습관대로 아들의 이름을 불렀다.

원용이 그편을 보았다. 짐작이 갔다. 원용은 멀리서 그 총각께 절하고 가까이 가서 그 앞에 엎드리었다 ―

"상감마마, 판중추(判中樞) 신(臣) 정원용(鄭元容)이 봉영차로 왔습니다."

총각은 눈을 둥그렇게 하였다. 무슨 말인지 알지 못하였다.

어려서 천자문을 좀 배우다가 가세가 가난하기 때문에 학문도 중지하고 이 강화로 와서 아직껏 초동으로 지낸 총각은, 오늘의 일이 무슨 일인지 도무지 이해할 수가 없었다.

"네? 저 — 나 — 소인은……."

무엇이라 대답은 했지만 아무도 알아들은 사람이 없었다. 짐작하건대 총각 자신도 몰랐을 것이었다.

이 총각에게 오늘의 행운을 이해시키기는 매우 힘들었다. 더구나 붙들고 가르치지도 못하고 계상(啟上)[155]하는 형식을 취하지 않을 수 없으므로 더욱 힘들었다.

그것을 겨우 노력하여 이해하게 하고, 이 총각에게 천담포(淺淡袍)를 입히고 복건(幅巾)을 씌워가지고, 정원용이 그 곁에 배종을 하여 서울로 돌아왔다.

이리하여 신왕은 뭇 종친이며 문무백관의 출영(出迎)[156]으로 돈화문으로 하여 빈전(殯殿)[157]에 들어서 선왕의 봉을 모셨다.

사흘 뒤에 인정(仁政)문에 즉위하셨다. 즉 철종 — 선왕의 칠촌숙이요 흥선의 육촌 동생이었다.

어린 왕께 대한 대비의 수렴청정(垂簾聽政)은 왕의 보령 십오까지로 그만두는 것이 아직껏의 예였다.

그러나 현 상감께 있어서는 그 예를 취할 수가 없었다. 즉위가 보령 십구 때셨다. 그 생장과 환경이 너무도 낮아서, 정사는커녕 금중의 의식에도 너무나 앎이 없으셨다. 그런지라, 보령 십구 세의 상감께 대왕대비 김씨가 수렴청정을 하였다.

철종이 승지(承旨) 김문근의 따님, 김병학의 종매(從妹)를 왕비로 책한 것은 즉위하신 지 이태가 넘어 지난 뒤의 일이었다.

대왕대비 김씨의 수렴청정이 중지된 것은 즉위하신 지 사 년째 되는 임자년 섣달이고, 계축년 정월부터야 비로소 친정을 하시게 되었다.

이리하여 기유년에 즉위하셔서 신유년까지 만 십이 년간, 왕비를 맞으신 지 만 십 년간, 친정을 하신 지 만 구 년간, 한낱 강화의 초동으로부터 팔도 삼백여 주의 통수자로 있으셨지만, 그것은 철종께 있어서는 결코 행복된 일이 아니었다.

보리밥과 굳은 채소에 젖은 총각의 위에는 상감으로서의 수라는 너무 기름져서 잘 소화가 되지를 않았다.

매일 산으로 벌로 새 베러 다니던 총각의 궁중 생활은 너무도 안일하여 체력이 나날이 줄었다.

대신들이 가져다 바치는 책은 골치 쏘기 여간이 아니었다. 그러나 강화 총각으로서 갑자기 보위에 오르신 상감은, '이것은 왕자로서의 당연한 의무거니' 여기시고 싫단 뜻을 나타내지도 못하셨다.

소화는 잘 안 되지만 보리밥보다 맛있는 음식, 안일한 생활, 아리따운 비, 빈, 상궁, 나인 ― 이러한 가운데서 철종의 건강은 나날이 쇠약해져 갔다.

강화의 초동으로서 보위에 오르신 철종인지라, 오랜 수양으로서야 비로소 가질 수 있는 '자기 비판안'과 '자제력'을 못 가지셨다. 눈앞에 보이는 것이 아리따운 궁녀며 향그러운 술이며 맛있는 음식인지라, 당신의 건강이 그 때문에 쇠약해가고 두뇌는 몽롱하여가는 것을 짐작은 하시지만 나날이 더욱 침혹하셨다. 당신의 위에 만약 의외의 행운이 떨어지지 않아서 그 일생을 강화도에서 보내셨으면, 인생의 한편 모퉁이에는 이런 환락경이 있다는 것도 짐작도 못하고, 흙과 먼지에 싸인 일생을 보내실 뻔하였는지라, 느지막이 만난 이 행운을 즐기고 또 즐기셨다.

아리따운 궁녀의 부어 올리는 푸른 술에 약간 취하셔서 과거를 회상하실 때에는, 철종께는 지나간 날의 강화의 초동 생활이 마치 꿈과 같으셨다. 만약 과거의 그때가 꿈이 아닐 것 같으면 현재가 필시 꿈일 것이다. 과거와 현재의 생활의 새에는 사람의 머리로는 상상할 수 없는 너무도 넓고 큰 차이가 있었다.

이렇게 옛말에나 나오는 생활과 같은 안일한 생활의 십여 년간, 이전 강화에서 단련된 총각의 건강은 없어지고, 지금은 약하디약하신 몸이 되셨다. 용상에서 일어나시다가 그냥 혼도(昏倒)[158]하여 모셨던 신하들로 하여금 망지소조하게 하신 일도 여러 번이었다. 신하들을 앞에 하고 무슨 의논을 하시다가 그냥 정신을 잃으시는 일도 간간 있었다.

노염, 비애(悲哀), 환희 — 경우를 가리지 않고 때를 가리지 않고 아무 예고도 없이 갑자기 일어나는 이런 감정들 때문에 돌발적으로 행하신 기행(奇行) — 아니 괴변도 적지 않았다. 마치 어린애같이 까닭 없이 눈물을 흘리시는 일도 있었다.

대궐에서는 이러는 새에도 여러 번 아기의 탄생이 있었다. 그러나 탄생한 아기의 명은 짧았다.

나날이 체력이 쇠약하여가시는 임군의 앞에서 권신들은 또한 암투를 시작하지 않을 수가 없었다.

너무도 쇠약하시고 너무도 무규칙한 생활을 하시는지라, 언제 어떠한 상서롭지 못한 일이 생겨날지 예측도 할 수가 없었다. 정당한 승통자(承統者)가 없으신 임군인지라, 상서롭지 못한 일이 생겨나는 날에는, 승통자 영립 문제로 한 번의 분규가 생겨나지 않을 수가 없었다.

현 상감의 척신이자 또한 권신인 김문(金門)에서는 이 문제에 대하여 신중히 고려하지 않으면 안 될 처지였다.

불행히 상감이 승하하시는 날에는 그 승통자를 지정할 권리는 오로지 대왕대비 한 분에게 있다. 아무리 권문 김씨일지라도 '전주 이씨'의 가문의 사자(嗣子)[159]에까지 간섭할 권리는 없다. 그리고 '전주 이씨'의 가문에 사자 되는 분이 또한 마땅히 이 나라의 지존이 될 분인지라, 현 상감 승하하신 뒤에 신왕 영립에 대하여는 아무리 척신이요 권문인 김씨 일파일지라도 용훼(容喙)[160]할 권리가 없다.

이런지라, 김씨 문에서는 여기 대한 대책을 강구하지 않을 수가 없었다. 만약 대왕대비로서 엉뚱한 종친을 신왕으로서 지적하여놓으면, 김문의 세력에 큰 흔들림이 생길 뿐만 아니라, 잘못하다가는 멸족의 참화를 볼지도 알 수 없다. 만약 불행히 현 상감이 승하하시고 그 뒤로 영립되는 신왕이 김씨 일문을 밉게 보는 분이면 김씨 일문은, 김씨 일문의 오늘날의 권세는 하룻밤 사이에 꺾어져버릴밖에는 도리가 없다. 이 불행을 피하고 자기네의 권세를 자자손손이 누려 먹기 위하여는 여기서 비상한 수단을 쓰지 않을 수가 없었다.

이리하여 그들이 택한 방법이 소위 이하전(李夏銓) 역모 사건(逆謀事件)이었다.

도정 이하전은 종친 가운데 꿋꿋한 사람이었다. 선조(宣祖)대왕의 아버님인 덕흥대원군의 정통 후계자인 이하전은 마음이 굳고 활달하고, 그 정치안이 또한 비범한 사람이었다.

다른 종친들이 모든 사정에 숨어버리거나 낙향을 하여버릴 동안, 이하전은 그냥 가운데 버티고 권문 김씨들에게 머리를 숙이지 않고 있었던 것이다.

뿐더러 선왕 헌종이 승하하시고 그 승통자가 없어서 종친회의가 열렸을 때에 신왕의 후보자로서 가장 촉망받은 사람이었다. 권돈인(權敦仁)은 '이분이야말로 이 삼천리의 지배자로서 가장 적당한 분이다'고 역설하여 하마터면 25대의 조선 국왕이 될 뻔한 분이었다.

불행히 그때의 대왕대비 김씨의 의견 때문에 강화의 초동이 새 왕으로 영립되고, 이하전은 여전히 종친의 한 사람에 지나지 못하게 되었으나, 그때의 신왕이던 현 상감이 승하하시는 날에는 새 승통자로서는 가장 가능성이 많은 사람이었다. 그리고 이하전은 김씨 일문의 방자를 미워하는 사람이며, 마음 꿋꿋한 사람이며, 김씨 일문에서 미움을 받는 사람인지라, 이하전이 여차하는 날에는 김씨 일문은 근본적으로 망하여버리지 않을 수가 없었다.

거기 대한 대책으로 김씨 일문에서는 손을 먼저 걸기로 한 것이었다. 화근을 미리 없이하여 원한을 천추에 남기지 않도록 하려 함이었다. 우리가 역사를 뒤적여보자면 거기는 지극히 모호한 글로

"누구누구의 역모 사건이 발각되어 국문 앞에 그 괴수는 이하전이라 하므로 사사(賜死)하였다."

라는 대목이 있는 것을 발견할 것이다.

이것이 이하전 음모 사건의 그 전모였다. 신유년(辛酉年)쯤─

"제 계획이 제일일 줄 압니다."

이렇게 말하며 얼굴에 날카로운 미소를 나타낸 것은 김병필(金炳弼)이었다.

─김씨 일문의 회의였다.

좌장 격으로 하옥 김좌근이 있었다. 부원군 김문근은 몸이 편하지 않아 참석지 못하였다. 하옥의 양사자 김병기며 김병학, 김병국, 김현근, 김영근, 생질 남병철, 모두 한 좌석에 모였다.

그들의 의논하는 소리가 들리지 않을 만한 먼 곳에 하인들이 지키고 있었다. 가까이는 이 일족 이외에는 얼씬도 하지 못하게 하였다.

그 가운데서 그들은 이하전에 관한 의논을 하던 것이었다.

병학은 좀 더 기다려보자는 의견을 제출하였다. 어제오늘의 일은 아니니 갑자기 서두르지 말자는 의견이었다.

그러나 거기 대하여 병필이 맹렬히 반대하였다. 오늘 내일 미루어가다가 여차하는 날에는 땅을 두드려도 번복지 못할 일이니, 의논이 시작된 이 기회에 결말을 내자는 것이 병필의 의견이었다.

이하전과 가까이 지내는 친구 몇 명을 금부로 잡아다가 독한 고문을 가한 후에, 그들이 토사(吐辭)[161]하였다는 구실로써 이하전을 없이하여버려

서 화근을 미리 씻어버리자는 것이었다.

하옥은 이 의논에 자기의 의견은 말하지 않았다. 얼굴에 호인다운 미소(이런 긴한 회의에 있어서도 하옥은 호인다운 미소뿐은 결코 잊어버리지 않고 나타내는 것이었다)를 띠고 잠자코 조카들의 격론을 듣고 있었다.

병국이 병학의 편을 도와서 좀 천천히 일을 진행시키는 편이 좋겠다 하면, 남병철은 병필의 의견에 찬동하여 즉시 결행을 주장하였다.

이리하여 두 가지의 의논이 서로 타협되지 못하고 그 재단을 좌장 하옥에게 구하게 되었다.

호인다운 미소로써 의논을 듣고 있던 하옥은 자기의 양사자 병기를 돌아보았다.

"네 의견은 어떠냐?"

자기의 아버지와 같이 먹먹히 듣고만 있던 병기가 비로소 머리를 들었다.

"장래의 일이 어떻게 될는지는 지금 미리 짐작할 수가 없습니다. 혹은 이하전이 그냥 있더라도 아모 관계는 없게 될는지는 모르겠습니다. 그러나 불행히 재미없는 일이 생길 때가 있게 되면 어떻겠습니까? 이하전을 없이했다고 우리에게 불리한 일은 없을 테니, 없이하여 손해 없고 그냥 두었다가는 혹은 불리한 일이 생길지도 모르는 이하전이, 결행해버리는 것이 좋을 줄 생각합니다."

병기의 의견은 병필에게 가담된 것이었다.

이리하여 이 좌석에서 왕족 이하전의 운명이 결정되었다.

그 뒤에 다른 왕족들에 대하여도 그들은 물색하여보았다. 물색하는 가운데 흥선의 이야기도 나왔다. 그러나 흥선의 이야기가 나온 때는 이 척신 일동은 그만 소리를 내어 웃었다. 시정의 무뢰한…… 술 잘 먹고 투전 잘 하고 생일집 잘 찾아다니는 흥선과, '장래의 국왕'과의 새에는 너무도 차이가 크기 때문이었다.

"흥선을 영접하게 되면 재미있겠습니다."

"용상 앞에 막걸리 병을 가져다가 놓고……."

"정전에 투전판을 차려놓고!"

"하하하하."

"하하하하."

이리하여 종친들의 위에 엄중한 검토의 눈을 붓고 있는 김씨 일문도, 흥선에게뿐은 감시의 눈을 던질 필요를 느끼지 않은 것이었다. 아무리 이름은 종친이라 하나, 흥선의 인격은 그들의 눈에는 너무도 비루하게 보였으므로 종실의 강아지에게까지 경계의 눈을 붓는 김씨 일문에서도, 흥선군 이하응에게뿐은 절대의 안심을 느끼고 있었다. 밑구녕으로 호박씨를 까는 흥선인 줄은 짐작하는 사람이 전무하였다.

용산서 친한 친구들과 뱃놀이를 하다가 이하전은 참변을 만났다.

배에서는 한창 연악이 벌어졌을 때에, 수십 명의 나장(羅將)이 강 언덕에 나타나서 이 놀잇배를 불렀다.

그들은 무슨 오해거니 하였다. 아무 죄는 없는지라, 나장에게 불릴 까닭이 없었다. 그래서 사공을 재촉하여 그냥 모른 체하고 배를 저어 갔다.

이 그냥 달아나는 배를 나장들은 다른 배를 얻어 타고 쫓아왔다. 그리고 배가 맞닿게 되자 나장들은 이 배에 난입하였다.

"웬일이냐. 무슨 일이냐!"

하전은 무례한 나장들에게 귀공자답게 고요히 호령하였다. 그러나 그들의 대답은 의외였다.

"왕명이다. 왜 도망하느냐."

이리하여 사공을 재촉하여 다시 배를 언덕에 갖다 대었다.

배가 언덕에 닿으매 나장들을 지휘하던 관원이 가까이 이르렀다. 그 금부도사까지 출장을 한 모양을 보고 하전은 비로소 일이 심상치 않은 줄을 알았다.

하전은 직각(直覺)162하였다. 자기 몸뿐 아니라, 자기 때문에 자기의 친구들까지 무서운 죄명에 직면했음을…….

한 사람 한 사람 배에서 내리는 사람마다 오라로 결박을 지었다. 다만 하전은 종친의 한 사람이라는 명색 때문에 결박만은 면하였다.

"무슨 일이냐."

"왕명이올시다. 우리는 모릅니다."

"누구를 잡으라는 영이냐."

"도정 이하전과 같이 의론하는 역적을 모두 잡으라는 영이올시다."

하전은 결박 진 친구들을 돌아보았다.

죄명은 역모(逆謀)였다. 역모에 대한 벌은 극형이었다. 무슨 까닭으로 죄 없는 자기가 이런 죄명을 쓰게 되었는지는 너무도 분명한 일이었다. 자기와 함께 배를 타고 봄날의 하루를 즐기던밖에는 아무 죄도 없는 친구들도, 당연히 '하전과 반역을 도모하였다'는 죄를 쓸 것이었다.

안 하였노라고 발명163을 하여도 쓸데없는 일이었다. 이미 일이 이렇게 된 이상에는 고요히 복종치 않을 수 없는 일이었다.

결박 진 친구들을 돌아보다가 하전은 빙그레 미소하였다. 가슴에 엉긴 피를 속이는 미소였다.

"사태는 글렀네. 내세에나 다시 만나세. 나하고 사귄 죄일세. 그 사죄도 내세에서 하마."

친구들에게는 이렇게 작별 인사를 하였다. 그리고 나장에게,

"나는 집으로 간다. 왕명이면 승지를 보내라."

하고 그곳서 말을 떼었다. 거기서 나장에게 잡힌 친구들을 작별하고 지나가는 가마를 하나 잡아서 타고 돌아오는 동안, 하전의 마음은 자기로도 어찌하여야 할지 분간치 못하였다. 죽음이라는 커다란 그림자가 그의 앞에서 어릿거릴 따름이었다. 피할 수 없는 그 그림자 — 그것은 단지 자기가 왕족

의 한 사람이며 왕족 가운데 좀 두드러진 인물로 생긴 때문에 받지 않을 수 없는 쓰디쓴 잔이었다. 왕족으로 태어나거든 바보가 되거나, 지금의 권신들한테 머리를 땅에 대고 아첨을 하거나 하여야 할 것이거늘, 그렇지 못한 죄밖에는 아무 죄도 없었다.

그 죄 때문에 지금 자기의 위에 임한 잔—그것은 너무도 과한 잔이었다. 억지로 씌우는 잔인지라, 피할 길도 없는 이 잔은 너무도 잔혹한 잔이었다.

송구히 설렁거리는 가슴을 부둥켜안고, 하전은 가마를 몰아서 집으로 돌아왔다. 아무 영문을 모르는 자기를 맞는 가인들이며 가족들을 손짓으로 물리치고, 하전은 하인을 시켜서 관복을 내다가 갈아입고 급급히 그의 그림자를 가묘(家廟) 안에 감추었다. 선조대왕의 아버님 덕흥대원군의 영전에 가문의 위급을 봉고할 사손(嗣孫)의 지위로서…….

"이전에 임군이 될 뻔하고 못 된 그 벌충을 하기 위하여 이하전은 불량한 장사들을 모으고 역모를 의논하였다. 도당들은 모두 잡았다. 하전은 집으로 돌아가 왕명을 기다린다."

사건은 이렇게 만들게 되었다.

이 이하전을 두고 권신들 가운데서는 하전의 처치에 대하여 의논이 분분하였다.

하전의 친구들을 금부로 잡아다가 때리고 두들기고 별별 악독한 고문을 다하여, 소위 '토사'라 하는 것을 만들어내었다.

"역모를 하였소이다. 수모자는 이하전이올시다. 용산서 거사의 의논을 하다가 잡혔습니다."

이만한 토사를 만들어내기는 하였다. 그러나 그 처형에 있어서 원배를 보내자, 사약(賜藥)을 하자, 멸족(滅族)을 하자, 여러 가지의 의논이 났다.

인제 왕통 승계자가 작정되기까지의 기간을 이 종친 중의 위물(偉物)인

이하전을 경이원지하여 먼 곳에 정배를 보내자는 의논이 가장 세력이 있었다. 자기네들의 안전을 도모하기 위하여 이하전에 역모의 죄명은 씌웠으나마, 뻔히 죄 없는 줄 아는 하전을 극형에까지 처하기는 그들도 좀 어려웠던 것이었다.

그러나 여기 대하여 김병×이 극단으로 반대하였다.

화근을 없이하는 기회에 철저히 없이할 것이지, 그런 고식책은 쓸 것이 아니라고 맹렬히 반대하였다.

이리하여 의논이 분분한 뒤에, 드디어 그 두 가지의 의견의 가운데를 취하여 역적 이하전에게 사약을 하기로 하였다.

그리고 임군의 재단(裁斷)¹⁶⁴을 구하러 영의정 하옥 김좌근이 입궐하였다.

관복에 서대(犀帶)¹⁶⁵를 갖추고 황황히 입궐 배알한 하옥이,

"덕흥대원군의 사손 도정 이하전이 역모를 했사옵니다."

이렇게 주달할 때에, 상감은 용상에 몸을 의지하고 몽롱히 하옥을 굽어보실 따름이었다. 재위 십이 년간 아직 한 가지도 새 일을 못 기억하신 상감은, 덕흥대원군이 누구며 이하전이 누구며 역모가 무엇인지 똑똑히 생각나지 않으시는 모양이었다.

"용산서 수상한 장정 몇 명이 무슨 밀의를 하옵는 것을 금부에 잡아다가 국문을 했삽더니, 의외에도 역모를 하던 것이 탄로되옵고 수괴는 이하전이었습니다."

상감은 비로소 이하전이라는 인물이 못된 일을 하다가 잡힌 것을 이해하신 모양이었다.

"흥, 그놈 잡아다가 매를 쳐야겠소, 영상. 곧 잡아 오도록 하시오."

용상이 불편하신 듯이 연하여 부비적거리시며 왕은 이렇게 하교하셨다.

"그래서 신들이 회의하온 결과, 이하전이 아무리 역천의 죄를 지었삽기로 덕흥대원군의 사손이매 선성의 공을 보아, 멸족까지는 과심하옵고 사

약을 하옵는 것이 지당하올까 하옵니다."

"그렇지 옳은 말이외다. 매를 칠 수가 있소? 사약 — 약을 주면 그것을 먹고 죽겠다. 하하하하, 그 약이 몹시 쓰오?"

"역적 이하전도 상감마마의 관대하신 처분에 감읍할 것이옵니다."

"감읍해야지요. 영상이 하준이 — 하전이? — 를 보시거든 감읍하라고 그러시오."

"황공하옵니다. 상감마마 만수무강하옵소서."

— 이리하여 봉명 승지는 그 하나는 약원(藥院)으로 약을 짓기를 명하러, 또 하나는 금부도사에게로 하전의 최후를 감시하기를 명하러 갔다.

좀 뒤에 금부도사와 의관은 구슬픈 사명을 띠고 하관들을 거느리고 도정의 댁으로 갔다.

"— 더럽히지 않았습니다. 아직 더럽힌 일이 없습니다. 가문의 명예, 저의 대에서는 조금도 더럽힌 일이 없습니다. 지금 이것을 이대로 저의 사자(嗣子)에게 물려주옵고, 저는 대대의 조선이 계신 저 나라로 가고자 하옵니다. 용납하여주시옵소서."

가묘에 마지막 봉고를 하는 하전 —

사모 관복 품대, 도정(都正)의 정장으로써, 하전은 최후의 봉고를 하였다.

중종(中宗) 때부터 군가(君家)로 갈라져서 덕흥군의 대에서 선조대왕을 종실로 내어보낸 뿐, 명예 있는 종친의 일가로 전연이 내려온 대대의 위패 앞에 꿇어앉은 하전의 눈 좌우에는 눈물이 흘렀다.

사당에서 정침으로 돌아온 때는 하전의 마음은 얼마만큼 가라앉았다.

그는 청지기에게 대궐서 봉명 승지가 오거나 금부도사가 오면여니와, 그 밖에는 집안사람이라도 방에 들이지 말라고 엄명을 한 뒤에 사후의 처리에 착수하였다.

유훈을 썼다.

유언을 썼다.

서류를 전부 정리하였다.

사후를 위한 정리가 죄 끝이 난 뒤에 하전은 비로소 내실로 들어갔다.

예복을 갖춘 채로 내실로 들어오는 하전을 의아한 눈으로 부인이 우러러볼 때에, 하전은 아랫목으로 가서 자리를 잡았다.

"부인."

"네?"

"조선 봉사. 후손 양육 ― 어려운 일이외다. 잘 맡으시오."

"네?"

부인은 영문을 알지 못하였다. 더욱 의아하여 쳐다볼 뿐이었다.

"역모에 몰렸소이다."

청천에 벽력이었다. 종친 ― 종친 가운데도 꿋꿋하게 태어난 이의 가족은 언제든 조마조마하여 이런 일이 오지나 않을까 하고 조심은 하는 것이었다. 그러나 이렇듯 급격히 이를 줄은 꿈도 안 꾸었던 부인은, 이 청천의 벽력 같은 한마디에 잠시는 입만 딱 벌리고 아무 말도 못하였다. 그러나 겨우 이 무서운 비극이 이해될 때에, 와락 달려들면서 통곡을 시작하였다 ―

"아이고, 나으리, 이 일이 웬일이시오?"

그러나 통곡하는 부인을 도정은 고즈넉이 밀었다.

"벌써 십이 년 전에 당했을 일이외다. 십이 년간을 더 살았으면 넉넉지 않소?"

왕의 물망에 올랐던 사람은 죽어야 하는 것이다. 십이 년 전 헌종 승하하신 뒤에 왕의 물망에 올랐던 도정은, 그때 왕이 못 된 이상에는 마땅히 죽었어야 할 것이다. 오늘날까지 산 것은 횡수였다. 부인의 통곡에 대하여 하전은 이렇게 고요히 위로한 것이다.

그러나 이 망극한 일에 부인이 정신을 못 차리고 그냥 통곡할 때에 하전은 몸을 피하여 일어섰다.

"뒷일은 맡으시오. 피할 수 없는 길이외다. 금부도사가 오기까지 나는 산송장이오. 유언 유훈은 정침 문갑 설합(舌盒)[166]에 들었소."
하고는 몸을 빼서 사랑으로 나왔다. 그리고 고요히 아랫목에 앉았다.

한때 왕의 물망에 올랐던 일이 있는 하전인지라 죽음에 대한 각오는 벌써부터 하고 있었던 것이었다. 십이 년간을 무사히 지냈으므로 거진 잊어버리기는 하였지만 한번 각오하였던 일이 있는 죽음인지라 그다지 낭패하지 않았다.

밖에서는 나비 ─ 혹은 풍이인지 ─ 가 한 마리 방 안으로 날아들어 오려고 문창을 뚱뚱 두드리고 있었다. 때때로 날아서 저편까지 갔다가는 다시 문창으로 돌아와서 창을 두드리고 하였다.

"무얼 하러 이 방에 들어오려느냐."

하전은 고요한 마음으로 나비 ─ 풍이인지 ─ 의 동향에 귀를 기울이고 이었다. 죽음을 앞에 한 사람의 낭패는 보이지 않았다.

'죽음'이라 하는 상서롭지 못한 사명을 띠고 금부도사의 일행이 도정 댁에 이르렀을 때는, 하전은 금부도사의 일행을 맞을 준비가 다 되어 있던 때였다.

목숨을 뺏을 독약이 한시바삐 온몸에 퍼지게 하기 위하여 방에는 불을 처때어서, 윗목까지 발을 들여놓기가 힘들도록 뜨거웠다. 아랫목 두터이 깐 보료는, 속에서 타는 내까지 났다. 그 위에 이하전은 도정의 정복을 갖추고 단정히 앉아 있었다. 약을 달일 숯불도 마루에 준비되어 있었다.

청지기의 인도로 이 죽음의 사자의 일행이 들어오는 것도 하전은 눈 까딱하지 않고 고요히 맞았다.

문밖에서 부글부글 끓는 약 소리를 들으면서, 바야흐로 죽음의 길을 떠나려는 하전과, 그 죽음을 감시할 금부도사와 죽음을 판단할 의관은 말없이 마주 앉아 있었다. 방이 너무도 덥기 때문에 그들의 이마에서는 구슬 같은 땀만 뚝뚝 떨어졌다. 드디어 약은 다 졸았다. 다 졸은 약을 앞에 받아 놓은 뒤에야 하전은 비로소 금부도사에게 한마디 물어보았다.

"내 친구들은 다 어떻게 되었소?"

금부도사는 대답하지 않았다. 대답할 권한이 없는 것이다.

"조금만 지나면 알 일이지만 궁금해서 물었소. 아마 새남터로 갔겠지요?"

거기 대해서도 금부도사는 침묵으로 응하였다.

하전은 질문을 중지하였다. 그리고 아직 김이 무럭무럭 오르는 약 그릇을 한번 굽어본 뒤에, 몸을 고즈넉이 일으켜서 북향 사배하였다.

북을 향하여 절한 뒤에 도로 몸을 제자리에 바로 하고, 약이 뜨거운지 어떤지를 새끼손가락을 넣어 둘러서 짐작을 본 뒤에, 고요히 약 그릇을 양손으로 받쳐 들었다.

독을 푼 그릇을 쳐들 때에도 하전은 손도 떨지 않았다. 이미 피할 수 없는 길인 줄 각오한 이상에는, 깨끗이 자기 위에 임한 괴로운 잔을 받기로 결심이 됐기 때문이었다.

태조 이성계 건국하신 이래 혹은 왕자 혹은 왕제 혹은 종친 중에서 자기와 같은 길을 밟은 사람이 그 몇 사람이던가. 좀 불기(不羈)[167]하게 태어나기 때문에 당시의 권문에게 위험시되어 죄 없는 벌을 당한 사람이 몇 사람이던가.

그들의 죄는 모든 별것이 아니었다. 첫째로 종친으로 태어난 것이 죄였다. 둘째로는 신축성(伸縮性) 없이 꼿꼿하게 생긴 것이 죄였다. 셋째로는 신축성이 없을진대 낙향이라도 하여버리지 않고 한양부에 거주한 것이 죄였다. 그밖에는 아무 죄도 없는 많은 종친이 역모라는 더러운 죄명을 쓰고 혹은 사사 혹은 멸족의 참형을 당한 것이었다.

먼 과거에 있어서는 거짓 미친 체한 덕으로 겨우 화를 면한 양녕대군으로 비롯하여 가까운 일로서는 '탐악(貪惡)'이라는 죄명으로 김씨 일무에게 원배를 간 경평군(景平君)[168]으로 하여 하전 자기에 이르기까지 많고 많은 궁진 중의 위물(偉物)이 단지 '위물'인 탓으로 해독을 본 것이다.

관복을 단정히 하고 엄숙한 태도로 약을 든 하전은 눈을 고요히 닫고 입을 그릇에 갖다가 대었다. 꿀꺼덕 꿀꺼덕 꿀꺼덕, 세 번 소리를 내서 약을 들이켰다. 그리고 그릇을 도로 고요히 놓은 뒤에 도사에게 향하여

"복명허오."

침착한 소리로 말한 뒤에 자기의 몸이 어지러이 넘어지는 것을 막기 위하여 장침과 사방침을 좌우편 옆으로 끌어다 놓았다.

이리하여 하전은 고요히 다시 돌아오지 못할 길을 떠났다.

그와 역모를 같이 하였다는 죄목으로 금부에 잡힌 친구들은 가지각색의 악형을 다 겪고 서소문 밖에서 참형을 당하였다.

성종대왕(成宗大王)의 비 한씨(韓氏)는 불행히 성종 즉위하신 지 얼마 지나지 못하여 하세하였다. 후궁으로— 있던 윤씨(尹氏)의 몸에서 왕자가 탄생하였으므로, 성종께서는 윤씨를 왕비로 책봉하셨다. 윤씨의 몸에서 난 왕자가 후일의 연산군(燕山君)이었다.

윤씨는 시기심이 많고 버릇이 없는 사람으로서, 그 행실이 너무도 사나우므로 왕께서도 더 보실 수가 없어서 드디어 윤씨를 폐하고 사사(賜死)를 하시려고, 그 의논 때문에 신하들을 전정(殿廷)으로 부르셨다.

그때의 영의정은 허종(許琮)이었다. 허종은 왕의 부르심을 받고 입궐하던 도중에, 시간도 좀 이르고 하므로 자기의 누님 댁에 들렀다. 그리고 누님에게 지금 입궐하는 까닭을 말하였다.

그러매 누님은 허종의 말을 다 듣고 생각한 뒤에 허종에게 향하여 한 가지의 비유로써 말하였다.

—어떤 집의 하인이 주인의 명령으로 마님(주인의 마누라)을 죽였다. 하

인은 주인의 영을 충실히 복종한 것이다. 그러나 때가 바뀌어서 주인의 아들(주인의 아들이면 또한 마님의 아들이다)을 섬기게 될 때에도 그 하인은 새 주인에게 총애를 받을까.

이 누님의 현명한 비유에 허종은 깨닫는 바 있었다. 그래서 누님 집에서 나와서, 입궐 도중 돌다리를 건널 때에 부러 낙마(落馬)를 하여 부상을 하고 그것을 핑계 삼아 입궐하지 않고, 따라서 윤씨 폐비의 회의에 참석지 않았다.

성종 승하하시고 연산군이 위에 오른 뒤에, 연산군은 어머니 윤씨의 원수를 갚기 위하여, 그때 그 회의에 열석하였던 대신을 전부 살육할 때에, 허종은 그 회의에 참석지 않은 덕으로 화를 면하였다. 사직골에 있는 종침교(琮沈橋)가 즉 허종이 부러 낙마한 돌다리다.

종실의 후사에 관한 의논에는 누구든 용훼하기를 꺼리지 않을 수가 없는 일이다. 만약 용훼하여 자기의 의견이 성공되는 날이면이어니와, 실패에 돌아가는 날에는 그의 몸에는 반드시 좋지 못한 일이 이를 것이다.

허종의 사건은 한 기묘한 예에 지나지 못한다. 역사를 뒤적이자면 종친의 어떤 사람과 가까이 지낸 사람은 지극한 영화를 보든가 지극한 참화를 보든가 — 극단에서 극단에의 운명을 반드시 보았다.

이하전이 역모로 몰려서 해를 본 뒤에도, 거기 대하여 비평을 하는 사람은 하나도 없었다. 모두 침묵을 지켰다.

정당한 승계자가 없는 상감인지라, 장래를 예측할 수가 없으며, 누구나 거기 대한 비판을 할 수가 없었다. 섣불리 비판하였다가 후일 어떤 일을 겪는지 알 수 없는 노릇이었다.

종친 가운데서는 한마디의 비평도 없었다. 신하들 가운데서도 한마디의 비평도 없었다. 모두들 그 사건에 대하여는 눈을 감아버리고 말았다. 이런 사건에 대하여 비평이라는 것은 금물이었다. 비평을 피하기 위하여 모두들 그런 사건이 있는 것을 알지도 못하는 듯이 분주히 그날의 저녁을 준비하고, 내일 아침의 조반감을 준비하였다. 모른 체하는 이상의 상책은 없기 때문이었다. 이리하여 이하전의 역모 사건은 적지 않은 사람의 희생자를 내었음에도 불구하고, 한마디의 비평도 듣지 못하고 무사 평온한 가운데 처결되었다.

그들의 근친들이 남몰래 통곡을 하고, 남몰래 억울하다고 가슴을 몇 번씩 두드린 뿐이었다.

그 일을 결행한 권신들도 자기네들의 한 일에 대하여 스스로 비평을 꺼리고 침묵을 지켰다. 그들도 많은 말을 하기가 싫었던 것이었다.

이리하여 표면은 한 번의 비평도 받지 않고 무사히 전 국면이 낙착되었다.

그러나 이 일 때문에 종친들의 가슴에 부어진 커다란 반향은 또한 무시할 수가 없었다.

이 소식을 귓결에 듣고 종친의 한 사람인 흥선은 가슴이 서늘하여, 상세한 내막을 들을 용기도 없이 집으로 달려 돌아왔다.

무론 없지 못할 일이었다. 김문의 방자함을 짐작하고 종친들의 무력함을 짐작하는 흥선은, 스스로 가슴의 피가 끓는 것을 죽여가면서, 한낱 바보로서의 행용을 계속하였다. 이하전이 권문들에게 머리를 수그리지 않는 모양을 보면서, 흥선은 반드시 오늘날이 있을 줄을 짐작은 하였다. 그러나 급기 그 일을 당하고 나니, 흥선은 가슴이 서늘하고 치가 떨려서, 거리에서 상세한 그 후보(後報)를 듣고 있을 수가 없었다.

집으로 달려 돌아온 흥선은, 신발도 벗는 둥 마는 둥 정침으로 뛰어 들어왔다. 그리고 거기서도 안절부절 손을 비비며 서 있다가, 마치 무엇에 쫓기는 사람 모양으로 내실로 들어갔다.

의관도 그냥 한 채로, 마치 누구한테 쫓기듯 내실로 허둥지둥 들어오는 흥선의 모양에 부인이 놀라서 일어섰다.

"대감, 왜 이러세요."

"도정이 역모에 몰렸소. 목릉참봉 이하전이가."

역모—

종친에게 있어서는 이렇듯 놀라운 명사가 없었던 것이었다. 부인의 안색도 순간에 창백하게 되었다.

"이 일을 어쩝니까. 그래 누구누구가 걸렸습니까?"

"자세히는 못 들었소. 윤 승지, 홍 참판, 몇 명 사람이 들었다는 듯합니다."

"그래—"

우리는 그 축에 끼지 않았습니까 하는 뜻이었다.

"우리야 무사허지."

아아, 이런 때에 무사하다고 장담을 할 보장을 얻기 위하여, 혀를 깨물고 피눈물을 쓰러뜨린 적이 몇십 몇백 번이나 되나. '상갓집 개'라는 소리를 들으면서, 그래도 얼굴에 개가죽을 씌우고 그냥 기신기신 권문들을 찾아다닌 것은 이런 때의 방비를 하기 위하여서가 아니었던가.

"하여튼 이 일을 어쩝니까? 그럼 도정 댁은 멸족이겠구려."

"아직 모르겠소."

"아이구, 가슴이 서늘해."

"요 다음은—"

흥선은 여기서 기다랗게 한숨을 쉬며 말을 이었다.

"뉘 차렐까."

"맙시사, 하느님 너무도 심하시외다."

생후 사십 년—부인이 흥선을 안 지 이십 유여 년, 오늘같이 낭패한 흥선을 부인은 일찍이 본 일이 없었다. 겁에 뜬 커다란 눈을 좌우로 두르며 앉지도 못하고 왔다 갔다 하고 있었다.

이러한 창망한 경우에서 흥선은 문득 자기의 둘째 아들을 생각하였다.

"이 애, 직은애는 이디 갔소?"

"저 방에서 글 읽나 보이다."

홍선은 소리를 높여서 소년을 불렀다. 그리고 아버지의 부름에 응하여 오는 소년에게 무엇을 하느냐고 물었다.

"글을 읽고 있었습니다."

"무슨 글이냐?"

"『좌씨전(左氏傳)』[169]이올시다."

"내버려라, 나가 놀아라. 건넛집 행랑 애들과 돈치기나 해라. 글은—글은—"

아아, 무엇보다도 목숨을 보전해야 할 것이다. 글? 좌씨전? 위험하기 짝이 없는 일을 사랑하는 아들에게 시키고 싶지 않았다.

"가슴이 떨립니다."

"에익! 고약한! 천도도 너무도……."

홍선은 말을 끊었다. 너무도 억하기 때문에 목이 메려 하였다. 그것을 부인에게 속이기 위하여 홍선은 두어 번 헛기침을 하였다. 그런 뒤에 이 너무도 기막히는 일에 가슴이 답답한 듯이 주먹을 들어서 자기의 가슴을 쿵쿵 두드렸다.

부인은 창백한 얼굴로 홍선을 바라볼 따름이었다.

소위 공모자들은 서소문 밖에서 참하였다.

이하전에게는 사약을 하였다.

이 — 이러한 '이하전 사건'의 후보를 가지고 홍선을 찾은 사람은 조 대비의 조카 조성하였다.

이런 비상시에 종친 중의 한 사람을 찾는다. 그 일이 드러나서 후일 어떤 박해를 받을지, 그것은 예측도 할 수 없는 일이었다.

그러나 성하는 홍선을 찾았다. 위험을 무릅쓰고 찾은 것이었다.

이때는 흥선은 한때의 흥분을 다 삭이고 그의 평온을 회복한 뒤였다.

"종친 중의 인물이 또 하나 없어졌네."

성하의 가져온 후보를 듣고 한참 뒤에 흥선이 한 말이 이것이었다. 그리고 잠시 더 있다가 그 말을 보태서 토하는 듯이,

"마지막 인물— 인제는 종친에는 인물은 없다. 김씨의 세상이다. 안심하고 잘들 놀아라."

하였다.

"?"

성하는 힐끗 흥선을 쳐다보았다. 인젠 종친에는 인물이 없다. 마음대로 놀아라, 하는 흥선의 말이 성하에게는, "종친에 너희가 모르는 '인물'이 여기 또 하나 있다. 안심하기에는 아직 이르다" 하는 것과 같이 들렸으므로…… 성하는 흥선을 찾았다.

"대감."

"?"

"그분의 원죄(冤罪)를 울릴 북은 없겠습니까?"

"없겠지. 울리려면 채가 부러지겠지."

"그분의 원사(冤死)를 조상할 술은 없겠습니까?"

"없겠지, 헛주검이겠지."

"대감."

"왜."

"하나 여쭈어보겠습니다. 만약 종친 중에 김문에서 알지 못하는 '인물'이 있으면, 이번의 불상사를 다행으로 여기겠습니까, 불행으로 여기겠습니까?"

무슨 깊은 뜻을 머금은 듯한 성하의 질문에, 흥선은 낭패한 표정으로 대하였다. 성하가 자기의 말을 좀 더 구체적으로 설명하였다 —

"만약 다른 '인물'이 있다손 치면, 이번의 불상사는 그분에게는 도리어

경쟁자 하나가 없어져서, 장래 목적을 달하기에 좀 더 가능성이 많아지지 않았겠습니까? 그러니깐 그런 분이 있다 하면 이번의 불상사가 그이에게는 도리어 복이 되지 않았겠습니까?"

홍선은 알아듣지 못하겠다는 듯이 머리를 기울였다. 그러나 그의 얼굴은 그가 성하의 말에 분명히 낭패하였음을 나타내었다. 성하의 말이 분명히 그의 마음을 찌른 것이었다.

"무슨 말인지 알아듣지를 못하겠네."

"대감— 이번의 불상사가 대감께 있어서는 도리어 전화위복의 격이 아닙니까? 장내의 기약에 한층 더 가능성이 많아지지를 않았습니까."

그러나 홍선은 알아듣지 못하겠다는 듯이 머리를 기울이며 담뱃대를 끌어당겼다. 그리고 담배를 담으며 성하에게—

"아까운 인물— 마지막 인물이 없어졌다. 인제는 종친 중에는 천치나, 부랑자나 헌 놈밖에는 남지를 않았다. 쓸 인물은 하나씩 하나씩 다 없어지고…… 여보게 성하, 나도 인물 못나기가 되려 다행일세그려. 잘났더면 견디어 배기질 못할걸. 자네는 조문(趙門)에 태어나길 잘했지. 자네가 이문(李門)에 태어났더면 이번은 자네 차례일세. 다행이야."

한 뒤에 싱겁게 껄껄 웃었다. 그리고,

"잘났다 못났다 말이나 말게, 잘나기 못나기는 보기 탓이지."

잡가 한마디를 코로 흥얼거리면서 담배를 붙여 물었다.

성하는 멍하니 홍선을 우러러볼 따름이었다.

12

"이하전이 역모를 하던 것이 발각되었사와 사약을 하였사옵니다."

내시(內侍)가 들어와서 이 보고를 올릴 때는, 종실의 어른 되는 조 대비는 나인[內人] 최씨에게 머리를 빗기우고 있던 때였다.

벌써 여기저기 잡혔던 얼굴의 주름살이 한순간 쭉 펴졌다.

"이하전이란 인손(仁孫)이 말이냐?"

"목릉참봉 도정 이하전이올시다."

툇마루에 꿇어 엎드린 내시는 황공히 아뢰었다.

내시의 대답을 들었다. 그러나 대비는 잠시 아무 말도 없이 내시를 굽어볼 뿐이었다.

잠시 뒤에야 대비는 비로소 다시 입을 열었다 —

"대신의 한 일이로구나"

"어명이올시다."

"아니로다. 상감마마가 무엇을 아시느냐. 교동 대신의 한 일이로다."

그리고 거기 대하여 내시가 무슨 말을 하려는 것을 내려씌우듯이,

"상감마마께 내가 즉시 뵈겠단다고 상달해라."

고 명하였다.

내시는 절하고 나갔다.

최씨는 다시 빗을 들었다. 그리고 벌써 드문드문 흰 털이 보이는 대비의 머리를 빗기면서 말하였다 —

"대비마마, 소신도 들었사옵니다."

"응, 너도 들었느냐. 들었으면 왜 일찍이 말하지 않았느냐?"

"왕대비마마(헌종비 홍씨)께옵서도 친히 금부에 납시와 옥초(獄招)를 하셨다옵니다."

"?"

최씨의 손에 잡히어 있던 머리를 휙 뽑으며 대비는 최씨를 돌아보았다. 얼굴이 창백하여졌다. 눈에는 충혈이 되었다.

망측하고 기괴한 일 — 왕대비의 몸으로 몸소 금부에 나가서 옥초를 하였다는 것은 웬일이냐?

"그게 언제 일이냐?"

"어제 일이올시다."

"그럼 —"

대비는 말을 끊었다. 뒷말은 너무도 하기가 어려운 말이었다.

"사약도 벌써 하였겠구나."

"어제 즉일로 하였다 하옵니다."

어제 즉일로 — 그러면 일을 벌써 저질렀다. 도정 이하전이는 벌써 죽었을 것이었다.

"잘들 한다."

한참 뒤에 대비의 입에서 나온 말은 이것이었다.

잘들 한다. 종실의 어른 되는 당신이 이곳에 있거늘, 한번 품도 하여보지 않고 종친의 한 사람인 이하전에게 죽음을 준 것이다.

그로부터는 대비는 입을 꾹 봉한 채 한마디의 말도 하지 않았다. 최씨가 머리를 다 빗기도록 — 그리고 방 안을 다시 다 정돈하도록 대비는 입을 꾹 봉하여버렸다.

커다랗게 뜨고 앞만 바라보는 대비의 눈에는 노염이 서리어 있었다.

너무도 방자하고 외람된 일이었다. 인손이 — 인손이 — 인제는 벌써 저세상으로 갔을 인손이의 어렸을 때의 모양이 차례로 대비의 머리에 떠올랐다. 꼬리를 땋아 늘인 시절의 사랑스런 도령이던 인손이의 모양 — 그 인손이가 이하전이라는 튼튼한 청년이 되어서, 지금 무력한 종친들 틈에 일단의 이채를 발할 때에, 대비는 그에게 얼마의 촉망을 부치었던가? 모든 종친들이 지금의 외척들에게 감히 손가락질도 못 하고 멀리서 엎드리어 절할 때에, 인손뿐은 왕족의 위신을 그들에게 보여주고 있지 않았나?

눈을 멀거니 뜨고 있는 대비는 머리로는 지금으로부터 십수 년 전의 일을 회상하여보았다. 조 대비의 아드님 되시는 헌종이 아직 재위하실 때 — 그리고 대비의 시어머님이시요 헌종의 조모님 되는 순조비 김씨의 재세

조 대비의 헌종이 할아버님 순조의 뒤를 이어서 즉위하신 것은 여덟 살 되시던 해였다.

열한 살 되시는 해에 승지 김조근의 따님을 왕비로 맞으셨다. 그 왕비는 헌종 열일곱 살 되시던 해에 마마에 걸리어 사랑하는 그 지아버님을 남기고 저 세상으로 떠났다.

그 이듬해에 판서 홍재룡(洪在龍)의 따님을 두 번째의 비로 맞으셨다.

이리하여 왕비를 두 번 맞으시고 위에 계시기를 십오 년간, 불행히도 왕자를 보시지를 못하였다.

나라에는 왕이 없으면 안 되는 것과 꼭 마찬가지의 이치로, 동궁(東宮)이 없으면 안 된다. 사람의 일이란 짐작할 수 없는 것으로서, 여차하는 날에는 상서롭지 못한 여러 가지의 일이 생겨나는 것이다. 그래서 대궐에서는 장래 불행한 날의 방비를 하기 위하여, 은근히 종친 가운데 똑똑한 도령을 물색을 하여, 헌종이 왕자 없이 불행하시는 날의 방비를 삼기로 하였다. 그리고 거기 선택된 것이 덕흥대원군의 사손 이하전이었다.

하전은 대궐로부터 '인손(仁孫)'이라는 이름까지 받았다. 인릉(仁陵, 순조 왕의 능)의 손주라는 뜻이었다. 그리고 만약 헌종이 왕자를 못 보시고 불행하시는 날에는, 헌종의 뒤를 이어 이 존귀한 사직을 물려받기로 내정이 되었다.

조 대비의 그 지아버님 되는 익종은 동궁(東宮)으로 하세하기 때문에 위에 올라보지를 못하셨다. 익종의 아드님 되시는 헌종은 할아버님 순조의 뒤를 이어서 위에 오르셨다. 그런지라 익종은 비록 헌종의 생친(生親)이라 하나 후사를 잃은 셈이었다. 다시 말하자면 조 대비는 당신 아드님 헌종을 시아버님 순조의 후사로 드렸는지라, 조 대비(익종)의 대는 (아드님을 두고도) 절사(絕嗣)가 되게 되었다.

그런지라 조 대비는 이 새로운 공자 인손이로 하여금 설사가 된 그 지아버님 익종의 대를 잇도록 하게 하려 하였다. 그런지라 조 대비는 매우 인손이를 사랑하여 늘 인손이를 대궐로 불러들여서 궁중의 예의며 행실을 가르치던 것이었다.

만약 그동안에라도 헌종께서 왕자를 보시면이어니와, 그렇지 못하고 왕자 없이 만세하시는 날에는 인손이는 익종(헌종의 아버님, 조 대비의 그 지아버님)의 대를 이어서 즉위할 귀하고 귀한 몸이었다.

이러는 동안에 드디어 헌종의 불행하시는 날이 이르렀다. 할아버님 순조의 뒤를 이어서 여덟 살에 등극을 하셔서 재위 십오 년, 왕자를 못 보시고 기유년(己酉年) 오월에 창덕궁 중희당에서 어환이 중하게 되셨다.

헌종의 어머님인 조 대비의 심통은 거듭 말할 필요도 없다. 그 지아버님 되시는 익종을 스물세 살 때에 잃은 이래로, 이 쓸쓸한 인생을 아드님의 장성과 건강뿐을 축수하면서 살아오던 조 대비는, 지금 그 외아드님의 중환에 세상만사를 잊고 간호하였다. 장년이신 아드님을 만날 무릎에 붙안고, 대비는 마치 그 옛날 어린 시절과 같이 등을 두드리며 간호하였다. 인생의 낙원을 겨우 맛만 본 스물세 살에 그 지아버님을 잃고 여기서 또 외로운 여생의 유일의 촉망이던 아드님의 중환을 만난 조 대비, 침식을 잊고 오뉴월 염천의 더위를 잊고 오로지 성심을 다하여 간호하였다.

그러나 천명은 조 대비의 성심으로도 어찌할 수가 없었다. 유월달에 들어서면서부터는 어환은 다시 가망이 없도록 되었다. 누구의 눈으로 볼지라도 금명간 국상 날 것은 분명하였다. 그러나 조 대비뿐은 아직도 그렇게 보기가 싫었다. 눈에 분명히 보이는 일이라도 그것을 부인하고, 되지 못할 일이라도 만들어보려는—그것은 극진한 모성애였다. 애통의 날은 하루가 가고 이틀이 갔다.

만약 여기서 헌종이 승하하시고 특별한 책동만 없었으면 그 뒤를 이어서 보위에 오를 이는 인손이밖에는 없을 것이다.

그러나 이렇게 순탄히 진행되기에는 당시의 세태는 너무도 어지러웠다.

당시의 종실의 어른은 조 대비의 시어머님 되는 순조비 김씨였다.

그 김 대비의 세력을 근거 삼고 궁중 부중에는 벌써 김문 세력이 단단히 버티어 있었다.

김 대비는 김조순(金祖淳)의 따님이었다. 김좌근은 김조순의 아들이요 김 대비의 오라비였다. 김 무슨 근(根) 무슨 근 하는 '근' 자 항렬이며, 김 병(炳) 무엇 병 무엇 하는 '병' 자 항렬이 정부의 귀한 자리를 모두 차지하고, 김문의 세력은 벌써 하늘을 찌를 듯하게 된 때였다. 그런데 여기 만약 인손이가 헌종의 뒤를 이어서 장래의 임군이 된다 하면, 그 김씨의 세력은 한풀 꺾이고, 인손이를 배경으로 조 대비의 일가 조씨의 세력이 일어설 것이었다.

이 기미를 본 김문에서는 헌종의 중환을 앞에 하고 책동을 하지 않을 수가 없었다.

더구나 당시에 있어서는 한 가지의 세력이 꺾이고 새로운 세력이 설 때에는, 필연적 결과로서 낡은 세력의 인물들은 모두 생명에까지 해를 보게 된다. 그러니깐 만약 헌종 승하하신 뒤에 인손이가 신왕이 되면, 낡은 세력이던 김씨 일문은 세력만 꺾일 뿐 아니라 생명까지 위협을 받을 것이었다.

그러매 그들의 책동은 맹렬하였다.

지금 이 종실의 승계자를 지정하며 새 승계자를 종묘에 봉고할 권한이 있는 사람은 종실의 어른인 김 대비 한 사람뿐이다. 누구를 후사로 정하든 간에, 그 후사를 종묘에 봉고하여 정식으로 후사로 만들 사람은 김 대비 한 사람밖에 없다. 이런지라, 아무리 인손이가 승계자로 내정이 되었다 할지라도, 김 대비가 이를 종묘에 봉고하기 전에는 정식으로 왕통을 이을 수가 없다.

그 김 대비의 권한을 김문에서는 이용하고자 하였다.

많고 많은 낙탁 종친 중에서 한 무명하고 그다지 슬기롭지 못한 사람을 선택하여, 이 사람으로 하여금 헌종의 대를 잇게 하도록 만들려고 물색한 결과, 그들이 발견한 것은 강화도에 내려가서 농사를 지어 겨우 연명을 하는 통칭 '강화 도령'이라는 전계군의 셋째[170] 아들 원범이었다.

하옥 김좌근은 자기의 누님 김 대비를 궁중에 찾았다. 그리고 장시간 밀의한 바가 있었다.

인손이를 폐하고 전계군의 아들 원범을 세우기에는 좋은 핑계도 있었다. 즉 원범이는 영종대왕의 현손이요, 사도세자의 증손이며, 순조 왕비 김씨에게는 오촌 시조카로서 영종대왕의 직계 혈통이되, 인손이는 종친은 종친이라 하되 덕흥대원군의 후손으로서 영조의 혈통과는 좀 먼 감이 없지 않았다. 종친 가운데 가까운 혈통이 있음에 불구하고, 다른 갈래에서 승통자를 맞아옴은 이치에 어그러진 일이다.

이러한 이유로써 김 대비께 여쭈어 김좌근과 김 대비 남매의 사이에는 장차 헌종 승하하시는 날에는 '강화 도령'을 모셔다가 계통을 잇게 하자는 굳은 밀약이 성립되었다.

그 밀약의 덧붙이로서 '강화 도령'을 영접한 뒤에, 자기네 일족 김문근(金汶根) 딸로서 신왕 왕비를 삼게 하자는 계획까지 성립이 되었다. 이리하여 순조에서 신왕까지 삼대째 김문의 딸로서 내리의 어른을 만들고, 밖으로는 그들의 외척 되는 김 무슨 근이며, 김병 무엇에서 영세토록 영화를 누리고 권세를 누리자는 계획과 약속이 든든히 성립이 되었다.

김 대비의 며느리 조 대비(헌종의 어머님)는 이런 일이 진행되는 줄은 전연 모르고 있었다.

유월 초엿샛날이었다.

중하시던 헌종은 그날 여러 번 정신을 잃으셨다. 그 머리맡에서 조 대비는 아드님의 중환을 간호하고 있었다.

상감은 어머님의 무릎을 베개 삼아 고요히 누워 계셨다. 그 아드님을 굽어보며 조 대비는 눈을 깜박일 줄도 잊은 듯이 앉아 있었다.

"어머님."

상감의 말씀이었다.

조 대비는 깜짝 놀랐다. 이분의 입에서 어머님이란 말씀을 들은 지도 벌써 십오 년이다. 어머님은 아드님에게 전하라 부르고, 아드님은 어머님께 대비마마라 부르시는 십오 년간, 비록 모자지간의 정애는 죽일 수 없다 하지만, 표면 얼마나 쓸쓸한 생활이었던가. 아드님에게 향하여 신분이 서로 갈리기 때문에, 나의 사랑하는 아들아 하고 한번 불러보지도 못하고 어머님 소리도 듣지 못하고 외로운 공규를 지켜온 조 대비에게는, 헌종의 이 한 말씀이 가슴에 콱 찔리었다.

상감은 고요히 눈을 뜨셨다. 눈물 어린 눈이었다.

"어머님."

"오냐, 어떠냐."

겁결에 나온 말이었다. 감정의 극에서 저절로 튀쳐나온, '어머니'의 말이었다.

오냐, 나 여기 있다. 너의 어머니 나 여기 있다. 지금의 너는 이 삼천리 강토의 임군이 아니요, 오직 나의 사랑하는 아들이로다 ― 조 대비는 손을 들어서 아드님의 이마 위에 얹었다.

십오 년 만에 처음 듣는 '오냐'에 대하여 상감도 감격되신 모양이었다. 잠시 어머님의 얼굴을 마주 쳐다보다가 기쁘신 듯이 미소하였다.

굽어보는 눈과 쳐다보는 눈, 그것은 임군과 대비의 눈이 아니었다. 어머니와 아들의 눈이었다. 그새 십오 년간을 차디찬 의식적 생활에 싸여서, 서로 죽이고 죽였던 모자로서의 눈이었다.

"어머님, 저것을 조금 저편으로 ― 보이지 않는 곳으로 밀어놓아주세요."

"무얼?"

조 대비는 상감의 가리키시는 편으로 눈을 돌려보았다.

거기는 이 나라의 최고 존엄(尊嚴)을 자랑하는 어보(御寶, 옥새)가 찬연히 놓여 있었다.

그것이었다. 그것이 사이에 막혔기 때문에, 십오 년간을 어머님은 아들을 아들이라 부르지 못하고, 아드님은 어머님을 어머님이라 부르시지 못한 것이었다. 바야흐로 승하하시려 함에 임하여, 지금은 국왕과 대비의 사이가 아니요, 단지 한 아들과 한 어머니의 사이로, 최후의 순간의 평화를 보지하려 함에 상감께는 어보가 장애가 되신 것이었다.

대비는 조금 그것을 밀어놓았다. 상감께 보이지 않을 만큼……. 그러는 새에 대비의 눈에서는 하염없는 눈물이 나왔다.

"어머님, 소자는— 소 — 소자는 —"

숨이 차신 모양이었다.

"그간 불효했습니다."

"무슨 말씀을 하시오? 아니 무슨 말을 하느냐, 얘야."

십오 년 만에 서로 부르고 불리우는 이 모자는 곁에서 부채질하고 있는 여관(女官)들 눈에서까지 눈물을 자아내었다.

"답답하옵니다. 가슴을 쓸어주세요."

"오냐, 어서 나아라. 이천만 백성이 기두른다."

이렇듯이 모자는 십오 년 만에 군신으로서의 지위를 벗어나 모자로서의 정회를 풀고 있었다.

대왕대비 김씨가 김좌근과의 약속을 이행하기 위하여, 표면으로는 손주님 상감의 환후 문안이라는 명목으로 여관 몇 명을 데리고 이 중희당(重熙堂)에 온 것은 바야흐로 이때였다. 그리고 그것은 여름날의 긴 해도 거의 인왕산으로 넘고 황혼이 가까운 때였다. 창경궁의 숲에서는 깃을 찾아 돌아오는 새 소리들이 어지러이 여기까지 들릴 때였다.

시어머님 김 대비가 들어오기 때문에 조 대비는 황급히 아드님의 머리를 괴었던 무릎을 뽑았다. 그리고 조금 물러앉았다.

"상감 환후가 좀 어떠시오?"

상감은 대왕대비께 인사를 하기 위하여 몸을 움직이려 하였다. 그것을 김 대비는 손짓으로 제지하고 좀 가까이 내려갔다. 그리고 수척하신 상감을 굽어보았다.

김 대비의 얼굴에도 수심이 가득히 나타났다. 이젠 절망이었다. 가망이 없는 것이 분명하였다. 오늘 ─ 늦어야 내일일 것이다.

한참을 수척하신 상감을 굽어보다가 얼굴을 들 때는, 김 대비의 입에서도 기다란 한숨이 나왔다. 그 한숨과 함께 모시고 온 명부(命婦)[171]를 돌아보았다.

"저 보(寶)[172]를 들어라."

이 김 대비의 명령에 여관은 나아가서 어보를 양손으로 받들었다. 아까 조 대비가 아드님의 간청으로 조금 멀리 밀어놓았던…….

"이리 가져오너라."

이 강역의 존엄을 표현하는 어보는 김 대비의 손으로 들어갔다.

조 대비는 깜짝 놀랐다. 상감 만세하시기 전에는 다른 사람이 손을 대지를 못하는 어보였다. 승하하시면 새로운 승통자뿐이 또한 손을 댈 권리가 있는 어보였다. 아무리 대왕비며 왕대비라도 상감 계실 동안은 감히 손을 대지 못할 것이었다.

조 대비는 시어머님께 공손히 물었다.

"어보를 어떻게 하시렵니까?"

통상시에는 대왕대비며 시어머님 되는 김씨께 이런 외람된 질문은 할 염도 못 할 일이었다. 비상시인 지금에 있어서도 좀 도가 넘친 질문이었다. 김 대비는 마땅치 못한 듯이 잠시 며느님을 보다가 대답하였다.

"종사를 받들 분이 오시기까지 내가 맡아두는 것이오."

"그러면 인손이를 부르시옵니까?"

김 대비는 머리를 가로저었다.

"인손이는 덕흥대원군의 사손, 상감은 영묘의 직손, 인손이가 무슨 관계가 있겠소?"

조 대비는 여기서 커다란 음모의 움직임을 직각하였다. 아직껏 승통자로 내정되었던 인손이며, 대왕대비도 응낙을 했던 일이거늘, 여기 별안간 그 일이 번복이 된 것이었다. 조 대비는 온갖 예의와 절차를 잊었다. 그리고 조급히 물었다.

"홍녕군이오니까? 홍인군이오니까? 홍선군이오니까?"

갑자기 머리에 떠오른 영묘의 직손 가운데서 시재 생각나는 몇 사람의 이름을 불러보았다.

그러나 김 대비는 머리를 여전히 가로저었다.

"그러면 누구오니까?"

"강화 전계군의 셋째 아들 — 전하께는 칠촌숙이 되는 분이오."

"인손이는 어떻게 되옵니까?"

"인손이는 인손이지, 덕흥대원군의 사손이 아니오?"

이것은 왕위 찬탈의 크나큰 음모였다. 상감이 아직 계신데 상감의 뜻도 알아보지 않고 아무리 대왕대비기로서니 너무도 참월(僭越)[173]된 일이었다.

조 대비는 여기서 이 일을 아드님 되시는 상감께 호소하고 싶기가 끝이 없었다. 그러나 임종의 상감께 이런 귀찮은 세상사를 호소하여 마음을 어지럽게 하기는 어머니로서 도저히 못할 일이었다.

동기며 원인이며 경로가 분명한 이 음모를 조 대비는 눈을 감고 복종치 않을 수가 없었다. 그러나 어보를 받들고 유유히 돌아가는 시어머님의 등에 던진 조 대비의 눈에는 원한이 사무쳐 있었다. 사랑하는 아드님의 마지막 안정을 위하여 모든 일을 꾹 참을 뿐이었다.

분노라 할지 불쾌라 할지 분간하기 힘든 괴로운 감정 때문에, 조 대비의 얼굴은 잔뜩 찌푸린 채 펴지지 않았다.

　아까 내관에게 향하여 상감께 나가서 뵙겠다고 말하였지만, 그것은 이하전이가 아직 죽지를 않은 줄 알고 ─ 즉 아직 사약까지는 하지 않은 줄 알고, 대사를 저지르기 전에 '종실의 어른'이라는 자기의 권병(權柄)[174]으로써 그것을 삭여버리려고 하였던 일이었다. 이미 하전이에게 사약을 하였음을 안 이상에는, 나가서 뵈옵는다 하는 것은 무의미한 일이었다.

　처치할 수 없는 울분 ─ 김문의 방자함이 오늘날 여기서 이하전이를 죽였다. 그것이 어명에 의지한 처단인지라, 아무리 종실의 어른인 조 대비라 할지라도, 그 김문의 방자를 어찌할 도리가 없었다. 다만 거기 대한 끝없는 울분만 연하여 마음속에서 일어날 따름이었다.

　이미 절기는 여름 ─ 창문을 열어젖힌 그리로는 발을 통하여 손님(여관방(女官房)의 하녀)들이 무엇을 들고 왔다 갔다 하는 양이 보였다. 조 대비는 얼굴을 잔뜩 찌푸리고 어렴풋이 그것을 내다보고 있었다.

　문득 여관 하나가 승전빗(承傳色 ─ 임군의 말을 전하는 내시)을 인도하여가지고 왔다.

　"상감마마께옵서 기다리시옵니다."

　툇마루에 꿇어 엎드린 내시는 이렇게 아뢰었다.

　대비는 눈을 돌려서 발을 통하여 꿇어 엎드려 있는 내시를 바라보았다. 아무 말은 없었다. 잠시 물끄러미 바라볼 뿐이었다.

　드디어 대비가 입을 열었다.

　"도정은 벌써 사약을 하였다지?"

　"하왔삽는 줄로 아뢰입니다."

　"운명하였다더냐?"

　"그런 줄로 들었사옵니다."

　죽었다 ─ 여관의 말이 아니라 내시의 말로 이미 죽었다 하는 이상에는 죽은 것이 분명하다.

무론 죽었을 것이다. 사약을 한 이상에는 죽지 않았다면 도리어 그것이 기적일 것이다.

"뵙고 아뢸 사연이 있더니, 몸도 좀 편치 않고 그래서 그만두겠다."

대비는 내어던져버렸다.

그러나 내관이 절하고 나가려 할 때에 대비는 다시 말을 걸었다.

"상감 지금 동온돌(임군의 침실)에 곕시냐?"

"편전(便殿)에 납셨습니다."

"아침 수라(점심)는 진어합셨느냐?"

"초조반만 진어하셨습니다."

"누구 입시한 대신이 있느냐?"

"영은부원군(왕비의 친정아버지)이 입시하셨사옵니다."

여기서 대비는 결심하였다. 김문의 수령의 한 사람이 또 무얼 하러 들어왔나. 무슨 음모인지는 모르나 좌우간 대비 몸소 상감께 나아가서 부원군으로 하여금 물러가게 하리라. 이리하여 조 대비는 일단 중지하기로 작정하였던 일을 다시 하기로 하였다.

"잠깐 나가서 뵙고 은밀히 아뢸 긴한 일이 있으니, 대신은 잠시 물러가라고 나가서 전해라."

"황송하옵니다."

절하고 나아가는 내시를 보면서 대비는 최씨에게 명하여 의대를 가져오라 하였다.

[궁중용어(宮中用語)는 명사, 형용사, 동사, 조사 모두가 보통 민간에서 사용하는 말과는 연관 다릅니다. 이 소설에 있어서는 현대인으로도 알아 볼만한 것은 궁중용어 그대로 썼지만 도저히 알아보지 못할 말 예컨대 '가져온다'는 것을 '묘온다'든가 손[手]을 수장이라든가 혀[舌]를 설상이라 하든가 하는

등은 현대 민간어로 고치었습니다. 고치면 그 장면의 기분이 나타나지 않을 것에 한하여 그대로 사용하고 그 밖에는 모두 고치기로 하였습니다. 그러는 편이 편리하리라는 작자의 호이외다.]

"대왕대비마마께옵서 출어[175]하오십니다."

내관이 이렇게 아뢸 때는 벌써 영은부원군 김문근은 물러나가고 근시하는 내관 두 사람만 모시고 있던 때였다.

강화의 한 초동으로서 그 이십 년 전생을 보내신 상감은 전생의 초라하였음을 감추기 위하여 가장 편복(便服)일 때도 익선관(翼蟬冠)에 강사포 이하를 착용하시는 일이 없었다. 조금만 큰 일에도 반드시 면류관이나 통천관을 쓰시고 곤룡포를 입으셨다. 이때도 상감은 익선관에 곤룡포를 착용하고 계시었다.

상감은 대비의 입어[176]에 황황히 몸을 일으키셨다. 그리고 절하고 아랫간의 자리를 내었다.

대비는 가볍게 허리를 굽히며 상감이 비키신 자리에 내려가 앉았다. 내관들이 발을 늘이었다.

"상감마마."

내관들까지 모두 물리친 뒤에 이렇게 말하는 대비의 말투에는 다분의 위엄이 있었다.

"네?"

"아까 듣자오매 도정 이하전에게 사약하시라는 처분이 계셨다니 사실 오이니까?"

상감은 낭패한 듯이 마리(머리)를 두르시며 두어 번 방 안을 살피셨다. 본시 빈한한 가운데서 자라시고 왕자의 덕과 왕자의 풍위를 배우지 못하신 상감은, 종실의 웃어른이나 나이 많은 재상의 말에 대하여는 늘 낭패하신 듯이 이런 태도를 취하시는 것이었다. 상감의 말씀이 계시기 전에 대비가 겹쳐 나갔다.

"역모로 치죄하셨다는 승전빗[承傳色]의 전교인데 도전[177]은 아닙겠지요?"

"네, 제가 — 소신이 사약을 — 이하준 — 하전이가 — 저 —"

낭패하여 하시는 왕의 말씀은 뜻을 알아들을 수가 없었다.

대비는 이 알아듣지 못할 말씀을 귀찮은 듯이 듣고 있다가 한마디,

"참 잘허시우."

한 뒤에는 머리를 돌려버리고 말았다.

상감은 끝없이 낭패하셨다. 마치 어른의 꾸중을 들은 어린애와 같이 족장(足掌)을 연하여 움직이시며,

"소자가 소신이 — 영의정이 — 역모 — 사약 — 그."

알아듣지 못할 말씀을 하셨다.

그러나 상감의 구중(口中)에서는 '영의정'이라는 한마디가 나왔다. 소위 역모 사건 제조에는 영의정 김좌근이 한몫 끼였을 것은 대비도 이미 짐작한 바였지만, 상감의 구중에서 분명히 나온 이상에는, 이제는 의심할 여지가 없이 이 사건의 배후에는 김좌근이 있고, 좌근의 배후에는 김씨 일문이 있고, 또 그 배후에는 장래의 승통자(承統者)라 하는 거대한 문제가 있는 것이다.

대비는 경멸하는 듯한 눈자위로 용안을 보았다. 대비의 입술이 문득 떨렸다. 하마터면 불경한 말이 나올 뻔한 것을 대비는 겨우 삼켰다.

이 상감 — 표면으로는 대비의 아드님 되시는 헌종의 뒤를 이으신 분이라 하나 대비의 뜻에 거슬러서 인손이를 눌러버리고 강화도에서 모셔온 상감께 대하여, 대비는 좋은 감정을 품지 못하였다. 더구나 너무도 어지시기 때문에, 김씨 일문의 농락 아래서 행동하시는 상감이신지라, 야심과 욕망과 권세에 대한 동경심이 만만한 대비에게는 ××하기까지 하였다.

"참 잘하셨소!"

다시 한 번 뵐 때는, 대비의 마음에는 이번의 이 일에 대한 분풀이를 반드시 하겠다는 단단한 결심까지 되었다. 김문이 김문의 세력을 이용하여 행동하는 이상에는, 대비는 또한 대비로서의 권병으로 행할 수 있는 대책을 강구할밖에는 도리가 없을 것이다.

이리하여 대비는 몹시 나무라는 눈자위를 용안에 부은 채 잠시 아무 말도 없이 앉아 있었다.

벌써 초로(初老) — 아니, 중로에 든 대비는, 밤에 쉽게 잠을 들지를 못하였다. 더구나 그날은 이하전이의 사건 때문에 마음이 매우 불쾌하여 잠을 들 수가 없었다.

밤에 자리에 들어서 불 켠 것을 싫어하는 대비는, 촛불을 멀리 대청에 내다놓게 하여, 겨우 방 안의 어두운 기나 없게 하고 친의[內衣]뿐으로 자리에 들어서, 두 사람의 시녀를 불러서 다리를 두드리게 하고 있었다. 너무 아프게 두드린다, 너무 가볍게 두드린다 — 말이 많았다. 김씨 일문에 대한 노염을 시녀에게 부리는 것이었다.

그러한 가운데서 김씨 일문의 외람된 행동에 대한 대책을 대비는 강구하고 있었다. 한 따님밖에는 소생이 없으신 상감인지라, 반드시 대비 자기의 권한 아래로 머리를 숙이고 들어오지 않을 수가 없는 지금의 현상에 대하여, 대비는 종친 중의 많은 공자들을 머리에 그려보았다. 이하전이 이미 죽은 지금에 있어서는 다른 새로운 승통자를 내정치 않을 수가 없는지라, 새로운 승통자의 인선(人選)에 대비는 골몰하였다.

적어도 새로운 승통자는 대비 자기와 가까운 사람, 대비 자기의 심복인이 아니면 안 될 것이다. 김씨 일문에게 부수한다든가 동화할 인물이면 안될 것이다. 대비 당신과 짜가지고 장래 김씨 일문을 누를 만한 사람이 아니면 안 될 것이다. 김씨 일문에게 대한 대비의 노염을 장래 충분히 풀기위하여는, '그 사람'도 김씨 일문에게 원한을 가지고 있는 사람이라야 될 것이다.

그러면 누구?

김문을 미워하는 사람—그리고 대비 자기와 짤 수 있는 사람—또한 그 위에 장래에도 김문과 타협이 안 되고 끝까지 김문과 싸울 사람—이러한 사람이 종친 가운데 있나?

머리로써 종친의 몇 사람을 점검하여 내려가던 대비는 흥선에 이르러서 딱 멈추었다.

흥선군은 대비 자기의 육촌 시동생—말하자면 멀지 않은 종친이다.

흥선은 김문에게 멸시를 받는 인물인지라, 또한 그만큼 김문을 미워하고 원망하는 사람이다.

흥선은 비록 몸은 종친이라 하나, 투전과 술로 소일을 하는 허튼뱅이라, 지벌을 자랑하는 명문거족인 김씨 일문은 흥선의 절제를 좀체 받지 않을 터이며, 장래에도 김씨 일문과 흥선은 웬만해서는 타협이 되지 않을 것이다.

흥선은 대비 당신의 조카 조성하와 매우 가까이 지내는 모양이매, 장래 흥선이 권세를 잡는 날이 이른다 하면, 대비 자기를 괄시치 못할지며 조성하를 괄시치 못하겠으니, 오늘날의 김씨 일문의 세도는 그때는 조씨 일문으로 당연히 돌아올 것이다.

종친 가운데서 이하전에 대신할 사람을 골라내자면 당연히 손가락은 흥선군 이하응의 위에 멎어야 할 것이다. 만약 장래 흥선이 높은 자리에 올라가면, 오늘날 그렇듯 흥선을 멸시하던 김가들의 꼴도 또한 보기에 통쾌할 것이다.

—단지 문제가 되는 것은 흥선에게 어린 아들이 있는지 그 점이다. 다시 말하자면 현 상감이 불행하시면 그 뒤를 이을 만한 어린 아들이 있는지 그것이 문제이다. 만약 어린 아들이 있기만 하다면 '종실의 어른'이라는 자기의 권병으로써, 그 아들을 끌어올려 김씨 일문의 위에 내려씌우면 과

연 통쾌할 일일 것이다. 지금 한없이 뽐내는 김문이 주정뱅이 흥선의 앞에
그 허리를 굽히는 꼴은 근래에 다시없는 통쾌한 일일 것이다.

이리하여 김씨 일문에 대한 노염과 증오 때문에, 거리의 주정뱅이 흥선
은 조 대비의 점검(點檢)의 한자리를 차지하게 되었다. 너무도 그 인격이
종친답지 못한 점을 조 대비는 김문 복수에 이용하고자 한 것이다.

"제절사연(諸節事緣) 압고자 대령하였습니다."

상감에게서 대비에게 대한 아침 문안—아침 문안이라 하나, 대궐 안의
아침 문안은 거의 오정에 가까운 때였다.

발 밖에서 곡배(曲拜)를 드리는 승전빗에게 대비는 가볍게 대답하였다.
대비를 뵙기를 몹시 거북히 여기시는 상감은, 열흘에 엿새 평균은 승전빗
으로 하여금 대리로 문안을 드리게 하였다.

문안을 드리고 내관이 바야흐로 물러나가려 할 때에 대비가 내관을 불
렀다.

"승후방(承候房)에 나가서 승후관 조성하가 들어왔나 알아보아라. 그리
고 들어왔거든 내가 부른다고 전하여라."

"네—"

뒷걸음을 쳐서 물러가는 승전빗을 대비는 조소(嘲笑)에 가까운 미소를
띤 눈으로 바라보았다.

일찍이 홀몸이 된 이래 삼십 년간을 온갖 불만과 불평을 마음속으로만
삭여버리고 지낼 동안, 그의 속에 생장한 성격은 공상과 복수심뿐이었다.
조성하를 부른 것은 성하에게서 흥선에 대한 사연을 좀 더 알아보기 위해
서였다.

"너 이즈음도 흥선군을 만나느냐?"

성하가 들어와서 문안을 드리고 바로 앉기가 무섭게 조 대비가 물은 말
은 이것이었다.

승후방에 있다가 대비의 부름으로 갑자기 들어온 성하는, 대비의 첫 질문이 뜻도 않았던 바이므로 눈을 둥그렇게 하고 쳐다보았다.

"간간 만나기는 하옵니다마는—"

왜 그 말씀을 새삼스럽게 물으시느냐는 뜻이었다.

대비의 질문은 한걸음 뛰었다.

"흥선군에게 아들이 몇이나 있느냐?"

"적자가 두 분이 있습니다."

"작은애의 연치(年齒)[178]는 어떻게 되느냐."

"금년 열 살이올시다."

"열 살이라."

대비는 잠시 생각하였다.

"아직 총각이지?"

"김병문의 딸과 정혼은 했단 말이 있습지만 아직 성례는 안 했습니다."

"김—"

여기도 또 김문이 있다.

대비는 한순간 눈살을 찌푸렸다.

"언제 성례한다는 말은 못 들었느냐?"

"못 들었습니다. 김에서는 정혼은 해놓고도 흥군께 불만을 느끼고 흥선도 역시 너무 승한 사돈을 좀 불안히 생각하시는 모양입니다."

"흥."

"그것은 왜 물으니까?"

"아니, 별일은 아니로다."

별일이 아니라 하나 또한 심상한 지나가는 질문은 아닐 것이다. 부러 대비가 자기를 불러서 첫 번으로 물은 것이 흥선의 일이며, 더욱 흥선의 아들에 관한 질문인지라 아무리 대비가 별일이 아니라 하되 아닐 수가 없을 것이다.

혹은 흥선 댁 도령과 맞잡히는 얌전한 규수가 있어서 그 혼사 때문에 묻는 것이나 아닌가? 이렇게밖에는 해석할 수가 없는 성하는, 얼굴을 조금 들고 대비를 쳐다보았다.

"부르신 일은 그 일 때문이오니까?"

"응, 그 일도 있고 또—"

"또?"

"또—무슨 일이오니까?"

"또—무얼 그다지 신통한 일은 아니지만, 며칠 보이지도 않고 하기에 잠깐 불러보랴고 하였다."

대비는 이만큼 하여 속이어버렸다.

대비로 보더라도 섣불리 당신의 마음을 조카에게 보였다가, 일이 그릇되는 날이면 그 화가 조카에게까지 미칠 종류의 것이므로 내실을 말하기가 힘들었다.

대비는 모시는 나인에게 향하여 손가락질하여 담배를 붙여오라고 명하고 또 다탕(茶湯)과 생과를 들여오라고 명하였다.

"너, 이 도정 사사(賜死)에 관해 상세히 알면 아는 것 어디 말해봐라."

이윽고 대비에게서 이런 말이 나왔다.

이 말을 듣는 순간 성하의 가슴은 뜨끔하였다. 어떻게 구체적으로 설명할 수는 없으되 대비에게서 처음에는 흥선 댁 도령에 관한 질문을 듣고, 그다음에는 이하전 사사에 관한 질문을 듣게 된 성하는, 그 두 가지의 사건을 결합하여가지고 한 가지의 결론을 얻었다.

—대비가 갑자기 자기를 부른 것은 두 가지의 일을 알아보기 위해서다. 하나는 이하전 역모 사건이라는 기괴한 사건의 윤곽을 알아보려는 것이요, 또 하나는 흥선에게 적당한 요령이 있는지를 알아보려는 것이다. 이 두 가지의 사건이 합하여 낳은 한 가지의 결론은 다른 것이 아니었다. 즉

홍선 댁 도령에게 대하여 대비는 호기심을 일으킨 것이었다.

성하는 대비의 영에 의지하여 자기가 아는 것 소위 이하전 역모 사건의 전반을 대비에게 아뢰었다. 아뢸 동안 성하의 마음은 이상히도 긴장되었다. 만약 지금 자기의 추측으로서 옳다 할진대, 여기에는 커다란 사건이 하나 빚어져나가는 것이다. 여기서 지금 빚어지는 이 '떡'이 장래 익을 때에는 어떤 모양을 하고 나타날지 그것은 예측도 할 길이 없다. 그러나 온 세상이 깜짝 놀랄 만한 사건 하나가 지금 이 평범한 자리에서 빚어져나가는 것을 성하는 직각하였다.

이하전에게 대한 대비의 촉망을 짐작하고, 지금 그 하전을 잃은 대비의 분노를 생각할 때에, 이 자리에서 나오는 한 사람의 왕족의 이야기는 결코 평범히 간주할 것이 아니라는 점을 성하는 직각하였다.

성하는 눈을 조금 들어서 대비를 쳐다보았다. 무엇이 몹시 불만한 듯이 얼굴을 잔뜩 찌푸리고 성하의 말을 듣고 있는 이 노파 — 이 노파의 얼굴이 이때같이 무섭고 크게 보인 일이 성하에게 없었다.

얼굴에 주름살이 잡히기 시작하고, 머리에도 간간 흰 털이 보이기 시작하는 전형적인 한 개의 노파에 지나지 못하되, 이 노파의 마음 하나로써 장래 삼천리 강토를 지배할 지존을 작정할 수가 있는 것이다. 그리고 지금 이 노파는 입으로는 그댓말[179]도 하지 않으나, 이하전 사건에 대한 분노 때문에 즉시로 다른 새로운 이하전을 마음으로 작정하였다가 유사시에 덜컥 내놓아서, 지금 권문인 김씨들의 간담을 서늘케 하려는 복안인 듯싶다.

그리고 그런 필요상 홍선 댁 도령의 일을 캐어묻는다 하면, 지금 아무것도 모르고 자기 댁에서 연을 올리는지 혹은 돈치기라도 하고 있는지 하는 그 소년은, 장래 놀라운 자리에 올라갈 소년이다.

"그래? 그래?"

감탄사인지 질문인지 분간하기 힘든 이런 말을 간간 끼우면서 성하의 말을 듣고 있는 이 노파의 마음은 지금 어떻게 움직이나? 알 길 없는 이 일을 짐작이라도 하여보려고 성하는 슬금슬금 대비의 얼굴을 쳐다보면서 말하였다.

이하전의 사건에 대하여 성하가 자기의 아는 건 다 말한 뒤에도, 대비는 특별히 자기의 의견이라든가 감상이라든가를 말하지 않았다. 입맛이 쓴 듯이 몇 번 혀를 찰 뿐이었다. 그런 뒤에 남에게는 거의 들리지 않을 작은 소리로—

"아산(牙山)이 무너지나 — 평택(平澤)이 깨어지나.¹⁸⁰"

중얼거렸다.

그런 뒤에 성하에게 향하여,

"하전이란 놈은 과시 고약한 놈이로군. 제가 역모를 하다니. 당랑(螳螂)이 수레를 버티는 셈이지. 죽어 싸느니라, 죽어 싸."

하고는 억함을 참을 수가 없는 듯이 양 어깨를 떨었다.

그로부터 며칠, 용무가 바쁘기 때문에 홍선 댁도 찾아보지 못하고 대비께도 들어가 뵙지 못한 성하는, 삼사 일 뒤에 대비에게 불리어서 들어갔다. 들어가매 대비는 다른 말이 없이 홍선군을 잠시 모셔오라는 분부였다. 그리고 그 이유로서는 너무도 갑갑하니, 홍선 같은 좀 색다른 인물이 들어와서 한참 떠들고 가면 좀 나을 것 같아서 당부하는 것이라는 구실을 들었다.

성하는 대비의 분부를 듣고 즉시로 가마를 몰아서 홍선 댁으로 찾아가 보았다. 그러나 낮에 집 안에 들어박혀 있을 홍선이 아니었다. 청지기의 말을 듣자면 서촌(西村) 관속(官屬)들과 같이 아침에 나갔다는 것이었다. 관속 누구냐고 물으매 안필주와 하정일이라 한다.

후일 홍선이 변하여 대원군이 된 뒤에 대원군의 심복이 되어 활동한 소위 천하장안(天河張安)의 네 사람 가운데 '하'와 '안'과 동반하여 나간 것이었다.

당시의 오입쟁이를 대표하는 이 관속들과 외출을 한 이상에는, 이 장안 어느 구석에 가 박혀 있는지 짐작도 할 길이 없었다. 혹은 기생방에 가 있을지도 모른다. 혹은 벌로 놀이를 나갔는지도 알 수 없다. 그렇지 않으면 어디 가서 투전을 하고 있는지도 알 수 없다.

성하는 잠시 홍선의 대문 밖으로 나와서 머리를 기울이고 있다가, 다시 몸을 가마에 실으면서 교군꾼에게 기생 계월이의 집을 가리켰다.

계월이의 집에도 홍선은 없었다. 아까 잠깐 들렀다가 곧 수군거리며 나갔다는 것이었다. 그리고 계월이의 짐작으로는 어디 투전을 하러 가는 모양이라는 것이었다.

인제는 어디서 찾나?

성하 짐작하건대, 오늘 대비가 홍선을 부르는 것은 심상한 일이 아니다. 대비는 심상히 갑갑하여 부른다 하지만, 아무리 갑갑하기로서니 홍선군을 부른다 하는 것도 너무도 기상천외의 일이다. 무슨 다른 곡절이 필시 있을 것이다.

그 곡절에 대하여 또한 짐작이 없지 않은 성하는, 어디서든 반드시 홍선을 붙들어야 할 필요를 느꼈다. 놓쳤다가는 혹은 커다란 일이 틀려나갈지도 모르며, 그 때문에는 장래 또한 어떻게 운명의 변동이 생길지도 모르겠으므로, 성하는 어떤 일이 있든 홍선을 꼭 붙들려고 결심하였다.

계월이의 집에서 나온 성하는 교군을 몰아가지고 홍선이 갈 만한 곳은 모두 찾아다녔다. 홍선이 지근지근 찾아다니는 권문 거족들의 댁에도 미심결로 가보았다.

홍선이 즐겨 다니는 술집도 모두 찾아가보았다.

그 밖에도 짐작이 가는 집은 모두 찾아보았다.

그러나 홍선은 찾아낼 수가 없었다.

어디서 투전이라도 하느라고 박혀 있는 것이 분명하였다.

성하가 대비의 분부를 듣고 대궐을 나온 것은 오정이 조금 지나서였다. 그 성하가 그날 자정이 지나도록 장안 구석구석을 찾아 돌아다녔으나 홍선은 찾을 길이 없었다.

여기서 성하는 인젠 집으로 돌아갈까 하였다. 그러나 오입쟁이 혹은 투전꾼이 왕래하는 것은 자정 이후에서 아침 밝기까지인지라, 투전꾼 흥선을 찾기 위하여는 이 시간을 빼놓을 수가 없으므로, 연하여 흥선 댁까지 가서 흥선의 귀택 여부를 알아보고는 또다시 교군을 몰아서 거리를 이리저리 돌아다니고 하였다.

"제길할―"

마지막에는 역하여 이런 말까지 그의 입에서 나왔지만 성하 짐작에 적지 않은 일을, 일시에 역함으로 모피할 수가 없어서, 밤을 새워서 이튿날 아침 해가 동녘 하늘에서 오르기까지 쉬지 않고 흥선을 찾아다녔다.

13

"쉬!"

"?"

"가만! 이게 무슨 소리냐?"

"……"

일동은 귀를 기울였다. 그러나 아무 소리도 들리지 않았다.

"헛귀인가?"

"자, 대감, 거시오."

"걸지. 두 냥."

투전판이었다.

목을 잡은 것은 안필주(安弼周)였다. 그 밖에 육의전(六矣廛)의 장사치가 서너 사람 있었다.

어떤 어둑신한 집 안채였다. 투전에 재간을 좀 피울 줄 아는 안필주가 몫을 잡고 덕대를 서서 상인들을 발겨 먹으려는 플랜이었다. 장슈규는 구경만 하고 있었다. 윗목에 두어 명 쫑그리고 앉았는 것은 차력 패였다. 마지막에 상인들이 돈을 잃고 말썽을 부리면 달려들어 부술 장사들이다.

"자, 박 서방도 거시오."

"걸지요."

"얼마?"

"글쎄. 덕대 손속이 너무 세서. 그러니 잃고 작게 걸 수도 없고…… 열 냥만 겁시다."

"열 냥? 홍 서방은?"

"나는 열닷 냥."

"최 서방은?"

"나도 열닷 냥."

"그럼, 자—"

또 바싹 하는 소리가 들렸다.

"쉬."

"?"

분명히 무슨 소리가 밖에서 났다. 모두들 귀를 기울였다. 그러나 귀를 기울이면 아무 소리도 다시는 나지 않았다.

"떡쇠야, 어디 좀 나가봐라."

돈들은 제각기 제 앞에 놓은 채였다. 필주는 몫을 놓지 않았다. 그리고 방 안의 모든 사람은 경계하듯이 귀를 기울이고 있었다.

떡쇠가 가만히 문을 열었다.

"누구요?"

가만히 불러보았다. 아무 소리도 없었다.

"밖에 누구 왔소?"

다시 한 번 불러보았다. 그러나 대답은 없었다.

"좀 나가보아라."

홍선의 명령이었다. 떡쇠는 밖으로 나갔다.

사람들은 제각기 자기 앞에 놓은 돈 위에 손을 덮고 여차하면 달아날 준비를 하고들 있었다.

잠시 뒤에 떡쇠는 무사히 돌아왔다. 고개를 설레설레 흔드는 품이 아무도 없더라는 뜻이었다.

"아무도 없느냐?"

"보이지 않으와요."

"그럼 —"

홍선은 필주에게 향하였다.

"몫 돌리게."

필주는 바야흐로 몫을 돌리려 하였다. 그때 밖에서는 또 소리가 났다. 이번은 버썩 하는 소리가 아니요 덜컥 하는 소리였다. 뒤를 연하여 또 한 번 덜커덕 하는 소리가 났다.

"왔다. 뛰자!"

순간 방 안은 분란통이 되었다. 차력들은 벌떡 일어서서 문을 지켰다. 홍선, 필주, 훈규의 세 사람은 앞에 놓였던 돈을 네 것 내 것 할 것 없이 모두 긁어 각기 제 주머니에 넣으며 일변 불은 꺼버리며 일어섰다.

"내 돈 — 내 돈 —"

상인들은 제 돈이라고 덤비어대나, 그런 말에 구애될 세 사람이 아니었다. 내 돈 네 돈 할 것 없이 분란통에 홍선과 그의 친구들의 주머니로 들어갔다.

이때에 콰당콰당 하는 발소리가 났다. 차력들이 벌써 안으로 건 문을, 잡아 낚는 소리가 들렸다.

"잡아라. 이놈들 문 열어라."

포교들이 온 것이다. 포교도 자그마치 오륙 인은 되는 모양이었다.

그러나 포교들이 앞문을 열려고 야단하는 동안은 흥선의 일행과 상인들의 일행은 뒷문을 박차고 앞뜰로 나와서 담을 넘어 행길로 뺑소니치기 시작하였다.

뒷담을 넘어서는 제각기 사면으로 헤어져서 달아났다.

흥선은 필주와 함께 동쪽 협로로 달아났다.

그러나 몇 걸음 가지 못해서 뒤에서 따라오는 소리가 나므로 돌아보매 포교 하나가 흥선과 필주의 뒤를 쫓아온다. 눈치 빠른 그 포교는 집 뒤를 보려고 돌아오다가 도망하는 두 사람을 보고 따르는 것이었다.

"이놈들, 섰거라. 잡아라."

포교는 함성을 지르며 전속력으로 따라왔다.

흥선과 필주도 죽을힘을 다하여 뛰었다. 깊은 밤의 골목에는 이 뛰고 쫓는 일군 때문에 때 아닌 활극이 일어나고, 집집의 개들은 어지러이 짖었다.

흥선은 왜소한 사람이었다. 따라서 뛰는데도 속력이 빠르지 못하였다.

"대감! 어서! 자! 어서!"

필주가 연하여 손목을 끌면서 뛰었지만, 포교와의 사이의 거리는 점점 가까워졌다. 이러다가는 필경 잡힐 수밖에는 없게 되었다.

그때였다. 사람이 죽을 수가 생기면 살 수가 생긴다고, 숨이 턱에 거의 닿아서, 이제는 더 못 뛰게쯤 되어서, 흥선의 눈에는 뉘 집 뒷간(길로 문이 달린)이 하나 띄었다. 흥선은 필주에게 손목을 잡힌 채 그리로 화닥닥 뛰어들어갔다. 손목을 잡았던 필주도 끌려 들어갔다. 들어가면서 흥선은 안에서 뒷간 문을 잠가버렸다.

한 걸음 뒤떨어져 온 포교는 뒷간 앞에 서면서 벌써 걸린 문을 잡아 낚았다.

"이놈들, 나오너라. 안 나왔다는 문을 부순다."

위협을 하면서 문을 발길로 찼다, 잡아 낚았다 하였다.

그 포교의 야료(惹鬧)[181]를 들으면서 흥선은 주머니를 뒤적였다. 그리고 돈을 한줌 꺼내어, 듣기 좋게 절럭절럭 흔들었다. 이 돈 소리에 포교의 야료가 좀 멎었다.

"흥, 열 냥이로군."

흥선은 밖에서도 들릴 만한 소리로 중얼거리고, 그 돈을 왼손에 바꾸어 쥐며 가만히 문걸쇠를 잡아 젖혔다. 그리고,

"이놈. 칼 나간다. 칼 받아라."

하면서 문을 좀 열고 그 틈으로 돈 쥔 손을 쑥 내밀었다.

포교는 흥선의 주먹을 받아 쥐었다. 그리고 조심조심히 돈을 받아서 제 몸에 간직하였다.

포교에게 돈을 준 뒤에 주먹을 도로 끌어들이고 이젠 뒷간 밖으로 나갈 채비를 하려는데, 별안간에 포교의 야료가 또 시작되었다.

"이놈들, 이 속에 숨은 줄을 뻔히 안다. 썩 나오거라."

그러고는 문을 잠그지 않았는데도 불구하고 열 생각은 하지도 않고, 연하여 요란스러히 두드리기만 하였다. 부서져라 하고…….

흥선은 하릴없이 필주에게 돌아서면서 큰 소리로 말하였다 ─

"여보게, 자네 주머니 톡톡 털어서 열닷 냥만 내게."

한두 번의 경험이 아닌 필주는 주머니를 열고 열닷 냥을 세어서 흥선에게 드렸다. 문 두드리는 소리는 또 멎었다.

"주머니 톡톡 털었나?"

"인젠 한 푼도 없습니다."

큰 소리로 주고받은 뒤에 흥선은 필주의 돈을 받았다. 그리고 아까 모양으로 문을 조금 열면서,

"이놈, 총 나간다. 총 받아라."

하면서 주먹을 쑥 내밀었다.

포교는 두 번째의 돈을 또 받아서 몸에 간수하였다. 그런 뒤에,

"에이, 그런 놈들. 어디로 도망갔는지 도무지 알 수가 없군. 용꿈 꾼 놈들이다. 이 내 눈에서 벗어나담 할 수 없군. 인젠 가야지."

혼잣말을 중얼거리면서 차차 저편으로 사라져버렸다.

그 뒤에 홍선과 필주는 뒷간에서 나왔다. 그리고 포교가 간 쪽으로 역시 어두움 가운데로 사라졌다.

"오늘 얼마 땄나?"

좀 뒤에 홍선과 필주는 어떤 내외술집[182]에 마주 앉았다. 필주는 자기의 주머니를 털어서 다 쏟아놓고 세어보았다. 일흔석 냥이었다.

"일흔석 냥 있는데 본전이 열두 냥이었으니깐 예순한 냥 땄습니다."

"열닷 냥 공용이 있지?"

"참, 그럼 일흔에라 엿 냥 딴 셈이올시다."

"나는 스물두 냥 밑천이 지금 홀 석 냥 남었네."

"운좋은 놈들. 홀짝 발겨 먹으렸더니 그놈들이 뛰쳐들기 때문에……."

"아마 다해서 한 삼사백 냥은 갖고 있었을걸."

"그런 모양입디다."

홍선은 필주의 앞에 놓인 예순 몇 냥의 돈에서 마흔 냥만은 제 주머니에 집어넣고 나머지를 필주에게 밀어보냈다.

"언제 또 걸릴 날이 있겠지. 그때 톡톡이 발겨내세나."

"운수 좋은 놈들 이담에 또 걸렸다만 봐라. 불알까지 발겨낼게."

"자, 어서 몇 잔씩 하세. 곤하군."

이리하여 그들은 거기서 술을 시작하였다.

처음에는 몇 잔씩만 하고 가려던 것이었다. 그러나 두 사람에게서 ― 단둘이서 만난 이상 몇 잔으로 끝이 날 수가 없었다. 한 잔 두 잔이 열 잔 스무 잔으로 넘어가고, 스무 잔이 서른 잔으로 넘어가서 그칠 바를 몰랐다.

"이놈 그래, 이놈 필주야. 그래 네가 이놈, 나와 마주 앉아서 외람되이 술을 먹는단 말이냐?"

"대감, 그래 다감이나 소인이나 ○○ 두 쪽밖에 없는 신세야 일반이지, 대감은 무슨 큰 신통한 일이 계시우?"

차차 취하여가는 그들은 연하여 농을 하면서 주고받았다.

이리하여 밤이 새도록 먹고 마시고 — 그들이 그 술집을 나선 것은, 봄날 짧은 밤은 다 밝고, 동천에는 벌써 불그스레한 해가 떠오를 때였다.

그 집에서 나온 때는 그들은 정신을 모르도록 취하였다. 그다지 넓지는 못하지만 또한 과히 좁지도 않은 길을, 그들은 어깨를 겨누고 동쪽에서 서쪽으로 서쪽에서 다시 동쪽으로 돌진과 후퇴를 거듭하면서 걸었다. 연하여 소리를 높여서 노래를 불렀다.

"백구야 훨훨 —

필주야, 이놈 필주야! 껑충 뛰지를 마라. 너 잡을 내가 아니다. 어이 지금이 대체 저녁이냐 아침이냐. 해가 지붕 너머로 보이는데, 저녁인 아침인 지를 모르겠구나."

"대감, 아마 지금이 아침인 모양이올시다. 해가 아침 하니 지붕 위로 솟아오릅니다. 허허허허."

"아침 하니 솟아오르니 아침이다. 그러면 저녁 하니 떨어지니 저녁이냐."

"하하하하."

이 대감 — 지금 바야흐로 그의 일신상의 중대한 운명이 대궐 안에서 극비밀리에 내정되려는 것도 모르고 흥선 대감은 상놈 친구와 함께 아침의 대로상에서 난무(亂舞)를 하는 것이었다.

거리를 지나가던 사람들은 모두 이 이른 새벽 주정꾼 때문에 눈살을 찌푸리며 길을 피하였다.

"환장한 놈들. 이른 새벽부터 어디서 저렇게 모주를 쳐들고 야단이람."

"낮살이나 든 녀석이 저 꼴이로군."

이러한 뭇 입을 그들은 듣지 못하고 여전히 동서서지하여 길을 좁히며 걸었다.

홍선은 문득 누가 자기의 옷소매를 잡아당기는 것을 알았다. 그 충동으로 홍선은 비틀하면서 돌아보았다.

"대감, 소인올시다."

웬 젊은 사람이 홍선의 소매를 놓으며 인사하였다.

홍선은 누구인지 알아보지 못하였다. 술에 과히 취하였기 때문에, 눈의 초점이 모아지지 않았다. 홍선은 눈을 이리 찡그리고 저리 찡그리며 젊은 이를 마주 보았다.

"대감, 소인이올시다."

"소인이라? 보아하니 나보다 큰데 소인이란? 대인이지?"

"몰라보시겠습니까. 조성하올시다."

그것은 조성하였다. 어제 조 대비의 부름으로 대궐에 들어갔다가 조 대비께서 홍선군을 좀 모시고 오라는 영을 듣고, 어제 저녁부터 오늘 아침까지 밤을 새워가면서, 홍선이 갈 만한 곳은 모두 찾아다니다가, 여기서 겨우 죽게 취한 홍선을 만난 것이다.

"오오, 조성하라. 누군가 했더니 조성하라. 웬 놈인가 했더니 조성하라. 자네 이 주부 사월세그려."

"네."

"이 주부께는 아들이 있겠다. 그 아들놈한테 내 딸을 주기로 했네그려. 하니깐 이 주부는 내 사돈이야. 자네는 그 이 주부의 사위니깐 내게는 사돈의 사돈 ─ 즉 사돈일세그려. 여보게 팔돈."

성하는 민망한 듯이 허리를 굽혔다.

"대감, 어디서 약주를 과히 잡수셨습니다그려."

"허어, 어제 투전해서 돈 땄네그려. 그래서 ─ 어 ─ 이 사람 어디 갔나.

여보게 필주—"

조금 앞에 담벽을 기대고 건들거리던 필주가 나왔다.

"네—이, 여기 대령했습니다."

"흥, 자네가 그 모퉁이에서 필주—하니 나오니 이름이 필줄세그려."

"대감은 소인을 부르시는데 하응 하니 부르시니 하응(昰應)이올시다그려."

성하가 가로 들어섰다. 어디 상놈으로서 아무리 술에 취하고 흠이 없다기로서니, 흥선의 이름을 외람되이도 부르는 것을 그저 볼 수가 없었다. 나서는 다음 순간, 성하의 오른손은 필주의 뺨으로 날아갔다.

"이놈, 버릇 모르는 놈 같으니, 아무리 네 정신이 아니기로, 너는 죽을 혼이 들었느냐. 고약한 놈!"

필주는 정신을 펄떡 차리는 모양이었다. 눈을 딱 바로 뜨고 잠시 성하의 얼굴을 바라보았다. 그러다가 갑자기 흥선의 소매에 늘어지며 엉엉 울기 시작하였다.

"대감, 저 양반이 소인의 따귀를 가져가셨습니다. 소인의 볼이 달아났습니다. 대감, 대감. 아이고 이런—"

차차 구경꾼들이 둘러서기 시작하였다.

"볼이 없어졌다? 그럼 자네는 무협(無頰) 필주(弼周)—아니 비협(飛頰) 필주세그려. 뺨이 없으면 술이 모두 새렷다. 여보게 사돈. 내 친구의 뺨을 어디다 두었나? 도로 주게."

"대감. 자, 어서 댁으로 돌아가십시다. 잠시 좀 진정하셔서 입궐을 하셔야겠습니다. 조 대비마마께서 대감을 부르십니다."

조 대비—정신을 못 차리던 흥선은 이 한마디에 펄떡 정신을 차렸다. 이 한마디는 흥선에게 있어서는 커다란 청량제였다.

성하가 부른 가마 두 채에, 앞가마에는 흥선이 타고 뒷가마에는 성하가 타고, 필주는 그냥 떼버리고 가마를 몰아서 흥선 댁으로 돌아온 것은 그로부터 조금 뒤였다.

"자, 대감, 조금 쉬세요. 소인도 대감 계신 곳을 찾노라고 밤을 곱게 세웠습니다. 좀 쉬시고 오시나 지나서 대비께 들어가 뵙시다. 무슨 중대하신 의논이 계신 모양입디다."

이리하여 성하는 흥선의 웃옷을 모두 벗기고 흥선을 붙안아서 보료 위에 고이 눕혔다. 그리고 드러눕기가 무섭게 즉시로 코를 고는 흥선을 보면서 자기도 잠시 쉬려고 몸을 벽에 기대었다.

밤을 새워서 흥선을 찾느라고 돌아다녔기 때문에 성하도 몸이 몹시 곤하였던지라, 벽에 기댄 조금 뒤에는 성하 역시 약하게 코를 골면서 잠이 들었다.

이리하여 두 사람은 흥선의 사랑에서 한잠을 잤다.

성하가 잠이 든 지 조금 지나서 흥선이 눈을 번쩍 떴다.

눈을 뜨고 아래위를 한 번 살핀 뒤에 흥선은 일어났다. 술에 과히 취했기 때문에 쪼개지는 듯이 골치가 쏘았다. 흥선은 눈살을 연하여 찌푸리며 가만히 일어나서 밖으로 나갔다.

마루에 걸터앉아서 두어 번 숨을 깊이 들이쉬었다.

"여봐라, 이리 오너라."

성하에게 들리지 않게 작은 소리로 청지기를 찾았다. 그리고 청지기에게,

"소세(梳洗) 물 떠다가 이 마루에 놓아라."

고 명하였다.

시원하게 활활 얼굴을 씻고 나니, 골치 쏘는 것은 좀 낫고 취기도 좀 깨었다.

세수를 하고 머리를 빗고 나서 흥선은 대청으로 지필을 내오래가지고 거기서 편지를 한 장 썼다. 그리고 하인을 불러서,

"이 편지를 사동 김 판서 댁에 갖다 드려라."

하고 편지를 내어주었다. 사동 김 판서라 함은 영어 김병국을 가리킴이었다.

그런 뒤에 자기는 청지기 응원이를 데리고 침방으로 들어갔다.

침방에서 다시 정침으로 나올 때는, 홍선은 전날의 거리의 부랑자 이하응이가 아니요, 정1품 현록(顯祿)대부 홍선군 이하응이었다. 옥색 관복에 서대(犀帶)를 띠고 사모를 쓰고 차면선(遮面扇)[183]을 든 이 공자 — 옷에서는 복온(馥溫)한 훈향(薰香) 내가 피어오르며, 그 속옷은 비록 무명옷이나마 최근에 새로 지은 듯한 관복이며 사모며는, 홍선으로 하여금 전날의 거리의 부랑자 이하응의 흔적을 없이하고, 영종대왕의 현손 왕족 홍선군의 위엄을 갖게 하였다. 가까운 장래에 사용할 것을 예기하고 관복을 새로 지어두었던 것이 분명하였다.

홍선은 아랫목으로 내려가서 곤하게 벽에 기대고 잠자는 성하의 얼굴을 바라보며 스스로 미소하였다. 성하가 깨면 반드시 놀랄 것을 예기하고…….

잠시 뒤에 청지기가 가만히 문을 열었다.

"다 대령됐습니다."

"부족이 없는가?"

"없습니다."

현록대부 홍선군 이하응이 탈 만한 사인 가마와 하인들을 (가난하기 때문에) 갖고 있지 못한 홍선은, 김병국에게 편지하여 가마와 하인들을 빌려온 것이었다.

잠시 뒤에 곤한 잠에서 깬 조성하는 아랫목의 홍선을 보고 놀랐다. 아랫목에 앉아 있는 홍선 — 그것은 어제 그제 늘 보던 그 홍선이 아니었다. 옷뿐이 아니라, 그 온화한 듯한 가운데도 두 눈 틈에 두드러지게 나타난 패기며 위압력이, 무서운 지배자가 아니고는 갖지 못하는 '왕자'로서의 위엄이었다.

"가난한 석파라 환옥 관자며, 밀화 갓끈이 없네그려. 그렇다고 대낮에 초라하게 입고 대비께 뵙기도 너무 죄송스럽고 할 일 없이 낡은 관복을 꺼내 입었네."

그러나 그것은 흥선의 거짓말― 그의 관복은 아직 입어보지 않은 새것이었다.

흥선은 성하를 재촉하여 소세를 하게 하였다.

소세가 끝난 뒤에 앞뜰로 나서보니, 거기는 벌써 행차가 등대하고 있었다. 호피를 깐 사인남여가 준비되어 있고, 여덟 명의 별배가 철릭을 휘날리며 남여를 호위하고 있고, 요강 망태라 영변 서랍이라 부산 연죽(煙竹)이라 지갑이라 호피 방석이라를 들은 열 명의 구종이 벙거지에 더그레를 입고 늠름히 날뛰고 있었다. 성하가 탈 가마도 준비되어 있었다.

성하는 망연히 이 모양을 바라보았다.

"에― 이, 물리거라. 서거라. 선 놈은 모두 앉거라."

위풍당당하게 벽제소리를 요란히 흥선의 대문을 나오는 이 행차를 동리 사람들도 모두 경이의 눈으로 바라보았다.

흥선은 이런 행차에 익은 사람같이 단정히 사인 가마 안에 앉아 있었다.

"이 일(이하전 사사 사건)이 대감께는 혹은 전화위복이 되지 않겠습니까."

이하전의 사건이 돌발된 날 성하가 흥선에게 향하여서 던진 이 한마디를, 흥선은 얼굴의 모든 표정을 죽여버리고,

"무슨 소리인지 알 수가 없네."

하고 넘겨버렸지만, 그 말이 흥선에게 있어서 결코 무의미한 말이 아니었다.

그날 밤 가인들이 모두 잠들기를 기다려서, 홀로 향불을 피워가지고 가묘의 지나간 오 대의 조상의 위패 앞에 설 때는, 흥선은 기괴한 흥분과 기괴한 기대 때문에 가슴이 떨렸다.

일찍이 성하를 통하여 조 대비께 가서 뵙고, 조 대비에게 미움은 사지 않을 만한 교제를 맺어놓았지만, 그것으로써 그의 야심이 찰 바는 무론 아니다. 조 대비께 그만 신임뿐으로 야망이 성취된다 하면, 종친 공자로서

야망을 성취 못 할 사람이 없을 것이다.

흥선도 짐작하거니와 인손이라 하는 인물이 조 대비의 사랑하는 왕실 공자로서, 상감 불행하신 뒤에는 십중팔구는 사직의 승계자가 인손이가 될 것이다. 인제 얼마만큼 더 조 대비께 자주 출입하여 흥선 자기가 인손이보다 더 신임을 얻기 전에는 '떡'은 인손이의 것이 될 것이다. 흥선 자기는 닭 쫓던 개 모양으로 지붕만 쳐다볼 인물이 될 것이다.

시정에 배회하면서 권문 거족들에게 멸시를 받을 일을 끊임없이 하는 한편으로는, 흥선은 또한 조 대비께 더욱 가까이하여 인손이보다 더 신임을 얻을 방략을 늘 꾸미고 있던 것이었다.

인제 김씨 일문의 손에 인손이가 없어졌는지라, 흥선 측으로 보자면 또한 강적(强敵) 하나가 없어진 것이었다.

"당신의 후손의 앞에 지금 복의 문이 열리나이까, 혹은 이 일도 특별히 관심할 바가 아니오니까?"

위패의 앞에 이런 호소를 할 때는 흥선의 눈에는 찬란히 빛이 났다.

그로부터 흥선의 난행(亂行)은 더욱 심하여졌다. 천하장안을 연하여 불러오며, 대낮에도 이런 잡배들과 큰 소리로 농담을 던지며 거리를 횡행하여, 더욱 사람들의 웃음과 멸시를 사기에 노력하였다.

지금 자기의 몸은 귀한 몸 — 여차하다가는 상상도 하기 어려운 귀인이 될지도 모르는 몸인지라, 이 몸을 섣불리 김씨 일문에 산 제사로 바쳐서는 안 될 일이다.

이리하여, 그렇지 않아도 남이 손가락질하는 난행을 거듭하던 흥선은, 이하전이 없어진 뒤에는 더욱 어지럽고 거친 생활을 시작한 것이다.

그러는 한편 혹은 조 대비가 자기를 부르는 날이 있지 않을까 하여, 그는 그 준비를 게을리하지 않았다.

다만 한 사람 신임하던 이하전을 잃은 조 대비였다. 다른 종친들은 지금 모두 김문의 부하가 되어 있는 중에 (멸시는 받을지언정) 부하는 아직 되지 않은 유일이이 종친 자기는 장래 어떤 날 반드시 조 대비가 부를 날이 있을 것이다. 그날을 준비하기 위하여 홍선은 가난한 주머니를 털어서 새 관복이며 서대며 사모를 모두 준비하여두었던 것이다.

"굴러오는 복—"

그것은 과연 굴러오는 복에 틀림이 없었다. 김씨 일문은 자기네의 안전을 도모하기 위하여 이하전을 없이한 것으로되, 이하전이 없어지기 때문에 이하전에게 내려지려던 복덩어리는 이제 십중팔구는 홍선 자기에게로 굴러올 것이다.

표면 난행에 난행을 거듭하면서도 이날을 기다리고 있던 차에, 조 대비의 조카 성하가 대비의 분부로 자기를 부르러 온 것이었다.

위의당당히 성하와 함께 창덕궁으로 가는 동안, 홍선의 얼굴은 희망과 기대로 빛났다. 그리고 어떤 정도까지의 자신도 가지고 있었다.

"왜 그간 한 번도 아니 오셨수?"

홍선의 절을, 같이 몸을 일으켜서 받으면서, 대비는 비교적 명랑한 미소를 얼굴에 떠어가지고 물었다.

"가난한 백성이라, 무사분주하기 때문에 한 번 와서 뵙지도 못했습니다. 성하를 통해서 대비전 마마의 사연은 늘 알고 있었습니다마는……."

여전한 호활한 웃음은 그의 얼굴을 장식하였지만, 이날의 홍선은 전날의 무뢰한 이하응이 아니었다. 호활한 패기와 불기적 기상이 뚜렷이 나타나 있기는 하지만, 어디인지 종실 공자다운 단아함과 위엄이 갖추어 있었다.

파격(破格)의 예였다. 아무리 종실 공자라 할지라도 대군이나 왕자가 아닌 이상에는 대비께 공공히 이렇게 뵙는다 하는 일은 아직껏 전례가 없는 일이었다. 이 궁실의 어른이라는 권병으로 대비는 홍선에게 대하여 파격의 예를 지은 것이었다. 더구나 김씨 일문에 대한 그의 증오도 겸하여 김씨 일문에게 가장 수모를 받는 홍선을 공공히 내전으로 부른 것이었다.

"성하 너라도 좀 모시고 오지?"

대비가 말을 성하에게 돌리는 것을 흥선이 가로 받았다—

"그새 성하는 여러 번 그 말씀을 하옵디다마는, 여가도 없고—사실을 말하자면 대비마마께 뵈올 만한 의대(衣帶)도 없었습니다. 하하하하. 벼르고 별러서 가난한 가운데서 뽑아내서 이 의대 한 벌을 장만했습니다."

흥선은 태도를 과장하여가며 자기의 새 관복 소매를 들어보였다.

옷이 없다든가 무엇이 부족하다든가 하는 것을 입 밖에 내기는커녕 생각하기조차 부끄러이 여기는 대궐 안에서, 자기의 소매를 들추면서, 옷이 없어서 그간 못 왔노라고 천연스레 말하는 흥선의 태도는 도리어 유쾌하였다.

이 불기한 흥선의 태도를 대비는 연하여 상쾌한 미소를 얼굴에 나타내며 보았다.

"대감과 우리와는 촌수로 보자면 육촌 형제—항간에서는 그다지 먼 일가도 아니건만, 우리는 왜 그다지도 소원히 지냅니까?"

왜 소원히 지내느냐. "저것을 좀 저편으로 밀어주세요."—지금부터 십이 년 전, 사랑하는 아드님 헌종이 대비의 무릎에 누워서 임종시에 어보(御寶)를 가리키시며 하신 말씀을 대비는 지금 추상하는 모양이었다. 어보라는 것이 대체 무엇이길래, 모자지간 근친지간도 그것 때문에 이렇듯 소원해지지 않으면 안 되나. 명랑한 미소 아래서도 이 말을 할 때는 대비의 낯에는 한참 동안 적적한 빛이 흘렀다.

"육촌은 오촌보다 멀고 오촌은 사촌보다 멀지 않습니까. 골육지간에도 서로 다투는 세상이올시다."

"제발 우리는 좀 더 가까이 지냅시다."

하하하하. 큰 소리로 웃고 지껄이는 흥선이로되, 오늘 대비가 자기를 부른 데 대하여 좀 별다른 기대를 가지고 있는 흥선은, 대비의 일언일구, 일동일정을 모두 주의하여 보고 주의하여 들었다. 만약 대비로서 흥선의 어리석음을 이용하려면, 홍선은 자기를 어리석게 가장(假裝)할 것이요, 대비로서 홍선의 활달함을 이용하려면, 홍선은 자기를 활달하게 가장할 것이요, 대비로서 홍선의 '김문에 대한 악감'을 이용하려면, 홍선은 또한 그만큼 자기를 가식하지 않으면 안 될 경우에 있는, 홍선은 대비의 손가락의 조그만 움직임이라도 주의하여 않을 수가 없었다.

이러한 홍선의 주의 가운데서 잠시간 한담이 계속되었다. 대비도 무슨 특별한 말을 꺼내지 않았다. 홍선은 홍선으로서 바람 부는 대로 혹은 동으로 혹은 서로 기울어질 따름이었다.

"대감, 종친 중에 인재 하나를 또 잃었구려."

성하는 승후방으로 나가서 기다리라 하고, 모시는 여관들은 물리치고, 대비와 홍선이 단 두 사람이 되었을 적에 대비는 비로소 이 말을 하였다.

홍선은 힐끗 대비를 쳐다보았다. 보다가 대비와 눈이 마주쳐서 황급히 눈을 도로 아래로 떨어뜨렸다.

"대비마마, 소신도 —"

이렇게 말하고 잠시 끊었다가 —

"그날 밤 — 또 그 이튿날 밤을 잠을 이루지를 못했습니다."

"대감도 혹은 짐작하시는지? 이 사람과 인손이 — 하전이의 새를……."

"짐작하옵니다. 얼마나 심통하실까고. 황송합지만, 소신도 가까이 위로는 못 드리나마 혼자서 마음껏습니다."

인손이의 사건에 관해서 대비가 받아보는 처음 조상이었다. 간단한 한 마디의 조상이나마 대비에게는 마음에 드는 조상인 모양이었다. 대비는 눈을 적이 굴려서 한참을 홍선을 정면으로 바라보았다.

잠시 말이 끊어졌다. 그 뒤에 대비가 먼저 입을 열었다 —

"효명익황제(孝明翼皇帝)의 대는 끊어졌구려."

지금의 상감은 대비의 그 지아버님인 익종의 뒤가 아니요, 자기의 시아버님인 순조의 후사라 하는 뜻이었다. 죽은 인손이가 익종의 대를 이을 사람이었었다 하는 암시였다.

대비의 이 말에 대하여 흥선은 입에서 불끈 나오려던 말을 삼켰다. 삼켰다가 그냥 고요히 꺼내었다―

"대비마마, 효명황제의 어대를 이을 소년 하나를 신이 추천하오리까? 영특한 소년이옵니다. 제왕의 풍기를 가진 소년이옵니다. 아모 데를 내놓을지라도 결코 부끄럽지 않은 소년이옵니다."

대비는 흥선의 이 말에 고요히 재우쳐 물었다―

"누구오니까?"

"흥선의 둘째 아들 재황이, 금년에 열 살 나는 애올시다."

"?"

"자식을 보기에 아비만 한 눈이 없고, 제자를 보기에 스승만 한 눈이 없사옵니다. 흥선이 비록 미련하오나 자식에 익애(溺愛)[184]되어 그릇 볼 만큼 둔하지는 않사옵니다. 사십 년 생애를 술과 허튼 노름으로 허송했습니다마는, 아비가 그렇게 지난 만치 자식은 그렇게 보내지 않게 하고자 애를 다 쓰고 힘을 다 써서 훈도한 공이 겨우 나타나서, 아비와 다른 영특하고 활달한 소년이 되었습니다."

커다란 운명이 흥선의 바로 한 뼘 앞에 늘어져 있는 지금이다. 지금의 권문가족에게 짐승의 대우를 받으면서도, 얼굴에 떠오르는 피를 그냥 삭여버리고 참고 지낸 것은, 오늘이 장차 올 것을 예기하였으므로가 아니었던가? 지금 바야흐로 눈앞에 걸린 이 운명의 열매를 바라보면서 흥선은 죽을힘을 다 썼다. 아직 어떤 수모를 받을지라도 눈 한 번 껌뻑 감았다가 뜨면 스러져버리던 흥선이로되, 지금 이 자리에서는 등으로 땀을 뻘뻘 흘렸다. 표면 아무 기교가 없이 대비에게 대하여 있는 흥선이로되, 한마디 한마디의 말도 모두 그사이 오랜 기간을 닦고 갈고 깎고 하여, 준비하여두었던 말이었다. 이 자리의 한마디의 말의 가치가 얼마나 큰지는 형언할 수도 없는 것이다.

대비는 응하지 않았다. 그리고 뚫어질 듯이 홍선을 바라볼 따름이었다.

동으로?

서로?

마음이 너무도 산란하기 때문에 얼굴에 장식하였던 평온한 미소가 사라지려는 것을 억지로 회복하면서 홍선은 대비의 이 시험의 눈앞에 단정히 꿇어앉아 있었다. 등과 가슴에서는 식은땀이 줄줄 흘러내렸다.

만약 두 시간만 이렇게 앉아 있으라면, 홍선은 과도한 긴장 때문에 기절을 할 것이었다.

"후—"

홍선과 성하가 대비께 하직하고 물러나올 때에, 홍선은 기다란 숨을 내쉴 뿐 아무 말도 안하였다.

성하는 자기 집으로 돌아가지 않고 홍선을 따라서 홍선 댁으로 갔다.

남여에서 내려서도 홍선은 성하를 돌아보지도 않고 주인을 맞는 청지기에게 행차(병국이에게 빌려왔던)를 돌려보내라는 간단한 명령을 할 뿐, 빠른 걸음으로 정침으로 들어갔다. 성하도 묵묵히 따라 들어갔다.

홍선은 옷을 갈아입을 생각도 않고 그냥 아랫목에 내려가 앉았다.

근심스러운 얼굴이라기보다도, 만족하다는 얼굴이라기보다도—단지 평범하고 엄숙한 얼굴이었다.

성하는 문 안에 읍하고 섰다. 무엇이라 홍선의 입에서 말이 나오기를 기다렸다.

그러나 홍선은 성하의 존재도 모르는 듯이 잠자코 앉아 있었다. 숨소리도 고요하고 얼굴에는 아무 표정이 없었다.

"헴."

성하는 혹은 홍선이 자기가 온 줄을 모르지나 않나 하여 기침을 하여보았다. 홍선은 모르지는 않은 모양이었다. 그 증거로는 성하의 기침 소리에 한순간 성하를 본 뒤에 다시 본래의 표정으로 돌아갔다.

대비와의 사이에는 어떤 일이 있었는가. 그리고 어떤 말을 들었으며 어떤 결과를 얻었나? 성하는 알 길이 없었다. 홍선의 표정으로써 짐작하여 보려 하였으나 그것도 실패였다.

평범하고 엄숙한 그 표정 — 그것은 일이 실패로 돌아간 뒤에 나타나는 절망의 표정으로도 볼 수가 있는 동시에, 또 한편으로는 일이 마음대로 된 뒤에 고요히 그 성공을 즐기고 있는 표정으로도 볼 수가 있었다.

이 알 수 없는 홍선의 표정 앞에 성하는 윗목에 읍하고 묵묵히 서 있을 뿐이었다.

성하에게 향하여 앉으란 말도 없었다. 그렇다고 또한 나가라는 말도 없었다. 마치 낮잠에서 깨어난 사람 모양으로 묵묵히 앉아 있었다. 예장(禮裝)을 갖추고 묵묵히 앉아 있는 홍선의 모양은, 어떻게 보면 사람의 미고소(微苦笑)조차 자아내는 것이었다.

이윽고 홍선은 담뱃대를 끌어당겼다. 그리고 담배 서랍으로 쓰는 나무 갑을 끌어당겼다.

홍선의 뜻으로써 보통 연죽보다 썩 짧게 만든 자기의 연죽에 담배를 담으면서야 비로소 홍선은 성하의 서 있는 편으로 머리를 돌렸다.

"여보게, 조공."

"네?"

홍선의 인식을 받고야 성하도 비로소 꿇어앉았다.

"내 마음이 지금 어지러워. 산란해. 앞뒤를 가릴 수가 없어. 머리가 뒤집히는 것 같어. 정신을 가다듬을 수가 없네."

"대비께서는 무슨 말씀을 들으셨습니까?"

홍선은 눈을 감았다. 천천히 말을 하였다 —

"별말씀 하시는 것이 없으시데. 나 같은 사람에게 무슨 별말씀을 허시겠나. 하여간 내 마음이 어지럽고 산란하고 갈피를 차릴 수가 없으니, 자네는 돌아가게. 언제 다시 와주게. 그때 다 말해주마."

성하가 그 말 때문에 일어나서 하직을 고할 때에 흥선은 변명하듯이 말을 보태었다—

"노엽게 생각거나 별다르게 생각 말게. 너무 마음이 어지러워서 좀 혼자서 생각해보려고 그러네."

무슨 중대한 사건, 중대한 결과가 생긴 것뿐은 분명하였다.

그 흥선의 산란됨이 전염되었는지, 성하도 흥선의 집을 나서서 자기 집으로 돌아가는 동안, 가슴이 산란하기가 짝이 없었다. 그러나 스스로 물어보아도 왜 산란한지 그 까닭을 알 수가 없었다.

14

"국구우 — ㅇ(鞠躬).

바—이이 — (拜).

흐으ㅇ(興).

평시이 — ㄴ(平身)."

작년 구월에 경희궁(慶熙宮)으로 이어(移御)하셨던[185] 상감께서는, 모든 궁인들을 인솔하시고 금년 사월에야 다시 창덕궁으로 환어하셨다. 환어하신 뒤의 첫 번 숙배(肅拜)[186]였다.

월대(月臺) 위에는 인의(引儀)[187]가 높이 올라서 있다.

그 아래는 정1품부터 종9품까지의 열여덟 개의 표석(表石)이 서 있고, 열여덟 계단의 조신들은 각기 그 품반품서(品班品序)로 서 있다.

"국구 — ㅇ."

기다랗게 뽑는 인의의 호령에 백관들은 모두 일제히 허리를 굽혔다.

"바—이—"

두 번째의 호령에 백관들은 북향하여 절하였다.

"흐— ㅇ."

세 번째의 호령에 몸을 절반만큼 일으켰다.

"평시—ㄴ."

몸을 곧추 일으켰다.

다시 국궁, 바이, 흥, 평신— 이리하여 사배는 끝이 났다.

승후관(承候官)의 한 사람으로서 조성하도 이 숙배에 참례하였다.

숙배를 받으신 뒤에 상감은 시신들에게 부축을 받으시고 편전(便殿)으로 들어가셨다.

성하는 승후청으로 나왔다. 그리고 거기서 관복을 벗어가지고 잠시 더 머뭇거리다가, 금호문(金虎門)으로 하여 대궐 밖으로 나왔다. 이날은 비번이므로 숙배만 끝낸 뒤에는 나와버려도 괜찮은 날이었다.

궐 밖으로 나오기는 하였지만, 갑자기 갈 데가 없었다. 유난히도 마음이 어지러워서 집으로도 돌아가기가 싫었다. 성하는 가마만 먼저 돌려보내고, 잠시 돈화문 밖으로 돌아와서 머뭇거리다가 발을 서쪽으로 돌렸다. 며칠 만에 흥선 댁이라도 한번 찾아보고자 함이었다.

며칠 전 흥선을 모시고 경희궁에 대비를 가서 뵈온 뿐, 성하는 그 뒤 아직 흥선을 찾지 못하였다. 그러나 그날의 인상은 성하에게 있어서는 꽤 컸다.

자기의 눈이 결코 잘못 보지 않았음을 성하는 그날 확연히 알았다. 주책없는 인물, 상갓집 개— 이런 칭호를 들으면서도 탓하지 않는 흥선을, 성하는 아직껏 의심의 눈으로 보고, 흥선의 그런 인격의 배후에는 무슨 커다란 책략이 있지나 않은가 하고 늘 유심히 보았지만, 너무도 감쪽같이 속이므로 성하로서도 마지막에는 반신반의치 않을 수가 없었다. 그러나 그날 확실히 성하는 흥선의 진면목과 진인격을 보았다. 표면 어리석은 듯이 꾸미는 그 가면을 벗는 날 — 그 속에서 나온 흥선은 결코 주책없는 술망나니가 아니었다. 염치 모르는 인물이 아니었다. 그 응대, 태도, 언어, 행동, 어느 점에 있어서도 대궐 안에서 성장한 대군 왕자에게 지지 않는 단아한 귀인이었다.

이런 일면을 가진 그가 항간(巷間)에 돌아다니며 하는 그 행동은 너무도 어지러운 행동이었다. 만약 그것이 김씨 일문을 속이는 가면이라면, 흥선이야말로 고금에 다시없는 훌륭한 배우였다.

"이놈. 네가 그 모퉁이에서 필주 — 하니 나오니 이름이 필주로구나."

흰옷을 입은 인물(당시에 있어서는 양반은 옥색 기타 물들인 옷이며, 평민은 흰옷이었다)과 상투를 맞잡고 중인환시의 대로상에서 희롱을 하는 흥선 — 이 흥선과 그날의 흥선과는 너무도 차이가 있었다. 뿐더러, 그런 주책없는 일을 한 지 단 두세 시간 뒤에 흥선은 그렇듯 변한 것이었다.

그 기괴한 인물에 대한 위포와 경모의 정이 젊은 성하의 마음에 무럭무럭 일어났다. 이 사람에게 몸을 의탁하면 장래 반드시 한때 그 덕을 볼 것을 성하는 분명히 직각하였다.

"대감 계신가?"

댓돌에 선뜻 올라서는 성하를 흥선 댁 청지기가 맞았다.

"출입하셨습니다."

"어디 가셨나?"

이런 질문은 어리석은 질문이었다. 주책없이 돌아다니는 흥선인지라, 청지기가 알 까닭이 없었다. 물어보았지만 성하도 스스로 고소하고 다시 내려섰다.

안사랑에서 웃음소리가 나므로 귀를 기울여보니, 흥선의 맏아들 재면이가 그 외삼촌 민승호와 무슨 담소를 하고 있었다.

성하는 잠시 귀를 기울이다가 흥선 댁을 나섰다.

거기서 나선 성하는 갈 곳이 없었다.

'자, 어디로 가나?'

이렇게 되면 더욱 집으로는 돌아가기가 싫었다. 성하는 어디로 가겠다는 계획이 없이 발을 옮겼다.

종로에까지 이르렀다. 공랑(公廊)이며 육의전(六矣廛, 정부의 후원 아래 각종 일용품을 장사하는 상점)의 흥성스러운 흥정을 곁눈으로 보면서, 성하는 지향 없는 길을 남대문 쪽으로 향하였다.

"성하! 성하 아닌가?"

누가 자기를 찾는 소리가 들렸다. 처음에는 다른 사람인가 하고 그냥 가다가, 서너 번째 불리고야 성하는 돌아보았다.

성하는 눈을 둥그렇게 하였다.

"아이구, 이거 뉘십니까?"

그것은 성하의 외가로 아저씨뻘 되는 이 학사라 하는 늙은 선비였다.

"그렇게 들리지를 않던가?"

성하의 절을 받으며 이 학사는 이렇게 물었다.

성하는 의아한 눈으로 노인을 보았다.

가난하고 또 가난하여 도포 한 벌도 없어서 밖에 나다니지도 못하던 이 학사였다.

삼순구식이 아니라 구순삼식이라고 형용하고 싶도록 가난하던 이 학사였다. 정월에 성하가 문안을 갔을 때도 정월 초승부터 굶어 앉았던 이 학사였다.

그런데 이날은 그의 머리에서는 통영갓이 얼른거렸고 깨끗한 도포의 수띠는 분명히 생활이 넉넉한 선비의 차림이었다.

뿐만 아니라, 이 학사의 뒤에는 하인까지 하나 달려 있었다. 하인도 깨끗이 차렸으며, 그 하인은 무슨 귀중한 물건인 듯한 네모난 상자를 공단보에 싸서 들고 있었다.

"아저씨, 아직 그 댁에 계십니까."

그 오막살이랄 수가 없어서 댁이란 대명사를 붙이면서 성하는 속으로 고소하였다.

"아니라네. 이사했다네. 나하고 집에 같이 가보지 않겠나?"

"어디오니까?"

이 학사는 대답 대신으로 입을 삐죽하게 하고 그 입으로 하인의 들고 있는 상자를 가리켰다.

성하는 학사의 입을 따라 보기는 하였지만, 무엇인지 알 수가 없었다.

"조(彫)라네."

"네?"

"사충사(四忠祠) 조라네.

"?"

"내게도 운 틀 날이 굴러오느라고, 이번에 사충사의 일유사를 하게 되였네그려."

성하는 겨우 알아들었다.

이 가난한 노선비가 가난에 구르고 또 구르다가, 어떻게 사충사의 일유사를 얻어 하게 된 모양이었다. 하인이 받들고 있는 그 상자는 '조'를 넣은 상자인 모양이었다.

사충사(뿐만 아니라 조선 안 각 서원)의 조 — 그것은 이 나라에 있어서는 옥새(玉璽)의 다음 가는 권위 있는 '도장'으로서, 각 지방의 방백의 관인(官印)보다 훨씬 세력이 높은 것이었다.

옥새며 지방관의 관인은 흔히 본 일이 있으되, 조를 처음 보는 성하는 그 공단보에 싸인 네모난 상자를 흥미 깊은 눈으로 굽어보았다. 그 '조'의 놀라운 권위는 이미 익히 듣고 있었으므로 —

노들나루를 건너서면, 장청류의 한수를 굽어보는, 경개 좋은 바위 위에 한 사당이 서 있으니 그것이 사충사다.

당쟁 때문에 참화를 본 김창집(金昌集), 조태채(趙泰采), 이기명(李基命), 이건명(李健命)의 네 유신(儒臣)의 위패를 모신 곳으로서, 그때 함께 결련되었던 유신들의 후손 가운데서 일유사를 뽑는 것이었다. 이 학사도 그의 오대조(五代祖)가 그때 그 사건에 원배를 갔던 덕으로, 어떻게 어떻게 운동을 하여 일유사 자리를 구한 것이다.

"그러면 아저씨도 인젠 생활이 좀 피셨겠습니다그려."

"생활? 암. 폈지. 석 달 내에 내 몫으로도 개똥밭이 두 달 갈이요. 수원 논이 사십여 섬지기가 생겼네그려. 이제 일 년 안으로 당대 먹을 게야 생기겠지."

"호오, 많이 벌으셨습니다. 그때 그— 심? 석?"

"석경원이란 놈 말이냐?"

"네, 석 이방(石吏房) 말씀이외다."

"암, 그놈도 벌써 잡어다가 가두기를 네 번 했네그려. 내 재산 홀짝 빨아먹었던 그놈, 인젠 다시 나한테 홀짝 빼앗기구 거지가 돼서 어디로 떠나갔다디."

"시원하시겠습니다."

"시원쿠말구. 좌우간 우리 새 집에 가보세."

"그러십시다."

성하는 이 쾌활한 늙은 선비의 인도로서 선비의 집을 찾기로 하였다.

—사충사에서 발행하는 서독(書牘)—일유사의 '조'가 찍힌 그 서독은 놀라운 권위를 가지고 있는 것이었다.

지방관의 관인(官印)이 찍힌 영장은 그 관할 구역 이내에서밖에는 통용이 못 된다. 영변부사의 영장이 안주 땅에서 통용 못 되고, 전라감사의 영장이 경상도에 통용 못 되고—각각 그 관원의 관할하는 구역 안에서밖에는 통용이 되지 못하는 것이다.

그러나 서원 일유사의 도장이 찍힌 서독은, 남으로는 제주도에서부터 북으로는 백두산까지 통용 안 되는 곳이 없다. 가령 용산 건너 노들에 있는 사충사에서 '동래 땅에 사는 아모를 잡아 오라'는 서독이 날 것 같으면, 그것을 가진 하인은 동래 땅에 가서 그 지정한 인물을 잡아 올 권한이 있다. 그곳의 지방관도 이를 금지하지를 못한다.

잡아 오는 데 무슨 명목이나 까닭이 없다. 그저 잡아 올 따름이다.

그 잡아 온 죄인을 일유사는 다시 이조(吏曹)나 한성판윤(漢城判尹)에게 곱게 가두어두기를 촉탁한다. 그러면 이조에서나 한성부에서는 이를 거절하지를 못한다. 일유사에게서 다시 놓아주라는 부탁이 오기까지는 까닭을 모르는 그 죄인을 곱게 가두어둘 뿐이다.

본시는 서원이라 하는 것은 옛날의 성현들을 존경하기 위하여, 유인(儒人)들이 모여서 옛날의 성현들의 끼친 학문을 토구하여 성현들의 영을 제사하기 위하여 시작된 것이었다.

그 예절을 장려하기 위하여 서원을 유지할 만한 전장(田庄)을 기부받는 것을 허락하고, 그 서원의 서독의 어떤 정도까지의 권한을 인정하여주었던 것이었다.

그러던 것이 수백 년 내려오는 동안 본의는 잃고 말의(末意)만 남아서, 조선의 온갖 더럽고 추한 일은 모두 거기서 생겨나게까지 되었다.

이 서원의 횡포 때문에 당시의 백성들은 얼마나 괴로움을 받았나. 서원에 부속된 많고 많은 유의유식의 선비들은, 모두 그 근처의 백성들의 고혈을 자기네의 당연히 먹을 것으로 여기고 있던 것이었다. 당시의 서원은 서원이라기보다 오히려 악도청이었다.

본(本)을 모르고 말(末)만 아는 선비들이 그 서원을 근거 삼아가지고 행하는 가장 엄숙하고 존경할 만한 연구는 다른 것이 아니었다.

가령 나라에 무슨 제사라도 있다면 그들은 분주히 옛날 책을 뒤적이는 것이었다. 그리고 거기서 연구 연구한 뒤에 '누구는 어떤 옷을 입어야 하고 누구는 어떤 옷을 입어야 한다. 이는 옛날 어느 성현의 가르침이느니라'는 위대한 희설을 발표한다. 그리고는 이 사람과 저 사람의 사이에서 서로 의견이 달라지면 서로 자기네의 주장을 주창하여 거기는 굉장한 싸움이 벌어지는 것이었다.

가령 대궐에서 어떤 제사를 한다 하면 그들은 바삐 고서를 펴본 뒤에 '상감은 이런 경우에 두 번 절하셔야 하고 서자는 세 번이요 대신은 몇 번 절을 해야 한다. 이것은 옛 성현의 가르침이다'는 학설을 발표하고 서로 의논이 분분한 것이었다.

서로 이러한 연구나 하며 도의도식하는 그들은 도의도식을 하기 위하여 서원 부속의 상전을 마련하지 않을 수가 없었다.

폐단은 여기서 생겨나는 것이다.

서원에서는 자기의 가진 권한을 이용하여, 시골 돈냥이나 있는 사람을 잡아다 가둔다. 명목은 아무것이라도 좋다. 성현을 몰라본 죄라든가, 조상께 제사를 정성되게 못한 죄라든가 하는 막연한 명목으로 잡아다가 가둔다. 그리고 그냥 내버려둔다.

그러노라면 그 집의 아들이든가 친척이 찾아와서 흥정을 한다. 서원에 얼마의 장전을 기부할 테니 이번만은 특별히 용서하여주십사고 애걸복걸한다. 그러면 그 죄인의 재산에 상당한 기부를 받은 뒤에 그 죄인에게는 장의(掌議)[188]라든가 하는 직첩을 한 장 내어주고 특별히 용서를 하여준다.

그렇지 않으면 그 근린에 돈냥이나 있어서 선비 노릇을 하고 싶어 하는 사람에게 장의를 판다. 사지 않으려면 강제로라도 판다. 이 강제 판매에 응치 않았다는 큰코를 다치므로, 한번 서원이 겨눈 이상에는 피하지를 못하는 것이다.

후일 흥선군이 대원군이 되면서, 그의 대영단으로 전국의 서원을 모두 부수고, 서원에 모셨던 위패들을 모두 없이할 때에, 그 수효 천여 개, 거기 도의도식하던 무리가 수만 명이었다.

그들은 모두 서원을 근거 삼아가지고, 거기 모신 옛날 성현의 옷소매를 방패 삼아가지고 온갖 더럽고 추한 일을 다 하다가, 일이 불여의하게 되면 곧 옛날 성현을 앞장세워서 이 사대성(事大性)이 많은 국민을 위협하던 것이었다.

사람을 죽일 권리는 없지만, 잡아 가둘 권리는 있는 그들에게 단지 포금죄(抱金罪)밖에는 아무 죄도 없는 사람들이 경옥이며 향옥에 갇혀서 신고한 사람이 부지기수였다.

사충사 서독.

화양서원(華陽書院 — 충청도 청주에 있음)의 화양 묵패(墨牌).

당시의 서원 가운데서도 가장 권위 있는 이런 몇 곳의 서독은 세력이 당당한 것으로서, 임군의 옥새가 찍힌 왕령에 거의 지지 않을 만한 권세를 가졌던 것이다. 이조판서 한성판윤도, 일개 유생의 발행한 이 서독의 영을 거역치 못하였다.

그 자리를 얻은 이 학사는 의기가 양양하였다.

학자는 권세를 초개같이 여기고 금전을 사랑하지 않는다 하지만, 권세를 싫어하고 금전을 싫어하는 사람은 현재에는 존재하지 않았다. 비교적 명랑하고 쾌활한 성격의 주인인 이 학사도 역시 권세와 금전을 좋아하는 노인이었다.

이 학사의 집은 목멱산 아래 깨끗이 새로 지은 집이었다. 넉 달 전에 거처하던 단칸방에 비기건대, 설초 운양[89], 그 차이를 형용할 말이 없었다. 선비의 집이라기보다 오히려 재상가의 산당에 가까운 집이었다.

"경치 좋고 공기 맑고 아주 좋습니다."

성하의 이런 치하를 들으면서, 학사는 도포와 갓을 훌훌 벗어버리고 정자관을 바꾸어 썼다.

"자, 흠 있겠나. 자네도 도포 벗게."

하는 것을 성하는 벗지 않았다. 선비와 달라, 도포를 벗으면서 창의라도 반드시 입어야 하는 벼슬아치의 집에 태어난 성하는, 동저고리 바람은 거북하기 때문이었다.

학사는 성하를 데리고 산 정자로 돌아갔다.

"인젠 날이 꽤 더워졌네. 정자에서 이야기나 좀 하고 가세."

정자를 자랑하고 싶은 모양이었다.

목멱산 기슭―장안이 굽어보이는 언덕에 팔각으로 지은 얌전한 정자였다. 과시 앉아서 시나 읊고 토론이나 하기에는 적당하게 생겼다. 하인은 마치 학사의 꽁무니에 달린 사람인 듯이 '조'를 들고 따라왔다.

"서방님, 아까 참 손님이 오셨다가 가셨습니다."

성하와 학사가 마주 앉을 때에 하인은 생각난 듯이 말하였다.

"응? 누구더냐?"

"어제도 오셨던 분이올시다."

"어제도? 어제도 여러 사람이 왔었는데……."

"―그 육의전(六矣廛)에서 지전(紙廛)을 보시는 분이올시다."

"응. 그래, 아무 말도 없이 갔나?"

"저녁에 또다시 오겠습니다고요."

"그뿐이야?"

"네."

학사는 성하를 돌아보았다.

"자네는 승후관이니 혹은 종친 중에 흥선군 이하응이라는 사람을 아나?"

"네, 짐작이나 합니다."

"주책없는 인물."

그리고 하인에게 향하여,

"주안이나 좀 내오너라."

고 돌려보냈다.

"왜 흥선군이 어떻게 하셨습니까?"

"글쎄 말일세. 종친으로 태어나서 그게 무슨 주책없는 짓이람."

"왜요?"

"사연이 이렇네그려. 흥선군이란 인물이 안필주라나 하는 상놈과 부동[190]을 해가지고, 지전 보는 홍 모를 쇠김[191] 투전에 걸어 넣어가지고 육백 냥을 빼앗었다나?"

"찾어온다는 사람이 그 홍 모랍니까?"

"그렇지. 그 홍 모가 매일 찾어와서, 흥선군은 잡아 가두지 못하되 안 모라는 상놈을 좀 잡아 가두어달라는구먼."

"그래, 어떡허시기로 했습니까?"

"자네에게니 말이지, 장사아치는 참 더럽데. 지전 주인이 그게 무슨 꼴이람. 처음에 열 냥 가져왔지. 그 다음에 또 열 냥 가져왔지. 쉰 냥도 못 되고야 누가 그걸 잡아 가두어주겠나? 오늘은 얼마 가져왔는지는 모르지만, 너덧 번 더 헛걸음해야 될 걸. 하하하하."

"그러면 홍 모는 부러 돈을 새겨가면서 안 모를 잡아 가두면 뭘 한답디까?"

"내가 그거야 알겠나. 아마 안 모는 흥선군한테 좀 떼낼라는 셈이겠지."

성하는 머리를 수그렸다. 무슨 매우 더러운 물건에 직면한 것 같은 느낌 때문에 불쾌하였다.

"홍 모뿐이 아닐세그려. 이놈을 잡아 가두어주오, 저놈을 가두어주오, 매일 청 대러 오는 인물들이 부지기술세그려."

"다 돈냥을 가지고 옵니까?"

"그럼, 거저야 가두어주나. 그런 것은 내 수입 ― 큰 장전은 사당 재산 ― 그렇게 되는 것일세그려."

"아저씨, 그 안 모라는 관속을 쉰 냥이 차기만 하면, 가두어주시겠습니까?"

"그럼, 내게 손해나지 않는 일 —"

성하는 머리를 수그렸다. 수그리고 잠시 있다가 머리를 들 적에는, 그는 자기의 얼굴의 불쾌한 표정을 감추지 않았다 —

"아저씨, 제가 그 쉰 냥을 아저씨께 드릴게, 홍 모에게 받으신 금전은 도로 내주시고 안 모는 모른 체해주십시오."

"?"

학사는 성하를 보았다. 의아히 기울여보았다.

"자네도 그 안 모를 아나? 자네도 아는 사람이라면 —"

말을 계속하는 것을 성하는 가로채었다 —

"모릅니다. 모르지만 옛날 어느 성현께서 돈 받고 남을 잡아 가두라고 하셨습니까?"

학사는 즉시 대답지 못하였다. 잠시 뒤에 머리를 돌리며 대답하였다 —

"그게야, 그런 말씀은 안 하셨지만, 서원치고 안 하는 곳이 어디 있나? 서원뿐인가. 자네도 잘 알다시피, 내가 시골서는 본시 몇천 석이나 하던 사람이야. 그게 왜 중년에 그렇게 가난하게 지냈나? 내가 외도를 해서 썼나, 역적 도모를 하다가 관가에 몰수를 당했나? 내 논밭 삼백 석내기는 향교에 들어가고, 칠백 석내기는 석경원이란 놈이 빼서 먹고 — 그래서 중년 삼십 년간을 삼순구식을 하면서 겨우 연명만 해오지 않았나? 그건 누구나 다 하는 일이라네. 자네는 아직 젊어서 그런 일을 모르니깐 그렇게 생각하나 보이마는, 사충당 일유사라는 것은 그만한 일을 하라고 나라에서도 권한을 주신 것이 아닌가?"

나라에서도 매관 매작 —

서원에서도 매첩 매직.

나라에서도 뇌물과 강탈.

서원에서도 뇌물과 강탈.

이 아래 끼인 세력 없고 힘없는 서민들은 어떻게 살 것인가. 성하는 다변(多辯)한 아저씨의 말을 들으면서, 더욱 불쾌하였다.

"그럼, 아저씨께서는 그새 몇 사람이나 가두어보셨습니까?"

"나야 일유사가 된 지 석 달밖에 못 되니깐 몇 사람 안 되지. —자, 평양 김 생원, 해주 최 서방, 또."

누구누구 잠시 꼽아본 뒤에,

"일곱 사람밖에는 못 되네."

하고, 수효가 적은 것을 부끄러이 여기었다.

"일곱 사람에 합해서 얼마나 거두었습니까?"

"내야 나 먹자고 거두는 게 아니니깐 얼마 되겠나. 큰 것은 사충사로 보내야 되고, 부스러기나 내게 들어오는 것일세그려. 아까 말한 것같이 장도 약간, 돈 얼마, 이 집, 그것뿐일세, 한 십 년만 하면 나도 착실해지기는 하겠구먼."

이 선량한 노인은 십 년간을 '조'를 맡아두고 싶어 하는 것이었다.

"여보게, 성하."

"?"

"다른 놈 잡아 가둔 건 그다지 별다르지 않지만, 석경원이란 놈 잡아 가둔 건 일을 생각하면 열흘 체기가 한꺼번에 내려가는 듯하네. 이놈이 십 년 전에 내게 대해서 행한 행사를 생각하면, 그런 시원한 일이 없데. 이놈의 아들놈 손주놈 할 것 없이 모두 집으로 몰려와서, 손이 발이 되도록 애걸하던 꼴은 지금도 눈에 서언하네. 내 그놈을 한 푼 없이 발겨냈지. 지금 거지가 돼서 떠돌아다닌다데."

"어떻게 잡어 오셨습니까?"

"듣고 싶은가? 내 이야기할게 들어보게. 가만, 주안 나오나비. 천천히 먹어가면서 이야기해보세."

내어온 주안을 가운데 놓고 학사는 성하에게 자기가 철천지한을 품고 있는 석경원이에게 원수를 갚던 일장 이야기를 꺼내었다.

성하는 안주도 집지 않고 술도 들지 않고, 잠자코 아저씨의 말을 듣고 있었다.

이 학사의 집안은 시골서 벼 천 석이나 하던 집안이니까 부자 소리도 듣던 집안이었다.

눈을 크게 뜨고, 어디 명색 없는 부자나 없는가고 탐지하는 두 가지의 세력(하나는 관력, 하나는 벌력[192])이 이 이 학사의 집안을 그저 넘기지를 않았다.

먼저 향교에서 이 학사에게 장의라는 명색을 주고 삼백 석을 뺏어 갔다.

천 석 추수에서 삼백 석은 꽤 큰 상처는 상처지만 치명상까지는 안 되었다. 학사는 장의라는 직함을 얻어가지고 이것이 도리어 행세하는 선비가 된 것으로 여기고, 그다지 애석히 생각지는 않았다. 아직 칠백 석지기가 남았으니 그것을 가졌으면 넉넉히 생활을 할 수가 있으므로 —

그러나 당시에 있어서 시골 장의 따위의 칠백 석이 또한 그냥 보전될 수가 없었다. 관력(官力)이라 하는 것이 학사의 칠백 석을 엿보기 시작하였다.

석경원이라는 인물은 영문 이방(吏房)이었다. 마음이 곱지 못한 인물이었다.

그때의 그곳의 장관인 관찰사도 또한 마음이 좀 검은 사람이었다.

학사, 이 장의는 연하여 관찰부에 잡혀갔다.

"감영 남문에 사또님을 훼방하는 방을 붙인 것이 너지?"

혹은 —

"결전(結錢)[193]을 속였지."

별의별 명색을 다 붙이어서, 이 장의를 옥에 가두고 하였다. 그리고 그 매번을 자손들이 석경원이에게 막대한 뇌물을 바치고야 놓여나고 하였다.

이리하여, 갇혔다가는 뇌물로써 벗어나고, 또 같은 일이 번복되고 하여, 몇 해 후에는 이 장의의 집은 고생은 하리만큼 다하고도 재산은 홀짝 다 빼앗겼다.

그때 감사도 먹기는 꽤 먹었다. 그러나 그 대부분은 석경원이가 먹은 것이었다. 좌우간 겨우 삼백 냥이란 돈을 마련하여 이방 자리를 산 석경원은, 이방 십오 년간에 삼천 석이라 하는 거대한 재산을 움켜잡은 것이었다.

재산 전부를 석경원한테 앗긴 이 장의 집안은, 그 뒤 십 년간을 이리저리 굴러다니면서 숱한 고생을 다 겪었다.

그러다가 금년 봄에 어떻게 어떻게 하여, 집안 오대조를 팔아서 사충사 일유사를 얻어 하게 되었다.

일유사가 되면서, 학사가 제일 첫 번 '조'를 찍은 것은 철천지 원수 석경원 압래장이었다.

석경원은 이 위대한 권세를 가진 종잇조각 때문에 한성부에 갇히게 되었다.

홍정은 시작되었다. 백 석내기를 사충사에 바치리다, 이백 석 바치리다, 삼백 석 바치리다, 석의 아들이 찾아와서 호소 호소하는 것을 학사는 대번 고개를 가로저어서 돌려보냈다.

드디어 석은 학사의 만족할 만한 토지를 제공하고야 백방이 되었다.

그러나 석의 재산을 홀짝 다 빨아서 거지를 만들기 전에는 학사는 만족할 수가 없었다. 학사는 비밀리에 이 석을 청주 만동묘(萬東廟)로 넘겼다. 사충사에서 초벌 벗기운 석은 다시 만동묘에 또 한 벌 벗기우지 않을 수가 없었다.

만동묘에도 만족할 만한 뇌물을 바치고 겨우 백방이 될 때는, 학사의 비밀 운동으로 또한 다른 서원이 석을 기다리고 있었다.

이리하여 몇 군데 넘어갈 동안, 이방 오 년간에 번 적지 않던 재산은, 모두 이 서원이며 저 서원으로 넘어가고, 하잘것없는 거지가 되어버렸다.

이리하여 십여 년 전에 겪은 원한을 학사는 사충사의 일유사가 되어가지고 그대로 갚은 것이었다.

조—

한 개의 뿔 조각에 지나지 못하는 것이 이 학사의 십 년 전 원수를 갚아 준 것이었다.

"어떤가? 내가 못할 일을 했나? 다들 하는 노릇이고, 하게 마련된 노릇을 나 혼자 안 하면 어리석은 짓이라네—"

학사는 성하에게 이렇게 말하였다.

성하는 머리를 조금 들어서 학사의 오른편 옆에 놓여 있는 조를 보았다.

정목으로 만든 위에 명주 끈을 달고 주석으로 장식을 한 그 상자는, 옥새를 간직하는 그릇보다는 약간 손색이 있으나, 외방 장관(長官)의 관인을 넣는 상자보다는 훨씬 더 치레를 하였다.

"조는 인주로 찍습니까?"

"먹으로 찍는다네."

"아저씨, 말씀은 알아들었습니다. 그렇지만 제 소견으로 말씀드리겠습니다. 세상이 아무리 모두 좋지 못한 일을 하더라도, 다 한다고 그것이 좋은 일이 될 까닭이 없습니다. 옛날 재상은 죽은 뒤에 장례 지낼 비용이 없는 것을 자랑했다 하지 않습니까? 그 마음을 아저씨께서는 본받으실 수가 없습니까? 제 소견으로는 높은 선비는 금전을 사랑치 않아야 하지 않는가 합니다."

노인은 청년을 굽어보았다. 못 알아듣겠다는 모양이었다. 사충사의 일유사가 된 이상에는 자기도 높은 선비일 것이다. 역대의 일유사도 무론 모든 높은 선비였을 것이다. 그 모든 높은 선비들이 아직껏 예사로이 행한 일을, 아직 머리에 피도 마르지 않은 성하 따위가 이렇다 저렇다 하는 것이 아니꼽기까지 한 모양이었다.

"자네는 아직 어려서 아무것도 모르기에 그런 말을 하지, 남 듣는 데서는 아예 그런 말 다시 말게. 명유(名儒)들의 하신 일을 외람되이 말할 것이 아니라네."

지나간 시대의 사람들이 행한 일이니 즉 옳은 일이라고 단정하는 이 단순한 노인을 성하는 결코 악의(惡意)로 볼 수는 없었다.

뿐 아니라, 이 노인의 마음에도 결코 악의가 없는 것은 성하도 잘 아는 바였다. 양기롭고 쾌활하고 단순한 이 노인은, 자기의 행하는 일에 대하여 비판을 내리지를 못하는 따름이었다. 지나간 시대의 사람들은 모두 잘난 사람들이었고, 그 잘난 사람들이 행하던 일이니 결코 나쁜 일이 아니라는 단순한 생각으로 행하는 뿐이지, 마음에 악의가 있어서 행하는 일이 아닌 것은 성하도 짐작하였다.

이 단순하고도 지나간 시대의 사람을 절대로 존경하는 노인에게 대하여, 그 일이 그릇된 일임을 이해시키는 것은 지난한 일일 것이다. 지나간 시대의 사람이 잘못하였다고 지적하는 것은 더욱 어려운 일일뿐더러, 잘못하다가는 단순한 노인의 감정만 사기가 십상팔구일 것이다.

"아저씨, 그럼 그 말씀은 다시 하지 않으리다. 그 대신 제 부탁 하나는 들어주십시오."

"무엔가?"

"아까 말씀하시든 그 안 모 — 안필주는 그대로 넘겨주시면 좋겠습니다."

"자네가 그렇게 부탁하면 그건 어렵지 않은 일이지만, 자네는 그 안 모와 면분[194]이라도 있나?"

"면분이 아니라 흥선군과 면분이 있습니다."

"흥선군? 흥. 자네는 명문거족에 태어나서 왜 그런 주책없는 인물과 교제를 하나."

"할 수 있습니까? 이미 한 노릇을 도로 없이할 수도 없고!"

"그럼 내일 흥 모가 오면 받았던 것은 도로 내어줘야겠군……."

'투전해서 돈 땄네. 하하하' 하고 너털거리던 흥선의 모양이 휙 성하의 머리에 나타났다가 사라졌다. 그때 함께 가던 인물이 안필주였다. 그것을 생각하고 홍 모의 호소를 연상할 때에, 성하는 스스로 입가에 떠오르는 고소를 금할 수가 없었다.

"게다가 흥선군은 홍 모와 사화[195]할 돈도 없답니다."

성하는 이렇게 보태었다.

성하가 이 학사의 집에서 나온 것은 거의 황혼 때였다.

"간간 오게. 자네 즐기는 평양 감홍로도 마련해둘게. 심심하면 놀러 오게."

학사는 동저고리 바람으로 대문까지 따라 나와서 성하를 보냈다.

쾌활하고 양기로운 노인과 하루 진일을 보낸 성하인지라, 당연히 그의 마음은 가벼워야 할 것이다. 그러나 그 반대로 노인의 집을 나온 성하의 마음은 여간 무겁고 불쾌하지 않았다. 무엇이 이 천진하고 단순하고 유쾌한 노인으로 하여금 의에 벗어난 일을 예사로이 하고 조금의 반성도 하지 않게 하는가.

— 첫째로 제도였다. 그런 제도를 만들고 그 제도에 물들기 때문에 그렇듯 유쾌한 노인으로 그렇듯 불쾌스런 행동을 예사로이 하게 하는 것이었다.

둘째로 그릇된 사대사상(事大思想)이었다. 서원을 신성시(神性視)하고, 서원에서 하는 노릇은 불가침으로 생각하는 것은, 이 나라에 퍼지고 또 퍼진 사대사상의 산물이었다. 군권과 관권보다도 삼고의 예의를 더욱 존중히 여기기 때문에 이런 불례(不禮)의 일이 산출된 것이었다.

셋째로 위정자의 타락이었다. 자기네들도 매관 매작과 토색과 뇌물을 가장 당연한 일로 여기고 행하는지라, 서원의 횡포를 금할 면목이 없을 것이었다.

붉은 문의 안에서는, 마부(馬夫)가 대추와 밤을 밟으며, 단청한 누각의 앞에서는 나귀가 약식을 먹어서 가축이 인식을 먹으되 금할 줄을 모르나, 이 나락은 풍년 되고 다스한 겨울에도 전하의 적자는 오히려 굶고 얼어 죽는 사람이 있소이다.

얼마 전에 간관(諫官) 모의 상소와 같이 고관 거족들의 쓰레기 가운데도 고깃덩이가 그냥 섞이어 있는 반면에는, 또한 물고기 먹으라고 강에 뿌리는 밥을 훔쳐 먹으려고 위험을 무릅쓰고 물속에 숨바꼭질하여 들어가는 가난한 백성이 부지기수니 너무도 모순된 세상이었다.

이러한 모순된 세상을 바로잡으려면, 그것은 여간한 과단성과 힘과 패기를 가지고는 하지 못할 것이다. 천 년에 한 번, 만 년에 한 번 날까 말까 하는 위대한 인물의 위대한 손이 아니면 도저히 행하지 못할 노릇이었다.

누구—그런 힘센 사람이 과연 누구인가.

지금 성하 자기가 머리를 수그리고 길을 걷는 동안에도, 많고 많은 재물들은 혹은 마바리로 혹은 소바리로 권문들의 집 창고로 몰려 들어갈 것이다. 권문들의 창고로 하루에 몰려 들어가는 재물이라 하는 것은, 또한 시골의 몇 집안이 몇 대를 내려오면서 근검저축을 하여 쌓아온 노력의 결정일 것이다. —이런 일을 생각할 때에 이 너무도 어지럽고 혼란된 상태는, 어떤 위인이 생겨날지라도 도저히 펼 수가 없을 듯이까지 보였다.

—흥선 대감. 소인이 본 바의 당신은 분명히 비범한 인물이올시다. 다른 사람이 감히 손도 못 댈 일을 넉넉히 감당할 분으로 보았습니다.

—그러나, 이렇듯 어지러운 국면을 당신은 능히 개척할 만한 능력을 가지었습니까. 당신의 힘을 의심함이 아니라, 세태가 너무도 어렵게 됨을 근심함이로소이다. 시기를 놓치면 명의(名醫)라도 병을 고치지 못한다 하지 않습니까?

—대감, 일어서십시오. 만약 당신이 명의의 수완을 가지신 분이라면 하루바삐 일어서십시오. 시기가 너무 늦어서 대사를 그르치기 전에 어서 일

어서십시오.

저녁때라고 제 집으로 돌아들 가는 어지러운 무리의 사이에 섞여서, 성하는 머리를 푹 가슴에 묻고, 마치 술 취한 사람 모양으로 고르지 못한 걸음으로 길을 걸었다.

15

옥색 무문 갑사 창의(氅衣).

정자관—

이런 편의(便衣)로써 김병기는 자기 침방에서 안석에 기대어 앉아 있다.

그 창 밖 툇마루에 세간 청지기가 치부책을 들고 꿇어앉아 있다.

금은으로 장식한 부산 연죽(煙竹)에서 피어오르는 향그러운 삼등초(三等草)의 연기에 상쾌한 듯이 한번 기다랗게 숨을 내쉬고 병기는 말하였다—

"××부사에게서는?"

청지기는 치부책을 뒤적이었다.

"정월 열나흗날 오천 냥, 삼월 스무이튿날 만 냥이올시다."

"○○현령에게서는?"

청지기는 벌걱벌걱 책장을 뒤졌다.

"정월 여드렛날 일만 이천 냥—이올시다."

"△△군수에게서는?"

"이월 열나흗날 이천 냥뿐이올시다."

약채전(藥債錢—각 고을 수령에게서 권문에 보내는 공물)을 조사하는 것이었다. 단 이천 냥이라는 데 병기는 한순간 눈살을 찌푸렸다.

"□□군수에게서는?"

청지기는 책장을 이편으로 뒤적이고 저편으로 뒤적이고 한참을 뒤졌다. 한참을 뒤적일 동안 병기는 참을성 좋게 말없이 기다리고 있었다.

"―아직 온 게 없는가 봅니다."

병기는 숨을 내쉬며 눈을 천천히 한 번 감았다가 떴다. 병기 자기의 손을 통하여 각 곳에 나간 수령들을 차례로 꼽는 것이었다.

"▲▲군수에게서는?"

"산삼 열 근과―그―"

청지기는 말을 주저하고 있었다. 병기가 재차 물었다.

"그―?"

"그―"

"응."

생각났다. 산삼 열 근과, '몸 심부름이라도 시키시라'는 명목으로 아리따운 처녀 세 명을 구해 보낸 것이었다.

"산삼 열 근과 돈 삼만 냥이지―○○군수에게서는?"

"―"

"이만 냥을 추송한다 하옵니다."

병기는 눈을 번쩍 떴다―

"외상이냐?"

"……."

"썩 물러가거라!"

청지기는 자기가 무슨 큰 죄라도 지은 듯이 코를 마루에 비볐다.

"이놈, 외상이 머냐! 썩 직전을 가져오너라."

청지기는 또 한 번 코를 마루에 비볐다.

어디 군수 어디 현령―병기가 주선하여 내보낸 수령들의 점검이 다 끝났다.

병기는 재떨이에 담배를 떨면서 말하였다―

"금년 정월부터 지금까지에 삼천 냥 미만을 가져온 사람들은 모두 따로

이 적어두어라."

"네—"

"외상도 미봉 편이다. 응, 그리고 이만 냥 이상 가져온 사람도 또 따로 적고……. 그 ▲▲군수(산삼 열 근과 계집 세 명을 바친)는 이만 냥 이상 편이다."

"네."

"또 그— 현령은 미봉이지만 특별히 눈감는다."

특별이라는 것은 또한 그럴 만한 내력이 있는 것이었다. 그것은 병기와 그 당자—혹은 당자의 여권(女眷)의 사이에 남이 헤아리지 못할 비밀이 있기 때문이다.

"물러가거라."

상전에게 절하고 물러가는 청지기를 힐끗 보면서, 병기는 비로소 이편으로 향하여 돌아앉았다.

"영감, 미안하외다."

"아니올시다. 소인이 황공하옵니다."

거기는 병기의 주선으로 어떤 고을의 수령으로 나가게 된 한 중로(中老)가, 부임하기 전에 마지막으로 병기에게 하직을 하러 와 있었다. 그 사람의 보는 앞에서 병기는 약채전의 조사를 한 것이다.

장래 수령 영감은 눈이 부신 듯이 병기를 우러러보았다.

"영감! 무엇보다도 백성을 사랑하실 줄을 알아야 하오. 수령이 되어서 백성을 모르면 그 직책을 다할 수 없는 것이오."

"지당한 말씀이올시다."

파격(破格)의 예로서 영내(楹內)에 들어앉은 새 군수는 황공한 듯이 허리를 굽혔다.

"××는 산읍(山邑)이지만 산삼이며 돈피[貂]가 많이 나는 곳, 그곳의 수령은 특별히 백성을 사랑할 줄을 알아야 하오."

"지당한 말씀이올시다."

지당한 말이나 또한 그 뜻을 알아듣기 힘든 말이었다. 산삼이며 돈피가 생산되니 백성을 사랑하여야 한다는 것은 무슨 뜻인지 알 수가 없었다.

"어떤 수령들은 재상가에게 약채전이나 공물이나 많이 보내는 것으로 주장을 삼지만, 백성의 어른 되는 자의 행해서는 안 되는 일이외다. 혹은 공물이 부족하면 인부(印符)[196]를 도로 거두어서 다른 사람에게 넘기는 일도 있기는 하지만, 그렇다고 공물을 위주해서는 안 되오. 제일도 제이도 제삼도 백성뿐을 위주하여야 하오."

"지당한 말씀이올시다."

"그 지방에 부유(富裕)하고 점잖은 사람이 있거든, 그런 인재는 그냥 흙에 묻어둘 수가 없으니깐, 나라에 상소를 해서 무슨 벼슬을 시키도록 노력하시오. 그다지 많은 황금이 아닐지라도 인재만 있으면 벼슬은 시킬 수가 있으니깐."

"지당한 말씀이올시다."

삼십 미만에 평안 감사를 지낸 일이 있는 병기는, 백성을 긁어먹는 온갖 방법을 다 경험한 사람이었다. 따라서 '백성을 긁어먹는 수령들을 또한 교묘히 코치하고 벗길 줄을 아는 사람'이었다.

"연전에 △△△이가 ××감사로 갔을 적에 이런 일이 있었소. ××은 부읍이라, 돈냥이나 가진 백성들이 많았는데, 그 사람들을 모두 다 상소해서 벼슬을 시킬 수는 없으니깐, 얼마만큼의 벼슬을 시키고 나머지는 한 사람 한 사람씩 불러서, 그대의 행실이 갸륵하니 나라에 상소를 해서 벼슬을 시키겠노라고, 즉 '말벼슬'을 주었소. 그러면 그 사람들은 감사에게 대해서 그 상소를 그만두어달라고 간청을 하지 않겠소? 그 사람들의 처지로 말하자면, 벼슬을 받자면 오만 냥 이상은 바쳐야 하겠고, 그 벼슬을 삭여 버릴라면 감사께 이삼만 냥만 바쳐도 면할 수가 있으니깐 감사께 몇만 냥씩 바치고 벼슬을 그만둡니다그려. 시속말로 말하자면 벼슬 환퇴금이지.

하하하하. 시골 수령살이를 다니자면 별별 일을 다 겪는 법이외다."

이때에 청지기가 왔다.

"대감, 금천(金泉) 사는 최 장의라는 선비가 왔습니다."

병기는 눈을 들어서 청지기의 얼굴을 바라보았다. 뒷말을 채근하는 뜻
이었다.

"도련님 연(鳶)줄 값으로 이백 냥을 갖고 왔습니다."

"외사로 모셔라."

청지기가 도로 나갔다. 병기는 다시 군수에게 향하였다.

"영감, 춘추가 금년에 얼마시오?"

"쓸데없는 나이만 많이 먹었습니다. 계유생이올시다."

"음, 계유라, 마흔아홉이시군. ××는 색향인데 좀 과로허신걸."

"황공하옵니다."

"연전에 ○○○가 ××군수로 있을 때 만고절색을 하나 구해 보내주었더
니, 참 ××는 색향이야."

이런 방면에 대하여 많은 경험을 가진 병기는 이 새 군수에게 대하여 차
근차근 군수살이의 비결을 가르쳤다.

새 군수는 연하여 머리를 조아리며 병기의 훈화를 들었다.

훈화를 다 듣고 일어나서 절하고 하직을 고할 때에 병기는 청지기를 불
러서 외사에서 기다리고 있는 금천 선비 최 장의를 불러들였다. 병기는 사
람 응대를 대개 침방에서 하였다.

두 손을 앞으로 읍하고 황공한 듯이 들어오면서 영외(檻外)[197]에 엎드려
절하는 사람은, 나이는 한 사십쯤 났을— 비교적 초라한 옷을 입은 인물
이었다. 청지기의 말로는 도련님께 연줄 값 이백 냥을 가져왔다 하나, 이
십 냥도 손에 쥐어보지도 못했을 인물 같았다.

"자네가 최 장의인가?"

병기는 고즈넉이 물었다.

이 물음에 그 사람은 몹시 낭패한 모양이었다. 어릿어릿 미처 대답을 못하였다.

"네, 아니 — 저 소인 —"

"금천 사는 최 장의 아닌가?"

"소인은 — 저, 남, 남산동 살으와요. 성명 삼 자는······."

병기는 채 듣지 않았다. 그리고 소리를 높여 하인을 불렀다 —

"이리 오너라."

그리고 등대한 청지기에게 향하여 잠시 꾸짖는 눈을 붓고 있다가,

"이 사람이 금천 최 장의냐?"

고 물었다.

청지기도 낭패한 모양이었다. 낭패하여 어릿거리는 청지기에게 향하여 연거푸 병기의 호령이 내렸다 —

"눈이 눈이 아니고 틱눈이기로서니 사람을 바꾼단 말이냐. 썩썩 내몰아라."

남산동 산다는 모는 청지기에게 뒷덜미를 잡혀서 나갔다. 그러나 듣고 있노라니 뜰에 내려서서는 하인과 무슨 승강을 하는 모양이었다. 듣노라니깐 돈 넉 냥이 어떻고 닷 냥이 어떻고 승강을 하고 있다.

잠시 듣고 있을 동안, 병기의 눈살은 차차 찌푸려졌다. 하인과 남산동인과의 승강은 다른 것이 아니었다. 남산동인은 대감께 뵈려고 그것을 주선하여달라고 하인에게 돈 닷 냥을 찔러주었던 모양이었다. 그 덕으로 대감은 금천 최 장의를 부르는데, 하인이 남산동인을 들여보냈던 것이다. 그러나 들어는 왔지만 한마디도 아뢰어보지 못하고 도로 쫓겨나가는 남산동인은, 하인에게 아까 주었던 닷 냥을 도로 내라는 것이었다.

닷 냥을 도로 내라거니 안 주겠다거니 뜰에서는 그것으로 승강이 났다.

병기는 소리를 높여서 세간 청지기를 불렀다.

"뜰에서 무에 요란스러우냐?"

"잘 알 수 없습니다."

"알 수 없어? 대체 누구냐?"

"……."

"누구야!"

두 번째의 힐문에 세간 청지기는 드디어 지금 뜰에서 남산동인과 승강을 하고 있는 청지기의 이름을 대감께 아뢰었다. 동료의 한 일 — 그리고 또 (규모의 크고 작은 구별은 있다 하나) 상전 대감도 만날 하는 일과 꼭 같은 일을 한 동료에 대하여 감싸주고 싶은 생각은 있었으나, 병기의 두 번째의 힐문에는 대답지 않을 수가 없었다. 병기의 가법에, 같은 말을 주인이 두 번째 묻게 하는 것을 허락지 않는 것이었다. 이번에 두 번까지는 질문을 하였지만, 거기 역시 대답하지 않아서 세 번째 질문하게 되는 날에는, 그 벌은 자기에게까지 이를 줄을 아는 세간 청지기는, 두 번째의 힐문에는 솔직하게 지금 뜰에서 승강하고 있는 청지기의 이름을 알렸다.

병기는 잠시 노여운 눈으로 세간 청지기를 굽어보았다. 그리고 한 마디씩 한 마디씩 끊어서 분명한 어조로써 엄명하였다 —

"××놈은 광에 가두고, 남산동 모는 곤장을 쳐서 내쫓아라. 조금이라도 사가 있어서는 안 된다. 고약한 놈들."

하인은 허리를 굽힌 채 이마 너머로 주인을 힐끗 보았다. 한번 입 밖에 꺼낸 말은 절대로 번복하는 일이 없는 병기인지라, 힐끗 본 뒤에는 공손히 허리를 굽혔다. 그리고 물러갔다.

이 명령이 시행되느라고 뜰에서 두선거리는 소리를 병기는 역한 듯이 눈살을 잔뜩 찌푸리고 듣고 있었다.

금천 최 장의가 병기를 만나게 된 것은 저녁때가 거의 되어서였다. 돈냥이나 있는 듯한 최 장의는 병기의 아들을 위하여 연줄 값으로 이백 냥을 내고, 청지기에게 또한 심부름 값으로 쉰 냥을 내고, 그 쉰 냥의 덕으로 여러 번 대감을 재촉하였지만 대감은 좀체 만나주지 않았다. 남산동 모를 내쫓은 뒤에는 내실로 들어가서 한 시각이나 있다가, 다시 정침으로 나와서도 좀체 최 장의를 만나주지 않았다. 점심을 먹는다, 점심 뒤에는 잠시 낮잠을 잔다, 낮잠에서 깨어서는 어제 읽던 소설의 계속을 한참 읽는다 하여, 저녁때가 거의 되어서야 최 장의를 불러들인 것이었다.

최 장의는 나이는 거의 병기와 연갑이었다. 영외에서 인사를 드리는 최를 병기는 거만한 눈으로 바라보았다.

"자네가 금천 사는 최 장의인가?"

"네, 그렇습니다."

"거기 앉게."

병기는 담뱃대로 최의 앉을 자리를 지적하였다.

"선향이 어딘가?"

"△△올시다."

"금천은 읍내 사는가?"

"네."

"성주는 누구더라?"

최 장의는 성주의 이름을 말하였다.

"응, 정사는 어떤고?"

"선정이올시다."

"그래서 나를 찾은 연고는 무엇인고?"

"네, 다름이 아니오라, 소인은 남성사의 장의이옵는데, 이번 남성묘에 충문공(忠文公) 김조순(金祖淳) 어른의 위패를 모시고 선액(宣額)을 하고저 대감께 그 소장을―좀……"

병기는 눈을 천천히 굴려서 선비를 바라보았다. 그 소장은 하려면 제조를 통하여 대궐로 들어가야 할 것이다. 그것을 자기게로 떠들고 온 그 까닭을 얼굴의 표정으로써 보고자 함이었다. 충문공 김조순은 병기의 양할 아버지다. 이러한 연줄로 자기에게 부탁함인가. 다른 데로 가져가면 당연히 거대한 황금을 바치고야 성공할 일을, 사손(嗣孫)에게 부탁하여 공짜로 하여보려는 심정으로 자기게 가지고 온 것인가. 혹은 자기는 이 나라의 세도인지라, 자기라야 그 일이 성공될 줄 알고 다른 곳을 젖혀놓고 자기를 찾아온 것인가.

좀 더 명료히 말하자면 최 장의는 돈 안 들이고 성공하기 위하여 자기를 찾은 것인가, 혹은 같은 돈을 올리는 이상에는 자기를 찾는 것이 제일 힘 있을 줄 알고 자기를 찾은 것인가.

금천에 남성사라는 서원이 있다는 것은 병기는 일찍이 들은 일이 없다. 그런즉 그 남성사라는 것은 그다지 유명하지 못한 서원임에는 틀림이 없다. 그런 미약한 서원에 충문공(순조비 김씨의 아버지요, 지금 권문 김씨의 조상인)을 모시고, 충문공의 위패의 힘으로써 세력을 펴보려는 계획인 것은 두말을 할 것도 없다. 공자를 모시기보다도, 명나라 어떤 천자를 모시기보다도, 권문 김씨의 조상을 모시는 편이 더욱 세 쓰기에 첩경인 것은 거듭 말할 필요도 없다.

그러나 그 충문공의 위패를 모심에 있어서 다른 곳을 찾지 않고 그의 사손 되는 병기 자기를 찾은 까닭을 병기는 알아보려고 최의 얼굴을 한참 들여다보았다. 한참 들여다보다가 병기는 퉁기어버렸다 —

"그러면 자네는 길을 잘못 들었네. 나는 어떻다고 대답을 할 수가 없네."

병기는 담배 서랍에서 삼등엽초(三等葉草)를 꺼내어 손으로 말면서 고요히 이렇게 대답했다.

그러나 최 장의의 얼굴에는 낙심의 표정이 나타나지 않았다. 이만한 인사의 거절은 미리부터 각오하고 왔던 모양이었다.

최 장의는 도포 자락을 좀 더 헤치며 조금 나앉았다.

"대감, 길을 헛들 줄은 소인도 모르는 바가 아니올시다. 그렇지만 다른 데 청을 드리기보다는 그 어른의 사손 되시는 대감께 드리는 편이 좋겠습고, 더구나 만약 그 어른의 사손이 안 계시면여니와, 계실뿐더러 현관으로 계신 이상에야 어찌 다른 곳을 찾게 되겠습니까? 다른 곳을 찾는다 할지라도 순서로서 대감께서 그곳을 손수 지시해주셔야 하지 않겠습니까?"

병기는 담배를 대에 담았다. 그리고 부시 쌈지를 얻으려고 허리춤을 만졌다. 그러매 최 장의가 영외에서 허리를 구부리고 뛰어 들어와서, 어느 틈에 꺼내었는지 자기의 부싯돌로 쑥에 불을 일으켰다. 쑥에 붙었던 불은 유황 성냥으로 옮아갔다. 그 불을 최 장의는 양손으로 읍하고 기다란 병기의 담뱃대 끝에 달린 대통에 대었다.

뻑! 뻑! 힘 있게 담배를 빨면서, 병기는 눈을 굴려서 최 장의의 얼굴을 유심히 보았다.

쥐와 같이 생긴 얼굴이었다. 노란 수염이 몇 올 코 아래의 턱에 났으며, 하관이 빠른 그의 얼굴은, 사람을 비웃는 듯한, 또는 간사한 듯한, 그렇지 않으면 아첨하는 듯한 미소가 흐르고 있었다.

고지식하지 않고, 꾀 있고 간사하게 생긴 이 얼굴을 병기는 만족한 마음으로 바라보았다. 이제 진행되려는 등사에 있어서는, 고지식한 인물이 제일 다루기 힘들고 어려움을 병기는 오랜 경험으로 잘 알았다.

향그러운 삼등초는 최 장의의 켜든 성냥 아래서 피어올랐다. 최 장의는 한 번 엄지손가락으로 담배의 뿌리를 눌러서 자리를 잡아놓은 뒤에 다시 성냥에 불을 옮겨서 대었다.

눈치 덩어리였다. 병기는 만족하였다.

대감께 담배를 다 붙여 올린 뒤에, 최 장의는 그냥 허리를 구부린 채, 뒷걸음쳐서 아까의 자리로 돌아갔다.

병기는 담배를 한 번 힘껏 빨아서, 그 연기로써 제 얼굴 전면을 감추면서 말하였다.

"최 장의."

"네?"

"내가 그 어른의 사손이니깐 더욱 그런 일을 간섭하기가 어렵지 않나? 밟을 길을 밟게. 내게는 귀찮게 굴지 말게."

이런 말에 떨어질 최 장의가 아니었다. 또한 이런 말에 떨어질 사람이 아님을 알았기에 병기는 이런 말을 한 것이었다.

"처음 뵙고 너무 조릅니다마는, 대감밖에는 이 일을 주장해주실 분이 안 계십니다. 다른 길을 밟는다 해도 대감께서 지도해주셔야 할 것이고, 그만둔다 할지라도 대감의 지시만 받을 것이고……. 소인은 모릅니다. 대감께 거저 매달려서 조르고 억지 쓸 따름이올시다."

"허 — 이 사람, 감질났네그려. 그럼 내 편지……."

"아니올시다. 소인은 대감밖에는 모릅니다. 죽여도 대감께서 죽이시고, 살려도 대감께서 살리셔야지 다른 데는 모릅니다. 대감께서 응낙하시기까지는 소인은 열흘이고 한 달이고 이 자리에서 움직이지 않습니다."

병기는 고소하였다. 웃으면 홍소(哄笑) — 그렇지 않으면 근엄한 얼굴을 하고 있는 병기에게 있어서 고소라 하는 웃음은 보기 드문 일이었다.

그러나 두 사람은 돈 — 금액에 대하여는 일체 말을 하지 않았다.

병기 측에서는 최 장의가 꺼내기를 기다렸다. 최 장의 측에서는, 대감이 꺼내기를 기다렸다. 그리고 '금액'이라는 문제를 가운데 놓고, 두 사람의 이야기는 그 주위를 뱅뱅 돌았다.

이런 흥정에 있어서 최 장의는 상당한 수완을 가진 인물인 모양이었다. 천병만마지간을 다 다닌 병기도 그 수완을 넉넉하다 보았다.

그것은 구렁이와 여우의 승강이였다.

흥정은 한 시간이나 계속되었다. 동복이 들어와서 백통 촛대에 촛불을 켜놓고 나가기까지 흥정은 결말이 나지 않았다.

드디어 최 장의가 이런 말을 꺼내게까지 되었다.

"대감, 대감 댁 도련님 지필가(紙筆價)로 남성사서 한 삼천 냥 드리겠습니다."

이 말에 담배만 뻐근뻐근 빨고 있던 병기가 번쩍 머리를 들었다. 그의 눈에는 노염이 타올랐다. 병기는 고요히 말하였다 —

"여보게."

"네?"

"아직 젊은 사람이니 용서해주거니와, 다시는 — 그런 버릇없는 말 다시는 입 밖에 내지 말게. 내 자식은 아직 조상을 팔아서 지필을 사리만치 궁하지 않았네."

그리고 거기 대하여 최 장의가 놀라서 무슨 변명을 하려 할 때에, 병기는 내리누르듯이 말을 계속하였다 —

"아무리 나이가 못 들었기로서니 선비의 치신에 그만 지각도 없을 까닭은 없겠지. 썩 돌아가게. 오늘 밤으로 금천으로 내려가게. 에이, 고약한 사람 같으니 —"

그리고는 담뱃대를 들고 일어서서 내실로 들어가버렸다.

병기는 내실에서 저녁을 먹었다. 그리고 오늘 밤은 내실에서 자겠노라는 뜻을 눈짓으로 부인에게 알게 한 뒤에, 천천히 다시 사랑으로 나왔다. 그것은 아까 병기가 최 장의를 버려두고 내실로 들어갔던 때부터 약 한 각쯤 뒤로서, 해시(亥時)[198]가 거의 된 때였다.

병기는 나와서 세간 청지기를 불렀다. 대령한 청지기에게 향하여,

"금천 최가는 갔느냐?"

고 물었다.

"아직 외사에 있습니다."

"음, 고약한 사람 같으니."

병기는 아직도 괘씸하다는 듯이 입맛을 쩍쩍 다시며, 문갑 위에 놓여 있는 주판을 끌어당겼다. 그리고 양 두 돈 오 푼, 양 두 돈 오 푼을 몇 번을 놓

다가 그것을 멈추고, 천(千) 줄에다가 위에 한 알, 아래 두 알을 놓아서 칠천이라는 수효를 나타내어가지고 물끄러미 주판을 굽어보았다. 그 주판을 청지기도 넉넉히 볼 수 있도록 조금 밖쪽으로 젖혀가지고……

그리고 좀 가만 있다가, 청지기에게 도로 물러가기를 명하고, 동복을 불러서, 좌초롱에 불을 켜서 앞세우고 내실로 들어갔다.

병기가 내실로 들어간 뒤에 사랑 조용한 한 방에서 금천 선비와 병기 댁 세간 청지기의 사이에 흥정이 시작되었다.

상의(商議)가 거듭되고 거듭되어 야반에 이르기까지 거듭된 결과 남성사에서는 김병기에게 구천 냥(만 냥이 아니면 안 될 것으로되, 청지기가 특별히 대감께 잘 알선하여 구천 냥에 떨구겠다고 장담하고)을 바치고, 남성사에는 충문공의 위패를 모시게 하도록 하여주겠다는 약속이 성립되었다. 그 구전으로 청지기에게도 남성사에도 삼백 냥을 뇌물하였다.

남성사에서는 병기 댁 청지기에게 구천삼백 냥을 드렸다. 청지기가 맡은 치부책에는 남성사 앞으로 칠천 냥이 적히었다.

그로부터 며칠 뒤에 영의정 김좌근의 상계로써 금천 남성사에 충문공의 위패를 모시고 사액(賜額)[199]을 할 것이 윤허(允許)가 되었다.

그러나 그 윤허가 내리기 전에 벌써 남성사의 하인들은 각 곳으로 헤어져서, 근린의 돈냥이나 있는 사람들은 모두 금천읍으로 잡아다가 가두었다. 그리고 거기서는 또 다른 상의가 진행되고 있었다.

윤허가 내린 때쯤은 가난하고 가난하던 남성사는, 어느덧 천 석에 가까운 제전이며 많은 산림을 소유하게 되었고, 여기저기 비싼 이자로써 빚을 줄 돈도 꽤 많이 생겼다.

16

"옥체 만강하옵신지 압고자 신 정원용이 대령하왔습니다."

고희(古稀)를 지난 지 이미 구 년, 여든이라는 나이를 눈앞에 보는 늙은 재상 정원용이, 대조전 마루에 꿇어 엎드려 문안을 드릴 때에, 상감은 지밀(至密)²⁰⁰에서 방금 아침 수라를 끝내시고 대조전에 납신 때였다.

등극하신 이래, 재상 가운데 상감께서 믿고 힘입으시고 마음으로 존경하시던 사람이 정원용 한 사람뿐이었다.

강화에서 농사를 짓고 새를 베는 한 개의 초동으로 지내시다가, 갑자기 입궐하여 보위에 오르신 상감은, 사면 모두 어마어마하고 서투르고 무서운 가운데서, 처음에는 김 대비 한 분을 믿고 지내셨다.

다른 재상 대신들은 모두 상감께서는 무섭고 위엄성 있게만 보였다. 대신들이 당신 앞에 꿇어 엎드려 말씀 아뢸 때는 거북하시기만 하였다.

그 가운데서 김 대비 이외의 다만 한 사람, 백발 재상 정원용뿐은 상감께서도 친애함을 느끼셨다. 귀인다이²⁰¹ 굵은 주름살이 박히고, 그 위에 허연 머리와 허연 수염으로 장식된 정원용의 얼굴은 역대 사조의 임금을 섬기는 동안, 저절로 임군께 대해서는 무조건하고 복종하겠다는 온화한 표정이 새겨져 있었다. 이 온화한 얼굴의 재상은 위엄과 위의로써 장식한 다른 재상들과 달라서, 겁 잡수신 상감께도 친애의 염을 일으키게 하는 것이었다. 그것은 군신의 새라기보다도 ― 상하의 새라기보다도 ― 오히려 부자의 새에 당연히 가져지는 친애와 존경의 염을, 정원용에게 대하여 품고 계신 것이었다.

정종―순조―헌종―이렇게 삼대의 임군을 섬기고 또한 사 대째의 임군을 모시러 강화로 왔을 때, 처음 대한 이 노상은, 상감 재위 십수 년간을 통하여 인종과 굴복과 존경의 한결같은 태도로써 새 임군을 섬겼다.

그런지라, 명리의 욕망 때문에 섬기는 다른 재상들과 달라서, 상감께서는 정원용에게뿐은 어버이로 섬기고 싶은 친애조차 느끼시는 것이었다.

다른 재상들이 무슨 말씀을 아뢸 때는, 상감께서는 늘 황황하여서 당신의 몸조차 마음대로 가지시지 못하였다. 무슨 마음에 잡수셨던 말씀도 하시지 못하였다. 그리고 유유낙낙 대신들의 아룀에 혹은 옥새를 찍고 혹은 승낙을 하시고 하였다.

그 일이 지날 때마다 당신으로서도 그때 왜 이렇게 처단하지 않았는가하는 후회를 하시고 하셨지만, 대신들과 당면하시기만 하면 마음에 잡수셨던 생각은 모두 잊으시고 유유낙낙하실 뿐이었다. 더구나 김 대비의 친척이자 또한 당신의 인척(姻戚)이 되는 김씨 일문에 대해서는 더욱 황황한 태도를 취하시고, '강화 도령'이라는 멸시를 받지 않으시려고 거기 마음을 쓰느라고, 마음에 없으신 일에 안 맞는 일에 웃음을 보이시고 하였다.

그러나, 정원용에게뿐은 그렇지 않았다. 본시 어지시기 때문에, 백성에게 대하여 잡수신 착한 정책을 정원용에게뿐은 의견을 물으시며 잡수셨던 의향을 그대로 말씀하시곤 하였다.

역대의 네 임군을 섬기는 원용은, 또한 임군을 섬길 줄을 알았다. 본시부터 대궐 안에서 귀공자로 자라신 분이 아니시고, 비천한 가운데서 그 십구 년 전생을 보내신 상감이, 갑자기 대궐에 듭셔서 얼마나 서먹서먹하실지, 그 점도 짐작하였다.

그러기 때문에 원용이 상감을 섬기는 것은 신하가 임군을 섬긴다는 것보다, 오히려 늙은 할아버지가 어린 손주를 훈도하듯 하였다. 그리고, 그렇기 때문에 상감께서는 더욱 늙은 재상을 믿으시고 힘입으시고 하였다. 말하자면 상감은 정원용을 신으로 보시지 않고 스승으로 섬기신 것이다.

"근래 언관(言官)들이 민사를 진언치 않음은 웬일이오니까?"

많은 대신 가운데 다만 한 사람 신임하시는 재상을 지척에 부르시고, 상감은 마음에 잡수셨던 말씀을 물으셨다.

원용이 황송히 허연 머리를 방바닥에 조아렸다.

"황공하온 처분이옵니다. 성념(聖念)으로서 언로(言路)를 열어만 놓으시면 진언하는 것이 그 직책이오매 어찌 추호라도 어기오리까?"

이때에 상감은 수일 전의 사건을 분명히 머리에 그려보셨다.

수일 전에 부호군(副護軍)²⁰² 신태운(申泰運)이 '근일 민간에 소위 왜역수본(倭譯手本)이라는 것이 돌아서 혹세무민을 하는데, 그 장본인을 잡아서 엄벌하시면 좋겠다'는 상소를 한 일이 있었다.

신태운은 간관(諫官)이 아니었다. 언책을 가지지 않은 한 개의 무변(武弁)도 나라를 위하여 이런 상소를 하거늘, 소위 관관들은 일체 그런 일은 모른 체하고 오로지 국록을 도식하기에만 급급한 것이 매우 불쾌하셨다.

"아니외다. 내가 우매하기 때문에 그렇게 생각하는지는 모르지만, 근일같이 언도가 막혀본 일이 종전에는 없었습니다. 나는 비록 어보를 몸소 잡았으나 아무것도 모르는 촌부에 지나지 못하는 사람─여러 대신들의 끊임없는 보좌가 있어야지 않겠소이까? 그런데─"

상감은 말씀을 끊으셨다. 좀 과한 말씀이 하마터면 나올 뻔한 것이었다.

대각(臺閣)에서 일체 진언이 없음은, 이 나, 국왕을 무시함이 아니냐─이렇게 상감께서는 하문하시고 싶으셨던 것이었다.

역대 사 조의 임군을 섬겨서, 임군의 잡수신 마음을 촌탁²⁰³하기에 밝은 원용은 상감의 하시려던 말씀을 짐작한 모양이었다. 한참을 묵묵히 있다가─

"상감마마, 수대(首臺) 대사간(大司諫) 임백수(任百秀)를 찬배(竄配)하오시도록 처분이 곕시옵기를 바라옵니다."

하고 아뢰었다.

이러한 마음의 불평을 막연하게나마 발표할 수 있는 재상은 정원용 한 사람뿐이었다. 영의정 김좌근을 비롯하여 삼공(三公)²⁰⁴ 육경(六卿)²⁰⁵, 누구라도 상감의 잡수신 마음을 받아들이는 대신이 없었다. 오로지 자기네의 생각을 가지고 와서, 이렇다 저렇다 상감을 귀찮으시게 하는 뿐, 상감을 위하여 하는 일은 하나도 없었다.

그런 것을 생각하실 때에, 상감께서는 이 높고 귀하신 보위조차 불편하셨다. 지나간 철없던 시절 — 마음대로 자유로이 벌판을 뛰어다니며, 하고 싶은 말, 하고 싶은 일을 자유로이 하던 '강화 도령'의 시절이 한없이 그리우셨다.

지금, 한번 옥체를 일으키시면 내관들이 달려와서 부액(扶腋)[206]을 한다. 한 말씀 구중에서 내시면 여관들이 처분 내리시기가 무섭게 거행을 한다. 그러나 얼마나 부자유롭고 답답한 생활이냐 하고 싶으신 말씀, 하고 싶으신 일을 여기 기이고[207] 저기 기이기 때문에, 하나도 마음대로 하시지 못하는 지금의 처지는 이것이 과연 행복된 처지일까.

몸은 지존의 위에 계셔서 백성들을 사랑하고 지도하는 '임군'이라 하나, 상감은 즉위하신 이래로 아직 백성들의 소식을 들으신 일이 없으셨다. 이전 '강화 도령' 시대에 겪은 바와 같이 지금도 백성들은 탐관오리의 아래서 도탄의 괴로움을 맛볼 것이로되, 당신의 귀에는 아직 그런 소문이 들어와본 적이 없었다.

맞은편의 늙은 재상을 굽어보고 계실 동안, 용안에는 차차 적적한 표정이 흘렀다. 구중에서는 약한 탄식성까지 새어 나왔다.

"그것뿐 아니라, 이즈음 보자면 각 지방의 수령의 천전(遷轉)[208]이 빈번하고 내왕이 분분하니, 그것은 또한 웬일이오니까?"

노신 정원용에게 대한 두 번째의 하문이었다.

"아무리 공사 삼일이라는 속담 말이 있기로, 이즈음은 너무 심한가 봅니다. 지방 수령은 그곳에 오래 머물러서 그 땅, 지리, 인정, 풍속을 다 안 뒤에야 비로소 선정을 베풀 수가 있는데, 이즈음같이 체천이 빈번하면 백성은 다만 맞고 보내기에만 바쁠 것이 아니오니까?"

사색 당쟁이 심한 때에는, 어제는 누론, 오늘은 소론, 내일은 남인, 모레는 북인 — 이렇게 정부의 수뇌자가 바뀌었는지라, 수뇌자가 바뀔 때마다 지방 수령들은 따라서 바뀌게 되었다. 그런지라 '조선 공사는 삼일간'이라 하는 속담 말까지 생기고, 사흘만 지나면 오늘의 '사건'도 그때는 '이 사건'이 되고, 오늘의 죄도 그때는 공이 되게 — 이렇게 변화가 심하였다.

지금의 '공사 삼일간'은 그 시대와 같은 당쟁의 결과가 아니다. 매관매작이 너무도 심하기 때문에, 수령 자리를 이만 냥에 샀던 사람은 삼만 냥 내는 사람에게 앗기고, 김병학에게 수령 자리를 샀던 사람은 김병기에게 돈 내는 사람한테 앗기고, 약채전을 적게 보내는 사람은 많이 보내는 사람에게 앗기고 — 이러하여 지방관의 변동이 무쌍하였던 것이다.

"황공하옵신 하문이옵니다. 질치(蛭痴) 미처 눈이 돕지 못하와 성념에까지 미치게 하온 것은 죄당만사하옵니다."

"듣건대 지방 수령들은 상세정공(常稅正供)[209] 이외에 남징(濫徵)[210]이 심해서, 백성의 곤란이 자심하다니, 그것은 또한 웬일이오니까?"

"황공하옵니다. 모두 이 우질(愚耋)의 죄로소이다."

"관서(關西)의 제읍에서는 공용이 부족하다는 이유로 전조(田租)를 예수(豫收)를 한다 하니, 그것은 또한 웬일이오니까."

"황송하옵니다."

"환곡(還穀)의 폐해 또한 적지 않다는 말이 있으니, 열성조(列聖朝)에서 그 제도를 그냥 답습하셨음은 백성들의 곤핍함을 돕고저 하심이어늘, 탐관들이 그것을 악용을 한다니 그것은 또한 웬일이오니까?"

"너무도 황공하옵신 하교옵니다."

구중 깊은 곳에 계시고 호위하는 무리들 역시 지금의 약정의 장본인들이어늘, 그러한 환경에 계신 당신에게까지 약정의 가지가지가 새어 들어오니, 민간에서는 그 원성이 얼마나 크랴? 그럼에도 불구하고 대신들이 들고 들어오는 문제는 어떤 것인가?

어떤 지방에 화재, 혹은 수재가 있으니 상께서 기도를 드립사, 군대의 조련 때문에 백성들이 괴로워하니 조련을 정지하게 해줍사, 어느 능(陵)에 누구를 참봉으로 명하여줍사, 어느 누구는 어느 때의 명유(名儒)이니 사당을 세우고 제사하게 해줍사, 어디 낙뢰(落雷)가 있음은 하늘이 노하심이니 상감께서 감선(減膳)[211]을 합사, 어느 제사에는 상감은 어떤 의대를 잡수시고 중전은 어떤 의대를 잡수셔야 하는 것이 격식이오매 그렇게 합사, 옛날의 어느 선비에게 증작을 합사 — 아무 이익도 없는 이런 문제만 들고 들어오니, 이것은 재상들의 어리석음이냐, 혹은 재상들이 상감 당신을 깔보고 하는 짓이냐.

다른 대신들에게 하고 싶으면서도 못하였던 말씀을 상감은 오늘 정원용의 앞에 죄 피력하셨다.

하교마다 머리를 땅에 조아리며 있는 늙은 대신의 등에서는 식은땀이 구슬같이 흘렀다. 이 지당하고 지당하신 하교에 무엇이라 올릴 말씀이 없었다. 복종과 존경의 표시 이외에는 나타낼 다른 무엇이 없었다.

간관(諫官) 몇 사람은 진언하지 않은 죄로 혹은 찬배, 혹은 삭관(削官)을 당하였다. 그리고 시시로 민정을 진언하라시는 엄명이 내렸다.

어지신 상감이시었다. 일찍이 민간에서 장성하셨기 때문에 민간의 온갖 고초도 통촉하시는 상감이시었다. 그 위에 어떻게 하면 백성들을 잘 거느리실는지도 짐작하시는 상감이시었다.

그러나 너무도 어지시고 또한 그 전신이 초라하시기 때문에, 권문들의 승세에 압도되어 잡수신 마음을 발표하실 기회가 없었다. 다만 권문들을 보시면 어릿어릿하시며 빨리 무사히 피하기만 도모하느라고 다른 겨를이 없으셨다.

대왕대비 김씨가 수렴청정을 하는 동안은 무론 모두가 대비의 정치였지 상감의 정치가 아니었으며, 상감이 친정하신 뒤에도 대비 재세할 동안은 일일이 대비께 여쭌 뒤에야 정사를 행하셨으니 그 역시 김 대비의 정치였으며, 김 대비 하세한 뒤에 있은 몇 가지의 정치가 즉 상감의 정치인데, 그것은 모두 노신 정원용을 통하여 행하신 것이다.

그 밖에 다른 대신들이 가지고 들어오는 문제는 모두 시시하고 너절한 '수속'에 지나지 못하는 문제이며— 그것도 그 위에 자기네가 그 해결까지 죄 지어가지고 들어오는 것이지, 문제가 정치에 미치는 일이 없었다.

그런지라, 후일에 가객(歌客)이 철종 재위 십사 년간의 태평상을 노래하여 가로되—

　　錦繡江山春似海
　　鶯花巷陌日中天[212]

이라 한 것은, 그 십사 년간의 태평상을 노래하였다기보다도, 오히려 아무 정치도 없이 무사히 지나간 양을 비웃었다는 편이 옳을는지도 알 수 없다.

능을 고치시며, 능에 행행을 하시며, 옛날 유신(儒臣)에게 증작을 하시며, 순조, 순조비, 헌종 등 선행왕이며 대비께 존호를 추상(追想)하시며, 혹은 조례(朝禮)를 받으시고, 혹은 사를 내리시며, 연하여 옥새를 찍으시는 뿐— 그 이상 특별한 정치라 하는 것이 얼마 없었다.

하문하시고 싶은 일도 많았고, 알고 싶으신 일도 많았고, 고치고 싶으신 제도며 법률도 많았지만, 너무도 어지시고 내기(內氣)하시기 때문에 모두 은밀히 생각하신 뿐, 그 의사를 발표하여보시기를 못하셨다.

그리고 그 발표하지 못하시는 모든 정책을 그냥 삭여버리기 위하여, 자연히 음일에 흐르셨다. 할 일 없는 대궐 안에서 적적하심을 풀기 위하여는 그리로밖에는 흐를 길이 없으셨다.

후일에 사가(史家)가 이 임군을 가리켜 용주(庸主)[213]라 한 것은, 결과에 있어서는 그렇게 비평을 할밖에 없었겠지만, 본질에 있어서 그이가 그렇듯 용주이던 것이 아니고, 환경이 그이로 하여금 그렇듯 어릿어릿하게 한 것이다.

본시 미천한 가운데서 생장하시고, 보위에 오르신 것도 유년 시대가 아니요 열아홉이라는 장년 시대인지라, 감추려야 감추실 수 없는 당신의 과거 때문에, 당시의 재상(유년 시대부터 오늘날까지를 명문 공자로서 장성한)들에게 자연히 마음에 계신 대로 처분을 못 내리신 것이다.

이리하여 이 어질고 내기하신 상감을 두고, 권문 거족들은 마음대로 자기네의 길을 걸었다. 세상이 자기네뿐을 위하여 생겨난 듯이 아무 기탄, 거리낌이 없이…… 간관들도 이 임군께 진언을 할 필요를 느끼지 않았던 것이었다. 진언을 한달사, 임군에게서는 당신의 마음에 계신 처단이 그대로 내리지 못할 것을 간관들도 잘 알고 있으므로…… 그리고 섣불리 하다가는 척신 거족들에게 미움을 사서 큰코를 다치는지도 알 수 없으므로…….

17

일찍이 성하와 동반하여 대비께 들어가 뵈옵고 나온 이래, 흥선의 몸가짐은 더욱 어지러워졌다. 집에 있는 날이 쉽지 않았다. 어떻게 하여 집에 돌아오더라도 있는 시간이 극히 적었다. 곧 다시 밖으로 나가고 하였다.

흥선의 난행은 과시 놀랄 만하였다. 천희연, 하정일, 장순규, 안필주―소위 후일의 '운현궁의 천하장안'이라는 일컬음을 들은 이 네 사람의 관속은, 흥선의 난행에 가장 좋은 짝패였다. 이 네 사람의 오입쟁이를 앞장세우고, 흥선은 투전판이라 기생집이라 술판이라를 마구 돌아다녔다. 당시의 마음 있는 사람들은 이 흥선의 너무도 과한 난행에 모두 눈살을 찌푸렸다.

아무리 영락되었기로서니 몸이 왕가의 친척으로 태어났고, 그 위에 그다지 먼 친척도 아닌 이상에는 왕가의 위신으로라도 좀 몸을 삼갈 것이지, 기생집을 공공히 다니는 것조차 과한 일이거늘, 천하장안과 짜가지고 기생집으로 몰려오는 시골 오입쟁이를 발겨 먹기가 일쑤이고, 그것으로도 부족하면 투전을 하여 그 사람의 돈을 속여먹기가 또한 예상사였다.

　그런지라, 좀 결기 있는 몇몇 사람이 붙어 흥선의 흔히 다니는 기생집에 지켰다가, 트집을 잡아가지고 흥선을 두들겨준 일까지 여러 번 있었다.

　그러나 그것도 흥선은 탓하지 않았다. 매를 실컷 얻어맞고 코통이 모두 터져서 코피를 쿨쿨 쏟으며, 그의 작다란 몸집을 팔팔 날뛰며 결이 나서 그러는 양을 보면, 다시는 기생집에 발길도 안 할 듯하지만, 그 집에서 매 맞고 쫓겨나서는 얼굴의 코피를 씻고 또 다른 기생집으로 찾아가는 흥선이었다.

　경패라 하는 약방기생의 집에 흥선이 자주 다닐 때의 일이었다.

　경기 감영의 호방으로 있는 박 모라 하는 사람이 그 경패의 집에서 흥선을 만났다.

　본시 흥선의 인물이 별났다는 소문을 들은 일이 있는 박 모는 흥선에게 향하여 ─

　"대감이 소인께 곡배(曲拜)²¹⁴를 한 번 하면, 수석 자리를 대감께 내드리리다."

고 제의를 하여보았다. 그러매 흥선은 서슴지 않고 일어나서 곡배를 하였다.

　그러나 곡배를 할 동안 박 모는 일어서면서 흥선의 옆구리를 발길로 찼다.

　"이 더러운 자식!"

　임군에게밖에는 드리지를 못하는 곡배를, 왕가의 친척이 한 천리(賤吏)에게 하는 것은 무슨 일이냐. 박 모는 그 절을 받지를 못하고 황황히 일어서서 홍선을 발길로 차고, 홍선의 엎드린 등에 침을 뱉고 소매를 떨치고 그 기생의 집에서 나갔다.

박 모의 발길에 채어서 굴렀던 홍선은, 박 모가 나간 뒤에 일어나서 발에 챈 옆구리를 두어 번 쓸어보고, 도포를 벗어서 박 모의 침을 더러운 듯이 얼굴을 잔뜩 찌푸리고 씻어버린 뒤에 예사로이 경패의 곁으로 내려갔다.

경패도 이 꼴을 좋지 못하게 보았던 모양이었다. 경패도 소피를 보러 간다고 나갈 뿐 다시 들어오지 않았다.

한참을 경패의 방에서 혼자서 담배만 빨고 앉았다가, 그래도 경패가 돌아오지 않으매, 홍선은 하릴없이 그 집에서 나왔다.

"에익, 헛절을 해구."

절을 했지만 그 절의 효력을 보지 못했다는 불평이었다.

이렇듯 홍선은 끝없는 난행을 거듭하였다. 담뱃대를 가로문 채 술에 취하여 길모퉁이에 구겨 박혀서 잠을 자다가, 통행인의 발길에도 흔히 채었다. 얼굴이 반반한 계집종이라도 지나가면, 뒤를 따라가면서 무엇을 달라고 조르기가 또한 예상사였다.

'무뢰한'이라는 이름조차 이때의 홍선에게는 도리어 너무 거룩한 이름이었다.

포교들은 차차 홍선의 일행을 알아보고 그 일행을 피하게 되었다. 아무리 난행을 거듭한다 할지라도 정1품 현록대부 홍선군 이하응을 체포할 권한을 갖지 못한 포교들은, 차차 홍선을 알아보고 홍선을 피하였다.

홍선은 몇 번 붙들려서 포청까지 잡혀간 일이 있었다. 만약 홍선으로서 체포당하는 그때에 정신이 있었다면 호통을 하며,

"나는 홍선군인데, 어떤 놈이 나를 붙드느냐."

고 호령을 하였을 것이로되, 술에 과취하여 정신을 잃고 행패를 하다가, 몇 번 포교들에게 붙들려 포도청까지 잡혀갔던 것이었다. 이리하여 이젠 포도청까지 그 얼굴이 알려진 홍선은 더욱 자유로이 횡행하였다.

천, 하, 장, 안, 이 네 사람의 참모는 흥선의 곁을 떠나지를 않았다. 그리고 이 장난꾸러기 네 친구와 함께 흥선은 고약한 장난에까지 손을 대었다.

이 장난꾸러기의 무뢰한 일패는 때때로 월장을 하여 남의 집 내정까지 들어가서, 문창을 침 발라 뚫고, 그 안에서 여름날의 저녁의 서늘함에 취하는 미녀들의 교태를 도규(盜窺)하는[215] 취미까지 느꼈다.

누구인지 모르고 잡으러 따라오는 포교들을 이리저리 끌고 다니다가, 남의 집 뒷간에 몰아넣고 달아나기가 일쑤였다.

물동이를 이고 가는 계집 하인들의 옆구리를 간지럼 시키기가 일쑤였다.

술이 취한 뒤의 그들이 하는 장난은 끝이 없었다. 마치 어린애들과 같았다. 한 대감과 네 나으리가 어깨를 겨누고 큰길을 좁히며 돌아다니는 꼴— 침을 뱉지 않고는 보지 못할 꼴이었다.

관가에는 연하여 이 네 사람에 대한 소장이 들어갔다. 내정 돌입을 하였습네, 투전을 하여 돈을 빼앗았습네, 술 먹고 돈을 안 냈습네, 성군작당하여[216] 공연한 사람을 두들겼습네, 별의별 소장이 다 들어왔다.

그러나 관가에서 처분할 수 없는 흥선이었다. 흥선에게 만약 재산이라도 많으면 혹은 금부나 한성부에서 어떤 명목을 붙이어서 잡아 가두었을는지 모르지만, 돈 없고 세력 없고— 그러나 정1품 현록대부라 하는 명색을 가진 흥선은 처치하기 귀찮은 존재였다. 직접 관가에 손해나는 일은 하지 않는지라, 관가에서는 눈감아버리는 것으로 최상책을 삼았다.

"에쿠, 흥선 대감 행차하신다."

"어디? 참, 얼시구 얼시구. 이건 갈지자걸음이 아니구, 머뭇거릴 차(辵)자 걸음일세. 호이, 호이, 어이구 죽겠다. 꼴 좋다. 저게 군(君)이 다 뭐야."

"우리 집 개 황귀[黃耳]도 황귀군(黃耳君)이라고 붙일까?"

"흥선군이라고 붙이고 말우."

거리의 중민(中民)들의 이런 조소를 받으면서 흥선은, 천 이방, 하 영찰 등과 어깨를 겨누고 나날이 거리를 돌아다녔다.

“여보게 — 원.”

“여보게 형.”

“여보게 이”

“여보게 정”

천, 하, 장, 안을 흥선은 원, 형, 이, 정으로 불렀다. 천희연은 ‘원’이라 불렀다. 하정일은 ‘형’이라 불렀다. 장순규는 ‘이’라 불렀다. 안필주는 ‘정’이라 불렀다. 이 천하장안의 원형이정과 흥선의 일행이 밤의 거리를 횡행할 때는, 맨 하류 부랑자들도 도리어 피하고 하였다. 맨 하류 무뢰한이 기세를 뽑는 연유는 저편 쪽에서 자기네의 체면을 지킨다는 핸디캡이 있기 때문이거늘, 흥선군이며 천하장안은 자기네의 체면을 돌아볼 만한 고급 무뢰한이 아니었다. 삯군들과도 상투를 마주 잡고 싸우기를 주저하지 않는 무리였다. 여기는 맨 하류 무뢰한들도 어찌할 도리가 없었다.

백강(白江)[217]의 후손, 참판(參判) 이용은(李容殷)은 괄괄하고 억세고 성미 급한 사람이었다.

이용은이 어떤 때 하인들을 시켜 어떤 부민(富民)을 하나 잡으러 보냈다.

하인들이 주인의 명으로 그 부민을 잡으러 부민의 집에 이르러보니, 자기네보다 먼저 판서(判書) 윤정구(尹正求) 댁 하인들이 그 부민을 잡으러 와 있었다.

거기서 하인들끼리 충돌이 되었다.

이용은의 하인들은 주인을 닮아서 괄괄한 인물들이었다. 그 괄괄한 세로서, 부민을 자기네가 잡아가려 하였다.

그러나 선착권(先着權)을 가진 윤 판서 댁 하인들이, 손쉽게 내줄 까닭이 없었다. 그 부민을 잡아가기만 하면 주인도 한몫 잘 보려니와, 하인들에게도 얼마만치의 여경(餘慶)[218]이 돌아오는지라, 하인들은 제각기 이 ‘부민’이라는 고기를 자기네가 잡으려고, 마지막에는 윤 판서 댁 하인과 이 참판 댁 하인의 새에 격투까지 일어났다.

기운으로 이 참판 댁 하인들이 세었던 모양이었다. 이 참판 댁 하인들은 격투에 승리를 한 뒤에 부민만 잡아가지 않고 '정당한 전리품(戰利品)'으로서 윤 판서 댁 하인들까지 잡아가지고 위세 당당히 개선을 하였다.

"이놈들아, 우리를 누구로 알고 잡아가느냐. 우리는 윤장작 댁 하인이로다."

가련한 전패자들은 잡혀가면서도 연하여 뽐내고 호통하였다.

사실에 있어서 당시 '윤장작 댁'이라 하면, '윤 판서'라기보다도 '윤정구'라기보다도 더욱 유명하고, 온 근린의 부민들의 공포의 적(的)이었다. 윤 판서는 부민들을 잡아다 장작으로 두들겨주고 하기 때문에 '윤장작'이라는 별명을 듣던 것이다. 그리고 윤장작 댁 하인이노라고 호통을 하면, 다른 재상가들은 슬며시 놓아주던 것이었다.

그러나 주인 이 참판을 본받아서 괄괄하기 짝이 없는 이 댁 하인들은 '윤장작'쯤에 놀랄 인물들이 아니었다. 그들은 부민과 아울러 잡아온 이 포로들을 주인 참판 영감께 바쳤다.

그 포로들을 받으면서 주인 참판의 호령이 이러하였다 —

"그놈들이 윤장작 댁 하인이라느냐. 그놈들을 모두 묶어서 도끼자루로 엉덩이 살이 해지도록 쳐라. 제가 장작이면 나는 장작을 패는 도끼로다."

이 일 때문에 이용은은 그 뒤부터는 '이도끼'라는 별명을 듣게 되었다.

이 이도끼가 어떤 날 어떤 집 제사에서 흥선을 만났다. 본시 흥선의 행사를 아니꼽게 보던 이도끼는, 처음에는 흥선과 대하기조차 귀찮아서 외면을 하고 있었다.

이런 좌석에서는 먹기에 급급하여 염치를 돌아볼 줄을 모르는 흥선은, 여기서 한 점 거기서 한 잔 저기서 한 조각 끊임없이 먹고 있었다. 그리고 너무도 먹기에 급급했기 때문에, 이 사람 저 사람의 옷에 장이며 술을 막 뿌렸다. 이도끼는 처음 한동안은 차차 옴쳐 들어가며 그것을 피하고 있었으나, 정 참을 수가 없어서 드디어 고함을 질렀다 ―

"대감, 며칠 굶으셨소?"

한참 먹기에 정신이 팔렸던 흥선은 도끼 영감의 말에 눈이 퀭하여, 어리석은 웃음을 띠고 도끼를 바라보았다.

"대감, 속 좀 차리우. 대감 댁 할아버님의 체면을 보아서라도 속 좀 차리우. 그렇게 시장하시거든 있다가 우리 집으로 오시우. 그리구 대감 댁에 모신 위패는 모두 묶어서 다른 데로 가져다 모시시오."

잠시 어리석은 미소로써 도끼를 바라보던 흥선은 겨우 입을 열었다 ―

"다른 데 모실려두 누가 받아주는 사람이 있어야지. 영감 드리리까?"

"에이! 사람 같지 않은 것!"

도끼는 뒷발로 방바닥을 차면서 일어나서 자리를 피하였다.

이렇듯 더욱 난행을 거듭하는 동안, 흥선의 성격이 이전과 다르게 된 또 한 가지의 점이 있었다.

그것은 다른 것이 아니었다. 이전은 예사로이 받던 일도 지금은 성을 잘 내는 것이었다. 대관 댁을 기신기신 찾아다닐 때에, 이전에도 많고 많은 수모를 받았지만, 한번도 얼굴에 나타내어 성내본 적이 없는 흥선이었다. 그런데 이즈음은 차차 노여워하는 일이 많아졌다.

작다란 몸집, 뾰죽한 얼굴을 새파랗게 하여가지고, 노여운 듯이 중얼거리고 돌아가는 양이, 도리어 권문들에게는 재미스러워서, 그들은 일부러 이전보다 더 많이 흥선을 놀렸다.

어떤 날 흥선은 김병기의 내종사촌 되는 남병철을 찾아간 일이 있었다. 남병철 역시 그의 외숙을 배경으로 삼고 당당한 세력을 잡고 있는 권문이었다.

"다른 것이 아니라, 내 맏아들 재면이를 종친부(宗親府)의 무슨 관직이라도 하나 부탁하고자! 왔습니다."

이날은 홍선은 술도 안 먹은 모양이었다.

병철은 잠시 홍선의 얼굴을 보다가,

"대감 댁 맏도령은 대감과 달라서 좀 어릿어릿하답디다그려."

하였다. '대감과 달라서'라 하는 말은 '대감과 같이'라는 말의 반어(反語)였다.

"네, 좀 어리석기는 하지만 다 큰 녀석이 뻔뻔히 놀고 있는 꼴이 보기에 민망해서."

"게다가 대감, 대감께 은밀히 충고하거니와, 이즈음 대감 좀 주의하시오. 이번 이하전이 역모에 대감도 한몫 끼었다는 세평입디다. 그러니까 대감 댁 도령을 어떻게 주선을 하겠소?"

홍선은 이 말을 들었다. 얼굴이 새파랗게 되었다.

"에익!"

홍선은 벌떡 일어섰다.

"그게 무슨 말씀이람."

얼굴이 새파랗게 되어가지고 홍선은 입술을 떨었다.

병철은 여기서 큰 소리로 웃었다 ─

"무얼, 대감도 참예했지. 나도 짐작이 안 가는 바는 아니지만 아직껏의!"

홍선은 그 뒷말을 듣지를 않았다. 그리고 발로 땅을 차면서 중얼중얼 무슨 저주의 말을 퍼부으면서 작별도 고하지 않고 나갔다.

"대감! 대감!"

말없이 돌아가는 홍선의 등을 향하여 병철은 몇 번 고함쳐보았다. 그런 뒤에 그 성나서 돌아가는 꼴이 우스워서 하하하 웃었다.

이전과 같으면 이런 일에 성낼 홍선이 아니었다. 이보다도 더 크고 역한 수모를 받고도, 정 참을 수가 없으면 돌아앉아서 한참을 참아가지고는, 도로 얼굴에 비굴스런 미소를 띠고 바로 앉고 하던 홍선이었다.

이 급작스러운 '성격의 변화'를 권문들은 재미있게 여기었다. 그리고 홍선이 오기만 하면 성낼 소리를 일부러 하고, 성나서 토동거리며 돌아가는 홍선을 웃으며 보고 하였다.

"차차 늙어가면 노염도 많은 법이야. 홍선도 올에 벌써 마흔둘이지. 분명히 경진생이지? 노염도 차차 많아갈 나이야."

"철을 팔어서 노염을 바꾼 셈인가. 노염을 알기 전에 철을 좀 알지. 인젠 철들 나이도 됐는데……."

"철은 년년이 줄고, 노염은 년년이 는다. 주책 없는 인물."

중인은 중인으로, 상놈은 상놈으로, 양반은 양반으로 모두 한결같이 홍선을 사람으로 여기지 않았다. 연년이, 다달이, 나날이 지각이 줄어가는 홍선을, 권문 거족들은 한때의 심심풀이를 하기에는 아주 적당한 어릿광대로 여기었다. 홍선이 가는 곳마다 웃음의 꽃이 피고 하였다.

밖에서도 이전과 달라진 것과 같이, 가정 안에서의 홍선도 또한 이전과 달라졌다.

홍선이 가정에 돌아오는 시간은 극히 짧았지만, 그 짧은 시간 새에는 아주 엄하고 규율 있는 가장이었다. 본시부터도 가정에서는 비교적 엄격한 가장이었지만, 난행의 도수가 더하여가면서 그 엄격함도 더하였다. 사랑에서는 천하장안의 네 사람의 친구를 모아놓고 집이 무너질 듯이 떠들다가도, 발이 내실에만 들어서게 되면 얼굴에 나타났던 경한 표정은 씻은 듯이 없어지고, 순식간에 엄하고 규칙 있는 가장으로 변하고 하는 것이었다.

"재황아."

"네?"

홍선이 불러서 작은아들이 이렇게 대답하면, 홍선은 그의 눈을 힐책하는 듯이 굴리는 것이었다. 그러면 소년은 황급히 자기의 말을 정정하는 것이었다 —

"불러 계시옵니까?"

"오냐. 두멘²¹⁹ 묘오너라."

그러면 소년은 의장에 가서 갓을 가져오는 것이었다.

"윗벌 의대도 갈아입으십니까?"

"아니로다. 입는다는 말은 쓰지 않는다. 옷도 잡수신다고 해야 한다."

이 무뢰한 이하응이 무슨 필요로 제 작은아들에게 대궐에서밖에는 통용되는 곳이 없는 궁화(宮話)를 가르치나.

"수건이 아니라 수긴이로다. 바지는 봉지라야 한다. 저고리는 등의대라 한다. 머리는 마리, 눈은 안정, 코는 비궁, 손은 수장, 발은 족장, 어깨는 견부, 허리는 요부, 상투는 치, 이빨은 어치, 혀는 설상, 귀는 이부, 젖은 유도― 진지는 수라, 차는 다탕, 약은 탕제."

소년은 까닭을 몰랐다. 자기의 지금 아버지에게 배우는 기괴한 언어가, 어느 나라에서 혹은 어떤 곳에서 사용되는 말인지 그것조차 몰랐다. 그리고 단지 아버지가 가르쳐주니 배울 따름이었다. 그 언어, 동작, 마음―모든 점에 대하여 작은아들에게 대해서는 감독과 감시가 여간 심하지 않았다. 거리에 나가서 동리 허튼 애들과 돈치기를 하며 노는 것은 괜찮되, 가정 안에서 하인을 부린다든가 다른 가인들에게 대하여는 사소한 일까지도 감독하고 주의하였다.

어질고 현명한 부인은 그 지아버니의 하는 일을 간섭하지 않았다. 만약 가정에서도 흥선이 밖에서와 마찬가지의 난행을 한다 하면, 부인은 당장 어린 아들의 훈육을 아버지에게 맡기지 않을 것이었다. 그러나 밖에서는 별별 망측한 소문을 다 내는 흥선이로되, 가정에 들기만 하면 엄격하고 규율 있는 가장이 되는지라, 부인도 흥선의 훈육을 방임하였다.

부인은 아들이 지금 배우는 언어며, 행동이 어디서 통용되는 것인지 그 점은 짐작이 갔다. 그러나 자기네의 아들이 그것을 배울 필요가 어디 있는지는 알지 못하였다. 배움으로서 손해는 없는 일이며, 더욱이 왕가의 근친으로 태어난 집안인지라 상식상 가르치는 것이거니, 이만큼 짐작하고 부드러운 미소로써 이 가르치고 배우는 부자를 보고 하였다.

이 나라의 양반 집안의 전형적 현부(賢婦)인 흥선 부인은, 그 지아버니 흥선이 밖에서 부리는 난행을 책하지 않았다. 밖에서는 아무리 난행을 할지라도, 일단 집에 돌아오기만 하면 엄숙한 태도로 자손을 훈육하는 그 지아버니를 존경하고 사랑할 따름이었다.

가내는 평온하였다.

단지 가난하여 생활상 부자유가 많은 것뿐이 이 집안의 흠점이지, 그 밖에는 나무랄 데가 없는, 안온하고 점잖은 가정이었다.

이 가운데서 소년은 몸과 영이 무럭무럭 자랐다.

18

흥선의 이런 난행을 당시의 명문거족들은 모두 흥미 있게 보고 비웃고 있을 동안 흥선의 난행의 위에 경계의 눈을 붓고 있던 사람이 있었다. 훈련대장 영어 김병국이었다.

영어는 일찍 소년 시대부터 흥선을 알았다.

열다섯 살에 흥선부정(興宣副正), 스물두 살에 흥선정(興宣正), 스물네 살에 흥선군 — 이렇게 봉군(封君)이 되어 스물일곱 살에는 정1품 현록대부로 되고, 종친부(宗親府) 유사당상(有司堂上)이며, 오위도총부(五衛都摠府) 도총관(都摠管) 등을 역임할 동안의 흥선은, 결코 오늘과 같은 술주정꾼의 흥선이 아니었다. 작다란 몸집 어디서 그런 큰 소리가 나는지, 흥선이 한번 호령을 할 때는 부하 관리들은 모두 몸서리치고 하였다. 일 처리에 밝고 염치에 밝고 의리에 밝던 흥선이었다. 종친부며 도총부가 설치된 이래, 흥선이 재임했을 때만큼 일이 민첩히 신속히 명쾌히 처리된 적이 없었다. 위(威)와 은(恩)을 갖추어 상관으로서 부하 관리들에게 위포(威怖)와 애경(愛敬)을 받고 있던 것이었다.

남창의, 도홍대, 죽사립에 부산 장죽을 물고 호활한 음성으로 담소를 하던 당년의 흥선을 회상하건대, 그 사람이 후년 거리의 부랑자로 영락되리라고는 짐작도 못할 일이었다.

　　당시의 많은 명문 공자들이 모두 그 몸차림이며 언어, 행동, 동작을 흥선을 본뜨려고 얼마나 거울을 들여다보며 애썼던가? 초헌에 높이 올라서 구종 별배를 전후좌우로 거느리고 커다란 상투를 춤을 추이면서 길을 지나갈 때에는, 행객들도 모두 발을 멈추고 이 고귀한 공자에게 멀리서 경의를 표하지 않았던가?

　　그 흥선이 관직을 내버리고 은퇴할 때에, 세상은 처음은 다만 기이하게 여기었다. 그리고 은퇴한 이상에는 구름이나 희롱하고 학이나 벗하는 한 한가로운 귀인이 되려니 이렇게 알았다. 속세의 관직을 달갑게 생각지 않아서 은퇴하는 것이어니 이렇게 알았다. 그리고 또한 그렇게 믿을 수밖에는 없으리만큼 당년의 흥선은 뛰어난 인물이었다.

　　그렇거늘 그 흥선이 관직을 물러나서 은퇴한 뒤에는 어떻게 되었나.

　　한 번 떨어지면서 속세에 나왔다. 두 번 떨어지면서 속인과 사귀었다. 세 번 떨어지면서는 무뢰한이 되었다.

　　일찍이 종실 공자의 여기(餘技)[220]로서 배운 난초는, 후년의 타락된 흥선이 기생집 바람벽에 휘호하는 그림이 되었다. 날이 가고 달이 가고 해가 가는 동안, 이 관계에서 은퇴한 공자는 차차 속세에 발전하였다.

　　왕가의 친척이기 때문에 정계(政界)에 진출할 수 없는 흥선의 집안은 재산이 없었다. 재산이 없는 흥선이 직업도 없이 속세에 나다니노라니, 집안도 차차 꼴이 될 리가 없었다.

　　조상 전래의 보물도 하나둘 차차 없어졌다. 마지막에는 이전에 타던 수레며 몸을 장식하던 관자며 갓끈이며, 집안에 남아돌아가는 상이며, 항아리 나부랭이까지도 차차 팔아 없이하게 되었다.

　　일찍이 종실의 공자로서 행세하던 시대에 한성의 많은 명문 공자들과 사귀어두었던지라, 어느덧 흥선은 당년의 친구들을 찾아다니며 구걸까지 하게 되었다. 처음에는 친구들도 그 구걸을 들어주었다. 그러나 그것도 한두 번이지 도가 넘치게 되매 차차 눈살을 찌푸렸다. 구걸을 완곡히 거절하던 한때가 있었다. 그때가 지나서는 구걸을 노골적으로 물리치는 시대까지 이르렀다.

구걸을 거절을 받으면 누구나 창피한 일이다. 그러나 흥선은 그 창피도 몰랐다. 창피를 모르는 것을 세상은 다만 이것이 흥선의 인격이거니 하였다. 당년의 흥선과 대조하여보려 하지 않았다. 당년의 흥선을 벌써 잊은 것이었다.

처음에 차차 흥선이 타락되어 들어가는 것을 볼 때에, 사람들은 이렇게도 생각해보았다. 왕족으로서 너무 잘난 체하다가는 그 화가 몸에 미치는 고로, 그것을 미연 중에 피하고자, 혹은 흥선이 부러 타락하는 것이 아닌가⋯⋯. 그러나 차차 타락의 도수가 넘어서 과하게 될 때에는, 모두 흥선을 내버리고 만 것이었다.

어려서부터 흥선과 가까이 사귀던 영어 김병국[221]도, 다른 사람의 예에 빠지지 않고, 흥선의 은퇴를 단지 벼슬에 마음이 없어서 하는 일이거니 하였다.

은퇴한 흥선이 차차 타락할 때에는 처음에는 경이의 눈으로 보았다. 어린 시절부터 흥선과 가까이 사귀고 흥선의 사람됨을 아는 영어는, 흥선이 유혹에 이기지 못하여 타락될 인물은 결코 아님을 넉넉히 알았다.

그러는 동안에 김씨 일문에서는 늘 서로 수군수군 의논해가면서 왕족 중에 좀 똑똑한 인물을 점고(點考)[222]하여 처치하고 하였다. 역시 김씨의 한 사람으로 그 수군거림에 참가하고 한 영어는, 비로소 흥선의 타락의 원인을 알았다. 똑똑히 굴다가 화를 보느니, 못나게 굴어서 목숨을 보전하려는 심경을 알았다.

이전에 흥선의 인물을 잘 알던 영어니만큼 흥선의 타락이 눈물겨웠다. 그만큼 잘나고 의지가 굳고 억세던 흥선으로 하여금, 타락을 가식하지 않으면 목숨을 보전치 못할 지금의 세태를 밉게 보았다.

흥선이 일부러 타락을 가식하는지라, 구태여 그것을 깨뜨릴 필요는 없었다. 자기의 모든 친척들이 흥선을 웃고 경멸하고 놀릴 동안도, 영어는 결코 그런 야비한 희롱에 참가하지 않았다. 어린 시절부터 같이 지낸 친구로 끝끝내 대접하였다.

가난하고 타락된 흥선에게 대하여, 그래도 호의를 보여주는 사람은 영어뿐이었다. 이제는 거리의 무뢰한밖에는 찾는 사람이 없는 흥선 댁을, 영어는 일부러 간간 찾았다. 흥선이 영어의 집에 찾아오면, 지나간 시절에 같이 놀던 친구로 여전히 대접하였다.

인제는 가난하기 짝이 없는 흥선 — 가난하나 또한 구걸할 곳도 없는 흥선의 곤경을 짐작하고, 때때로 적지 않은 금전을 보내기도 하였다. 흥선 댁 도령을 위하여도 '연줄 값'이라는 명목으로 백 냥, 이백 냥씩 보내고 하였다.

흥선 댁 작은 도령이 이 '사동 아저씨'를 찾아오기라도 하면, 친조카나 다름없이 귀애하고 하였다.

당당한 왕손으로서 단지 그 목숨을 보전하기 위하여 마음에 없는 타락된 행동을 하며, 뜻에 없는 비루한 언사를 하며, 가는 곳마다 수모를 받으며 다니는 흥선이 영어에게는 눈물겨웠다.

"상갓집 개."

"흥선꾼."

"막걸리 대감."

자기네의 일족이 흥선에게 대하여 이런 이름을 지어주고 기뻐할 때에, 역시 그런 이름으로 부르며 웃기는 하지만, 내심으로는 흥선에게 대한 동정을 그냥 계속하여 가지고 있었다.

그런지라, 흥선도 그것을 짐작하고, 갑자기 어디 갈 일이라도 있으면, 영어에게 행차 하인을 빌려가기도 하고, 가난한 흥선의 초라한 생일 놀이나마, 놀이가 있을 때에는 영어는 반드시 청하고 하였다.

흥선의 작은아들 재황 소년도 영어에게뿐은 격의가 없이 놀러 다니고 아저씨 아저씨 하며 따랐다.

이 명철하던 공자가 오늘날같이 타락되지 않으면 안 될 ― 그 심경에 영어는 끝없는 동정을 한 것이다. 그뿐 ― 그 이상 한 걸음 더 들어가서 흥선이 어떤 원대한 음모 아래 표면 타락을 가식하는 것이 아닌가 하는 점에까지는 생각이 미치지 못하였다.

소위 이하전 역모 사건으로 김씨 일문이 모여서 의논을 하다가, 지금 남은 종친 중에 똑똑한 인물이 인제는 없는가고 일일이 점고할 적에 흥선의 이름도 그때 올랐다.

흥선의 이름이 나오매 그때 모두들 무릎을 두드리며 웃었다. 흥선 따위는 사람으로 여기지도 않은 것이었다.

그때 영어는 속으로 커다랗게 수고(愁苦)[223]하였다. 만약 흥선으로서 내로라고 그냥 접접거리며 다녔으면, 이날 반드시 흥선의 이름 위에 흑표가 찍힐 것이다. 눈물겨운 타락 생활을 계속하였기에 그 점고에서 패스한 것이다.

그런 일이 있은 며칠 뒤에 영어는 기괴한 일을 당하였다.

흥선에게서 예에 의지하여 행차를 좀 빌려달라는 편지가 왔다. 여러 번째 보는 일이라 영어도 행차를 갖추어 흥선에게 보냈다.

행차를 보낸 것은 오정이 좀 지날까 말까 하여서였다. 그 행차는 저녁 어두워서야 돌아왔다.

돌아온 하인의 말을 듣건대, 그날 흥선은 대궐에 들어갔었다 한다. 배행으로는 조성하가 있었다 한다. 정1품 현록대부의 정장을 하였었다 한다.

영어는 먼저 머리를 기울였다.

기괴한 일이었다. 홍선이 대궐에 들어갈 일이 없다.

어명으로 부르셨다 하면 영어 자기가 모를 까닭이 없다. 어명이 아닐진대 정장으로써 대궐에 들 필요가 없는 홍선이었다.

이튿날 영어도 입궐한 기회에 내관에게 물어서, 홍선이 조 대비께 뵈옵고 장시간 무슨 밀의를 하였다는 것을 알고, 영어는 하마터면 그 자리에 주저앉을 듯이 놀랐다.

대궐 안의 규율로써 홍선이 제아무리 종친이기로, 홍선의 뜻으로 대비께까지 가까이 가지 못했을 것은 정한 이치다. 대비의 권병으로써 대비가 홍선을 부르기 전에는, 홍선이 백주 공공히 대비께 가까이 가지 못할 것이다.

그날 집으로 돌아온 영어는 가슴이 송구하였다.

'조 대비와 홍선의 접근.'

때가 때였다. 조 대비를 꺼리기 때문에 이하전이를 없이한 꼭 이때, 홍선이 조 대비의 부름으로 입궐한 것이었다.

단지 한 개의 우합(偶合)²²⁴적 사실로 볼까?

그렇게 볼 수는 도저히 없었다. 조 대비는 혹은 종친의 한 사람으로서의 홍선의 이름은 기억할지 모르나, 대궐로까지 부를 만큼 친히 알 까닭이 없었다. 만약 친히 안다 하면 이전에도 부른 일이 있었을 것이다.

이것은 우합적 사실이 아니다. 더구나 그날 (가난에 쪼들려 변변한 도포 한 벌도 없는 홍선이) 새로 지은 관복을 차리고 위의 당당히 입궐하였다 하는 것은 결코 무의미한 일이 아닐 것이다.

홍선의 인물됨을 잘 알고, 겸하여 홍선의 지금의 가식적 인격을 간파하는 영어에게 있어서는, 이번의 조 대비와 홍선과의 회견이라 하는 것을 결코 무의미하게 볼 수가 없었다.

여기서 영어는 몸을 떨었다. 아직껏은 홍선이 단지 목숨을 도모하기 위하여, 마음에 없는 난행을 하거니 하고 그것을 동정하였지만, 지금 생각하면 한층 더 깊이 세상의 눈을 감쪽같이 속여 나아가면서, 그 배면으로는 궁중의 어른 조 대비와 결탁하고 놀라운 음모를 꾀하던 것을 명료히 직각하였다.

그의 난행은 단지 제 목숨을 보전하려는 것이 아니요, 한 걸음 더 나아가서 적을 방심하게 한 뒤에 적의 칼로써 적을 찍자는 심려에서 나온 것임을 영어는 여기서 명료히 직각하였다.

대궐에 조 대비를 뵙고 나온 뒤로부터는 흥선의 난행이 이전보다 십 곱 이십 곱 더하여지는 것을 보고, 다른 사람들은 모두 눈살을 찌푸릴 때에, 영어는 그 의의를 알고 더욱 두렵게 생각하였다.

여기서 영어의 취할 길이 두 갈래로 갈라졌다.

하나는 자기네의 일족에게 흥선의 가면을 폭로시켜서, 흥선도 또한 이하전과 같이 처치하여버릴까 하는 길이었다.

또 하나는 모든 것을 모두 눈감아버리고, 끊임없이 그냥 흥선과의 교제를 계속하여서, 이후 세상이 바뀌는 한이 있더라도, 그냥 흥선에게 신임을 받을 준비를 해둘까 하는 길이었다.

몸집이 큰 사람은 어리석다 하나, 영어는 몸집이 큰 비례로 비교적 영리한 사람이었다. 영어는 첫째 길의 위태로움을 알았다.

며칠 전에도 그 이야기가 났었지만, 인제 영어가 자기네의 일족에게 대하여,

"흥선은 당신네들이 생각하는 바와 같이 사실 어리석은 사람이 아니외다. 흥선은 무서운 배포를 가지고 있는 사람이외다."
하고 말한댔자, 일족은 용이히 그 말을 믿지 않을 것이다. 그런 실없는 소리를 하는 영어를 비웃기나 할 것이다. 백 걸음을 물러서서 일족이 그 말을 믿게 된다 할지라도, 흥선은 이하전과 같이 손쉽게 처치하기가 매우 곤란한 사람이었다.

이하전을 처치한 데 대해서도 지금 민간에서 말이 꽤 많다. 공공히 이하전의 원죄를 역설하는 사람도 있다.

그런 위에 이제 또한 홍선을 '역모'라 하여 처치하여버리면, 세상이 가만 있지 않을 것이다. 홍선은 세상이 다 아는 판박이 무뢰한—이 무뢰한을 역모라 하여도 세상이 믿지 않을 것이다.

"이것은 김가들이 왕족을 모조리 차례로 없이하려는 행동이다."

당연히 이렇게 볼 것이지, 홍선 같은 인물이 역모를 하리라고는 삼척동자라도 믿지 않을 것이다.

그러매 홍선의 정체를 들어서 일족에게 호소를 한다는 일은 십중팔구는 남의 웃음이나 사는 행동에 지나지 못할 것이다.

영어는 둘째 길을 밟기로 하였다.

아직껏 자기네의 일족 전부가 홍선을 웃고 수모하고 멸시하고 할 동안도, 영어 자기뿐은 홍선을 그렇게 대접하지 않았다.

그런 허튼뱅이의 생활이 단지 자기의 생명을 유지하려는 고육책인 줄 알고 그 심정에 동정하여, 모든 거만 무쌍한 일족과 달리 그냥 우의를 계속한 것은 홍선도 알아줄 것이다.

그때는 단지 동정의 염으로서 교제를 계속하였지만, 이제부터는 장래의 안전을 도모하기 위하여, 더욱 친밀히 홍선과 지내야겠다.

비록 일이 홍선의 마음대로 되지 못하여 홍선이 끝끝내 일개의 무뢰한이라는 가면 아래 그의 일생을 마친다 할지라도 특별히 손해는 없는 일이요, 만약 장래에 마음대로 되어서 이 잠자는 호랑이가 포함성을 지르며 일어나는 일이 있다 하면, 지금의 크지 않은 동정은 그날 놀라운 열매를 맺어, 영어 자기에게로 돌아올 것이다.

이리하여 영어는 모든 일을 알고도 모른 체, 보고도 못 본 체하고, 난행을 하는 홍선과 그냥 따뜻한 우의를 계속하기로 작정하였다.

홍선의 둘째 아들 재황 소년에게 대하여 아직껏 무심히 (단지 순전한 동정으로) 써오던 호의가, 장래 어떤 결과로서 자기에게로 돌아오는지, 영어는 그것을 고요히 기다리기로 하였다.

이 놀라운 사건(장래 이 일족의 운명을 좌우할)을 일족에게 피력하지 않고 혼자 알아둔 또 한 가지의 이유가 있었다. 그것은 '권세의 대립'이라는 것이었다.

김좌근 · 김병기 부자의 권세와, 김병학 · 김병국 형제의 권세가 차차 대립되어 첨예화하고, 그 때문에 일족의 새가 좀 벌어진 것도 이 사건을 병국이 혼자서 알아두고 다른 데 말하지 않은 커다란 이유의 하나였다.

"단언은 할 수가 없습니다. 그러나 여러 가지의 점으로 보아서 혹은 그렇지 않나 생각합니다."

이렇게 말하는 사람은 영어였다.

그의 형 영초는 묵묵히 앉아 있었다.

영어가 다시 말을 계속하였다 ─

"형님도 짐작하시겠지요. 젊었을 때의 흥선군이 얼마나 사람이 분명하고 강직했었는지. 그런데 아무런들 사람이 그렇게까지야 갑자기 변하겠습니까?"

이때야 영초는 비로소 입을 열었다 ─

"혹은 자네 말이 옳을지도 몰라. 잘못 생각했는지도 몰라. 옳고 그르고를 막론하고, 군가(君家)에 대해서 상당한 대접은 해야느니, 우리 문 내에서 모두 흥선군을 수모하고 멸시해도, 나는 아직껏 그래본 적이 없네. 우리의 이해관계를 둘째로 두고, 우리가 이 나라에 태어난 이상, 이 나라 임군의 친척 되는 이를 어떻게 멸시하겠나? 흥선군이 잘났건 못났건, 나는 상당히 늘 대접네. 한때 철없는 때는 내 세도를 자세 삼아 수모도 했고 멸시도 했지만, 내가 철든 이래로는 푸대접을 해본 일이 없네."

"네, 저도 전에는 무론 흥선군에게 푸대접을 하거나 한 일은 없었습니다. 오죽하면 그이가 그런 난행을 할까 하고 기회 있을 적마다 생활상의 조력도 하고, 나 보는 앞에서 다른 사람이 흥선군을 욕을 뵈려면 감싸주기도 했습니다. 그렇지만 이제부터는 단지 동정심으로뿐만 아니라, 자위책으로라도 소홀히는 대접치 못할까 합니다."

동생의 말을 듣고 있던 영초는 머리를 들고 동생을 고요히 바라다보았다.

"흥선군의 작은 도령이 무슨 생인지?"

"금년 열 살인 줄 생각합니다."

"재―?"

"재황이."

영초는 또 말을 끊었다. 잠시 있다가 말하였다.

"여보게, 무서운 세상이 나타나리."

"?"

"만약―만약 말일세, 자네 추측대로 흥선군의 그새의 난행이 오로지 자기의 인물을 감추려는 가면이요, 그 가면 아래서 무서운 꿈을 도모하고 있었다면 장래에는 무서운 세상이 나타나리. 너 나 할 것 없이 큰코다칠 세상이 나타나리. 만약 흥선군이 이전 오위도총관 시대의 그 지력이 그냥 있고, 흥선군이 권력을 잡는 날이면, 필연코 무서운 세상이 나타날 것일세. 나도 짐작이 가는 바이지만, 이전 도총관 시대에, 뜰의 먼지 하나, 추녀 끝에 거미줄 하나, 그 양반의 눈에 벗어난 것이 없었네. 만약 그 양반이 나라의 권리라는 것을 잡기만 하면, 남으로는 제주로서부터 북으로는 백두산까지, 어느 소나무 한 그루, 어느 우물 하나, 그 양반의 손이 가닿지 않을 것이 없을 것일세. 가로 뻗은 쓸데없는 가지는 잘라버릴 게고, 맑지 못한 우물은 메워버릴 게고……. 찬찬하고 끈끈하고 왈왈한 성미―자네 말과 같은 세상이 온다 하면 무서운 세상이 될걸세."

"그러면?"

"그러면 무얼, 별다른 일이야 있겠나?"

"그러면 우리 문은?"

"김가 이가 할 게 있겠나? 전에 제조(提調) 시대에도 본 바이어니와, 인재를 알아보는 눈은 무서울세. 그 사람이 인재일 것 같으면 상놈 양반 구별치 않고 쓰고, 무능할 것 같으면 아무런 좋은 배경을 가졌을지라도 내던지고말고……. 그 때문에 그때도 말썽이 많았던 것은 자네도 기억하였네 그려."

영어는 몸을 떨었다. 인재 무능의 문제가 아니었다. 김씨 일문은 당연히 홍선의 눈으로 보자면 원수일 것이다. 그 원수 일문에 대한 처치를, 만약 그런 날이 온다 하면 홍선은 어떻게 하려는가.

"병기는 멋없이 교만하게만 굴어서 홍선군을 망신 준 일도 여러 번 있지 않습니까?"

"있지."

"형님."

"?"

"언제 홍선군을 한번 아니 찾아보시랍니까."

"?"

"그 마음을 한번 떠보면 좋을 듯해서……."

"그새 이십 년간을 그런 수모 멸시를 받으면서도 한번도 안색을 변한 일이 없는 홍선군이 그렇게 쉽게 넘어갈 듯싶은가? 이러구저러구 할 게 없이, 우리는 우리 일만 충실히 보세나. 만약 자네 눈이 글러서 홍선군은 사실 한 개의 치인이라면 말할 것이 없거니와, 그렇지 않고 마음에 무서운 파력을 감춘 사람이라면, 소위 지금의 당파 문제로 유혈의 참극까지는 내지 않을 것일세. 그러니깐 두고 보세. 자네도 홍선군에게 개인적으로 미움을 사지 않았을 것이야. 나 역시 개인적으로는 원수가 없어. 장래의 일이 어떻게 되리라고는 말하기 힘들지만, 홍선군이 권세를 잡는 날이 온다 하더라도 우리 형제에게까지야 미치겠나?"

형의 말을 들으면서 영어도 생각하여보았다.

만약 자기와 자기의 형의 추측이 옳다 할진대, 장래 과연 무서운 세상은 현출이 될 것이다. 어떤 세상이냐고 누가 묻는다 하면 거기는 대답하기가 매우 힘들겠지만, 지금의 상식으로 추측하기 힘든 별다른 세상이 현출될 듯하였다.

"대궐에 원자(元子)만 탄생되면 문제가 없겠구만!"

"그러면야 문제가 없지. 그렇지만 나는 도리어 흥선군이 권세를 잡는 날이, 사실 한번 와보면 좋을 듯이 생각하네."

"왜요?"

"지금 세상은 너무 타락됐어. 우선 나부터 그런 짓을 하기는 하지만, 나라 회계에 문서가 없고, 모든 사무가 혼돈 천지고—그 위에 겉은 김문이라 해도 근(根) 자 세도가 있고 병(炳) 자 세도가 있어서 서로 경쟁하고, 병자 가운데도 교동(김병기) 세도가 있고 사동(병학 형제) 세도가 있어서 서로 경쟁하면서, 벼슬을 팔고 학정을 하니, 이런 놈의 세상이 어디 있겠는가. 누구든지 힘 있는 이가 하나 생겨나서 위에서 꾹 눌러놓아야지, 그렇지 않았다는 망하네, 망해. 남이 하는 노릇이니 우리도 따라하기는 하지만 속으로 부끄럽기가 짝이 없어. 우리가 망할지라도 한번 세상이 뒤집혀주면 속이 시원하겠네."

"그렇지만 우리나라에는 종친이 정치에 간섭치 못하고 또 산 대원군이 없지 않습니까?"

"그게야 꾸미면 될 것이지. 법령이란 내기 탓이 아닌가. 종친이 정사에 간섭치 못한다 해도 세조대왕께서 잠저 시에 영의정을 지내신 일도 있고, 선례(先例)가 없는 바도 아니니깐……. 좌우간 흥선군이 지금 치인의 행동을 하는 것이 가면이라 하면, 장래에 그만 고장도 예상치 않았겠나. 무슨 수단을 죄 꾸미고 있을 것일세."

"대왕대비마마를 인연해서 홍선군이 일어선다 하면 조성하, 조영하─등 조씨의 세도할 날이 오겠지요?"

"글쎄, 홍선군이 조씨를 중용(重用)할지. 인물이 잘났으면여니와, 그렇지 못하면 경이원지해버릴걸. 이전부터 벌족(閥族)의 세력을 몹시 미워했으니까……."

"그렇게 되면 대비께서 가만 계시겠습니까?"

"어명으로 하는 일에 대빈들 어떻게 할 수 없지."

그날이 분명히 올지 안 올지는 확언을 할 수 없으나, 지금의 타락된 환경에 앉아 있는 이 형제(그다지 마음이 꾀어 박히지 않은)는 일종의 공포와 호기심이 섞인 마음으로 그날을 기다렸다. 혹은 자기네 일족이 잔멸할지도 모르는 그날을…….

19

조 대비와 홍선의 사이에 맺어진 밀약─그것은 어떤 것이었던가.

김씨 일문에게 인손이를 잃고 거기 대한 복수의 염 때문에 눈이 어두운 조 대비는, 목적을 위하여서는 수단을 가릴 줄을 몰랐다.

"종실 공자 중에 한 영특한 소년을 신이 추천하리까?"

하면서 홍선이 자기의 둘째 아들 재황이를 조 대비께 추천할 때에, 조 대비는 그 소년의 학식이 어떤지 인재가 어떤지를 묻지 않았다. 그리고 홍선이 추천하는 그 소년을 받는다 안 받는다의 말이 없이 제2단의 문제로 들어갔다. 즉─상감께서 후사가 없이 천추만세하시는 날에, 그다음으로 보위에 오르는 사람은 승하하신 상감의 후사가 아니요, 자기 그 지아버님 되는 익종의 후사가 되어야 할 것이라는 것을 말하였다. 자기의 아드님 헌종이 순조대왕의 대를 잇고 그 뒤의 현 상감조차 순조대왕의 대를 이어서 그만 절사(絶嗣)가 된 그 지아버님의 대를 조 대비는 어떻게 하여서든지 부활시키고자 하는 것이었다.

그 의견에 대하여도 홍선은 찬성하였다. 이제 새로 들어오는 승계자는 조 대비를 양어머니로 삼고 들어오는 것이 당연하다고 맞장구를 맞추었다.

새로운 상감이 들어오시면 그때부터는 김씨의 세력을 뚝 잘라버리고, 김씨 일문을 잔멸시켜야 하리라고 이런 의견을 제출할 때에도 홍선은 찬성하였다. 너무도 뻗은 그 세력을 꺾어버리고(조 대비를 배경으로 한) 조씨 일파와 홍선 자기의 친구들로써 내각을 조직하여 권세를 휘둘러야 한다고 맞장구를 쳤다.

인정과 기지에 밝은 홍선은 고귀한 노부인의 마음을 꿰어보고 잡아당기기는 그다지 힘든 일이 아니었다. 조 대비가 김씨 일문에게 대한 노염이 몹시 큰 것을 보기 때문에, 홍선은 침이 마르고 혀가 닳도록 김씨들을 욕을 하였다. 그리고 만약 자기가 김씨 일문의 위에 올라설 날이 오기만 하면, 김씨 일문은 종자도 남기지 않고 잔멸시킬 듯이 말하였다.

이날 조 대비와 홍선의 사이에 성립된 밀약은 무론 '확실한 계획'이랄 종류의 것이 아니었다. 만약 장래 여차한 세상이 이르면, 여차한 수단을 써서 여차한 정책을 베풀겠다는 막연한 의논에 지나지 못하였다. 그러나 비록 막연한 의논이나마 이후 만약 그런 날이 온다 하면 조 대비는 다른 모든 왕족을 젖혀놓고 홍선을 부르고, 그때 불리기만 하면 홍선은 조 대비를 위하여 견마의 힘을 다하겠노라는 밀약이 성립되었다. 하늘이 상감께 후사를 주시려고 중궁이나 어떤 상궁의 몸에서 원자가 탄생하면 모를 일이지만, 왕실 공자 가운데서 동궁을 간택한다는 문제가 생기면 그것은 (대왕대비이며 종실의 어른인) 조 대비의 권병으로서 눌러버려서, 상감 재세하실 동안은 다른 곳에서는 절대로 동궁을 간택하지 않겠다는 밀약도 성립되었다.

"대감만 믿으오."

"대비마마만 믿사옵니다."

이리하여 이날 홍선이 성하의 인도로 입궐하여 조 대비께 뵙는 몇 시간 동안에, 커다란 사건 하나는 여기서 빚어진 것이다. 후사가 없이 상감이 천추만세하시는 날에는, 홍선군 이하응의 둘째 아들 이재황이가 영립되어, 익종의 대를 이어서 제26대의 조선 국왕이 되리라는 놀랍고도 커다란 사건 하나가, 그것은 마치 지금부터 십이 년 전, 헌종대왕의 환후가 위중할 때에, 그때의 대왕대비이던 김씨와 김 대비의 오라비 되는 김좌근이가 헌종 승하하신 뒤에는 '강화 도령'을 모시어다가 순조의 대를 이어서 제24대의 조선 국왕을 만들자고 의논한 것과 마찬가지로…….

표면 모든 흥분과 긴장된 감정을 감추고, 그날 홍선은 천연한 낯으로 조성하와 함께 자기의 집으로 돌아왔다.

그러나 그것은 감추기에는 너무나 큰 긴장과 흥분이었다. 시정에 영락되어 타락 생활을 거듭한 지도 십수 년, 웬만한 감정은 모두 감추어버리고 그런 기색도 나타내지 않는 홍선이었다. 그러나 이날의 흥분뿐은 감추려야 감추려야 끝끝내 감출 수가 없었다.

그새 갖은 수모를 다 받으며 갖은 욕을 다 먹으며, 그래도 그 모든 일을 참고, 귀찮고 쓴 세상을 그냥 살아온 것은, 장래 어떤 때 오늘 같은 날이 혹은 이르지 않을까 하는 막연한 희망으로가 아니었던가?

그러나 그것을 막연히 기다리기는 하였지만, 구체적으로 그날이 올 줄은 뜻도 안 하였던 바였다. 혹은 올지도 알 수 없는 바다 하는 막연한 희망으로, 모든 쓴 일을 쓰다 하지 않고 받아오던 것에 지나지 못한다. 돌아보아야 튼튼하고 뿌리박힌 김문의 세상에서, 언제 자기의 위에 꽃필 날이 올 듯하지도 않았다. 어떤 길을 뚫고 어떻게 나아가야 되는지 짐작도 가지 않았다.

그렇게 막연히 바라며 구체적으로는 스스로도 코웃음치며 기다리던 날이, 이제 돌연히 그의 위에 떨어지게 된 것이다.

복은 누워서 기다린다는 말도 있기는 하지만, 지금의 이 복은 흥선에게 있어서도 너무도 급속적이었다. 너무도 의외였다.

바라면서도 또한 스스로 부인하던 이 복이 홀연히 자기의 위에 떨어졌기 때문에, 흥선은 아무리 감추려야 자기의 흥분을 감출 수가 없었다.

그는 성하를 돌려보냈다. 어떤 일이 생겼는지를 알고자 윗목에 읍하고 서 있는 성하에게, 아무 말도 알리지 않고 그냥 돌려보냈다.

성하를 돌려보낸 다음에 흥선은 비로소 옷을 모두 편복으로 갈아입었다.

앉아 있으려면 가만 앉아 있을 수 없는 흥분이었다. 그러나 일어서니 또한 어떻게 할 바를 알 수 없는 흥분이었다.

큰 소리로 외쳐서 자기의 이 흥분을 남에게 알리고 싶은 충동이 연하여 일어났다. 그러나 큰 소리는커녕 작은 소리로라도 남에게는 절대 알릴 수가 없는 흥분이었다. 한번 남에게 알려져서 그 소문에 퍼지기만 하였다가는 자기의 위에 어떤 박해가 미칠지는 잘 아는 바였다.

흥선은 앉았다가는 일어섰다. 일어섰다가는 앉았다. 방 안을 거닐다가는 담배를 붙여 물었다. 그러나 담배가 타기 전에 도로 내던지고 하였다. 자기로도 자기의 몸과 마음을 어떻게 처치를 해야 할지 분간을 하지 못하였다.

어떤 시골 처녀가 내일이면 시집을 가는 그 전날, 너무도 기뻐서 자기 집에 기르는 개를 붙들고 '개야, 나는 내일 시집간단다' 하였다는 심리를 이때 흥선은 맛보았다. 오래 벼르고 기다리던 일—그러나 또한 당분간은 남에게 절대로 알릴 수 없는 비밀한 이 일에 흥분된 흥선은, 자기의 몸을 바로잡지를 못하고 마음이 들떠서 일어났다 앉았다 안돈되지 못한 행동을 계속하고 있었다. 만약 마음이 이렇게 들떠서 돌아갈 때에 누가 흥선을 찾아왔다면 흥선은 그때는 그 사람을 붙들고,

"여보게, 대비마마와 밀약이 성립됐네. 나는 멀지 않아서 대원군이 되네."

하고 자랑을 하였을는지도 알 수 없다.

홍선이 이 놀라운 소식을 자기의 부인에게 알게 한 것은, 그날 밤도 깊어서 집안 하인들도 모두 꿈의 나라에 헤매는 삼경쯤이었다. 그리고 그때는 홍선도 극도의 흥분은 좀 삭아져 있었다.

홍선이 오늘 대궐에 들어가서 조 대비를 뵈고, 거기서 의논한 의논이며, 겸하여 그새 십수 년간을 마음속에 깊이 감추어두었던 자기의 심경을 처음으로 자기의 부인에게 피력할 때에도 부인은 놀라지 않았다. 어떤 사건, 어떤 일이라도 이 부인을 놀라게 하지 못한다. 정유년(丁酉年) 겨울 그의 일생을 끝내기까지의 팔십 년간의 짧지 않은 생애에, 이 부인을 경악케한 일은 하나도 없었다. 어떤 놀라운 일이 돌발할지라도, 이 착하고 어진부인은 고요히 그 사건을 맞은 것이었다.

이날의 이 광희할 만한 홍선의 보고를 듣고도 부인은 놀라지 않았다. 그리고 한참을 생각한 뒤에 고요히 손을 들어서 이미 잠든 작은 아들 재황이를 가리켰다—

"낮에 장난이 심하더니 곤히 잡니다."

홍선도 그 아들을 보았다. 지금 철모르고 곤히 자는 이 소년—일의 진행에 그다지 착오만 안 생기면, 가까운 장래에는 아들이라는 명칭으로는도저히 부를 수도 없는 소년이었다. 낮에 장난이 심했기 때문에 얼굴이 모두 덜민 소년은, 무슨 꿈이라도 꾸는지 간간 입을 벙싯거리며 깊이 잠들어있다.

홍선이 자기의 아들의 위에 부었던 눈을 부인의 편으로 돌릴 때에 부인은 말을 계속하였다—

"지금도 아무 불만이 없어 잘 지내는데요."

만약 장래 그 일이 행복이 못 된다 하면, 왕위조차 부럽지 않다는 어머니의 마음이었다.

"아니, 이 애의 행복 문제가 아니다. 온 국민의 행복 문제외다. 학정, 토색, 외척 득세, 어지럽고 어지러운 세상에ㅡ"

"대감, 모르는 바 아니외다. 아니지만, 그런 개혁은 모두 대감이 하실 일이지요? 어머니 된 자의 마음은 그렇지 않습니다. 천 사람이 망하고 만 사람이 망할지라도 내 자식 하나만 편안하면 그뿐이지, 남을 잘 살게 하자고 내 자식을 내놓기는 어미의 마음으로는 힘든 일이외다. 아무것도 모르는 여편네로서 대감 하시는 일에 이렇다 저렇다 말씀은 안 하리다마는, 제 생각뿐으로 거저 이대로 있으면 먹고 없으면 굶으며 지내는 편이 제일이 아닐까 합니다."

"그렇게 생각하는 것도 무리가 아니외다. 그렇지만 이 애는 부인에게만 아니라 내게도 자식 되는 애ㅡ낸들 왜 좋지 않은 일에 넣고 싶겠소? 이 뒤에 그런 날이 온다 해도, 책임질 힘든 일은 내가 싣고, 영예 돌아올 일은 이 애에게 돌리고ㅡ그래서, 거대하고 부귀한 한 나라의ㅡ"

대군주가 되면 오죽이나 좋지 않겠느냐는 말을 흥선은 채 맺지를 않았다. 지금 이 자리에 앉아서 생각하기에는, 너무 공상적이요 너무도 허황한 그 말은 차마 입 밖에 나오지를 않았다.

부인도 아들의 얼굴을 굽어보았다. 자기의 신상에 어떤 일이 진행되는지ㅡ또는 지금 자기의 아버지와 어머니가 자기를 위하여 어떤 의논을 하고 있는지, 아무것도 모르는 어린아이는, 연하여 무엇이 어떻다고 입을 벙싯거리며 곤하게 잠자고 있다.

한참을 아들의 얼굴을 들여다보고 있다가야 부인은 머리를 그 지아버니에게로 돌렸다ㅡ

"마음대로 하세요. 대감의 의향에 계시기만 하면 어떤 일이든지 탓하지 않으리다. 아무것도 모르는 여편네가 무슨 참견을 하리까?ㅡ마는 이 애의 행불행은 대감께 책임을 맡깁니다. 불행하는 날에는 저도 몇 마디의 불평을 말하겠습니다."

그리고는 오른손을 들어서 귀여운 듯이 잠든 소년의 윤기 있는 머리를 쓰다듬었다.

그 뒤부터는 흥선은 자기의 난행의 방법을 고쳤다.

이하전이 죽은 뒤부터는 가슴이 송구하여 더욱 난행을 심하게 하기는 하였지만, 대비와의 밀약이 성립된 뒤로부터는 한 가지의 행동을 더 가하였다.

이전에는 어떤 수모를 받고 어떤 눈물 나는 일을 당할지라도, 자기의 모든 감정을 죽여버리고 참기를 위주하였지만, 흥선은 그것도 부족하게 생각하였다. 너무도 용히 참기 때문에 도리어 저쪽의 의심을 살는지도 알 수가 없으므로, 흥선은 차차 성낼 만한 일에는 성을 내었다. 저편 쪽에서 무슨 불쾌한 일을 하면 불끈 성을 내며 혼자서 중얼거리며 자리를 피하고 하였다.

지금 자기의 몸은 귀하기가 짝이 없는 몸이었다. 이전에 막연히 기대할 때와 달라서, 지금은 정작으로 그것을 기다릴 지위에 서게 되었다. 대비와의 굳은 밀약이 성립되었다. 이러한 자기의 몸은 지금은 만금으로도 바꿀 수 없는 귀한 몸이다. 그런지라, 어떤 추태를 연출하면서라도 당분간을 속여나가지 않으면 안 된다.

이전, 막연히 기다릴 때는 김문의 교태가 성도 나고 김문의 수모가 역하기도 하였다.

그러나 모든 일이 내정된 지금에 있어서는 그 교태, 그 수모가 흥선에게는 도리어 코웃음밖에는 나지 않았다. 너희의 세도도 며칠이 남지 않았으니, 그동안 마음껏 놀아보라는 생각이 늘 들고 하였다. 이 코웃음 나는 일을 흥선은 노염으로 대하고, 혼자서 중얼중얼 불평을 말하며 돌아가는 것이었다.

표면 이전보다 더욱 난행을 거듭하면서 이면으로는 흥선은 '그날'을 위한 준비를 게을리하지 않았다.

시정에 영락되어 돌아다니는 몇 해, 이 공자는 고귀한 사람들이 알지 못하는 시민들의 불평불만이며, 그 성격이며 생활 상태며 심리 등을 다 알았다. 그리고 그 원인이며 동기며 경로 등을 다 알고 있었다. 고귀한 집안에 태어나서 그냥 귀한 공자로서 길러난 사람들은 짐작도 하지 못하는 모든 제도상의 결함이며 제도 운행상의 결함을 다 잘 알고 있었다.

위에 있는 사람들이 당연한 일로 알고 행하며, 또 이론상으로 보아서는 당연한 일이 그 실행된 뒤에는 아랫사람들에게 어떤 결과를 미치게 되는지 — 이것은 윗사람으로도 모르는 바요, 아랫사람으로도 모르는 바요, 다만 위와 아래를 골고루 다녀본 사람이라야 처음으로 알 일이다. 고귀한 가문에 태어나서 영락된 무리들과 섞이어놓은 흥선은 윗일과 아랫일에 모두 짐작이 갔다. 그리고 어떤 일은 어떻게 하였으면 어떤 결과가 나타났을걸, 그렇지 않고 이렇게 하기 때문에 이런 결과가 나타났다는 것도 모두 짐작이 갔다.

누가 매관매작을 한다. 마음이 착하던 사람도 매관매작을 할 지위에 서기만 하면 반드시 매관매작을 한다 — 그러면 그는 왜 그렇게 갑자기 변하지 않을 수가 없었는가.

아주 현명하다던 일컬음을 듣던 누가, 어떤 곳 수령으로 가게 되면, 거기서는 반드시 명목 없는 세납을 받아 올린다. 많고 적음에 차이는 있을망정, 절대로 그런 일을 하지 않는 사람은 하나도 없다 —

그러면 그 현명하다던 사람은 왜 갑자기 그렇게 변하였나?

여기 제도상의 결함이 있었다. 학정을 하지 않고는 안 되는 그 원인은 '제도'에 있었다. 제도의 결함 때문에 그들은 자기네로도 자기네의 하는 일이 부끄러운 일인 줄 알면서도, 그 부끄러운 일을 행하는 것이었다. 그리고 '제도의 결함'이라는 것을 모르는 백성들은 그 관원을 원망하는 것이었다.

"자, 이것 보게."

홍선은 자기 앞에 놓인 저 대전통편(大典通編)을 펴보였다. 성하는 홍선이 가리키는 곳을 보았다.

1. 정1품 …… 쌀 두 섬 여덟 말, 콩 한 섬 닷 말
2. 종1품 …… 쌀 두 섬 두 말, 콩 한 섬 닷 말
3. 정2품 …… 쌀 두 섬 두 말, 콩 한 섬 닷 말
4. 종2품 …… 쌀 한 섬 열한 말, 콩 한 섬 닷 말
5. 정3품 …… 쌀 한 섬 아홉 말, 콩 한 섬 두 말
6. 종3품 …… 쌀 한 섬 닷 말, 콩 한 섬 두 말
7. 정4품 종4품 …… 쌀 한 섬 두 말, 콩 열서 말
8. 정5품 종5품 …… 쌀 한 섬 한 말, 콩 열 말
9. 정6품 종6품 …… 쌀 한 섬 한 말, 콩 열 말
10. 정7품 종7품 …… 쌀 열서 말, 콩 여섯 말
11. 정8품 종8품 …… 쌀 열두 말, 콩 닷 말
12. 정9품 종9품 …… 쌀 열 말, 콩 닷 말
(대군(大君)에게는 봄 석 달에 한 섬을 더 줌)
흉년에는 더 감할 경우도 있음

그것은 당시 정1품부터 종9품까지 열여덟 계급의 녹봉이었다.

"여보게 성하, 이것 보게, 소위 국록이라 하면 얼마나 많은 듯이 생각되겠지만, 이게 아닌가. 나도 정1품 현록대부라는 덕에, 나라에서 쌀 두 섬 반과 콩 한 섬 닷 말씩을 타 먹겠지. 자네도, 자네 품계에 따라서 타 먹을 게야. 그렇지만 이 녹봉으로 자네 생활이 유지되겠나?"

녹봉이 이런 것은 홍선이 지적하지 않을지라도 성하도 아는 바였다. 그러나 '그것으로 생활이 유지되느냐'는 질문은 성하에게 있어서는 기이한 질문이었다.

"하옥 김좌근 — 하지. '정1품 보국숭록대부 김좌근'일세그려. 이름은

좋지. 그렇지만 나라에서 내주는 녹봉은 쌀 두 섬 여덟 말, 콩 한 섬 닷 말 밖에는 없어. 그러나 김좌근 하면 그 집안의 식구가 얼마나 되나. 청지기가 이십여 명, 별배가 이십여 명, 구종도 또 그만치 해. 게다가 그놈들의 여편네 자식 모두 있어. 사랑 친솔뿐 말일세. 내실에는 또 얼마나 하인 비복들이 많은지 몰라. 적어도 하옥의 집에 달려서 먹고 사는 생명이 백 명은 썩 넘을 걸세. 그 백여 명의 식솔을 거느리고 있는 주인 대감의 녹봉이 얼마냐 하면, 겨우 쌀 두 섬 몇 말, 콩 한 섬 몇 말—말하자면 하옥의 집 고양이 새끼 한 마리도 먹다 부족할 것밖에는 못 되네그려—"

당시의 제도상 무슨 벼슬이든 하면, 종9품의 한 개의 녹사에 지나지 못한다 할지라도 백주에 보행(步行)으로 길을 못 간다. 하다못해 나귀 한 마리, 마부 하나, 하인 하나, 이만한 하인이라도 있어야지, 그렇지 못하고는 길을 나가지를 못한다. 신분이 초헌(軺軒)을 타게 되면, 적어도 초헌에 부축할 별배 여덟 명 이상과 구종 여덟 명 이상은 가져야 한다.

"재상이 죽은 뒤에 그 장례 비용이 없는 것을 자랑했다는 것은 옛날 일—지금은 한 번 행차에도 그만한 위엄을 보이지 않을 수가 없게—제도가 그렇게 된 이상—그리고 녹봉이 또한 그렇듯 박한 이상, 매관매작을 하지 않고서, 어떻게 살아가겠나? 제도부터가 벌써 매관매작이나 학정을 하지 않고는 배겨나지 못하게 되었으니깐 그 사람들만 잘못했다고 책할 것이 아니라네."

거대한 생활을 하지 않을 수가 없는 제도를 꾸며놓고 그 위에 적은 녹봉을 내주는 것은, 배면으로 매관매작을 장려하는 일로 볼 수도 있다.

아직껏, 그저 당연히 그런 일이거니 하여두었던 일에 대하여, 흥선의 지적을 받고 성하는 비로소 경이의 눈을 떴다. 그리고 흥선의 얼굴을 뚫어져라 하고 쳐다보았다.

흥선은 알아듣겠냐는 듯이 머리를 기울여서 성하를 들여다보았다.

외척의 발호라 하는 것이 또한 커다란 문제였다.

이전 대궐에서 조 대비와 홍선이 마주 앉아 밀약을 할 때에, 이제 김씨 일문의 세력을 깨뜨리고, 그 대신 다른 세력을 세움에는 조 대비를 배경으로 삼은 조씨 세력을 조장하마 하는 것이 한 개의 커다란 조건이었다. 그리고 또한 조 대비가 지금 암암리에 활동을 하면서 일변 홍선을 끌어들이며 하는 것은, 결코 이 조선이라는 땅 위에 좋은 정치를 펴고자 하는 마음에서 나온 바가 아니요, 오로지 홍선군의 아들을 보위에 올리면 그 연줄로 조씨의 세도가 생길 것이며, 오늘날의 김씨들의 차지한 모든 귀한 자리가 조씨들의 손으로 들어오리라는 야욕 때문이었다.

그러한 조 대비에게 대하여 그때 홍선은 맞장구를 치기는 하였지만, 이것은 홍선이 꿈도 안 꾸고 있는 일이었다.

김씨를 없이하고 조씨를 끌어들이면 무엇하랴. 그것은 이리를 내쫓고 호랑이를 끌어들이는 데 지나지 못하는 일이다.

아직까지 왕이 갈리는 때마다 선왕의 신하들은 신왕에게 모두 참몰을 당하였다. 지금 신왕의 총신이라 할지라도, 신왕의 현 중궁이 승하하고 다른 비를 맞아들이기만 하면 모두 또한 몰락할 운명을 가지고 있다.

이렇게 단지 왕비의 친척이기 때문에 조정의 귀한 자리를 차지한 허수아비들은, 자기네의 시재 차지한 귀한 자리를 자자손손이 누려먹기 위하여는, 자연히 왕실에 대하여 별별 음모를 하지 않으면 안 된다.

자기네의 누이 혹은 딸 되는 왕비의 몸에서 왕자가 탄생되고, 그 왕자가 동궁으로 책립이 되면, 그들도 따라서 다음 왕의 대에까지도 세도를 할 수가 있다. 그러나 불행히 자기네의 누이나 딸 되는 왕비가 왕자를 탄생하지 못하면, 그때는 그들은 자기네의 지위를 보전하기 위하여, 종실에 대하여 별별 음모를 다하지 않으면 안 된다.

별 어중이떠중이가 모두 누이(혹은 딸)를 잘 두었기 때문에 금관조복으로 만인의 위에 서서 된 짓 안 된 짓을 다한다. 그뿐 아니라, 한번 왕이 천추만세하는 날에는 뒷왕을 자기네의 권력 앞에서 택하여 내기 위하여 온갖 더러운 짓, 외람한 짓, 창피한 짓을 다한다. 이것이 모두 외척 발호 때문에 생겨나는 폐단이다.

만약 이 뒤 언제 흥선의 손에 정권이 오는 날이 있을지면, 단연히 외척이라는 것을 눌러버리는 것이 흥선의 본시부터의 마음이었다.

그날 대비가, 이 뒤 조씨 세도의 날을 말할 때에 흥선은 맞장구는 쳤지만 속으로는 이 뒤 흥선 자기의 손에 정권이 돌아오기만 하는 날이면 김씨, 조씨, 민씨 할 것 없이, 인재(人才)가 아닌 사람에게는 한 개의 벼슬도 주지 않으려고 단단히 마음을 먹었다. 그 일을 단행하기 위하여는 그때 조 대비와 정면으로 충돌을 하게 되는지도 알 수 없지만, 정면충돌을 하여서라도 조 대비를 눌러버리고 조 대비가 지금 꿈꾸는 '조씨 세도의 날'을 현출시키지 않으려고 마음을 먹었다.

지금 자기와 함께 때때로 일을 의논하는 조성하 — 조 대비의 조카 되는 성하는 흥선의 권세 잡는 날에는 자기도 한몫 잘 볼 것으로 꿈꾸고 있다.

그러나 흥선의 눈에 비친 성하는 너무도 어렸다. 재간은 있고 지혜도 있고 마음보도 그만하였으면 그다지 나무랄 데가 없지만, 아직 지배력이 부족하였다. 남의 위에 올라설 수양이 부족하였다. 남의 아래서는 다시없는 재사로되, 위에 서서 사람을 지배하고 통괄할 역량이 없다. 만약 성하로서 조 대비의 조카라는 자기의 지벌만 자랑하는 인물일 것 같으면, 아무리 조 대비라는 배경이 있을지라도 흥선은 그를 녹사 하나도 시키지 않을 것이었다.

서원의 횡포 — 이것이 또한 허수로이 볼 문제가 아니었다.

본시는 옛날 거룩한 사람들을 존경하자는 뜻에서 시작된 서원이나, 그것이 타락되고 타락되는 동안, 지금은 사면으로 해독을 끼치는 커다란 암종이 되었다.

옛날 성현들을 존경하자는 뜻으로 그들에게 준 특권을 그들은 악용하여 온갖 횡포한 짓을 다한다.

유교사상에 젖고 또 젖은 이 땅에서 서원을 모두 철폐하여버린다 하는 것은 작지 않은 문제이다.

이것은 국왕으로는 도저히 행하지 못할 일이다. 국왕의 몸으로서 서원을 철폐시켰다가는 국왕의 지위에 반드시 흔들림이 생길 것이다. 국왕보다도 더욱 큰 권위를 잡은 사람 — 그리고 또한 국왕이 아닌 사람이 아니고는 도저히 행하지 못할 노릇이다.

만약 장래에 자기에게 정권이 돌아오는 날에는, 이 수많은 서원을 모두 철폐하여버리기로 흥선은 작정하였다.

장래 이 나라의 정권을 잡은 사람으로 내정된 흥선은, 그날을 위하여 그의 활달한 눈을 온갖 곳에 붓고 비판하여보았다.

보는 때마다 그의 가슴을 아프게 하는 폐궁 경복궁의 개축 문제 —

경복궁뿐 아니라 그새 돌보는 사람이 없으므로 무너지고 기울어진 조선 팔도 각 곳의 정자, 누각, 청사들의 수리 문제 —

국고(國庫)와 권문의 사고(私庫)와의 구별이 확연하지 않기 때문에 어지럽고 어지러운 재정 문제 —

관리 등용의 방법이 확립되지 않았기 때문에 무섭게 성행하는 매관매작 문제 —

조세(租稅)에 대해 일정한 법률이 없기 때문에 지방 수령들이 함부로 받아서 벗겨 먹는 조세 문제 —

무(武)를 너무도 낮추어보기 때문에 지금 한심하게 된 군대 문제 —

거처와 활동이 불편하기 짝이 없는 의복 문제 —

필요 없이 긴 담뱃대며 필요 없이 큰 봉투 등으로 국민 생활의 쓸데없는 비용이 많이 나가는 점 —

일일이 세자면 끝이 없는 이 많고 많은 문제를 모두 일시에 꺾어버리고 다시 새로운 제도를 세우기 위하여 흥선은 그 방책을 세우기에 노력하였다.

이런 일을 모두 서서히 개량하자면 몇 대의 왕, 몇백 년의 날짜를 가지고도 하지 못할 것이다. 썩어 들어가는 곳은 당연히 잘라버리지 않으면 안 된다. 많은 불평이 있고 많은 반대가 있을 것이나, 쇠뿔은 단김에 뽑지 않으면 안 된다. 흥선 자기로도 짐작이 안 가는 바가 아니거니와, 자기와 같은 사람이 조선 정계에 언제 다시 나타날지 알 수 없다. 생겨난 이 기회에 모든 폐단을 단연히 잘라버리지 않으면 안 된다.

돌아보건대, 태조 건국하신 때부터 벌써 움이 트기 시작한 왕위 계쟁 문제가, 지금 구르고 또 굴러서 자기의 아들의 앞에까지 이르렀지만, 이번 기회를 타서 그 문제까지도 철저히 해결을 하지 않으면 안 될 것이다.

국왕이라 하는 것은 결코 종실의 가장뿐이 아니다. 종실의 가장이면서 또한 이 나라 삼백여 주의 주인이다. 그런 국왕을 종실의 연로자(年老者) 한 사람뿐의 의견으로 좌우한다는 이 제도부터가 글러먹은 제도다. 그 제도의 덕에 자기의 위에도 지금 바야흐로 영광이 떨어지려 하지만, 제도는 결코 옳은 제도라 할 수가 없는 것이다.

생각하면 생각할수록 어지럽고 시끄럽고도 많은 문제이다.

이 많고 어지러운 문제를 한꺼번에 처리하기 위하여 흥선은 그 준비를 게을리하지 않았다. 어느 날 자기가 손을 써야 할 날이 이르기만 하면, 맹연히 일어서서 그 굳센 주먹을 휘두르기 위하여 그날의 준비를 게을리하지 않았다.

그것은 몹시 긴장되고도 또한 명랑한 생활이었다.

조 대비와 자기의 사이에는 무론 단단한 묵계가 맺어졌다. 상감 승하하시기만 하는 날에는, 지금부터 십여 년 전에 강화로 굴러 내려갔던 어보가 이번 자기의 손으로 들어오게 약속은 되었다.

그러나 또한 생각하면 맹랑한 문제였다. 국왕의 승하를 기다리는 불충한 일과 다름이 없었다.

김씨 일문의 의심의 눈을 속이기 위하여 더욱 난행을 거듭하면서도, 자기를 돌아보고 스스로 고소를 금치 못할 때도 흔히 있었다.

그 어떤 날, 흥선이 여전히 잔뜩 취하여 김병기의 집을 찾은 일이 있었다. 그때 병기의 문갑 위에 선원보(璿源譜)²²⁵가 놓여 있는 것을 흥선은 보았다.

그때는 그것을 무심히 보았다. 선원보[王族譜]가 한 권 놓여 있거니 이만큼 보아두었다.

그러나 그 이튿날 김좌근의 집을 찾으매 좌근의 정침에도 선원보가 있었다.

여기서 흥선은 이상히 생각하였다. 그리고 속으로 흥흥 코웃음쳤다.

무론 그럴 것이다.

상감께 왕자가 없으신 이상에는, 왕족 가운데서라도 동궁을 간택하지 않으면 안 될 것이다.

그러나 현재 한성에 거주하는 왕족들 가운데는 그럴 만한 사람이 없을 것이다. 김씨 자기네의 세도를 자세하여 왕족들을 사람으로 여기지도 않고 지냈는지라. 한성에 거주하는 왕족으로는 김씨 일문에 호의를 가진 사람은 하나 없을 것이다. 누구를 막론하고 모두 김씨에게 원한을 안 품은 왕족이 없을 것이다.

이런 왕족 가운데서 동궁 간택하게 하였다가는 자기네 일족이 망하는 날이다.

한성에 거주하지 않고 낙향한 왕족은 선원보를 뒤적여보지 않고는 상고할 수가 없었다. 그만큼 왕족들의 존재는 미약하였던 것이다.

표면 태평을 노래하는 그들이었지만, 내심 갈팡질팡하는 꼴이 선연히 보였다. 자기네의 일당의 한 사람인 김문근의 따님(왕비)의 몸에서 왕자가 탄생하기만 하면 이 이상의 안심되는 일이 없지만, 그렇지 못하면 김씨 일문은 과연 앞길이 막혔다. 왕자가 탄생하지 못할 줄을 미리 짐작이라도 하였다면, 다른 왕족 중에라도 그럴듯한 사람을 어름어름하여두었을 것이거늘, 그런 생각은 하지 못하고, 왕족이라는 왕족에게서 모두 고약하게 대접을 하여서 서로 원수와 같이 되어 있는 지금이었다.

이러한 가운데서 그래도 자기네 일족에게 그다지 악감을 가지지 않은 왕족이 행여 어디 있지나 않은가 하고 그들은 '선원보'를 상고하는 것이었다.

아무리 선원보를 상고하여 거기서 요행 김씨 일문에게 악감을 안 가진 듯한 왕족을 발견한다 할지라도, 그 사람을 동궁에 책립하기에는 조 대비의 응낙이 있어야 한다. 이미 흥선과 밀약이 성립된 조 대비는 김씨 일문의 의견에 응낙을 할 까닭이 없다.

골라내어도 없을 것이고, 비록 있다 할지라도 조 대비가 응낙하지 않을 일을, 그래도 행여나 하고 선원보를 상고하는 그들의 꼴이 흥선에게는 가여웠다.

화무 십일홍이요
달도 차면 기우나니 —

선원보를 곁눈으로 보면서 얼근한 소리로 이렇게 읊고 있는 흥선의 속마음을 김씨 일문은 알 리가 없었다. 더구나 흥선이 이렇게 찾아다니는 것이 밑구멍으로 호박씨를 까는 행동으로는 추측도 할 수가 없었다.

흥선과 그들은 온전히 딴 나라의 사람들이었다.

그해 가을, 가을바람이 몹시 산산한 어떤 날 민치록(閔致祿)이 드디어 세상을 떠났다.

그가 이 고해를 한 번 다녀간 기념으로 금년 열한 살 나는 어린 딸 하나를 남겨놓은 뿐 쓰러지는 고목과 같이 거꾸러졌다.

가까운 친척이라고는 없는 그의 임종을, 보아준 사람은 그의 양아들로 들어온 민승호와, 승호의 누님 되는 흥선 부인과 그의 어린 소저뿐이었다.

"조카님, 부탁하오, 이 천애의 고아 — 돌보아줄 사람이 없는 가련한 애를 가꾸고 길러주시오. 이것이 마음에 걸려 눈이 감기지를 않는구려."

야윈 얼굴에 두 줄기의 눈물이 흘렀다. 이 당부를 한 뒤에 얼굴의 주름살을 펴지도 못하고 다시 돌아올 기약이 없는 길을 떠났다.

초라한 그의 장례를 따른 사람은 흥선 내외와 민승호의 오누이뿐이었다.

이것이 '조선'이라는 거대한 떡을 앞에 놓고 죽기까지 서로 맹렬한 투쟁을 계속한 흥선대원군과 민 중전의 그 첫 대면이었다.

흥선은 민 소저를 보았다. 숭글숭글 얽기는 하였지만 영특하게 생긴 소녀였다.

"몇 살이냐."

"열한 살이올시다."

"열한 살? 열한 살에 오늘부터 집안 주인 노릇을 해야겠구나. 애처로워라. 승호 — 네 책임이 크다. 고인의 유탁도 유탁이려니와, 네 친누이보다도 더욱 마음을 써야 한다."

흥선은 흰 댕기를 늘인 소녀의 머리를 쓰다듬어주면서, 승호에게 이렇게 말하였다.

그날부터 소녀는 팔 걷고 나서서 이 집안을 다스렸다. 이 집을 상속한 자는 민승호며, 따라서 민승호의 아내야말로 이 집안의 주부거늘, 소녀는 이 집안을 자기의 집으로 여기고 몸소 모든 것을 지휘하고 다스렸다. 이 소녀의 너무도 영리하고 민첩함은 간혹 그 도를 넘어서, 다른 사람의 감정을 해하는 일까지 흔히 있었다. 그리고 그런 것을 또한 모르는 바도 아니지만 소녀는 스스로 이 집안을 다스렸다.

"작은아주머니."

이 소녀가 너무도 간섭이 심하기 때문에, 집안 계집 하인들은 소녀에게 이런 별명을 바쳤다. 그리고 뒤에서 손가락질을 하였다.

그것은 기괴한 환경이었다. 소녀는 이 집안에서의 자기의 입장을 모르는 바가 아니었다. 이 집안은 무론 자기의 친아버지의 집안이로되, 지금은 딴 집에서 들어온 민승호의 아내(올케)가 이 집의 주인이라는 것을 모르는 바가 아니었다. 그것을 잘 알기 때문에 소녀에게는 자기의 입장이 불쾌하였다. 불쾌하기 때문에 소녀는 자기가 가지지 못한 권리를 강행하여, 스스로 자기의 마음을 위로하는 것이었다.

소녀가 즐겨서 읽는 책은 『좌씨전』이며 수신서를 피하고 소녀는 어렸을 적부터 권모술(權謀術)을 연구하였다. 여자로서는 — 더구나 소녀로서는 당치 않은 『좌씨전』을 읽느라고, 자기가 참견할 가사에도 참견을 못 하는 때까지 있었다.

이때의 이 소녀의 환경과 입장과 읽은 책과 경험한 경력이, 후일 대원군의 간택을 받아서 왕비로 책립된 뒤에, 그가 사용한 그 놀랄 만한 권모술적 정치 — 정치라기보다 오히려 술책 — 를 낳은 것이었다.

"작은아주머니."

세상이 모르는 삼청동 한편 구석에서는, 한 개의 작은아주머니가 차차 장성하며, 그의 놀라운 지혜와 술모(術謀)를 기르고 있었다. 그의 양오빠 민승호는 소녀에게는 좋은 친구 — 요, 동지요, 고문이었다.

이리하여 여름도 가고 가을도 가고 겨울도 갔다.

신유년이라 하는 해는 고요히 과거장으로 감기어 들어갔다.

표면 역시 아무 변화가 없이 지난 해였다.

그러나 그 이면에는 적지 않은 변동이 있었다.

이하전이가 역모로 몰려서 죽었다.

왕자가 탄생되지 못하고 상감 승하하시는 날에는, 이하전이가 제25대의 임군이 될 것으로 내정되어 있었기 때문에, 이하전이가 죽은 뒤에는 당연히 거기 얽힌 문제가 생겨나지 않을 수가 없었다.

이리하여 조 대비와 흥선의 사이에는 밀약이 성립되었다.

이러는 가운데서도 상감의 건강은 나날이 좋지 못하여갔다. 뇌빈혈을 일으키는 도수가 더욱 잦았다. 용안이 종잇장과 같이 창백하게 되시고 늘 수족이 떨리셨다. 수라를 진어하시는 양도 나날이 줄었다.

뿐만 아니라, 갑자기 아무 까닭도 없이 눈물을 소낙비같이 흘리시며 혼자서 체읍하시는 일도 차차 많아졌다.

원자(元子)를 아직 못 보시고 건강이 나날이 쇠해가시기 때문에, 김씨 일문에서는 갈팡질팡하였다.

아직껏 그 기세가 너무도 컸는지라 사면에서 미움만 사고 있는 김문은 용상의 밑에 숨어서 그 지위를 그냥 보전하고 있었거늘, 이제 여차하는 날에는 그 일족은 잔멸하지 않을 수가 없었다.

표면 무사 태평히 지내는 듯이 보이면서도 이 커다란 문제 때문에 그 일족은 갈팡질팡하였다. 어떻게 이 국면을 타개하려고 모이면 수군수군 의논하였다.

그러나 묘책은 나지 않았다. 수군거리면 수군거리느니만큼 근심만 더욱 커갈 뿐이었다.

이러한 동안에도 그들은 더욱 급속히 더욱 맹렬히 매관매작이라, 토색이라, 학정이라, 온갖 못된 일을 더 발전시켰다. 어떻게 되면 정권을 잃을지도 알 수가 없는지라, 자기네가 정권을 잡고 있는 동안에 단 한 푼이라도 더 긁어 들이기 위하여, 자기네 일족 안에서도 서로 경쟁을 하여가면서 갖은 악행을 하였다.

흥선은 또 흥선으로서, 김씨 일문의 눈을 속이기 위하여 밤낮을 가릴 것이 없이 허튼 생활을 계속하며, 남에게 손가락질 받을 일을 따라다니며 하였다.

남이 침 뱉을 만한 일은 반드시 행하고야 마는 흥선이었다. 이 모든 일을 하여놓고도 부끄러운 줄을 모르는 흥선이었다.

표면 특별한 대사건이 없이 지났다. 역사에 기록될 만한 일로는 겨우 이하전 역모 사건이라는 일이 하나 있을 뿐이다.

그러나 그 이면에서는 흥선의 둘째 도령의 운명이 작정된 해였다.

조선이라 하는 나라의 운명이 작정된 해였다.

김씨 일문의 잔멸의 원인이 생겨난 해였다.

아무런 악정(惡政) 아래서도 반항이라는 것을 할 줄을 모르는 이 어질고 착하고 기운 없는 백성과, 선정(善政)은 베풀고 싶으시지만, 대신들의 낯이 어려워서, 행하지 못하시는 상감과, '선정'이라는 말과 '악정'이라는 말의 의의(意義)를 모르는 위정가(爲政家)들과, '의식(儀式)'이라는 것을 인생의 최대 중요사로 여기고 있는 선비들—이런 사람들의 모임인 조선이라는 나라에 신유(辛酉)년이 고요히 타고 넘어갔다. 비가 오려는지 바람이 불려는지 예측할 수 없는 임술(壬戌)년이 이르렀다.

임술년에 들어서면서부터 이 고요한 삼천리의 강토에 조금씩 풍파의 그림자가 보이기 시작하였다. '반항'이라는 것을 모르는 이 백성에서 조금씩 반항의 움이 돋기 시작하였다.

20

신유년에서 임술년에 걸리어 정치의 타락은 극도에 달하였다.

태조 건국하신 이래 사백 년간, 이때만치 정치적으로 타락해본 적이 없었다.

당시에 권도를 잡은 김씨 일문은 자기네의 세력을 그냥 부지하기 위하여 갈팡질팡하였다. 자기네들의 지금 권세의 근원 되시는 상감께 후사가 아직 없고, 그 위에 건강은 나날이 쇠약하여가시는지라, 언제 세상이 뒤집힐지 알 수 없으므로, 뒤집히기 전에 넉넉히 준비하여, 뒤집힌 뒤에도 낭패가 없게 하려고 전력을 다하였다.

세상은 어수룩하였다. 세상은 그들의 내막을 똑똑히 알지 못하였다. 그들의 세력이 천만 년이나 가려니 하고 있었다. 그리고 온갖 일을 그들을 힘입으려 하였다.

김병기는 날쌔고 꾀 많은 사람이었다.

병기의 집에 드나드는 많고 많은 사람 가운데 원 모(元某)라 하는 사람이 있었다. 병기는 특별히 그 사람을 사랑하였다.

원 모는 사람됨이 착하고 꾀 없는 사람이었다. 꾀만 있는 사람이면 병기에게 그만큼 총애를 받는지라, 벌써 누만의 재산과 권력을 얻어 잡았을 것이로되, 직하고 꾀 없기 때문에 매일매일 구차한 생활을 계속하고 있었다.

병기로서 마음에만 있으면 원 모를 어떤 고을의 수령쯤으로나 보내기는 어렵지 않은 일이었다. 그러나 병기는 원 모의 인물됨을 잘 아는지라, 수령으로 보낼지라도 역시 꾀 없고 직한 원 모는 구차히 멋쩍게 지내기나 할 것을 짐작하므로 그냥 버려두었다.

어떤 날, 병기의 집에 무슨 연회가 있어서 사람들이 가득히 모여 있을 때였다. 병기는 갑자기 큰 소리로,

"원 아모개, 원 아모개!"

하고 불렀다. 그리고 들어온 원 모를 가까이 오라고 손짓을 했다. 원 모는 가까이 이르렀다.

중인이 보는 앞에서 병기에게 친히 불리어서 가까이 가는 것만 해도 여간한 우대가 아니었다. 그런데 병기는 원 모의 귀를 끌어다가 소곤소곤 귓속말을 하였다.

"여보게, 내 오늘 밤 자네 자당 찾아가네."

음담이었다.

마음이 직한 원 모는 벌컥 성을 내었다.

"대감, 그게 무슨 말씀이오? 철없는 소리를……."

얼굴을 검붉게 하여가지고 원 모는 소매를 떨치고 그만 제 집으로 돌아갔다.

원 모가 돌아간 뒤에 병기는 입맛을 쩍쩍 다시며, 하인을 연하여 원 모의 집에 보내서 노염을 끄고 오라고 하였다. 그러나 원 모는 끝끝내 오지 않았다.

그 소문이 퍼졌다.

— 병기가 많은 사람 앞에서 원 모를 가까이 불러서 귓속말로 무슨 부탁을 하였다. 그러매 원 모는 그것을 거절하고 돌아갔다. 돌아간 원 모를 병기는 연하여 하인을 보내어 달랬다. 그러나 원 모는 종내 듣지 않았다. 이런 소문이었다.

그다음부터 가난하고 직한 원 모의 집에는 매일 '청 대는 사람'들이 모여들기 시작하였다. 무슨 일인지는 알 수가 없으나 병기의 청을 거절하고, 또한 거절당한 병기가 도리어 미안해하는 것을 보매, 원 모는 병기에게 여간 존경받는 인물이 아니라, 이런 견해 아래서 원 모의 집은 '청하러 오는 사람'들 때문에 장마당같이 되었다.

이리하여 김병기는 귓속말 한 번으로, 고지식하고 돈 벌 줄 모르는 원 모를 저절로 앉아서 돈이 생기게 하여주었다.

이것은 병기의 슬기로운 성격을 말하는 동시에, 또한 당시 병기 — 뿐만 아니라, 김씨 일문의 세도가 얼마나 당당하였는지를 말하는 것으로서, 김씨 일문의 일거일동의 반향은 이만하였다. 진실로 밝은 하늘조차 흐리게 할 만한 세도였다.

당시의 정계(政界)가 얼마나 타락하였는지, 여기 몇 개의 에피소드로써 그 상황을 말하여보겠다.

함경도 사람 홍순필. 서울 올라와서 물을 지고 있었다. 순필이의 동생
도 역시 형과 같이 물을 져서 입에 풀칠을 하고 있었다.

동생은 나이가 스물, 얼굴이 이쁘장스럽게 생겼다. 그 동생이 우물에서
늘 물을 긷는 동안에, 어느덧 나주 합하 양씨(영의정 김좌근의 애첩) 집 하인
과 사귀게 되었다. 사귀게 되자 그 집 행랑에도 놀러 다니게 되었다.

그것이 인연이 되어서 음탕한 양씨의 총애까지 사게 되었다. 동생이 양
씨의 총애를 사게 된 얼마 뒤에 형 되는 홍순필은 함경도 어떤 고을의 수
령을 배수(拜受)하게²²⁶ 되었다.

── 이리하여 어제 날까지의 물장수는 당당한 현령이 되어, 양씨의 주인
하옥 김좌근에게 이끌려 상감께 사례를 하러 입궐을 하였다.

몸에 어울리지 않는 관복을 입기는 하였다. 양씨며 하옥에게 말을 많이
들었거니, 꼴은 되었건 안 되었건 곡배(曲拜)를 드리기는 하였다. 그러나
그다음이 장관이었다 ──

"노형이 나랏님이오? 처음 뵙습니다. 나로 말하자면 함경도 아무 데 사
는 홍순필이라는 사람이오."

이 현령은 상감과 통성명을 한 것이었다.

어지신 상감이었다. 그 위에 전생을 초라히 지내신 상감이셨다. 상감은
이 무지를 관대히 보셨다. 그리고 쓴웃음만을 웃으셨다. 당신의 전생을 생
각하시어 순민의 어리석음을 탓하지 않으셨다.

그러나 당면의 책임자인 영의정 하옥 김좌근이 가만히 볼 수가 없었다.
유사 이래로 고금동서를 무론하고, 국왕과 통성명을 한 유일인인 홍순필
을 하옥은 황황히 끌고 도로 나왔다.

임지(任地)에 부임을 함에 임하여, 이 현령은 다시 상감께 하직을 고하
러 들어가지 않을 수가 없었다. 두 번째 들어갈 때는, 이전의 망신을 미루
어, 하옥은 끈끈히 홍에게 말을 주의시켰다.

임군께는 상감이라 하여야 하는 것이며, 자기를 가리켜서는 신이라 하

여야 하는 것이며(당시에는 '신'이라 하였지 '소신'이라 하지 않았다), 지극히 존경하는 말을 써야 한다고 누누이 일러주었다. 이리하여 다시 입궐한 때였다.

얼마 전에 창피를 당한 이 현령은, 이번은 그날의 실패까지 모두 회복하려고 잔뜩 마음을 벼르고 들어갔다. 들어가는 참, 하옥이 절하기 전에 먼저 덥석 절을 하고 주저앉았다.

"여쭙쇼 상감, 며칠 전에는 진실로 안됐사와요. 그때 내—아니—저."

말이 막혔다. '신'을 잊었다. 그, 저, 한참을 어물거렸다. 무슨 발에 신는 것임에는 틀림에 없었으나, 미투린지 각신인지 버선인지를 잊었다. 그래서 한참 어름거리다가,

"버선이 그만 알지를 못했사와요."

하여버렸다.

상감께서도 알아듣지 못하셨다. 하옥도 무슨 뜻인지 몰랐다. 그리고 그 장면은 어름어름 지났다.

이리하여 무사히 하직을 고하였다.

이 현령이 대궐에서 나와서 자기의 동생에게 한 술회—

"임군에게는 저를 기껏 낮춰 말해야 된다. 말하자면 '나'라지를 않고 '버선'이라고 기껏 낮춰 말이로다."

이러한 조제남조(粗製濫造)[227]의 방백 수령들이 팔도 삼백 주로 퍼져 나갔다.

그들에게 선정(善政)이 있을 까닭이 없다. 이 땅의 옛말의 팔 할이 무지한 원님의 난센스한 정사를 비웃음에 있음이 그 근원이 여기 있다.

진실로 전무후무한 수령 조제남조의 시대였다.

강생(姜生)이라는 사람과 옥생(玉生)이라는 사람이 있었다. 두 사람이 다 같은 고을에서 같이 배우며 자란 젊은이였다.

얼마만큼 배운 뒤에 이제는 배움을 중지하고 벼슬이라도 하기로 하였다.

"난 내 고을 수령 노릇을 하겠네."

"나도 내 고을서 하겠네."

같은 고을서 자란 두 사람이 제각기 제 고을의 수령을 별렀다. 그들이 경쟁을 하다시피 벼르느니만큼, 그들의 자란 고을은 부읍(富邑)이었다.

이리하여 두 사람은 꼭 같은 목적을 가지고 뫼 산 자 봇짐을 하여 지고 함께 서울로 올라왔다. 한 사람의 앞에 돈 만 냥씩을 지녀가지고……

"누가 먼저 성공하나 어디 봅세."

이렇듯 경쟁이 시작되었다.

강생은 어떻게 어떻게 하여 김병기에게 가까이할 기회를 얻었다.

그동안에 옥생은 역시 어떻게 어떻게 하여 김병기의 아버지의 애첩 나합 양씨에게 가까이할 기회를 얻었다.

병기에게 가까이한 강생은 병기에게 드나들 동안 병기의 인물을 알았다.

교만하고 혈기 있고 뽐내기를 즐겨하고 체면을 매우 지키면서도, 또한 아첨을 좋아하고 돈을 좋아하는 병기의 인물을 알아본 강생은, 병기가 알 듯 모를 듯이 뇌물을 드리며 알 듯 모를 듯이 아첨을 하며, 이리하여 얼마를 지내는 동안, 병기에게 사랑을 받게까지 올라가게 되었다.

이러한 얼마 뒤에 강생은 목적하였던 바와 같이 자기의 고향의 군수로 배명이 되었다.

이러는 동안, 옥생도 또한 목적하였던 바와 같이 양씨의 마음까지 사게 되었다. 옥생이 양씨의 마음을 산 지 얼마 뒤부터, 양씨는 하옥 대신에게 밤마다 옥생을 모 군 군수로 시켜달라고 졸랐다. 양씨의 청이면 아무것이라도 듣는 호인 하옥 대신은, 양씨의 엉덩이를 두드려주며 그러마고 승낙을 하였다.

이리하여 양씨에게 승낙을 한 하옥은 자기의 아들 병기를 불렀다. 그리고 옥생을 모 군 군수로 임명되도록 주선을 하라고 명하였다.

병기는 딱하였다.

강생을 모 군 군수로 임명시킨 지 불과 사오 일인데, 이제 또 다른 사람을 주선하기가 매우 어려웠다.

그러나 아버지의 명을 거역할 수가 없는 병기는, 유유낙낙하고 물러나오지 않을 수가 없었다.

모 군에는 현재 군수가 있다. 그런데 병기는 강생을 보내기 위하여 그 군수를 '수렴이 심하여 민원이 크다'는 구실로써 혁파하도록 상감께 계상을 하여 그렇게 꾸민 것이었다. 그런데 이제 또한 옥생을 어떻게 임명하도록 운동하나.

수단은 한 가지밖에는 없었다. 이제 취소는 못 할 노릇 — 강생을 또한 혁파하고 옥생을 임명하도록 할밖에는 도리가 없었다.

"모 군 군수 강 모는 수렴이 심하와 민심이 동요되옵고 그대로 방치하였다가는 불상사가 생길 줄로 아뢰옵니다."

예궐을 하여 이렇게 상감께 아뢸 때는, 병기의 등에서도 식은땀이 흘렀다.

이리하여 강생은 파면이 되었다. 돈 만 냥을 가지고 서울로 올라와서 병기를 알아가지고 운동한 강은, 원하던 바대로 군수를 얻어 하기는 하였지만, 양씨에게 운동한 옥생에게 밀려서 닷새 만에 혁파가 되고 말았다.

그러나 그때는 벌써 강생은 임지(任地)로 향하여 출발을 한 뒤였다. 군수에 임명이 되기가 바쁘게 어서 금의환향을 하고자, 강생은 즉일로 고향을 향하여 출발한 것이었다. 자기의 직이 혁파가 된 것은 알지를 못하고……

경성서 이미 혁파된 강생은, 그런 줄도 모르고 호호탕탕히 여행을 계속하였다. 하루바삐 금의로 환향을 하여 뽐내보고도 싶었다. 그러나 또한 내려가는 길에 거드럭거리며 산천 유람도 하고 싶었다. 이리하여 강생은 이 고을 정자에서 하루, 저 고을 누각에서 이틀 놀아가며, 고향으로 내려갔다. 고향에 거의 다다랐다. 한 놈의 사령은 길을 앞서서 신관 사또의 부임을 보하러 달려갔다.

그러나 달려갔던 사령은 부스스 도로 돌아왔다. 신관이 벌써 어제 부임을 하였다는 것이었다.

강생은 영문을 알 수가 없었다. 구관이 아직 있다면 모를 일이다. 그러나, 자기 이외에 신관이 있을 까닭이 없었다.

강생은 이렇게 생각하였다. 어떤 협잡배놈이 자기 이름을 도적해가지고 못된 일을 하는 것이거니 ― 그리고 또 이렇게밖에는 해석을 할 수가 없었다. 그래서 호령호령해서 배행하는 하인 놈들을 모두 먼저 보내서, 남의 이름을 도용하는 흉한을 잡아 가두라고 한 뒤에, 가마를 몰아서 고을로 들어갔다.

그러나 거기는 사실 벌써 신관이 부임을 한 것이었다. 강생이 멋이 들어서 산천 유람을 하면서 천천히 내려오는 동안, 옥생은 길을 채어서 고향으로 돌아왔다.

강생은 임지에 도착도 하기 전에 벌써 구관이 되어버린 것이었다.

사태를 짐작하는 옥생은, 미리 관속들에게 분부를 하여 구관 사또를 영문(營門)²²⁸에서 맞았다.

"구관 사또 행차요 ―"

위세 좋게 영문으로 달려들어 오던 강생의 행차가 이 소리를 듣고 얼마나 놀랐을까?

옥생이 벙글벙글 웃으며 강생을 동헌에 맞았다. 먼저 부임한 신관이 지금 부임하러 오는 구관을 맞는 것이었다.

신관이자 또한 구관인 강생을 환영 겸 송별하는 성대한 연회가 그 고을 강변 누각에 열렸다. 마지못해 거기 출석한 강생의 얼굴에는, 연하여 싱거운 미소가 스치고 지나갔다.

"강형, 미안할세."

"아니, 그럴 것 없지."

자기도 역시 구관을 몰아 보내고 이곳으로 온 강생인지라, 옥생뿐을 나무랄 수가 없었다.

강생은 깨달은 바 있었다. 벼슬의 욕망이 앞설 때에는 돌아볼 여유를 잃었거니와, 지금 이렇게 되고 보니, 현재의 벼슬의 허황함이 절실히 느껴졌다. 강생은 그 고을을 떠나서 산골로 이사를 갔다. 자기의 발잔등을 밟고 앞서 온 옥생이 또한 며칠이나 군수 노릇을 하다가 남에게 자리를 앗길지, 그것을 생각해보매, 지금 좋다고 덤비어대는 옥생이 도리어 가련해 보였다.

이리하여 방백들의 체번이 무상하였다.

조제남조의 방백.

지위의 보장이 없는 방백.

조제남조의 수령 방백이라 할지라도 한 군데 오래 머물러 있으면, 그곳 지리 풍속에 익어져서, 혹은 후일에는 명관이 될는지도 알 수가 없다. 그러나 사흘이 멀다 하고 갈아내는지라, 명관도 생기지 않을뿐더러, 명관이 있다 하더라도 명관으로서의 직능을 발휘할 도리가 없다.

그런지라, 많은 돈을 써서 방백의 자리를 산 그들은, 자기가 부임하여 있는(언제 갈릴지 모르는) 짧은 기간 안에 자기의 밑천을 뽑고, 그 위에 얼마간 더 벌지 않으면 안 된다.

이리하여 인부를 차고 부임하는 방백들은, 부임하기 무섭게 벌써 돈 긁어 올릴 방법을 도모한다. 천년 묵은 여우와 같은 관속들은 이런 수령들의 고문으로는 또한 능한 인물이었다. 이리하여 별별 기괴한 학정은 전개되어나가는 것이었다.

이러한 조제남조의 방백 수령들이 도임해 있는 짧은 기간 안에 자기의 밑천을 뽑기 위하여는, 어떤 수단을 취하며 어떤 방법을 취하나?

무론 그 수단 방법에 있어서는 일정하지 않다. 여기 그 한두 가지의 이야기를 적어보자.

평안도 어떤 촌에 돈냥이나 가지고 있는 과부가 하나 있었다.

혈혈단신의 과부였다. 다만 그의 남편이 적지 않은 재산을 남기고 죽었으므로 그것으로 생활만은 부족 없이 지내는 사람이었다.

그 집에는 개를 한 마리 치고 있었다. 집 지키기 겸, 가족 겸, 동무 겸 하여, 꽤 종자가 좋은 개 한 마리를 쳤던 것이다. 그 개는 몸집은 희고 발은 누러므로 황발이라고 불렀다. 그리고 애지중지하였다.

그 까닭으로 그 동리에서는 그 집을 가리켜 황발이의 집이라 하였다. 사내 주인이 없고 다른 일가가 없는지라. 흔히 있는 예대로 그 집에 기르는 개의 이름을 따서 그 집을 황발이의 집이라 일렀다.

재산이 넉넉하여 그 근처에 토지도 많은지라, 그 집은 그 근처에서는 꽤 유명한 집이었다. '황발이네 집, 황발이네 집' 하여 소문난 집안이었다.

황발이의 집이 돈냥이나 있다는 소문이 그 고을 원님에게 들어갔다.

읍내의 부민을 샅샅이 고르는 원님은, 이 황발이네 집을 놓칠 까닭이 없었다. 그는 곧 나라에 상소를 하였다.

"소관의 관내에 황발이라 하는 한 기특한 백성이 있사와 여사여사 하고 여사여사 한 일을 하여 표창할 만하오니, 황발이에게 선공감(繕工監)[229] 가감역(假監役)[230]을 시켜주시면 성은(聖恩)이 이 위에 없겠나이다."

하는 상소였다.

이리하여 모 군 모 동에 사는 황발(黃潑)이에게 선공감 가감역을 시킨다는 직첩이 내리게 되었다.

한 개의 희극은 전개되었다. 군속들이 나라의 직첩을 가지고 풍악이 자지러지게 황발이의 집으로 왔다. 그리고 황발이의 기특한 행동이 위에까지 달하여, 선공감 가감역을 시키라는 분부가 내렸다는 말을 전하였다.

불러보니 황발이는 사람이 아니고 한 마리의 개였다.

일이 난처하게 되었다. 인제 '황발이는 사람이 아니요 개'라고 도로 퇴할 수도 없는 노릇이었다.

군속들은 연지구지(研之究之)[231]하였다. 그런 뒤에 한 가지의 방책을 안출하였다.

황발이의 집에 언젠가 도적이 든 일이 있는데 그때 황발이가 몹시 짖어서 도적은 목적을 달하지 못하고 돌아갔다. 이 소문을 군속들은 캐내어가지고, 이것을 구실 삼아 어리석은 과부를 속였다. 이 황발이의 기특한 소문이 나라에까지 올라가서 성은(聖恩)이 금수에까지 미쳤다는 기괴한 결론을 빚어낸 것이다.

이러한 기괴한 말은 과부를 몹시 기쁘게 하였다. 재산은 있지만 미천하던 자기의 집안이, 인제는 개의 덕으로 이 근린의 당당한 명문이 되려니 하였다. 그래서 혼연히 벼슬을 받기로 하였다.

상납전(上納錢)[232] 팔천 냥, 중비(中費)[233] 삼천 냥을 지출하였다. 그리고 황발이는 감역이 되었다.

그 뒤부터는 과부는 개에게 비단옷을 지어 입혀가지고 자랑스레 늘 나다녔다. 그 뒤부터는 그 집을 뉘라서 감히 황발이의 집이라 부르는 사람이 없었다. 당당한 '황 감역의 댁'이었다.

이 양반 개는, 그 뒤 몇 해를 더 살다가 늙어 죽었다. 개가 죽은 뒤에도 그 집은 역시 '황 감역의 댁'이라 불렸다.

성은이 금수에게까지 미친 것이었다.

××감사 모는 재임 일곱 달 동안에 수십만의 재산을 만든 사람이었다.

당시의 방백들이 행한 온갖 일을 다 할 뿐 아니라, 지혜 많은 그는 그 독특한 독창적 취재법(取財法)까지 발명한 것이었다.

관내의 부민들을 모두 긁어 먹는데, 혹은 벼슬을 갖다 씌워주고 상납전을 벗겨 먹고 중비를 받아 먹으며, 혹은 명목 없는 죄를 씌워가지고 잡아다 옥에 가두고 뒤를 두드려서 뇌물을 받아 먹고, 혹은 위협으로써 받아

먹고 — 이런 별별 짓을 다하여 벗겨 먹을 대로 벗겨 먹기는 하였는데 아직도 먹지 못한 부민들이 많았다.

너무도 자꾸 벼슬을 시키거나 잡아다 가두기도 어색한 노릇이었다. 그래서 연구한 끝에 한 가지의 묘책을 안출하였다.

감사는 어떤 날 한 부민을 불렀다. 그런 뒤에 첫째로는 그 백성이 덕이 많음을 칭찬하고, 그런 뒤에 이런 말을 하였다 —

나라에서는 이즈음 재정도 곤핍하고 강기도 매우 퇴폐되었으므로, 그 진흥책으로 각 곳에 덕 있고 재간 있고 재산 있는 사람들을 모두 골라서 벼슬을 시키기로 하여, 그 가운데는 당신도 끼였으니, 치하드리노라 — 이런 뜻의 말이었다. 그리고 그 말을 좀 상세히 번역하자면, '나라에서는 재정이 곤핍하여 지금 재산 있는 백성들에게 벼슬을 팔려는데, 당신도 그 측에 끼였다' 하는 뜻이다.

벼슬을 하나 하자면 상납전이라 중비라 하여, 적어도 이삼만 냥은 걸린다. 그래서 백성은 감사에게 재우쳐 얼마쯤이나 들겠느냐고 물어보았다.

감사는 미리 조사한바 그 백성의 재산이 합계 삼만 냥쯤 되는 줄을 짐작하므로, "아마 못해도 이만 오천 냥은 걸리겠다"고 대답하였다.

부민에게는 그것이 걱정이었다. 이만 오천 냥을 내고라도 어떤 고을 수령이라도 되면 밑천 뽑을 길도 있겠지만, 감사가 말하는 벼슬은 명예직에 지나지 못하는 것으로서 그 벼슬을 한달사 혹은 뽐내기는 할 수가 있을지 모르지만 생활은 파멸이 되고 말 것이다.

백성은 제 집으로 돌아가서부터는 식음을 전폐하고 자리에 누웠다. 나라에서 벼슬을 주신다는 것은 감사하지만, 그 벼슬을 하면 이튿날부터는 굶어야 한다. 그러나 또한 나라에서 주는 것을 막을 도리가 없다.

이리하여 누워 있는데 어떤 날 이방이 이 백성을 찾아왔다.

여기서 상의는 거듭되었다. 백성은 자기의 진심을 토로하였다. 벼슬은 고맙지만 벼슬을 하면 그날부터라도 굶어야 할 지경이니, 이 딱한 사정을 어찌하리까고 사정하였다.

이방도 매우 동정하는 태도를 보였다. 그리고 이방도 머리를 수그리고 한참 생각한 뒤에, 이 난경을 모면할 묘책을 하나 강구하였다. 즉— 지금 사또는 나라에서도 매우 세가로서, 사또가 잘 주선하시면, 혹은 그 벼슬을 모면할 수가 있을는지도 모르겠다고……

며칠 뒤에 이 백성은 이방에게 삼천 냥의 뇌물과, 감사에게 만 냥의 뇌물을 바치고, 그 벼슬을 모면하기로 하였다.

그 뒤부터 감사는 관내의 부민들을 차례로 불러서 이 '말벼슬'을 시켰다. 그리고 벼슬 모면비로서 그 백성의 재산의 약 절반쯤씩을 거두어 올렸다.

마달이 벼슬—

"인제는 마달이가 없느냐?"

벼슬을 마달 사람— 즉 '마달이'였다. 이 마달이를 차례로 들추어내서 이 감사가 긁어 올린 재산이, 재임 일곱 달 동안에 육십여만 냥이었다. 눈 뜬 사람의 코를 베는 것과 다름이 없는 교묘한 정책이었다.

군포(軍布)라 하는 것이 있었다.

첨정(僉丁, 지금 이름으로는 징병(徵兵))은 상민들의 의무제였다. 상민으로 태어난 이상에는 첨정에 뽑힐 의무가 있었다.

먼저 군적(軍籍)에 등록이 된다. 그런 뒤에는 붙들리어 가서 병대에 복역을 하지 않으면 안 된다.

그러나, 한 집안의 장정이 첨정에 나가게 되면, 그 뒤는 그 집안에 호구지책이 없게 된다. 그래서 이것을 모면하는 방책으로 일정한 세납을 관가에 바치고 피하는 것 — 말하자면 첨정 모면비가 군포다.

군포는 베 두 필이든가, 돈 넉 냥이든가, 쌀 열두 말이라든가, 이러한 것이 원 제도였다.

그러나 첨정의 제도에는 일생에 한 번이라든가 일 년에 한 번이라든가 하는 제도가 없었다. ― 이 점을 약관들은 이용하였다. 그 집안이 돈냥이나 있는 백성이면, 일 년에도 두 번 세 번씩 첨정에 넣었다.

뿐만이 아니었다. 처음에는 일정한 액수를 작정하여 제정한 바이지만, 차차 흐리게 되어서, 되는대로 그 집안의 재물을 압수하여가게 되었다. 소고, 말이고, 반닫이²³⁴고, 무엇이고를 막론하고 쓸 만한 물건이 있으면 거두어갔다.

그 위에 첨정에는 나이의 제한이 없었다. 이것 역시 약관들의 이용하는 바가 되었다. 늙은이, 어린애를 막론하고 돈냥이나 있는 집안에 사내라고 생긴 것이 있기만 하면 군포를 징수하였다.

무론, 억지로라도 피하려면 피하지 못할 것은 아니다. 어린애에게 무슨 군포냐고 억지로 거절하려면 못 할 바는 아니다. 그러나 이것을 거절하였다가는 이 뒤에 반드시 무슨 다른 벌이 그 집에 내렸다. 그리고 그때 내리는 벌은 군포 징수의 몇 곱이 되는 혹독한 종류의 것이다.

그런지라, 뒤가 무서워서 할 수 없이 이를 악물고 이 악제도에 복종하는 것이었다. '불알이 원수'라는 속담이 이때 생겨난 말이었다. 그것이 있기 때문에 이 곤경을 겪는 것이었다. 그래서 당시에는 할 수 있는 대로 그 집에 사내가 나면 그것을 관가에는 감추어두었다.

놀라운 악정이었다.

상납미(上納米)를 벗겨 먹는다.

환곡미(還穀米)를 떼어 먹는다.

경주인(京主人), 영주인(營主人)이 가운데서 잘라 먹는다.

그 고을에 좀 낡은 정자나 누각이라도 있으면, 그것을 수리한다는 핑계로 각 호에 얼마씩 거두어서 벗겨 먹는다.

이런 핑계 저런 핑계, 핑계를 만들어내어가지고는 벗겨먹는다.

당시에 있어서 가장 업적(業績)이 많았다는 수령 방백은, 가장 많이 벗겨 먹었다는 것을 증명하는 것이었다.

한 상관이 벗겨 먹노라면 그 수하에 달린 많고 많은 속관들이 또한 그만 큼 벗겨 먹는 것으로서 한 상관이 십만 냥을 벌었다 하면, 속관들이 먹은 것까지 합하면 이십만 냥은 넘을 것으로서 백성의 곤란은 그만큼 컸다.

이렇게 오중 육중 칠중 팔중으로 벗기우는 백성들은, 이 학정 아래서 허 덕허덕 그들의 삶을 계속하였다. 한마디도 크게 고함도 치지 못하였다. 고 함을 칠지라도 들어줄 위[上]가 없는 가련한 백성들이었다.

위로는 삼공 육경으로부터 아래로는 말청의 천리(賤吏)에 이르기까지, 모두 이 백성을 좋은 봉(鳳)으로 여기고 벗겨 먹기만 위주하지, 굽어보고 보호하여주려는 어진 상관을 못 가진 이 가련한 백성들은, 숨 한번 크게 못 쉬며 숨어 박혀서, 그들의 가늘고 참혹한 생활을 계속하는 것이었다.

이 나라의 백성의 위에는 아직껏 인군(仁君)이 임하여본 적이 적었다.

여러 분의 명군은 있었다. 그러나 진실로 백성을 사랑할 줄 하는 인군은 없었다.

놀랄 만한 문치(文治)의 업적을 남기신 세종대왕이며, 국토 확장에 그 거둠이 적지 않으신 세조대왕이며, 모두 현군이시며 명군이심에는 틀림 이 없다.

그러나 그런 분들의 큰 업적까지라도 겨우 향대부의 위에까지 미쳤지, 그 이하의 백성에게까지 미친 적이 적었다.

그런지라, 이 나라의 백성들이 자기네의 통치자에게 가지는 바 관념은 지극히 모호하고 약한 것이었다.

옛날 단종이 선위를 하시고 세조가 등극하실 때에도 눈 한 번 까딱하지 않고 이 방계(傍系)의 임군 — 좀 더 혹심하게 말하자면 탈위한 새 임군을 묵묵히 맞고 그 아래 공손히 복종한 백성이었다.

그로부터 세 대 더 내려와서 제9대의 임군 성종이 승하하시고 연산군(燕 山君)이 오르신 뒤의 일이었다.

연산군은 무론 많은 선비를 죽였으며, 음탕한 일을 많이 한 임군이었다. 그러나 이씨 수백 년간에 연산군보다 더 많이 선비를 죽이고 더 많이 황음하였던 임군이 없는 바가 아니다. 더구나 연산군의 그 모든 정도에 어그러진 행동은, 어떻게 보자면, 비명에 횡사한 당신의 어머님의 원수를 갚는 행동으로도 볼 수가 있을 것이다. 만약 일이 순조롭게 진행되어, 연산군의 아드님이 그다음의 위를 잇고 — 이리하여 전면히 내려왔으면, 연산군은 지금은 연산군이 아니고 무슨 종(宗)이든가 조(祖)로서 역사상에 뚜렷이 여러 가지의 업적이 특필되었을 것이다. 왜? 연산군은 정당한 왕통이니, 연산군을 배반하는 사람은 당연히 역적일 것이다.

　그러나 일이 순조로이 진행되지 못하였다. 연산군 재위 십이 년 뒤에 성희안(成希顔), 박원종(朴元宗) 등이 의논을 하고 임군을 폐하기를 도모하였다. 말하자면 다시 생각할 여지가 없는 역모였다. 그리고, 그 일이 성공이 되어 진성대군(晉城大君)이 영접되어 신왕이 되었다. 소위 중종(中宗)의 반정이었다.

　일이 성공이 되었기에 무론 '반정'이라 하는 빛 좋은 명색이 붙었다. 만약 실패로 돌아가기만 하였다면 역모로 모두 함몰했을 것이다.

　이 놀랄 만한 역모의 성공에 대하여서도, 이 백성은 눈 하나 까딱 아니하고 방관하였다. 역모가 실패로 돌아갔을지라도 이 백성은 역시 눈썹 하나 움직이지 않았을 것이었다.

　"왕위는 왕족이 잇[繼]는 것."

　이런 평범한 생각으로 이 백성은 이 변동을 본 것이다.

　그러나 이때의 이 사건도 (역사의 이면이 증명하는 바에 의지하건대) 결코 연산군의 실정을 들추어낸 것이 아니고, 단지 재상들의 권력 다툼에 연산군이며 중종대왕이며는 그 한 역할을 맡은 바에 지나지 못하였다.

　그로부터 몇 대 더 내려와서 또한 광해군(光海君)의 사건이 있다.

　광해군은 연산군과 같이 황음하지도 않았다. 단지 의지가 좀 약하고 골육을 몰라본 임금으로서, 신하들을 지배할 지배력이 부족했기 때문에 그의 재위 십오 년간은 대북(大北)과 소북(小北)의 굉장한 당쟁(黨爭)으로 종시하다가, 이 당쟁의 결말로서 소위 '인조(仁祖)의 반정'이 생기게 되었다. 말하자면 몇 대 전에 '중종의 반정'과 꼭 마찬가지로, 놀라운 역모 사건이 여기서 또다시 성공이 된 것이었다. 선왕을 위에서 떨구어 군(君)으로 만들고, 종친 중의 한 사람이 그 위에 오른 것 ― 말하자면 왕위 찬탈이었다.

그러나 이때의 왕위 찬탈에 있어서도, 이 나라의 백성은 역시 이전 연산군의 때와 꼭 마찬가지로 아주 냉담한 태도로 보았다. 구왕을 조상도 않고 신왕을 환영도 안 하였다.

인조의 반정의 곧 뒤를 이어서 또한 이괄(李适)의 난이 있었다.

인조의 반정에 그 일등 공은 이괄(李适)에게 있는데, 논공행상(論功行賞) 때에 일등 공에 들지 못한 것을 분하게 여겨서 거기 불평을 품었었는데, 그 가운데는 또한 이간하는 무리까지 있어서, 이괄이 반란을 도모한다고 나라에 고발을 하였으므로 그 때문에 나라에서는 이괄을 정벌하기로 하였다.

여기서 이괄은 비로소 자유행동을 취하였다. 그리고 군사를 몰아가지고 일사천리의 세로 경성을 짓부쉈다.

신왕 인조는 놀라셔서 신하들을 거느리고 공주로 피하시고 경성은 이괄의 세력 범위 아래 들어갔다.

경성에 입성을 한 이괄은 선조의 열째 아드님이요 선왕 광해군의 동생되는 흥안군(興安君)을 모셔서 왕으로 추대를 하고 새 정부를 조직하였다.

이리하여 일이 여기서 그쳤으면 무론 '흥안군의 반정'이라 하고, 인조대왕은 그 이름조차 역사상에 올라보지 못할 것이었다.

이 이괄의 반정(혹은 반란)에 대하여도 이 나라의 백성은 아주 무관심한 태도를 취했다. 또 새 임군을 추대하게 되거니 이쯤 생각하고 열심히 신왕

환영의 준비만 하고 있었다.

그러나 일은 여기서 끝나지 않았다. 공주로 난을 피한 인조의 신하들이 군사를 몰아가지고 와서 다시 왕위 회복의 난리를 일으켰다.

이 난리에 있어서 이괄 일파가 이겼으면 '인조의 반란'이라 일컫게 되었을 것이다.

그러나 행인지 불행인지, 이괄이 참패를 하여 경성을 내버리고 달아나다가, 이천(利川)에서 자기의 부하에게 죽은 바 되고 다시 인조 복위의 세상이 되었다. 이리하여 이괄의 것은 '반정'이 아니고 '반란'에 그치게 된 것이다.

이렇듯 머리가 어지럽도록 왕위가 변동될 동안도, 이 나라의 백성은 아주 무관심히 이를 보았다.

― 윗사람은 윗사람.

― 우리는 우리.

이렇게 갈라 붙이고 거기 대하여 참견을 하든가 간섭을 하든가 할 생각을 가지지 않고, 오로지 자기네의 조반과 저녁에 분주하였다.

이 백성의 의견을 듣자면, 윗사람은 윗사람이요, 자기네는 아랫사람이니, 무엇이든 명령을 하면 그대는 복종할 것이요, 또한 윗사람대로 존경을 하면 그뿐이지, 서로 아무 유기적 연락이 없다는 것이다.

아직껏 자기네들을 사랑해주는 인군(仁君)을 가져보지 못한 이 백성에게는 윗사람에게 대하여는 당연히 바쳐야 할 존경의 염밖에는, 친애라든가 애모라든가 하는 관념을 가져보지 못하였다.

자기네 집 광의 쌀 항아리와 아무 관련이 없는 (뿐만 아니라 도리어 자기네들의 쌀 항아리들을 긁어가는) 윗사람들에게 대하여 친애의 염이 생겨날 까닭이 없었다.

그런지라, 이 백성에게 있어서는 윗사람의 심부름꾼인 수령 방백들에게 대한 관념도 아주 담박한 것이었다. 윗사람의 심부름꾼이라 하는 노릇이니 한다. — 이 이상 별다른 관념을 가져보지 못하였다.

따라서 '유유복종' 이것이 이 백성의 유일한 모토였다. 하라는 대로 하고—하기 싫으면 몰래 피하고—그뿐이지, 소위 거역을 하여보지를 않았다.

이 순하고 근하고 직하고 온화한 국민은, 몸이 비록 역경(逆境)에 있을지라도, 모든 것을 단지 팔자로 돌려버리고, 윗사람에게 대하여서는 절대 복종으로 종시하였다. 지금의 이 놀라운 학정의 아래에서도 이 백성들은 연하여 자기의 팔자를 혀를 차며 조반과 저녁에 분주하였다. 누구를 원망한다든가 불복을 한다든가 거역을 한다든가 하는 일은 알지도 못하는 순량한 백성이었다.

그러나 온순함에도 도수가 있는 것이다. 웬만한 곤란은 모두 팔자소관으로 단념하여버리는 이 백성이로되, 참을 수 없게까지 곤란이 심해질 때는 드디어 들고 일어서는 것이었다.

임술년(壬戌年) 이월에는 진주에서 드디어 민요가 일어났다. 백성들은 모두 몽치와 대창을 가지고 읍으로 달려 들어가서, 진주 이방을 박살하고 병사(兵使) 백낙신(白樂莘)을 잡아내려고 돌아다녔다. 백낙신의 횡포가 너무도 심하여, 이 온량한 백성으로도 참기가 힘든 것이었다.

이 보도가 조정에까지 이른 때, 조정에서는 망지소조하였다. 아무런 짓을 하더라도 그냥 참는 이 백성의 이번의 봉기는, 궁중만 놀라게 하였을 뿐 아니라, 대신들도 어쩔 줄을 모르도록 놀랐다.

태평의 꿈에 잠겨 있던 그들에게는 이 보도는 놀랄 만한 보도였다. 부호군(副護軍) 박규수(朴珪壽)를 안핵사(按覈使)[235]로 파견하여 사실을 조사시켰다.

그런데 이 안핵사가 조정에 돌아오기 전에 사월에 전라도 익산에서 또 민요(民擾)[236]가 일어났다.

수천의 군중은 군청으로 달려가서 군수 박희순(朴希淳)을 찾아내려다가 찾지 못하고, 그 대신 박의 어머니를 찾았다. 박의 어머니를 찾아낸 군중은 옷을 모두 찢어서 벌거벗기고 물과 비[掃]를 가지고 박의 어머니의 하문(下門)을 닦으면서,

"이 구녕이 못되어서 못된 자식을 낳았다."

고 야단들을 하였다.

이 보도가 조정에까지 들어온 때는 어진 상감도 종래 당신의 노염을 감추지 못하셨다. 재상들 앞에서는 하고 싶은 말씀도 못 하시고 어릿어릿하기만 하시던 상감께서도, 이때만은 영의정 김좌근을 힐책하였다.

"수상, 이게 웬일이오니까? 어제는 진주, 오늘은 익산 — 백성에게 죄가 있는지, 방백 수령에게 죄가 있는지 모르겠지만, 이게 무슨 일이오니까? 모두 내가 불민한 탓일까?"

여기 대하여 좌근은 아무 말도 하지를 못하였다. 그리고 부호군(副護軍) 이정현(李正鉉)을 안핵사로 즉시 파견을 하였다.

그런데 그 사월달에 또 경상도 개령(開寧)에 민요가 일어났다. 개령과 때를 같이하여 전라도 함평(咸平)서도 또한 민요가 일어났다.

연달아 일어나는 이 민요에 조정에서도 어찌하여야 할지 그 방책을 강구하지 못하였다.

진주 사건은 병사 백낙신을 고금도(古今島)에 정배를 보내어 이렁저렁 결말을 짓고, 익산 사건은 군수 박희순을 벌을 하여 이렁저렁 결말을 짓기는 지었다.

그런데 그해 동짓달에 함경도 함흥에서도 또 사건이 생겼다. 민요에까지 이르지는 않았으나, 문제가 적지 않게 벌어져서 안핵사로 호군 이참현(李參鉉)을 파견하였다.

그로부터 두 달이 지나서 계해년 정월에는 제주도(濟州道)에서 또 민요가 일어났다.

일 년이 못 되는 짧은 기간 안에 여섯 번의 사건이 생겨난 것이었다.

위에서 어떤 일을 하든지 간에 다만 유유복종하던 이 온화하고 이 순한 백성의 속에도, 도수가 넘는 학정에 대하여는 맹렬히 반항하는 끓는 피가 있었던 것이다. 존경하면서도 또한 반항하지 않을 수 없는 자기네들의 기괴한 운명과 환경을 탄식하면서도, 이 백성들은 분수가 넘는 학정에 대하여는 드디어 반항을 하였다.

반항할 줄을 모르는 백성이 아니었다. 오직 착하고 어질고 순하기 때문에 웬만한 일에 대하여는 눈을 꾹 감고 참아두는 것뿐이었다.

그리고 참다 참다 못하여 정 참을 수가 없게 되는 때에야 비로소 반항을 시험하여보는 것이었다.

그러나 한순간 반항하여본 뒤에는 또다시 방관자의 태도로 돌아서고 마는 백성들…….

이 일 년이 못 되는 짧은 기간 안에 여섯 군데서나 분요가 일어난 일 때문에 당시의 정부의 주인인 김씨 일문은 쩔쩔매었다.

백성과 집권자 사이의 의가 이렇듯 좋지 못하니 이것이 웬일이냐고, 상감께서는 연하여 김좌근에게 꾸중을 하셨다.

그것은 전대미문의 일이었다. 어떻게 하다가 한 곳에서 민요가 일어난다 할지라도 그 책임이 적지 않거늘, 여섯 군데서나 일어난 것은 정치가 얼마나 퇴폐하였다는 것을 여실히 증명하는 바로서, 그의 전 책임은 정부의 요로자가 지지 않을 수가 없을 것이다.

더구나 팔도 삼백여 주에 내보낸 방백 수령들은 모두 김씨 일문의 세력 아래서 나갔는지라, 그 책임 문제는 더욱 크지 않을 수가 없었다.

김씨네들은 연하여 머리를 모으고 회의를 하였다. 자기네들에게도 짐작이 안 가는 바가 아니어서, 이대로 버려두었다가는 삼백여 주가 한군데도 빼지 않고 모두 한 번씩 들고 일어설 것은 당연한 이치였다.

지금 그렇지 않아도 자기네들의 세력에 흔들림이 생기지 않을까 하여 내심 공황 중에 있던 그들이라, 이 민요 문제는 어떻게든 삭여버리지 않으면 안 되었다.

이리하여 회의를 거듭한 결과 그들은 한 가지의 방책을 얻어내었다.

백성들이 분요를 일으킴은 오랫동안 한 사람의 학정이 계속되기 때문이다. 학정이 그냥 계속된다 치더라도 학정하는 사람만 연하여 바꾸어서, 오늘은 이 사람의 학정, 내일은 저 사람의 학정, 모레는 또다른 사람의 학정 — 이렇듯 학정하는 인물만 갈아대면, 백성들은 누구에게 반항을 하여야 할지 분간하지를 못할 것이다.

즉, 갑 군수의 학정에 견디지 못하여 반항을 하여보려고 서로 수군거릴 동안에, 갑 군수는 벌써 갈려서 다른 곳으로 가고, 을 군수가 오게 되며, 또 병 군수로 갈리듯 — 이렇게 끊임없이 군수를 갈아대기만 하면, 반항의 상대자를 얻지 못하여 백성들은 분요를 일으키지 못하리라. — 이런 방책을 세우기로 하였다.

용한 정책이었다. 선정하는 사람을 보내서 어지러운 세태를 정돈시키려 하지 않고, 어지러움은 어지러움대로 두고 백성들이 들고 일어설 기회만 없게 하도록 방책을 세운 것이었다.

가뜩이나 잦던 수령들의 체번이 더욱 잦게 되었다.

조선 역사에 있어서 그때만큼 지방관의 변동이 많은 때가 과거에 없었다. 그로부터 수십 년이 지나서 고종황제 때에, 민 중전을 배경으로 민씨 일파의 매관매작 때에 또한 그때와 비슷한 일이 있었지만, 과거에 있어서는 그때같이 변동이 잦은 때가 없었다. 이틀이 멀다 하고 갈아대었다. 신관의 환영연을 준비할 동안은 벌써 그 뒤의 다른 신관이 부임을 하여, 환영 준비를 하던 신관은 벌써 구관이 되어버리고 — 그새 신관도 또한 그렇고, 이렇듯 눈이 뒤집힐 지경으로 체번되었다.

그런지라, 많은 밑천을 삭여서 수령 자리를 산 그들은 언제 어떻게 될지 모르므로 최대 스피드로 긁어먹지 않을 수가 없었다. 부임하러 내려가는 도중에서부터 벌써 착수를 하여, 부임하는 그날부터 긁어 올리기를 시작하고 하였다.

녹아나는 자는 백성들뿐이었다. 그러나 김씨들의 예측과 같이 분요는 일으킬 겨를이 없었다. 일으키려면 벌써 다른 수령이 부임하게 되므로, 행여 이번이나 이번이나 하면서 이 놀라운 학정을 감수하지 않을 수가 없었다.

연달아서 일어나는 각 곳의 민요는 이리하여 좀 멈춤해졌다.

21

"최 찬시, 상감마마께읍서 불러 곕시오."

계해년 십이월 초여드렛날, 내관(內官) 방에서 동관들과 한담을 하고 있던 내시 최만서는, 나인의 전령으로 황급히 옷깃을 바로잡고 대조전(大造殿) 동온돌(東溫突)로 가서 읍하고 영을 기다렸다.

"만서냐. 좀— 좀—"

섣달 초순부터 상감은 환후가 심상하지 못하여, 모두 경계들을 하고 있던 것이었다. 그런데 부름으로 말미암아 만서가 등대했을 때는, 상감은 든든히 모든 의대를 차리시고 금침 위에 일어나 앉아 계셨다.

"상감마마, 등대하왔습니다."

"응, 만서냐? 좀 부액할 내관을 몇을 불러라."

"어디 납시오니까?"

"뜰이라도— 너무 적적해서……."

만서는 내시청에 연한 전령줄을 흔들어 불렀다. 그리고 몇 사람의 내시가 협력을 하여 상감을 부액하여 뜰로 산보를 나섰다.

혹혹 쏘는 바람이 추녀 끝에서 노래를 하는 겨울날이었다. 댓돌에 나서는 참, 상감께서는 찬바람에 혹 하니 느끼시었다.

"상감마마, 바람이 차옵니다."

"응, 차다."

"도로 듭시면……."

그러나 상감은 뜰을 향하여 발을 옮기셨다. 환후가 중하여 누워 계시던 상감이시라, 허공을 짚는 것과 같은 걸음으로 내관들의 부축을 받으신 채, 왼편 익각(翼閣)²³⁷을 끼고 돌아서 차차 중희당 앞으로 돌아가셨다.

중희당 앞에까지 이르러서 상감은 걸음을 멈추셨다. 그리고 잠시 중희당을 바라보셨다. 선왕 헌종께서 승하하신 전각이었다.

잠시 중희당을 바라보다가 부액한 내관을 돌아다보셨다.

"내 나이 서른세 살, 외롭고 괴롭게 삼십여 년을 보냈구나."

"상감마마, 무슨 말씀이시오니까?"

"……."

상감께서 다시 용안을 드셨다. 그리고 고목이 울창한 후원 쪽을 한참 뜻 없이 바라보셨다. 자유로운 강화도의 초동 생활에서 궁으로 들어오셔서, 이래 괴롭고 구애 많은 십사 년간의 생활을 추억하시는 모양이었다.

한참을 비원만 바라보시다가 용안을 만서에게로 조금 돌리셨다.

십사 년간을 한결같이 상감께 등후한 만서는, 용안에 나타난 표정으로 어의를 짐작하였다.

"상감마마. 매화틀[왕이 사용하는 변기]을 묘오리까?"

상감은 고요히 수고하셨다.

한 사람의 내관이 매화틀과 뒷목을 가지러 대조전 쪽으로 달려갔다.

그 달려가는 내관의 뒷모양을 바라보시다가, 상감은 차차 차차 몸을 그 자리에 종그리셨다. 다음 순간 상감은 내관들에게 부액을 받으신 채 그 자리에 쓰러지셨다.

"상감마마! 상감마마!"

"내가 임 — 임 —"

"상감마마!"

"임종이로나."

"상감마마!"

"대조전으로. 그리고 정승(정원용)을 불러라."

이것이 상감에게서 나온 최후의 말씀이었다.

내관들이 망지소조하여 상감을 쓸어안아다가 대조전 동온돌에 모신 때는, 상감은 벌써 의식을 잃으신 뒤였다.

누구 손쓸 틈이 없었다. 중하시던 환후가 오늘 약간 차도가 있는 듯하여, 내관들에게 부액을 당하여 뜰로 나셨다가 거기서 승하를 하셨는지라, 남기고 싶으신 말씀 한마디 남기실 기회가 없었다.

급보로 말미암아 입궐하였던 대신들이 내전으로 달려 들어온 때는, 상감은 아직 맥은 약간 동하셨지만 모든 의식을 잃으신 뒤였다.

승후방에 있어서 상감의 승하하신 것을 안 조성하는, 가슴이 덜컥하여 어찌하여야 할지 두서를 가릴 수가 없었다.

성하는 승후방을 뛰어나왔다. 그리고 금호문으로 향하여 달음질쳤다. 그러나 금호문까지 채 미치지 못하여 발을 돌이켰다.

처음에는 이 흉보에 겸한 길보를 흥선군에게 먼저 알리려 한 것이었다. 그러나 순서로 조 대비께 먼저 가서 대비께 알리고 그 분부를 받아야 할 것이므로, 발을 대비전으로 돌이킨 것이었다.

"대비마마, 상감마마께옵서 승하하옵셨습니다."

성하가 숨을 허덕이며 달려 들어와서 이렇게 아뢸 때에 대비는 안색까지 변하며,

"그게 무슨 말이냐."

고 재우쳐 물었다.

청천의 벽력이었다. 그새 환후가 좋지 못하였음은 모르는 바가 아니로

되, 본시 약한 상감이신지라, 이렇게 급변하리라고는 뜻도 안 하였던 일이었다.

오늘날이 언제 있을 줄을 예기하고, 흥선과 밀약을 맺은 지도 벌써 이년 반, 밀약은 맺었지만 천명이 아닌 이상에는 어쩔 수 없는 오늘을 대비는 마음 조급히 기다리고 있던 것이었다.

성하가 자기의 아는껏 비교적 상세히 아뢸 동안, 대비는 눈을 힘 있게 감고 말없이 듣고 있었다. 그동안에 승전빗(承傳色)도 달려와서 방금 대조전에서 생긴 크나큰 비극을 대비께 아뢰고, 어서 바삐 대조전으로 출어하기를 재촉하였다. 상감 승하한 이날에 있어서는, 임시로나마 이 종실의 권세를 잡고, 안으로는 사직의 집을 받들고 밖으로는 임군을 대리하여, 대신들에게 명령하고 지휘할 사람은 이 종실의 가장 어른 되는 조 대비 한 사람밖에는 없었다. 아직 침의대(寢衣襨)²³⁸도 갈아입지 못했으니, 갈아입고 대조전으로 나간다고 승전빗을 돌려보내고 고요히 눈을 뜰 때는 대비의 꽤 주름살이 잡힌 눈에도 나란히 광채가 났다.

"성하야."

"네?"

"얼른 흥선군 댁에 다녀오너라."

"네……."

"가서 잠깐 내전까지 들어와주십사고."

"네."

이리하여 성하를 내보낸 뒤에, 대비는 최씨를 불렀다. 그리고 갈아입을 의대를 가져오라 분부하였다.

최씨는 분부에 의하여 즉시 옷을 가져왔다. 그러나 대비는 곧 갈아입으려 하지 않았다.

마음이 조급한 지금이었지만, 오늘날을 위하여 의논하여둔 흥선의 지혜를, 대비는 지금 힘입지 않을 수가 없었다. 너무도 갑자기 다닥친 일이거니, 어떻게 처치를 해야 하며 어떻게 사건을 진행을 시켜야 할지, 홍선과 한마디의 의논을 하고 싶었다. 그 때문에 시간을 보내려 부러 옷도 곧 갈아입지 않고 꿈질거리고 있었다.

승전빗은 연하여 대비전으로 달려왔다. 갑자기 당한 이 일에, 재상들도 어찌할 바를 알지 못하여 종실의 어른 되는 대비의 처단을 받들고자, 승전빗을 들여보내서 대비의 출어(出御)를 재촉하고 있는 것이다.

그러나 어떻게 할 방책이 아직 서지 못한 대비는, 곧 나간다 곧 나간다 하여 승전빗을 모두 그냥 돌려 내보내고 하였다.

귀를 기울이면, 겨울바람 소리에 섞여서 궁인들의 애곡성도 벌써 여기까지 들려온다. 그것을 들으면서 대비는 천천히 옷을 갈아입으며, 어서 홍선이 이르기를 기다리고 있었다. 이제는 이 종실의 최고 권위인 대비—공공히 홍선을 불러서 계획을 세울지라도, 뉘라서 머리를 가로저을 사람이 없는 신분이었다.

가마를 몰아가지고 홍선 댁으로 달려간 성하는, 누구를 부르지도 않고 대짜로 홍선의 정침으로 뛰쳐 들어갔다.

"대감!"

"어?"

홍선으로서는 희귀한 일—무슨 책을 들여다보고 있던 홍선은 이 침입한 이에게 눈을 크게 하였다.

"대감! 국상 났습니다. 어서 납세요."

홍선은 눈을 성하에게로 굴렸다.

"그게 무슨 말인가."

오히려 온화한 음성이었다.

"전하께서 대조전에서 승하하셨습니다. 어서 대비마마께 들어가 뵙—"

흥선은 알아들었다. 한순간 몸을 흠칫하였다. 그런 뒤에 자기의 흥분을 삭이렴인지 눈을 감았다.

눈을 감고 잠시 앉아 있다가, 흥선은 고요히 몸을 일으켜서 북쪽을 향하여 두 번 절하였다.

"그래서 대비마마께서 나를 부르시던가?"

"네, 어서 잠시 들어오십사고."

"알았네. 나는 안 들어가는 편이 낫겠지. 공연한 오해를 살 필요가 없으니깐……. 대비마마께 들어가서 어보(御寶)를 얼른 간수하시라고…… 다른 손이 닿기 전에 어서 간수하시라고. 나는 내일이고 모레고 조용히 들어가 뵙겠네."

성하는 눈을 들어서 흥선을 보았다. 그러나 들던 눈을 도로 곧 아래로 떨어뜨렸다.

아랫목에 단정히 앉아 있는 그 인물─그것은 그새 늘 성하와 함께 술을 먹고 색향에 출입을 하던 그 흥선이 아니었다.

거대한 충동이 그의 마음에 생겼을 지금에 있어서도 눈썹 하나 까딱하지 않고 무표정한 얼굴로 앉아 있는 이 인물─지금 마음속에는 어떤 배포를 꾸미고 있길래, 이런 비범한 경우에 다른 사람 같으면 순간을 유예하지 않고 대비께 달려갈 이때에, 자기는 내일이나 모레쯤 들어갈 테니, 어서 다른 것은 그만두고 어보나 간수하기를 부탁하고 있나?

성하가 흥선의 집에서 나와서 다시 대궐로 들어가려고 몸을 가마에 실을 때에, 저편에서 한 무리의 소년들이 연을 날리고 있는 것이 눈에 띄었다.

보매, 그 가운데는 흥선의 둘째 아들 재황 소년도 바야흐로 자기의 다홍 치마를 올리려고 얼레를 어르고 있는 즈음이었다.

아무것도 모르는 소년─지금 연을 올리려고 애를 쓰고 있는 그 소년의 위에, 이제 수삼 일 내로 떨어질 거대한 운명의 그림자를 생각할 때에, 성하는 멀리서나마 뜻하지 않고 그 소년에게 허리를 굽혔다.

'—올리십시오. 하늘 끝까지 올리십시오. 지금 바야흐로 올라가려는 당신의 운명과 같이, 높이높이 하늘 닿은 곳으로……..'

또다시 대궐로 쏜살같이 달려가는 가마에 몸을 싣고 성하는 몸을 틀어가면서, 소년들의 노는 양을 돌아보면서 속으로 축수하고 축수하였다.

다시 금호문 밖에서 가마를 버리고 대궐 안으로 들어서매, 대조전이며 그 익각들에서는 남녀의 곡성이 은은히 들려왔다. 대조전 댓돌 위에는 변을 듣고 달려온 재상들의 신발이 어지러이 놓여 있고, 내관들이 분주히 왔다 갔다 하고 있었다. 그것을 곁눈으로 보면서 단숨에 대비전까지 들어가보매, 대비는 성하를 기다리다 못하여 벌써 대조전으로 나간 뒤였다.

성하는 대조전으로 돌아서 나왔다. 승후관인 자기로도 들어갈 기회가 없을까 하고 어지러운 마음을 누르면서 대조전을 두고 빙빙 돌고 있었다.

전각 안은 문득 조용해졌다. 대비에게서 무슨 하교가 있은 모양이었다.

수심과 슬픔으로 찬 대조전에 대비의 임어—

재상들이 좌우편으로 갈라 앉은 가운뎃길로 대비는 여관 몇 명을 거느리고 고요히 걸어서 영해의 침두에 가서 앉았다. 준비하였던 발이 대비의 앞에 늘이어졌다.

대비의 임어와 동시에 한바탕의 곡성이 다시 울렸다. 대비도 영해의 앞에 꿇어앉았다. 그리고 여관과 함께 대행왕의 천추를 곡하였다. 이윽고 대신들을 향하여 앉은 때에는 대비의 얼굴에는 약간 흥분의 빛이 내돋았다.

전내는 다시 조용하여졌다. 뒤에서 이전에 총애를 받은 많은 비빈들의 느끼는 소리만 은연히 들렸다. 이러한 가운데서 대비의 말이 고요히 울리었다.

"망극하기 이루 말할 수가 없소이다. 그러나 망극하다고 그저 가만히 있지 못할 일이니, 일의 처리를 채비하여야겠소. 정 돈녕(정원용) 대감은 선왕 헌종께서 승하하옵신 때에도 원상(院相, 임군 승하한 뒤에 임시로 대소 정사를 맡아보는 벼슬)으로서 일을 처리한 경험이 있으니 이번도 일을 보아주시오."

발을 통하여 보이는 늙은 재상 정원용은 영을 복종한다는 뜻으로 머리를 땅에 대었다.

"그리고—"

거대한 씨름이었다. 지금부터 십사 년 전 대비의 사랑하는 아드님 헌종이 승하하신 때에 대비 자기가 경험한 쓰디쓴 일을 바야흐로 김씨 일문에게 내려씌우려는 대비는, 자기의 마음을 누르고 또 눌렀지만, 마음에 일어나는 흥분을 더 감추기는 힘들었다.

"어보(御寶)는 내가 임시 맡아둡니다. 아무것도 모르는 노파, 어보를 맡은달사 무엇에 쓰리마는, 어보는 하루도 비워둘 수 없으니 내가 맡아둡니다."

대비는 여관을 돌아보았다.

"저 어보를 들어라."

여관이 가져다 바치는 어보를 손으로 더듬어 받으면서, 대비는 발을 통하여 김씨 일문의 동정을 내다보았다.

임군의 승하를 곡하고자 들어왔던 김씨 일문은, 대비에게서 어보의 한마디가 나올 때에, 분명히 대비의 예기한 이상으로 놀라는 모양이었다. 공손히 머리를 수그리고 있던 그들이, 그리고 겁먹은 듯한 눈으로 발을 바라보는 것이었다.

대비는 더듬어서 보를 양손으로 받들었다. 그런 뒤에 무릎 앞에 놓았다.

김문을 대표하는 영의정 김좌근이 드디어 한마디 하여보지 않고는 못 견디었다.

"대비전마마."

"?"

"나라에는 하루도 상감 안 겹실 수 없사오니, 거기 대한 하교 겹시옵기를 바라옵니다."

"너무도 창황 중의 일이라, 나도 미리 생각한 바가 없고 대신들도 역시
그럴 터이니, 닷새 동안을 잘 생각해서 닷새 뒤에 의논을 하도록 합시다.
그동안은 무식하나마 이 노파가 대리를 보리다."

무법한 하교였다. 그러나 지금에 있어서 이 나라를 대표하는 국모(國母)
의 한마디 ─ 뉘라서 감히 반대할 수가 없었다.

"그러면 정 원상, 전후의 일을 착오 없도록 수고하십시오."

이 한마디를 남기고, 대비는 여관에게 눈짓하여 어보를 받들어 앞세우
고, 다른 여관들의 부축을 받아 자기의 처소로 돌아갔다.

어보를 받들고 돌아가는 이 대비의 양을 김씨 일가들은 모두 닭 쫓던 개
모양으로, 눈이 퀭하니 바라보고 있었다. 임금의 붕어를 통곡할 줄도 잊어
버리고, 마치 얼빠진 사람 모양으로…….

이리하여 국왕의 권위를 자랑하는 옥새는 대왕대비 조씨의 손으로 들
어갔다.

즉일로 국상은 반포되었다. 비록 재위 중에 후세에 남길 만한 특별한 시
정은 없었으나 십사 년간을 삼천리강토에 군림하였던 임군의 붕어에 대하
여 온 국민은 흰 갓과 흰 옷과 흰 신으로 조의를 나타내었다.

그날 밤 차디찬 동북풍을 정면으로 받으면서 흥선도 백립을 마련하여
쓰고 대비께 뵈려고 대궐로 향하였다.

그러다 금호문까지 이르러서 거기서 나오는 병기의 행차와 마주쳐서
얼른 외면을 하고 그저 지나가버렸다. 아직 장래가 어떻게 될는지 알 수
없는 이 찰나에, 대궐문 밖에서 병기를 만났다가는 약빠른 병기에게 기수
를 채이고 기수를 채이면 일이 어떻게 뒤집힐는지 알 수 없으므로 피하여
버린 것이었다.

혹혹 쏘는 찬바람에 팔짱을 깊이 찌르고 금호문을 지나서 대궐 담을 끼

고 거진 선원전 앞에까지 갔다가 다시 금호문 쪽으로 돌아서서 왔다. 그러나 흥선이 바야흐로 궐 안에 들어가려 할 때에 궐에서는 또 한 무리의 사람이 밀려 나왔다. 비켜서면서 보니 김 왕비의 오라버니 되는 병필이었다.

"음, 재수 없군."

두 번이나 들어가려다가 들어가지 못한 흥선은 드디어 발을 돌이켰다. 재수 없는 이 밤은 그냥 지나고 밝는 날 다시 틈을 얻어서 들어가서 천천히 대비와 선후책을 강구하기로 하고 집으로 발을 돌이켰다.

거대한 운명의 열매는 지금 자기의 안전[239] 삼 척 되는 거리에 늘어져 있다. 인제는 손만 한 번 내밀면 넉넉히 딸 수가 있다.

제 속 가진 사람으로서는 능히 참을 수 없는 온갖 수모와 멸시를 쓰다 하지 않고 받아오면서 얼굴에 나타나지 않는 비굴한 웃음을 억지로 웃어 가면서 지난 십여 년의 날짜의 기억이, 벌컥벌컥 그의 머리를 스치고 지나갔다. 본시 어버이에게 타고난 조급한 성미, 노염 많은 성미! 이것을 모두 감쪽같이 감추고 자기의 인격을 가식하노라고 쓴 그 애는 얼마나 컸던가. 지금 그 노력의 열매는 바야흐로 익었다. 자기의 일거수면 넉넉히 따서 주머니에 넣을 수가 있다. 아직 머리에 피도 마르지 않은 김병기에게 참을 수 없는 수모를 받고도, 억지의 웃음으로 자기의 감정을 속이지 않을 수 없던 과거 — 생각하면 얼굴에 피가 솟아오르는 노릇이었다. 불끈 쥐여지는 주먹을 슬며시 도로 펼 때마다 남모르는 피눈물을 얼마나 속으로 흘렸던가. 그러나 그때에 용하게 참은 그 덕택으로 자기의 생명을 곱게 보전하여 인제 영광스런 열매를 눈앞에 보는 오늘을 맞게 되었다.

이런 일을 생각하면서 어두운 거리를 걸을 때에, 흥선은 추위도 감각지 못하였다. 관습상 팔짱은 깊이 찔렀으나 쏘는 바람도 그의 속까지 침범하지 못하였다.

눈을 들어서 둘러보매, 새까만 밤의 장막에 감춘 고요한 장안 — 지금 한 임군을 잃고 새 임군(누구인지 지금은 짐작도 가지 않는)을 맞으려는 장안―그 아래는 무수한 창생이 겨울의 아랫목을 끌기고 있을 것이다.

"그들의 위에 복을 주고 그들의 위에 안락을 줄 자는―"

아아, 어제까지도 자기의 술친구요 투전동무이던 이 시민들―누백 년간의 악정 때문에 머리들을 기운도 없는 이 백성들―이 친구, 이 시민, 이 백성들에게 복을 주고 안락을 줄 자는 그들의 이해자요 또한 가까운 장래에 (십상팔구는) 이 나라의 왕의 왕이 될 자기밖에는 없다.

겨울의 혹독한 바람을 받고 그 때문에 찡그려지려던 홍선의 얼굴은 도리어 이때에 빙긋이 미소가 떠올랐다.

어디선가 멀리서 헛 개 짖는 소리가 났다.

조 대비와 홍선의 밀의.

대비는 홍선의 내어놓은 종이를 받아 들고 묵묵히 보고 있었다.

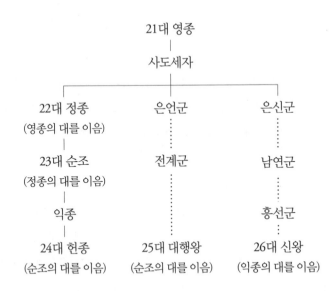

"대비전 마마, 아드님을 두시고도 절사(絕嗣)가 되신 익종의 대를 이번 기회에 부활시키도록 하시옵소서."

대비의 그 지아버님 익종의 대를 부활시키자는 데 대하여서 대비에게
이의가 있을 까닭이 없었다. 흥선이 내놓은 계통표를 묵묵히 보고 있지만
대비에게도 적이 희색이 내돋았다.

"마음을 굳게 잡수십시오. 무론 김문에서는 반대가 있을 것이옵니다.
반대도 적지 않은 반대가 있을 것이옵니다. 그렇지만 대비마마의 하교는
지금에 있어서는 국명 — 뉘라서 끝까지 거역은 하지 못할 것이옵니
다 —"

대비의 입이 비로소 열렸다.

"나도 무론 내 힘껏은 하겠지만 대감도 든든히 준비하시고 장사라도 몇
십 명 마련했다가 여차하는 날에는 틀림이 없도록 하시오."

여기서 흥선은 맹연히 반대하였다.

"아니옵니다. 장사의 힘을 빌려서야 될 일이면 신은 본시부터 마음도
내지 않겠습니다. 마마껩서만 마음을 강하게 잡수시면 평온리에 넉넉히
될 일 — 왜 구태여 그런 준비까지 하겠습니까."

"그래도 김가들이 그냥 반대를 하면?"

"아니옵니다. 다른 분을 추대한다면 혹은 김씨들은 꿍장히 반대하올지
도 모릅지만, 신은 김씨들에게 수모는 받았을지언정 김씨들이 신을 무서
워하지는 않습니다. 그러니깐 종실의 다른 분을 추대하는 것보다는 신을
오히려 쉽게 볼 테니깐 극력 반대는 안 하오리다."

이날에 있어서 이 말 한마디를 장담하기 위해서 그새 받은 비웃음과 수
모 — 그 모든 것을 여기서 한마디 펴놓을 때는, 흥선은 마치 체기가 내려
가는 것같이 가슴이 시원함을 느꼈다.

여인의 몸으로서 지금 이 나라의 온 권세를 한손에 잡은 대비는, 흥선의
코치에 그저 머리를 끄덕일 뿐이었다. 이리하여 모든 일은 흥선의 의견대
로 진행되었다. 그새 십여 년간을 몽상과 같이 닦고 또 닦았던 흥선의 계
획은 차차 실현되기 비롯하였다.

대궐에서 조 대비와 흥선이 왕위 승계자에 대한 의논을 거듭할 때에, 김씨 문중에서는 또한 김씨로서 회의가 열렸다.

살아 있었으면 당연히 이 회의의 어른이 될 영은부원군 김문근(金汶根)은 불행히 작년에 별세를 하여 그 자리에 못 오고, 영의정 김좌근, 그 아들 김병기, 조카 병학, 병기, 병필, 병덕 일족, 김홍근 등이 모인 이 좌석에는 김좌근이 좌장이 되어 회의가 열렸다.

일가 부침(浮沈)의 막다른 골목— 지금 자기네들의 발 아래 뚫린 커다란 구렁텅이를 들여다보며 그들은 전전긍긍히 의논하였다.

이런 경우에 임하여 언제든 기묘한 꾀를 내어서 난국을 타개하는 재간을 가진 김병기도 이날뿐은 아무 의견도 내지를 못하였다.

"자, 말들을 하게. 어떻게 했으면 좋은가?"

김좌근이 허연 머리를 들면서 이렇게 의견을 물었지만 거기 응하는 사람이 없었다.

누구? 그새에 자기네의 세도를 자세 삼아, 종친이라는 종친에게는 모두 원한을 진 자기네의 일당이었다. 대행왕께 아드님이라도 있으면여니와, 그렇지 못한 지금에 있어서 어느 종친 한 사람, 자기네 일족에게 호의를 가진 사람이 있을 까닭이 없다.

혹은 생질이 되며, 혹은 외손자가 되는 정당한 왕자가 없고, 종친 가운데서 누구를 모셔오지 않으면 안 될 지금에 있어서는, 그들은 자기네의 입으로 지정할 만한 적당한 사람을 가지지를 못하였다. 서로 묵묵히 다른 사람의 입만 쳐다볼 뿐이었다.

이러한 가운데서 그들은 자기네 일족의 몰락을 분명히 직감하였다. 순조대왕의 대로부터 지금까지 삼대째 보름달과 같이 빛나는 영화에 취하여 있던 그들은, 지금 자기네의 앞에 이른 몰락의 구렁텅이를 보았다.

드디어 병기가 입을 열었다.

"결과를 기다릴밖에는 도리가 없겠습니다. 대왕대비전의 일존에 달린 섯이매, 여기서 이렇다 저렇다 하면 무얼 하겠습니까? 결과를 보아서 어떻게든 선후책을 강구하여야지 그밖에는 도리가 없겠습니다."

"만약 대비마마께서 어느 분을 추천하느냐는 하문이 계시면?"

"그때는 누구든 그중 왕자의 덕을 가진 분을 한 분 추천할 따름이올시다."

"그게 누구냐 말이다."

"생각하고 연구해보겠습니다."

이렇게 대답은 하였다. 그러나 이 좌석에서 가장 이번의 일에 마음 태우는 사람은 병기였다. 김문 중에서도 가장 나이가 어리고 또한 어린 만큼 교활하고 혈기 많은 병기는, 따라서 가장 종친들에게 미움 살 일을 많이 한 사람이었다.

그날의 회의는 아무 결론도 얻지 못하고 흐지부지 산회(散會)를 하게 되었다. 누구 그럴듯한 종친을 한 사람씩 마음에 먹어두었다가, 이제 열사흘 날 대비의 앞에서 회의가 열릴 때에 추천을 하기로 작정을 하고 제각기 헤어졌다.

나올 때에 병기는 병학을 붙들었다.

"형님!"

"?"

"더 생각할 나위도 없습니다. 몰락이올시다. 요행 생명이 부지되면, 시골로 피해서 학이나 희롱하며 여생을 보냈지, 더 생각하고 연구할 나위가 없습니다."

거기 대하여 병학도 탄식하였다.

"잘 생각했네. 그렇지만 생명이 부지될지 어떨지 그것부터 알 수 없는 일이 아닌가?"

"천명 — 인력으로는 무가내(無可奈)[240]하올시다. 만월도 이지러질 때가 있겠지요."

그리고는 무슨 말을 하려는 듯한 병학을 버려두고 자기의 행차로 달려갔다.

"재황이 좀 불러오시오."

홍선이 부인에게 이렇게 말하였다.

부인은 종에게 분부하였다. 잠시 뒤에 한길에서 연을 날리고 있던 재황 소년은, 얼굴과 손등이 새빨갛게 되어가지고 연과 얼레를 든 채 들어왔다.

"부르셨어요?"

"오냐, 거기 앉아라."

소년은 아버지가 지시하는 자리에 앉았다.

자기가 지시한 자리에 앉은 소년을 홍선은 한참 동안을 말없이 바라보고 있었다.

"아버님, 왜 부르셨어요?"

그러나 홍선은 역시 말없이 바라볼 뿐이었다.

지금 이 소년의 위에 바야흐로 떨어지려는 커다란 운명을 생각할 때에, 홍선은 기쁘다기보다도 놀랍다기보다도, 오히려 송구하였다.

"부인."

"네?"

말하여주고 싶었다. 말은 목젖에까지 와서 돌아왔다.

— 얘는 내일 모레면 삼천리강토의 지배자가 될 애외다. 목젖까지 나와 도는 이 말을 홍선은 꿀꺽 삼켰다.

"얘게 맞게 천담포, 복건, 모두 지어두었겠지요?"

"네, 지어는 두었습니다."

지어는 두었지만 언제 쓸 것이냐는 뜻이었다.

홍선은 의아하여하는 부인을 버려두고 이번은 소년에게 향하였다.

"야."

"네?"

"한마디 묻는다."

"네."

"내가 네게 무엇이 되느냐?"

"아버님이올시다."

홍선은 이번은 손을 들어서 부인을 가리켰다.

"저이는?"

"어머님."

아아, 이 소년의 입에서 아버님 소리를 들을 날도 이제 며칠이나 남았나. 이 소년에게 향하여 오냐를 할 날도 이제 며칠이나 남았나?

가까운 장래에는 '하시오'로도 당하지 못할 귀한 몸이 될 소년이었다.

이것을 생각할 때에 홍선은 그 영화를 축복하면서도 또한 한편으로는 마음에 일어나는 적막감을 누를 수가 없었다.

"야, 나는 너의 아버지, 저이는 너의 어머니지만, 아버지고도 아버지가 안 되고 어머니고도 어머니가 못 되는 수도 있다. 알아두어라."

소년은 무슨 뜻인지 알아듣지 못하였다. 의아한 듯이 아버지를 우러러보았다.

그 소년의 눈을 피하면서 홍선은 담뱃대를 끌어당겨서 당배를 담았다.

영특한 소년은 무릎걸음으로 뛰어나와서 화로에 성냥을 그어대었다.

아들이 그어대는 담배를 힘 있게 빨면서, 연기 틈으로 아들의 고치와 같은 타원형의 이쁘장스런 얼굴을 볼 때에, 홍선의 마음에는 더욱 적적함이 더하였다.

그날 밤, 아이들이 다 잠들기를 기다려서 홍선은 다시 내실로 들어가서, 부인에게 처음, 자기의 지금 계획하는 커다란 음모(?)를 말하였다.

부인은 깜짝 놀랐다. 반신반의하였다. 너무도 의외의 말인지라, 부인으로서는 얼른 믿기지 않는 말이었다.

그 말이 과히 엉터리없는 말이 아닌 줄 짐작이 갈 때에, 부인은 기뻐하기 전에 먼저 탄식하였다.

자식을 사랑하는 어머니의 마음—착하고 어진 부인은 이런 경우에 임하여서도 자식의 위에 임한 영화보다도 먼저 자식의 안위를 근심하는 것이었다.

종실의 며느리로 들어온 부인은, 아직껏 역사상에 왕위 때문에 흘린 많고 많은 피를 어렴풋이나마 짐작하는 것이었다. 불행한 왕위보다는 안온한 빈공자(貧公子)의 생활이 자식을 생각하는 어머니의 마음에는 더욱 달가웠다.

국상이 반포된 이래 조성하는 여간 분주하지 않았다.

벼슬이 승후관에 있으매 임군 없는 지금은 좀 한가할 것으로되, 별다른 임무를 진 성하는 잠시도 엉덩이를 붙일 겨를이 없었다.

하루에도 두 번, 세 번씩 흥선 댁에서 대비께로, 대비께서 흥선 댁으로 왔다 갔다 하였다.

그러는 동안, 차차 성하는 흥선을 알았다. 그 기괴한 인격과 기괴한 성격을 보고, 이런 가운데도 흥선 본래의 면목이 따로 있다 하고, 반신반의로 지내던 성하는, 이번에 비로소 흥선 본래의 면목을 보았다.

아직껏 권문들에게 대하여 그렇듯 비굴한 웃음을 웃어가면서 부회하던 흥선이, 사건이 한번 뒤집히게 되기 시작하면서부터는 어떠한 권력, 어떠한 세도도 모두 초개같이 보았다.

"대비께 이렇게 이렇게 가서 여쭈게. 그리고 또 이렇게 이렇게 합시사고 여쭈게."

각각으로 변하여가는 동태에, 새로 새 지휘를 연하여 하며, 거기 대하여 만약 성하의 입에서 당시의 권문들을 꺼리는 말이라도 나오면,

"천작(千雀)이 막여일봉(莫如一鳳)이라, 내게 심산이 있으니 아모 걱정 말게."

하고 퉁겨버렸다.

일변 대비께로, 혹은 원상 정원용에게로, 또는 좌의정 조두순(趙斗淳)에게로 홍선의 전갈을 받아가지고 갔다 올 때마다 성하는 홍선의 심산(心算), 홍선의 궁리가 놀랍게도 정확히 들어가 맞는 데 경이의 눈을 던지지 않을 수가 없었다. 무슨 편지인지는 모르지만, 홍선의 편지를 받아가지고 좌의정 조두순을 찾을 때, 성하는 무론 조두순에게서 좋은 대답이 있을 줄은 뜻도 안 하였다. 근엄하기 짝이 없고 홍선같이 영락된 인물은 사람으로도 여기지 않을 두순인지라, 홍선의 편지를 받을지라도 내버리지 않고 펴보기나 하면 상의 상이거니 이만큼 생각하고 갔더니, 조두순은 펴보지만 않고 두 번, 세 번을 다시 보고 그리고 한참을 머리를 숙이고 생각을 한 뒤에,

"대감께 가거든 염려 맙시사고 여쭈오."

하고 흔연히 승낙하였다. 이렇게 자기의 사랑에 틀어박혀서 성하를 내세워서 좌우편으로 운동해나가는 일이로되, 일호의 착오도 없이 순조로이 진행되는 것을 볼 때에, 성하는 홍선의 놀라운 통찰력과 지력에 경복하였다.

성하는 여기서 잠든 사자의 일어남을 보았다. 비로소 앞다리를 뻗치며 기지개를 하는 것을 보았다. 이 사자가 한 번 포함성을 지르며 일어날 때에—

— 쇠잔한 이 삼천리의 강토는 새로운 활력을 얻을 것이었다.

그것은 빛나는 나라일 것이다. 부강한 백성일 것이다. 가멸은²⁴¹ 강토일 것이다. 그리고, 위와 아래가 서로 믿고 의지하고 사랑하는 평화의 왕국에 틀림이 없을 것이다.

장래의 빛나는 나라와, 그때 이 잠에서 깨어난 사자 아래서 활동을 할 자기를 생각해볼 때에, 젊은 성하의 마음은 누르려야 누르려야 떠오르는 흥분을 온전히 눌러 버틸 수가 없었다.

홍선 댁에서 대궐로, 대궐에서 원로들의 댁으로, 엉덩이를 붙일 겨를이 없도록 돌아다니는 성하로되, 그는 피곤함도 느끼지 않았다. 그리고 어서

날이 지나서 정식으로 신왕이 결정되고, 그 뒤에 또한 전무(前無)한 제도—국왕의 사친(私親)의 섭정(攝政)의 날이 나타나기를 마음 조이며 기다렸다.

이리하여 숨결같이 닷새가 지나고 드디어 열사흗날이 이르렀다. 대비의 앞에서 새 왕을 결정할 중대한 회의를 여는 날이었다.

창덕궁 희정당 대왕대비 어전회의.

발 뒤에는 오늘의 절대 권리자 조 대비가 여관 여섯 명을 거느리고 임하였다.

대왕대비의 김씨의 일문을 대표하는 김좌근, 김홍근, 김병기, 김병덕, 김병필, 김병학, 김병국의 모두 김족이며, 헌종비 홍씨를 대표하는 홍순복이며, 원로로 정원용, 조두순 등, 그 밖에 홍안 소년 한 사람이 끼여 있는 것이 이채였다. 조 대비의 조카 조성하였다.

몸은 한 개의 승후관에 지나지 못하나, 오늘의 최고 권위자인 조 대비의 조카며, 홍선과 대비에게 중대한 역할을 맡은 성하는, 대비 입어와 함께 대비의 뒤를 따라서 들어온 것이었다. 같은 외척이요, 헌종의 외사촌 동생이요, 종실의 어른 조 대비의 조카로되, 김씨 일문의 세력에 눌려서 겨우 승후관 한 자리로써 명맥을 보전하여오던 성하는, 오늘은 조 대비의 일족을 대표하는 당당한 척신의 한 사람으로서 이 자리에 임한 것이었다.

"대비마마, 막중막대한 일이옵니다. 마음에 겝신 대로 하교해주시기를 바라옵니다."

원상 정원용이 꿇어 엎드려 아뢰었다.

"나는 아무것도 모르는 노파—먼저 원로대신들의 의견을 듣습시다."

냉정한 대비의 말이었다.

오십까지 시어머님 대왕대비 김씨를 섬기며 자기의 온갖 감정을 감쪽같이 감추기에 단련된 조 대비는, 이런 때에 임하여서도 냉정한 한마디를 먼저 던져보았다.

그러나 거기 대하여 대신들의 의향은 즉시 나오지 않았다. 무론 어떠한 의향은 있을 것이로되, 국면이 어떻게 전환될지 예측할 수 없는 이 자리에서 덜컥 자기의 의견을 먼저 말하기를 꺼리었다. 다른 사람에게서 무슨 말이 나오면 거기 반대를 하든가, 찬성을 하든가 하여 처음 자기의 의향을 말할 예산으로, 모두 묵묵히 남의 입만 바라보았다.

조두순이 이번은 아뢰었다.

"대비마마, 이 일은 신 등의 의향뿐으로는 결정하지 못할 중대한 일이옵니다. 마마의 흉중에 계신 대로 하교해주시옵기 바라옵니다."

잠시 말이 끊어졌다.

잠시 가만 있다가 겨우 입을 열 때는, 오십이 훨씬 넘은 대비의 얼굴에도 약간 붉은 홍분이 돌았다. 이제는 수속상 대신들의 의향도 물었는지라, 남은 것은 대비 당신의 의향을 말할 과정이었다. 말을 꺼낼 때는 대비는 음성조차 약간 떨렸다.

"대신들의 의향이 그러니, 그럼 내 뜻을 말하리다. 국정이 어지럽고 조정의 권위가 땅에 떨어진 지금, 한때도 국왕 없이는 지내지 못할 테니, 흥선군 이하응의 둘째 아들 재황이를 익성군(翼城君)으로 봉해서, 이미 절사된 익종대왕의 대통을 부활케 하도록 하시오."

청천의 벽력이었다. 순서를 따지자면 대신들이 의향을 내고, 대비는 단지 그 결정만 할 것이거늘, 여기서 대비는 나아가서 그 승통자를 지정한 것이었다. 더구나 그 지정이 다른 사람도 아니요, 종실 친척 중 가장 영락되어 사람의 대접을 받지도 못하는 흥선군의 아들이었다.

대신들 가운데 감정의 동요가 분명히 일어났다. 그것을 대표하여 김좌근이 먼저 입을 열었다.

"대왕대비전 마마, 흥선군은 대행왕 전하의 육촌 백씨로서 그다지 먼 종친은 아니지만, 그 집안이 너무도 영락해서 임군의 친가로서는 혹은 좀 부적당하지 않을까 하옵니다."

이 말에 대하여 대비가 대답하기 전에 가로 뚫고 나선 것은 조성하였다. 격식으로 말하자면 대신들의 의논에 어디 뛰쳐 들 자격이 못 되지만, 오늘의 중대한 역할을 맡은 성하는 격식을 무시하고 뛰쳐 들었다.

"영상 합하."

어디 감히 부르지도 못할 명사를 부르면서 성하는 한 무릎 앞으로 나왔다.

"나 말씀이오?"

이때의 성하는 벌써 '소인'이 아니었다.

"나도 대감네들과 마찬가지로 외척의 한 사람."

"외척? 외척이라도 이 좌석은 대비전 마마와 재상들이 중대한 의론을 하는 좌석 ─ 잡인이 섞이지 못할 좌석이니 냉큼 나가오!"

그러나 성하는 대척하지 않았다.

"나도 대비마마의 분부로서 오늘 이 좌석에서 한마디의 의견을 말할 권리를 가진 사람이오."

차차 격론으로 되어가려는 것을 발 안의 대비가 말렸다.

"성하, 잠시 조용해라. 김 판서도 조용하고. 자, 수상의 의향은 들었으니 이번은 원상의 의향을 들어봅시다."

사 대의 임군을 먼저 보내고 지금 오 대째의 임군을 맞으려는 백발 재상 정원용은 공손히 머리를 숙였다.

"대왕대비전 마마의 하교에 대해서, 신이야 어찌 다른 의향이 있사오리까. 분부대로 거행할 다름이옵니다."

"그럼 좌상의 의견은 ─"

"신도 어찌 다른 의견이 있사오리까? 대비전 마마의 하비(下批)²⁴²는 신으로서는 용훼(容喙)치 못하는 법이오니, 처분대로 거행할 따름이옵니다."

홍선의 편지로써 벌써 마음이 돌아선 조두순은, 대비의 말에 이의를 제출하는 김좌근을 도리어 잘못하였다는 뜻으로 이렇게 말하였다.

"이번은 어디 좌찬성의 의견을……."

"신은 반대하옵니다. 우리나라에 본시 생존한 대원군이 없었는데, 흥선군의 둘째 도령을 영립하면, 흥선군의 대우를 어떻게 하겠습니까? 왕 이상의 존위(尊位)는 없는 바이오며, 왕도 아니며 신하도 아닌 흥선군을 마련할 자리가 어떻게 되겠습니까. 더구나 흥선군은 허튼 바탕에 드나들고 허튼 사람들과 교제를 하와, 명문답지 못한 언행이 많으와 국부로서의 재률이 못 되는 인물이옵니다."

사활의 분기선이었다. 만약 흥선의 둘째 도령을 영립하고 흥선으로서 권세를 잡게 하였다가는, 자기의 지위는커녕 생명까지 위태로운 병기는 악을 써가면서 반대를 하였다. 김문의 군자(君子)인 유관대신 김흥근이며, 그 아들 병덕이며, 흥선과 비교적 가까이 사귄 병학, 병국의 형제는 묵묵히 듣고만 있었다. 차례로 의견을 다 물은 뒤에 대비는 고요히 입을 열었다.

"여러 원로대신들의 의견은 다 들었소이다. 혹은 가타 하고 혹은 부타해서 대신들의 의견은 일치치 못하나, 의견을 물은 것은 단지 의견을 물을 뿐, 승통에 대해서는 내가 이미 마음으로 작정한 바이니 그리 아시오. 흥선군 이하응의 둘째 도령 재황을 익성군으로 봉해서. 익종대왕의 대통을 잇도록—"

최후의 거탄은 드디어 던져졌다. 재상들에게 그 가부를 묻는다면여니와, 이미 대비가 스스로 작정하였다 하는 이상에는 움직일 도리가 없는 일이었다.

이 거탄은 김문의 권도로써도 어찌하지 못할 종류의 거탄이었다.

정원용이 한 무릎 앞으로 다가앉았다.

"대비전 마마, 분부는 받자왔습니다. 그러나 구전뿐으로는 후일의 증빙이 되지 못하니, 언교(諺敎—섭정대비가 내리는 한글 교서)를 내려줍시기로 아뢰입니다.”

대비는 여관을 돌아보았다. 한 사람의 여관이 조금 발을 들었다. 언교를 싼 붉은 보를 받들고 있다. 다른 여관이 발 아래로 그것을 내밀었다.

도승지(都承旨) 민치상(閔致庠)이 무릎걸음으로 나아가서 언교를 받았다. 그리고 그것을 원상 정원용에게 바쳤다.

　　홍선군의 둘째 아들을 익성군으로 봉하여 익종의 대통을 잇게 하라.

재상들이 차례로 언교를 돌려본 뒤에, 도승지 민치상이 그것을 한문으로 번역하여 읽었다.

“대비전 마마, 틀림이 없사옵니까?”

“없소이다.”

잠시 침묵이 계속되었다.

언교는 이미 내리고, 그 언교가 도승지의 손으로 넘어간 이상에는 이젠 움직일 수가 없는 일이었다.

“원상.”

발 뒤의 대비가 드디어 입을 열었다.

“대령하왔습니다.”

“인젠 대통도 결정되었소이다. 용상 맡으실 분을 어서 모셔오도록 그 채비를 대이시오.”

“즉시 거행하겠사옵니다.”

인젠 대사가 결정된 자리에 앉아서, 조성하는 눈을 굴려서 전내를 살펴보았다. 정원용, 조두순 등 원로대신은 단지 어명을 복종한다는 엄숙한 표정만 나타내고 있을 뿐이었다.

그러나 조금 눈을 더 굴려서 영의정 김좌근을 보매, 백두의 이 재상은 무슨 생각을 하는지 얼굴을 검붉게 하고 묵묵히 방바닥만 굽어보고 있었다.

병기는 나이가 젊으니만큼 분명히 그의 얼굴에서 흥분과 설망의 그림자를 감추지 못하였다. 그의 몸을 장식한 금관조복에 어울리지 않게 연하여 몸을 이리저리 움직이며 머리를 가만두지 못하는 품이 마음에 커다란 불안이 있는 것이 분명하였다.

일찍이 이런 중대한 회의에 참여하여보지 못한 성하는 적지 않은 흥분과 호기심으로 둘러보았다.

'당신네들의 몰락이외다. 당신네들의 세도가 한 백 년 갈 줄로 믿었습디까? 여름날 한 떨기의 꽃, 시들 날이 있을 줄을 몰랐습디까?'

이윽고 대비는 여관들을 거느리고 내전으로 들어갔다.

대비가 돌아간 뒤에도 재상들은 한참을 아무 말도 못 하고 묵묵히 앉아 있었다. 다만 도승지 민치상만 오늘의 경과를 기록하노라고 분주히 붓을 놀리고 있을 따름이었다.

"영상."

침묵을 깨뜨린 사람은 정원용이었다.

"네?"

좌근이 흠칫하며 대답하였다.

"자, 봉영의 차비를 대입시다. 대감이 민 승지를 데리고 흥선군 댁에 가셔서, 익성군을 모셔오십시오."

"네……."

대답은 하였으나 기운 없는 대답이었다.

"민 승지, 영감은 김 수상을 모시고 흥선군 댁으로 가도록 차비하게."

그리고 이번은 훈련대장 김병국을 돌아보았다.

"대장, 대장은 어서 나가서 익성군을 봉영할 의장병을 준비하도록 마련하시오."

금년에 나이 여든하나—그 육십여 년을 벼슬을 산 늙은 재상 정원용은, 이런 경우를 당하여 일호의 착오 없이 지휘를 하여 원상인 자기의 직능을 다하였다.

이리하여 신왕을 맞을 준비는 착착 진행되었다.

22

"아! 아! 지붕에 걸리련다. 옳다 ─ 넘어섰다."

겨울바람이 꽤 강하게 부는 날이었다.

재황 소년은 사랑 뜰에서 연을 올리고 있었다. 그의 곁에 형 재면이 서서 올라간 연을 우러러보고 있었다.

소년의 뺨과 손등은 찬바람 때문에 새빨갛게 되었다. 그러나 연줄을 통하여 손에 감각되는 탄력에 온 정신을 붓고 일심불란히 올라가는 연을 어르고 있었다.

"어디 튀김을 주어보아라."

벙긋이 웃으면서 형 재면이 이렇게 말하였다. 그 말에 응하여 소년이 튀김을 주니, 벌써 지붕 위 꽤 높이 올랐던 연은 춤을 추면서 아래로 거꾸로 내려왔다.

"어타! 어타!"

"어디 나 좀."

"좀 있다가요."

손을 내미는 형을 피하면서 소년은 줄을 더욱 풀어주었다. 거기 따라서 연은 하늘로 향하여 춤을 추며 올라갔다.

문득 밖에서 꽤 많은 인마(人馬)의 두선거리는 소리가 있었다.

그 인마는 분명히 흥선의 댁으로 들어오는 것이었다.

그러나 소년들은 그다지 관심하지 않았다. 만약 지금 오는 사람이 고귀한 사람일 것 같으면 당연히 벽제의 소리가 있을 것이거늘, 그렇지도 않고 숙숙히 이 집으로 들어오는 인마거니, 그다지 소년들의 흥미도 끌지 못하였다.

중문이 조심스레 열렸다. 하늘에 높이 오른 연만 바라보던 소년은, 한순간 중문 편으로 눈을 돌렸다가 그리로 들어오는 꽤 점잖은 사람 하나를 흘낏 보고는 도로 눈을 연으로 돌렸다. 소년에게 있어서는 지금 하늘 끝닿은 데로 오른 연밖에는 다른 것은 관심 되는 것이 없었다.

중문으로 앞서서 들어온 것은 도승지 민치상이었다. 도승지의 인도로 뒤를 따라 들어온 것은 영의정 김좌근이었다.

한걸음의 길을 갈 때라도 반드시 평교자에 몸을 싣고 다니던 김좌근이지만, 오늘 신왕을 봉영하러 옴에 그는 도보로써 지팡이도 짚지 않고 온 것이었다.

인마가 들어오는 기수에 정침 안에 있던 흥선이 쪽문을 열고 내다보았다. 그리고 지금 들어오는 인물을 보고 천천히 몸을 일으켰다.

민치상이 댓돌 위에 올라서서 청지기를 부르려 할 때에는 흥선은 벌써 손을 맞으러 대청에 나선 때였다.

"영감, 어떻게 오시오?"

여전히 깨어진 갓, 군데군데 꿰맨 도포였다. 그러나 그 얼굴의 태도에는 어젯날의 때는 벌써 씻은 듯이 없어졌다.

흥선의 물음에 응한 사람은 민치상이 아니고 김좌근이었다. 좌근은 댓돌 아래로 가까이 와서 손을 읍하고 허리를 굽히며, 공손한 어조로 말하였다.

"오늘 대왕대비전 마마의 어명으로써 대감의 둘째 아기씨를 익성군(翼成君)으로 봉작을 하옵고, 익종대왕의 대통을 승계하와 어위에 오르시게, 영의정 김좌근이 봉영차로 왔습니다."

흥선은 눈을 감았다. 안 감을래야 안감을 수가 없었다. 떠오르는 감정의 격발 ― 튀어나려는 통곡 ― 이 모든 것을 감추기 위하여 눈을 힘 있게 감았다.

하옥도 자기의 할 말만 한 뒤에는 입을 봉하고, 머리를 수그리고 가만 있었다. 이전에는 초개(草芥)[243]만큼도 아니 여기던 홍선의 앞에 (일찍이 상감의 앞에서도 이렇듯 굽혀본 일이 없는) 허리를 굽히고서……

한참 뒤에 홍선이 비로소 눈을 떴다. 동시에 입도 열었다.

"수고허오."

우연히 내어던진 한마디의 대답이었다. 그런 뒤에 발을 그 자리에서 떼었다.

"자, 어머님께 들어가서 하직을 고합시오."

벌써 오냐를 할 수 없는 존귀한 아드님의 손목을 이끌고 홍선은 내실로 들어갔다.

아직 무슨 영문인지 알지 못하는 소년은, 아버지의 명으로 걷어놓은 연을 아까운 듯이 힐끗힐끗 보며 손목을 잡혀서 안으로 들어갔다.

"부인, 지존께 절을 하시오. 오늘부터는 팔도 삼백여 주의 지존이외다."

부인은 눈을 들었다. 그 비슷한 말을 일찍부터 홍선에게 못 들은 바는 아니었지만, 이런 일이 이르리라고는 뜻도 하지 않았던 것이다. 지금에 있어서도 오히려 의심스러운 얼굴로 그 지아버니를 우러러보았다.

"하옥이 봉영차로 와서 사랑에서 기다리고 있소이다. 어서 의대를—"

"대감!"

그 지아버니를 우러러보는 부인의 눈에는 그득히 눈물이 괴었다.

그것은 환희의 절정의 눈물일까. 그렇지 않으면 애석의 눈물일까? 일찍부터 군기에 시집을 와서 조선 왕실의 많고 많은 비극을 다 아는 부인이매, 사랑하는 아들의 장래에 운명을 근심하는 눈물일까.

"야, 명복아. 이리 온."

그리고 가까이 이른 소년을 부인은 힘을 다하여 끌어안았다.

"아, 명복아."

"왜 그러세요, 어머님?"

"어머님…… 어머님…… 재황아, 네한테 어머님 소리를 듣는 것도 오늘
이 마지막이로구나. 다시 한 번 불러다고."

소년은 손을 들었다. 아, 어머니의 눈에서 흐르는 눈물을 만져보았다.

"어머님, 왜 우셔요?"

"아니로다. 우는 것이 아니로다. 너는 오늘부터는 이 나라의 상감님. 네
가 그렇게 되니 너무도 기뻐서 눈물이 저절로 나온다."

상감님? 상감님은 대궐에 계신 분이다. 소년에게 있어서는 어머니의 말
을 알아들을 수가 없었다.

미리 준비하였던 새 옷을 바꾸어 입고 복건을 쓰고 천담포를 입은 이 소
년은, 영문을 모르면서도 부모께 하직을 고하였다.

그때는 벌써 흥선군의 둘째 도령이 신왕이 된다는 소문이 퍼졌기 때문
에, 흥선의 집 근처에는 백립 백의의 무리가 구름같이 모여들었다.

왕자의 상복을 차리고 이 소년이 흥선에게 인도되어 안에서 나올 때는,
신왕을 모실 보련[244]은 벌써 안문 밖에 등대되어 있었다.

신왕의 보련 — 영의정 김좌근이 도보(徒步)로써 딱 곁에 붙어 서고, 도
승지인 민치상이 그 뒤에 달리고, 시위 장사며 관원들에게 호위된 이 보련
(寶輦)은, 소년의 생장한 경운동 흥선 댁을 뒤로 하고 창덕궁으로 향하여
떠났다.

해지고 덜민 옷을 갈아입지도 않은 흥선과 흥선 부인은, 자기네들의 아
드님이요, 또한 지금은 이 나라의 지존이 된 소년의 연을 중문 밖까지 전
송하였다.

"하늘이여, 신왕의 위에 복을 내려주십사. 영원토록 복을 내려주십사."

고요히 고요히 축수하는 이 중로(中老)의 부부가 눈가에는 하염없이 눈
물이 흘렀다.

[대개의 사서(史書)에는 신왕을 봉영하러 간 재상이 정원용이라 되어 있다. 그러나 『국조보감(國朝寶鑑)』에는 영의정 김좌근이 도승지 민치상을 데리고 봉영하러 갔다, 이렇게 되어 있다. 여기서는 『국조보감』에 의지하며 김좌근이 간 것으로 한다. 이런 종류의 기록에 있어서는 구설(口設)에 의지한 사서보다 국조보감이 정확하다 인정함으로써다. 이 말을 부기하여둔다.]

흥선 댁에서 돈화문까지 ―

그 길가에는 벌써 새 임군을 맞으려는 무리가 하얗게 늘어섰다.

어리신 임군을 모신 보련 곁에는 백발의 영의정 김좌근이 딱 붙어 서서 길을 인도하고 있었다.

일찍이 '개똥이'라는 소년으로의 이 신왕과 만날 같이 연을 올리며 돈치기를 하던 동리의 소년들은 펄펄 뛰면서 연하여,

"개똥아!"

"명복아."

"재황아."

부르면서 행차를 어지럽게 하였다. 많은 백의군들은 신왕의 용안에 절하고자 서로 앞을 다투며 헌화하였다.

멀지 않은 거리였다. 그러나 좌우편에 구름같이 모여든 무리들 때문에 빨리 갈 수가 없었다. 의장 병사들은 몽치와 막대를 휘두르면서 길을 방해하는 무리들을 헤치고 있었다.

문득 한 소년이 구경꾼들 중에서 뛰쳐나왔다. 그리고 보련을 향하여 달려왔다.

보매 그것은 연 동무였다.

"웬 놈이냐. 비켜라!"

달려오는 소년에게 향하여 의장 병사의 몽치가 한 번 날아갔다. 동시에 그 소년은 이마에 피를 흘리면서 그 자리에 거꾸러졌다.

"가만!"

늘연히[245] 울린 신왕의 음성에 보련은 그 자리에 섰다. 곁에 붙어서 가던 좌근이 보련 쪽으로 돌아섰다.

"무슨 하교가 곕시오니까?"

"저 애 이마에서 피가 흐릅니다."

"네, 길을 어지럽게 하는 소년이길래……."

신왕은 용안을 드셨다. 어리시지만 영특함과 자애심이 사무친 용안이었다.

"나는 오늘부터 이 나라의 상감이라지요?"

"네……."

"왕은 그 백성을 사랑해야 한다고 옛날 성현이 가르쳤습니다. 저 애를 일키워 주십시오. 그러고 또 다른 사람들도 몽치로 쫓지 않도록 일러주십시오."

이 너무도 숙성하신 하교에 좌근은 뜻하지 않고 용안을 우러러보았다. 그런 뒤에 뒤에 배행하는 도승지 민치상을 불렀다.

"배관하는 서인들에게 난폭한 일을 하지 말라는 어의가 곕시니, 그대로 전하게."

이 뜻을 민치상이는 소리로 외칠 때에, 그 말을 들은 백성들은 와— 하니 함성을 지르며 신왕의 자비심을 찬송하였다.

이로부터 길은 더욱 더디게 되었다. 신왕을 맞으려는 군중은 이 신왕의 고마운 전교를 듣고, 모두 함성을 지르며 길 가운데로 어지러이 들어와서, 용안을 절하고자 우러렀다.

"우리 상감님."

"우리 상감님."

이 소년 왕에게 대하여 모두 '우리'라는 관사를 붙여가지고, 환희의 함성을 지르며 따라들 왔다.

돈화문까지 이르매, 뭇 종친들이며 원로대신들은 모두 예복을 갖추고 제26대의 임군을 맞으러 돈화문 밖에 열을 지어 서 있었다.

보련은 이 맞이하는 종친들이며 대신들의 절을 받으며 돈화문으로 들어가서 인정전을 왼편으로 끼고 돌아서 빈전(殯殿)인 대조전으로 들어갔다.

대조전 서온돌에는 벌써 대왕대비 조씨며, 왕대비 홍씨며, 대행왕비 김씨가, 새로운 상감을 맞으려고 기다리고 있었다. 뭇 여관들은 새 임군에게 절하려 모두 문을 방긋이 열고 겹겹이 둘러서서 그 틈으로 내다보고 있었다.

소년 신왕은 마중 나온 재상 정원용의 앞잡이로 대행 군주의 재궁(梓宮)²⁴⁶을 모신 동온돌로 듭셨다. 그리고 26대의 군주로서, 선행 대왕의 영해에 절하셨다. 환영의 기쁨과 선왕께 대한 애통으로 뒤섞인 대궐―그 안에서 궁인들은 분주히 왔다 갔다 하였다.

"아기씨 마마."

신왕이 자기께 와서 절하실 때에, 조 대비는 늙은 얼굴에 명랑한 미소를 띠었다.

"자, 이리로 가까이 와서 앉읍시오."

신왕은 대비의 지시하는 자리에 가 앉으셨다.

조 대비는 손을 내밀어서 소년 왕의 수장(手掌)²⁴⁷을 잡았다.

"마마, 무슨 생입시오?"

"금년에 열두 살이옵니다."

소년 왕은 그 영특하신 용안을 치뜨시며 이렇게 대답하셨다.

"참 영특도 헙시오. 마마, 인제부터는 나를 어머니라 부릅시오. 나는 오늘부터는 마마의 어머니가 되는 사람이외다."

그의 사랑하는 아드님 헌종께서 임종시에 두어 번 불러보신 이래, 어머니라는 말을 들어보지 못하고 오십여 년의 생애를 보낸 조 대비에게 있어서는, '어머니'란 말은 꿈과 같이 즐겁고도 눈물겨운 말이었다.

"원상."

대비는 발 밖에 대령하고 있는 정원용을 불렀다.

"대비전 마마, 여기 대령하였습니다."

"흥선군을 대원군으로 봉작을 하고 흥선군 부인을 부대부인으로 봉하고—그 수속은 다하셨겠지요?"

"하비대로 하왔습니다."

"흥선군의 사택은 운현궁(雲峴宮)으로 궁호를 내리고……."

"네……."

"그 밖에 또 무슨 의견이 없습니까?"

"대비전 마마, 한 가지 계상하올 말씀이 있습니다."

"무엇이오니까?"

"다름 아니오라, 우리나라에는 아직껏 생존한 대원군이 없사와, 그 선례를 알 수가 없사오니, 지금 주상 전하의 생친 되시는 흥선대원군을 어떤 형식으로 대우하여야 하올지, 거기 대한 하교가 곕시옵기를 바라옵니다."

이야말로 어려운 문제였다. 조성하가 새에 나서서 흥선군과 대비의 사이에, 이 문제의 해결책도 다 내정되어 있기는 하지만, 이것이 과연 대신들에게 무사히 통고가 되는지 의문이었다. 아직껏 역사상에 생존한 대원군이 없었는지라, 지금 여기 갑자기 생겨난 생존한 대원군의 격식 문제는 난문제 중의 난문제였다.

"거기 대해서는 내일 원로대신들이 다시 희정당에 모여서 좋도록 의론을 하도록 합시다."

"또 한 가지, 주상 전하는 아직 연치가 적으시매, 선례에 의지해서 대비전 마마께옵서 수렴청정을 하실지, 혹은 어떤 다른 방식을 취하올지, 거기 대한 하교도 곕시옵기를 바라옵니다."

"거기 대해서도 내일 함께 의논을 하도록 합시다."

"즉위의 어절차는 어떻게 하오리까?"

"그것은 선례에 의지해서 하기로 합시다."

이리하여 대략은 모두 내일로 미루기로 작정하였다.

그날 밤, 자리에는 들어갔지만 조 대비는 머리에서 일고 잦는 수없는 망상 때문에 좀체 잠을 이루지 못하였다.

인제는 흥선의 도령을 영립하였다.

몸은 비록 대왕대비로서 이 종실의 어른의 지위에 있었으나, 이전부터 삼대째 내려온 벋고 또 벋은 김씨들의 세력에 눌려서, 마음에 있는 일 한 가지도 뜻대로 해보지 못하고, 자기의 사랑하는 조카 성하조차, 겨우 승후관이라는 변변하지 못한 지위에 머물러두었는데, 이제 바야흐로 그 모든 김씨의 세력을 꺾어버리고, 자기의 새 세력을 벋을 것을 생각하매, 비교적 야심이 만만한 조 대비는 그 망상 때문에 잠을 이루지 못하였다.

"한때 세도가 너무도 크더니, 너희들은 꺾일 날이 있구나."

이전 이하전 때에 겪은 억분까지 한꺼번에 떠올라서, 김씨 일문에 대한 증오 때문에 대비의 마음은 새삼스레 어지러웠다.

김문에서도 이 밤 또다시 중대한 회의가 열렸다. 이미 흥선 댁 도령이 보위에 오른 이상에는, 거기 대한 대책을 강구하고자 다시 긴급한 회의가 열린 것이었다.

"한 가지 있습니다."

무거운 눈을 치뜨며 이렇게 말한 사람은 김병기였다.

"아직 한 가지의 길 — 나라에는 두 임군을 둘 수가 없으니까 흥선군은 당연히 신위(臣位)에 두지 않을 수가 없겠습니다. 지금 보건대 만조 백관이며 자사 녹사에 이르기까지 모두 흥선군에게 심복을 할 사람은 한 사람도 없습니다. 그러니깐 흥선군을 신위에만 두게 될 것 같으면 그다지 무서울 일도 없을 줄로 생각합니다."

병기는 어디까지든지 흥선을 멀리하기를 주장하였다. 여기 대하여 병학이 자기의 의견을 말하였다.

"흥선군은 본시 현문과의 교제가 적고 매일 사귄다는 친구가 대개는 시정의 부랑자들이매, 흥선군이 어떤 권세를 잡는다 해도 그 권세를 그냥 보전하기 위해서, 혹은 우리 일문의 편으로 가담하지는 않을는지요? 더구나 대왕대비전께는 가까운 친척이라고는 조성하, 조영하, 그 밖 한두 사람밖에는 없으니깐, 인제부터라도 흥선군과 사귀기만 하면 혹은 흥선군은 우리들의 사람이 될지도 알 수 없습니다."

의논은 여러 가지로 일어났다. 어떤 사람은 흥선과 다시 결탁을 하자고 주장하였다. 어떤 사람은 흥선으로 하여금 단지 임군의 생친으로서의 위엄을 보전할 만한 명목을 주고, 운현궁에는 홍마목(紅馬木)²⁴⁸을 세워서 그 출입의 자유를 금하고, 일체로 정사에는 간섭하지 못하도록 하자고 주장하였다.

이런 두 가지의 의견을 묵묵히 듣고 앉았는 하옥은, 머리로는 아까 낮에 신왕을 봉영하러 흥선 댁을 찾은 때의 일을 다시 그려보았다.

영의정인 하옥 자기가 허리를 굽히고 국왕의 생친으로서의 흥선에게 경의를 표할 때에, 흥선은 의연히 다만 한마디,

"수고하오."

할 뿐이었다. 그 말투 그 태도는 윗사람이 아랫사람에게 대하여 하는 태도에 틀림이 없었다. 뿐더러, 그때 흥선의 미간(眉間)에 나타나 있던 사람을 사람으로 보지 않는 기색 — 아직껏의 흥선으로 미루어서 하옥이 그때 그 말을 전하면 허둥지둥 두서를 차리지 못할 줄만 알았더니, 흥선의 그날의 태도는 가장 당연한 일을 만난 듯이, 조금도 낭패하는 기색이 없이 소년을 부르러 뜰로 내려섰다.

이때부터 하옥의 마음을 어지럽게 하는 한 가지의 문제가 생겼다. 그것은 다른 것이 아니라, 흥선의 이중인격이었다. 아직껏 비굴한 웃음을 얼굴

에 띠어가지고 기신기신 권문들을 찾아다니던 것은 단지 흥선의 보호책이
아니었던가? 이번에 흥선 댁에 떨어진 행운은 그것이 우연한 일이 아니
요, 그새 십여 년간을 세밀한 주의 아래 계획하고 진행시키던 일의 오늘날
의 성공이 아닐까? 더구나 이하전 역모 사건이라 하는 것도 무론 구체적
으로 빚어내기는 자기네 일문에서 한 노릇이지만, 그로부터 이삼 일 전에
흥선이 하옥을 찾아서 이런 말 저런 말 하다가,

"전하 천추하시는 날에는 아마 대개 이 도정이 보위에 오르게 되겠지요?"

이런 한마디를 던져서, 그것 때문에 위협을 받고 자기네는 부랴부랴 이
하전 역모 사건이라는 것을 빚어내었다. 그것이 우연한 암합이면 모르지
만, 그것 역시 흥선의 세밀한 계획의 일단이라 할진대, 그 추단력, 그 지
력, 그 통찰력은 사람으로서 능히 추측하기 힘들도록 놀라운 인물이다.

이런 것을 생각하고 오늘날 흥선의 행운을 볼 때에, 하옥은 그것이 단지
우연한 일로만 볼 수가 없었다. 그리고 우연한 일로 볼 수가 없느니만큼,
가슴이 서늘하고 치가 떨렸다.

대원군을 불신례(不臣禮)로 대우할 것.

운현궁에는 홍마목을 세워서 궁에 출입하려면 대궐의 허락을 맡도록
할 것.

대원군의 지위는 임군의 아래, 대신의 위에 ─ 즉, 대군(大君)과 동렬에
두고, 그 출입에는 삼군의 군사로 호위하게 할 것.

기린흉배(麒麟胸背)에 옥대(玉帶)를 정복으로 할 것.

일체 정치에 간섭하지 않게 하고, 단지 임군의 생친으로서 존경하게
할 것.

─ 흥선대원군의 금후 개절에 대하여 이렇게 작정하기로 의논을 하였
다. 이리하여 이 밤의 회의를 끝내었다. 그리고 원상 정원용과 좌상 조두
순에게 미리 양해를 구해서, 내일 대비 어전회의 때에 틀림없이 이대로 결

정을 하기 위하여, 이미 밤도 깊었으나 하옥이 직접 정원용과 소두순을 찾기로 하고 그 밤은 헤어졌다.

길의 순서에 의해서 하옥의 탄 평교자가 바야흐로 조두순 댁 솟을대문 앞에 놓이려 할 때에, 대문이 삐그걱하니 열렸다. 그리고 그리로는 웬 사람이 하인에게 좌초롱을 들리고 나왔다.

조 대비의 조카 조성하였다. 하옥은 가슴이 뜨끔하였다. 벌써 흥선의 손이 조두순에게 펴진 것을 직각하였다.

"대감, 어떻게 밤도 깊었는데……."

근엄하기 짝이 없는 조두순은 책상 앞에 자리를 잡으면서 하옥을 맞았다.

"밤도 깊었지만 내일 희정당에서 열릴 중대한 어전회의 때문에 그 의론을 좀 하러 왔소이다."

두순은 눈을 굴려서 좌근을 쳐다보았다.

"어떠한 의논이오니까?"

"다름이 아니라, 내일 일에 대해서 대감의 의견을 좀 알아보고자……."

"의견…… 우리에게 무슨 의견이 있겠습니까? 대비전 마마의 하교가 계신 대로 시행할 다름이지. 신자가 외람되이 무슨 의견을……."

당찮은 말이라는 뜻이었다.

하옥은 말머리를 돌리지 않을 수가 없었다.

"그럼 대감 홀로의 의향은 어떠오니까?"

두순은 머리를 숙였다. 그리고 한참을 생각한 뒤에 한마디씩 한마디씩 끊어서 똑똑히 대답하였다.

"방금도 대비전 마마께옵서 승후관 조성하를 보내셔서, 물으시기에, 이렇게 계상했습니다. 흥선대원군은 주상 전하의 생친이시매, 허수로이 대접은 못할 것이로되, 또 나라에는 두 임군을 둘 수가 없으니, 좋도록 처분이 곕시사고."

"그 밖에는?"

"그 밖에는—"

말을 끊고 두순은 다시 생각하였다. 한참 생각한 뒤에 두순의 입에서 나온 말은 하옥의 질문에 대한 대답이 아니었다—

"대감은 흥선대원군을 어떻게 보십니까?"

"?"

"무서운 지력을 가진 사람입니다. 내 혼자의 생각으로는 내일 어전회의에서 대비전 마마께 흥선대원군의 섭정을 간원하려고 합니다."

하옥은 입을 딱 벌렸다. 흥선의 손은 벌써 이 근엄 착실한 조두순까지 그러잡은 것이었다. 어느 틈에? 그것은 알 수 없으나, 하옥은 여기서 맹연히 일어서는 거인의 그림자를 분명히 직각하였다. 눈을 감은 때는 천하가 요동을 할지라도 아는 체도 안 했지만, 한번 눈을 뜰 때는 좌충우돌 천하를 위복시키는 무서운 위력을 보았다.

조두순에게 달가운 대답을 듣지 못하고 하옥이 다시 평교자를 달려서 원상 정원용의 집으로 가매, 하옥보다 먼저 정원용을 찾고 지금 방금 돌아가려는 조성하가 하인을 앞세우고 원용의 집에서 나오는 즈음이었다.

좌근은 원용을 찾지 않고 교자를 돌이켰다. 성하가 먼저 다녀간 뒤에 이제 원용을 찾는대야 쓸데없을 것을, 아까 조두순에 이미 미루어 경험한 바였다. 만월을 우러러보며 자기 집으로 평교자를 달리는 동안, 이 노상의 입에서는 연하여 장탄식이 나왔다.

이튿날 흥선대원군의 위계에 대한 중대한 회의에 앞하여, 흥선은 직접 대궐에 들어가서 한참을 조 대비와 밀의한 바가 있었다.

낮쯤 하여 희정당에서는 다시 회의가 열렸다.

"대원군의 의주에 대해서, 대신들의 의견이 있으면 어디 말씀하여보시오."

발 뒤에서 대비가 대신들을 내다보며 이렇게 말하였다.

"글쎄올시다. 아직껏 우리나라에 생존한 대원군이 없었으니, 전거할 바를 알지 못하겠사옵니다."

정원용의 대답이었다. 원용의 말을 이어서 좌근이 아뢰었다.

"신의 의향을 계상하겠습니다. 나라에는 두 임군이 있을 수 없으매, 아무리 전하의 생친이시라 하지만, 역시 신하의 반열에 둘밖에는 없을까 하옵니다. 그러나 또한 부자의 의라 하는 것은 인륜의 본이오매, 어버이 되는 사람으로서 아드님께 북면(北面)[249]해서 섬기라 하는 것도 인륜에 어그러진 일이 아니올까 하옵니다. 그러니깐 대원군은 임군도 아니요, 신하도 아니로서, 운현궁 안에 모시옵고 홍마목을 세워서 이를 대접하옵고, 임군의 사친으로서 부족함이 없도록 내수사(內需司)에서 조도품을 운현궁에 조달하옵고, 주상 전하껩서도 매달 한 번씩 운현궁에 납셔서, 사친께 대한 효성을 표하옵고, 그 계제는 대군(大君)과 같이 하옵고, 주상 전하의 사친으로 하여금 일체 정치 문제에 간섭치 않게 하오면, 첫째로는 인자로서의 도리에 어그러짐이 없사올 것이오며, 둘째로는 나라에 두 임군을 두지 않게 될 것으로서, 신의 의향으로는 이렇게 하는 것이 제일이 아닐까 하옵니다."

"좌상 의향은?"

"영상의 의향도 그럴듯하옵니다마는, 요컨대 대원군은 임군이냐 신하냐 하는 한 가지의 문제밖에는 없을 줄로 아옵니다. 주상 전하께옵서 이미 익종대왕의 대통을 이으신 이상에는, 아무리 사친이라 하여도 벌써 그 인연은 끊어졌으매, 역시 신하의 예로서 대우하지 않으면 안 될까 하옵니다. 인자의 도리로서 생친께 추배를 받을 수 없사오니, 단지 추배치 않고 청명하지 않고, 위계는 삼공의 위에 두어서 명분을 밝히는 것이 지당치 않을까 하옵니다."

조두순의 의견은 좌근의 의견을 반대하는 것인지 찬성하는 것인지, 아주 막연하여 잘 알 수가 없었다.

"다른 대신들께 다른 의향은 없소이까?"

대비가 다시 물을 때에, 아무도 대답이 없었다. 김씨 일문의 의견은 좌근이 이미 대표하여 말하였으며, 다른 의견은 조두순이 말하였는지라, 별다른 의견이 있을 까닭이 없었다. 더구나 어느 편으로 기울어질지 장래를 예측할 수 없는 이 자리에서 섣불리 자기의 의견을 말하기를 모두 꺼리었다.

잠시 침묵이 계속된 뒤에 대비가 다시 입을 열었다.

"두 가지의 의견을 들었소이다. 두 가지의 의견이 다 일리가 있는 것으로서, 어느 편을 취하고 어느 편을 버리기가 어려운 일이외다. 그러니 그 두 의견을 잘 절충해서 이렇게 하도록 하면 좋을 줄 생각합니다. 대원군은 주상 전하의 사친이매, 북면해서 신하로서 섬길 수는 인륜상 힘들으니, 추배치 않고 칭명치 않고 신사(臣仕)케 하자는 좌상의 의견을 채용하고, 대원군이 아무리 신렬(臣列)에 있다 하되 주상 전하의 사친임에는 틀림이 없으니, 왕자의 사친으로서 부족함이 없도록 그 출입에는 삼군영의 병사를 주어서 시위케 하며, 운현궁장(雲峴宮庄)을 마련토록 하고, 쌍초선을 받고 대궐 출입에는 남여를 타고 내관이 부액을 해서 전에 오르고, 그 위계는 대군의 위에 두고, 그 복제는 기린흉배에 옥대를 쓰게 하고 ─ 이것은 영상의 의견을 쫓기로 합시다."

조참(朝參)에는 대원군의 자리를 대신의 위에 따로 정할 것.

임군의 사친에 대한 예로서 운현궁 밖에는 하마비를 세울 것.

삼공 이외에는 영내(楹內)에 같이 앉지 못할 것.

등등 대원군의 의주에 관하여는 대략 결정이 되었다.

의주는 결정이 되었다. 그러나 대원군의 자격에 대해서는 아직 결정은 커녕 말도 나지 않았다.

이 자격 문제야말로 그새 흥선이 온갖 수단을 다 써가면서 전후좌우로 운동한 것이다.

은인(隱忍) 십여 년, 이제 바야흐로 떨어지려는 복넝어리를 온전히 붙들기 위하여는, 대원군의 자격 문제가 가장 중심이 되는 것이다.

만약 흥선으로서 단지 국부(國父)라 하는 허명이나 탐하고, 일신상의 영화만을 꾀하려면 지금 여기서 결정된 그 의주는 그의 그런 야심뿐은 넉넉히 만족케 하고 오히려 남음이 있을 것이다.

그러나 그 야심이 단지 자기의 일신상의 안일에 있지 않고, 자기의 커다란 손을 이 나라의 국정상에 펴려는 야욕을 가지고 있는 흥선에게 있어서는 허명은 오히려 우스운 것이었다.

"왕의 생친의 섭정."

아직껏 전례가 없는 이러한 명목을 붙들고자, 일변으로는 정원용 조두순 등 원로대신을 달래고, 위로는 이 결정권을 잡은 조 대비께 유리한 조건을 제공하기로 약속하고 승낙을 얻은 것이었다.

대원군의 의주에 관해서는 대략 결정이 된 후에 이 전각 안은 잠시 고요하여졌다. 대원군의 의주가 너무도 어마어마하게 된 것에 대해서는, 그 발안자(發安者)인 조두순도 오히려 경이의 눈을 던지지 않을 수가 없었다. 나라에는 두 임군을 두지 못한다 하나, 지금 결정된 의주로 보자면, 대원군의 대우도 또한 임군께 그다지 지지 않았다.

"아, 참 또 한 가지."

잠시 침묵에 잠겨 있다가, 문득 생각난 듯이 이렇게 말하는 조 대비의 낯에는 분명히 흥분의 기색이 있었다. 무슨 의외의 말이 그의 입에서 나오려는 것에 틀림이 없었다.

"주상 전하가 유충(幼沖)합실²⁵⁰ 때에는 옛날 예로 말하자면 대비가 수렴청정을 하는 것이 격식이지만, 나는 아무것도 모르는 무식한 노파 — 국사다난(國事多難)한 이때에, 나 같은 무식한 노파가 청정을 하느니보다는, 전하의 생친 대원군이 섭정을 하는 것이 어느 편으로 보든 간 상책일 테니깐 그렇게 하도록 마련하시오."

드디어 터져 나왔다. 대비의 입에서 한마디가 나오면 나오느니만큼 더욱 높아가는 대원군의 지위였다. 이 전대미문의 하교에, 원로대신들은 미처 대답도 못하고 멍하니 발을 바라보았다.

그러나 김좌근이 먼저 정신을 가다듬었다. 지금 좌일보 우일보로써 그의 사활이 작정되는 위급한 경우에, 생명을 걸어서라도 반대하려고 머리를 들었다.

그러나 이때는 벌써 때가 늦었다. 한마디의 거탄을 내어던진 뒤에 대비는 재우쳐,

"별다른 이의(異議)가 없는 모양이니 그렇게 작정하도록 하시오. 나는 아무것도 모르는 노파, 내전에서 주상 전하의 어장성이나 보고 즐기고 있겠소이다."

말을 채 맺지도 않고 여관들을 거느리고 내전으로 들어가버렸다.

그야말로 전광석화였다. 어느 누가 반대를 한다든가 이의를 제출할 틈도 없이 혼자서 발안하고 혼자서 작정한 뒤에, 전광석화와 같이 내전으로 몸을 피하여버렸다.

"몰락이다. 몰락이다."

대비가 내전으로 들어간 뒤에 좌근은 혼자서 중얼중얼 소리까지 내서 중얼거리고 있었다.

23

"이게 무슨 술 부웃기냐!"

탁! 기생이 들어 바치는 술잔을 병기는 쳐버렸다. 술은 좌우편으로 헤지며, 잔은 윗목으로 달아났다.

— 일족의 몰락, 눈앞에 걸린 이 무서운 문제 때문에, 병기는 술을 먹어

노 취하지를 않았다.

　홍선 댁 도령의 승통 ─ 뒤이어 결정된 대원군의 의주 ─ 그 뒤를 따라서 대원군의 섭정 결정 ─ 전광석화와 같이 ─ 그러나 또한 명쾌한 솜씨로 처리된 이번의 사건 뒤에 숨은 홍선군의 위력이라 하는 것을 병기는 비로소 알았다. 한 가지가 진행되고 두 가지가 진행될 동안, 처음에는 단지 우연한 행복이 홍선에게로 떨어지거니 이만큼 보았지만, 지금에 있어서는 그 뒤에서 움직인 홍선의 거대한 손을 병기도 알았다.

　김문 가운데서도 병기는 가장 노골적으로 홍선을 모욕하던 사람이었다. 자기의 모욕에 참다 참다 못해서 돌아서서 흔히 눈물을 짜내던 과거의 홍선을 생각할 때에, 병기는 자기의 일족 ─ 적어도 자기뿐은 홍선이 권세를 잡기만 하는 날이면 당장에 그 보복을 받을 것을 예기하지 않을 수가 없었다.

　"대감, 약주 안 잡으시고 무슨 생각을 합세요?"

　기생이 다시 술을 부어서 권할 때에, 병기는 이번에는 나무람 없이 받아 마셨다.

　"자, 또 부어라."

　"네."

　또 한 잔 ─

　"자, 또 부어라. 열 번만 연거푸 부어라."

　연하여 따르는 술을 연하여 열 번을 받아먹었다.

　"야, 옥주야."

　"네?"

　"홍선군이 대원군이 되었다."

　"네? 대언군? 대언군이 뭐오니까?"

　"상감의 아버님, 홍선군의 작은 도령이 상감님이 되셨다."

　"네? 참말이세요? 그럼 계월이한테 한턱 잘 받아야겠구먼요."

"한 턱이 아니야. 백 턱이라도 받아라. 이 거대한 변화를 너희들은 단지 한 턱 받을 사건뿐으로 아느냐. 이 가련한 동물아."

'— 그렇다. 내일 운현궁을 찾아보자. 어차피 몰락할 신분이거니, 내일 운현궁을 찾아서 대원군의 심중을 한번 진맥해보자. 아직 상감의 즉위식 도 치르지 못하고, 따라서 정식으로 섭정의 지위에도 서기 전에 이편에서 먼저 그를 찾아서, 그의 의향을 짚어보고, 그의 손을 쓰기 전에 먼저 나의 운명을 스스로 결하자.'

진퇴의 길. 여기 대하여 병기는 자진하여 흥선대원군을 찾아보기로 결 심했다.

어젯날까지도 발아래로도 보지 않던 흥선이로되, 오늘날은 이 나라의 생사여탈권을 한손에 잡은 권위의 절정이었다. 저편에서 무슨 행동을 취 하기 전에 먼저 이편에서 찾아서, 그때의 경우를 보아서, 만약 머리를 수 그릴 필요가 있으면 숙일 것이고, 숙인대야 쓸 데가 없으면 고요히 자기의 운명을 결할 것이고 — 이렇게 마음먹고 병기는 이 급한 마당에 흥선을 찾 아보기로 마음먹었다.

"옥주야."

"네?"

"너도 인제부터는 흥선군께 수청을 들어야겠구나."

어제까지 총애하던 기생들조차 내일부터는 자기를 버리고 (전날 그렇게 눈 아래로 깔보던) 흥선에게로 달려갈 것을 생각할 때에는, 병기는 샘 비슷 한 감정조차 일어나는 것을 금할 수가 없었다.

영창에 달빛이 비치었다. 만월의 밝은 빛 — 그것은 마치 장차 빛나려는 흥선의 빛을 예언하듯이 교교한 빛을 영창 위에 던지고 있다.

흥선 댁 — 변하며 운현궁에 병기의 방문, 이것은 과연 의외의 일이었다. 병기가 운현궁에 흥선을 찾은 때는, 흥선은 의복을 정제하고 단연히 아랫목 보료 위에 앉아 있을 때였다.

"아이구, 대감이 이런 누추한 집에를 어떻게 행차하시오?"

벌써 말투도 이전과 달랐다.

"이번의 경사를 축하하려, 왔습니다."

"감사하외다. 우연히 굴러온 복—흥선에게는 너무 과하외다. 자, 날이 추운데 이리 내려와 앉으시오."

흥선과 병기는 대좌하였다.

병기는 푹 머리를 수그린 채 아무 말도 하지 않고 있었다.

흥선 역시 아무 말도 없었다. 천려만사, 가슴에 복받쳐 오르는 감정을 억누르렴인지 눈까지 굳게 감고 있었다.

드디어 흥선이 눈을 떴다. 얼굴에 미소가 나타났다. 몸을 틀어서 문갑 서랍을 열었다. 그리고 거기서 무엇을 꺼내었다.

"대감."

"불러 계십니까?"

"이것을 대감께 선사하리까?"

명랑한 웃음 아래서 흥선은 문갑에서 꺼낸 물건을 병기에게 내밀었다.

"그게 무에오니까?"

"호박 갓끈! 사 년—오 년 전인가, 대신 생신연에 내가 대감께 빌리려 들어갔을 때에, 대감은 내게 안 빌려주셨지만 오늘은 내가 하나 대감께 선사하리까?"

병기는 가슴이 뜨끔하였다. 그러나 이런 막다른 곳에 임하여 병기는 자기의 호담한 성격을 회복하였다. 병기는 여기서 한 번의 너털웃음을 웃었다.

"허허허허. 만약 대감께 오늘날이 있을 줄 그때 알았더면, 천백 개의 갓 끈이라도 드릴 것을, 병기 불민해서 선견의 명이 없기 때문에 오늘 대감께 이런 조롱을 받습니다."

이 대답에 흥선은 눈을 한 번 감았다가 떴다. 그리고 도리어 병기의 이 대답을 장쾌하게 여기는 듯이 병기의 얼굴을 들여다보았다.

병기가 말을 이었다.

"대감, 오늘은 나 같은 약인은 대감의 처분만 기다립니다. 주시는 갓끈은 감사하게 받겠습니다."

흥선의 얼굴에서 차차 미소가 사라졌다. 그리고 그 대신 엄숙한 기분이 내돋기 시작하였다.

흥선이 입을 열었다.

"대감."

"네?"

"사사 감정으로 일국의 정사를 좌우해서는 안 될 일 — 내가 대감께 대해서 품은 사혐(私嫌)²⁵¹이 작지 않을 줄은 대감도 짐작하시겠지요."

"처분만 기다리옵니다."

"안심하십시오. 사혐으로 정사를 좌우할 흥선이 아니외다. 지금 조야를 둘러보아야, 국사 다난하고 인재 부족한 이때에, 대감 같은 인물을 거저 버려둘 수 없으니, 아무 근심 말고 기다리시오. 무재무력한 흥선이 인제 장차 국사를 조리할 때에는, 대감 같은 인재의 협력이 없이야 어찌 다하리까? 아무 염려 마시고 하회 있기만 기다리시오."

의외의 말에 병기는 눈을 들어서 흥선을 쳐다보았다. 온화하고도 엄숙한 흥선의 표정 — 아직껏의 선례로서 한 개의 세력이 서게 되면 먼젓번의 세력은 반드시 박멸을 시키는 것이어늘 자기의 맞은편에 단연히 앉아 있는 이 인물(어제까지도 한 개의 비루한 인물로밖에는 보지 않던)은 어떤 심산을 가졌길래 적지 않은 원한을 진 자기에 대하여 이런 관대한 처분을 내리나.

이 집 문 안에 들어설 때까지도, 역시 별다른 감정을 가지지 않았던 병기지만, 갑자기 자기의 마음에서 생겨나서 자라는 (흥선에게 대한) 위포와 존경의 마음을 병기는 스스로 금할 수가 없었다.

"대감."

이윽고 병기가 눈을 흥선에게로 굴릴 때에는 병기의 얼굴에는 공손의 표정이 뚜렷이 나타났다.

"무엇이라 올릴 말씀이 없습니다. 그러나 대감께서는 그렇듯 관대히 마음을 잡수시지만 대비전 마마껩서 어떤 처분을 내리실지 알 수 없습니다."

당연한 걱정이었다. 그사이 권력을 농단하고 조 대비에게까지 감히 하지 못할 짓을 함부로 한 그들인지라. 대비가 자기네의 일족에게 대하여 극도의 증오심을 가지고 있는 것을 잘 알았다.

흥선이 빙긋이 웃었다.

"대감도 꽤 소심하시오."

그렇게 소심하면 어떻게 이전과 같은 대담한 일을 하였느냐는 풍자였다.

"대감, 생각해보시오. 섭정은 이 나 흥선이외다. 아무리 대비전 마마라도 섭정을 넘어서서 처분은 내리시지 못하실 줄은 대감은 짐작하실 바 무슨 별다른 걱정을 하시오?"

"그렇지만―"

대비께서 명령이 내릴 때에도 능히 거기 거역하고 자기네를 보호하여 줄 수가 있겠느냐는 물음이었다.

"아무 근심 말고 흥선을 믿으시오. 든든한 바를 탄 것과 같이 마음을 턱 놓고 흥선만 믿으시오. 아직껏은 대감네들은 흥선을 어떻게 보았는지 모르지만 흥선은 대감네들이 생각하시는 바와는 좀 달라서 인정의 움직임을 볼 줄 아는 사람이외다.

행하지 못할 일을 장담할 경박한 사람이 아니외다. 흥선이 한번 장담한 이상에는 그럴 만한 자신이 있기에 하는 일이니깐, 대감의 운명을 내게 맡기고 얼마만 더 기다리시오."

무슨 자신이 있는 것과 같이 오연히[252] 이렇게 장담하는 흥선을, 병기는 거의 하늘을 우러르는 마음으로 우러러보았다.

좀 있다가 대궐에 들어가서 대비께 뵙고 병기의 사건을 주선하기를 홍선은 병기에게 약속하였다. 그 대신으로 병기가 돈 십만 냥만 희생하여 용동궁(龍洞宮 ― 조 대비 사무궁 ― 본시는 동궁 사무궁)에 부치라는 것을 권고할 때에 병기는 흔연히 이를 승낙하지 않을 수가 없었다.

무겁고도 증오와 반감으로 찬 마음으로 홍선의 집을 찾았던 병기는, 거기서 나올 때는 그 불쾌한 기분을 다 삭였다. 그리고 가볍게, 홍선에게 대한 존경과 애모의 염을 가득히 품고 자기의 집으로 돌아왔다.

병기는 여기서 아직껏 자기네들의 상식으로는 짐작도 할 수 없는, 온전히 타입이 다른 인물을 보았다. 동시에 그 인물이 바야흐로 펴려는 커다란 손을 보았다. 사람의 감정으로 말하든, 아직껏의 전례로 말하든, 당연히 원심을 품고 자기네들을 박멸하기에 온 힘을 다하여야 할 홍선이, 그와는 단연 반대로, 도리어 나아가서 대비 전하께 알선하여 자기네들을 구원해 주려는 것을 볼 때에, 병기는 거기서 단순히 '관대심'이라든가 '동정심'이라든가 '온정주의'라든가 하는 것밖에 '사사로운 원혐보다는 더욱 큰 사업이 이 세상에 있으며, 그 사업을 위하여서는 구구한 사혐은 잊어버려야 한다'는 위대한 마음을 보았다.

그 홍선의 큰마음을 보고, 돌이켜서 아직껏의 자기네들의 단지 사욕 채움을 위한 암투며 살육이며 책동 등을 생각할 때에, 병기는 스스로 얼굴이 훅훅 다는 것을 금치 못하였다.

본시 어리석지 않은 병기 ― 어리석지 않기에 또한 홍선은 그 인물을 아끼어 사혐을 모두 잊고 병기의 조명(助命)을 대비전에 품하려 하는 것이다 ― 는, 인제 바야흐로 펴려는 홍선의 거대한 날개를 오히려 많은 호기심과 존경의 염으로 바라보고, 홍선으로서 병기를 부르기만 하면, 부족하나마 한 팔의 힘을 돕기를 아끼지 않으리라 마음먹었다.

병기와의 약속을 이행하고자, 오후에 홍선은 대궐에 들어갔다.

지금의 회견은 가난한 종친과 대비와의 회견이 아니었다. 섭정 국태공 대원군 저하(邸下)와 대왕대비 전하 조씨의 회견이었다.

"대감, 김가들을 어떻게 처치하시렵니까?"

벽두에 대비께서 김씨에 대한 말이 나왔다. 대비께 있어서도 원한 사무친 김씨 일문, '김씨'도 아니요, '김가'였다.

"네, 거기 대해서도 어떤 하교가 곕실라는지 듣잡고자 입내²⁵³하왔습니다."

대비는 한순간 말을 끊었다. 준비하였던 말을 꺼내려는 예비 행동이었다.

"한 가지 길 — 대감, 그새 김가들한테 수모를 받은 생각을 하면 치가 떨립니다. 왕실의 계통이 얼마나 엄중한 것이관대, 외람되이 김수근(金洙根), 김좌근(金左根) 배(裵)가 주둥이를 드밀어서, 헌종대왕을 절사(絕嗣)케 했으니……."

십사 년 전, 인손이를 제해버리고 대행왕을 강화에서 모셔온 일에 대한 노염이었다. 흥선은 황공히 머리를 조았다.

"황공하옵니다."

"또 이하전 옥사며, 소위 대비(헌종비 홍씨)가 몸소 금부에 옥소를 했다니, 이런 해괴한 일이 어디 있겠소이까. 생각하면 가슴이 떨리고 담이 서늘해집니다."

"황공하옵니다."

"이런 역적들 대감께서 잘 처분하셔야겠소이다. 고(故) 혜당(惠堂) 김수근(金洙根)은 관을 꺼내서 참시(斬屍)를 하고 병학, 병국은 절도에 원배를 보낼 것이고, 하옥 김좌근은 선마마(순조비 김씨)의 동기이니 삭관이나 하고 생명은 그냥 두지만, 병기는 파양 원배 후에 사사(賜死)를 하는 것이 지당할 줄 생각합니다."

당연한 처분이었다. 이전과 같으면 이러한 처분은 당연할 것으로서, 지금 김씨 일문들도 그만한 각오는 하고 있을 것이었다.

들기를 끝내고도 홍선은 한참을 있다가야 머리를 들었다 —

"대비전 마마."

홍선의 눈에는 눈물이 그득히 고였다.

"지당하신 처분이옵니다. 마마의 심중도 모르는 바가 아니옵니다. 신도 김씨들에게 대해서 마마께 지지 않는 원심을 품고 있는 사람이옵니다. 그러나 마마 —"

눈에 그득히 눈물을 머금고 한마디씩 한마디씩 똑똑한 어조로 말하는 홍선의 말에는 진실미가 있었다.

"김씨 일문을 극형을 한달사, 대비마마 생존시에는 태산과 같이 동요가 없겠습지만, 마마 천세 후의 일을 생각할 때에는 신은 가슴이 쓰리옵니다. 지금 궁중 부중을 막론하고 모두가 김씨들에게 심복한 자들 — 천 명이고 만 명이고 그 종자를 잔멸시키자면여니와, 그렇지 못하면 불행히 마마 천세하신 후에는 누구가 김씨의 남은 뿌리를 대적하리까? 주상 전하도 전하려니와 마마의 애질(愛姪) 성하(盛夏), 영하(寧夏)는 그때 누구를 힘입으오리까? 마마의 심정을 모르는 바가 아닙지만, 후일의 성하, 영하를 생각합셔서 관대한 처분이 곕시기를 바라옵니다."

반박할 수 없는 이론이었다.

"그러면 —"

무슨 말을 하려는 것을 홍선이 다시 가로막았다.

"마마, 홍선은 자기의 힘을 아옵니다. 홍선의 앞에 선 김씨들은 봄날의 눈과 같이 자멸의 길을 취할밖에는 다른 길이 없사옵니다. 관대한 처분이 곕실지라도 김씨 일문은 스스로 몰락이 될 것이옵니다. 마마께서 홍선을 믿읍시고 홍선에게 대권을 주신 이상에는, 홍선의 말씀을 쫓으셔서 관대한 처분이 계오시면, 한편으로는 마마의 덕을 김씨에게 내림이 되며, 또 한편으로는 후일의 덕행의 표본이 될 것이오매, 잠시 노염을 잊으시고 관대한 처분 줍시기를 바라옵니다."

이 이치 정연한 흥선의 의견에는 대비도 더 반대할 수가 없는 모양이
었다.

이윽고 대비가 말하였다.

"그럼 김가에게 대해서 대감은 어떤 처분을 주실 의향이외까?"

"신의 소견으로는 이렇게 했으면 좋을까 하옵니다. 신, 본시 낙탁 시대
에 병학, 병국 형제의 신세를 적지 않게 졌습니다. 금수도 또한 은혜를 알
거든 만물의 영장이 어찌 잊으오리까? 신의 면(面)을 보셔서 병학, 병국 형
제를 그냥 관에 머물러두는 것을 허락해주십사. 하옥 김좌근은 아무리 순
원왕후 마마의 동기로되 무능한 노물에 지나지 못하옵고, 그 위에 하옥의
배후에는 독부 양씨가 있사오니, 실직(實職)을 깎으시고 상신(相臣)의 열에
나 그냥 두는 편이 좋을까 생각하옵니다. 또 병기는──"

흥선의 얼굴에는 빙긋이 미소가 돌았다.

"신, 병기에게 대해서는 잊지 못할 원(怨)함이 있습니다. 병기의 재간으
로 보자면 공위(公位)에 두어도 부족이 없는 인물이로되 신의 사혐 또한 잊
기 어려우오니, 당분간은 관을 깎고 고향 여주로 내려가 있게 하다가, 기
회를 보아서 중경(개성)이나 강도(강화)나 광주나 어느 중요한 곳의 유수(留
守)쯤으로 보내오면, 덕은 덕대로 베풀고, 인물은 인물대로 쓰고, 원함은
원함대로 갚는 최상지책이 아닐까 하옵니다."

예사로이 하는 말이로되, 음성이 굵은 흥선의 말인지라 전각이 드렁드
렁 울리었다.

"대감 좋으실 대로 합시오."

대비는 이렇게 승복하지 않을 수가 없었다. 아직 정식으로 취임은 안 하
였지만, 이미 작정된 섭정 국태공──흥선의 의견은 이젠 대비의 권병으로
도 꺾을 수가 없는 것이다.

"대감 맏도령도 무슨 요긴한 자리를 하나 마련하시야겠구려."

"네, 승후관 한 자리나 마련되면 다행일까 하옵니다."

이것은 대비에게는 의외의 대답이었다.

"승후관이란? 하다못해 자헌(資憲) 하나라도 —"

"그애 본시 명민치 못해서 높은 자리에 두면 도리어 자리를 더럽힐 근심이 있습니다. 전하의 동기라고 자격에 없는 높은 지위를 맡기는 것은 정사를 흐리게 하는 일 — 흥선이 섭정으로 있는 동안은 일호(一毫)도 사사의 정의로서 사람을 좌우하는 일이 없도록 하려고 — 이것은 벌써 옛날부터 생각한 바옵니다. 만약 그애가 마마의 조카 성하만치 명민할 것 같으면, 자식에게 대한 어버이의 마음이 왜 높이 등용하고 싶지 않겠습니까?"

이것은 이후 대비가 무리하게 사람을 추천할 때가 있으면 그때에 대한 방비선인 동시에, 또한 재래의 관습을 깨뜨려버리고 인재를 등용하겠다는 자기의 정견을 대비께 내비침이었다.

대비의 조카 조성하를 상당한 지위에 등용하겠다는 것을 약속하여, 흥선은 대비의 마음을 얼마만큼 흡족하게 하였다.

김좌근, 병학, 병기, 병필 등 김족의 지금의 거대한 재산은 모두 학정에서 얻은 것이니, 속죄하는 뜻으로 매명에 몇십만 냥씩 거두어 상납하게 할 터이니, 용동궁에 부쳐서 대비의 사용에 쓰라고 하여, 대비의 마음을 물질적으로도 흡족하게 하였다.

대비께 하직을 하고 창덕궁에서 나올 때에, 흥선은 지금 바야흐로 커가는 자기의 위력을 새삼스레 통절히 느꼈다.

그사이의 빈곤 때문에 영양 불량으로 장작개비같이 빼빼 마른 자기의 손을 관복 소매 밖으로 내밀고 물끄러미 굽어볼 때에, 흥선은 이제 이 장작개비 같은 손아귀의 안으로 들어올 거대한 그 무엇을 생각하고 빙긋이 웃었다.

대궐에서 돌아오는 길에 흥선은 영초 김병학의 집을 찾았다.

홍선에게 대하여 그다지 혹독한 일은 한 일이 없으니, 역시 김씨의 한 사람으로서 전전긍긍히 처분만 기다리고 있던 영초는 망지소조하여 버선 발로 뛰어나와서 맞았다.

"대감, 이전 대감의 은혜를 갚을 날이 오늘이야 왔소이다."

홍선이 영초에게 허리를 굽히며 이렇게 말할 때에 영초는 땅에 머리를 조아렸다.

이전과 같은 '상갓집 개'가 아니요, 지금 윗사람의 지위로서 이 집을 찾을 때에 홍선은 감개무량하였다.

"대감, 이전 어느 설 때 보내주신 세찬─그날의 은혜는 홍선 죽을지라도 잊을 수가 없소이다."

내일 모레면 섣달 명절이라는 그믐께, 팽경장의 집에서 받지 못할 수모를 받고 쫓겨 나와서, 갈 데가 없어서 바람 찬 종로의 거리를 헤매고 있을 때, 지나가던 영초에게 발견이 되어 영초의 집으로 끌려와서 적지 않은 대접도 받았거니와, 더구나 많은 전곡을 보내주어서 무사히 과세를 하게 한 그날의 고마움은, 홍선의 마음에 아로새기어져서 잊지 못할 일이었다.

"원한은 기억할 필요가 없으나, 은혜는 잊어서는 안 되는 것이외다. 그날의 은혜 인제 갚을 날이 있으리라."

홍선이 잠연히 이렇게 말할 때에, 영초는 황공하여 감히 머리도 들지 못하였다.

여기서 홍선은 영초에게 김문에 대한 조 대비의 처분을 말하여주었다.

─조 대비는 김문에게 대한 노염이 매우 커서 모두 극형을 엄명하였지만, 겨우 주선을 하여서

1. 김좌근은 영의정을 사퇴하고 단지 상신에 머물러 있을 것.

1. 병기는 당분간 근신하는 뜻으로 시골에라도 내려가 있으면 장차 다시 부를 기회가 있을 것.

1. 병필은 실직을 사퇴할 일.

등등으로 낙착이 된 것을 말하고, 병학, 병국의 형제는 이전의 은혜도 있으니, 조정에 머물러서 흥선 자기를 협찬해줄 것을 아울러 부탁하였다.

전대미문의 은전(恩典)이었다. 이런 관대한 처분을 뜻도 하지 않고 있던 병학은, 흔연히 이 은전을 자기네의 일족에게 알게 하여, 대감의 주선의 덕을 보답하기로 약속하고, 아울러 우둔하지만 대감의 앞에서는 견마의 노를 아끼지 않기로 맹서하였다.

행길까지 따라 나오면서 전송하는 영초와 작별을 하고 흥선은 다시 교군에게 명하여 조두순의 집으로 갔다.

"이번 주상 전하 옹립에 대하여 많이 노력하심을 감사하러 왔습니다."

이렇게 흥선이 인사할 때에 근엄한 조두순은 자리를 물러앉아 절하면 국태공 흥선 섭정궁에게 경의를 표하였다.

대비의 어의로 영의정 김좌근은 퇴직을 하고 그 뒤를 조두순이 올라서서 영상의 직을 받기로 내정되었으니, 그만큼 알아두고 그 준비를 하여두라고 부탁하였다.

모든 일은 이제 명년(갑자년) 정월 주상 전하의 즉위식이 지난 다음에야 구체적으로 결정이 될 것이지만, 지금 내정된 것으로 그만큼 되었으니 그렇게 알아두라는 것이었다.

조두순의 집에서 나와서는 정원용의 집에도 잠시 들렀다. 그리고 거기서도 주상 전하 영립의 공로를 감사하고 정원용의 아들 기세(基世)는 대비의 명으로 병조판서로 내정이 되었으니 그만큼 알아두라고 당부하였다.

흥선이 원용의 집에서 운현궁으로 돌아온 때는, 겨울날 짧은 해가 다 가고 꽤 어두운 뒤였다.

불안(不安)의 계해년 섣달이었다.

상감이 갑자기 승하하셨다. 그 후사가 없었다.

누구? 누구가 될까?

모누늘 이러한 마음으로 하회를 기나릴 동안, 의외 천만으로 흥신의 아들이 26대의 조선 군주로 옹립이 되었다.

이 의외의 일에 딱 벌렸던 입이 닫히기도 전에 잇달아 더욱 놀랄 만한 일이 생겼다.

흥선의 섭정이었다.

그 족보로 따지자면 당당한 종실의 공자지만 영락되고 영락되어, 기생집 아랫목이나 지키고 투전판이나 찾아다니던 흥선이었다. 그 흥선이 한 번 뛰어서 국태공이 되고 두 번 뛰어서는 왕의 왕이 되었다.

그 너무도 급속한 변화에 누구 한 사람 크게 반대하여볼 겨를이 없었다. 너무도 의외의 변화에 반대성을 올리려고 할 때에는 벌써 한걸음 더 뛰어 올라 가서, 반대성이 이르지도 못할 높은 자리에서 위연히 굽어보는 흥선이었다.

한 번 뛰고 두 번 뛰어서, 이런 높은 지위에 올라갔거니, 그 첫 행정으로서 원한 많은 김씨 일문을 잔멸시키려니, 누구든 이렇게 믿었다.

그러나 흥선은 김씨 일문에게 대하여 한 손가락도 대지 않았다.

이것은 무슨 까닭?

지금 침묵을 지키고 있는 것은 장래의 일격을 준비하는 예비 행동인가?

혹은 국태공의 세력으로도 김문의 힘은 능히 꺾지 못함인가?

무거운 기분에 잠긴 계해년 섣달이었다.

아직 국왕의 즉위식도 들지 못하였다. 따라서, 흥선도 정식으로 섭정의 위에 서지 못하였다.

흥선은 일체로 침묵을 지켰다.

그런지라, 다만 불안에 싸일 뿐, 누구라 장래를 예측할 수가 없었다.

흥선으로서 만약 이전도 보통인의 생활을 했으면, 그 생활로 비추어서 장래를 추단할 수도 있을 것이다. 그러나 이전에 너무도 변화 많은 생활을 보낸 사람이라, 그 마음에 어떤 생각을 품고 있는지는 하늘밖에는 알 이가 없었다.

　김문뿐 아니라 정부의 백관은 모두 전전긍긍하였다. 이제 이 해가 지나고 새해, 흥선이 섭정의 위에 정식으로 앉게만 되면, 어떻게 세상이 뒤집힐지 알 수가 없으므로 마음을 놓을 사람이 없었다.

　위로는 의정부 삼공에서부터 아래로는 자사 차역에 이르기까지 한 사람도 인사 변동이 없었다.

　전례로 따져보자면, 한 개의 세력이 꺾이고 다른 세력이 들어설 때에는, 한번 뒤집어놓은 듯이 모두 변하였는지라, 지금 한 사람의 이동도 없는 것이 더욱 무시무시하였다.

　단지 승후관 조성하가 정3품 통정대부(通政大夫) 우승지(右承旨)로 승격하고, 상감의 백형 재면이 새로이 승후관으로 임명된 뿐, 영의정 김좌근 이하 한 사람도 아직 이동이 없었다.

　이 무시무시한 '안정' 때문에 모두 모이면 수군수군하였다.

　돌아가는 말로서는, 이제 상감께서 등극하시고 대원군이 정식으로 취임하게만 되면 당일로 김씨 일문의 수령 삼십여 명을 한꺼번에 참하라는 밀명을 대비에게서 받고, 흥선은 극비밀리에 그 준비를 하고 있다 하여, 가뜩이나 불안한 공기를 더욱 불안하게 하였다.

　어제까지는 한 개의 거리의 부랑자에 지나지 못하던 흥선의 지금 일동 일정 일거수일투족은 온 조야의 주의의 표적이 되었다.

　이러한 가운데서 흥선은 흥선으로서 아무 의견도 입 밖에 내지 않고 다만 정관하고 있었다. 섭정 태공의 자리를 정식으로 잡는 날을 고요히 기다리며…….

　흥선 댁 — 아니 지금은 운현궁 — 에는 차차 사람의 출입이 빈번하여 갔다.

　이전의 술친구, 기생집 동무, 투전 친구들도 모두 새 옷을 구해서 떨쳐

입고 운현궁을 찾아와서 하의(賀意)를 올렸다.

원로대신들의 남여도 연하여 운현궁 문에 드나들었다.

이전에는 한낱 부랑자로 인정하고 자기 집으로 찾아올지라도 영내(楹內)에도 들이지 않던 (지벌과 가품을 자랑하는) 명문거족들도, 모두 서로 앞을 다투어서 운현궁으로 몰려들었다.

그 가운데서 처하여 그들을 응대하는 흥선의 태도 — 그것은 과연 보는 사람의 눈을 둥그렇게 하지 않을 수가 없었다.

폐의파립 — 얼굴에는 늘 비굴한 웃음을 흘리며 먹을 것을 만나면 생사를 헤아리지 않고 달려들던 흥선이 아니었던가?

그러나 지금 그들의 눈앞에 나타난 흥선은 어떤 사람인가?

"하하하하, 내가 무얼 아오?"

호기로이 그가 소리쳐 웃을 때는, 그 웃음소리는 능히 만민의 머리를 숙여지게 하였다.

야위고 창백한 얼굴이지만, 한번 그 눈을 크게 뜰 때는 등골로는 소름이 쪽 끼쳤다.

천연히 구비된 위풍 — 일조일석에 배우거나 스스로 짓지 못할, 그것은 왕자의 위엄이었다.

눈을 고요히 감고, 고요한 말로 하는 한마디의 명령이라도, 앞에 있는 사람은 마음이 송구하여져서 저절로 시행하지 않을 수 없게 하는 그 위풍 — 이것은 결코 배우거나 연습하여서 될 종류의 것이 아니었다. 본시 그런 천품을 타고나서야 비로소 가질 수 있는 위엄이었다.

대사가 결정된 이후에는 한번 흥선을 찾은 사람은 누구를 막론하고, 진심으로 흥선에게 복종하기를 맹세하였다.

이 패기, 이 위력, 이 압력, 이 지배력, 이 통찰력 아래 반항을 하거나 대항을 할 만한 용기를 가져본 사람이 없었다.

흥선의 이 위력과 압력을 봄에 따라서, 현하의 정계의 암류(暗流)는 더

욱 불안하고 무시무시하였다. 한번 손을 들 때에는 어떤 일이든 결행할 만
한 홍선의 위력과 담력을 차차 이해함에 따라서, 장래에 생겨날 참극을 생
각하고 모두 전전긍긍하였다.

조성하는 만날 운현궁을 떠나지 않고 홍선을 모셨다.

홍선의 도령이 보위에 오르시기만 하면, 판서 한 자리는 예상하고 있던
성하가, 겨우 정3품에 머무른 것은 약간 불만하기는 하였지만, 홍선의 인
물을 이미 안 성하는 표면에까지 그 불평을 나타내지 않았다. 장래 자기의
수완만 있으면 얼마라도 올라갈 길이 남아 있으며, 더구나 홍선이 자기의
맏아들도 겨우 승후관의 지위에 갖다놓고, 서자(庶子) 재선(載先)은 그냥 야
(野)에 머물러두게 함에 비추어서 자기의 정3품이라 하는 지위에 불평을
말할 수가 없었다.

성하도 고요히 기다렸다. 어서 이 며칠 남지 않은 계해년이 다 가고, 새
해가 이르러서 눈을 뜬 사자의 포함성을 들어보고자…….

어떤 포함성이 나오나? 그사이 십수 년간을 은인하고 은인하여가면서,
닦고 갈고 궁리하고 세운 이 사자의 계획은 어떤 것인가고.

그때의 빛나고 우렁찬 날을 생각할 때에, 젊은 성하는 가슴이 들먹거리
는 것을 금하지를 못하였다. 그리고 자기도 또한 그 우렁찬 날에 한 개의
역할을 맡아서 할 사람임을 생각할 때에, 희열과 만족감과 긍지를 금할 수
가 없었다.

이리하여 불안과 희망이 뒤섞인 계해년은 고요히 고요히 흘러갔다.

그 며칠 사이에 소위 '속죄(贖罪)하기 위한 상납'이라는 명목으로서 김씨
일문에서 내어놓아서, 홍선의 손을 통하여 용동궁에 갖다가 붙인 금액이
합계 구십여만 냥이었다.

그 어떤 날 홍선은 갑자기 하옥 김좌근을 찾았다.

"대원군 전하께서 오셨습니다."

하인이 이렇게 아뢸 때는 하옥은 아마 양씨의 집 내실에서 양씨와 마주

앉아서 시골로 내려갈 의논을 하고 있던 때였다.

하옥은 허둥지둥 일어섰다.

"무얼 하러 왔을까?"

이전 같으면 흥선 따위는 올지라도 눈 거듭 떠보지도 않을 하옥이로되, 지금은 몸을 벌벌 떨면서 황황히 일어나서, 양씨에게는 눈짓을 하고 사랑으로 뛰쳐 나왔다.

"대감께 주상 전하 옹립에 대한 감사를 드리려 왔습니다."

이렇게 말할 때에 흥선의 얼굴에 나타난 것은 너무도 명랑한 미소였는지라, 호인 하옥은 이것을 조소(嘲笑)로 알지 못하였다.

"천만에, 대감 어떻게 이런 누추한 집에를 내림하셨습니까?"

"네, 대비전 마마의 하교가 곕셔서."

하옥은 눈을 들어서 흥선의 얼굴을 우러러보았다. 마치 선고를 기다리는 죄인과 같은 심경으로……

"어떤 하교오니까?"

여기 대해서 흥선은 즉시 대답지 않았다. 머리를 수그리고 말하기가 매우 거북한 듯이 두어 번 코를 울렸다.

그런 뒤에야 입을 열었다.

"대비전 마마곕셔, 대감 작은 마마(양씨)를 불러 곕시는데요."

의외의 말이었다. 하옥은 낭패하였다. 머리를 들었다가 도로 수그렸다. 수그렸다가 도로 들었다.

"왜 부릅시는지 알 수 없겠습니까?"

"글쎄올시다 ─ 한데 대감 이상한 말을 묻습니다마는, 대감 댁 작은 마마가 그 ─ 저 ─"

말하기가 매우 거북한 모양이었다.

"언제, 그 ─ 저 ─ 그 대감께 폭행을 한 일이 있습니까?"

하옥은 번쩍 머리를 들었다. 대답은 못하였다. 망지소조하여 들었던 머리를 좌우로 휘둘렀다. 대답은 못 하였지만, 그런 일이 있은 것은 분명하였다.

"순원왕비 전하의 동기 되시는 귀인에게 외람되이 하향 천비가 폭행을 했다고, 대비전 마마의 노염이 여간 크지 않습니다."

엉뚱한 거짓말을 지어서 하옥을 위협하는 홍선이거니, 속으로는 하옥의 낭패하여 어쩔 줄을 모르는 꼴이 우습기가 짝이 없었다.

"대감, 살펴줍시오."

몇 마디의 위협을 받은 뒤에 하옥의 입에서는 드디어 탄원성이 나왔다.

"대감만 믿습니다. 대비전 마마께 잘 말씀드려서, 모면하도록만 해줍시사. 대감만 믿습니다. 아무런 노릇이라도 대감 처분대로 할게……."

이리하여 여기서는 한 개의 상의가 진행되었다.

그리고 그 상의는 하옥이 십만 냥, 양씨가 이십만 냥을 용동궁에 상납을 하고, 그 대신 홍선은 벌을 모면시키도록 주선하기로 낙착이 되었다.

"대비전 마마. 하옥 김좌근이 용동궁 삼십만 냥을 상납하겠다 하옵니다. 김가의 행실을 보자면 괘씸키 짝이 없으되, 훗날을 생각하셔서 이것으로 좌근의 죄는 용서해줍시기를 바라옵니다."

홍선이 삼십만 냥의 어음을 대비의 앞에 내놓고 이렇게 빌 때에, 대비도 명랑히 웃으면서 이를 승낙하였다.

피비린내 나는 일이 생기지 않도록—홍선은 이편저편으로 돌아다니며 알선하였다. 만약 홍선의 알선만 없었다면, 김씨들은 모두 참몰을 면하지 못했을 것이다.

그동안 조두순, 김병학 형제 등은 자주 운현궁에 왔다. 그리고 조두순이나 김병학이 온 때는 홍선은 조성하까지 멀리하고 밀실에서 의논을 거듭하고 하였다. 그런 결과로 정부 대신들도 대략 작정이 되었다.

영의정(領議政) 조두순(趙斗淳)

우의정(右議政) 김병학(金炳學)

좌의정(左議政) 결원(缺圓)

삼공은 이러하였다. 그 아래로는 또한 이와 같았다.

이조판서(吏曹判書) 김병학(金炳學) 겸섭(兼攝)²⁵⁴, 후에 이의익(李宜翼)이 정식으로 맡음.

호조판서(戶曹判書) 김병국(金炳國)

병조판서(兵曹判書) 정기세(鄭基世)

선혜당상(宣惠堂上) 이승보(李升輔)

좌포도대장(左捕盜大將) 이경하(李景夏)

우포도대장(右捕盜大將) 신명순(申命淳)

금위대장(禁衛大將) 이장렴(李漳濂)

어영대장(御營大將) 이경우(李景宇)

총융사(摠戎使) 이방현(李邦玄)

그 밖에 각 조의 참판 이하로는 남인과 북인과 소론을 많이 기용하기로 하였다. 아직껏 정부의 요로에 선 사람은 모두 노론파(老論派)로서 남인, 북인은 모두 낙척하여 겨우 그날그날의 생명이나 유지해갔던 것이었다.

홍선은, 이 실의(失意)의 남인, 북인 가운데 인재를 추려내어서 당연히 정부의 요직에 가져다 놓기로 하였다.

"주상 전하 즉위의 예가 지난 뒤에 발표할 것이지, 그전까지는 대감의 마음에 깊이 잡수시고 발설치 마시오."

홍선은 조두순에게 이렇게 당부하여두었다.

남인·북인뿐 아니라, 정부의 요직에는 절대로 오를 자격이 없던 중인·관속들도 많이 등용하기로 내정하였다.

남인·북인은 역시 양반의 꼭지인지라 별말이 없었지만, 중인·관속들을 등용하는 데 대해서는 격식을 존중히 여기는 조두순은 반대의 뜻을 표하였다.

그러나 조두순의 반대쯤으로 굽힐 흥선이 아니었다.

"인재면 상놈일지라도 높이 쓸 것이고, 무능하면 임군의 형일지라도 승후관 이상은 주지 않는 것이 내 주장이외다."

얼굴에 미소를 띠고 이렇게 말할 때는 조두순도 승복하지 않을 수가 없었다.

이리하여 모든 준비는 암암리에 진행되었다. 화살은 이미 메겨졌다.

줄도 당겼다. 이제는 손을 놓아준다는 과정이 남아 있을 뿐이다.

"성하, 어떤가. 옷이란 무서운 것 — 폐의파립 때의 흥선과 금옥탕창(金玉宕氅)[255]의 흥선과 보기에도 좀 다르지?"

하하하하 웃으면서 이런 농담을 던지는 흥선의 양 눈썹 사이에는 범할 수 없는 위엄이 있어서, 앞에 있는 자로 하여금 저절로 위압감을 일으키게 하는 것이었다.

천희연, 하정일, 장순규, 안필주 — 소위 천하장안의 네 사람은 벌써 일찍이 흥선의 영을 받고 시골로 제각기 헤어져 내려갔다. 각 방백 수령들의 행상을 비밀리에 조사하기 위해서였다.

이전 낙척 시대에는 기생방 친구 — 권세를 잡은 지금에 있어서는 심복 궁리였다.

이리하여 장래의 일격을 준비함에 추호도 미비함이 없도록 만반 계획을 진행시키고 있었다.

그것은 마치 폭풍우를 준비하는 여름날 저녁과 같이 고요하고도 움직임이 없는 외양이었지만, 그 속에서는 장래 세상을 놀라게 할 무서운 폭풍우가 가장 규칙적으로, 가장 계획적으로, 가장 정세하게 착착 진행이 되고 있었다.

24

낡은 것은 다 물러가고 새로 잡히는 갑자년 정월 초이튿날.

이전과 같으면 비록 정월이라 할지라도 몇 사람의 종친이나 술친구밖에는 찾는 사람도 없던 흥선의 집이로되, 인제는 섭정 태공의 거궁으로서 초하룻날 이른 아침부터 이튿날 저녁인 이때까지, 문안의 무리가 뒤를 따라 이르렀다.

그것을 대충 치르고, 흥선은 내실로 들어갔다.

흥선이 내실로 들어설 때에, 마침 웬 처녀가 하나 와 있다가 황급히 발치로 물러앉았다.

흥선은 아랫목에 자리를 잡으면서 처녀를 바라보았다. 낯익은 처녀였다.

"저 애가 누구더라."

부대부인이 거기 대하여 대답하려 할 때에 흥선은 자기의 기억 가운데서 그 처녀의 정체를 찾아내었다.

"오오, 민 생원 댁 처자로구나. 그렇지?"

"네."

부대부인과 처녀가 동시에 대답하였다.

처녀는 민치록의 딸 — 얽은 소녀였다.

[민 중전이 승글승글 얽은 자리가 있다고 전한다. 그러나 작자가 최근 만나본 손 상궁(민 중전을 모시던 여관)의 말을 듣자면 얽지 않았다 한다. 어느 편을 신빙할지 알 수 없어서, 많이 전하는 바 '얽었다'는 편을 취한다.]

"음, 너 몇 살이더라?"

"새해에 열네 살이 잡힙니다."

"천애의 고아 — 적적하지 않으냐?"

소녀는 적적한 미소를 얼굴에 띠었다.

"어떠냐. 너의 오빠(양오라비 민승호)와의 새의 의는 좋으냐?"

"네, 퍽 귀여워해주십니다."

"그러려니."

홍선은 잠시 말을 끊고, 이 소녀의 얼굴을 바라보았다. 영특한 소녀의 눈찌 — 비록 한두 점의 얽은 자리는 있으나, 얌전하고 슬기롭고 영리한 얼굴이었다.

"글도 배우느냐?"

"네, 오빠한테 소학도 다 떼고 —"

"그러고?"

"이즈음 『좌씨전』을 조금씩 읽습니다."

"좌전을 읽는다? 그래 알아보겠더냐?"

"모를 것이 너무 많아서, 오빠께 꾸중을 늘 듣습니다."

홍선은 담뱃대를 끌어다가 담배를 피워 물었다. 한 모금 뻐근하니 빨고, 그 푸른 연기와 얼굴 앞에 어리는 가운데로 홍선의 말이 새어 나왔다.

"계집이란 첫째도 둘째도 셋째도 온순해야 하느니라. 승호를 양오빠로 여기지 말고 친동기로 섬겨라. 천애의 고아 — 승호 — 한 사람밖에는 의지할 사람이 없지 않으냐. 어 — 참, 계집으로 태어난 것이 아깝구…….."

부대부인이 홍선의 말에 응하였다.

"집안을 얘가 통 혼자 도맡아 살핀답니다그려. 아직 다른 집 계집애 같으면 각시놀이나 하고 있을 나이에…….."

"영특하게 생겼소."

"기박하고 가련한 팔자를 타고났지. 양가로는 일가도 있지만 친편으로는 제일 가깝대야 육촌 칠촌이지. 가까운 일가도 없이 불쌍한 아이외다."

"응, 자주 오빠와 함께 집에 놀러 오너라."

그러나 입으로는 이런 말을 하나, 흥선은 속으로는 이 소녀에 대하여 다른 생각을 하고 있었다.

"가까운 일가도 없다. 참 가련하군……."

혼잣말 비슷이 이렇게 한 번 더 중얼거리고 다시 생각난 듯이 담배를 빨았다.

그 소녀는 밤에야 양오라비 승호와 함께 자기의 집으로 돌아갔다. 부대부인은 소녀가 타고 갈 가마까지 빌려주었다.

흥선의 둘째 도령 — 지금은 감히 그 휘(諱)조차 부를 수가 없는 지존은, 어렸을 적에 벌써 김병문(金炳聞)의 딸과 혼약을 맺었다.

흥선의 아들 시대에 혼약을 한 것이었다. 즉, 김병문의 딸은 장래의 흥선의 며느리요 재황의 아내가 될 처녀였다.

그러나 지금 지위가 변하여서, 흥선은 대원군이 되고 재황은 지존이 되신 오늘에 있어서는, 좀 고려하지 않을 수가 없는 문제였다.

조선의 아직껏의 큰 폐단의 하나는 왕비의 친척의 방자였다. 더구나 흥선과 사돈한 집안은 그렇지 않아도 몇 대를 내려오면서 집안의 딸을 대대로 들여보내고, 그 세력이 이미 하늘을 찌를 듯한 김족의 한 사람이다.

내심으로 이 문제에 머리를 앓고 있던 흥선은 여기서 한 얌전한 처녀를 발견하였다.

집안은 부끄럽지 않은 양반의 집안이었다.

영특하고 슬기롭게 생긴 처녀였다.

학문에 있어서도 벌써 『좌씨전』을 읽는다 하니, 여인으로는 과하면 과하지 부족함이 없었다.

그 위에 가장 두통거리 되는 '가까운 일가'가 없는 처녀였다.

밤에 흥선은 그 소녀의 일신상에 대하여 부대부인에게 끈끈히 물었다.

그 묻는 태도가 너무도 끈끈하므로, 부인이 이상히 생각하고 왜 그렇게 묻느냐고 반문을 하매, 흥선은 다만 웃어서 쓸어 치워버리고 말았다.

그러나 그때 쓸어 치워버리고 말았지만 한참 뒤에 흥선은 스스로 다시 그 문제를 끄집어내었다.

"그 규수를 중전(中殿)으로 삼도록 차비하면 어떨까……."

여기 대해서 부대부인은 의아하다는 눈찌를 흥선의 위에 던졌다.

"벌써 사돈한 댁이 있지 않습니까?"

"김병문 말이오?"

"네……."

"있기는 있지."

시원하지 않은 대답이었다.

"있기는 있지만 ― 김 ― 김세가 ― 김문이 ― 김가가 ― 불길해……."

"불길해도 할 수 없지요. 사세가 그런 것이야."

그러나 흥선은 부인같이 간단히 단념하지를 못하는 모양으로 연하여 머리만 갸웃거리다가,

"좌우간 부인."

하고 찾았다.

"네?"

"그 규수를 간간 놀러 오라시오. 그리고 그 인물이며 사람됨을 좀 유심히 보아두시오."

한 뒤에 말을 끊으려다가 다시 이어서,

"그 규수가 아니라도 김가는 좋지 못해. 있던 김가들도 꺾어야 할 판에, 새로 새 김가를 들여다 놓으면 만천가지. 김가 세상이 되게……."

하고 맺었다.

─ 이리하여 후일 국태공과 민 중전의 악연은 여기서 맺어졌다.

가까운 일가가 없다고 안심하고 모셔 들였던 이 소녀는, 후일 시아버님 국태공의 세력을 꺾기 위하여 동성동본이면 모두 일가라 하고 끌어들였다.

영특하고 슬기로운 성격은 단지 대궐 안의 국모로서 만족하지 않고, 그의 섬세하고도 날카로운 손을 길게 펴서, 여자다운 능란한 외교술을 농락하여 그의 위대한 시아버지를 거꾸러트린 민 중전과 국태공과의 악연을 여기서 이렇게 맺어졌다.

흥선의 활달하고 밝은 눈으로도 여자의 세 치 마음속은 능히 꿰어보지 못하여 천추에 원한을 남긴 서투른 짓을 하였다. '일가가 없는 양반집 딸'이라 하는 미끼가 흥선의 눈을 어둡게 한 것이다.

25

일양래복(一陽來復).[256]

다사다난한 계해년이 지나고, 갑자년 춘정월.

유난히도 명랑한 날씨였다. 한 조각의 바람도 없고 겨울날이라도 따스한 볕이 골고루 내려 비치고 있었다. 두어 조각 분홍빛 구름이 백악(白岳) 위에 걸려서 이 명랑한 날씨를 더욱 곱게 장식하고 있었다. 갑자기 따사로워진 일기 때문에, 집집마다 추녀에서는 눈 녹은 물이 땅을 적시고 있었다.

이날 조선 팔도 방방곡곡에는 모두 축하의 기분에 들떠 있었다.

제26대 조선 국왕 새해에 열세 살 나는 소년 공자가 등극하시는 날이었다.

종로를 장식하던 공랑(公廊)[257]이며 육주비전(六注比廛)[258] 이하 온 상점은 모두 철전을 하였다. 그리고 시민들은 이날의 경사를 축하하기 위하여 모두 새 옷을 바꾸어 입고 거리로 몰려나왔다.

이튿날 아침부터 거리에는 정1품으로부터 종9품에 이르기까지의 높고 낮은 관원들이, 모두 자기의 품에 적당한 조복(朝服)으로 몸을 장식하고 뒤를 이어서 금호문 안으로 사라졌다. 이 뒤를 연하여 대궐로 들어가는 높고 낮은 관원들의 행차 때문에, 중인 이하 상놈들은 길 복판 가운데는 나설 기회도 없었다.

"에익, 이놈들, 물리거라, 비켜라."

행차의 앞에서 왔다 갔다 하면서 위세 좋게 울리는 경필²⁵⁹의 소리에, 혹은 초헌, 혹은 사인남여에 몸을 실은 높은 재상이며, 아래로는 나귀 한 마리에 마부와 하인 겨우 한두 명을 단 아래 관원들의 행차에 이르기까지, 불안과 희망을 아울러 품고서 금호문 안으로 그 그림자를 감추는 것이었다.

대궐 담 밖에는 이날의 경사를 음향으로나마 엿보러 모여든 무리들 때문에, 벌써 송곳 세울 여지도 없게 되었다.

이윽고 국태공 흥선대원군의 행차가 돈화문 앞에 이르렀다.

기린흉배에 옥대를 띠고, 단연히 남여 위에서 눈을 가느다랗게 뜨고 주위의 시민들을 둘러보는 이 공자 — 누가 이를 어젯날 행길에서 갈지자걸음으로 난행을 하던 이하응으로 볼 것이냐. 시종이 받든 조산(早繖) 그늘에서, 피곤한 듯한 눈을 굴려서 흥선은 좌우를 돌아보고 있었다. 시위하는 기마와 도보의 병사들은 늠름히 날뛰고 있었다.

오늘의 주인의 생친(生親)을 맞기 위하여 돈화문이 넓게 열렸다. 삼공이라도 걸어서가 아니면 들어가지 못하는 대궐 (재상은 견여[肩輿]로써 입궐하던 것을 신유년 삼월에 금함) 안을 흥선의 남여는 위세 좋게 들어갔다.

흥선의 남여가 문 안으로 그림자를 감춘 다음에는 돈화문은 다시 고요히 닫혔다.

그 뒤로도 관원들의 행차는 연하여 금호문으로 하여 대궐로 들어갔다.

기쁨에 넘친 날이었다. 하늘조차 이날을 축하하는 듯이 근래에 보기 드문 명랑한 날이었다.

"저분이 대원군이지?"

"그럼."

"본시 흥선군이라지?"

"그래."

단아한 공자, 위엄성 있는 귀인, 그러면서도 친애할 수 있는 동무 — 시민들은 여기서 자기네들을 지배할 무서운 권력자를 보기보다, 오히려 친애하고 서로 무릎을 겯고 의논할 수 있는 온화하고도 믿음성 있는 윗사람을 발견하였다.

문득 대궐 안에서는 부드러운 음악 소리가 울려 나왔다. 제26대의 임군의 즉위 예식은 바야흐로 시작이 되는 것이었다.

대궐 밖의 시민들은 모두 일제히 허리를 굽혀서 이 경사에 축하와 경의를 표하였다.

인정문에서의 즉위의 예식과 아울러 국태공 섭정의 취임식은 무사히 성대히 끝이 났다.

신왕은 대왕대비 조씨의 인도와 섭정 국태공의 배행으로 종묘에 납시어서, 열성(列聖)의 영전에 이 사직 받듦을 봉고하셨다.

이튿날은, 처음 조회를 보시는 날이었다.

인정전 용상에는 새로이 삼천리의 강토에 군림하신 소년 상감께서 좌어하셨다. 그 곁에는 섭정태공이 모시고 있었다.

국궁.

바이.

흥.

평신.

북향하여 네 번의 숙배도 끝이 났다.

숙배가 끝이 난 뒤에 흥선 — 지금은 변하여 태공 — 은 내관의 부액을 받고 고요한 걸음으로 인정전 전각 밖으로 나섰다.

월대(月臺)에까지 나선 태공은 눈을 들어서 아래 품반품서를 쫓아서 숙연히 서 있는 문무백관을 굽어보았다.

문득 태공이 입을 열었다.

"나는 흥선대원군, 주상 전하의 사친이오."

놀라운 성량(聲量) ― 그 넓은 뜰에 태공의 말은 우렁차게 울리어나갔다.

"대왕대비 전하의 어명으로 오늘부터 유충하신 주상 전하를 협찬해서 내가 대정(大政)을 보기로 합니다. 국정이 극도로 피폐한 오늘, 대소 백관들의 협력을 바라오."

그것은 명령이라기보다 유고(諭告)라기보다 오히려 질책에 가까운 구조였다.

만정의 백관들은 죽은 듯이 고요하였다.

몇 마디 되지 않는 말이었다. 그러나 그 말의 뜻은 태산보다도 무거웠다.

"전 책임을 내가 지고 전 권리를 내가 잡겠다."

태공의 말은 이 뜻에 틀림이 없었다.

다시 돌아서서 전각 안으로 들어올 때는, 흥선 태공의 입에서는 기다란 한숨이 나왔다.

"아아, 커다란 씨름을 치렀다."

하염없이 눈에서 흘러내리려는 눈물 ― 그것은 커다란 안심에서 저절로 솟아오르려는 눈물이었다.

"상감마마를 편전으로 모셔라."

내관에게 명하고 내관의 부액으로써 편전으로 듭시는 상감의 뒤를 따라서 태공은 내전으로 들었다.

"상감마마, 곤하시지 않소니까?"

태공이 자애에 가득 찬 눈으로 아드님을 굽어보며 이렇게 여쭐 때에, 면류관을 쓰시고 곤룡포를 입으신 상감께서는 용안을 적이 드시고 생친을 우러러보셨다.

"곤하지는 않습니다."

"곤합니다. 곤합니다. 몸이 곤하기보다 마음이 곤합니다. 이천만의 백성을 헤아리시기, 삼천리의 강토를 다스리시기—몸보다도 마음이 곤합니다. 영화스러우나 괴롭고 고단하신 자립니다."

"아직은 곤한 줄을 모르겠습니다."

상감의 타신 요향정(腰香亭)에 딱 붙어 서서 이 아버지는 존귀하신 아드님께 임군의 자리의 고단함을 설명하였다.

편전으로 돌아와서 편의(便依)로 바꾸어 입으시는 것을 본 뒤에 태공은 아드님께 하직하였다.

"나는 운현궁으로 돌아갑니다. 부디 일찍이 침전에 듭시고 수라를 많이 진어합시오."

편전 앞까지 남여를 불러내고 남여에 몸을 싣고 돈화문으로 향하여 나가는 도중에서 태공은 문득 하옥 김좌근을 만났다.

하옥은 황급히 길을 비키며 국태공에게 인사를 드렸다. 그러나 태공은 그 하옥의 인사에 대하여 가볍게 머리를 끄덕인 뿐, 다시는 눈 거듭 떠보지도 않았다. 그리고 의장 병사를 불러 거느리고 운현궁으로⋯⋯.

눈 좌우로 하염없이 흘러내리는 눈물.

가묘(家廟)에 들어서, 원친 남연군(南延君)의 영전에 가문의 길보를 봉고할 때에는, 태공의 눈 좌우로는 하염없이 눈물이 흘렀다.

"기뻐하십시오. 영락되고 영락돼서 영전에 뵈올 면목도 없던 가문, 지금 다시 일어서렵니다. 일찍이 소자를 보실 때에, 선인(仙人)이 한 아이를 맡기시더라던 꿈—지금 바야흐로 실현되려 하옵니다. 소자 무력하와 미처 당하지 못하는 일이 있삽거든 부디 가르치셔서, 이 나라와 이 사직의 만세 태평을 주시옵기를 바라옵니다."

꿇어앉아서 술을 붓고 절할 동안, 끊임없이 태공의 눈에서는 눈물이 흘러내렸다.

진실로 거대한 야욕의 공전절후한 성공이었다. 매일 계획을 하며 진행을 시키면서도 일변으로는 스스로 코웃음치고 싶던 이 야욕이 오늘날 성공하였다.

이제 남은 것은 그새 십수 년간을 시정에 배회하며 시민들과 무릎을 마주 겯고 사귀면서 보고 들은 지식에 의지하여, 그들에게서 고통과 중하를 제하고, 이 나라로 하여금 굳센 나라가 되게 하고, 이 백성으로 하여금 가멸은 백성이 되게 하고, 이 강토로 하여금 기름진 강토가 되게 하고, 이 사직으로 하여금 아직껏의 더럽고 추잡한 구태를 벗고 명랑하고 화기 찬 사직으로 만들어놓는다는 도정이다.

태공은 자기의 역량을 믿었다. 하늘로서 태공 자기에게 넉넉히 수(壽)만 주실 것 같으면, 이상대로 이 나라를 만들어놓을 심산과 자신이 있었다.

가묘에 예배를 끝내고 사랑으로 나오매, 하객(賀客)들은 구름과 같이 사랑에 모여서 태공의 출어를 기다리고 있다가 일제히 일어나서 절하였다.

그 가운데를 태공은 무거운 발걸음을 천천히 아래로 향하여 옮겼다.

"후우."

태공은 기다란 한숨과 함께 몸을 곤한 듯이 보료 위에 내어던졌다.

이튿날 섭정 대원군의 명의로 정부 관리의 이동이 발표되었다.

이 발표를 보고 모두 눈을 둥그렇게 하였다.

양반은 양반이로되 아직껏 무세하던 남인, 북인이 많이 요로에 서게 된 것도 그들을 놀라게 하였다.

중인, 상놈까지 파격의 등용을 한 것도 그들을 놀라게 하였다.

흥선군 시대의 친구들이 비교적 적게 등용된 것도 그들의 의외였다.

그러나 그런 모든 것보다도 더욱 의외로 느낀 것은 김씨 일문에게 대한 관대한 처분이었다.

김좌근은 실적을 떠났다 하나 그냥 상신에 머무르게 되고, 그 아들 병기가 단 한 사람 삭관된 뿐, 김병학도 선왕 때보다 위가 올라서 공렬(公列)에 섞이게 되고, 병국도 훈련대장에서 호조판서로 오르게 되고 — 이것이 가장 눈을 크게 하지 않을 수 없는 일이었다.

가벼우면 원배(遠配), 그렇지 않으면 사사(賜死)거나 참(斬)을 할 것이거니 하고 있었는지라, 이 처분은 과연 보는 사람을 놀라게 하였다.

이러한 관대한 처분 때문에 국태공으로서의 홍선의 광채는 찬연히 그들의 머리 위에서 빛났다.

이제는 대비도 없었다. 상감의 그림자까지 태공 뒤에 감추어졌다. 그들의 앞에 커다랗게 나타서는 빛나는 것은 국태공 홍선대원군 이하응의 광채뿐이었다. 그 광채의 아래 만조백관들은 공손하는 뜻으로 허리를 굽혔다.

잠들었던 사자는 드디어 기지개를 하였다. 그리고 그 첫 포함성을 질렀다.

산림이 울리어나가는 그 포함성 — 이 아래에서 잠 깬 사자는 그의 운동을 시작하였다.

쇠퇴한 국운, 피폐한 국정, 실추된 국권 — 이 모든 무거운 짐을 한 몸에 뭉쳐지고, 거인은 드디어 그 조리(調理)를 시작하였다.

오랫동안 시정에 배회하여 이 시민의 사정과 고통을 속속들이 다 잘 아는 이 거인은, 시민들을 도탄의 쓰라림에서 건져 올리고자 그의 커다란 손을 내어밀었다. 정확히 통찰하는 그의 눈과 든든한 그의 손은, 오랜 학정에 피폐해서 마지막 힘까지 다 사라져가려는 시민의 위에, 새로운 청량제를 부어주려고 준비하였다.

이 사자가 출현하기 전에 삼림 속에서 제 세상이로라고 횡행하던 시랑들은 사자의 포함성에 질겁을 하여 그림자를 감추어버렸다. 이 사자는 구태여 그들을 쫓아가서 필요 없는 살육을 행할 필요가 없이, 시랑들은 스스로 숨어버렸다.

아직껏 소인들의 장난에 시달리고 시달린 삼천리의 강토는 이 거인의 출현을 흔연히 맞았다.

운현궁은 정치의 중심지며 따라서 이 나라의 중심지로 되었다. 이전에는 비루먹은 개 한 마리 찾지 않던 흥선 댁이나, 지금은 팔도강산에서 매일 찾아드는 수없는 시민의 무리 때문에, 수십 명의 궁리도 그 응대를 당하지 못하게 되었다.

옛날 흥선이 관직을 내어던진 이래, 오랫동안 쓸쓸하기 짝이 없던 이 집에도 드디어 봄이 찾아왔다. 그리고 그 봄은 (오랫동안 쓸쓸하였던 만큼) 또한 유달리 화려한 봄이었다.

[본시 이 사화(史話)는 세 번에 나누어서 그 상편을 철종 말년에서 시작하여 고종 등극까지로 막고 중편은 대원군 섭정의 십 년간의 변화 많은 동태를 그리고 하편은 대원군의 은퇴와 민 중전의 득세로부터 고종의 선위(禪位)까지를 쓰려던 것이다.

철종 말년에서부터 고종 말년까지 — 이것은 다시 말하자면 조선이라는 나라가 혼돈 천지에서부터 겨우 광명으로 향하여 올라가다가 다시 민씨 세도의 난잡 시대로 떨어져서 드디어 나라까지 꺼져 없어진 — 말하자면 이씨 조선의 소멸을 가장 여실히 설명하는 시기이다.

당쟁에서 시작하여 외척의 세도로 — 외척의 부산물인 놀라운 매관매작으로 — 이때에 한 개의 위걸이 나타나서 잠시 확청[260]의 서광이 비추었다가 다시금 대원군과 민 중전의 고부간의 세력 다툼으로서 시아버님의 세력을 꺾기위하여 국권을 외국인에게까지 내어맡기는 추태를 연출하고 그 때문에 나라를 잃고 목숨을 잃는 비극까지 빚어낸 — 이씨 오백 년간의 가장 더러운 면을 대표하는 시기이다.

조선의 사서(史書)에는 연월일이 미상한 것이 이런 사화를 쓰는 사람에게는 매우 불편하다. 비교적 연월일이 상세히 적힌『국조보감』류는 그 대신 직접 대궐에 관계되는 일이 아니면 기록하지를 않고 대궐에 관계되는 일에도 곡필(曲筆)[261]이 많다. 그런지라 당시의 일을 상세히 알기는 지난의 일이다. 고로(故老)들의 말도 또한 몽롱한 기억에 의지함이라 신빙키 어렵다.

이러한 가운데서 지금껏 쓴 것은 그 제도 역사상 사설, 풍속, 습관 모두 그다지 큰 틀림은 없으리라고 자신할 수 있는 범위 안에서 쓴 바이니깐 그렇게 알아주시기를 바란다.

아래편도 이미 노트는 끝났지만 필자의 붓이 피곤하여 잠시 쉬고 이후 기회를 기다리기로 한다.]

1 오정(午正) : 정오.

2 차인(差人) : 관아에서 임무를 주어 파견하던 사람.

3 표랑객(漂浪客) : 정한 곳이나 아무 목적 없이 떠도는 사람.

4 낙백(落魄) : 세력이나 살림이 줄어들어 보잘것없이 됨.

5 운현궁 : 실제로 흥선군의 거처에 '궁'이라는 이름이 붙은 것은 고종 즉위 이후였음.

6 떡쌀 : 떡을 만들기 위해 마련한 쌀.

7 무론(無論, 毋論) : 물론. 말할 것도 없음.

8 진일(盡日) : 온 종일.

9 흥그럽다 : 마음에 여유가 있다.

10 화무십일홍(花無十日紅) : 열흘 동안 붉은 꽃은 없음. 한 번 성한 것은 얼마 못 가 반드시
   쇠한다는 뜻.

11 영종(英宗) : 조선 제21대 임금 영조(英祖)의 본래 묘호(廟號). 1890년(고종 27)에 영조로
   고쳐 올렸다.

12 현손(玄孫) : 증손자의 아들. 즉, 손자의 손자.

13 은신군 충헌공(恩信君 忠憲公) : 사도세자의 서자로 정조의 이복동생.

14 남연군 충정공(南延君 忠正公) : 인조의 아들 인평대군의 6대손. 아들이 없던 은신군에게
   양자로 가서 남연군이 됨. 1868년 독일인 오페르트에게 묘가 도굴되어 외교문제가 되기
   도 함.

15 과세(過歲) : 설을 쇰.

16 금만가(金滿家) : 부호, 부자

17 형지(形止) : 용모와 행동을 통틀어 이르는 말.

18 파립폐의(破笠敝衣) : 폐포파립(弊袍破笠). 부서진 갓과 해진 옷이라는 뜻으로 초라한 차림새
   를 이르는 말.

19 척신(戚臣) : 임금과 성은 다르지만 일가인 신하.

20 깇다 : '기침하다'의 옛말.

21 벽제소리 : 높은 사람이 지나갈 때 '들어섰거라', '물렀거라' 따위의 소리를 내며 벽제를
   하여 잡인의 통행을 금하던 소리.

22 안석(案席) : 벽에 세워놓아 앉을 때 몸을 기대는 방석.

23 눈찌 : 눈을 뜬 모습.

24 지벌(地閥) : 지체와 문벌을 아울러 이르는 말.

25 대척하다 : 마주 응하거나 맞서다.

26 성천초 : 평안남도 성천 지방에서 나는 담배.

27 기수(幾數) : 낌새.

28 대제학(大提學) : 조선시대 홍문관, 예문관의 정2품 벼슬.

29 경이(驚異) : 놀랍고 신기한 일.

30 쌍말 : '상말'의 센말. 점잖지 못하고 상스러운 말.

31 홍소(哄笑) : 입을 크게 벌리거나 떠들썩하게 웃는 웃음.

32 삼박거리다 : 눈꺼풀이 움직이며 눈이 자꾸 감겼다 떠졌다 하다.

33 처네 : 이불 밑에 덧덮는 얇고 작은 이불.

34 정침(正寢) : 거처하는 곳이 아니라 주로 일을 보는 곳으로 사용하는 몸채의 방.

35 해정(解酲) : '해장'의 원말. 전날의 술기운을 풂.

36 창초 : '애초'의 평북 방언. 맨 처음.

37 청지기 : 양반집에서 잡일을 맡아보거나 시중들던 사람.

38 우화등선(羽化登仙) : 사람이 신선이 되어 하늘로 올라감을 이르는 말.

39 초헌(軺軒) : 조선시대 종2품 이상의 벼슬아치가 타던, 긴 줏대에 외바퀴가 밑으로 있고 두 개의 긴 채가 달려 있는 수레.

40 구종 : 벼슬아치를 모시고 따라다니는 하인.

41 별배 : 벼슬아치의 집에서 사사로이 부리던 하인.

42 보료 : 솜이나 짐승의 털로 속을 넣고 천으로 싸서 앉는 자리에 늘 깔아두는 두툼한 요.

43 장침(長枕) : 모로 비스듬히 기대어 앉아 팔꿈치를 괴는 데 쓰는 베개의 하나.

44 귀택(歸宅) : 집에 돌아가거나 돌아옴.

45 마바리꾼 : 짐 실은 말을 몰고 다니는 것을 직업으로 하는 사람.

46 녹사(綠事) : 조선시대 의정부나 중추원에 속한 경아전의 상급 구실아치를 통틀어 이르던 말.

47 자세(藉勢) : 어떤 권력이나 세력 또는 특수한 조건을 믿고 세도를 부림.

48 명현(名賢) : 이름난 어진 사람.

49 명유(名儒) : 이름난 선비. 또는 유명한 유학자.

50 주달하다 : 임금에게 아뢰다.

51 영직(榮職) : 영예로운 관직.

52 남인과 서인의 틈하게 되었다 : 원텍스트에 탈자가 있는 듯함. "남인과 서인의 (정쟁이) 틈하게 되었다."

53 복제(服制) : 상복을 입는 일.

54 숙종대왕께서 장씨라 하는 아리따운 후궁에 혹하여서 왕은 : 원텍스트에 탈자가 있는 듯함. "숙종대왕께서 장씨라 하는 아리따운 후궁(이 있었다. 이 후궁)에 혹하여서 왕은"

55 방백(方伯) : 조선시대 각 도의 으뜸벼슬인 '관찰사'를 이르는 말.

56 하세(下世) : 세상을 버린다는 뜻으로, 웃어른이 돌아가심을 이르는 말.

57 정종(正宗) : 조선 제22대 임금 정조(正祖)의 본래 묘호. 1899년(고종 36)에 정조로 고쳐 올렸다.

58 안출(案出) : 생각해냄.

59 초동(樵童) : 땔나무를 하는 아이.

60 순조의 할머님 되는 사도세자비였다 : 원텍스트의 오류. 실제로는 순조 때에는 영조비 정순왕후가, 헌종과 철종 때에는 순조비 순원왕후가 수렴청정을 하였다.

61 통어하다(通御--) : 거느려서 제어하다.

62 경이원지(敬而遠之) : 공경하지만 가까이하지는 않음. 공경하는 체하면서 실제로는 꺼리어 멀리함.

63 낙척하다(落拓--) : 어렵거나 불행한 환경에 빠지다.

64 능지기 : 능을 지키는 사람.

65 새 : 띠·억새 따위의 풀을 통틀어 일컫는 말

66 대처자(帶妻者) : 아내를 둔 사람.

67 오입쟁이 : 오입하는 사람을 낮잡아 이르는 말. 오입은 아내가 아닌 사람과 성관계하는 것을 말함.

68 왼 : '온'의 잘못.

69 휘호하다 : 붓을 휘두르다. 글씨를 쓰거나 그림 그리는 것을 말함.

70 술추렴 : 술값을 여러 사람이 분담하여 술을 마심.

71 소세(梳洗) : 머리를 빗고 낯을 씻음.

72 태복사(太僕司) : 조선 말기부터 대한제국 말까지 있었던 임금이 타는 말과 수레를 관리하는 관청.

73 제조(提調) : 조선시대 각 사(司) 또는 청(廳)의 우두머리는 아니지만 각 관아의 일을 맡아 보던 직책.

74 주부(主簿) : 조선시대 각 관청의 문서와 부적(符籍)을 주관하던 종6품 벼슬.

75 골패 : 납작하고 네모진 작은 나뭇조각 32개에 각각 흰 뼈를 붙이고, 여러 가지 수의 구멍을 판 노름 기구.

76 준오 : 골패놀이에서 나오는 패의 하나.

77 백륙, 아삼 : 모두 골패놀이에서 나오는 패의 하나.

78 조조하다(躁躁--) : 성질 따위가 몹시 조급하다.

79 공규(空閨) : 오랫동안 남편 없이 혼자 지내는 아내의 방.

80 인견(引見) : 윗사람이 아랫사람을 불러 만나봄.

81 전곡(錢穀) : 돈과 곡식.

82 알부랑자 : 아주 못된 부랑자.

83 남여(藍輿) : 승지나 참의 이상의 벼슬아치가 타던 의자와 비슷하게 생긴 뚜껑 없는 작은 가마.

84 배행(陪行) : 윗사람을 모시고 따라감.

85 재세(在世) : 세상에 살아 있는 동안.

86 만반(滿盤) : 상 위에 음식이 가득함.

87 진찬(珍饌) : 진귀하고 맛이 좋은 음식.

88 도리옥 : 조선시대 정1품과 종1품 벼슬아치의 관모에 붙이던 옥관자.

89 도리금 : 조선시대 정2품과 종2품 벼슬아치의 관모에 붙이던 금관자.

90 바리때 : 나무나 놋쇠 등으로 대접처럼 만들어진 절에서 쓰는 승려의 그릇.

91 조희 : '종이'의 방언.

92 내리(內裏) : 왕의 궁궐.

93 불규 호장하다 : 규범을 지키지 않고 호탕하며 씩씩하다.

94 식색(食色) : 식욕과 색욕을 아울러 이르는 말.

95 한신(韓信) : 중국 전한의 무장. 한나라 고조를 도와 조(趙)·위(魏)·연(燕)·제(齊)나라를 멸망시키고 항우를 공격해 큰 공을 세움. 젊은 시절 시비를 걸어오던 불량배의 가랑이 밑을 태연히 기어나갔다는 일화가 있음.

96 몽치 : 예전에 무기로도 사용한 짤막하고 단단한 몽둥이.

97 백방(白放) : 죄가 없음이 밝혀져 잡아놓았던 사람을 풀어줌.

98 『금병매(金甁梅)』 : 중국 명나라 때 소소생(笑笑生)의 장편소설. 『수호전』의 서문경과 반금련의 일화를 소재로 하여 명나라 사회 온갖 계층의 추악하고 음탕한 생태를 그림.

99 재조(才操/才調) : '재주'의 원말.

100 석전(石戰) : 돌팔매질을 하여 승부를 다투는 놀이.

101 얼그망태 : '얼금뱅이'의 방언. 얼굴이 얽은 사람을 낮잡아 이르는 말.

102 오다다 : '올되다'의 준말. 일찍 성장하여 성숙하다.

103 분잡스럽다 : 많은 사람이 북적거려 보기에 시끄럽고 어수선한 데가 있다.

104 안행차 : 여자의 행차.

105 연갑(年甲) : 비슷한 나이 또래.

106 덜미다 : '더럽히다'의 방언.

107 반감(半酣) : 반쯤 술에 취함.

108 나합(羅閤) : 순조비 순원왕후의 친오빠 김좌근의 첩 양씨. 조선 후기 기생 출신으로 조선 후기의 권력자였음.

109 장상(將相) : 장수와 재상을 아울러 이르는 말.

110 유탁(遺託) : 죽은 사람이 남긴 부탁.

111 현출(顯出) : 두드러지게 드러나거나 드러냄.

112 활량 : 활을 쏘는 사람.

113 합하(閤下) : 정1품 벼슬아치를 높여 부르던 말. 상대편을 높여 부르는 말.

114 재짜 : 첫째로 손꼽히지 못하는 것.

115 말째 : 순서에서 맨 끝을 차지함.

116 토색(討索) : 돈이나 물건 따위를 억지로 달라고 함.

117 旣醉以酒 旣飽以德 君子萬年 介爾景福 : 『시경』 주아(周雅)에 나오는 구절. "이미 술에 취하고 이미 덕에 배부르니 군자만년 그대의 큰 복을 도우리라."

118 연침(燕寢) : 왕이 평상시에 거처하던 궁궐.

119 악장(岳丈) : '장인(丈人)'을 높여 이르는 말.

120 허튼뱅이 : 허랑하고 실속이 없는 사람을 낮잡아 이르는 말.

121 상린(常鱗) : '흔한 물고기'라는 뜻. 평범한 사람을 비유적으로 이르는 말.

122 매득(買得) : 물건을 싼 값으로 삼.

123 치인(癡人) : 어리석고 못난 사람.

124 답청(踏靑) : 봄에 파랗게 난 풀을 밟으며 산책함.

125 호활뇌락(浩闊牢落) : 호기롭고 활달하며 도량이 넓다.

126 관등(觀燈) : 불교에서 초파일이나 절의 주요 행사 때 등대를 세우고 온갖 등을 달아 불을 밝히는 일.

127 상완(賞玩) : 좋아하여 보고 즐김.

128 공인(工人) : 조선시대에 악기를 연주하던 일을 맡아 하던 사람.

129 버릇다 : 파서 헤집어놓다.

130 잔포하다 : 잔학하다. 잔혹하고 포악하다.

131 투전목 : 한 벌로 되어 있는 투전(鬪牋). 투전은 노름 도구의 하나.

132 날세 : '날씨'의 방언.

133 아수하다 : 아깝고 서운하다.

134 겹다 : 정도나 양이 지나쳐 참거나 견디기 어렵다.

135 기부(妓夫) : 기둥서방. 기생이나 몸 파는 여자들의 영업을 돌봐주며 얻어먹고 사는 남자.

136 부박하다(浮薄--) : 천박하고 경솔하다.

137 탁문군(卓文君) : 중국 전한시대 탁왕손의 딸. 음률에 정통하여 이름을 얻었으며 16세에 출가하였으나 과부가 된 후 문인이던 사마상여의 금(琴) 연주에 반해 도망하여 혼인하였다.

138 구조(口調) : 어조.

139 양지(諒知) : 살펴서 앎.

140 몽키다 : 여럿이 한데 모여 덩어리가 되다.

141 삼순구식(三旬九食) : 삼십 일 동안 아홉 끼니밖에 먹지 못함. 몹시 가난함을 이르는 말.

142 치룽 : 싸리를 가로로 퍼지게 둥긋이 엮어 짜서 만든 그릇.

143 몸하인 : 항상 곁에 있으면서 잔심부름하는 하인.

144 삼현육각(三絃六角) : 국악에서 거문고 · 가야금 · 당비파의 세 가지 현악기와 북 · 장구 · 해금 · 피리 · 대평소 한 쌍을 이르는 말.

145 물면 : 수면.

146 겸인(傔人) : 청지기. 양반 집에서 잡일을 맡아보거나 시중들던 사람.

147 새남터 : 조선시대에 사형을 집행하던 곳.

148 애소(哀訴) : 슬프게 하소연함.

149 순종(純宗) : 조선 제23대 임금 순조(純祖)의 본래 묘호. 1857년(철종 8)에 순조로 고쳐 올렸다.

150 무록(無祿) : 녹봉이 없음.

151 봉사교청(奉辭敎請) : 섭정이나 왕비 등이 하고자 하는 일을 임금에게 말씀드려 전교를 내릴 것을 청함.

152 언교(諺敎) : 언문으로 쓴 왕후의 교서.

153 망지소조(罔知所措) : 매우 급하여 어찌할 바를 모름.

154 휘(諱) : 돌아간 높은 어른의 이름, 여기서는 임금의 이름자를 말함.

155 계상(啓上) : 윗사람에게 말씀을 올림.

156 출영(出迎) : 나가서 맞음.

157 빈전(殯殿) : 국상(國喪) 때 상여가 나갈 때까지 왕이나 왕비의 관을 모시던 전각.

158 혼도(昏倒) : 정신이 어지러워 쓰러짐.

159 사자(嗣子) : 대를 이을 아들.

160 용훼(容喙) : 간섭하여 말참견을 함.

161 토사(吐辭) : 실토.

162 직각(直覺) : 보거나 듣는 즉시 곧바로 깨달음.

163 발명(發明) : 죄나 잘못이 없음을 말하여 밝힘.

164 재단(裁斷) : 옳고 그름을 가려 결정함.

165 서대(犀帶) : 조선시대에 1품의 벼슬아치가 허리에 두르던 띠.

166 설합(舌盒) : '서랍'을 한자를 빌려 쓴 말.

167 불기(不羈) : 재능이나 학식이 남달리 뛰어나 일반 상식으로 다루지 못함.

168 경평군(景平君) : 조선 후기의 왕족. 철종 때 김좌근과 김문근의 횡포를 논의하다가 탄핵되어 귀양을 감. 고종이 즉위한 뒤 석방되어 종정경이 됨.

169 『좌씨전(左氏傳)』 : 중국 공자가 엮은 것으로 알려진 중국 사서(史書) 『춘추(春秋)』를 노나라 좌구명이 해석한 책.

170 셋째 : 원본에는 둘째로 되어 있으나 작가의 오류. 철종은 전계군의 셋째 아들임.

171 명부(命婦) : 봉작을 받은 부인을 통틀어 일컫는 말. 궁중에서 품계를 받은 여인들인 내명부와, 남편의 직품에 따라 봉작을 받은 외명부가 있음.

172 보(寶) : 어보. 임금의 도장인 옥새(玉璽)와 옥보(玉寶).

173 참월(僭越) : 분수에 넘쳐 너무 지나침.

174 권병(權柄) : 권력으로 사람을 마음대로 좌우할 수 있는 지위나 신분 또는 그런 힘.

175 출어(出御) : 임금이 내전에서 외전으로 나오거나 대궐 밖으로 나가던 일.

176 입어(入御) : 임금이 편전에 들어 자리 잡고 앉던 일.

177 도전(徒傳) : 헛된 소리를 전함.

178 연치(年齒) : 나이.

179 그댓말 : 어떤 일을 두고 하는 말.

180 아산이 무너지나 평택이 깨어지나 : 서로 싸울 때 끝까지 겨루어보자고 벼르며 이르는 말.

181 야료(惹鬧) : 까닭없이 트집을 잡고 함부로 떠들어댐.

182 내외술집 : 접대부가 술자리에 나오지 않고 술을 잔으로 파는 술집.

183 차면선(遮面扇) : 얼굴을 가리는 데 쓰는 부채.

184 익애(溺愛) : 흠뻑 빠져 지나치게 사랑하거나 귀여워함.

185 이어(移御)하다 : 임금이 거처하는 곳을 옮기다.

186 숙배(肅拜) : 백성들이 왕이나 왕족에게 절을 하던 일.

187 인의(引儀) : 조선시대 통례원에 속한 벼슬. 의식에서 식순에 따라 구령을 외치는 일을 맡아보던 종6품 문관 벼슬.

188 장의(掌議) : 조선시대 성균관이나 향교에 머물러 공부하던 유생들의 임원 가운데 으뜸 자리.

189 운양(雲壤) : 하늘과 땅. 서로간의 거리가 아득히 멂.

190 부동(符同) : 그른 일에 어울려 한통속이 됨.

191 쇠김 : '속임'의 방언.

192 벌력(閥力) : 나라에 공로가 많고 벼슬 경력이 많은 집안의 세력.

193 결전(結錢) : 결작전. 조선 후기 균역법 실시에 따른 나라의 재정 부족을 메우기 위해 전결에 붙여 거둬들이던 돈.

194 면분(面分) : 얼굴이나 알 정도로 사귄 교분.

195 사화(私和) : 법으로 처리할 송사를 개인끼리 서로 좋게 풀어버림.

196 인부(印符) : 관인(官印)과 명부(名符).

197 영외(楹外) : 문밖.

198 해시(亥時) : 십이시의 열두째 시. 밤 9시부터 11시.

199 사액(賜額) : 임금이 사당이나 서원, 누문 따위에 이름을 지어서 편액을 내리던 일.

200 지밀(至密) : 아주 세밀하거나 비밀스러움. 대전이나 내전의 늘 거처하는 곳, 각 궁방의 침실.

201 -다이 : '-답게'의 방언.

202 부호군(副護軍) : 조선시대 오위도총부에 속한 종4품의 벼슬. 보직을 맡지 않은 문관이나 무관, 음관이 임명되었음.

203 촌탁(忖度) : 남의 마음을 미루어서 헤아림.

204 삼공(三公) : 의정부에서 국가 주요 정책을 결정하는 일을 맡아보던 세 벼슬. 영의정, 좌의정, 우의정.

205 육경(六卿) : 조선시대 국가의 정무를 맡아보던 여섯 관부인 이조, 호조, 예조, 병조, 형조, 공조의 판서.

206 부액(扶腋) : 부축.

207 기이다 : 어떤 일을 숨기고 바른대로 말하지 않다.

208 천전(遷轉) : 벼슬자리를 옮김.

209 상세정공(常稅正供) : 상세(常稅)와 정공(正供). 상세는 늘 내야 하는 일정한 조세를 말하고 정공은 부세나 방물 따위의 정당한 부담을 말함.

210 남징(濫徵) : 돈이나 곡식 따위를 마구 징수함.

211 감선(減膳) : 나라에 변고가 있을 때 임금이 몸소 근신하는 뜻으로 수라상의 음식 가짓수를 줄이는 것.

212 錦繡江山春似海 鶯花巷陌日中天 : 금수강산엔 봄빛이 바다 같고 꾀꼬리 울고 꽃 피는 거리엔 해가 중천에 떴네.

213 용주(庸主) : 어리석고 변변치 못한 임금.

214 곡배(曲拜) : 임금을 뵙고 하는 절. 임금은 남쪽을 향해 앉고, 절하는 사람은 임금을 마주 보지 않고 동쪽이나 서쪽을 향해 절을 함.

215 도규하다(盜窺--) : 훔쳐보다.

216 성군작당하다(成群作黨--) : 무리를 이루어 패거리를 만들다.

217 백강(白江) : 효종 때의 문신 이경여(李敬興, 1585~1657)

218 여경(餘慶) : 남에게 좋은 일을 한 보답으로 뒷날 자손이 받는 경사.

219 두멘 : 두면(頭面). '갓'의 궁중말.

220 여기(餘技) : 틈틈이 취미로 하는 재주나 일.

221 영어 김병국 : 원텍스트에서는 '영초 김병국'으로 되어 있으나 김병국의 호는 영어이고 영초는 그의 형 김병학의 호. 여기서부터 원텍스트에 형인 '영초'와 동생인 '영어'가 뒤바뀌어 있으므로 바로잡았다.

222 점고(點考) : 명부에 일일이 점을 찍어가며 사람 수를 조사함.

223 수고(愁苦) : 근심과 걱정으로 괴로워함.

224 우합(偶合) : 우연히 맞음.

225 선원보(璿源譜) : 조선시대 왕실의 족보.

226 배수하다(拜受--) : 공경하는 마음으로 삼가 받다.

227 조제남조(粗製濫造) : 함부로 조제품을 많이 만듦.

228 영문(營門) : 병영이나 관아의 문.

229 선공감(繕工監) : 조선시대 공조에 소속되어 토목 등에 관한 일을 맡아보던 관아.

230 가감역(假監役) : 조선시대 선공감에서 건물을 새로 짓거나 수리하는 등의 일을 맡아보던

231 연지구지(研之究之) : 어떤 일에 대하여 깊이 생각하고 사리를 따져봄.

232 상납전(上納錢) : 나라에 세금으로 내는 돈.

233 중비(中費) : 어떤 일을 성사시키는 데 드는 비용.

234 반닫이 : 앞 부분의 위쪽 절반이 문짝으로 되어 있어 아래로 여닫게 하는 궤 모양의 가구.

235 안핵사(按覈使) : 조선시대 지방에서 발생한 민란을 수습하기 위해 파견한 임시 벼슬.

236 민요(民擾) : 민란.

237 익각(翼閣) : 궁중 안 정당 좌우편에 딸려 있는 전각.

238 침의대(寢衣襨) : 잠옷.

239 안전(眼前) : 눈앞.

240 무가내(無可奈) : 막무가내. 도무지 융통성이 없고 고집이 세어 어찌할 수 없음.

241 가멸다 : 재산이 넉넉하고 많다.

242 하비(下批) : 신하가 올린 글을 재가할 때 임금이 그 글 끝에 쓴 의견문.

243 초개(草芥) : 하찮고 쓸모없는 것을 비유적으로 이르는 말.

244 보련(寶輦) : 위를 꾸미지 않고 만든 임금이 타는 가마.

245 늠연히 : 위엄 있고 당당한 태도로.

246 재궁(梓宮) : 왕이나 왕대비, 왕비, 왕세자 등의 시신을 넣던 관.

247 수장(手掌) : 손바닥.

248 홍마목(紅馬木) : 궁문(宮門) 밖 좌우에 있던 네 발 달린 나무 받침틀. 가마 등을 올려놓을 때 썼음. 여기에서는 운현궁 앞에 홍마목을 세워서 출입하는 사람은 조정의 허락을 받도록 하여 흥선군의 자유를 제한하려는 의도이다.

249 북면하다(北面--) : 신하로서 임금을 섬기다.

250 유충하다(幼沖--) : 나이가 어리다.

251 사혐(私嫌) : 개인적인 미움.

252 오연히 : 태도가 거만하거나 그렇게 보일 정도로 담담하게.

253 입내(入內) : 신하가 궁이나 대궐 따위의 안으로 들어가는 일.

254 겸섭(兼攝) : 원래 맡은 직무 이외에 다른 직무를 아울러 맡아봄.

255 금옥탕창(金玉宕氅) : '금관자, 옥관자, 탕건, 창의'라는 뜻. 높은 벼슬이나 귀인의 복식을 이르는 말.

256 일양래복(一陽來復) : 음(陰)이 걷히고 양(陽)이 돌아온다는 뜻으로 동짓달이나 동지를 이르는 말. 겨울이 가고 봄이 돌아옴 또는 궂은일이 걷히고 좋은 일이 돌아옴을 뜻함.

257 공랑(公廊) : 조선시대에 서울의 큰 거리 양쪽에 줄지어 세워진 상점.

258 육주비전(六注比廛) : 조선시대에 전매 특권과 국역 부담의 의무를 지었던 서울의 여섯 시전(市廛).

259 경필(警蹕) : 임금이 거둥할 때에 경호하기 위해 통행을 금하던 일.

260 확청(廓淸) : 지저분하고 더러운 물건이나 폐단 따위를 없애서 깨끗하게 함.

261 곡필(曲筆) : 사실을 바른대로 쓰지 아니하고 왜곡하여 씀. 또는 그런 글.

『운현궁의 봄』의 서사성과 윤리의식

1. 시작하는 글

근대의 대표적인 장르는 소설이다.[1] 소설은 모든 가능성에 열려 있다. 특히 소설은 한계가 없이 전통적인 이종 장르들을 내적 체계로 전유한다. 소설의 이 같은 특권은 소설이 근대 사회에서 전파되고 유행하게 된 주된 이유이다. 소설의 자기증식[2]은 "창의적인 정신에 의해서, 활동적인 기질에 의해서, 그 생명력에 의해서"[3] 한계가 없는 근대사회와 유사하다.

---

1 여러 가지 특징에 의해서 그것이 태어난 제국주의 사회와 유사한 소설은 어쩔 수 없이 보편적인 것, 절대적인 것, 사물과 사상의 전체를 지향하고 있다. …… 혁명적이고 부르주아적인 장르이며, 선택에 의해서 민주주의적이고, 그걸로 하여금 쇠사슬과 경계선을 깨뜨리게 한 전체주의적인 정신으로 활기를 띠어서 소설은 자유로운 — 전제적이고 극단의 무정부 상태라고까지 할 정도로 자유로운 것이다. 마르트 로베르, 김치수 · 이윤옥 역, 『기원의 소설, 소설의 기원』, 문학과지성사, 1999, 12쪽.

2 자기증식은 독자적이며 승승장구하는 진보를 미덕으로 삼고 있는 계몽주의, 현대 산업사회와 문화의 기계론적 성격과 그 안에 자리잡고 있는 부와 행복의 증진을 추구하고 재생산하는 것을 의미한다.

3 위의 책, 14쪽.

근대를 조망하는 소설은 그 사회와 직접적인 관계를 맺음으로써 삶을 재창조하고 삶의 요소를 재분배하지만, 실제 세계(real world)가 아닌 가능한 세계(possible world)를 서사화한다. 가능한 세계는 기록되지 않은 인간의 범주들이 만들어지고 수많은 사건과 그 상황들이 증식의 근원적 욕망을 구현하는 장소이다. 근대소설의 갈래인 대중소설 역시 증식의 근원적 욕망을 구현하며 안도감을 향유하게 된다. 대중소설은 제도권 문학의 편견과 배타성에도 불구하고 근대적 조건 위에서 성립된 근대적인 문학 현상임에 틀림없다. 조성면은 대중소설의 근대적 문학 현상을 주목하며 진보적 계기와 그 놀라운 대중성을 새로운 서사적(문학적) 가능성으로 다음과 같이 제기하고 있다.[4]

대중소설의 갈래인 역사소설은 20년대 이후에 시작되었다. 30년대에 황금기를 맞이한 역사소설은 소설을 위한 사실로써 가능한 세계이다.[5] 역사소설은 이야기의 형식을 통해 사실(real)처럼 읽혀지는 허구(fiction)에 이른다. 특히 30년대에 쓰여진 역사소설은 역사·사회를 조망함으로써 과거를 성찰하고 현재의 당면한 현실을 극복하기 위한 새로운 제도로서의 근대적 이데올로기를 통섭하면서 반영하기도 한다.[6] 그러므로 30년대의 역사 소설은 식민기의

---

4 "대중소설은 획일적이고 단일한 논리체계로 재단될 수 있는 성질의 것이 아니다. 대중소설의 미적 결함으로 지적되고 있는 도식성과 권선징악도 표면적으로는 보수적인 사회윤리와 위계질서를 재확인하고 이에 동조하는 것처럼 보이지만, 다른 한 측면에서 보자면 그것은 가치체계가 흔들리고 안정된 삶을 살아갈 수 없게 하는 현실에 대한 대중들의 자연발생적인 저항의식 즉 삶의 질서와 안정을 되찾으려는 그 나름의 저항적인 표현으로 해석될 수도 있는 것이다." 조성면 편저, 『한국 근대대중소설 비평론』, 태학사, 1997, 21~22쪽.

5 이재선은 1930년대 역사소설의 증식화 현상이 매우 현저하게 이루어지고 있음을 지적하고 그 발생 원인을 다음과 같이 정리하고 있다. "혹자는 역사소설의 발생을 민족주의, 산업화 및 혁명의 시대의 한 결과로써 규정하고 있지만, 1930년대에 있어서의 역사소설의 생성은 옛 시대에 대한 낭만적인 향수나 현실 조준의 역사적 寓意性보다는 현실의 제약과 억압에서 벗어나려는 도피주의적 성향과 더 많이 연관된다."
이재선, 『한국현대소설사』, 홍성사, 1986, 389~390쪽.

6 당시의 역사소설과 야담 운동은 그처럼 일제의 민족 말살 운동에 대한 저항으로서 민족적 차원에서 급속히 번성하기 시작했다. 그리하여 그것들은 문예를 대중에게 보급시킴으로써

역사적 현실을 "우리로 하여금 보게 만든다."[7] 역사 소설은 상상을 통하여 현실적인 것 그리고 합리적인 것과 밀접하게 연관됨으로써 핍진감(逼眞感) 있게 읽혀진다.[8]

김동인의 역사소설『운현궁의 봄』은 단순히 관습적인 세계를 유지하는 보수적인 성향뿐만 아니라 타자에게 자기를 인식시키고, 승인받고, 가능하면 타자보다 우월해지려고 하는 욕망을 실현하려는 근대의 여타 소설과 다르지 않다. 그뿐만 아니라 예술로 형상화된 독자성과 특성이 호흡한다.[9]

『운현궁의 봄』의 역사성은 스토리가 취할 수 있는 두 가지 방향,[10] 작중인물들이 처하게 될 상태인 향상(성공) 아니면 악화(실패)가 놓여져 있다. 향상과 악화의 계기는 가능성으로부터 과정과 결과로 이행되는 논리적 3단계로 진행된다. 논리적 단계로 진행되는 구조의 연속성은 "분석가로 하여금 말하여

민중에 대한 교육과 사상 지도 기능을 동시에 발휘하면서 민족정신의 함양과 고무에 기여했다. 김중현, 「역사소설」, 『대중문학의 이해』, 청예원, 1999, 178쪽.

7 알뛰세르는 이데올로기를 '개인과 그의 진정한 존재조건 간의 상상적 관계의 표현'이라고 정의 내린다. 레이몬 셀던, 현대문학이론연구회 역, 『현대문학이론』, 문학과지성사, 1987, 68쪽.

8 상상적인 의식은 우리로 하여금 세계를 이해하도록 도와주나 동시에 세계에 대한 우리의 참된 관계를 가리거나 억압한다. 위의 책, 68쪽.

9 "역사소설이 과거에 대한 향수가 아니고 민족의 성격을 창조하고 한 걸음 나아가 현실개조의 추진력이 되는 민중의식까지 불러일으켜야 된다고 할 때, 역사소설은 여타의 근대소설과는 다른 특성과 기능을 지닌 문학양식으로 차원 높게 다루어야 할 것이다." 송백헌, 『우리문학과 그 현장』, 국학자료원, 2001, 9쪽.
"역사는 현재적 의미와 함께 미래의 지평을 여는데 가장 큰 의의가 있는 것이다." 조동길, 『한국현대장편소설연구』, 국학자료원, 1992, 29쪽.

10 양분화의 개념은 상당한 자유를 유보하고 있는 수평적 계통도의 형식으로 도식화할 수 있다.

```
                                      ┌ 성공(도달된 목적)
              ┌ 현실화의 과정          ┤
가능성(한정된 목적)┤ (취해진 수단)        └ 실패(도달되지 않은 목적)
              └ 비현실화
                (취해지지 않은 수단)
```

지지 않은 가능성들을 발견할 수 있게 만드는 가능한 모든 인간 관계(성적·법적 등등)의 완벽한 명세서를 만들어준다."[11] 또한 이 같은 구조는 사건들의 목적론적인 위치를 제시한다.

근대적 욕망이 투사된 작중인물들은 자기증식을 위한 향상(성공)/악화(실패) 양방향으로 분산되어 있다. 그리고 작중인물들에 의해서 벌어지는 가능성으로서의 사건들과 과정, 결과에 따라서 고뇌하며 갈등한다. 가능성으로서의 사건들과 과정, 결과는 인간의 행동으로 나타나 인간의 행동을 판단하는 윤리적 가치로 치환된다. 윤리는 인간의 외피가 아니라 내면이다. 도덕적으로 창조된 사회적 가치는 정치적 권력의 침탈(侵奪)로 인해 역사의 재발견이라는 아이러니로 다가온다. 근대는 그 자체의 특성과 가치를 새롭게 발견한 역사 속의 유교, 타자에 의해서 밝혀진다. 타자로서의 유교 윤리는 근대의 정치적 가치가 재현된 작중인물들의 사회적 관계를 파악하는 요체가 된다. 유교 윤리는 과거와 현재를 잇는 끈이며 한국 근대소설의 미적 유인성으로 부활한다. 이제 근대 문학은 유교 윤리의 쇄락에 의해서가 아니라 재현되는 흔적에 의해서 빛난다. 우리는 전통적 윤리와 습속을 내면화한 작중인물들과 대면하고 이식된 근대적 가치의 윤리를 성찰함으로써『운현궁의 봄』에 재현된 서사성에 근대의 자기증식의 구조와 유교 윤리가 도덕적 내면으로 변주되어 교직되어 있음을 밝히고자 한다.

2. 근대의 자기증식을 재현하는 서사구조

『운현궁의 봄』은 주인공 이하응의 죽음을 서술하면서 시작한다. 그의 죽음은 악화이다. 그의 죽음은 인간이면 반드시 겪게 되는 필연적 사건이다. 그에게 발생된 악화(degeneration)는 타자인 백성들의 눈과 목소리를 통해 새롭게

---

11 레이먼 셸던, 앞의 글, 79쪽.

규명된다. 타자들의 논평은 죽음이 악화가 아님을 말한다. 그의 죽음은 비-사(非-死)이다.[12] 그러므로 악화의 상태가 아니다. 그것은 타자에 의해서 인정된 '이뤄진 향상'(attained generation)이다.

> 조선 오백 년 역사에 있어서 조선을 사랑할 줄 알고, 왕가와 서민, 정치가와 백성, 윗사람과 아랫사람의 지위를 참으로 이해한 단 한 사람인 우리의 <u>위인</u> 이하응이 그 일생을 마친 날이다.

이하응의 죽음은 그의 삶, 정치인으로서의 삶을 드러낸다. 그의 삶은 다른 사람의 삶과 결부되어 있다. 특히 그가 '이뤄져야 할 향상'으로서의 '치국'은 타자 의식이다. 그의 타자 의식은 그의 정치적 지향점으로 사회 변화에 영향을 끼쳤음을 알 수 있다. 그의 이해는 백성들 자신의 존재적 당위성에 대한 의식의 변화와 이에 대한 우리 사회의 높은 열망에 대한 것이다. 그의 이해는 타자의 향상이다.

그는 왕족이라는 출신 성분을 갖고 태어난다. 고귀한 혈통은 신분 그 자체로만 보면 향상이다. 그러나 왕족이라는 신분 때문에 생명의 위협을 받는다면 왕족이라는 고귀한 혈통은 악화이다. 악화와 향상은 서로의 상대 축으로 위치하며 계기의 각 단계가 반대 단계와 대비되어 별도의 수준으로 발전하게 된다. 그러므로 한 작중 인물의 상태에 있어서는 향상인 것이 또 하나의 작중 인물의 상태에 대해서는 악화가 되는 것이다. 악화의 반대 축에 외척 김씨 일문의 세도(勢道)가 향상으로 놓인다. 그러므로 김씨 일문의 득세는 이하응의 악화로 대비된다. 이는 왕족의 보편적 악화를 의미한다. 이렇게 형성된 세도 정치는 사회적인 혼란으로 이어진다. 이는 국가의 악화이다. 세도는 세력의 확장과 치부(致富), 자기증식의 도구이다. 김씨 일문의 향상은 유교사회의 윤리, 오륜(五倫) 중 군신유의(君臣有義)의 법도를 흔드는 일탈이다. 그들의 일탈

---

12 S. 리몬-케넌, 최상규 역, 『소설의 시학』, 문학과지성사, 1985, 26~28쪽.

은 유교사회를 지탱하는 사회제도와 윤리의 악화이다.

　　왕족의 한 사람이라, 흥선군의 집도 '궁(宮)'이라는 명칭은 붙어서 운현
궁이라는 명색이 있기는 있었다. 그러나 가난하고 세력 없고 그 위에 당시
의 권문(權門)인 김씨 일족이며 그 밖 권도가들에게 멸시를 받고, 거리의
무뢰한들과 짝하여 술이나 먹고 투전이나 하러 다니는 그는, 어디로 보든
지 한 개의 표랑객이지, 왕족으로 보이지 않았다. 단지 때때로 뜻 없이 호
령을 할 때나, 혹은 무슨 마음에 맞지 않는 일 때문에 휙 돌아서고 말 때에
그의 무서운 위압력이 얼핏 보여서 범인(凡人)이 아닌 그림자가 눈 밝은 사
람에게는 보일 뿐이었다.

　김씨 일문의 일탈은 이하응의 일탈의 원인으로 긴밀하게 연결되어 있다.
그의 악화와 일탈은 외척인 김씨 일문의 향상과 일탈이 결정적인 요인이다.
고귀한 혈통은 비루한 혈통과 다를 바 없으며 왕손이라는 허명(虛名)만을 유
지하게 한다. 그의 고귀한 혈통은 오히려 악화의 원인이다. 이러한 악화는 그
의 일상적인 생활마저도 일탈된 행동을 하게 한다. 개인적 악화인 일탈행동
은 특히 왕가(王家)나 사대부가 해서는 안 되는 유가적 가치관에 위배되는 반
사회적인 행동들이다. 그러므로 그의 일탈행위는 권력의 독점/분배, 귀속/배
제, 동일시/비동일시로 인한 사회적 갈등과 민감하게 연결되어 있다. 개인적
악화인 일탈행동은 개인의 정체성과 능력을 숨기기 위한 것이다.

　이하응의 악화 가능성은 개인적 자질과 왕손으로서의 사회적 체통을 방기
함으로써 이루어진다. 그는 공동체의 규준(規準)을 일탈함으로써 개인적 악
화를 심화시킨다. 그럼으로써 그는 타락한 공자이거나 시정잡배로서 시민들
의 쌍말과 속담과 재담과 해학에 능한 망나니이다. 그는 김씨 일문에 의해서
끊임없이 수모를 당하고 자신을 쌍놈이라고 낮춘다. 이미 그에게서 왕손으
로서의 권위는 찾아볼 수 없게 되며 그의 정체성은 새롭게 이름지어진다.

　김씨 일문들은 그의 비윤리적 일탈, 비루한 몸가짐을 조롱한다. 그들은 자
신들의 행위 — 반신민(反臣民)으로의 일탈 — 를 정당화하고 있다. 그의 일탈

은 김씨 일문의 일탈과 맞물려 있다. 자신의 '이뤄진 향상'을 유지하기 위해 김씨 일문은 똑똑하여 자기들과 대립할 것 같은 왕손을 제거했다. 그들은 무기력한 왕손으로 하여금 왕위를 잇도록 하여 왕을 무력화(無力化)하고 세도를 유지했다. 왕가의 악화는 패덕(悖德)한 김씨 일문의 향상을 이루는 기반이 되고 있다.

이하응의 일탈[13]은 다른 대상, 김씨 일문의 초점을 두고 하는 역할 구성이며, 대역이다. 역할 구성의 개연성은 "범인(凡人)이 아닌 그림자가 눈 밝은 사람에게는 보일 뿐"이라는 서술에서 읽혀진다. 그러므로 그의 일탈은 자기의 정체성을 숨기는 데에 그 목적이 있다.

이리하여 종친들의 위에 엄중한 검토의 눈을 붓고 있는 김씨 일문도, 흥선에게뿐은 감시의 눈을 던질 필요를 느끼지 않은 것이었다. …… 흥선군 이하응에게뿐은 절대의 안심을 느끼고 있었다.

악화에 빠진 이하응은 김씨 일문에게 경계의 대상이 아니다. 그는 김씨 일문의 감시로부터 자유롭다. 이하응의 운명은 일견 김씨 일문에 의해서 떠밀려 결정된 것 같지만 자신의 의도에 의해서 일탈된 정체성이다. 그러므로 이하응이 처한 악화는 김씨 일문에 의한 필연적인 부분도 있지만 자신의 안위(安慰)를 도모하기 위한 의도에 의해서 비루하게 꾸며진다. 그의 일탈은 자신이 선택한 악화이다. 이는 역설적으로 '향상의 과정'이다. 살아 있어야 꿈꾸고 있는 '이뤄야 할 향상'에 도달할 수 있기 때문이다. 향상을 꿈꾸며 거짓 꾸

---

13 다른 사람의 눈에서 일탈의 정체성이 확립되게 되면 모든 또는 대부분의 다른 가능한 정체성들을 부정하는 경향이 있으며, 특별히 문제가 되는 일탈의 범주를 특별하게 심각하게 생각하는 사람들의 경우에는 더욱 그러하다. 다른 정체성들이 부인된다는 것은 그 개인이 그런 정체성들을 취하지 못하는 것으로 보여짐을 의미한다. 그 사람이 공표(announce)하는 정체성이 무엇이든 간에, 다른 사람들은 그에게 일탈적 정체성을 부여하게 된다. 존 P. 휴이트, 윤인진 외 공역, 『자아와 사회』, 학지사, 2001, 380쪽.

민 일탈은 김씨 일문을 안심시킨다. 김씨 일문의 안심은 자기증식의 미밍에 갇혀 거짓 꾸밈을 제대로 볼 수 없는 착시의 결과이다.

이하응과 달리 이하전은 종친 가운데 "마음이 굳고 활달하고, 그 정치안이 또한 비범한 사람"이다. 그는 다른 종친들이 시정에 숨어버리거나 낙향할 때 버티고 김씨 일문에게 머리를 숙이지 않았다. 그는 방자한 김씨 일문을 미워한다. 이런 그가 25대 왕위를 계승할 종친으로 지목되기도 했으나 김씨 일문의 술책에 의해서 다른 종친이 왕위를 계승한다. 현재도 왕이 손 없이 승하하면 제일 유력한 계승자이다. 그는 김씨 일문에게 최고의 경계 대상이다. 이하전은 자기도 모르는 사이에 김씨 일문에 의해서 운명이 결정되어 역적으로 몰려 죽임을 당한다.

─ 김씨 일문의 회의였다. …… 이하전과 가까이 지내는 친구 몇 명을 금부로 잡아다가 독한 고문을 가한 후에, 그들이 토사(吐辭)하였다는 구실로써 이하전을 없이하여버려서 화근을 미리 씻어버리자는 것이었다. …… 이리하여 이 좌석에서 왕족 이하전의 운명이 결정되었다.

이하전은 김씨 일문의 음모로 역모를 한 죄인이 된다. 그는 향상을 이루지도 못하고 그를 둘러싸고 있던 악화로부터 벗어나지도 못한다. 그의 악화는 이하응이 뒤에서 음해한 결과이다. 이하응은 김씨 일문이 이하전에 대한 경각심을 갖도록 그 존재를 일깨운다. 이로써 이하응은 이하전의 죽음을 예견한다. 이하전의 악화는 이하응의 향상의 과정에 대치된다. 이하전의 악화, 죽음은 김씨 일문에게는 향상의 지속이다. 그는 이하전과 달리 김씨 일문의 횡포에 대항하지 않고 악화에 기대어 생명을 보존한다. 지속되는 김씨 일문의 향상은 이하응에게 있어서 악화이지만 경쟁해야 할 종친이 없기 때문에 향상의 기회를 잉태하고 있다.

이하응은 자신의 능력을 철저히 숨겨 김씨 일문의 시선에서 벗어난다. 김씨 일문의 시선에서 벗어난 그는 아들에게 왕자의 도를 가르친다. 그는 '이뤄야 할 향상'을 위해 왕실의 최고 어른인 조 대비의 마음을 얻어 밀약을 맺는

다. 조 대비는 김씨 일문의 세력을 뚝 자르고, '조씨 세도의 날'을 현출시키는 자기증식을 통한 향상을 이루는 것이다. 그러나 이하응의 향상은 아들을 왕위에 오르게 하고, 개인의 부귀영달을 누리는 자기증식이 목표가 아니다. 그는 개인적 향상을 통해 외척을 몰아내고 왕실의 권위를 되찾고 불합리한 제도를 개선하여 조선의 토대를 재건하려 한다.

이하응의 향상은 헌종의 죽음에서 비롯된다. 왕은 백성의 아비이다. 아비 헌종의 승하는 악화이다. 이하응의 향상은 아비의 죽음에서 시작되며, 그 아비를 부정하고 단절한다. 또한 새로운 아비를 맞이한다. 아비와 아들의 관계는 단절과 지속이 교직한다. 새로운 왕은 승하한 왕의 손으로서 대물림하지 않는다. 조 대비의 남편이었던 익종대왕의 대를 계승한다. 헌종은 대가 끊긴다. 그리고 김씨 일문을 대표하는 김좌근은 이전에 초개만큼 여기지 않던 흥선의 앞에 허리를 굽히고 예를 갖춘다. 이하응은 대원군이 되어 향상을 이룬다. 이하응의 향상은 상대적으로 김씨 일문의 악화를 의미한다. 김씨 일문은 죽음에 이르는 악화를, 이하응은 공동체의 삶에 이르는 향상을 이룬다. 그는 김병기의 귀향, 악화가 일시적인 것이며 나중에 오히려 중용할 것임을 밝혀 존경과 애모의 염을 갖게 한다. 김병기는 악화에서 벗어나 자기성찰과 세상에 큰 사업이 있음을 깨닫는다. 김병기는 권세를 잃어 악화에 빠지지만 대신 정신적 향상을 이룬다.

김병학 형제도 이하응의 향상을 돕는다. 병학 형제는 이하응의 범상치 않음을 일족에게 고변하지 않는다. 그들 형제에게서 자기부정 혹은 비판의식을 엿볼 수 있다. 자기 반성은 김씨 일문 간의 세의 균형이 깨지고 관계에 틈이 나기 시작했기 때문이다. 그러므로 자기를 부정하는 반성은 안위를 보존하고 악화를 지연시킨다.

이하응은 김씨 일문의 참몰을 면하게 해준 생명의 은인이 됨으로써 김씨 일문의 저항을 무력화한다. 그는 김씨 일문인 김병학, 병국 형제를 내치지 않고, 그들의 재능을 인정하며 벼슬을 오히려 높여준다. 병학, 병국 형제와는 손을 잡고 병기는 후일을 약속하며 귀향을 보내는 것으로 김씨 일문과의 관계를 새롭게 정립한다. 김씨 일문의 악화를 지연시킴으로써 조 대비 일가의 향상을 지연시킨다. 이하응은 조성하뿐만 아니라 큰아들 역시 벼슬을 과하지 않게 직을 줌으로써 사사로움이 없이 공정하게 일을 처리하고 있다는 명분을 얻는다.

자신의 향상을 위해서 이하전을 죽이도록 김씨 일문을 자극하고 조 대비와 밀약을 하는 등 권모술수에 능한 모습 속에서 영웅의 숭고함을 찾아보기 어렵다.[14] 조 대비와 했던 밀약을 물욕을 채워줌으로써 보상하고 자신의 성취를 위해 차도살인을 하는 모습 속에서 향상을 위해 수단방법을 가리지 않는 근대의 속물적 인간형을 엿볼 수 있다. 그의 일탈은 향상을 위한 생존의 수단일 뿐 유가적 세계의 규율과 제도를 지탱하기 위한 자기희생의 모습이 아니다. 김씨 일문 역시 유가적 세계를 지탱하는 규율과 제도를 파탄에 이르게 하고, 세습된 계급을 이용해 치부하는 반사회성을 보여준다.

이하응에게 나타난 의인의 징후들은 '향상의 과정'에서 벌어진 모든 수단과 목적을 정당화하는 장식에 지나지 않는다. 그가 '이뤄야 할 향상'은 새로운 국가권력과 경제 권력을 제도화하는 것이다. 새롭게 형성된 권력은 신민(臣民)의 호응이 있다. 그의 치국(治國)은 사회통합에 기반을 둔다. 그러나 그의 권력은 생활세계의 식민지화를 가져온다. 이하응은 호명하는 이름을 넘어서 이데올로기의 주체로 소환된 아비를 바꾸고 과거와 단절을 꾀하며 독하게 마음을 먹고 세상을 바꾸는 '이뤄야 할 향상'을 욕망하는 서사적 상상력이다.

『운현궁의 봄』에서 '이뤄진 향상'은 과거를 성찰하고 비판함으로써 현재의 환경을 개선하고자 하는 욕망의 표현이다. 환경은 인간사회 생활의 외적 자연이 아니다. 환경은 질서를 가지고 있으며 인간의 향상 욕구에 의해서 다시

---

14 고전소설에 등장하는 영웅 인물들은 자신의 능력과 조력자의 도움으로 고난을 극복한다. 고난을 극복하기 위하여 악한을 희생하기는 하지만 자신의 향상 혹은 성취를 위해서 권모술수를 쓰지 않는다. 특히 그들은 윤리적으로 부도덕한 인물은 없으며 충·효라는 사회적 이데올로기에 충실히 따른다.

세워진 생태학적 문제들이다. 그러므로 역사소설 『운현궁의 봄』은 근대적 이데올로기를 반영하고 있음을 인정하는 자기증식의 서사구조에서 자유로울 수 없다. 생태학적 문제들은 자기증식의 서사구조로 실현되며, 이하응이나 김씨 일문, 조 대비 등의 속물적 인간상은 자기증식의 서사구조, 가능성의 구조라는 생태환경에서 끊임없이 변주됨으로써 문학의 내재적 원리로 생명력을 갖는다.

3. 전근대 윤리의 파탄

윤리의 파탄은 생태적 환경의 제 조건에 현저한 변화를 가져왔다. 윤리 문제는 사회의 습속을 반영하며 역사의 모순에 대한 극복과 새로운 변화 과정에서 도출되는 저항의 담론이다. 특히 정신적 가치를 존중하던 유가(儒家) 세계의 파탄과 그 후예들의 비윤리적 행태는 심각한 사회문제를 넘어 국가 존망에까지 심각한 영향을 끼쳤다. 새로운 문물의 유입은 전통적 가치의 폄하와 자기부정을 과신하게 된다. 작중인물들은 자기폄하와 부정이 남긴 질시와 불화의 세계에 빠진다. 송기섭은 「유교적 원리와 근대적 자아의 부정성」에서 조선의 윤리 근간을 다음과 같이 정리하고 있다.

전근대의 대명사는 유교가 낳은 사상과 관습이다. 유교는 오백여 년 동안 한 왕조의 지배이념으로 존속하면서 사상과 생활을 지배한 절대적 원리이자 규범으로 삶의 미세한 부분에까지 행사되어왔다.[15]

작중인물들은 조선인으로서 자신의 세계관과 미래를 담당하고 이끌 윤리

---

15 송기섭, 「유교적 원리와 근대적 자아의 부정성」, 『국어국문학』 제124호, 국어국문학회, 1999, 341쪽.

적 이념에 철저하지 못하여 그들이 주장하는 주자학적 질서는 외향만 남고 그것의 심저에 깔린 정신이나 문화적 전통은 방기된다. 사대부 출신인 위정자들은 수기치인(修己治人)하려는 정결한 이상을 상실한다. 다만 그들에게는 '이루어야 할 향상'에 대한 욕망만이 있을 뿐이다.[16] 권력과 돈에 집착하는 그들의 모습은 유교사회의 파탄과 정신의 폐허를 보여준다. 이제 유교의 처세적 순정성은 무망하다. 남은 것은 유교의 사상과 고착된 관습의 외피이다. 유림과 그들이 이끄는 향촌 사회의 덕목과 충·효를 실천하는 의리지학(義理之學)은 천박한 파당을 유지하는 자기증식의 논리로 둔갑한다.

김씨 일문은 신하(臣下)로서 도의(道義)를 잃은 모리배이다. 그들은 "국가의 대사와 백성의 고통에 관심을 쏟는 적극적인 현실 참여를 자신의 임무라 생각하는 유학의 전통을 계승"하지 않는다.[17] 단지 그들은 이해를 따질 뿐이다. 그들은 임금에 대한 신하 된 도리, 의(義)뿐만 아니라 인간의 기본적인 예(禮)조차도 지키지 않는다. 김씨 일문의 세도정치는 예로부터 출발하지 않는 부정한 것임을 보여준다. 국가의 존립이 군신유의(君臣有義)라는 윤리를 토대로 한다고 볼 때 국가의 근간을 이루는 윤리가 붕괴되었음을 보여준다.

김씨 일문은 사대부로서 반드시 익히고 실천해야 할 도덕적 자기수양을 하지 않는다. 그들은 경전을 읽고 수기를 실천하는 것이 아니라 파한(破閑)을 위해 흥미 혹은 쾌락을 쫓는다. 그들이 "올바로 수양하지 않고 재빨리 나아가는 것은 성장의 내용을 갖추지 못한 형식적 가장"[18]이기 때문이다. 그저 높은 위치에 재빨리 오르고 그것을 지키기 급급한 사람들일 뿐이다. 유교를 올바르게 실천하려 했던 선대의 심신지교(心身之敎, 몸과 마음에 대한 가르침)에 대

---

16 한 사람 또는 여러 사람의 행위자들이 직접 혹은 간접적으로, 순간적으로 혹은 단계적으로, 한 사람 혹은 여러 사람에게 그들의 신체적·도덕적 보전, 소유물, 그들의 상징적·문화적 참여들을 상이한 정도로 침해함으로써 어떤 상호작용의 상황 내에서 행동할 때, 거기에 폭력이 있다. 프랑수아 스티른, 이화숙 역, 『인간과 권력』, 예하, 1989, 19쪽(에서 재인용).

17 이상익, 『서구의 충격과 근대 한국사상』, 한울, 1997, 43쪽.

18 뚜 웨이밍, 정용환 역, 『뚜 웨이밍의 유학강의』, 청계, 1999, 36쪽.

한 배반이다. 그들은『금병매』를 읽고 유교 윤리에 능숙하지 않은 미성숙한 인간으로서 심신지교에 정면으로 배치되는 행위를 한다. 그들은 예를 지키지 않아도 부끄럽지 않다.

그들의 배반과 부도덕한 행위는 '백성을 보살피는 것(親民)'에 대한 책임도 없다. 그들은 백성에 대한 측은지심(惻隱之心)이 없으니 수오지심(羞惡之心)도 없다.[19] 그러므로 그들은 권력과 돈을 자기증식하기 위해 매관매직(賣官賣職)을 하고 탐관오리를 양산한다. "유가에서 정치의 목적은 백성에게 봉사하고 이들을 양육하고 교육하는"[20] 엄격한 이타의식(利他意識)을 실천하는 것이다. 그들은 수기치인을 실천하지 않는다. 그들은 수신제가(修身齊家)한 후에 덕으로 치국(治國)하여 입신양명(立身揚名)에 뜻을 둔 사람들이 아니다. 그들은 혼인과 피가름을 통해 입신양명한 사람들이다. 윤리적 토대가 빈약한 그들은 사회를 지탱하는 적절한 도덕적 테두리와 조화를 이루며 규율을 감찰하지 않는다.

김씨 일문은 세도의 권력을 유지하기 위해 수신하는 윤리를 실천하기보다는 무당의 주술에 의지한다. 무당의 주술에 의지한 행위는 치국과 무관하며 오로지 개인의 이기심을 충족하기 위한 기원이다.[21] 그들은 물고기에게는 보시를 해도 백성에게는 하지 않는다. 백성은 시반을 건지다 잡히면 도적으로 몰려 곤욕을 치르고 죽음에 이르기까지 한다. 김씨 일문은 하늘로부터 동일한 본성을 지닌 백성을 살해하면서도 시비지심(是非之心)을 가릴 눈이 없다. 그들의 권력, 세도정치는 유교사회의 윤리를 위반하는 것으로 그치는 것이 아니라 나라의 건국이념을 배반하는 난적(亂賊)의 행위이다.

조 대비나 이하응 역시 김씨 일문과 다르지 않다. 그들은 순혈주의와 치인(治人)을 걱정하며 왕실의 법통을 유지하려 하나 이면에는 김씨 일문에 대한

---

19 맹자는 사단(四端)을 인간이 본성적으로 타고나는 도덕적 경향성이라는 신념을 피력한다.

20 이광세,『동양과 서양 두 지평선의 융합』, 길, 1998, 213쪽.

21 자신의 인간성에 진실되게 노력하라는 내적 요구는 다른 사람을 도와 주어야 하는 사회적 필요와 분리되지 않는다. ……자기 인간성의 참된 발휘를 진정으로 위협하는 것은 사회가 아니라 자기 자신의 이기적 욕망이다. 뚜 웨이밍, 앞의 글, 42쪽.

복수심이 있다. 그러므로 왕실의 권위를 회복하고 사회를 안정되게 하기 위해 역량 있는 왕을 추대하기보다는 개인의 사익을 우선시해서 결정한다. 이 하응은 사회를 개혁하기 위한 권력을 얻기 위해 어쩔 수 없는 선택이라고 말할 수 있겠지만 분명 개인이 만든 권력이다. 권력을 얻기 위해 김씨 일문으로 하여금 이하전을 경계하여 죽이게 하는 원인을 제공한다. 그는 그러한 행동에 대해 자성(自省)하는 모습을 보이지 않고 이하전의 행동을 탓한다. 그가 얻은 권력에는 권모술수와 거래만이 있다.

『운현궁의 봄』은 조선의 건국이념의 파탄과 순혈주의 폐쇄적 이기심, 유교 윤리의 순정성이 상실한 사회의 모순과 갈등을 여실히 보여준다. 특히 조선의 정치적 경제적 파탄은 유교 윤리의 본성에 기인한 것이 아니라 사대부로서 '수기'에 소홀한 개인의 인격적 결함이 그 원인이다. 이는 고정된 사회적 위계와 중첩되어 있는 충성심에 기반한 전통적인 사회질서의 퇴조와 공동체 의식의 붕괴를 의미한다. 인간 개인의 이기적인 자기증식이 사회의 새로운 정체성으로 등장함으로써 우리 사회도 억눌렸던 도구적 충동을 드러내고 걷잡을 수 없는 흐름으로 세속적이고 물질주의적인 욕망을 표출하게 된다.

우리 사회와 식민지 사회의 주체인 서구 제국주의자들은 나라 상실의 책임을 유교문화에 전가한다. '서구'로 지칭되는 근대는 서서히 사회의 변화와 함께 나타난 정체성이다. 그렇게 형성한 정체성으로 오랜 시간 우리 사회의 마음과 행동의 습성을 규율하던 정체성을 자신들과 구분짓는 언어, 이미지, 상징으로 타자화하고 있다. 서구의 타자인 우리는 "사회적 및 도덕적 가치에 있어 신성한 것에서 세속적인 기초로의 변형"[22]을 이행하게 된다. 인간의 본성을 도야하고 사회를 도덕 공동체로 교화시키려는 실천은 폄되며 근대의 구심점인 합리적 정신과 개인적 삶의 양식이 대신한다.

---

22 스튜어트 홀, 전효관 외 2인 역 "서문", 『현대성과 현대문화』 2, 현실문화연구, 1996, 14쪽.

4. 근대 윤리의 욕망

역사소설은 과거의 시공간을 향수에 젖어 반영하지 않는다. 과거의 시공간은 현재적 의미를 이념화한다. 『운형궁의 봄』은 개인적인 인간들의 욕망이 이기적으로 분출되지만 배면에는 변화하는 사회의 이념을 반영하고 있다. 이하응은 자신의 삶을 탐구, 성찰하는 힘을 통해 눈앞에 들이닥친 운명을 초월한다. 그는 현존하는 관습과 믿음을 부정하고 새로운 사회제도, 새로운 정치·경제적 권력에 새로운 생명성을 불어넣고자 한다. 이는 윤리적 인간이 갖게 되는 새로운 윤리적 통찰이다. 그것은 새롭게 등장하는 젊은 세대를 의미한다.

이하응은 주변의 표준, 유교적 윤리에 순응하고 동일시하는 것만을 도덕적이라고 믿지 않는다.[23] 그는 새로운 통찰로 구시대의 권위를 공박함으로써 마찰과 갈등을 일으킨다. 그는 전통으로서의 구습, 김씨 일문을 지탱하는 관습과 제도가 인간의 생명력과 창조적 통찰을 말살하고 복종만이 삶의 유일한 조건이 될 수 없다는 부정의식을 내면화한다. 그는 이타의식이 부재하는 사회 전반에 대해서 비판적이다. 그가 비판하는 사회의 모순을 살펴보면 기득권을 지닌 자들이 타당하다고 주장하는 것에는 상호 주관적인 승인의 절차가 없다. 그가 비판하는 사회는 전근대 윤리를 명분으로 왜곡된 도구적 제도가 일방적 권력으로 종속된다.

　① 장래 이 나라의 정권을 잡은 사람으로 내정된 흥선은, 그날을 위하여
　그의 활달한 눈을 온갖 곳에 붓고 비판하여보았다.

---

23 동일성의 사고가 타자를 생각할 수 있는 것은, 이 타자를 자신에게 환원해서 그 대상이 갖는 차이를 동일성에 굴복시킴으로써이다. 동일성의 사고는 사상(事象) 고유의 성격을 빼앗고 동일성으로 대치시킨다. 이렇게 동일성의 사고는 사상(事象)을 억압하고 지배한다. 사상을 동일화하는 작업은 그것을 지배하기 위한 조건이다. 민형원, "아도르노", 『현대 철학의 흐름』, 동녘, 1996, 189쪽.

② 일일이 세자면 끝이 없는 이 많고 많은 문제를 모두 일시에 꺾어버리고 다시 새로운 제도를 세우기 위하여 흥선은 그 방책을 세우기에 노력하였다.

결국 이하응이 세우고자 하는 새로운 사회의 기본적인 규약은 자기성찰, 비판의식에서부터 출발한다. 그의 비판 의식은 새로운 지적, 인지적 세계에 대한 출현을 예고하는 것이다. 그러므로 그의 비판은 역동적인 사회분업과 세속적이고 물질주의적인 문화와 제도를 세우는 것이다. 그의 비판의식은 "유교권 사람들의 의식 구조 속에 가치관으로 깊숙이 자리잡은 '마음의 유교적 습성들'"과[24] 갈등한다. 1930년대의 현실은 일방적인 근대의 이식과 자기 폄하의 결과로 진보[25]에 대한 반성이 싹트고 있었다.[26] 작중인물 이하응에게는 시대적인 고뇌가 반영되고 있다. 나라 상실의 책임으로부터 자유로울 수 없기 때문에 이하응은 유교적 습성에 전적으로 기댈 수도 없다. 그는 사회의 변화와 구제도의 모순을 통찰하고 있다. 그는 가부장적 사회의 공동체 의식이 자기증식의 수단을 위한 편협한 권력으로 변질되었음을 비판한다. 세도가인 김씨 일문은— '근(根)'자와 '병(炳)'자 항렬이 — 서로 다른 생각을 가지고 있으나 가부장의 권위에 귀속되어 있다. 그들은 현실적이다. 그래서 그들은 자기증식에 걸림돌이 되면 신분 고하를 막론하고 배제한다. 그들은 자기증식

---

24 그 습성들 안에는, 학문의 본질적 가치에 대한 인정, 유기적 인간 관계, 신용과 신의에 기반을 둔 공동체로서의 사회, 개인적 이익과 공동 선의 조화 책임과 함께 증가하는 도덕 의식, 지도자들이 도덕적 행동의 실천을 통해 모범이 되어야 한다는 기대, 문화적 엘리트의 사회적 책임, 수재 교육 제도 등이 포함되어 있다. 이광세, 앞의 글, 68쪽.

25 후진 지역의 사람들에게 진보란 침략이나 기껏해야 착취, 억압, 고향으로부터의 박탈, 떠돌이 생활 등을 의미했기 때문이다. …… 진보는 역설적으로 체계적인 인종차별을 동반했다. 에릭 홉스봄, 김동택 역, 『제국의 시대』, 한길사, 1998, 46쪽.

26 20년대에 등장한 프로문학파와의 논쟁을 통해 국민문학파는 "이제까지의 막연한 민족주의적 사조나 대일 저항 의식에서 현실 도피적 퇴폐적 미몽에서 깨어나게 한 자극제가 되었다." 국민문학파는 30년대에 들어와서 역사소설을 통하여 새로운 문학을 모색하게 된다. 장덕순, 『한국문학사』, 동화문화사, 1980, 434~435쪽.

을 위해 혼인을 통한 피가름과 매관매작을 통한 경제적 성취에 몰두한다.

이하응은 피가름을 통해 형성된 세도정치와 매관매직하는 관료사회의 부패, 조세제도와 경제정책의 실패, 현실성 없는 제도를 비판한다. 그러므로 그의 비판의식은 과거를 끝임없이 성찰하며 과거를 개선하기 위해 과거와의 단절이 필수적인 조건임을 깨닫는다. 과거와의 단절은 이전 사회를 유지하고 감찰하던 제도와 새롭게 계획하는 제도와 차별화이다. 그는 과거와 달리 신분의 제약 없이 모든 사람에게 자유로운 발전의 계기를 주려 한다. 이를 새로운 사회의 규약으로 자리잡게 한다. 이로써 과거와의 차별화를 통한 단절은 새로운 생상(生相)의 조건이 된다. 단절은 사회적 문제를 비판하고 개선하기 위해서 사회적 합의, 승인된 절차라는 합리적 명분을 획득하려 한다. 그의 비판 의식은 과거의 삶과 가치 및 정체성의 형식이 끊임없이 파괴되고 새로운 것들의 생산과 결합되는 상황을 주도하려 한다. 그래서 그는 현재의 정치적·경제적 파탄의 원인으로 비합리적인 제도와 현실에 안주하려는 무사안일을 문제시하고 계급 사회의 환상을 깨려 한다. 비합리적인 제도, 비능률적이고 폐쇄적이며, 세습적인 관료 사회는 민생의 안정을 저해하는 요인이다. 민생의 불안정은 사람들이 변함이 없는 올바른 마음, 늘 지니고 있는 도의심을 발현시킬 수 없다.

이하응은 "전통적 유교 통치자"[27]의 덕목을 이어받고 공고히 하기 위해 제도 개선을 우선시한다. 그는 과거의 제도를 개선함으로써 피가름을 통한 호

---

27 전통적 유교는 통치자의 책임 안에 사람들의 생활을 보장하고 그들을 교육시키는 것을 포함했다. 통치자는 인격이 결여되어 있으면 통치자로서의 자격이 없다. 이하응은 수기치인(修己治人)하는 인품을 갖추고 솔선수범을 하는 전통적 유교 통치자는 아니다. 그는 사회 제도의 개혁을 통해 합리적으로 수행하여 왕권의 강화와 권위를 되찾고 득세하던 외척을 무력화하고 관료들의 부패를 척결하고자 한다. 이렇게 함으로써 백성들의 삶을 안정되게 하고자 했다. 왕권의 강화는 신료들이 득세함으로써 이루어지기보다는 백성을 위한 어진 정치에 의해서 이루어진다는 생각이 전통 유교사회의 생각이다. 이러한 명분은 결국 왕권 강화와 이씨가 세운 조선의 혈통을 이어가고자 하는 왕손으로서의 자기증식의 사사로움을 은폐하기 위한 것이다.

가호위(狐假虎威)하는 사회 내의 불평등한 권력과 그 권력을 유지하려는 세력을 축출하고자 한다. 제도 개혁은 목적을 이루기 위한 수단이고 그러한 수단을 정당화하기 위해 고안해낸 것이다.

그의 자기증식의 목표, 이뤄야 할 향상의 정점이 왕권의 부활이라면 그는 개혁가인 동시에 가부장 사회의 아버지이다. 그는 가부장 사회의 아버지로서 새로운 사회를 건설하기 위해 자기를 비판하고 성찰하며 과거로부터 상속되는 세습적 기득권을 분쇄한다. 이는 분배를 다양화하여 세력의 균형을 꾀하고 잠재된 사회의 불안 요인을 잠재우는 효과를 갖게 된다.

왕권을 강화하기 위해 그는 배제보다는 관용을 거래의 수단으로 삼는다. 그가 조 대비와의 밀약을 어기면서까지 관용을 베푼다. 그는 김씨 일문을 용서하고 일부는 관직에 중용함으로써 분열시킨다. 또한 그는 김씨 일문을 사면하고 대가를 돈으로 받는다. 그는 경제적 부(富)와 사면을 교환함으로써 김씨 일문이 형성한 경제적 권력의 기득권을 일정 부분 상실하게 만든다. 그는 조 대비와의 거래도 김씨 일문으로부터 빼앗은 돈을 건네줌으로써 대신한다. 조 대비 역시 거래가 돈으로 대치되는 것에 대해 만족해한다. 명분보다 실리가 우선시되며, 경제적 기득권이 과거 사회와 달리 사회의 중요한 사회 현상으로 등장하고 있음을 보여준다.[28] 경제적 기득권이 새로운 사회에서는 정치적 권력으로 전이된다. 이하응의 제도 개혁은 물질에 기초한 새로운 국가권력을 얻고자 한다. 이는 나라 상실이 정신에 기초한 유교사회의 국가권력의 한계, 그리고 퇴조와 맞물려 있기 때문이라는 대중적 욕구의 반영이라고 볼 수 있다.[29]

---

28 선비는 "부귀와 명예를 뜬구름"과 같아서 추구할 바가 아니라고 경계했다. "「論語 · 述而」, 2장, 공자님께서 말씀하셨다. 거친 밥을 먹고 물을 마시며, 팔을 굽혀서 베어도, 즐거움이 또한 그 속에 있다. 외롭지 않으면서 부귀와 명예가 있는 것은 나에게 뜬구름과 같다(子曰 飯疏食飮水, 曲肱而枕之, 樂亦在其中矣. 不義而富且貴, 於我如浮雲)."

29 근대의 제국주의 국가가 물질에 기반을 두고 있고, 물질의 욕망을 실현하기 위해 움직이고 있음은 명백한 사실이다. 근대 이후 국가의 기반은 물적 토대이며 이를 뒷받침하는 제도, 도

그의 비판 의식은 과거와 철저히 단절하려고 하지는 않지만 자기의식이라는 점에서 합리적 이성이 엿보인다. 그러나 이하응의 비판 의식, 자기의식에 과거와의 단절이 뚜렷하게 부각되지 않는 이유가 있다. 니버는 "제국주의의 근원은 모든 자기의식에서 찾아져야 한다"[30]고 말하고 있다. 일제의 강점기에 『운현궁의 봄』이 쓰였음을 감안할 때 자기 비판과 부정이 자기의식의 과잉으로 비쳐질 오해의 소지가 있다. 또한 '마음의 유교적 습성들'은 단절이 아닌 지속의 염원을 담고 있다.

『운현궁의 봄』은 신문 연재 소설로 대중들에게 널리 회자되었던 작품이다. 대중문학은 "당대의 소부르주아나 지식인 계층, 곧 중간층의 독자를 대상으로 삼고 있으므로 이들의 욕구를 충족시키려는 데 초점"을 맞추고 있다.[31] 특히 소설이 근대의 지배 이데올로기와 같이 발전해왔음은 주지의 사실이다. 『운현궁의 봄』이 대중 문학임에도 불구하고 근대의 환상에 함몰되지 않고 '마음의 유교적 습성들'이 담긴 지배 이데올로기를 재현하고 있음은 시사하는 바가 크다. 근대의 계몽은 문명의 약탈행위로 지배와 압제의 논리를 정당화하고 있음을 간과해서는 안 된다. 근대의 합리성은 신화를 부정하는 새로운 신화이다. 『운현궁의 봄』은 계몽에 세뇌되어 근대의 이데올로기 신화를 맹신적으로 답습하지 않고 압제적 권력에 저항한다.[32]

'마음의 유교적 습성들'은 나라 상실의 책임을 모면할 수 없으나 또한 지켜야 할 유업이기도 하다. 또한 자기의식의 합리성에 기반을 비판 의식을 통해

구적 이성이다.

30 라인홀드 니버, 이한우 역, 『도덕적 인간과 비도덕적 사회』, 문예출판사, 1994, 58쪽.

31 임성래, 「대중문학의 이해」, 『대중문학의 이해』, 청예원, 1999, 18쪽.

32 "합리적 형태의 사회 조직과 합리적 사고방식의 발전 덕분에 신화와 종교, 미신의 비합리성에서 해방되었으며 인간 본성의 어두운 면으로부터 뿐만 아니라 권력의 자의적 전횡으로부터 벗어나게 되었다."고 말한다. 인본주의가 주된 사상인 유교윤리는 사회의 유용한 목표를 상실한다. 그리고 권력의 자의적 전횡으로부터 자유를 얻는 대신 지방색을 상실하고 열등한 교환적 가치로 인해 지배의 악몽에 빠진다. 데이비드 하비, 구동희 · 박영민 역, 『포스트모더니티의 조건』, 한울, 1994, 30쪽.

자기부정이 아닌 긍정에 이르는 새로운 제도와 윤리가 밑받침하는 국가 건설을 염원하고 있다.『운현궁의 봄』은 '당대의 소부르주아나 지식인 계층, 곧 중간층의 독자'들의 욕구를 외면하지 않으면서 또한 근대의 압제로부터 문화와 개성을 회복하려는 노력의 결실이다.[33] 이러한『운현궁의 봄』의 중층성과 모순성은 식민시대를 살아가는 대중의 욕구이며 우중(愚衆)이 아닌 현명한 독자들에게 보내는 윤리적 메시지이다.

5. 맺는 말

『운현궁의 봄』은 1933년『조선일보』에 연재되어 대중들에게 널리 회자되었던 작품이다. 대중문학은 대중의 욕구에 민감하게 반응해야 하는 생내적 특성을 지니고 있다. 그러므로 대중문학은 독자들의 느끼는 현실적 제약이나 한계를 극복하고 싶은 욕망이나 꿈을 재현한다. 그래서『운현궁의 봄』이 대중문학임에도 불구하고 근대의 환상에 함몰되지 않고 '마음의 유교적 습성들'이 긴장관계를 유지하는 이유가 분명해진다.

대중문학은 독자들의 흥미를 끌기 위해서 근대의 자기실현의 서사구조에 작중인물의 욕망이 준동하도록 하는 것은 자연스러웠을 것이다.『운현궁의 봄』의 역사성은 자기증식 담론의 변주이며 작중인물의 욕망은 '가능성의 구조'로 재현된다. '가능성의 구조'는 대안적 두 기능, 스토리가 다음에 취할 수 있는 두 가지 방향을 열어놓는다. 두 가지 방향은 작중인물들이 처하게 될 상태인 향상(성공) 아니면 악화(실패)이다.

이하응은 악화에서 향상으로, 김씨 일문은 향상에서 악화로 진행된다. 조대비, 이하전, 기타의 인물들이 처한 악화 역시 향상으로 연속적으로 이어지

---

33 대중소설은 체제내적(體制內的)이면서도 체제비판적이고, 비도덕적이면서도 윤리적인, 그리고 상업적이면서도 유토피아적인 성질을 가지고 있는 복합적인 문학이라 할 수 있다. 조성면 편저,『한국 근대대중소설 비평론』, 태학사, 1997, 23쪽.

고 삽입되며 이중적으로 배열된다. 향상과 악화의 계기는 가능한 모든 인간 관계와 그 이면에 놓여진 욕망의 명세서를 만든다. 자기증식의 서사는 '가능성의 구조'로 끊임없이 변주되며 향상의 근대성에 중독된 독자를 유인한다. 그러므로 '가능성의 구조'는 『운현궁의 봄』의 내재적 원리가 되어 체계적으로 독해된다.

김동인은 『운현궁의 봄』에서 역사를 소급하여 재현함으로써 '마음의 유교적 습성들'의 가치를 재조명한다. 전통·관습의 중심에 에둘려 있는 인간들의 삶은 서사의 중심인물의 모습으로 변주된다. 작중인물들은 자기증식을 고뇌하며 갈등하는 윤리적 인간이다. 작중인물들의 윤리성은 현실에 대한 진정성(眞正性)을 담보로 역사와 달리 변조되고 곡해된다. 우리의 생활 습속을 계량하던 과거의 전통 유교는 처세적 순정성을 잃는다. 김씨 일문은 향촌 사회의 덕목과 충·효를 실천하는 의리지학(義理之學)을 천박한 파당을 유지하는 자기증식의 논리로 둔갑시킨다. 그리고 수기치인(修己治人)의 인본주의 정신을 상실한다. 그들은 괴력난신(怪力亂神)을 믿으며 오륜(五倫)을 방기하고 사단(四端)을 안중에도 없이 여기는 난적이다.

조 대비나 이하응, 이 학사 등은 유교사회의 덕목인 치국을 할 덕을 수기하기보다는 개인의 사익을 얻을 기회만 기다린다. 조 대비나 이하응은 이기적인 순혈주의에 의지하여 김씨 일문에 대한 복수와 왕실의 권위를 회복하고자 한다. 이하응의 기회주의적 태도는 이하전을 죽음에 빠뜨린다. 그의 권력은 사회의 오래 전통으로 이어온 유교 윤리의 순정함이 없다. 그가 얻은 권력에는 천륜을 어긴 패륜의 그림자가 깃들여 있다. 『운현궁의 봄』은 유교윤리의 순정성을 상실한 사회의 모순과 갈등을 여실히 보여준다. 특히 유교윤리의 순정성을 상실한 공동체 사회의 중심에 근대의 구심점인 합리적 정신과 개인적 삶의 양식이 대신한다. 또한 물질만능의 속물성이 싹을 틔우고 있다.

근대의 윤리는 과거의 가치를 회복하기 위한 제도 개선의 도구이다. 그는 가부장 사회의 아버지로서 새로운 사회를 건설하기 위해 자기를 비판하고 성찰하며 과거로부터 상속되는 세습적 기득권을 분쇄한다. 이는 분배를 다양화하여 세력의 균형을 꾀하고 잠재된 사회의 불안 요인을 잠재우는 효과를 갖게 된다.

윤리는 인간의 외피가 아니라 내면이다. 도덕적으로 창조된 사회적 가치는 정치적 권력의 침탈(侵奪)로 인해 역사의 재발견이라는 아이러니로 다가온다. 근대는 그 자체의 특성과 가치를 새롭게 발견한 역사 속의 유교, 타자에 의해서 밝혀진다. 타자로서의 명분보다 실리가 우선시되며, 경제적 기득권이 과거 사회와 달리 사회의 중요한 사회현상을 등장하고 있음을 보여준다. 경제적 기득권이 새로운 사회에서는 정치적 권력으로 전이된다. 이하응의 제도 개혁은 물질에 기초한 새로운 국가권력을 얻고자 한다. 그의 비판 의식은 과거와 철저히 단절하려고 하지는 않지만 자기의식이라는 점에서 합리적 이성이 엿보인다.

근대의 계몽은 문명의 약탈행위로 계몽의 합리성 아래 숨겨진 논리가 다름 아닌 지배와 압제의 논리를 정당화하고 있음을 간과해서는 안 된다.『운현궁의 봄』을 구성하는 담론은 계몽에 의해 구성된 사회, 그 위험한 사회를 구성한 근대의 이데올로기 신화를 맹신적으로 답습하려 하지 않음으로써 압제적 권력에 저항한다. '마음의 유교적 습성들'은 단절이 아닌 지속의 염원을 담고 있다.

'마음의 유교적 습성들'은 나라 상실의 책임을 모면할 수 없으나 또한 지켜야 할 유업이기도 하다. 대중은 자기의식의 합리성에 기반을 비판 의식을 통해 자기 부정이 아닌 긍정에 이르는 새로운 제도와 윤리가 밑받침하는 국가 건설을 염원하고 있다.『운현궁의 봄』은 근대의 압제로부터 문화와 개성을 회복하려는 독자들의 욕구를 외면하지 않은 노력의 결실이다. 이러한『운현궁의 봄』은 식민 시대를 살아가는 현명한 독자들에게 보내는 윤리적 메시지이다.

유교 윤리는 근대의 정치적 가치가 재현된 작중인물들의 사회적 관계를 파악하는 요체가 된다. 유교 윤리는 과거와 현재를 잇는 끈이며 한국 근대 소설의 미적 유인성으로 부활한다. 이제 근대 문학은 유교 윤리의 쇠락에 의해서가 아니라 재현되는 흔적에 의해서 빛난다.

김구종 (대전 유성고등학교 교사)

참고문헌

김중현, 「역사소설」, 『대중문학의 이해』, 청예원, 1999.
뚜 웨이밍, 정용환 역, 『뚜 웨이밍의 유학강의』, 청계, 1999.
마르트 로베르, 김치수 · 이윤옥 역, 『기원의 소설, 소설의 기원』, 문학과 지성사, 1999.
민형원, 「아도르노」, 『현대 철학의 흐름』, 동녘, 1996.
S. 리몬-케넌, 최상규 역, 『소설의 시학』, 문학과 지성사, 1985.
스튜어트 홀, 전효관 외 2인 역 "서문", 『현대성과 현대문화』 2, 현실문화연구, 1996.
송백헌, 『우리문학과 그 현장』, 국학자료원, 2001.
이광세, 『동양과 서양 두 지평선의 융합』, 길, 1998.
이상익, 『서구의 충격과 근대 한국사상』, 한울, 1997.
이재선, 『한국현대소설사』, 홍성사, 1986.
임성래, 「대중문학의 이해」, 『대중문학의 이해』, 청예원, 1999.
조동길, 『한국현대장편소설연구』, 국학자료원, 1992.
조성면 편저, 『한국 근대대중소설 비평론』, 태학사, 1997.
존 P. 휴이트, 윤인진 외 공역, 『자아와 사회』, 학지사, 2001.

1900 10월 2일 평양에서 기독교 장로이며 부호인 전주 김씨 김대윤(金大潤)과 후실 옥씨 사이에서 3남 1녀 중 차남으로 태어났다. 호는 금동(金童). 장남 동원(東元)은 전실 소생이며 동인·동평·동선(여)이 옥씨 소생.

1907 기독교 계통의 학교인 평양 숭덕소학교에 입학.

1912 숭덕소학교 졸업과 동시에 역시 기독교 계통인 평양 숭실중학교 입학. '105인 사건'에 연루되어 감옥에 있는 형 동원의 부탁으로 작가 톨스토이를 처음 접함.

1913 숭실중학교 중퇴.

1914 도일하여 도쿄학원에 입학.

1915 도쿄학원이 폐쇄되는 바람에 메이지학원 중학부 2년에 편입. 동교 1년 상급생이었던 주요한의 영향을 받아 문학에 대한 관심이 높아짐.

1917 아버지가 병환으로 사망했다는 소식을 듣고 황급히 귀국, 재산이 형제들에게 분배되는 바람에 어린 나이에 쌀 3천 석에 해당하는 막대한 유산을 물려받음.

1918 4월, 평양에서 수산물 도매상을 경영하는 부유한 상인의 딸 김혜인과 결혼. 12월, 제2차 도일하여 도쿄 가와바타 미술학교에 입학.

1919 1월, 주요한과 공동으로 2·8 동경 유학생 독립선언서 기초를 의뢰받았으나 적임자가 아니라는 이유로 사양함. 이달 1개월간 6차례에 걸쳐 도쿄경찰서에 연행, 검속됨. 2월 8일, 일본 요코하마의 복음인쇄소에서 『창조』(발행인 주요한) 창간호가 발행됨. 동지에 처녀작 「약한 자의 슬픔」을 발표. 26일, 아우 김동평이 내던 등사판 지하 신문을 위해 격문을 기초한 것이 출판법 위반이 되어 6월 26일까지 3개월간 고초를 겪은 후 징역 6월, 집행유예 2년의 형을 받고 풀려남. 이때의 경험을 담은 작품이 단편 「태형」임. 가와바타 미술학교 중퇴.

1920 『창조』에 수필 「자기가 창조한 세계」 발표. 염상섭과 비평가의 태도에 관해 논쟁을 벌임. 12월, 장남 일환 태어남.

1921 『창조』 9호에 단편 「배따라기」 발표. 『창조』 폐간. 명월관 기생 등과 방탕한 생활에 빠짐.

1922 평양과 서울을 왕래하며 지냄. 6월 16일 장녀 옥환 태어남.

1923 평양 대동강에서 낚시를 즐기며 소일. 첫 작품집 『목숨』(창조사) 간행. 나도 향을 만나 사귐.

1924 8월, 『창조』의 후신으로 『영대』를 발행하면서 경비 일체를 전담.

1925 단편 「감자」 발표.

1926 관개 수리 사업에 착수했으나 실패. 자포자기하는 심정으로 가산 정리를 부인에게 맡기고 상경, 서울 중학동에서 6개월간 하숙.

1927 나도향의 요절 소식을 듣고 애통해함. 파산의 충격으로 부인 김혜인이 남아 있던 유일한 토지(훗날 서평양역 일대)를 저당 잡히고 기타 금품을 챙긴 후 딸 옥환을 데리고 도쿄로 건너감. 뒤늦게 사실을 안 김동인은 일본으로 건너가 수소문 끝에 부인을 찾았으나 결국 딸만 데리고 돌아옴.

1928 영화 사업을 하던 아우 김동평의 권유로 정주, 해주, 선천, 진남포 등지를 돌며 흥행에 손을 댔으나 실패.

1929 순수문학에 대한 결벽증으로 신문 연재 소설을 기피해왔지만 다급해진 생활고를 해결하기 위해 『동아일보』에 『젊은 그들』 연재 시작. 이 소설은 연재 도중 무기정간되는 바람에 잠시 중단되기도 했으나 속간되자 연재를 계속하였음. 중편 「여인」, 장편 『태평행』(미완) 등 연재. 평론 「조선근대소설고」 발표.

1930 프로문학을 의식하고 쓴 「배회」와 자전적 단편소설 「무능력자의 아내」, 「광염소나타」 발표.

1931 4월 18일, 김경애와 재혼. 11월 24일, 차녀 유환 태어남. 서울 서대문구 행촌동으로 이사.

1932 1월, 단편 「발가락이 닮았다」가 염상섭을 모델로 쓰여졌다는 소문이 떠돌면서 이후 그와는 오랜 기간 불화가 지속됨. 7월, 최서해의 사망으로 애통해함.

1933 4월, 『조선일보』 사장 조만식의 청탁으로 『조선일보』에 장편 『운현궁의 봄』을 연재. 『조선일보』 학예부장에 취임했으나 생활과 창작 모두 여의치 않아 40여 일 만에 그만둠. 단편 「화중난무」 발표. 9월, 어머니 옥씨가 노환으로 사망함.

1934 3월, 일제에 협조하지 않은 탓에 총독부 검열에 위축을 느끼고 잠시 창작을 멀리함. 이 기간 동안 「나의 문단 생활 20년 회고기」 등 회고록을 집필. 12월, 순수문학적 입장에서 이광수 문학의 계몽성과 작가로서의 위선을 통박한 「춘원연구」 발표.

1935 7월 25일, 3녀 연환 태어남. 12월, 월간 『야담』을 주재하고 창간함. 이 잡지는 생계를 위해 만든 것이기 때문에 지면의 거의 절반을 손수 집필한 원고로 채움.

1936 『이광수 · 김동인 소설집』(조선서관) 간행.

1937 월간 『야담』(통권 19호)을 타인에게 양도한 후 형 동원의 금광이 있는 평안남도 영원으로 휴양을 감. 이때 광산업을 하던 형 동원, 주요한과 수양동우회 사건으로 체포되어 서대문형무소에 수감됨.

1938 10월 8일, 4녀 은환 태어남. 장편 『운현궁의 봄』(한성도서) 출간.

1939 『김동인 단편집』(박문서관) 간행. 「김연실전」 및 수필 「처녀 장편을 쓰던 시절」 발표.

1941 소설집 『왕부의 낙조』 간행.

1942 1월, 김동환이 경영하던 삼천리사에서 아동문학가 최인화와 함께 무심코 나눈 '일본의 실권은 군부에 있으며 천황은 허수아비에 불과하다'는 요지의 말이 때마침 들렀던 일본 정보원의 귀에 들어가는 바람에 체포되어 천황 불경죄로 4개월간 구치된 끝에 3개월의 형을 받고 옥고를 치름. 7월 31일, 차녀 유환 사망.

1943 4월, 친일 어용문학단체인 조선문인보국회가 결성되었으나 병을 핑계로 참가하지 않고 낙향함. 그러나 징용을 피하기 위해 어쩔 수 없이 조선문인보국회의 간사로 취임. 12월 27일, 차남 광명 태어남.

1944 황군 위문차 만주 등지를 다녀온 뒤 총독부로부터 종군보고서를 쓰라는 강요에 시달림. 집필에 위축되어 대부분의 시간을 독서로 소일함. 친일 소설 『성암의 길』 발표.

1945 9월, 해방 후 결성된 문학단체인 중앙문화건설협의회 발족식에서 이광수의 제명을 결의하자 그 부당성을 지적하고 탈퇴, 이광수의 친일행적을 비난하는 여론이 높은 가운데 그를 적극적으로 변호함. 11월, 서울 성동구 신당동(지금은 약수동)의 적산가옥을 얻어 이사.

1946 1월, 우익단체인 전조선문필가협회 결성을 주도함. 6월, 장편 『을지문덕』을

『태양신문』에 연재했으나 뇌막염이 발병하는 바람에 중단. 단편집 『태형』(대조사) 간행. 11월, 신당동 적산가옥이 미군정에 접수되어 하는 수 없이 성동구 하왕십리동 110의 65번지로 이사.

1947   단편집 『광화사』(백민문화사) 간행.

1948   3월, 회고록 「문단 30년의 자취」 연재 시작. 4월 4일, 3남 천명 태어남. 수필 「여의 문학도 30년」 발표. 단편집 『발가락이 닮았다』(수선사), 장편 『수양대군』(숭문사), 『수평선 너머로』(영창서관) 간행.

1949   장편 『젊은 그들』(상・하, 영창서관), 『화랑도』(상, 한성도서), 사담집 『동인 사담집』(한성도서) 간행. 11월 14일, 1942년 『만선일보』에 연재했던 장편 『시들은 서총』을 출판하려고 민중서관과 계약했으나 화재로 원고와 지형이 모두 소실. 이후 이 작품은 발굴되지 못하고 현재에 이름.

1950   6・25전쟁이 일어나고 피난하고자 했으나 건강 악화로 그러지 못함. 형 동원이 이광수와 함께 납북되고 부인 김경애 여사가 대한부인회 성동지부장을 맡았다는 경력 때문에 끌려가 이틀 동안 고초를 겪음.

1951   1월 5일, 새벽에 적 치하의 하왕십리동 집에서 사망. 이웃 사람들에 의해 가매장되었다가 수복 후인 1952년 1월 6일 화장됨.

1955   월간 교양지 『사상계』에 의해 동인문학상이 제정됨. 이 상은 1967년 『사상계』의 간행이 중지됨에 따라 1968년 제12회 시상을 끝으로 중단됨.

1958   『동인 전집』(전 10권, 정양사)이 간행됨.

1976   9월, 한국소설가협회 주관으로 서울 사직공원에 김동인 문학비 건립.

1979   출판사 동서문화사에 의해 동인문학상 부활. 이 상은 1986년 중단됨.

1987   조선일보사에 의해 동인문학상 다시 부활.

1988   10월 2일, 조선일보사 동인문학상 운영위원회에 의해 서울 어린이대공원 야외음악당에 동인 문학비와 흉상 건립.

■ 소설

「약한 자의 슬픔」	『창조』 1~2	1919.2~3
「마음이 옅은 자여」	『창조』 3~6	1919.12~1920.5
「목숨」	『창조』 8	1921.1
「음악공부」 (필명 '김만덕'. 「유성기」로 개제)	『창조』 8	1921.1
「전제자」(「폭군」으로 개제)	『개벽』 9	1921.3
「배따라기」	『창조』 9	1921.5
「태형」	『동명』 16~34	1922.12.17~1923.4.22
「이 잔(盞)을」	『개벽』 31	1923.1
「어지러움」(필명 '김시어딈'. 『감자』에 개작되어 수록)	『개벽』 35	1923.5
「눈을 겨우 뜰 때」	『개벽』 37~41	1923.7~11
「거친 터」	『개벽』 44	1924.2
「피고」	『시대일보』	1924.3.21~4.1
「유서」	『영대』 1~5	1924.8~1925.1
「감자」	『조선문단』 4	1925.1
「X씨」	『동아일보』	1925.1.1
「명문(明文)」	『개벽』 55	1925.1
「정희」(미완)	『조선문단』 8, 9, 11, 12	1925.5, 6, 8, 9
「시골 황서방」	『개벽』 60	1925.6
「원보부처」	『신민(新民)』 11	1926.3
「명화(名畵) 리디아」	『동광』 11	1927.3
「딸의 업을 이으려」	『조선문단』 20	1927.3
「태평행(太平行)」 (장편, 폐간으로 중단, 미완)	『문예공론』 2 『중외일보』	1929.6 1930.5.30~9.23

「동업자」(「눈보래」로 개제)	『동아일보』	1929.9.21~10.1
「K박사의 연구」	『신소설』 1	1929.12
「송동이」	『동아일보』	1929.12.25~1930.1.11
「여인」	『별건곤』 24~35 『혜성』 1~8	1929.12~1930.12 1931.4~11
「광염 소나타」	『중외일보』	1930.1.1~1.12
「순정 ― 연애편」	『조선일보』	1930.1.1~2
「순정 ― 부부애편」	『매일신보』	1930.1.1
「순정 ― 우애편」	『동아일보』	1930.1.23~24
「구두」	『삼천리』 1	1930.1
「아라삿 버들」(「포플라」로 개제)」	『신소설』	1930.1
「배회」	『대조』 1~4	1930.3~7
「벗기운 대금업자」	『신민』 57	1930.4
「수정(水晶) 비둘기」	『매일신보』	1930.4.22~26
「소녀의 노래」	『매일신보』	1930.4.27
「수녀」	『매일신보』	1930.4.29~5.4
「화환」	『신소설』 3	1930.5
「죽음」	『매일신보』	1930.6.9~19
「무능자의 아내」	『조선일보』	1930.7.30~8.8
『젊은 그들』(장편)	『동아일보』	1930.9.2~1931.11.10
「대동강」	『매일신보』	1930.9.6
「무지개」	『매일신보』	1930.9.7~17
「약혼자에게」	『여성시대』	1930.9
「증거」	『대조』 6	1930.9
「죄와 벌」	『해방』 12	1930.12
「신앙으로」	『조선일보』	1930.12.17~28
「큰 수수께끼」(『야담』(1930.2)에 「여인담」으로 수록)	『매일신보』	1931.4.25~5.5
「거지」	『삼천리』 17	1931.7
「결혼식」	『동광』 24	1931.8

「박첨지의 죽음」	『삼천리』 19	1931.10
「발가락이 닮았다」	『동광』 29	1932.1
「아기네」(장편)(후에『화랑도』 (상·하)로 출간)	『동아일보』	1932.3.1~6.28
「잡초」	『신동아』 6~7	1932.4~5
「붉은 산」	『삼천리』 25	1932.4
「논개의 환생」(미완)	『동광』 33~36	1932.5~8
「떠오르는 해」	『동아일보』	1932.8.13~9.14
「해는 지평선에」	『매일신보』	1932.9.30~1933.5.14
「적막한 저녁」(1회분만 현존)	『삼천리』	1932.10
「사기사(詐欺師)」	『신생』 36	1932.10
「소설급고(小說急告) ('씀'는 '씱'의 오식)	『제일선』	1933.3
『운현궁의 봄』(장편)	『조선일보』	1933.4.26~1934.2.6
「사진과 편지」	『월간매신(月刊每申)』 4	1933.4
『수평선 너머로』(장편)	『매일신보』	1934.7.10~12.19
「대동강은 속삭인다」 (「대동강」「무지개」 포함)	『삼천리』	1934.9
「최선생」	『개벽』(복간 1)	1934.11
「몽상록」	『조선중앙일보』	1934.11.5~12.16
「어떤 날 밤」	『신인문학』 12	1934.12
「거인은 움직인다」(거인) (미완, 『대수양』으로 개제)	『개벽』(복간 3, 4)	1935.1.3
「낙왕성추야담(落王城秋夜譚)」 (『왕부의 낙조』로 개제)	『중앙』	1935.1
「광화사」	『야담』 1	1935.12
「거목이 넘어질 때」	『매일신보』	1936.1.1~2.29
「시들은 서총(瑞冢)」 (「연산군」으로 개제, 화재로 소실)	『만선일보』	1937.1.1~1939.2.20
「가두(假頭)」	『삼천리문학』 1	1938.1
「가신 어머님」	『조광』 29	1938.3

『제성대(帝星臺)』(장편) (『견훤』으로 발간)	『조광』 31~42	1938.5~1939.4
「대탕지(大湯地)아주머니」	『여성』 31~32	1938.10~11
「김연실전」(「선구녀」「집주름」과 묶어『김연실전』으로 발간)	『문장』 2	1939.3
「정렬은 병인가」(미완, 『대조』 (1946.1~7)에 「정렬」로 다시 연재	『조선일보』	1939.3.14~4.18
「선구녀」	『문장』 4	1939.5
「젊은 용사들」(미완)	『소년』	1939.7~12
『대수양(大首陽)』(장편)	『조광』 64~74	1941.2~12
「집주름」	『문장』 23	1941.2
「잔촉(殘燭)」	『신시대』 2~10	1941.2~10
「어머니」(「곰네」로 개제)	『춘추』 3	1941.4
『백마강』	『매일신보』	1941.7.24~1942.1.30
「아부용(阿芙蓉)」	『조광』 76	1942.2
「분토(糞土)의 주인」(총독부 검열로 중단, 「분토」로 개제)	『조광』	1944.7
「성암(星巖)의 길」(미완)	『조광』 106~110	1944.8~12
「송 첨지」	『백민』 2	1946.1
「해방」	『민성』 2	1946.3
「학병수첩(學兵手帖)」	『태양』 1	1946.3
「논개의 환생」	『부인』 1~4	1946.4~9
「분토」(미완, 「을지문덕」으로 개제)	『신천지』 4~9	1946.5~10
「김덕수」	『대조』	1946.8
「반역자」	『백민』 5	1946.10
「망국일기(亡國日記)」	『백민』 7	1947.3
「속 망국일기」	『백민』 13	1948.3
「주춧돌」	『평화일보』	1948.7.6~11
「환가(還家)」	『서울신문』	1948.8.9~12
「을지문덕」(장편)	『태양신문』	1948.10~1949.7.14
「서라벌」(장편, 태극사 간)	—	1953

■ 평론

「소설에 대한 조선 사람의 사상을」	『학지광』 18	1919.1
「글동산의 거둠」	『창조』 5	1920.3
「제월(霽月)씨의 평자(評者)적 가치」	『창조』 6	1920.5
「제월(霽月)씨에게 대답함」	『동아일보』	1920.6.12~13
「자기의 창조한 세계」	『창조』 7	1920.7
「비평에 대하여」	『창조』 9	1921.5
「예술가 자신의 막지 못할 예술욕에서」(「계급문학시비론」 중)	『개벽』 56	1925.2
「소설작법」	『조선문단』 7~10	1925.4~7
「합평회」	『조선문단』 19	1925.8
「육당의 「백팔번뇌」를 봄」	『조선문단』 20	1927.3
「소설가의 시인평」	『현대평론』 4	1927.5
「박약한 차이점과 양문학의 합치점」(「민족문학과 무산문학의 합치점과 차이점」 중)	『삼천리』 1	1929.6
「조선근대소설고」	『조선일보』	1929.7.28~8.16
「내가 본 시인/주요섭군을 논함」	『조선일보』	1929.11.29~12.3
「내가 본 시인/김소월군을 논함」	『조선일보』	1929.12.11~12
「불가예측」(「조선의 문예 이론은 어디로 귀결될까?」 중)	『조선일보』	1930.5
「작가 4인」	『매일신보』	1931.1.1~8
「문단 회고」	『매일신보』	1931.8.23~9.2
「속 문단 회고」	『매일신보』	1931.11.11~22
「명(明)과 암(暗)」	『매일신보』	1931.12.18~30
「나의 변명 ―「발가락이 닮았다」에 대하여」	『조선일보』	1932.2.6~10
「부진한 문단의 타개책은? ― 문인 측의 견지에서」	『매일신보』	1932.4.7~12
「여름날 만평 ― 잡지계에 대한」	『매일신보』	1932.7.12~22
「소설가로서의 서해(曙海)」	『동광』 36	1932.8

「적막한 예원(藝苑) — 조선 예술에 생각나는 사람들」	『매일신보』	1932.9.21~10.6
「신문 소설은 어떻게 써야 하나」	『조선일보』	1933.5.14
「소설계의 동향」	『매일신보』	1933.12.21~27
「감상적 기분 니즌 비애」 (「1934년 문학 건설」 중)	『조선일보』	1934.1.18
「문예비평가론 — 문예비평과 이데올로기」(「작가로서 비평을 비평」 중)	『조선일보』	1934.1.31~2.2
「소설에 관한 관견 2 · 3」	『매일신보』	1934.3.15~24
「문단 15년 이면사」	『조선일보』	1934.3.31~4.6
「근대 소설의 승리」	『조선중앙일보』	1934.7.15~24
「한글의 지지와 수정 — 조선어학회 한글맞춤법통일안에 대하야」	『조선중앙일보』	1934.8.18~24
「역사와 사실과 판단과 사료에 대한 작자의 입장을 논함」	『조선중앙일보』	1934.10.26~31
「나의 문단 생활 20년 회고기」	『신인문학』 4	1934.12
「춘원연구」	『삼천리』 『삼천리문학』 『삼천리』	1934.12~1935.9 1938.1, 4 1938.10~1939.6
「조선 문학을 위하여 — 생활과 문학」	『매일신보』	1935.1.1
「단편소설 선후감(先後感)」	『조선중앙일보』	1935.1.2~8
「이월 창작평」	『매일신보』	1935.2.9~19
「삼월 창작평」	『매일신보』	1935.3.24~4.3
「사월 창작평」	『매일신보』	1935.5.16~22
「『무정』 수준에서 재출발해야 한다」	『조선중앙일보』	1935.5.9
「문예시평」	『조선중앙일보』	1935.5.14~25
「문예가협회에 대하야」	『조선일보』	1935.9.6~6
「예술의 사실성」	『매일신보』	1935.10.23
「조선의 작가와 톨스토이」	『매일신보』	1935.11.20
「극연(劇研) 십 회 공연을 보고」	『조선중앙일보』	1936.4.15~16
「신문 소설은 어떻게 쓰여지나」	『조선일보』	1937.5.18~20
「야담이라는 것」	『매일신보』	1938.1.22

「을묘사화의 재검토」	『야담』	1938.2
「조선 문학의 여명 ―『창조』 회고」	『조광』	1938.6
「내 작품의 여주인공」	『조광』	1938.6
「문자우상(文字偶像)」	『조광』	1939.4
「소설가 지원자에게 주는 당부」	『조광』	1939.5
「처녀 장편을 쓰던 시절 ―『젊은 그들』의 자취」	『조광』 50	1939.12
「작품과 제재 문제」	『매일신보』	1941.3.23~29
「창작수첩」	『매일신보』	1941.5.25~31
「『조선 문단』과 내가 걸어온 길」	『국민문학』 1	1941.11
「계유(癸酉)·병자(丙子)·정축(丁丑)」	『조광』	1941.12~1942.1
「결전 하 문단인의 결의 ― 총동원 태세로」	『매일신보』	1944.1.1~4
「문화인의 총궐기」	『매일신보』	1944.12.10~11
「탁치(託治)냐 탁란(濁亂)이냐」	『대동신문』	1946.1.13~24
「해방 후 문단의 독재성」	『해동공론』	1947.4
「조선 문학을 어떻게 추진할까」	『중앙신문』	1947.11.1~2
「우리의 말」	『대조』 6	1948.1
「조선의 소위 판권 문제」	『신천지』 22	1948.1
「춘원의 「나」」	『신천지』	1948.3
「문단 30년의 자취」	『신천지』	1948.3~1949.8
「계란을 세우는 방법」(「조선 문학 재건에 대한 제의」 중)	『백민』 14	1948.4
「힌트·수인상(手印象)·표절」	『민성』	1948.6
「여(余)의 문학도(文學道) 30년」	『백민』 16	1948.10

■ 단행본

『목숨』(단편집)	창조사	1923
『여인』(중편소설)	삼문사	1930
『감자』(단편집)	한성도서(주)	1935
『젊은 그들』(장편소설)	영창서관	1936
『이광수 · 김동인 소설집』(단편집)	조선서관	1936
『운현궁의 봄』(장편소설)	한성도서(주)	1938
『수평선 너머로』(장편소설)	영창서관	1939
『왕부의 낙조(附 여인)』(중편소설)	매일신보사	1941
『배회』(단편집)	문장사	1941
『대수양』(장편소설)	남창서관	1943
『백마강』(장편소설)	남창서관	1944
『태형』(단편집)	대조사	1946
『김연실전』(연작)	금룡도서(주)	1947
『광화사』(단편집)	백민문화사	1947
『조선사온고(朝鮮史溫考)』(야사집)	상호출판사	1947
『동자삼(童子蔘)』(단편집)	금룡도서(주)	1948
『발가락이 닮았다』(단편집)	수선사	1948
『운현궁의 봄』(장편소설)	한성도서	1948
『토끼의 간』(사담집)	태극서관	1948
『폭군』(단편집)	박문서관	1948
『수양대군』(장편소설)	숭문사	1948
『화랑도』(장편소설)	한성도서(주)	1948
『동인사담집』(사담집)	한성도서(주)	1949
『왕자호동』(사담집)	청춘사	1951
『서라벌』(장편소설)	태극사	1953
『사초집』(야사집)	덕기출판사	1954
『춘원연구』(평론서)	신구문화사	1956
『견훤』(장편소설)	박문서관	1956

『을지문덕』(장편소설)	정양사	1958
『폭군』(단편집)	양문사	1960
『동인전집』(10권)	정양사	1958
『동인전집』(10권)	홍자출판사	1964
『김동인전집』(7권)	삼중당	1976
『김동인문학전집』(12권)	대중서관	1983
『김동인전집』(17권)	조선일보사	1988
『김동인평론전집』(김치홍 편저)	삼영사	1984